ZSUZSA BÁNK

Schlafen
werden wir
später

Roman

FISCHER Taschenbuch

3. Auflage: August 2018

Erschienen bei FISCHER Taschenbuch
Frankfurt am Main, Mai 2018

© 2017 S. Fischer Verlag GmbH, Hedderichstr. 114,
D-60596 Frankfurt am Main

Druck und Bindung: CPI books GmbH, Leck
Printed in Germany
ISBN 978-3-596-19831-3

Für Michael, Louise und Friedrich

27. MÄRZ 2009 – 17 : 43

Liebste Johanna,

heute Morgen hat Simon beim ersten frühen, viel zu frühen Kaffee gesagt, wäre er zehn Jahre jünger und hätte drei Kinder weniger, hätte er mich schon verlassen. Eine Drossel hatte sich ans nachtbeschlagene Fenster gesetzt und mit ihrem Schnabel angeklopft, als wolle sie uns warnen und bremsen, uns belauschen, um es an diesem Frühlingsmorgen schnell in ihre Vogelwelt zu tragen, von Ast zu Ast, von Zweig zu Zweig, Drosseln und Finken zu verkünden, die nach dieser Nachricht schnappen würden wie nach einem Wurm, hört, hört, Neues aus der Körberstraße zwölf, hört, hört.

Simon sagte es in einem Ton, als sei es ohne Bedeutung, als sei es etwas wie: Das Wetter schwenkt um, ich nehme lieber den Zug und nicht den Wagen, und vielleicht habe ich deshalb nichts erwidert, Johanna, vielleicht habe ich deshalb Tassen und Teller aus der Spülmaschine in den Schrank geräumt, wie jeden Morgen, weiter Messer zu Messern, Löffel zu Löffeln gelegt und getan, als hätte ich nichts gehört und müsste deshalb auch nichts erwidern. Obwohl Simons Satz den ganzen still verregneten, langen, viel zu langen Tag in mir hämmert, mich aufscheucht und rastlos, ruhelos wie eine Gefangene in ihrer Zelle umherschickt, die Finger knetend, auf und ab, die Ringe drehend, besonders den einen, besonders diesen einen Ring. Wirrgrelle Lichtgirlanden *wie die farbigen Pfeile einer Feuerwerksrakete* schießen seine

Worte durch meinen müden Kopf, seit sie am Morgen gefallen sind, in dieser schmalen Zeitschleuse, als die Kinder noch schliefen und es still in unserer Küche war, still genug, um eine Drossel mit nassen Federn zu hören, die ihren spitzen Schnabel an unser Fenster schlug.

Soeben ist Lori gegangen und hat ihren Loriduft zurückgelassen, etwas L'air du printemps, Blumen im Korb, Märzregen in der Jacke, der die plötzlich heißen Tage wegwäscht, die Lorimischung aus abgestreiftem Winter und scheuem, verzagtem Frühling. Sie war mit einer Kiste gekommen, voller Goldflieder und Tulpenmagnolien aus ihrem Garten, deren Blüten an den ersten warmen Tagen heftig schwärmerisch und, wie ich gerade finde, unnütz bunt aus den Zweigen geschossen sind. Ich saß neben dem schlafenden, in seine hellblaue Babydecke gewickelten winzigen Henri auf der Küchenbank, zupfte simonvergessen an Spreißeln und schaute Lori zu, als sie mit ihrer Zitterhand die Stiele mit dem einzigen scharfen Küchenmesser schnitt und die Zweige nach und nach in die Vase steckte. Warum ich Simon nicht geohrfeigt habe?, fragte sie, auch in einem Ton, als wolle sie nur etwas sagen wie: Nein, dieses Messer schneidet nicht, aber schau dir die Farbe dieser Goldfliederzweige an, und ich musste denken, vielleicht hat sie früher genau das getan, Tulpenmagnolien genauso gestutzt, vor zwanzig, fünfundzwanzig Jahren, als ihr Mann morgens beim Kaffee sagte, liebste Lore, ich verlasse dich.

Aber was hat es mit unserem Alter zu tun, Johanna? Wenn alles ist, wie es angeblich ist, ach, wie es ja wirklich ist, müsste Simon jetzt seinen Koffer packen und gehen, nicht vor zehn Jahren, nicht morgen, nicht übermorgen, sondern heute, sofort, in diesem Augenblick müsste er gehen, spätestens morgen früh, während ich in der Tür stehe und ihm zuschaue, nachtversenkt, kaum wach, wenn er mit beiden Händen seinen Koffer zuklappt, mit wenig Kleidung, aber vielen Heften, losen Blättern und

Reclambändchen, Kleist, Ibsen, Euripides, die Tasche schultert, nach Jacke und Schal greift, die Tür aufstößt und zum Tor geht, ohne sich umzudrehen, die wenigen Stufen hinunter zur Straße, rechts hinab zur Haltestelle, weil er uns den Wagen lässt, unseren rostgetränkten Wagen voller Brötchenkrumen, Bonbonpapier und verwaister Puppenarme.

Um unbemerkt zu entkommen, müsste Simon allerdings die Nacht abwarten. Die tiefspäte, hastig verfliegende halbe Stunde abpassen, *wenn der Mond klar am Himmel steht, aber sein Glanz anfängt zu ermatten,* wenn wir alle, Mia, Franz, Henri und ich, tief und fest im unruhigen Takt unseres Atems schlafen und träumen, fischen in unseren trübsten, unseren klarsten Traumbuchten. Nur zwei Sekunden zu früh, einer von uns würde aufwachen und Simon abhalten davon.

Márta

28. MÄRZ 2009 – 23 : 09
Liebste Márta,
Ende März, die Wildgänse kehren zurück. Als ich am Nachmittag auf dem Rad von der Schule nach Hause fuhr, flogen sie *krächzend, sternwärts singend* unter Schwarzwaldwolken. *Luftvermählt mit meinem Himmel.* Deine Worte. Durch ein schmales blaues Band Richtung Schwenninger Moos. Wo bald das Knabenkraut blühen wird. Stell Dir vor, solche Dinge weiß ich jetzt. Wo und wann etwas blüht im schwarzen Wald.

Die Nacht hat meine liebsten Hügel verschluckt. Ich sollte im Bett sein. Aber schlafen werde ich später. Jetzt will ich noch ein wenig Droste-Notizen zwischen den Fingern drehen. Annette-Partikel zerreiben. Vielleicht fällt ein Wort für mich ab. Sogar ein Satz. Reiht sich ein in meinen Kapiteln. Fließt hinein, als hätte er schon immer dorthin gewollt. Ich versuche herauszufinden, ob Moorknaben und Heidehirten als Teil der Natur gedacht waren. Oder als Widersacher, Gegenspieler. Vielleicht als Feinde. Mensch und Natur eins? Oder zwei? Wieder bin ich Spürhund. Wieder sammle ich Beweise, Márta. Im Gebilde aus Zeichen, mit denen die Droste-Hülshoff die Natur ausgestattet hat. Ihre Natur aus Gott und knorziger Buche. Auf Nachtschuhen wandere ich durch ihre *Talschlucht* mit dem *Goldbande*. Was hat sie diesmal im *Moorgeschwele*, unter *Heiderauche* für mich hinterlegt?

Das hier wollte ich Dir schreiben, bevor ich losgehe. Es kostet zu viel Kraft, ein halbes Leben hinter sich zu lassen. Drei schlafende Kinder, auf ihre schmalen Betten verteilt. Eine schlafende Frau, zusammengerollt wie eine Katze, die sich unter dem löchrigen Schwarz der Großstadtnacht so unnachahmlich in den Kissen windet. Simon wird seine Koffer und Taschen nicht packen. Mit all den Dingen, mit denen sein Leben gefüllt ist. Er wird sie weiter auf Euren Schränken einstauben lassen. Er wird weiter solche Sätze denken und sie Dir auch sagen. Noch gemeinere Dinge wird er denken und Dir vielleicht nicht sagen. Aber er wird nicht alles zurücklassen und an einem anderen Ort, in einem anderen Leben neu beginnen. So viele andere Leben warten schließlich nicht auf ihn. Auf uns ja auch nicht, Márti.

Selbst mir ist danach, alles hinzuwerfen. Es ist nicht nur dieser lange, zähe Winter. Vier Monate Schnee. Fast fünf. *Das Haus ringsum verschlossen, ich mutterseelenallein darin.* Seit einer Weile will ich das. Ich habe es Dir verschwiegen. In all meinen jüngsten Mails verschwiegen. Aber jeden Morgen ist mir danach. Einfach alles hinzuwerfen. Wenn ich unter meinen Dachschrägen hinabsteige. Mit nackten Füßen über meinen roten Teppich laufe. Die Läden öffne. Die Welt aber lieber draußen ließe. Nur die Droste hereinbitten möchte. Irgendwann holt uns dieser Augenblick ein. Da können wir uns noch so blind und taub stellen. Wer könnte Simon besser verstehen? Ich habe auch keine Idee, was ich in der Mitte, zur Hälfte meines angebrochenen Lebens mit mir anfangen soll. Mit mir und allem, was ich bislang hineingestellt habe.

Du? Hast Du eine?

Johanna

29. MÄRZ 2009 – 06:19

Liebste Jo,

nein, ich habe keine, nicht an diesem frostkalten Morgen, der meine *vierteldurchwachte Nacht* ablöst, die Raureif an unser Küchenfenster gehaucht hat, als wolle sie mich bitten, dem Winter nachzutrauern – ich weine ihm keine Träne nach, nicht eine, auch mir war er so zäh und lang, dass mir über allem die Ideen ausgegangen sind, mein Kopf ist leergepflückt und abgemäht wie eines dieser krähenliebenden Weizenfelder auf Fehmarn, nach denen ich mich sehne, sobald die Tage heller werden, sobald sie in den Abend hineinzuwachsen beginnen.

Ich dachte, ich sei im Schreiben besser als im Leben, aber gerade weiß ich gar nicht, was ich damit noch soll – es klingt lächerlich, Wörter auf leere Blätter schreiben, die Welt nach Bildern abtasten, nach Tonlagen ablauschen, nach Wörtern fahnden, um Sätze zu knüpfen und Menschen hineinzuweben, die man in der Wirklichkeit vergeblich sucht, Sätze, geleimt aus Bruchstücken, genäht aus Fetzen, aus ein bisschen Du, ein bisschen ich, ein bisschen Jambus, Trochäus, ein bisschen Simon, mein Vater, meine Mutter, meine Schwestern, ein bisschen Lori und wer noch etwas gibt und fallen lässt, Wörter in mein Gehege wirft, damit ich sie auffange und weiterschreibe. Also frage ich Dich, Johanna, Du wirst wissen, ob das ein Beruf ist, zu schreiben, sei ehrlich, sag mir, ist es einer, sag ruhig, Johanna, ist es ein Beruf?

Mia hat mich gefragt, mit ihrer zartsüßen, leichtverklebten Honigstimme, ob ich schon etwas anderes gewesen sei, etwas anderes gearbeitet hätte – die unzähligen, endlosen Möglichkeiten unseres Lebens, in ihrem klugen Köpfchen mit den unverbaut freien Denkpfaden gibt es sie, als könnte ich in diesem Jahr das eine, im nächsten Jahr das andere, im übernächsten das völlig andere sein, als könnten wir wechseln in dem, was wir sind und sein wollen, als brauchten wir uns nicht festzulegen, als könnten wir weiterspringen und uns immerzu neu am Leben versuchen. Früher, weit, sehr weit zurück in einem Früher, in dem es Dich und mich schon nebeneinander gab, hatte ich das auch gedacht, ich muss diesen Gedanken verloren und nicht weiter nach ihm gesucht haben. Gerade kostet es mich Überwindung, an den Schreibtisch zu gehen, um nach Wörtern zu kramen, in den Untiefen meiner selbst, meinem Ich, meinem Mir, in den Luftblasen meiner Márta-Strudel, den Kreisbahnen meiner Márta-Wirbel, jeden Satz, jedes Wort muss ich mir abringen, *es tut mir leid, daß dieser Brief so mies ist, ich leb wie mit Ameisen im Blut*. Früher, weit, sehr weit zurück in jenem Früher, sind mir diese Dinge leichtgefallen, leben, schreiben, atmen, schlafen – wie kann ich, liebste Jo, wie soll ich noch einmal zweiundvierzig Jahre durchhalten?

Deine Márti

30. MÄRZ 2009 – 21:03

Liebste Márti,

Kathrin hat einen Beruf, so viel steht fest. Sogar einen eigenen Laden hat sie jetzt. *Ist vergnügt wie ein König und baut ein Luftschloß ums andere.* Ich helfe samstags. Heute wieder von halb acht bis zwei. Kathrin kann keine Aushilfe bezahlen. Nicht mit ihrem nagenden Kredit. Nicht mit drei Kindern. Nicht mit Claus, der sich als Restaurator, dann als Musiker versucht. Ich werde nicht müde, Kathrin zu empfehlen. Bei Schülern, Eltern, Kollegen. Bei allen, die aussehen, als würden sie Blumen kaufen. Zu Kathrin habe ich gesagt, es ist die beste Jahreszeit, einen Blumenladen zu eröffnen. Wenn der Winter schwach wird. Wenn er abfällt. Selbst bei uns. Der Geheime Garten nach Burnett heißt er nun doch. Fehlt nur der Rollstuhl in einer Ecke. Für dieses Schwarzwaldnest ein bisschen viel. Ein bisschen übertrieben. Aber Kathrin hat es sich nicht ausreden lassen. Seit Montag hängt das neue Schild über der Tür. Die Buchstaben springen aus blitzweißem Holz. Verteilen sich rundbunt um einen großen Schlüssel. Bevor Kathrin am Morgen aufschließt, zeigt sie mir, was in den Vasen und Eimern steht. Ich kann es mir ungefähr merken. Waldhyazinthe. Anemone. Gedenkemein. Elfenblume. Ja, Elfenblume. In Wahrheit hilft diese Arbeit mir, nicht Kathrin. Sie setzt meine schwebenden Füße auf den Boden. In Turnschuhen. Grün, mit roten Schnürsenkeln. Passend zur Schürze. Sie gibt meinem Kopf vor, was ich in diesen Stunden zu denken habe. An was ich gerade nicht zu denken brauche. Sehr heilsam, Márti. Wenn der Schwarzwaldhimmel kein Blau für mich hat. Der Schwarzwaldnebel dickschwer vor meiner Haustür liegt. Dass ich sie kaum aufstoßen kann. Wenn der gesammelte Johanna-Missmut schon am Morgen vor meine Füße kracht. Peng!

Die rosafarbenen Wände hat Kathrin aus unserer Hamburger Zeit mitgebracht. Dazu grasgrüne Kissen auf der Bank vor dem hohen Fenster. Solange man wartet, trinkt man Kaffee. Schaut auf eine Weide, die ihre Zweige auf die Dächer der parkenden Autos legt. Sie im Sommer mit Blütengelb überziehen wird. Oder man sieht dem Belgischen Riesen beim Möhrenknabbern zu. Bestaunt sein makellos weißes Fell. Nach dem jedes Kind die Hand ausstreckt. Rate doch, wie er heißt. In Hamburg würde es gehen, Márti. Das Glöckchen über der Tür würde nicht aufhören zu bimmeln. Die Leute würden Schlange stehen. Um Blumen zu kaufen, Colin zu streicheln. Kaffee am Fenster zu trinken, hinauszusehen auf Regenschirme und Asphaltpfützen. Den *Splitter Nordhimmel* suchen, der in ihnen schwimmt. Deine Worte. Aber wie weit das Schanzenviertel mit seinen Haarspangenläden, seinen rattenverpissten Treppenhäusern entfernt ist, kann ich am stärksten im Geheimen Garten spüren. Wie plötzlich irgendwo gelandet wirkt Kathrins Laden. Fernab vom eigentlichen Ziel. Achthundert Kilometer zu weit im Süden. Neunhundert? Also fühle auch ich mich wieder ein bisschen so. Fehlgeleitet, vom Weg abgekommen. Verirrt, verlaufen. Zu früh ausgestiegen. Zu spät.

Erinnerst Du Dich an den Blumenladen in der Nähe meiner Hamburger Wohnung? Wo Du mit dickem Mia-Molke-Bauch beinahe umgekippt bist? Man Dich hinter der Theke hat sitzen und Kräutertee trinken lassen? Bis Du wieder Farbe im Gesicht hattest? Während sie Sträuße banden, die aussahen wie eine Schwarzwaldwiese im Juli. Wenn der Regen weiterzieht und die Sonne alles gibt, was sie zu geben hat. Wenn ich Hyazinthen und Anemonen aus Kathrins Vasen pflücke und zusammenbinde, denke ich an diesen Hamburger Laden. In dem ich damals meine Blumen gekauft habe. Wenn ich fand, sie sollten auf meinem Tisch stehen und mir zeigen, weit draußen wächst so etwas. Fern von Häusergrenzen und *Zaunnähten*. Dein Wort.

Stell Dir vor, die Leute lächeln, wenn sie meine Sträuße sehen. Wirklich, Márti. Sie sehen sie an und lächeln. Ein Gedanke schleicht sich dann ein. Den ich nicht loswerde. Nicht verscheuchen kann. Der mich durchzuckt wie eine Deiner Lichtgirlanden. Wenn ich zwanzig, dreißig Euro für einen Strauß in die Kasse lege. Der Gedanke, ich hätte nicht Lehrerin werden sollen. Und das ist ein schlimmer Gedanke, Márti. Ein sehr schlimmer Gedanke.

Es liebt Dich,

Deine Johanna

31. MÄRZ 2009 – 07:04

Liebste Johanna,

ich wünschte, ich könnte im Geheimen Garten vorbeischauen, bei Dir würde ich meinen Strauß bestellen, bei Dir, nicht bei Kathrin, violett müsste er, ein bisschen blau dürfte er sein, ich würde einen Kaffee nehmen, mich ans Fenster setzen und mit Colin im Schoß warten, bis er gebunden wäre, bis ich meine Nase zwischen Viola und Flieder stecken und tief einatmen könnte, oder was wächst und blüht jetzt *am Tannenbühl in der Mitte des Waldes*? Bin neidisch auf Kathrin, weil Ihr Euch beim Tee erst die nachtfrischen, dann die alten unvergessenen, ewig zurückkehrenden Träume klagen könnt, bevor Du Möhren in eine Schale legst, Kathrin das Glöckchen einhängt, die Tür öffnet und den feuchtkalten, wolkengeschmückt regenverkündenden, launischen Märzmorgen hereinlässt. Wie verrückt, wie unerklärbar verrückt unsere Lebenswege sich winden und kreuzen! Warum, liebste Jo, hat es Kathrin in den schwarzen Wald, in Deine Nähe verschlagen, warum nicht mich?

Aber ich beschwere mich nicht, nein, ich schimpfe nicht, mache Dir keine Vorwürfe, heute bin ich glücklich und leicht, nicht schwerelos, aber leicht, doch, fast ein bisschen ohne Gewicht, weil ich gestern schreiben konnte, bei Lori, an ihrem alten Ateliertisch aus Kirschholz, das man wegen unzähliger Farbkleckse kaum sehen kann, die Lori über Jahre darauf verteilt hat und die mich abgelenkt und weggezogen haben, auf seltsam sich verzweigende grüngelbe Straßen, in feine rote Sackgassen, während Henri von Lori spazieren gefahren oder auf ihrem Wohnzimmerteppich bewundert wurde, den er arg zugespuckt hat. Ich hatte Ruhe, Johanna, Ruhe, verstehst Du? Zwei Erzählungen habe ich überarbeitet, eine davon *Das andere Zimmer*, auf die Du schon wartest und die ich in dieser seligen Ruhe für nahezu fertig erklärt habe, Henris Schreie hinter geschlossenen Türen *schwach wie fernes Gewitter.* Ruhe, dreimal hintereinander Ruhe, um nichts, gar nichts brauchte ich mich zu kümmern, außer Henri zu stillen, wenn Lori alle zwei, drei Stunden an die Tür klopfte und mir mein jammerndes Kindchen reichte. Trotz Loris Zitterhand, mit der sie wohl leben muss, gab es warmes Essen, Sellerie, Fleisch, Petersilienkartoffeln, eine klare Suppe vorab, keine belegten Brote wie sonst, weil es ja immer schnell gehen muss, weil keiner von uns Zeit hat, Suppen zu kochen, Suppen schon gar nicht, das Kindermädchen nicht, Simon nicht, ich nicht. Erst gegen Mitternacht sind wir los, Simon holte uns spät ab, gerade noch rechtzeitig, um nicht denken zu müssen, er hat uns vergessen, Henri und mich einfach lieber vergessen.

Vor meiner Kaffeetasse liegen Einladungen in die Länder, wo *Grobe Fährten* im Sommer erscheinen soll, ganz oder halb oder in winzigen Auszügen in einer Sammlung, das ist übersichtlich, sehr übersichtlich, Norwegen ist dabei, mein treues Norwegen, und Schweden, ich müsste nur zusagen. Aber noch zögere ich, ich höre schon die Telefonstimmen: Márta?, dein Kind brüllt seit Stunden, seit du weggegangen bist, brüllt es! Noch fehlt es mir an Ideen, wie mir das gelingen könnte, vom Flugzeug ins Hotel, Milch abpumpen mit dieser Foltermaschine, damit sie nicht aufhört zu fließen, sprechen, lesen und die Augen nicht zufallen zu lassen, obwohl mir um zehn Uhr abends genau danach wäre, nichts wünsche ich mir um zehn so sehr, wie meine Augen zufallen zu lassen, wegen meiner von Henriklagen zerrissenen Nächte – mein ständiges Schlafen später. Aber ein Bild habe ich, Johanna, ich stehle mir eine Minute, von irgendwoher noch eine, habe also zwei Minuten, in denen ich in azurblassblauer Sommerluft sitze, über mir, nur für mich, eitel selbstverliebt der sagenhaft große Nordhimmel – und ich klitzeklein darunter.

Márti

1. APRIL 2009 – 23:39

Liebste Márta,

aus dem All sinkt die Nacht mit glitzernden Nägeln – Dir klage ich meinen jüngsten Traum. Nicht Kathrin. Der alte Dämon Markus ist zurück. Führt mich jede Nacht in mein früheres Leben. Lehnt seine zwei Meter an meinen Türrahmen. Dreht seine Schulter so, dass ich die Tür nicht schließen kann. Dreitagebart und dunkle Brillenränder wie immer. Stirnlocke, die ins Gesicht fällt und unter der rechten Braue, knapp über dem Auge zum Halten kommt, wie immer. Hand am Kinn. *Bärenstimme.* Schulterschiefe Haltung. Grüner Parka gegen den Schwarzwaldregen. Alles wie immer. Das winzige, nicht auszurottende, nicht zu verbannende miese Etwas, das dicht an meinem Ohr raunt: Geh mit ihm, Johanna, geh. Auch das wie immer. Heute Nacht sagte Markus, die Ärzte schicken ihn. Ich sei zu früh aufgestanden und weggegangen. Ich solle mir etwas überziehen. Ins Auto steigen. Aber ich zog mir nichts über und stieg nicht ein. Ich habe Markus nicht hereingelassen. Ihn nicht hereingebeten. Obwohl dieses Haus einmal auch sein Haus war. Diese Zimmer einmal auch seine Zimmer waren. Nein, hereingebeten habe ich ihn nicht. Auch wenn es sich sehr aufwendig angefühlt hat, es nicht zu tun. Es mir zu verbieten. Ja, es ist das richtige Wort, Márti. Aufwendig. Als ich aufwachte, war ich glücklich, es nicht getan zu haben. So glücklich, wie ich heute Morgen sein konnte.

Es macht mir Angst, auf welchen Markuspfaden mein Hirn wider meinen Willen umherschleicht. Oder sind es meine Krebspfade? Meine Krankenhauswege? Die immer vor derselben Tür enden? *Frauenklinik. Abteilung Gyn 2. Zimmer 5.* Ich hatte gehofft, die seien stillgelegt. Verschüttet. Mit dem Moos der Wutachschlucht überwachsen. Aber der Schlaf nimmt mich mit. Wirft mich in einen Traum, den ich nicht träumen will, platsch! Ich sträube mich, ihn zu träumen. Noch den ganzen folgenden, sich bis in den Abend streckenden Tag sträube ich mich, ihn geträumt zu haben. Aber so weit bin ich noch nicht. Dass ich mir aussuchen könnte, was ich träumen will. Was lieber nicht. Eine kleine rebellische Ecke meines Kopfes öffnet Markus nachts die Tür und sagt, komm herein. Nein, du störst nicht. Überhaupt nicht. Komm ruhig, Johanna hat nichts dagegen. Auch wenn ich bei Tageslicht weiß, Markus ist längst gegangen. Ich habe gesehen, er ist gegangen. Ich weiß es doch. Das hat mein Blutlabyrinth sehr unfreundlich eingerichtet. Dass ich so viel Aufwand betreiben muss, bis es mir eines Tages gleich ist. Ich gleichgültig sein kann. Tief in meinem *Traumkopf.* Auch. Dein Wort. Faser um Faser, Vene, Knochen, Muskel, Organ markusgleichgültig. Lunge, Nieren, Herz markusgleichgültig.

Es dauert, bis ich mich nach dem Aufstehen in Studienrätin Johanna Messner verwandle. Ich verwandle mich, wenn ich meinen Tee trinke. Unter der Brause stehe. Im Radio die Frühnachrichten höre. Merke, die Welt ist noch da. Es gibt sie. Alles geschieht in wiederkehrendem Gleichklang. Im immergleichen Wechsel. Wenn ich meine Kleider überziehe. Mein Haar bürste. Locke für Locke höllenrotes Haar über den Kamm drehe. Das seine alte Länge noch eine Weile nicht erreicht haben wird. Wenn ich die Tür öffne, aufs Rad steige und losrolle. Den ersten Hauch Schwarzwaldluft atme und weiß, es wird ein kalter, nein, heute wird ein warmer Tag. Ein Tag ohne Regen. Ohne einen Tropfen Regen.

Sei unbesorgt, für andere bleibt das unbemerkt. Ich schaue wie jeden Morgen auf meine Schüler. Wie jeden Morgen fordere ich sie auf, etwas zu lesen. Etwas zu schreiben. Zu sagen. Wie jeden Morgen zeige ich auf die Tafel. Wie jeden Morgen seit eh und je. Niemand würde denken, Frau Messner ist an einem anderen Ort. Jetzt, da sie starke und schwache Verben an die Tafel schreibt. Fallen. Träumen. Entkommen. Ich entkam. Du entkamst. Er, sie, es entkam. Jetzt ist sie an einem Ort zwischen Wachen und Schlafen. Sie versucht, sich einem bösen Traum zu entwinden. Entwinde mich, endwindest dich, entwindet sich. Gerade setzt sie alles daran, ihr Markusbild zu verjagen.

Jo

2. APRIL 2009 – 23:09

Liebste Johanna,

eines Tages verwandeln sich alle in Dämonen, und uns fällt nicht mehr ein, wie wir etwas anderes in ihnen hatten sehen können. Vielleicht wird auch Simon irgendwann aussehen wie ein Dämon oder wie ein Wasserspeier an Deinem Freiburger Münster, der diese Dämonen verschrecken soll, mit seinen zu groß geratenen Ohren und Zähnen, seinen Riesenklauen. Noch tut er das nicht, nichts deutet darauf hin, dass er je so aussehen könnte, die blonden, kinnlangen Haare trägt er wie immer hinter die Ohren gesteckt, die Augen sind genauso nordmeerbleiblau tiefliegend, die Lippen, die er eins zu eins an unsere Tochter weitergereicht hat, zeigen noch genauso spitz blassrot nach oben, selbst sein Körper ist unverändert, Beine in leichtem O, Hände fein, Schultern rund, Haut weich, alles unverändert hübsch und gut, ja, noch immer gut und hübsch anzusehen.

Ich kann kaum etwas anderes tun, als um Henri herumzuspringen, also kann ich Dir nicht viel schreiben, geschweige denn Gedichte oder Erzählungen, das gehört in ein anderes Mártaleben. Simon und ich haben ein zuckersüßes Baby, das leider ein zuckersüßes Schrei-Baby ist, wie mir die Ärztin offenbart hat, nachdem Henri seit Tagen mit nichts zu beruhigen war. Er wird von Simon und mir geschaukelt, gewickelt, getröstet, getragen, gewiegt, aber nichts gefällt ihm, er wird von Mia und Franz besungen, besprochen, beflüstert, geküsst, geherzt, gedrückt, aber nichts davon mag er. Wenn Henri still ist, um Luft zu holen, höre ich sein Schreien weiter, doch die Natur hat eingerichtet, dass Simon und ich, sobald Henri wegdämmert und seufzt, sofort denken, ist er nicht wunderbar? So rosig, frisch und neu? Jetzt liegt er auf meinen Schenkeln und schläft, meine Nerven sind angeritzt, Johanna, doch ich schreibe Dir, damit Du siehst, es gibt mich, ich lebe, wenn auch nur halb, ich atme, wenn auch viel zu schnell, und wenn Ihr kommt, wird es schwierig, weil man kaum reden kann und das Gebrüll am Abend nicht auszuhalten ist – dennoch würde ich mich über nichts mehr freuen als über Dich und Kathrin auf meiner schiefen Küchenbank mit den aufmüpfigen Zupfspreißeln, vor uns auf den Brandlöchern der Tischdecke eine Flasche Marillenschnaps aus Amorbach und ein Teller handgedrehter Pralinen, von Loris Zitterfingern mit Pistazie und Kaffeebohne verziert.

Ihr fahrt doch über unsere hässliche große Stadt mit den vielen, vielen Autos und dem zurückgedrängten, röchelnden, wehrlos nadelnden Wald, über den die Flugzeuge nach West und Ost donnern? Wir könnten durch die nahen Niddaauen spazieren, hör nur, wie großartig, wie phantastisch das klingt, Henri in seinem Wagen brüllen lassen, bis wir drei im Gleichschritt den Hölderlinpfad kreuzen, ungefähr auf Höhe der 661, und uns angesichts dieser Blech- und Betonhölle zum tausendsten Mal fragen, ob es wirklich hier gewesen sein soll, dass Hölder sein wundgescheuertes Herz an Susette vergeudet und verprasst hat. Wie hört sich das an?

Die Liebe zwingt all uns nieder, aber der Mond hinter den Dächern hält gerade still. Ich kann sehen, wie er sich hinter zwei Strommasten verstecken will, nicht ahnt, dass sie zu schmal sind und es nicht ausreichen kann. Zu dumm, dieser Mond.

Schlaf gut, meine Schönste, und träum den gewünschten Traum.

Es liebt Dich,

Márta

3. APRIL 2009 – 05:04

Liebste Márta,

ich kann nicht schlafen, *über dem boden hängt der erste nebel langsam aufgestiegen aus dem holz der nacht.* Vielleicht rächt sich Henri an Dir, weil Du ihn die letzten Wochen im Bauch so verschreckt hast. Ich habe Dir beim Reden und Denken zugehört. Immerzu hast Du gesagt, ich habe noch keine Zeit, dich in die Welt zu setzen, mein drittes Kind. Ich muss an meinen Erzählungen feilen. Ich muss Kisten packen und umziehen. Den Keller ausmisten. Meinen Husten loswerden. Ich muss eine Nacht durchschlafen, wenigstens eine.

Kathrin sagt, ich soll Dir schreiben, wir kommen. Wir haben nichts gegen schreiende Babys. Wir lieben Henri. Auf die uns eigene verklemmte, unverbraucht hemmungslose Weise. Seit wir ihn an diesem klirrend kalten Februarmorgen im Marienhospital in den Armen hielten. Vor einem Fenster mit Blick in einen rotglühenden Himmel. Im Februar! Seit Henri für eine Millisekunde die Augen für uns aufschlug. Damit wir sie sehen konnten. Nordmeerbleiblau und tiefliegend. Wie die seines Vaters. Er darf also schreien. Nur zu!

Und hör sofort auf mit unserem Alter, unserem Ende, ja? Das Du am Telefon so unausweichlich ausbreiten musstest. Mir steht das zu. Nicht Dir. Ich trage eine Narbe auf der Brust. Ich bin es, die den Tod verscheucht hat. Jetzt lässt er mir Zeit. Beschenkt mich mit einem Aufschub. Gerade ist er nirgends in Sicht. Obwohl ich ein Jahr lang gedacht hatte, da hockt er in meiner Schlafzimmerecke und lauert. Weißt Du, dass ich Dein *Nacht und Tag*, Deine *Grobe Fährten* immerzu durch meinen Kopf geschickt habe? So oft durch meine Zytostatika-Venen, dass ich alle Gedichte auswendig kann? Als seien sie von mir. Als seien es meine. Sogar die Seitenzahlen kann ich Dir sagen. *Grobe Fährten*, Seite zweiundzwanzig. *Den Tod nicht ansehen. Besser vorgeben, er säße nicht hier. Wir hätten ihn nicht gehört. Nicht sein Füßescharren, nicht sein leises, unüberhörbar lautes Komm-komm.* Auch so eine Offenbarung. Von der Du nichts wusstest.

Bislang ist es also das Ende vom Krebs. Das Ende eines Tages. Einer Woche. Bei Markus und mir das Ende von zehn meisterhaft geglückten, dann vier meisterhaft verunglückten Jahren. Ich lebe noch immer. Ja, sieh und staune mit mir, Márti. Ich lebe. Hier, im schwarzen Wald lebe ich. Ich atme. Ich stehe kopf. Raufe mir die höllenroten Haare. Schlage noch immer Purzelbäume. Ohne Markus zwar und nur mit halber Brust auf einer Seite – was schlimmer ist, wenn ich ehrlich bin. In diesem Leben spiele ich noch mit. Noch einmal hat man Karten an mich verteilt. Obwohl alle dachten, mich eingeschlossen, mein Ende sitzt auf einem dieser blauen Kunststoffstühle in der Onko-Ambulanz. Wartet, bis ich aufstehe und mitgehe. Nicht weit von meinen Schläuchen und umgedrehten Flaschen. Aus denen es in mich hineintropfte. *Die Schere an meinem Lebensfaden.* Ich konnte sie spüren. Du konntest sie spüren. Auch wenn Du es nie zugeben würdest. Aber ich frage ja nicht. Es soll Dein Geheimnis bleiben. Ich lasse es Dir.

Hätte ich Kinder, wäre es einfacher. Ich müsste jedenfalls nicht immer um mich selbst kreisen. Nicht denken, ich bin das Wichtigste in meinem Leben. Die Droste-Hülshoff ist es. Ihre staubigen, gelbgenagten, abgeschickten oder niemals abgeschickten Briefe sind es. Ihr Rüschhaus. Ihr Moor. Ihre Schwäne in ihrem Burggraben. Ihr Nebel über ihrer Heide. Ihr Moorknabe. Ihr hartnäckiger Husten und ihr Weg in den Tod am blauen Wasser des schwäbischen Meeres. Mein Beruf ist das Wichtigste in meinem Leben. Weil ich sonst nichts kenne und habe. Weil ich sonst nichts bin. Nur was der Beruf aus mir gemacht hat und weiter täglich aus mir macht. Weil es das Einzige ist, was mich am Morgen wach werden, aufstehen und aufbrechen lässt.

Ohne Markus bin ich nur halb, Márti. Ich schreibe es Dir, und Du wirst es nicht weitersagen. Hätte ich Kinder, fehlte ohne Markus nur ein Viertel oder Fünftel. Nicht gleich eine Hälfte. Ich müsste mir nicht so halbiert vorkommen. Franz, Mia-Molke und Henri zu haben, sie selbst gemacht, selbst in die Welt gesetzt zu haben, muss ausreichen. Vorerst jedenfalls muss es Dir ausreichen.

Ja, ich denke zu einfach. Aber lass mich doch. Dass unter Deinem Gesicht etwas schwelt, das jederzeit losbrennen und weite Flächen ansengen kann, wusste ich immer. Deine zwei Leberflecken auf der schmalen Nase, passend zu Deinen Mokka-Augen – das konnte ja nicht alles sein. Selbst als Kind wusste ich das. *Wer bist du, sag, die so schön und ernst mir erscheint?*, hätte ich Dich damals fragen mögen. Wenn ich es schon gekannt hätte. Also frage ich heute. Dreißig, fünfunddreißig Jahre, mein Gott, Márti, fünfunddreißig Jahre später! *Wer bist du, sag, die so schön und ernst mir erscheint?*

Deine Jo

4. APRIL 2009 – 14 : 03

Liebste Jo,

etwas zu ernst gerade. Heute Nacht hat Simon so gebrüllt, dass Mia und Franz aus den Betten gesprungen sind und heulend vor uns gestanden haben. *Das Pochen im Kopf* – ich kann nicht glauben, wie verrückt Simon sein kann, nach all den Jahren kann ich noch immer nicht glauben, mit welcher Wucht er seine Sprengladungen in unseren Zimmern zwischen Bett, Tisch und Stuhl aufstellt und zündet. Tagelang, wochenlang räumen wir dann Trümmer weg, Eimer für Eimer Schutt, Drähte, Steine, Tapete, Putz, jeder so viel er tragen kann, Mia, Franz und ich, vielleicht sogar Henri, irgendein Splitter bleibt immer im Fuß und sticht bei jedem Auftreten.

Besser wäre, Du und ich, wir lebten zusammen, ich würde meine

Körberstraße, meine Márta-Horváth-Gasse, und Du würdest Deinen Waldpfad, Deine Droste-Hülshoff-Schneise verlassen, mit mir solltest Du Dich verdoppeln, Johanna, das denke ich nicht nur in den bleigrau matten Stunden, wenn Schutt und Staub durch unsere Zimmer fliegen. Niemand müsste schreien, meine Kinder müssten nicht in Nachthemd und Pyjama im Türrahmen stehen und zuschauen, wie ihre Eltern sich zerfleischen, wegen der ewig gleichen Dinge, Geld, Zeit, Geld, Zeit und wieder Geld und wieder Zeit, wer macht was, wer bezahlt was, wer hat gerade Geld, dieses und jenes zu bezahlen, wer hat gerade Zeit, dieses und jenes zu tun. Wie oft habe ich vorgeschlagen, aufs Land zu ziehen, wo das Leben billiger, einfacher wäre, aber Simon will nicht, er braucht die Stadt. Für was? Meist sitzen wir an unseren Schreibtischen, das könnten wir genauso auf dem Land, die Kinder könnten Hunde haben und Kaninchen dressieren, sie könnten aus dem Haus in den Wald, sie dürften an einem Rieselbach aufwachsen und nicht an U-Bahn-Gleisen, umtost von einer vierspurigen Straße, die sie Tag für Tag aufs Neue überleben müssen.

All meine Worte nützen nichts, wir bleiben hier, so wie wir dann immer hierbleiben, auch wenn die Druckwelle nach der Sprengung etwas auslöst in mir, etwas ablöst von mir, und ich denke, so können wir nicht weitermachen, unmöglich können wir so weitermachen, wir können so nicht weiterleben, etwas muss sich ändern, und wenn es nur die Bewegungen auf unserem Konto sind.

Deine Márti

4. APRIL 2009 – 18 : 20

Liebe Márti,

Du auf dem Land? Einem *jener abgeschlossenen Erdwinkel? Wo noch ein fremdes Gesicht Aufsehen erregt?* Du müsstest lernen,

Mäuse totzuschlagen und abends allein zu sein. Mit der Dunkelheit. Dem Himmel. Dem *Waldweben*. Besser ist, ich schicke Geld. Soll ich Geld schicken? Mitbringen?

Kathrins Mutter wird über Ostern aus Esslingen anreisen. Den Geheimen Garten übernehmen. Ein paar Tage Blumen zu verkaufen ist ihr willkommene Abwechslung zu kranken Knien und Bandscheiben, mit denen sie sonst zu tun hat. Auch wenn Kathrin sich sorgt, dass etwas schiefgehen könnte. Aber um einmal ohne Mann und Kinder wegzukommen, bleibt ihr nichts anderes. Die Kinder werden mit Claus in die Vogesen fahren. Claus hat ein Fünf-Mann-Zelt besorgt, in dem man stehen kann. Wir haben es gestern hinter dem Blumenladen aufgebaut. Heringe in den Boden geschlagen. Stangen aneinandergesteckt. Während Kathrin Kirschzweige und Korkenzieherweide in die Vasen stellte. Die Kinder haben geschrien vor Glück. Haben Colin im Zelt springen lassen. Sind in ihre Schlafsäcke geschlüpft. Haben alle Reißverschlüsse auf- und zugezogen. Die Campingtöpfe umgedreht und mit den Löffeln draufgeschlagen. So laut, dass wir uns die Ohren zuhalten mussten.

Also ja, wir kommen. Wir kommen!

Umarmung,

Deine Johanna ·

5. APRIL 2009 – 13:29

Liebste Johanna,

ich kann mich selbst nicht aushalten, wie könntest Du es dann? Sitze in meinem tiefen Brunnen, in den ich nicht nur wegen Simon gefallen bin, nein, aber so viel weiß ich, Simon hört mich nicht, wenn ich laut winsele und gegen die klammen Wände schlage, *wenn ich doch nicht so viel geweint hätte, zur Strafe dafür soll ich jetzt anscheinend in meinen eigenen Tränen ertrinken*! Ich habe keinen Rat, wie ich nach oben steigen soll, wer mich hochziehen und befreien könnte, hättest Du vielleicht Zeit? Johanna, Liebste, ich stehe neben mir, *ich ist eine Andere*, ich habe keine Kraft, nicht einmal fürs Aufstehen am Morgen, es reicht kaum, den Wecker auszustellen, die Decke zur Seite zu schlagen und nach meinen Hausschuhen zu tasten, wie soll ich so die nächsten Jahre überleben?

Könnte ich nie mehr schreiben, wäre mir das gleich. Siehst Du, das macht mir Angst, macht mich krank vor Angst, so ungut und übermäßig krank, dass ich kaum Luft kriege und mich beuge vor lauter Kranksein, weil nie etwas wichtiger war, als Wörter auf mein Nervenband zu fädeln und geordnet in mein Heft zu schreiben. Aber wenn das Schreiben mir nichts mehr bedeutet, was soll mit mir, wer soll ich dann sein? Johanna, entschuldige, dass ich damit bei Dir anklopfe, aber dieses überschwappende Gefühl löst sich nicht auf, als sei alle Lust aus mir gezogen. Mein Überleben im Alltag kostet mich jede Kraft, zum Schreiben bleibt mir keine – die letzten Jahre haben zu viel eingefordert, mir zu vieles genommen, geraubt, entwendet, gestohlen, sag es, wie Du willst, öffne Deine Wortkiste und finde Du ein Wort dafür. Trotz des Glücks, Erzählungen zu schreiben, keine Gedichte, ein Buch aus Mártasätzen zu knüpfen, zwischen zwei Deckeln Pappe Zeile für Zeile Mártawörter, Wörter von mir, Márta Horváth, ist der Herbst, der Winter in mir geblieben, auch Henri hat ihn nicht weggeseufzt, nicht einmal weggebrüllt hat er ihn, Tag um Tag setzt er neue Eisspuren, obwohl in den Vorgärten der Körberstraße die Magnolien und Forsythien auftrumpfend losblühen.

Lori tröstet mich mit ihrer wunderbaren Altstimme, wie geschaffen fürs Trösten, sie wird nicht müde, zu sagen, es geht vorbei, Mártilein, sicher geht es vorbei, vielleicht kehrt es zurück, aber auch dann wird es vorbeigehen, das Dumme ist nur, du musst es aushalten, Kindchen, solange es da ist, musst du es aushalten.

Also liege ich auf meinem schmutzigen Sofa, der schreiende, gurgelnde, schlafende Henri neben mir, starre zur Decke und halte es aus, ja, halte es aus, so gut ich kann, Johanna, ich warte, bis es vorbei sein wird, Futur eins, so lange aber bewegt sich nichts in ein Plus oder Minus, mein Pendel schlägt in keine Richtung. Lori sagt, ich soll die kleinen Dinge sehen – gut, sehen wir die kleinen Dinge, Loris Pralinen, die für Euch bereitstehen, Walnuss, Marzipan, Nougat, den Fensterausschnitt meiner Küche, darin den frühlingsblauen Frankfurter Himmel, Flugzeuge, Kondensstreifen, trotz April noch immer nackte Winterbäume.

Ich nehme mich zusammen, bündele meine Kräfte und schaue meinen Kindern beim Wachsen zu, das ist einfach. Warte, bis Mia und Franz nach Hause kommen, und lasse sie den Mollakkord wegsingen, der sich in meinen Tag gefressen hat, sie trösten und halten mich mit ihrem reinen C-Dur, allein mit ihrer Art, die Stufen hochzustürmen, Taschen, Schuhe, Jacken wie lästige Gewichte abzuwerfen und in jeden Winkel unserer zugestellten, vollgestopften, überlaufenden, staubsüchtigen, schuttgeschundenen Zimmer Leben zu sprühen, ihr Gelächter und Gekicher auszuschütten, mich mit ihm zu überfallen, es über mir auszugießen, mich mit ihm nass zu machen und zu tränken.

Und dass Ihr kommt! Ihr kommt doch? Morgen Abend setzt Ihr Euch an meinen Tisch und schenkt den ersten Schnaps ein? Kurz bevor die Osterfeuer angezündet werden? Mia wird Räder schlagen vor Glück, und ich werde es auch.

Es liebt Dich,

Márta

19. APRIL 2009 – 22:57

Liebste Márta,

war das herrlich, mit Lori und den Kindern am langen Tisch zu sitzen. Mit der großen, zu großen Mia auf meinem Schoß. Wozu das schnelle Wachsen? Henri zu bewundern. Ja, er schreit. Natürlich schreit er. Aber es hat uns nicht gestört. Mich nicht. Kathrin nicht. Sie sagt, sie hat doch vor schreienden Kindern keine Angst. Vor vielem hat sie Angst, ja. Vor dem Weltende. Einem Atomkrieg. Dem Waldsterben. Den überfluteten Küsten. Dem Kredit. Aber nein, bestimmt nicht vor schreienden Kindern. Ich danke Dir für die Gemüsesuppe. Den roten Wein. Die vielen bunten Gläser Marillenschnaps. Das frisch von Mártahand bezogene Gästesofa. Dafür, dass Du nicht um zehn mit dem Kopf auf der Tischdecke eingeschlafen bist. Sondern bis in die Nacht mit uns gelacht, ein bisschen sogar getrunken hast. Ein kleines bisschen. Lebendig bist Du mir übrigens doch vorgekommen. Gar nicht wie eine Brunnenbewohnerin. Eine *Tränenteich*schwimmerin. Nach Deiner alten Lebenslust hast Du fast ausgesehen. Nach Deiner schönen alten, hochbewährten Mártalebenslust.

Nachdem Kathrin zu viele Bakterien bei Euch abgeladen hatte, für die Ihr keinerlei Verwendung habt, ist sie wie immer tapfer, ohne zu ermüden diese elende Strecke gefahren. Mit Hustensprays und Lutschtabletten im Handschuhfach. Hamburg. Fehmarn. Dänemark. Ein verrücktes Stück Autobahn. Nur um in Hamburg die alten Freunde zu treffen. Einmal in die Alster zu spucken. Einer Hafenmöwe hinterherzuwinken. Ein Jahr, das vergehen würde, ohne an diesen Orten gewesen zu sein, wäre für Kathrin ja ein verlorenes Jahr. Ohne durch Eppendorf, Altona, durchs Marktviertel spaziert zu sein. Die Fassaden besucht zu haben. Ihre Hausgesichter. Hinter Altenteil aufs Meer geschaut und ihre klopfend hämmernde Sehnsucht ins Wasser geworfen zu haben. Deshalb habe ich mich also von Kathrin überreden lassen. Auch wenn das Jahr noch lang ist. Mag sein, ich verabschiede mich endgültig von den großen Städten, Márti. Hamburg nach zwei Tagen loszulassen, fiel mir nicht schwer. Zum ersten Mal nicht. Nicht wie sonst, wenn ich bei jeder Abreise gedacht hatte, wie kann ich diese Stadt aufgeben? *Ihren regen-unterlaufenen, treulos nach Wolken jagenden Himmel?* Dein Satz. Manchmal denke ich, bei Kathrin und Claus ist es nur eine Frage der Zeit, bis sie ihre Sachen in Kisten packen und zurückgehen. Obwohl die Kinder auf diesem runzligen Forsthof ein Leben führen, wie sie das in Hamburg nie könnten. Freiglücklich hinter dem Jägerzaun durchs hohe Schwarzwaldgras springen. *Im Wiesenschaumkraut in Schafgarben verschwinden.*

Auf der Fähre nach Rødby hat ein Laster im Vorbeifahren unsere offene Wagentür an der Fahrerseite fast abgerissen. Sie war nicht mehr zu schließen, hing weit geöffnet über dem Boden. Die dänische Polizei konnte gerade nicht, die deutsche war nicht mehr zuständig. Also haben wir eine Weile auf die Wellen geschaut. Auf die an- und ablegenden weißen Rødby-Puttgarden-Schiffe. Die Tür dann selbst geklebt. Kathrin hatte in ihrem Notkoffer zwischen Pflaster, eingetrockneten Pastillen, Zeckenspray und Lupe auch Klebeband. Mir zuliebe hat sie sich in Kopenhagen hustend durch die Glyptothek geschleppt. Am Abend mit der Höchstladung Aspirin ins Hotelbett gelegt. Während am Nyhavn das Biertrinken losging. Stimmen und Gelächter hoch zu unserem Fenster drangen. In der Nacht war sie heißgeglüht. Atmete schwer und unruhig. Bestand aber am Morgen darauf, die Küste zum Tania-Blixen-Haus hochzufahren. Dahinter das kleine Stück zum Louisiana. Den besten Ort, den Menschen gebaut haben, sagt Kathrin. Stimmt ja auch. Wo sie unter dem nahen Öresundhimmel nur auf dem Rasen lag. Am saftiggrünen Hang, den die blonden Dänenkinder hinabrollten. Ich lief allein durch die Gänge, besorgte Tabletten im nahen Einkaufszentrum. Erst Mitternacht sind wir zurück. Unter Fernfahrern über ein nachtschwarzes Meer. Am nächsten Tag lag Kathrin wieder im Fehmarn-Bett. In unserer Pension in Petersdorf. Immer noch mit Fieber.

Nach unserer Rückkehr hat ihr Arzt eine Lungenentzündung festgestellt. Ich bin erschrocken. Lungenentzündungen und ich – das ist so eine bitter schwelende Sache. So ein Pfeil, der nicht aufhört, sich selbst abzuschießen. Claus hat uns abwechselnd sehr böse angeschaut. So böse er kann. Immerhin ist Kathrins Fieber inzwischen abgeklungen. Es geht ihr besser. Angeblich so gut, dass sie morgen in den Geheimen Garten will. Nach dem sie Sehnsucht hatte. Jedes Mal, wenn wir in Hamburg oder Kopenhagen vor einem Blumenladen standen, habe ich das in ihrem Gesicht ablesen können. Ihre Mutter hat keine Eile, nach Esslingen zurückzufahren. Sie sagt, sie bricht erst auf, wenn Kathrin einen Tag lang nicht gehustet hat. Na, das kann dauern.

Aber ich habe das Meer gesehen! *Das blau flammende Meer!* Meinen müden Kopf mit Seeluft gefüllt. Von der ich noch über habe. Ja, Seeluft im schwarzen Wald. Ich habe meine Füße ins Wasser gesteckt. Wie Deine *Zehentaucherin.* Mich gezwungen, nicht an Markus zu denken. Nicht so, als sei er gestern erst gegangen. Wie sie habe ich Schuhe und Strümpfe in den Sand geworfen und bin in die Brandung gelaufen. Nur dass ich mir nicht das Leben genommen habe. Das nicht. Nach der Überwindung, die es kostet, die Zehen im eisigen Wasser zu versenken, spürt man, wie sanft es ist. Man wird unendlich belohnt. An diesen leeren Stränden von Fehmarn wird man unendlich belohnt.

Es liebt Dich,

Johanna

2. MAI 2009 – 05:19

Liebste Jo,

Henri hat mich geweckt, einschlafen kann ich nicht mehr, unter diesem faden Maihimmel, ein Nerv hat sich unter meine Rippen geklemmt, ich bin von Arzt zu Arzt, habe vor Schmerzen geweint und mein Bübchen nicht halten und stillen können, Simon hat den brüllenden Henri geschaukelt, und ich habe mir schluchzend den Rücken gehalten. Jetzt liegt Henri auf seiner Decke, ich verschiebe mein Schlafen auf später und schreibe Dir, während Henri summt und gurrt wie ein Täubchen, der anbrechende Tag sich bereithält und der Regen laut an mein Fenster klopft, *graukaltspitzer Stadtregen*, noch ein verregneter Frühling, der wievielte wohl, von wie vielen?

Wie seht Ihr auf den Bildern wunderbar zerzaust aus! War es der Ostseewind oder der vom Kattegat, man möchte in Euer rotes, Euer blondes Haar greifen und es aus den Gesichtern streichen, damit man Euch besser sehen kann! Eure Schokohasen mit Samtband und Glöckchen sitzen auf dem Fensterbrett im durcheinandergeratenen, von den Kindern täglich durchwirbelten Osterschmuck, den ich nicht abräumen darf, zwischen handbemalten Eiern, Nestern aus Stroh und Gras und Eurem Kaffeepäckchen, vakuumverpackt von Kolben in Freiburg. Ich hätte vorher schreiben sollen, aber die Arbeit mit Henri verdreifacht sich nicht, sondern verzehnfacht sich, die Zeit frisst mir alles weg, Johanna. Oder ist es anders, ich bin nicht sicher, wird die Zeit von etwas weggefressen? Tage und Nächte verfliegen, gefüllt mit Kindergeschrei und laut nistenden Vögeln unter unserem Dach, die einsetzen, sobald die Kinder aufdrehen, als wollten sie einen Wettstreit austragen und munter weiter zwitschern, sobald die Kinder zwei Sekunden still sind – oder zwitschern sie ständig, aber ich kann es nur hören, wenn die Kinder einmal schweigen? Simon und ich, wir haben keinen Augenblick für uns, nachts tragen wir Mia und Franz in ihre Betten, Füße, Arme, Kopf baumelnd, zu jeder Stunde ein anderes Kind, das zwischen uns, in unsere Mitte gekrochen ist, in die Mulde aus Kissen, Mártaschulter und Simonduft, oder ich taste mich durch die Dunkelheit, um den weinenden Henri aus der Wiege zu heben, so benommen, als hätte er mich aus tiefstem ruhigen Schlaf gerissen, obwohl ich den schon lange nicht mehr kenne, diesen tiefruhigen Schlaf, von dem ich erholt aufwache. Schlafen werde ich später einmal, wenn ich alt bin, werde ich schlafen, Johanna, Nacht und Tag, soviel ich will.

Nachdem Ihr an der Ecke Körberstraße Richtung Norden abgebogen seid, sind wir Hals über Kopf nach Sark, so wie es unsere Art ist, Hals über Kopf, Simon mit einem Auftrag fürs Reiseblatt in der Tasche, von dem er nichts gesagt hatte, seine Osterüberraschung für mich. Erst habe ich ihn verflucht, dann unsere Taschen gepackt für eine haarsträubende Reise über den Atlantik, von Saint-Malo auf die Fähre nach Jersey, dort aufs Schiff nach Guernsey und weiter nach Sark, bei jedem Abschnitt hatte ich Angst vor kotzenden Kindern, und ja, Mia hat alle verfügbaren Tüten vollgespuckt, aber Franz trug den schreiend roten Ball, den Du ihm geschenkt hast, treppauf, treppab von Fähre zu Fähre, auf Sark dann vorbei an Schafweiden, Pferdekoppeln und einem moosüberwucherten Friedhof mit kippenden Grabsteinen, so unaufdringlich hübsch, der Tod könnte einem fast gefallen. Hasen schauten ihm zu, wie er den Ball warf, rollte, kickte, köpfte, schlug und trat, als wir ankamen, hob die Hotelchefin den schmierschlammigen Ball auf und trug ihn zwischen spitzen Fingern auf unser Zimmer, ohne eine Miene zu verziehen, als sei es das Gängigste auf Sark, den dreckigen Ball eines Jungen mit eisverziertem Mund und kurzen Hosen in ein blitzsauberes *anderes Zimmer* zu tragen.

Jeden Abend haben Franz und Mia diesen Ball im lauen Osterwind auf der leergefegten, in Staub ertrinkenden Hauptstraße zum Himmel gejagt und Wolken mit ihm abgeschossen, ja, piffpaff abgeschossen, während Simon nach Sätzen suchte, aus denen er seinen Textteppich weben würde. Tags lief er durch die Atlantiksonne und griff nach den Geschichten, die überall herumliegen, man muss sie nur aufpicken, unter Steinen und Büschen warten sie darauf, gefunden und erzählt zu werden, Krieg, Adel, Schiffsunglücke, Steuersünder, Pferdekutscher, Hunde und Wind, viel, unendlich viel Wind, der die Häuser zerzaust und Bäume schieflegt. Molke und Franz schoben Henri im Kinderwagen durch Bärlauchwälder, über fußschmale Ginsterpfade zum großen Wasser, dem Rauschen nach meerabwärts, wir alle leicht und fröhlich, selbst Simon, selbst ich, es war mir gleich, wie viel Henri schrie, ich bilde mir ein, es war weniger. Wenn er festgezurrt in seinem Tuch auf Simons Brust geseufzt hat, war ich glücklich, Johanna, nicht nur über Mia, Franz, Henri und Simon, weil sie zu mir gehören, weil ich zu ihnen gehöre, nicht übertrieben, hochtrabend, lächerlich bekloppt glücklich, aber doch glücklich, so still und leise vor mich hin glücklich, so glücklich, wie ich es gerade sein kann, jedes Mal, wenn wir am Wasser standen und sagten, Henri, das ist das Meer, siehst du, hörst du es?

Die Stadtvögel fangen jetzt aufdringlich laut mit dem Zwitschern an, der Regen lässt nach, und ich muss meinen Tag beginnen, schnell noch dies eine, das ich Dir seit Sark schreiben will. In den Auslagen der Cafés und Geschäfte dort hingen Schilder ›Summer season – Help wanted‹. Vor einer Bäckerei mit maisgelb gestrichenen Fenstersprossen blieb ich mit Herzschmerzen stehen, als ich ›contact Kate‹ las. Mit zwanzig hätten wir sofort angeheuert, Johanna, wir hätten nicht nachdenken müssen, wir hätten einen kühlgrünen, windzerwühlten, heckenrosenduftgetränkten Sarksommer lang Brötchen und Kaffee hinter dieser Theke verkauft und in den Nächten unterhalb der Weiden an den Piratenstränden im klammen Sand den Himmel ausgelacht. Ach, Johanna, fern und verloren!

Márta

6. MAI 2009 – 00:16

Liebste Márta,

schwarze Nacht legt sich um die Berge. *Da hebt der Abendstern gemach sich aus den Föhrenzweigen.* Meine Traumabgründe rufen. Ich soll in ihnen jagen. Pfeil und Bogen schultern und losziehen. Nur diese wenigen Zeilen. Bevor ich die Stiegen nach oben gehe. Vorgebe zu schlafen. Mich weiter mit dem Mond anfreunde. Ja, großartig wäre es, mit Dir einen Sommer lang auf Sark Kaffee und Hörnchen zu verkaufen. Am Abend sonnenverbrannt in einer Bucht zu dösen. Im Wind das Salz der Freibeuter. Stattdessen sitze ich über Ideen für Deutschklausuren. Von direkter zu indirekter Rede. Er sagt, ich habe aufgehört, dich zu lieben. Er sagt, er habe aufgehört, sie zu lieben. Er sagt, ich verlasse dich. Er sagt, er verlasse sie. Er sagt, morgen gehe ich. Er sagt, morgen gehe er.

Ich ärgere mich, dass der Frühling den Winter neu einbestellt hat. Als hätte er schon keine Lust mehr. Zum Radfahren muss ich wieder Handschuhe und Mütze anziehen. Und dass ein Sarksommer für uns wohl nie mehr kommen wird, Márti. Vielleicht, wenn ich in Rente gehe. Also in dreiundzwanzig Jahren. Wenn Deine Kinder zum Studium nach Amerika aufgebrochen sein werden. Futur zwei. Aufgebrochen sein werden. Aber Kate wird wahrscheinlich nicht mehr leben. Und wer will uns dann noch haben?

Johanna

13. MAI 2009 – 23:57

Liebste Jo,

mich will sicher keiner haben, nur der Alltag schließt mich in seine großen dicken Arme, als habe er mich schmerzlich vermisst, der Aufstehalltag, Schulalltag, Stadtalltag, mein Alltag aus Erschöpfung und Pfeifen im Ohr, das auf Sark schüchtern

geschwiegen hat, oder war nur der Wind zu laut, um es zu
hören?

Während ich Dir schreibe, verabschiedet sich ein mild lockender
Maiabend, der mich aufs Dach unter seine Sterne geholt hat, *die
Nacht ist meine Wohnung* – gelogen, Sterne gab es keine, ich habe
sie mir bloß zurechtgeträumt, in den maiblauen Abendhimmel
gemalt, als ich die Leiter hochstieg und die Wohnung unter
Dreck und Müll habe versinken lassen, zwischen Müslibrocken
und Resten von Lutschbrötchen, Bilderbüchern und Rasseln,
Kleidern und Schuhen, die nicht mehr zuzuordnen sind. Franz
hat die Waschmaschinentür aufgehebelt, er hat die Schrauben
herausgedreht, verteilt in unauslotbare Nischen und die Tür aus-
gehängt, das Bad ins Schlafzimmer getragen, die Küche ins Bad,
durch alle Zimmer baut er Landeplätze für Raketen, auf einem
feinen Weg der Verwüstung aus Taschentüchern, Shampoofla-
schen und Henris Spuckfäden. Dazu zeigt die Schule ihr übliches
Gesicht, Mias Hauptlehrerin ist krank, die Nebenlehrerin auch,
die Kinder haben Rollerpause und Mandalamalerei, Mia könnte
genauso gut zu Hause bleiben, aber hier warten ja nur ihre blöden Eltern, der Vater schreit, die Mutter schreit, dritte Person
Singular, Prädikat im Präsens, der Vater brüllt, die Mutter brüllt,
der Vater rauft sich die Haare, die Mutter rauft sich das Haar, Ak-
kusativobjekt im Singular, der Vater wirft mit Dingen um sich,
die Mutter wirft mit Dingen um sich, Dativobjekt im Plural, und
so weiter, endlos weiter in unserer überdrehten, heißgelaufenen
Horváth-Leibnitz-Wutspirale. Das Telefon ist kaputtgegangen,
mitten im Gespräch mit Ildikó hat es sich tot gestellt, vielleicht
um mich im letzten Augenblick zu retten, mich zu schnappen
und in Sicherheit zu bringen, vielleicht macht es deshalb keinen
Mucks, bis mein Körper im Futur zwei herausgefunden haben
wird, welche tiefliegende Reserve er noch entdecken könnte,
vielleicht hat er eine Spur und folgt ihr.

Die Kinder saugen mein Leben weg, Johanna, wer ungestört arbeiten will, darf keine Kinder haben, wer etwas anderes erzählt, lügt, aber das weiß ich erst jetzt, niemand hat mir das früher gesagt, alle haben geschwiegen. Zum Schreiben komme ich kaum, jetzt, da ich schreiben müsste, das Schreiben heftig an meinen Kopf, meine Hände klopft und raunt, schreib, schreib, schreib, dreimal hintereinander, Márta, schreib endlich! Etwas braut sich in mir zu dieser Wortbesessenheit, dieser Satzversessenheit zusammen, ich drifte davon und schrecke hoch, sobald sich jemand aus dem echten, wirklichen Leben meldet, dem Leben in der Körberstraße zwölf. Die zwei halben Tage Kindermädchen für Henri fressen viel Geld und sprudeln einfach weg, weil zu vieles liegenbleibt, das mir dann erst auffällt. Aber ich habe doch geschrieben, Johanna, hier haben sich Kindermädchen, Lori und Simon abgewechselt, ich durfte in meinen trüben Erzähltümpeln fischen, und es hat mich ruhiggestellt, auch wenn ich ständig denken musste, nie wird es fertig, nicht in diesem Leben. Den abgerissenen Faden nach Tagen oder Wochen aufnehmen, im Kampf gegen heftige Schübe von Mattigkeit, ist fast unmöglich – aber schlafen werden wir später einmal, wenn wir tot sind vielleicht.

Ich zwinge mich zu denken, bescheide dich, Márti, zeig Demut, wie du es vor Jahr und Tag auf einer harten Höchster Kirchenbank neben Johanna gelernt hast, richtig arbeiten kannst du erst, wenn auch Henri jeden Morgen das Haus verlässt – das ist der Kampf, den ich täglich austrage und verliere. Der Kindergarten sagt, kein Platz, Franz ist auf der Warteliste die vergessenswerte Nummer siebenundvierzig, uns bleibt die tägliche Fahrerei ans andere Ende der Stadt, merke, mit Kindern niemals umziehen, man darf sich zwanzig Jahre nicht bewegen, muss an ein und derselben Stelle ausharren und dort Klinkenputzerei betreiben, auch so etwas, das mir niemand gesagt hat, dass ich mit Kindern ständig würde Klinken putzen müssen. Nur Klein-Henri hat einen Platz in Aussicht, er ist die Nummer eins seines Jahrgangs, weil ich ihn vor der Geburt angemeldet habe, geht alles gut, hat er seinen Platz in nur zweieinhalb Jahren!

Über allem werde ich verrückter und dünnhäutiger, meine Haut wird dünner, mein Kopf verrückter, ich brülle die Kinder an wegen nichts, Franz wegen seiner langen, kurzen, dicken, dünnen Stöcke, die er tausendfach unter hundeverpinkelten Stadtbäumen aufliest, mit seinem Schnitzmesser zu Pfeilen spitzt und als Rätselpfad durch alle Zimmer legt, Mia wegen eines zerknittert angefressenen Papiers, das ich aus ihrem Ranzen ziehe. Später werde ich sagen, die Kinder haben mein Leben weggesaugt, als alte Frau werde ich das zu Dir sagen, also, wenn ich richtig alt sein und mit Dir bei einem Schnaps sitzen werde, im schwarzen Wald, in Hamburg oder hier, wo immer das sein wird, werde ich sagen, hör mal Johanna, meine Kinder haben mein Leben weggesaugt, Mia, Franz und Henri haben es weggesaugt, weg ist es.

Trotzdem ängstigt es mich, wenn sie nicht da sind, wenn sie mit Lori losziehen, um Stadtsträuße zu binden, aus Löwenzahn, Gänseblümchen, Wiesenschaumkraut, Bärenklau, wenn sie bei meinen Eltern übernachten, im Gepäck vier Flaschen abgepumpter, tiefgekühlter Mamamilch, wenn sie bei meinen Schwestern sind, bei Ildikó in der Rotlintstraße, bei Anikó in Stuttgart-Degerloch, wenn sie mit Simon an einem mildregnerischen Frühlingstag wie heute, wie gestern, wie vorgestern, die Fähre zum Höchster Schloss nehmen, zu Deiner verwunschenen alten Heimat aus krummen Altstadtgassen und Klinkersteinen, nach Fischen in der Nidda Ausschau halten, aber keine finden, und ich mich erinnere, aha, so war mein Leben früher einmal, ich und ich und wieder ich. *Träume, Prinz? So wären es Träume nur gewesen?*

Du kannst Dir nicht vorstellen, wie sehr ich ringe um ein Quäntchen Schreiben, um einen Hauch Ich, nein, kannst Du nicht, auch wenn Du vieles kannst, das wird Dir nicht gelingen – doch nachts die Nase an mein duftendes, winziges neues Söhnchen zu halten und so einzuschlafen, wer will das ersetzen?

Márti

21. MAI 2009 – 18:46

Liebe Márta,

was soll ich sagen? Wohin soll ich mich retten? Wer und was bleibt mir im Alter? Noten, die ich verteilt habe? Mein lächerlicher Traum ist, als alte Frau irgendwo in dieser mittelmäßigen Welt angesprochen zu werden. An einem Strand in Thailand. Unter einem Gipfelkreuz in den südlichen Dolomiten. In einer Barockkirche am Bodensee. Am liebsten dort. Gefragt zu werden, Verzeihung, sind Sie nicht Frau Messner? Sankt Anna? Zu hören, wie sehr ich als Lehrerin taugte. Wie ich die Liebe zur Literatur in jemandem geweckt habe. Zur Malerei. Zum Sport. Das bleibt mein bescheidener Ausblick. An dem ich mich festhalte. Ja, lächerlich.

Einen Jungen gibt es in meiner Klasse – der reinste *Knabe im Moor*. Er zeichnet. Gesichter. Körper in Bewegung. Hände. Vor allem Hände. Kinderhände. Erwachsenenhände. Zusammengelegte, gefaltete, klatschende, ringende Hände. Immer wieder Hände. Aber die Bewegungen wirken langsam. Ein bisschen wie gelähmt. Auch in seinen Naturbeobachtungen. Auffliegende Vögel. Mit weit ausgebreiteten Flügeln. Fischadler. Sperber. Wanderfalken. Ein Nest mit Jungen. Die ihre federlosen, nackten Hälse nach Futter strecken. Eine Baumreihe aus Tannen, der schwarze Wald gibt sie vor. Bachlandschaften. Gebirgszüge. Unendlich filigran und ziseliert. Natur und Mystik, Márti. Überall Schattengeister und Nebel. Schweiß und Blut des Dickichts.

Mein altes Thema, mein Ich, mein Mir. Das mich mit Jan wieder antippen und einen nächsten Kreis öffnen will. *Er ist ein Junge wie'n Reh*. Der in alles Finsternis zeichnet, Geheimnis. So weite Räume öffnet, dass ich beim Betrachten schwanke. Ich kann mir nicht erklären, woher Jan solche Räume nimmt. Solche Abgründe kennt. Wie er in seinem Alter so verwinkelt, verschachtelt sehen kann. Gesichter verstehen und zeigen kann, was sie zu verbergen haben. Zu verstecken wünschen. Das verstört mich. Gibt mir oft zu denken. Wenn ich abends auf meinem Sofa liege und versuche, den Gedanken an Schule und Schüler lieber nicht mehr zu denken. Nicht noch in den Abend, die Nacht hinein.

Wie oft begegnen mir solche Talente? Einmal in meiner Schullaufbahn? Zweimal? Sie zu finden wäre doch meine eigentliche Aufgabe. Bei einem zeichnenden Jungen ist es einfach. Es gibt wenige. Jan ist *fein und schlank für sein Alter, mit zarten, fast edlen Zügen; übrigens mit dem Ausdruck einer gewissen rohen Melancholie*. Er riecht, wäscht sein Haar nicht. Seine Kleider sind entweder zu klein, zu eng oder zu groß und zu weit. In der Sportstunde ist er der Einzige mit Straßenschuhen. Ich lasse es ihm durchgehen. Kommentiere es nicht einmal. Gebe vor, es nicht gesehen zu haben. Ich will ihm ersparen, sich auch darum noch kümmern zu müssen. Er scheint genug im Kopf zu haben, was ihn aufscheucht und umtreibt. Die Kinder sagen nichts. Obwohl sie sich sonst über jede Benachteiligung sofort beschweren. Über jede Ungerechtigkeit. In dieser Sache halten sie zu ihm. Sind mild. Auch wenn ich glaube, dass Jan keine Freunde unter ihnen hat. Aber sie lassen ihn auf Strümpfen turnen. Barfuß. Oder auf der Bank sitzen. Wo er sofort anfängt zu zeichnen.

Johanna

1. JUNI 2009 – 10:24

Liebste Jo,

Lori hat die ersten Pfingstrosen gebracht und Henri ausgeführt, geht mit ihm durch Grüneburgpark und Palmengarten, also kann ich Dir schreiben, von meiner kurzen Reise aufs nahe Land, meiner willkommenen Abwechslung, weil man *Nacht und Tag* hören wollte, von mir vorgetragen, aus meinem Mund, mit meiner Márta-Horváth-Stimme, in der Provinz, der echten, tiefen, wo man die sonderbarsten Menschen trifft, die mir wie unter einem Brennglas erschienen sind, nah und überdeutlich in ihren leeren Landschaften und überfüllten Gasthöfen. Nur zwei Stunden Zug nach Nordosten, und die andere Welt beginnt, wo sie unter Wolkengirlanden leben, ihre Gärten *morgentaugetränkt*, ihre Häuser *dachrinnenvertäut* – nie bin ich sicher, ob in diesen schlafenden Dörfern überhaupt jemand meinen *Kleistergedanken* folgen will, zersägt von den Autorennen der Jugend am Abend, eingekreist von Hügeln und ihren aufgestickten Wäldern, *Sommerfrischenwälder*, am Ende des Tals mein kleines Hotel, mit Liegestuhl und einem Teller Kirschen, ja, Kirschen Anfang Juni, nur für mich dorthin gestellt, damit ich sitzen, Kerne durch die klare Landluft spucken und meinen Blick an die grünwuchernde Wiese verlieren konnte, an die sich unermüdlich jagenden, treibenden Bienen und Hornissen.

In der Gaststube ging es nach meiner Lesung laut ausgelassen weiter, die Wirtin stellte Flaschen und Gläser hin, für eine Handvoll Leute, darunter eine Maskenbildnerin, die Perücken fürs nächste Theater knüpft, das weit entfernt sein muss. Der Braten war gut, das Bier war gut, eins hatte ich mir erlaubt, wir redeten über ölverpestete Meere und den Unwillen, die Welt zu retten, lachten laut und viel, die anderen tranken laut und viel, nach Bier und Obstler noch eine Menge anderes, und erst am Ende, als es mich schon sehr zum Bett zog, ich mich in Gedanken verabschiedet hatte und aufbrechen wollte, schob meine Gastgeberin den linken Ärmel ihres Cardigans hoch, und ich konnte die Narbe über ihrem Handgelenk sehen, nicht alt und blass, sondern frisch und rot, nicht quer, sondern längs, so wie es sein muss, damit es etwas wird, damit es auch gelingen kann.

Diese lachend leichte, biertrinkende, obstlertrinkende, hinreißende Frau, die mit Dir und mir an jedem Caféhaustisch sitzen und plaudern könnte, diese Frau mit dem großen Elan, Lesungen mit so hoffnungslos hoffnungsvollen Dichtern wie mich aufs Land zu bringen, mit dieser langen roten, halbwegs frischen Narbe unter dem Handgelenk – die halbe, nein, die ganze Nacht habe ich das nicht zusammenfügen können, Johanna. Ich habe mich in den Kissen gedreht, die Augen aufgeschlagen und den Mond im Himmel gesucht, die Sterne, ihren Sternenstaub, Kometen, Achterschiffe und Eidechsen und noch etwas anderes, das ich aber nicht gefunden habe. Ich habe die Augen geschlossen, wieder geöffnet und in die Dunkelheit gestarrt, auf meinen Wecker mit der alarmroten Digitalanzeige, auf die zwei blinkenden Punkte zwischen den Ziffern, vier Uhr sechs, vier Uhr acht, vier Uhr zehn, und habe das nicht zusammenfügen können, Johanna, die ganze Nacht nicht, nein.

Márta

5. JUNI 2009 – 17:08

Liebe Márta,

eigentlich will ich an diesem leuchtend sonnengelben Junitag keinem bitteren Gedanken folgen. Der schwarze Wald zeigt ein Gesicht, als wäre schon richtig Sommer. Frauenmantel und Moosaugen fangen mit dem Blühen an. Vielleicht ist es nur Zufall, dass wir zwei noch leben, Márti. Alles ist möglich, jeder trägt alles mit sich. Auch so ein Spruch meiner Mutter. Wahrscheinlich von Böhmen nach Wien mitgebracht. Der alten Dora abge-

41

rungen. Aus der kleinen Tasche ihrer Kochschürze stibitzt. Fürs eigene große Leben eingepackt. Fürs eigene Klugtun. Aber hör nur, so verkehrt klingt er nicht. Unter all unseren Möglichkeiten schlummert auch die eine, uns eines schönen Tages das Leben zu nehmen. Wir haben nur noch keinen Gebrauch gemacht von ihr.

Dass wir am Telefon immer auf meine Eltern zu sprechen kommen, scheint nun zur Gewohnheit zu werden. Ich warte nur auf Deine Stichworte. Höchst. Friedhof. Georg. Deine Márta-tastet-sich-vor-Linie. Wahrscheinlich wünschen wir beide, sie wären noch am Leben. Tief unten *in unserem Blutrauschen*. Dein Bild. Gestern habe ich herumgedruckst, aber hier und jetzt schreibe ich es. Nein, an den Gräbern war ich lange nicht. *Häßliche, rohe Steinblöcke, als ob die Toten Kopf an Kopf in einem Armenhaus schliefen.* Georg sicher noch länger nicht. Er sitzt unter seinem kaltgrauen Himmel in seinem kaltgrauen Wilmersdorf. Im dritten Stock, auf Höhe einer Reihe Kastanienkronen. Die jetzt erst grün werden. Da die scharfen Ostwinde abgezogen sind. Vom schwarzen Wald und seiner Schwester ist Georg eine Weltreise entfernt. Nicht nur was Kilometer und Wegstrecke angeht. Nach Höchst und seinem Friedhof am Sossenheimer Weg zieht es ihn nicht. Warum auch? *Alles hin, alles tot!* Zwei Grabsteine, nicht weit davon das Rauschen der Autobahn. Dazu eine überquellende Truhe Erinnerungen. Bloß nicht öffnen und nachsehen. Nein, nicht berühren.

Man würde doch denken, Georg und ich sind seither näher zusammengerückt. Ist aber nicht geschehen. An einer uneinsehbaren Kreuzung haben wir einander aus den Augen verloren. Es gibt kaum Anläufe. Obwohl ich Georg mag. Seine ganze Art mag. Von Anfang an war der Wurm drin, Márti. Immer schon waren wir wurmverseucht. Unser Baum, unser Apfel, unser Klee darunter. Alle Blätter unseres Glücksklees haben sich vor langer

Zeit gelöst. Erst das große Blatt. Dann die drei kleinen Blätter. Im hohen Gras sind sie unauffindbar versunken. Geblieben ist mir ein Stück Massenware aus Gips. Das ich von Ort zu Ort trage. Auf meiner Landkarte Süd-Nord-Süd. Meine Mutter hatte es mir schon zu Lebzeiten überlassen. Dieses hässliche Ding aus der königlich-kaiserlichen Massenproduktion. Du kennst die nachtblaue Amphore mit gelbgoldenem Blumenkranz. Damals ist sie gleich im Auto in zwei Teile zerbrochen. Weil ich sie lieblos auf den Rücksitz geworfen hatte. Aber sie loswerden, in den Müll stecken kann und kann ich nicht. Sie hat schon in der Vitrine meiner Großmutter gestanden. Im schläfrigen, zwischen zwei Eichwälder geklemmten, von der Welt vergessenen Ledjenice, jedenfalls bis zu diesem Tag, an dem die junge Dora sie aus der Vitrine genommen, in Kleider gewickelt und in ihren Lederkoffer gesteckt hat. Zusammen mit drei Generationen Vergangenheit. Für unsere Grammatik: Plusquamperfekt. Präteritum. Perfekt. So hat es die Vase von Böhmen nach Wien in den zehnten Bezirk geschafft. Buchengasse Nummer sieben. Ja, Buchengasse! Später hat sie die Rasereien meiner Eltern überlebt. Das Wüten und Toben, die fliegenden Bücher in der Höchster Emmerich-Josef-Straße. Schiller, Büchner, Williams. Noch später meine eingeschlagenen Wände im schwarzen Wald. Ich kann sie nicht loswerden, Márti. Diese Amphore ist für mich der Weg, den ich selbst nie abgelaufen bin. Auf dem ich nie einen Schritt getan, auf den ich nie einen Fuß gesetzt habe. Den langen Weg von Ledjenice nach Wien leuchtet sie für mich aus. Immer noch klebt ein Seufzer Angst an ihr. Ein Tropfen Kummer. Ein Körnchen Wut. Das Doras dunkle Schuhe aufgewirbelt haben. Eines kann ich vorhersehen, Márti. In meinem Vorhöllenzimmer wird diese zerbrochene Vase auf mich warten. Sie wird in meiner Vorhöllenvitrine stehen und eine Stimme haben. Wird sprechen und sagen, du bist undankbar gewesen, Johanna.

43

Nicht zu den Gräbern gehen ist vielleicht auch undankbar. Oder eine späte Rache. Dumm und feige. Als könnten Georg und ich so Rache an unseren Eltern nehmen. Als würden sie auf ihrer Wolke sitzen und sich ärgern.

Jo

9. JUNI 2009 – 13 : 23

Liebste Jo,

Henri schläft und träumt seinen Babytraum aus Milch und Zucker auf hellem Blau, also kann ich Dir schreiben, dass wir die alten Vasen nicht loswerden, zwischen meinen Bildern, unter meinen Sätzen schlummert auch meine eigene nachtblaue Amphore aus Gips, in mein Tuch gewickelt, zu meinen Kleidern in meinen Koffer gelegt. Nicht einmal die Bilder aus den Märchen ziehen weiter, die uns früher beim Schlafen zudeckten, die Gänsemagd habe ich Molke und Franz gestern vorgelesen und ohne Rücksicht über ihre Betten gegossen, Falladas Kopf über ihren Kissen an die Wand gehämmert, damit sie ihn ihr Leben lang nicht vergessen, beim Taschentuch mit den drei Blutstropfen habe ich gedacht, ich muss das als Kind unzählige Male von meinem schmalen Bett aus an der Zimmerdecke gesehen haben, *wenn das deine Mutter wüßte, das Herz im Leib tät' ihr zerspringen.* Die Märchen mit den Taschentüchern begleiten mich, die Tücher und ihre Stickereien habe ich mitgenommen in meine Gedichte und Erzählungen, wo sie nun herumliegen, um aufgehoben und auseinandergefaltet zu werden. Wenn ich schreibe, klingt etwas von ihnen mit, Johanna, etwas von ihnen schwimmt zwischen meinen Klangufern in meinem Fluss, sitzt in meinem Boot, treibt auf dem Wellenschlag meines Lebens, und so, wie dieser mein Boot umspielt, umspielt er auch meine Zeilen.

Schneit es in Deinem schwarzen Wald? Sind Deine schneeverliebten Gipfel bestäubt? Der Juni ist so kalt, dass man es glauben könnte, ich habe in Loris Landzimmer hinter Hornbach, wo Bad Homburg im Süden ausfranst und langsam in die Stadt übergeht, mit blauen Fingerkuppen an meinen Erzählungen geschrieben und trotz dicker Pullover und Wolldecke gebibbert, seither wächst eine schlimme Sehnsucht nach Sommer in mir. Ich träume davon, zu meinen Eltern zu fliegen, die seit Christi Himmelfahrt in Ungarn sind, meine Neffen aus Stuttgart sitzen jetzt unter ihrem Walnussbaum, gut, habe ich zu meiner Schwester gesagt, wenn sie sehen, wo Europa noch so liegt, außerhalb von Stuttgart-Degerloch. Anikó findet, sie sollen schön katholisch die Hostie durchs Dorf begleiten, deshalb hat sie ihre Söhne über Fronleichnam ins Szalonnaland geschickt, so nennt sie diesen Streifen zwischen Balaton und Burgenland, wörtlich zu übersetzen mit Speckland, wenn man den Unterton jedoch erfasst, heißt es Schlaraffenland. Sie ziehen mit meinem Vater durch die winzigen Bahnhöfe und halten Ausschau nach Zügen, die von Ost nach West fahren oder umgekehrt, West und Ost gibt es ja so nicht mehr, aber ich vergesse das immerzu, wenn ich an Ungarn denke. Sie reden von nichts anderem als den Eissorten, aus denen sie wählen werden, wenn der Eiswagen am Nachmittag durchs Dorf rollt und alle aus ihren Gärten und Höfen springen, meine sauberen, gut gekämmten Stuttgarter Neffen zwischen den Barfußkindern, die es noch immer gibt, das hat sich nicht verändert, und das ist fast komisch, Johanna, die ganze Welt hat sich verändert, einmal von innen nach außen gekehrt, umgestülpt, aufgelöst und neu sortiert, aber die Barfußkinder sind geblieben.

Trotzdem kann ich mich nicht aufraffen, ich möchte nicht ohne Simon sein, auch das gibt es, immer wieder gibt es das noch. Von was ich den Flug bezahlen sollte, wäre auch offen, mit unseren Aufträgen sieht es schlecht, schlecht, schlecht, dreimal hintereinander schlecht aus, Simons Bewerbung ans Kulturministerium

45

kam heute zurück und hat für lange, sehr lange Gesichter gesorgt. Ja, natürlich wären wir nach Berlin gegangen, weitere dreihundert Kilometer weg von Dir, für regelmäßig Geld auf dem Konto wären wir ins kaltgraue Georg-Berlin gezogen, aber sie sagen postwendend: nein danke, Simon wird sich also weiter mit diesem und jenem, guten und schlechten Aufträgen für mehr oder weniger Geld herumschlagen, viel Theater, etwas Zeitung, ein bisschen Buch, und *als freier Literat die Hydra des Zeitgeistes bekämpfen – freier Literat! Das ist die grade Straße zum Bettelstabe!*

Nach Wochen habe ich den Gang zum Bankautomaten gewagt, Geld muss heran, am besten sofort, also sitze ich über einem Text für eine Anthologie zu Goethe heute, mich treffen die Wahlverwandtschaften, die ich nie gut ausgehalten habe wegen all ihrer Fehlschlüsse, Irrtümer und verzögerten, viel zu späten Entscheidungen, oder der Werther, den ich immer zu selbstmitleidig fand, ach ja, gerade du, wirst Du sagen, ich höre Dich schon. Absagen ist nicht erlaubt, wir können unmöglich auf die zweihundert Euro verzichten, die uns über die nächsten Einkäufe retten würden, Simon meint, der Werther und ich, wir sind doch Bruder und Schwester, Cousin und Cousine, mehr als nur Wahlverwandtschaften, aber nichts, gar nichts fällt mir ein, ich will den Umweg über den Plenzdorf gehen, so wäre auch ein bisschen Holden Caulfield dabei, *es ist nichts sehr Ernstes, ich habe einen klitzekleinen Tumor im Hirn*, mein unvergessener, nie abgelegter, in all meinen Zimmern mit mir und Simon weiterlebender Fänger im Roggen.

Du siehst, ich arbeite, wenn auch an Sätzen, die mir nichts bedeuten, ohne Sicherheit und Ziel, als gäbe es ausgerechnet für mich, Márta Horváth, kein Morgen, als sei ich ausgenommen, aber es macht mich nicht völlig verrückt, nur so ein bisschen, so ein winziges kleines bisschen. Mein Brunnen hat mich entlassen und fordert nicht, dass ich wieder hinabsteige – im Augenblick will er nichts von mir.

Es liebt und drückt Dich,
Deine Márti

10. JUNI 2009 – 00 : 03
Liebste Márti,

nein, es schneit nicht. Seit April hat es nicht geschneit. Der Sommer will sich ausbreiten. Er kann unmöglich länger warten. Als ich am Morgen auf meinem Rad hinabgerollt bin, ist das Licht warm gewesen. Hat die Tannen an meinem Schulweg gleich weniger vorwurfsvoll aussehen lassen. *Die dunkeln Bäume und die tiefe Waldesstille.* Hahnenfuß, Herzwurzel und Wiesen-Feste haben sich gezeigt. Ich war gierig, Sonne zu atmen. Fuhr ohne Sonnenbrille und kniff die Augen zusammen.

Du glaubst nicht, wie sich jetzt die Schwarzwaldsterne über mir ausbreiten. Wie klar diese Nacht ist. *Durch das Dickicht brechen schimmernd* Jagdhunde. Drachen. Giraffen. Bären groß und klein. Alle tollen durch meinen Junihimmel.

Auch wenn Du das annimmst, nein, ich kann Claus nicht böse sein. Mich wieder danach fragst. Als wolltest Du mir nicht glauben. Ich sagte es am Telefon. Schreibe es aber auch. Vielleicht setzt es sich in Deinem hübschen Kopf dann als Wahrheit fest. Ich kann Claus nicht böse sein. Auch wenn er Markus' Freund bleiben will, kann ich ihm nicht böse sein. Claus und Kathrin, wie könnte ich einen Groll auf sie haben? Ja, es lässt mich wund zurück, wenn sie Markus ihr Haus öffnen. Wenn sie für ihn das Gästebett hinter der Küche beziehen, wo früher die Speisekammer war. Am Abend den Wacholderschnaps für ihn aus dem Schrank holen. Aus diesem Stück Biedermeier, das Markus und ich vor Jahren auf einem Antikmarkt hinter Freiburg gefunden haben und das Claus aufgearbeitet hat. Ja, all das lässt

47

mich wund zurück, Márti. Weil ich noch immer denke, Markus verdient es nicht. Er verdient nicht, dass man ihm Türen öffnet. Betten für ihn bezieht. Kissen für ihn aufrüttelt. Einen Stuhl für ihn heranstellt. Den Hausbrand in sein Glas schenkt. Ein Feuer im Garten für ihn zündet. Ihn unter Kletterrosen sitzen lässt. Bis es Nacht wird. *Junihimmelnacht. Schwarzwaldsternenacht.* Nein, er verdient es nicht. Aber mein Verstand, dieser eine Tropfen Vernunft weiß, es ist nicht Claus' Schuld. Claus muss ich es nicht vorwerfen.

Claus hat den Schutt zusammengekehrt und in Eimern gesammelt, als ich die Wände eingeschlagen habe. Vielleicht hast Du das vergessen, Márti. Deshalb schreibe ich es. Pflücke es aus meiner Erinnerung und werfe es in Dein Boot, auf Deinem Fluss. Claus hat den Schutt zum Wagen getragen. Zur Mülldeponie gebracht. Claus hat den weißen Staubfilm abgewischt, wo ich Möbel und Fensterbänke nicht abgedeckt hatte. Weil die Zeit nicht gereicht hatte. Weil ich sofort mit dem Hämmern hatte anfangen müssen. Claus hat mich nie gefragt, wozu. Nicht an jenem Tag. Nicht an einem anderen Tag später. War ja klar, wozu. Als alles vorbei war, wühlten wir mit den Füßen im Schutt. Zwischen Trümmern und Brocken von Putz husteten wir in den flirrend aufsteigenden Schmutz. Strichen uns Staubsträhnen aus der Stirn. Claus sagte, es sieht gut aus, Johanna. Besser als zuvor. Viel besser. Er hat mich umarmt und wiederholt, es sieht gut aus, Johanna. Viel besser als zuvor.

Wie also, Márta, könnte ich einen Groll auf Claus haben? Der mittags im Geheimen Garten auftaucht, die Hände auf den Rücken legt und seine Nase in die Glockenblumen steckt. Essen serviert, auf dem grasgrünen Tisch in der Küche. In Dosen und Schälchen, die er für uns bestückt hat. Mit Erdbeeren, Kuchen, Nüssen, Salat. Der seine Kinder in die Luft wirft und auffängt. Auch jetzt, da sie nicht mehr winzig und leicht sind. Kein einziges Mal das Gesicht verzieht, wenn er Musik macht mit ihnen. Trotz der zuckend widerspenstigen Töne. Der vor Jahren in der Hamburger Marktstraße in Kathrins Kapitänswohnung mit den schiefen Dielenböden einzog. Mit Koffer und Klarinette.

Nirgends, Márti, nirgends fühle ich mich im schwarzen Wald so wie auf Claus' und Kathrins Küchenbank.

Wie also könnte ich ihnen böse sein?

Johanna

15. JUNI 2009 – 09:23

Liebste, meine liebste Jo,

Simon sagt, er hat Angst, die Hochhäuser stürzen ein, jemand könnte falsch gerechnet haben. Er sitzt in der Küche, tippt laut zwischen kaltem Kaffee und verstreuter Morgenzeitung seinen Reisebericht, eigentlich mehr Essay als Reisebericht, als spiele er Klavier, etwas zwischen Bartók und Cage, unterbrochen nur, wenn er das blonde Haar hinter die Ohren klemmt. Über das Leben unter Walen schreibt er, Laxness springt ihm unter die Wörter, in die Zeilen, aber auch Melville, Captain Ahab und der Wahn, die Natur zu bändigen, das ausgedachte Biest zu unterwerfen, seinen *Riesenleib, diese schwimmende Insel.* Freitag ist Simon aus Island zurückgekehrt, begeistert und glücklich wie selten, er will sofort mit den Kindern dorthin, mich klammert er aus, er sagt, er verkauft einen alten Schrank oder ein Bild und bezahlt so die Flüge, ach ja, als hätten wir so viele davon.

Trotzdem sah er aus, als müsse er sich aufwärmen, als müsse er einen Pulli überziehen, jetzt, da der Sommer doch heißgroß in die Stadt gekrochen ist, windzermürbt sah Simon aus, kleingefroren und eingegangen, also haben wir Samstag faulenzend in Loris Garten verbracht, Sonntag im Freibad im Woogtal, wo Du und ich als Mädchen geschwommen sind, wenn Dein Vater eine seiner schwerelosen Irrfahrten durch den Taunus unternahm, uns auf die hinteren Sitze des Kapitäns klettern und am Schwimmbad aussteigen ließ, das Woogtal seine Insel der Kalypso. Den Abend haben wir in der Roten Mühle vergammelt, ja, vergammeln heißt es, wenn Henri im Wagen gluckst, weil er weniger brüllt, seine Geschwister durch die Büsche ziehen, ihre Füße im Bach ertränken und wir Großen in den Abend, die Nacht hineinplaudern, nur Leichtes, nix Schweres, und sechs Buchstaben aus unserem Alphabet fischen, um sie unüberhörbar für unser inneres Ohr zu diesem unübertroffenen Wort zusammenzufügen: Sommer. Jo, sag Du mir, wie können wir im Winter überhaupt leben?

Übrigens habe ich letzte Woche in Konstanz gelesen, zurück war ich rechtzeitig, bevor Simon ins Flugzeug gestiegen ist, ich hatte es Dir nicht erzählt, weil es nicht weit weg von Dir war und doch zu weit weg. Aus meinem Manuskript habe ich gelesen, das sein Dazwischen nicht verlässt, das sich festgesetzt und eingerichtet hat in diesem Dazwischen, eine vielleicht fertige Erzählung, und eine, die weniger als vielleicht fertig ist, aber zweifeln wir nicht, suchen wir nicht, fragen wir nicht, haken wir nicht nach, nehmen wir Einladungen einfach an, solange sie uns erreichen, bevor wir später mit ihnen untergehen, vor fünfzehn Leuten also habe ich gelesen und vor hundert gefalteten, fächerartig aufgerichteten weißen Stoffservietten, auf einer Seeterrasse mit Liegestühlen und Strand, mehr gibt es nicht zu sagen. Hinter mir wurde klappernd das Buffet angerichtet, vor mir lag der Bodensee, wie wir ihn lieben und bewundern, in abendlich stillem Blau oder stillem Abendblau, oder bloß blau und still, stillblau, endlos so weiter in blaustillem abendlichem Reigen, schnapp Dir ein Blau und mal Dein Bild dazu, Meersburg mit Deiner hustenden, dichtenden, sterbenden Droste blicknah auf der anderen Seite.

Am nächsten Morgen hat mich Lori abgeholt, die bei einer

Freundin in Friedrichshafen war, rein zufällig, sagte sie, warum auch nicht rein zufällig, und mit dem Gedanken, mein Leben ist gut, ich halte mich, gehe nicht unter, sitze in keinem Brunnen fest, ertrinke nicht in meinem *Tränenteich*, es kann so weitergehen, bitte ja, so könnte es von mir aus weitergehen, bin ich in Loris Wagen gestiegen, um einen traumversunkenen, wasserdunstverschlingenden, hell schimmernden Tag mit Lori und ihrer Freundin am See zu verbringen und abends Bodensee-Blaufelchen im Schnakencafé zu essen, wo uns nicht eine Schnake plagte, nein, nicht eine, hinter dem Schilf, mit einem riesigen, zottigen, knurrenden Sennenhund, *schleichend durch Nacht und Tag*, lachend, kichernd, trotz Loris Zitterhand und toter Liebhaber, mit denen es ein Wiedersehen in diesem Leben sicher nicht geben wird, vielleicht nicht einmal im nächsten.

So leicht kann es sein, das Leben – wusstest Du das?

Márti

16. JUNI 2009 – 01 : 04

Liebste Márta,

diese Nacht lässt mich nicht schlafen. Ich habe aufgegeben, um Schlaf zu bitten. Vor zwei Minuten habe ich aufgegeben. Nein, ich weiß das schon lange nicht mehr, Márti. Es ist mir abhandengekommen. Ich habe es vergessen. Verlegt. Dass mein Leben so weitergehen soll, den Wunsch habe ich immer seltener. Im Vertrauen sage ich Dir, das wird es hoffentlich nicht. Dieses weite offene Meer, in dem wir gemütlich vor uns hin schwimmen, habe ich längst verlassen. An irgendeiner Stelle beim Kraulen nicht aufgepasst. Bin in die Nähe des Ufers getrieben. Stecke zwischen Schlick und Morast. Schwimme und tauche, finde nicht den Weg hinaus.

Bei Servietten musste ich an unsere endlosen Nachmittage im Wirtshaus meiner Großeltern denken. Hostatostraße, Höchst.

Nur hundert Schritte von der Emmerich-Josef-Straße. Wo Georg, Du und ich Papierservietten zu Fliegern und Kristallen falteten. Auf Bierdeckel malten und mit Messern über die Tischplatten kratzten. In diesem Messner-Wirtshaus hatte mein Vater als Junge gesehen, wie sein Vater auf seine Mutter einschlug. Zwischen Fritteusen, Sieben und Töpfen. Das weißt Du ja. Ich schreibe es trotzdem. Um es einmal auch aufgeschrieben zu haben. Mein Vater fasste die Hände seines Vaters und sagte, einmal noch und er wird sie ihm brechen. Futur eins. Hände. Arme. Nimmt sie zwischen seine und bricht sie entzwei. So, knacks. Mein Vater konnte das. Ich konnte das später auch. Drohungen aussprechen, um Gefahren fernzuhalten. Die durch mein Zimmer fliegenden Bücher. Die Wuttiraden und knallenden Türen. Nur wenn mein Vater zu Hause war, hat meine Mutter mich verschont. Mit ihrem wild wuchernden Ehrgeiz. Den sie ausgerechnet an mir vermessen musste. Warum an mir? Warum ließ sie Georg damit in Ruhe? Vielleicht lag es an dieser Mischung Leben, die ihr nie ausreichte. Am Geruch von Flucht und Armut, den sie nicht loswurde. An ihrem brachliegenden Talent unter ihren hochlaufenden, überhitzten Hoffnungen. Vielleicht hatte nur diese Lebensmischung Schuld an unseren fliegenden Büchern. Jetzt kann ich sie nicht mehr fragen. Vielleicht würde ich es auch gar nicht, wenn sie noch lebte. Vielleicht wäre alles vergessen. Geschenkt. Soweit ich weiß, sprechen Kinder nie über solche Dinge mit ihren Eltern, solange sie leben. Diese Fragen springen erst auf, wenn sie tot sind.
Jo

18. JUNI 2009 – 23:57
Liebste Johanna,
Simon hat letzte Nacht im Schlaf so laut geschrien, dass ich aufwachte und ihn wecken musste, jetzt habe ich Angst, ins Bett zu

gehen und mich zu ihm zu legen. Er sagte, gegen Geister habe er gekämpft, geschlagen nach unsichtbaren Dämonen.

Auch ich kämpfe gegen Dämonen, unter diesem trügerisch blauen Junihimmel, *ich gebe mir jetzt alle Mühe, es zu unterdrücken, und dennoch pocht mein Herz und tut mir wehe.* Noras Todestag jährt sich im August, Du hast sie nur zweimal bei mir getroffen, aber es hat Dir ausgereicht, um ein Bild zu haben, heute ist ihr Geburtstag, dreiundvierzig wäre sie, deshalb waren wir am Morgen in Oberstedten, unser noralos zurückgebliebenes Trüppchen, das seine Mitte verloren hat, und haben Blumen aufs Grab gestellt, feuerrote Gerbera mit schreiend gelber Schleife, wie von Kathrins Hand gebunden, aus dem Geheimen Garten in den Vordertaunus geschickt. Das dämliche Gefühl nagt seither in mir, wie immer nach Todesausflügen, Grabsteinbesuchen, nur immer auf mein halbzertrümmertes Leben zu sehen und nicht ausreichend dankbar sein zu können, allein dafür, dass es uns gibt, insbesondere Dich, Johanna, dass es Dich gibt.

Das Licht war ostseewärts, nordseewärts, die Sonne schien für einen leichten Wind, der an unseren Haaren zupfte, Nora hätte Tische und Bänke aus dem Gartenhaus geholt, Kuchen bestellt, Kaffee gekocht, wir hätten am Nachmittag angeklopft, und bis das Licht des ausklingenden Frühlings sich über den nahen Wiesen verabschiedet hätte, hätten sich die Kinder unter unseren Blicken ins Gras geworfen und Räder geschlagen. Wieder haben wir uns erinnert, an die letzten Tage, letzten Gespräche, wieder haben wir die wenigen Monate von Diagnose bis Todesnachricht, all die Schritte dazwischen zurückverfolgt, wieder haben wir gesagt, wir dachten, sie hätte mehr Zeit, ein Jahr, zwei Jahre, Zeit genug jedenfalls, um sich zu verabschieden, von ihren Kindern, von uns, von allen, die sich hätten verabschieden wollen.

Ich hatte das Gefühl, Nora hört, was wir sagen, unter den Kronen jahrhundertealter Bäume streift ihr blondes Haar meine

53

Schultern, schickt sie eine Mischung aus Junimorgenluft und Nora in meine Richtung, also habe ich mich niedergekniet und ihren Grabstein umarmt, dieses kalte raue Ding aus Sandstein, und weil mir so war, als hätte ich Nora umarmt, musste ich doch weinen, obwohl ich die ganze Zeit gedacht hatte, es geht, schaut her, wie es geht, ich kann am Grab stehen, ohne zu weinen, mein Kopf kann es, mein Herz kann es, seht, ich kann über Nora reden, ohne zu weinen, ich kann aufs Grab schauen, ohne zu weinen, unter diesen beneidenswert ungerührten, steinalten Linden kann ich das einfach, aber dann konnte ich es doch nicht, Johanna, nein, es ging nicht. Wir sind danach zu ihrem Haus gefahren und haben verloren am Zaun gestanden, als würden wir warten, bis Nora öffnet, jemand schnitt im Garten die Büsche, aber wir wagten nicht zu rufen, unschlüssig zwischen Haus und Pferdekoppel, fand ich es plötzlich unendlich verrückt, nur noch himmelschreiend irre, dass die Tür nicht aufspringt und Nora herauskommt, dass sie uns nicht zuwinkt und den Hund nicht zurückhält.

Obwohl Mia und Franz durch die Zimmer gejagt sind, Henri sein mildes Babygurren gegurrt hat, habe ich den ganzen Abend Noras Stimme gehört, wie ich an solchen Tagen immer noch lange ihre Stimme höre, die sich mir so eingeprägt hat, dass ich sie auf meinem Hirntonband abspielen kann, auch jetzt, da ich Dir schreibe, läuft dieses Band, spricht Noras Stimme Norawörter, gleich werde ich es mit ins Bett nehmen, nein, ich will es nicht ausschalten. Immer noch, fast ein Jahr nach Noras Tod, denke ich, mein Telefon könnte klingeln und es könnte Nora sein, ich würde mich nicht wundern, ich würde sagen, stimmt, du bist nicht tot, du lebst, du konntest gar nicht tot sein, ich habe das sowieso nie geglaubt, ich am wenigsten!

Wir behalten die Toten in ihrer Schönheit in Erinnerung, auch das ist so eine Wahrheit, Johanna. Ich jedenfalls sehe Nora nur gesund vor mir, denke ich an sie, dann nie an die tumorzerfressene, weißhäutige Nora mit Perücke, nie. Das ist eine nützliche Erfindung unseres Gehirns, dass wir das Ende ausklammern und wegschieben, weil es kein Recht hat, uns die alten guten Bilder zu rauben, das hat es doch nicht, oder?

Márta

20. JUNI 2009 – 19:43

Liebe Márti,

draußen jagen Drossel und Lerche durch den Abend. Müssten sie nicht schlafen? Immer knapp über den Preiselbeeren, die blühen. Vaccinium vitis-idaea. Zwergsträucher mit aufsteigenden Zweigen. Blattoberseite glänzend. Blattunterseite mit schwarzen Punkten. Immergrün. Ganzrandig. Weiß ich von Bio-Kurt. *Er ist der Herr dieses Waldes.* Vielleicht sind es auch nur Stieglitze und Meisen. Tiglitt, tiglitt. Gestern hat mich Kurt nach der Schule zu einer Reihe üppig blühender Cosmea geführt. Bevor es hochgeht zu meinem Nachhausepfad. Der schwarze Wald zeigt schon sein hellstes Sommergesicht. Er hat keine Geduld mehr. Warum kommst Du nicht, es anzuschauen?

Ja, es stimmt, was Du schreibst. Auch ich klammere die letzten Monate aus, wenn ich an meinen Vater denke. Sie schieben sich nicht davor. Ich sehe den gesunden, gut, sagen wir, halbwegs gesunden, nicht übermäßig zerstörten Vater. Der rauchend im Auto saß und mich durch den Taunus fuhr. Immer knapp unter seinem Himmel. Seinem auseinanderbrechenden Gewitterhimmel. Auf der ewig ziellosen Tour durch Taunuswald und Taunusdörfer. Was suchte er bloß? Was wollte er mir zeigen, für mich finden? Diesen Vater sehe ich. *Eine Gestalt, so leicht und kräftig zugleich, die schreitet vor mir im Wald.* Nicht den Vater der letzten Monate. Todesnah. Verloren. Dem Leben längst abhandengekommen. Entglitten. Für den Tod schon angemeldet. Vorgemerkt. Nicht die Einstiche. Nicht seinen gebückten Gang.

Nicht die vielen Handtücher, die er verbrauchte. Nicht sein Frösteln. Auch an heißen Tagen. Wenn er sich immerzu kratzte. Nicht aufhören konnte, sich zu kratzen. Nicht die nächtlichen Fieberfahrten durch fremde Städte. In Spanien. Italien. Mit Georg und mir auf dem Rücksitz. Wenn er Nachschub brauchte. Nicht die grellen Lichter der Straßenlaternen über uns, wie Leuchtfeuer. Nicht den Husten, der nicht mehr nachgab. Nicht die Lungenentzündungen. Dennoch zucke ich zusammen, wenn ich höre, jemand hat eine Lungenentzündung. Als hätten die nur Junkies! Dankbar sollten wir sein, auch darin hast Du recht. Wir sind es zu selten. Gleich morgen lasse ich einen Aufsatz schreiben. Zweite Stunde Deutsch, siebte Klasse. Überschrift: Warum ich nicht dankbar bin. Aber ich bin es, Márti. Jetzt zum Beispiel. Weil ich noch mitmachen darf. Dabei sein. Mich unters Leben mischen. Schreibst Du von Nora, schäme ich mich fast, dass ich der Sache entkommen bin. Als hätte Nora auf dem Lebensjahrmarkt das falsche Los aus einer Trommel gezogen. Und für mich wäre deshalb das richtige übriggeblieben.

Dieses Leben, Márta, da liegt es also vor uns. Und was fangen wir zwei nun wirklich damit an? Wir fassen es ja nicht an, wir packen und schütteln es nicht. Wir bleiben nicht stehen an einer bestimmten Stelle. Um es besser anzusehen und zu erkennen. Wir sagen nicht, das ist es. Sieh nur, unser Leben. Unsere Tage reihen sich auch ohne unser Zutun aneinander. Irgendwas da draußen, wo unser Blick, unser Sinn nicht hinreicht, lässt sie ins Land rollen. Fädelt sie ungleichmäßig auf für uns. Hoch. Tief. Hell. Dunkel. Unbekümmert, ungerührt davon, was wir anstellen, zerfließen unsere Tage. Sie zerbröseln. Ob wir unser Leben verpasst haben, wissen wir vielleicht erst, wenn wir tot sind. Und uns fragen, oh, das war es also schon?

Morgen beginnt der Sommer. Halt Ausschau, versäum es nicht.

Johanna

22. JUNI 2009 – 17:49

Liebste Jo,

gleich fahre ich nach Oldenburg, auch das ist Leben, Johanna, ob gleißend hell oder tiefdunkel, wird sich finden, meine letzte Reise vor der Sommerpause, zwei Tage Norden, drei Lesungen, noch einmal *jene endlos gezupften und geplagten Gedichte*, die mich so lange schon treu und fest tragen, *Nacht und Tag* zwischen seinen Neujahrsraketen und Pechkojen, mit seinen Brunnentauchern und Veilchenpflückern. Natürlich ist Franz krank geworden, hat viele Male in hohen Bögen aufs Parkett und bis in meine Haarspitzen gespuckt, und wie ich jetzt rieche, kannst Du Dir denken, aber denk es lieber nicht. Er kann kaum sitzen, so wenig Kraft hat er, mein quirligstes, niemals zu bändigendes Kind, jetzt mit gesenkten Lidern und schlaff herabhängenden Armen, mein Franz, unser Franz, der sonst aussieht, als würde er im Zirkuszelt Gewichte stemmen. Abgenommen hat er, gestern hat ihn die Ärztin gewogen, dreihundert Gramm, na gut, er kann es vertragen, jetzt liegt er auf dem Sofa, dämmert und klagt seinen Traum an.

Die Hindernisse bauen sich mit Sekundenpünktlichkeit auf, sobald ich meine Zugfahrkarte kaufe, sobald ich mein Geld an einem Schalter ablege, ist es mein kleiner, mein großer, mein riesiger Brocken Angst, der auf meine Kinder fällt? Lori kann ich Franz so nicht zumuten, zumal sie schon Henri rund um die Uhr versorgt, wenn ich nicht da bin, also hat Simon den Abend im Theater mit Ach und Weh und unzähligen Einwänden verlegt, damit ich fahren kann, lässt er seine Parze erst morgen weitersprechen. Gleich werde ich im tiefgekühlten Intercity durchgerüttelt werden und nach Mitternacht halbtot in Oldenburg aussteigen, um in einer Matinee zu lesen, wahrscheinlich vor fünf Leuten. Unnötig zu erwähnen, dass es Sonntagfrüh keine Verbindung von Frankfurt nach Oldenburg gibt, meine liebe Jo.

Derweil im bettkasten verschimmelt dein leben, nichts läuft in überschaubaren Bahnen, und mir, Márta Horváth, bleibt keine Minute, oder sie ist so hart erkämpft, dass ich nur erschöpft bin, wenn der Uhrzeiger sie einläutet. Meine Tage zerbröseln, Johanna, wie Du es beschreibst, eine Reihe von Rieselbröseltagen liegt hinter mir, nach durchwachten, halbzerschlafenen Nächten habe ich es nicht geschafft, der Tastatur meine Sätze zu diktieren, obwohl Henri bei Lori war und Franz und Mia bei Ildikó und ihren Zwillingen waren. Ich saß am Schreibtisch und weinte, ob aus Verzweiflung, Erschöpfung oder nur, weil ich Zeit hatte, darfst Du Dir aussuchen. Der unbändige, rastlose Wunsch ist in mir ausgebrochen, einmal wieder ich zu sein, lächerlich, aber unerfüllbar, einen Nachmittag allein mit meinem bleimüden Kopf zu verbringen, über meinen Márta-Horváth-Pfad zu gehen und Äste wegzuschieben, die in mein Bild ragen.

Vor diesen Bröseltagen hatte ich an einer neuen Geschichte geschrieben, sechs Seiten gefüllt mit Mártasätzen, die bei meinen Wettläufen gegen die Zeit so viel wiegen wie sechzig Seiten. Etwas fehlt, das die Erzählungen zusammenhält, das sie aneinanderbindet, einen Reigen müssen sie ergeben, eine Art Sonett, Lied, Epos, nenn es, wie Du willst, aber ihre Verweise und Brücken sind lose und wacklig. Gestern habe ich mich daran versucht, während nebenan die Kinder aus der Krachmacherstraße sangen, *Komm in unsere Straße, schau, Kinder machen viel Radau*, ich habe am Stift gekaut und Haarsträhnen gezwirbelt, wieder am Stift gekaut und ein bisschen geschrieben, ich habe für die Kinder Schnitzel ausgebraten und mich zurück an den Schreibtisch gesetzt, ich habe für die Kinder Äpfel geschält und mich zurück an den Schreibtisch gesetzt, ich habe für die Kinder Brote geschmiert und mich zurück an den Schreibtisch gesetzt, zwischen diesen beiden Welten wandle ich, nur ›wandeln‹ stimmt nicht, Johanna, ›wandeln‹ ist ein zu großes Wort dafür.

Zwei Tage die Woche kann ich arbeiten, betreibe aber einen riesigen Aufwand, schon die Fahrt zu Lori und wieder zurück, mit Kind, mit Sack und Pack, Erklärungen und Verabschiedung, wie lange das dauert! Ein Platz im Kindergarten in unserer Nähe ist nicht in Sicht, Franz ist zu klein, zu groß, zu wenig, zu viel, zu irgendwas, er steht auf drei Wartelisten, ich rechne mit drei Absagen, aber bis Franz hier im Viertel einen Platz hat, also die tägliche U-Bahn-Fahrerei mit einem Baby, das zwischen Lindenbaum und Südbahnhof nicht aufhört zu schreien, zu quengeln, zu blöken, einfach entfällt, bis meine Söhne also einen Platz haben und ich dann in übersichtlichen, aber festen Größen freihätte, um über Wortfamilien nachzudenken und einen Weg in eine Erzählung für sie zu finden, stecke ich in einem Zwischenleben, einer Zwischenhölle, und in diesem Dazwischen sitze ich vor meinem Schreibtisch und weine. Nachts, wenn Henri aufgehört hat zu brüllen, schlägt mein Adrenalin gegen meinen Scheitel, klopfklopfklopf, ich denke, niemals werde ich einen Platz für meine Söhne finden, niemals werde ich diesen Reigen beenden, niemals das letzte Wort dafür aufschreiben, niemals mehr wird sich mein Leben ordnen, niemals mehr wird mein eigenes Leben wieder Anlauf nehmen und Schritte nur für mich gehen.

Ja, ich wollte versuchen, dankbar zu sein, aber es geht nicht, Johanna, die Kinder haben mein Leben verdreht, und keiner hat mir gesagt, es würde so kommen, als sei das eines der größten Geheimnisse der Menschheit und niemand dürfte es preisgeben.

Márta

25. JUNI 2009 — 10:29

Liebste Márti,

schreibe Dir aus Meersburg. Bin dem schwarzen Wald davongelaufen. Sitze im Café an der Uferpromenade. Zwei Brötchen, Marmelade. Milchkaffee. Ja, mitten in der Hochsaison. Ich bin verrückt, ich weiß. Du brauchst es mir nicht zu sagen. Nicht weit stehen die Ausflügler und schauen hoch zur fetten Möwe mit Drostegesicht. Über den anderen Größen Meersburgs dreht sie sich an der Spitze der Säule im Wind. Abschlagen müsste man sie.

Wissenschaftlich ist hier nichts zu holen. Unterfutter eine Menge. Bodensatz. Nachdem ich gestern meine Taschen abgeworfen hatte, bin ich zum Friedhof. Zur Laßberggruft, in der ein letztes Plätzchen für sie freigehalten wurde. Winzig, bescheiden. Man könnte es fast übersehen. Ohne Tand. Nur der geflügelte Barsch schwebt über ihr. Hier ist sie wieder Anna Elisabeth, als die sie getauft wurde. Nicht Annette. Ich muss sehen, da liegt sie. Ich muss sehen, sie ist tot und begraben. Weil ich es oft nicht glauben kann. Wenn sie lautlebendig in mir weiterspricht. Ihre großen Worte in meine kleinen Sätze fallen lässt. Auch so eine Tote, die nicht tot sein kann.

Ich bin hinab zum Fürstenhäusle. Wo ich gut atmen konnte. Nichts stört mich dort. Gut, ein bisschen der Waschbeton auf den Treppen. Der strömende, kaum abklingende Verkehr auf der Hauptstraße. Aber sonst nichts. Der See hat sich auf seine grandios einschüchternde Art halbstündlich verändert. Viertelstündlich. *Die Sonne warf durch Wolkenlücken ein prächtiges falsches Licht darauf, und ich wurde fast geblendet durch das Blitzen der Springwellen.* Die Droste schaute auf dieselben Dächer und Türme. Hundertsiebzig Jahre vor mir. Auf Kirchtürme. Glockentürme. Staffelgiebel. Katzentreppen. Das fließend gezackte Mittelalter. Mittags wird sie mit einem Apfel in der Tasche ihres artig hochgeschlossenen Wollkleids zum Fürstenhäusle spaziert sein. Um zwei Stunden in der Sonne zu sitzen. Zu sehen, zu fühlen, es gehörte ihr. Ein Weinberg mit einem Gartenhaus. Ein Wohnhaus für Mäuse, Spinnen und Fledermäuse. Nicht für Menschen. Wusstest Du, dass sie es in einer Laune des Zufalls ersteigert hatte? Bei ihrem zweiten Besuch in Meersburg? Eine Gelegenheit des Augenblicks. Bezahlt von ihrem ersten selbstverdienten Geld. Das sie für die erste Ausgabe ihrer Gedichte bekommen hatte. Márta, warum hast Du kein solches Anwesen gekauft von Deinem Honorar für *Nacht und Tag*? Wie könnten wir dort sitzen und stolz sein!

Zwischen Burg und Schloss hat man die Droste als Büste geklemmt. In den Schatten einer Linde. Der Königin der deutschen Dichtung gewidmet, steht darunter. Auf der Gedenktafel an der Burgmauer ist sie Deutschlands größte Dichterin. Ja, hör nur, die größte. Aber mir sagt man, über die Droste zu arbeiten sei Karrieregift. Tot. Katholisch. Naturbesessen. Unmodern. Hier hat sie geschrieben. Ihrem Ende entgegengeatmet. *Ist mir selber oft nicht deutlich, ob ich lebend, ob begraben.* Den Apotheker vor der Haustür, hinter der Burgbrücke. Sehr nützlich für jemanden, der immerzu krank ist. Dem das Schreiben von den Ärzten untersagt wird. Zu aufwühlend, aufregend. Viel zu anstrengend. Hier hat sie auf ihr weites Meer geschaut, hier ist sie gestorben. *Jahr, Monat, Tag, Stunde des Ablebens: 1848, Mai, den 24ten, nachmittags v. 2–3 Uhr. Der verpflichtete Leichenschauer Gebühr 6 Kreuzer.* So ist es im Totenschein vermerkt. Mit nur einundfünfzig Jahren. Nicht viel älter als wir, Márti.

Ob die Droste jemanden hatte, der mit ihr fieberte? Stolz auf sie war? So wie ich mit Dir fiebere und stolz auf Dich bin? Ihre Schwester Jenny vielleicht. Die den fünfundzwanzig Jahre älteren von Laßberg heiratete und so nach Meersburg kam. In sieben Jahren war die Droste dreimal hier gewesen. September 1841 zum ersten Mal. *Auf der Burg haus' ich am Berge, unter mir der blaue See.* Fast vier Wochen hatte sie dorthin gebraucht. So lange war sie mit Pausen unterwegs. Vom Rüschhaus mit der Kutsche bis Bonn. Mit dem Schiff den Rhein hinab bis Mannheim. Mit der Bahn bis Freiburg. Weiter mit der Kutsche nach Meersburg. Viel Zeit, um Gedanken nachzuhängen. Bilder aufzuspüren. Bei ihrem ersten Besuch blieb sie neun Monate. Beim zweiten dann zwölf. Beim letzten zwanzig. Zwanzig Monate! Und wir kämpfen um ein verlängertes Wochenende! Düster und klamm ist die Burg. Trotz Kaminfeuern und Teppichen wird sie damals genauso düster und klamm gewesen sein. Wie ein Kühlschrank – selbst wenn höchster, heißglühender Bodenseesommer war. Durch den Möwen und Reiher nach Fischen jagten. So wie jetzt, wenige Schritte von mir entfernt.

Ich muss schließen und zahlen. Der nächste lärmende Menschenstrom ist von der Fähre an den Kai geschwappt. Drängt an die Cafétische. Ein Satz noch. Zwei Sätze noch. Nein, drei. Heute will ich zusehen, wie Himmel und Wasser ihre Größen tauschen. Großer See, kleiner Himmel am Morgen. Aber schon hat der Himmel zu wachsen angefangen. Bis zum Nachmittag wird er die Ufer des Sees verschlungen haben. Futur zwei. Wird verschlungen haben. Oben in den Weinbergen will ich ihm zuschauen. Ins Blau tauchen. Seine Ränder suchen.

Es liebt Dich,

Johanna

27. JUNI 2009 – 23:53

Liebste Jo,

nun soll ich ohne Gnade in die Daunen, mir fallen die Augen zu, aber ich will Dir schreiben, zeitverzögert auf Deine Fragen am Telefon antworten. Nein, ich beschwere mich nicht, ich hatte es Dir versprochen, mich nicht über mein Leben, über meine Kinder zu beschweren, nicht heute, nicht jetzt, gut, dass Du mich erinnert hast, ich soll aufhören, gut, lasse ich das sein, nehme ich fortan einfach alles, wie es kommt, auch diesen kühlen Sommer, der die Zweige im Hof ins Bibbern zwingt, tröste ich mich mit dem Gedanken, dass ich später einmal schreiben, schlafen und leben werde, wenn das hier hinter mir liegt und ich als Greisin zurückblicke. Ich werde die Tür zu meinem Schlafzimmer öffnen, das ich nachts mit keinem Kind mehr teile, in dem mich niemand aus dem Schlaf boxt, aus meinem Traum tritt und ohrfeigt, werde mich zudecken mit meiner Müdigkeit und schlafen, schlafen, schlafen, dreimal hintereinander schlafen. Trotzdem, Johanna, diese eine Frage musst Du erlauben, wie lange habe ich heute an meinen Erzählungen geschrieben? Zehn, zwanzig Minuten?

Franz ist auf dem Sofa eingeschlafen, ich habe ihn nicht ins Bett getragen, anschauen will ich ihn, wie Du es vorgeschlagen, mir aufgetragen hast, sein Gesicht umkränzt von dunklen Locken, seine Lider ruhig, ein mildes Traumbild wird ihn besuchen. Gut, Johanna, ich nehme alles hin, solange Franz hüpft und tanzt und sein Bett verlässt, weil ihm etwas eingefallen ist, mit dem er unmöglich bis zum nächsten Tag warten kann, solange er sich an mich schmeißt, seine Arme um mich schlingt und in mein Ohr flüstert, solange er seinen Kopf in meinen Schoß legt wie ein Hündchen, sein Haifischzähnelachen lacht und mich rehbraun anschaut, nicht nordmeerbleiblau wie seine Geschwister, denn darin kommt er nach mir, dann nehme ich alles hin, Johanna, in Ordnung, ich nehme alles, alles, alles hin, dreimal hintereinander will ich demütig und dankbar sein, wie wir es an vielen Sonntagmorgen in der Höchster St.-Josefs-Kirche gelernt haben, dann wache ich auch die nächsten Jahre durch und lasse mich Nacht für Nacht aus meinem Schlaf jagen.

Gestern saß Franz wieder blitzgesund mit scharfem Scheitel, in bügelfrischem weißen Hemd, zwischen seiner Schwester und allen verfügbaren Vettern und Kusinen aus Stuttgart und Frankfurt, wir haben den 75. Geburtstag meines Vaters gefeiert, und ich habe ihn beneidet, um seinen klaren Blick, seine unausrottbare, nicht kleinzukriegende Glücksstimmung, seine guten Gelenke, sein Gesicht aus Lachfalten, um die vielen Menschen, die sich um ihn gedrängt haben, ihren freundlichen Lärm an seiner langen Tafel, gut geschmückt mit Sektgläsern, Buttercremetorten und Beerenaufläufen. Meine reiche Schwester Anikó hat meinen Eltern Flugtickets spendiert, Budapest–Frankfurt–Budapest, damit wir uns sehen und umarmen können, Franz hat die Damengesellschaft unterhalten, ja, denn Herren gibt es in dieser Altersgruppe kaum. Viel Glück und viel Segen, hat er gesungen, auf all deinen Wegen, allein und ohne zu verrutschen, mit seiner unnachahmlichen Stimme, seinem unverwechselbar niederschmetternd himmlischen Franzklang.

Da fällt es leicht, demütig zu sein. Selbst mir,

Deiner Márti

28. JUNI 2009 – 20 : 08

Liebe Márti,

die Samstagabende öffnen meine alten Wunden. Wie ein Wetterumschwung, der das Rheuma verschlimmert. Kein Montag, kein Dienstag macht das. Es sind die Sonnabende. Die Vorboten meines stillen Sonntags. Die mich nicht verschonen. Mir zeigen: kein Kind. Kein Hund. Kein Mann. In dieser Reihenfolge. Der Abend raunt es mir unverschämt laut zu. Nicht der Morgen. Der Morgen ist mild mit mir. Am Morgen ist alles gut. Ich lese meine Zeitung. Trinke meinen Tee. *Bestaune meinen Himmel.* Rolle auf dem Fahrrad zum Geheimen Garten. Aber der Abend sucht mich heim. Sobald die Sonne hinter den Berg rutscht. Seine kantigen Spitzen entzündet. Ich kann ja nicht ständig auf Kathrins Küchenbank sitzen. Im Geheimen Garten Böden aufwischen. Rittersporn, Hortensien und Gladiolen zu Sträußen binden. So wie heute.

Weißt Du, was mir unweigerlich in den Sinn kommt? Wenn ich von Deinem Vater höre, der seine hohen Geburtstage mit Euch feiert? Mit einer Schar Enkelkinder, von Dir und Deinen Schwesterkós? Unser Sommer in Spanien. Juli, August, in den großen Theaterferien. Vor wie vielen Jahren? Dass Dein Vater Dir damals erlaubt hat, mit uns zu verreisen. Nachdem wir Tag für Tag gebettelt hatten. Bis er endlich nachgab und einmal ohne Dich, nur mit Anikó und Ildikó nach Ungarn fuhr. Obwohl er meine verrückten Eltern kaum kannte. Nicht wusste, was sich hinter unseren Kulissen abspielte. Wenn die Türen geschlossen waren. Die Läden herabgelassen. Wie großzügig das war. Oder nur kurzsichtig? Meine Mutter wird mit ihrer roten Sonnenbrille mit den runden Gläsern Eindruck auf ihn gemacht haben. Unter ihrem weißen Sommerhut mit der Messingschnalle an der großen Krempe. Den sie uns überließ, wenn sie glaubte, die Sonne senke sich zu heiß auf unser feines Haar. Drohe unsere Köpfe zu verbrennen.

Den Don Quichotte hat sie uns vorgelesen. Nacherzählt von Erich Kästner. *Komm heraus, König der Wüste! Lass sehen, wer stärker ist!* Am Abend vor unserem Zelt. Am Tag im Auto, am Strand. Jeden hat sie mit einer eigenen Stimme gesprochen. Das konnte sie. Nichts anderes hatte sie jahrelang gelernt. *Siehst du die Barke? Nein, ich sehe ein Fischerboot, nichts weiter.* Krumm und schief haben wir uns gelacht. Georg, der höchstens die Hälfte verstand, hat sich mit uns krumm und schief gelacht. Zwischen Dir und mir, auf der glühenden Rückbank aus Kunstleder. In Sevilla hat sie uns zur Arena gebracht. Georg hat nur weggeschaut. Die Hände auf die Augen gelegt. Sich hinter uns verkrochen und gebrüllt. Dennoch wollten wir Stierkämpfer werden. Ein freies Leben in der Prärie leben. Die wir uns vorstellten wie die Landschaften im Don Quichotte. Gelb und karg. Schlafend unter einer großen, gleichgültigen Sonne. Und wir darin mit Reitstiefeln. Diesen kochend heißen, grell leuchtenden Sommer lang wollten wir Stierkämpfer werden. Nicht um zu kämpfen, nein. Um die Tiere zu begnadigen. Sie freizulassen.

Es muss der Sommer gewesen sein, in dem sich mein Vater im Kopf von meiner Mutter verabschiedete. In dem ich nach vielen Zweifeln begriff, meine Mutter taugt nicht als Mutter. Du weißt, Freunde hatten meinen Eltern ein Segelboot überlassen, mit dem wir an der Küste von Zeltplatz zu Zeltplatz glitten. Von Bucht zu Bucht. Einmal hatten meine Eltern am Morgen so gestritten, dass meine Mutter ins Boot sprang und meinen Vater an der Küste zurückließ. Sie fuhr allein mit uns Kindern hinaus. Erst als es dunkel war, kehrten wir zurück. Mit einer Taschenlampe, die ihren schmalen Lichtkegel ans Ufer warf. Mein Vater war noch immer an derselben Stelle. Wie ein Schiffbrüchiger saß er im Sand. Hände und Füße darin vergraben. Die langen Haare sandgetunkt, vielleicht vom Liegen. Ein Schiffbrüchiger, der darauf hofft, gefunden zu werden. Georg fiel ihm um den Hals. Umschlang ihn mit seinen Beinen. Du und ich, wir blieben etwas weiter weg. Fragten uns, ob er die ganze Zeit dort gewartet hatte. Etwas gegessen und getrunken hatte. Einmal aufgestanden war.

Wieder auf dem Boot, war alles still für eine Weile. Nicht friedlich. Nur still. Himmel und Meer kämpften um den Horizont. *Es war Meeresleuchten.* Unter uns schlugen die Wellen ans Heck. Plitsch, platsch. Wir dösten wie Katzen unter einem Segeltuch, das mein Vater für uns aufgespannt hatte. Spuckten ins Wasser. Weil uns schlecht war von der Sonne. Vom Schaukeln. Vielleicht waren es Tage. Vielleicht nur Stunden. Ich erinnere mich an diese

Stille, die sich auf unser Boot und das Blau ringsum gelegt hatte. Engmaschig, dicht geknüpft. Wie eines dieser Fischernetze, die sie morgens in den Häfen zum Trocknen auseinanderzogen. Sie endete, als Georg auf die hellen Sitze spuckte und meine Mutter ihn deshalb tobend und kreischend übers Deck jagte. Georg rannte mit kleinen Schritten und suchte nach seiner Schwimmweste. Zerrte die Handtücher hoch. Riss die Truhen auf. Wühlte nach seiner Schwimmweste und schrie. Dann packte sie uns und warf uns ins Wasser. Einen nach dem anderen. Draußen auf dem offenen, weiten Meer. Packte uns an den Schultern, den Armen und Beinen und warf uns über Bord. Nicht einmal Dich hat sie verschont. Georgs Steine hat sie hinter uns hergeschleudert. Wie ein rasender Zyklop. Georgs Sammlung aus Steinen, die er Tag für Tag an den Stränden aufgelesen und am Tisch zu einem Muster gelegt hatte.

Wellen aus blauem Wasser hätten meine Erinnerung sein sollen. Eine Mischung aus Sand und Salz, Licht und Sonne. Aus der schaukelnden Bewegung des Boots und den schnellen, tanzenden Sprüngen unserer Landgänge. Aber immer wieder läuft durch dieses Bild ein Junge. Er flieht vor seiner eigenen Mutter. Er rennt mit seinen kleinen Schritten über ein Segelboot. Er schreit und sucht nach seiner Schwimmweste.

Nach den Ferien hast Du Deinen Eltern nichts davon erzählt. Nicht eine Silbe. Nicht eine Andeutung hast Du gemacht. Deine makellos geschwungenen Lippen hast Du zusammengepresst und geschwiegen. Es als stilles Geheimnis zwischen Dir und mir und Georg gehütet. *So bauten wir hier Hütten der Freundschaft uns.* Siehst Du, Márti, das ist der Grund, aus dem ich Dich liebe. Aus dem ich Dich immer schon geliebt habe.

Deine Jo

30. JUNI 2009 – 07:03

Liebste Jo,

trotzdem wird sie Euch auf ihre verrücktverquere Art geliebt haben, ohne Abstufung und Unterschied, Dich und Georg, den süßen kleinen, rotblonden, später erst dunkler werdenden, immer gut gekämmten Georg, das weiß ich sicher, das habe ich gespürt, Johanna, das ging gar nicht anders, wie hätte sie Euch nicht lieben können, Ihr wart doch wie gemacht dafür, man musste Euch lieben!

Bei Euch zu Hause lag es in der Luft, in allen Atemzügen und Blicken, in den blauen Augen Deines Vaters, den grauen Augen Deiner Mutter, in der Küche, im Wohnzimmer, in Deinem und Georgs Zimmer, in allen anderen Zimmern, die Liebe Deiner Mutter, Deines Vaters schwebte und flog durch all diese *Zimmer*, sicher, ich weiß es, ich war dabei, ich habe es spüren können. Es ist uns eingepflanzt, wir können gar nicht anders, als unsere Kinder zu lieben, lieben, lieben, dreimal hintereinander und darüber hinaus, und nein, wir haben keine Lieblingskinder, auch wenn Du das immerzu vermutest, Georg und Dich werden Deine Eltern gleich geliebt haben, auch darin bin ich sicher, ich jedenfalls schütze jedes meiner Kinder vor den anderen, es ist ein Reflex, der sofort anspringt, sobald sich die einen gegen die anderen wenden. Glaub mir, Johanna, Deine Mutter hat Euch auf ihre verrücktverquere Art geliebt, sogar wenn sie auf dem Höchster Schlossplatz ihre Trompete auspackte, Haydn, Telemann, Gardner, die Leute stehen blieben und zuhörten, wird diese Liebe eine Rolle gespielt haben.

Meine Mutter, die immer sehr als Mutter getaugt hat, an deren Liebe es keinerlei Zweifel gibt, ist bei uns, und ich komme zum Schlafen, Johanna, heute Nacht habe ich sechs lückenlos aneinandergereihte Stunden geschlafen und schreibe Dir ausgeruht, sagen wir, halbwegs ausgeruht, in jedem Fall so ausgeruht wie seit Monaten, vielleicht Jahren nicht. Mein Vater ist gestern nach Ungarn geflogen, Frankfurt – Budapest, LH 1338 um 12 Uhr 20, mit vielen unterdrückten und weggeschluckten Tränen im Terminal eins, Halle A, Gang Gate 1–28, der Abschied kam mir besonders schlimm vor, obwohl meine Mutter unsere Gästeecke bezogen hat, ich weiß auch nicht, vielleicht ist es diese Zahl fünfundsiebzig. Fünfundsiebzig Jahre! Als meine Mutter gesehen hat, was hier los ist, Franz zwar wieder gesund, dafür aber Henri krank, Molke krank, Simon hinter einer Theaterwand verschwunden, ich mit allem allein, verdeckt und zugeschüttet unter Alltag, hat sie ihr Ticket von Anikó umbuchen lassen und fliegt erst später in ihr Szalonnaland, zurück zu ihrem Walnussbaum, bis dahin füttert sie Henri, wenn er um sechs wach ist, spielt mit ihm, bis wir anderen gegen sieben aus den Betten steigen, wäscht unsere Wäsche, beruhigt die Kinder, zieht Schnuller und Bonbonpapier aus den Sofaecken, kauft ein, kocht Paprikahühnchen und Leberknödelsuppe, flickt Hosen und Strümpfe, wirft abgelaufene Wurstpakete in den Müll, pflückt die Kirschen im Vorgarten vom Baum, die sonst an ihren Zweigen verfaulen, ich glaube, sie hat sogar die Fenster geputzt, jetzt sehe ich, wie der Morgen ungehindert durchs Glas in meine Küche fließt. Wenn Henri anfängt zu meckern, hebt meine Mutter ihn hoch und trägt ihn, aufgehört zu schreien hat er ja, vielleicht gewöhnt er sich noch an, nicht erst um elf, sondern schon um acht ins Bett zu gehen, nicht auszudenken, wie das wäre. Es gibt warme Mahlzeiten, einen täglich gebadeten Franz und für mich Termine, wenn auch nur im Drei-vier-Stunden-Rhythmus, weil das Stillen mich nach Hause schickt, Simon und ich haben den Redakteur getroffen, der ein Hörspiel von uns haben wollte, seit er weiß, wir sind ein Paar, Lyrik und Drama sind ein Paar, und sich dazu offenbar etwas vorstellen konnte. Daraus wird nun etwas, nach dem zäh-nervigen, nein, das geht so nicht, das geht so auch nicht, und das hier, nein, das geht so gar nicht, wird jetzt doch etwas daraus, also waren wir glücksdurchströmt und wollten sofort losschreiben, in einer ruhigen, müllfreien Ecke dieser Wohnung, die es gar nicht gibt, die wir uns erst hätten ausmalen müssen, aber die Wirklichkeit hat mich geohrfeigt, als ich den wimmernden Henri in die Arme nahm und mich fragte, wann bitte, wann soll ich das tun?

Deine Márti

6. JULI 2009 – 23:09

Liebe Márti,

Ihr seid weg, ich schreibe trotzdem. Vielleicht liest Du dieses Mail in Deinem Ostseedorf. Vielleicht hat man schon eine Leitung dorthin verlegt. Heute ist kein Tropfen Regen gefallen. Der Himmel hat sich mir zuliebe zurückgehalten. Die Schwarzwaldnacht nimmt die letzten Lichter mit. Sammelt sie ein. Ich denke nach, ob Du recht haben könntest. Ob es eine verrücktverquere Art gab, uns zu lieben. Georg und mich zu lieben. Vielleicht ja. Vielleicht gab es die.

Vieles habe ich meiner Mutter seither vergeben. Manches kann ich ihr auch heute nicht vergeben. Dass sie sich geweigert hat, den Grabstein für meinen Vater auszusuchen. Dieses eine nicht, Márta. Es wiegt zu schwer. Mich mit meinen vierzehn Jahren zum Steinmetz an den Sossenheimer Weg zu schicken wiegt zu schwer. Dass ich den Protestanten ausgewählt hatte, hat sie maßlos geärgert. *Von guten Mächten wunderbar geborgen.* Weil wir doch durch und durch katholisch waren. Nur vordergründig natürlich. Nur oberflächlich. Oberflächlich aber durch und durch österreichisch-römisch-katholisch.

Später hat sie sich damit angefreundet. Hat vor dem Grabstein gestanden und den Bonhoeffer in all ihren verfügbaren, abrufbaren Tonlagen gesprochen. Hinter den Kriegsgräbern, Abschnitt neun. Singend, summend. *Erwarten wir getrost was kommen mag.* In all den Zungenschlägen, die sie am Seminar in Wien tagein, tagaus gelernt hatte. Laut, leise. Fortepiano, piano. Verzögert, nur halbfließend. Zerhackt im Stakkato. Überdreht bis demütig. Pianissimo. *Führ, wenn es sein kann, wieder uns zusammen.* Schließlich hat sie ihn umschlungen. So, wie du Noras Stein umschlungen hast. Als sei es kein Stein, sondern mein Vater. Mein lebender, halbtoter, junger, fröstelnder, sich kratzender, kaputter, geliebter, bewunderter, *traumschöner,* wie Du sagen würdest, durch und durch seit jeher verlorener Vater.

Es liebt Dich,

immer und immerzu,

Johanna

14. JULI 2009 – 09:45

Liebste, meine liebste, liebste Jo,

habe Dich vermisst, als ich den Kierkegaard-Pfad am Nordmeer abgelaufen bin, hinter Gilleleje über schäumend sprudelnden Wellen, ohne Kinder, ohne Simon, nur ich mit mir, in Gedanken mit jedem Schritt bei Dir, weil es mich hat an Deinen Vater denken lassen, an wen auch sonst: *Hier ruht der Unglücklichste,* nachzulesen in Kierkegaards Entweder-Oder, das Simon in den Dünen aufschlug, wann immer die Kinder ihn ließen, vielleicht hätte das besser gepasst als Inschrift, oder war Dein Vater gar nicht so unglücklich, wie ich immer dachte, wie wir immer dachten, Dein traumschöner junger Vater?

Von Mecklenburg hat es uns nach Dänemark gezogen, stockrosenverschlungen unter seinem unwirklichen Blau hat es uns angelockt, auch wenn wir nur dieselben alten, abgesteckten Wege wie früher abgeschritten sind, dieselbe knarrende Dachkammer mit Blick aufs Kattegat bezogen haben, denselben Garten, durch den Mäuse, Kreuzspinnen und Ringelnattern ins Haus schlichen, dieselben weißen Strände und Buchten mit ihren Holzstegen ins Wasser, ihren Trinkbuden, Flaggen, ihren mit Kreide angeschriebenen Tagestemperaturen, zweiundzwanzig, dreiundzwanzig, vierundzwanzig, selten mehr, als geizten sie – zwei Tropfen Regen, und Wildgänse flattern auf, ist da ein Zusammenhang?

Nachdem meine Mutter abgereist war, sind wir an die Ostsee, Fernreisen mit Kleinkindern hatten wir ja gestrichen, weil alles, was über vier Stunden hinausgeht, zur Tortur geworden ist, wenn Franz sich bei hundertsechzig abschnallt, um Bälle durchs Auto zu werfen, und Mia mit eiskaltem Händchen in meinen Nacken greift, während sie den Rücksitz vollspuckt. Ich verstand nicht, wie Simon uns diesen Klützer Winkel antun konnte, *einwärts der Ostsee zwischen Lübeck und Wismar gelegen, ein Nest aus niedrigen Ziegelbauten entlang einer Straße aus Kopfsteinen,* wo ein Berliner Dramatiker, der bei Simons Horen oder Parzen mitsummt, sein winziges Haus mit winzigem Garten für winziges Geld abgibt, sagen wir, sehr winziges Geld, sagen wir, für so gut wie gar kein Geld, wir sollten nur das Unkraut aus den Beeten reißen und lieb zum Rasen sein, die Rosen streicheln und das Obst von Bäumen und Sträuchern pflücken. Baseballschläger plus zertrümmerte Köpfe, das war mein Bild vom Osten, Johanna, aber dort war ich dann sehr still und leise, unter diesen Buchenalleen, die uns zum leeren Strand lotsten, angesichts des Walds vor unseren schmutzschlierigen Fenstern, der Klinkerhäuser, die man taumelnd schräg aufs Pflaster gestellt hat, um den windzerfurchten, wolkenbehausten Himmel zu verdecken, den sich Störche und Kirchtürme teilen, rund um das Uwe-Johnson-Haus mit seiner Bibliothek, in der Molke und Franz alle Kinderbücher durchgesehen haben, ich schwöre, alle, nicht eines haben sie ausgelassen.

Meine Erzählungen, ausgedruckt auf über fünfhundert Seiten, waren für Simon gedacht, er sollte nach Fehlern suchen, aber erst lag der Stapel unangetastet am Ostseestrand, über den Franz und Mia so freigelöst sprangen wie selten, dann sechs Stunden weiter nördlich genauso unangetastet in dem weißgestrichenen dänischen Holzhaus mit seiner Dachkammer, in der fünf Betten nebeneinander für uns bereitstanden. Simon hatte anderes zu tun, wie er ja immerzu anderes, Besseres als etwas für mich oder seine Kinder zu tun hat, lieber verbrachte er Stunden in der Bibliothek von Gilleleje und wanderte an der Küste durch Sonne, Wind und Regen auf den Spuren Kierkegaards – bald im Reiseteil einer Zeitung nachzulesen. Also fing ich an, selbst alles durchzusehen, zum wievielten Mal, weiß ich nicht, ich habe aufgehört zu zählen, aber zum ersten Mal auf Papier und nicht am Bildschirm, und dass dazwischen Welten liegen würden, hätte mir ruhig früher einfallen können. In meiner Blödheit, meiner maßlosen Blödheit hatte ich gedacht, es würde ausreichen, zwei Kommas gegen ein ›und‹ zu tauschen, in einem Ausbruch von Horváth-Größenwahn hatte ich geglaubt, ich müsse die Sätze nur ein wenig glattstreichen, und sah mich schon in Freiheit, in wiedergewonnener grenzenloser Freiheit, in der ich dann endlich Staubseen aus unseren Ecken pusten und Schränke ausmisten könnte, all die unnötigen Dinge loswerden, die mein Leben zustellen und meine Schubladen füllen, endlich Ballast abwerfen und höher steigen.

Wie ich so denken konnte, ist eines der Márta-Rätsel, die ich mir selbst aufgebe. Es waren keine Winzigkeiten in meinem Text, Johanna, ich bin erschrocken, wie es nach nichts klang und sich nicht zu dem Sinn fügte, den ich mir in meinen Wortzimmern, in meinen Satzhäusern ausgedacht hatte. Während Mia und Franz Tonnen von Eis und Softeis mit Lakritze und Kakaopulver wegschleckten, den Feuerquallen davonschwammen, sich über die grauen Felsen von Tillerup jagten und die Knie wundschlugen, habe ich mich durch fünfhundertelf sandpanierte, windzerfah-

73

rene Seiten gewühlt, mit meinen roten Stiften, an denen ich geknabbert und die ich dann über die Zeilen geschickt habe, um zu glätten, was gekräuselt überstand. Überall gehörte ich meinem Stapel Blätter, seinen Wortflächen und deren versteckten Windungen, wie im Jahr zuvor, in allen Jahren zuvor, seit ich meinen ersten Satz im Traum gefunden und versucht habe, einen Reigen aus ihm zu spinnen, diesmal auf einem Klappstuhl hinter dem weißen Spreißelholzzaun, Henri vor mir auf einer Decke im Gras, unter dem Regendach mit Blick aufs dänengraue Meer, Henri im Tuch vor meinem pochenden Herzen, in der rosafarbenen Eisdiele in Tisvildeleje, Henri im Kinderwagen, im Hafen von Gilleleje, Henri unter kreisenden singenden Möwen, die sich auf Fischabfälle stürzten – oder klagen sie eher, die hellblauen, dickbauchigen Möwen über dem Kattegat?

Die titelgebende Geschichte wird *Das andere Zimmer* sein, so viel steht nun immerhin fest, in ihr ist angelegt, was in den anderen Erzählungen aufgegriffen und weitergesponnen wird, eine Art Strom, der alle umliegenden Felder bewässert. Nein, ich möchte keine Diskussion über diesen Titel, wie vor einer Geburt, wenn man den Namen des Kindes zu früh bekanntgibt, und alle meinen, man wolle ihr Urteil hören, also fang gar nicht an. Balázs? Das kann doch kein Mensch aussprechen! Nein, nicht Josef. Warum nicht lieber David? Vielleicht wirst Du sagen, es ist beliebig, austauschbar, ich höre es Dich schon sagen, ich sehe, wie es aus Deinem Mund auf meine zerlesenen Blätter fällt wie einer dieser *modrigen Pilze*, nachdem die schönen alten Zusammenhänge zerstört waren, aber es bleibt dabei, liebste Jo, ich bleibe dabei, *Das andere Zimmer* soll es heißen, so viel steht nun jedenfalls fest, alles andere ist und bleibt wie immer offen.

Muss schließen und zum Markt am Dornbusch, damit wir etwas zu essen haben, denn essen müssen wir, trotz Rechnungen und Mahnungen müssen wir Geld fürs Essen, für Käse, Brot, Tomaten beiseitelegen und ausgeben, also nehme ich die Strandtasche wieder zum Einkaufen, trage die Reste von Sand zum Markt und lasse sie auf Salatköpfe rieseln.

Es liebt Dich,

Deine Márti

16. JULI 2009 – 23 : 22

Liebste, beste Freundin,

Das andere Zimmer klingt verheißungsvoll. Gar nicht nach Balázs oder Josef. Dein anderes Zimmer, in dem Du mir schreibst. An mich denkst. In dem wir uns treffen. Als dürfe man diese eine Tür nicht öffnen. Wollte aber unbedingt das tun. Unbedingt wissen, was sich dahinter verbirgt. Nein, beliebig finde ich es nicht. Das ist der böse Gedanke in Deinem Kopf. Nicht in meinem. Also gib ihn auf. Lass ihn flattern. Hoch in Deinen Stadtsommerhimmel.

Ja, die Ferien. Deine vorbei. Meine kurz davor zu beginnen. Ein Stapel Arbeit noch. Nebenan warten Hefte in rotem Einband. Deutschklausuren, Klasse 8b, Sankt-Anna-Gymnasium. Beschreibe Aufbau und Stilmittel dieser Ballade. Was sind ihre typischen Merkmale? Welche Metaphern entdeckst du? Woher kommt die Angst des Knaben im Moor? Ist sie begründet? Warum springt er *wie ein wundes Reh*? Ja, ich will noch ein bisschen arbeiten. Einser und Fünfer verteilen. Schlafen werde ich später.

Wie dieses Wort tönt. Wie es so unvergleichlich tönt, Márti. Zieh es auseinander. F e r i e n . Jetzt, mitten im Juli, denke ich schon an den nächsten Sommer. Nicht an diesen, den ich nur mit der Droste verbringen werde. Sondern an den nächsten. Vielleicht würde ich ohne diesen Ausblick gar nicht durchhalten. Seit Wochen trage ich meine Droste ins Klassenzimmer. Weil sie auf dem Lehrplan steht. Mir bereitet das Schmerzen. Entsetzliche Schmerzen. Hals, Kopf, Rücken. Ich krümme mich, *trage mein*

Kreuz und schrei meinen Schrei. Weil die Schüler nichts mit ihr anfangen können. Ich sie aber, trotz all der Jahre, die ich mit ihr in den einfallslosen Hinterzimmern der Archive verbracht habe, immer noch liebe. Kannst auch das auseinanderziehen, l i e b e . Und deshalb nicht zerpflückt, nicht zertreten haben will. Nicht zerlegt und zerkaut. Mit halben, lieblosen Wörtchen. Nahezu gedankenfrei aufgeschnappten, nachgeplapperten, nicht selbst gefühlten Sätzchen. Königs-Erläuterungen-Sätzchen. Die Schüler schauen mich an mit leeren Gesichtern. In denen alles an Missmut und Widerwille steckt, was sie aufbringen können. Als wollten sie fragen, warum quälen Sie uns, Frau Messner?

Was wissen sie mit vierzehn schon über den Wert, die Endlichkeit des Lebens? *War nicht ein hohl und heimlich Sausen jeder Tag?* Unvorstellbar für sie, dass die Zeit davonjagt. Nirgends mehr auffindbar ist. Unvorstellbar, so alt zu werden, wie ich es bin. Dreißig ist für sie schon alt, Márti. Nur alte, sehr alte Leute sind dreißig. Alles, was danach kommt, sagen wir, vierzig und weiter, ist kein Leben. Ich bin für sie jenseits eines Alters, das sie noch einzuordnen wissen. Als ihre Lehrerin sowieso eine Art Ding oder Unding. Ohne Geschlecht, ohne Eigenleben. Ihr geballter Unmut geht jeden Morgen über den Umweg der Droste gezielt in meine Richtung.

Sehe ich ihre Gesichter, bin ich trotzdem mild. Auch wir müssen einmal so ausgesehen haben, Márti. Genauso gelangweilt haben wir in den Bänken gesessen. Die achte, neunte Klasse irgendwie hinter uns gebracht. Auch wir hatten dieses Gesicht. Mit jedem Zug darin, jedem Blinzeln haben wir gesagt, ich bin nicht hier. Ich bin anderswo, unerreichbar anderswo.

Also, freu Dich jeden Morgen, an dem Franz, Henri und meine Molke Dich rehbraun oder nordmeerbleiblau anschauen. Wenn sie dreizehn, vierzehn sind, wirst Du Dich danach verzehren.

Deine Johanna

17. JULI 2009 – 11:08

Liebste Jo,

Simon hat heute früh gesagt, ich halte die Welt fern von mir. So lebe ich, so arbeite ich, und so bin ich, fern der Welt, während ich wie jeden Morgen meine Kaffeetasse in den Händen gehalten habe, in der ja schon die ganze Welt mitschwimmt, schon im Schaum der Milch schwimmt doch die ganze Welt mit, wie könnte ich sie also fernhalten? Aber Dir verrate ich, nur Dir, liebste Jo, wie würde ich das gerne, wie würde ich diese Welt, die lautlärmend an meine Tür brandet, an meine Fenster schlägt, bum-bum-bum, als würden sie gleich zerspringen, wie würde ich diese Welt gerne von mir fernhalten!

Dich frage ich, denn Du wirst das vielleicht wissen, zwischen den Einsern und Fünfern, die Du verteilst und mit rotem Stift in die Hefte schreibst, wie kann ich, wie gelingt mir das, wie könnte mir das je gelingen, die Welt von mir fernzuhalten?

Deine Márta

19. JULI 2009 – 21:36

Mártilein,

halte die Welt ruhig fern von Dir. Sollte es gelingen, nur zu. Nur zu! Aber sie will herein, Márti. Und wie sie hereinwill! Selbst hier in der Provinz, in die ich mich geflüchtet habe, gibt es genügend Welt, die hereinwill. Sie klopft an meine Türen. Hört nicht auf zu klopfen. Öffnet die Läden, lässt meine Fenster aufspringen. Schickt ihre Stürme meine Wände hinauf. Zerrt an meinen Lampen. Ich gebe vor, ich hörte ihr Wüten nicht. Nicht ihren ohrenbetäubenden Lärm. Halte mir die Ohren zu und pfeife eine Melodie. Wie ein Kind, das nicht hören will, was man ihm zu sagen hat.

Als Markus ging und ich unsere Wände einschlug, habe ich nichts anderes versucht, als diese Welt von mir fernzuhalten.

Die Zeit mit Markus zu zermalmen. Sie als Staub in die Luft zu schicken. Hinauszujagen. Zu sehen, was dann mit mir geschehen würde. Versuche es seither.

Jo

23. JULI 2009 – 06:01
Liebste Johanna,
zwei Zeilen, bevor der Tag beginnt und die Welt tosend laut hereinbricht, wild streitende Vögel haben mich aus dem Bett gejagt und meine Nacht abschütteln lassen, die kaum an einer Stelle dunkelruhig geworden ist. Immerhin ist der Sommer auf seine entwaffnende Art zurück, *wenn die tür geschlossen wird, sind auch die hunde still in ihren hütten, kein weckerticken, nichts stört,* nur der Rasensprenger im Nachbargarten geht in kurzen Abständen an und lässt mich zusammenfahren, setzen seine Wassertropfen Regenbögen in die Luft, bevor sie auf Beton landen, hübsch sieht das aus.
Ich vermisse Dich, Johanna, in den jüngsten Tagen hättest Du in meiner Küche sitzen, den Kopf schütteln oder andere sinnvolle Dinge für mich tun können, wie Schnaps aus meinen Gläsern trinken und mir beim Reden zuschauen. Ich winde mich aus einer fis-Moll-Stimmung, die an mir klebt und ihre unauflösbaren Fäden zieht. Aus dem Stipendium wird nichts, in meinem dummen Kopf hatte ich aber fest mit dem Geld gerechnet, von dem ich die nächsten Monate gelassen hätte zu Hause arbeiten können, als könnte ich jemals gelassen zu Hause arbeiten!, und nicht an einem von Gott vergessenen ranzigen Ort wie sonst, wenn man ein bisschen Geld kriegen will – wie konnte ich nur?
In all den Monaten seit Januar hat mich mein Hochtief selten freigegeben, diese Absage war nur die letzte Kurve auf meiner

Talfahrt, das Ausrufezeichen am Ende eines sich drehend windenden Abwärts. Lori sagt, es ist der Stolperstein auf halber Strecke Leben, ich sage, es ist die Keule Erschöpfung, die diesen Zeitpunkt abgepasst hat, um mich niederzuschlagen, meine bescheidene Glückswelle, auf der ich an den Tillerup-Stränden tanzte, hat mich abgeworfen und zwischen Strandgut und Schaumrillen, ja, Schaumrillen, einfach liegen lassen. Viel kann ich nicht mit mir anfangen, etwas müsste ich aber tun mit mir, die alte schwarze Scheibe hat sich breit durch mein Zimmer geschoben, mitten durch den Haufen Schrott und Unordnung, den ich aufheben und wegräumen müsste – *viel einfacher, man ist jemand anderer oder überhaupt niemand.* Heute sehe ich besser, es ist heller geworden, ja, heller, als ich die Läden hochgezogen habe, ist die Welt heller gewesen, Du siehst ja, ich kann schreiben, ich schreibe Dir, auch wenn ich mir selbst zureden muss, um mich an den Schreibtisch zu lotsen, ich sitze auf meinem Stuhl und warte, ich liege auf meinem Sofa und warte, ich gehe durch den Flur und warte, ich knie vor Henris leerem Gitterbett und warte, das ist für den Augenblick alles, was ich mit Márta Horváth in dieser drängenden Welt anstellen kann.

Simon ist mit den Kindern zu Freunden nach Waldems, zu einem alten Hof am Taunusrücken, ungefähr auf Höhe des Steißbeins, wo wir sicher tausendmal mit Deinem Vater über lindgrüne Hügel geglitten sind, ja, tausendmal müsste es gewesen sein. Simon hat sie gestern in den Wagen gesteckt, Franz und Mia mit kurzen Hosen, Kompass und Wanderschuhen, Henri mit seiner Kraxe, über einen wenig ausgetretenen Taunuspfad wollen sie springen, durch ein schattiges Stück Wald hinter dem Feldberg, Äste sammeln, Wild beobachten, Spechte belauschen. Ich bin allein mit diesem verspritzten, versprühten Rasensprengerwasser von nebenan, nur für mich malt es seine

Regenbögen in den Hinterhof – das sollte mich eigentlich trösten.

Genieße Du die groß sich aufbäumenden heißesten Tage des Jahres, es liebt Dich,

Deine Márta

26. JULI 2009 – 08:03

Geliebte Márti,

was treibt die Gewitterhexe mit Dir? Schweigt sie? Lässt sie Dich? Oder fährt sie mit ihrem alten Besen in Dich?

Der Geheime Garten ruft. Also nur kurzes Frühstück und eine Zeile an Dich. Kaffee und Kirschen, dazu brennt meine Madonnenkerze aus der Wallfahrtskirche Birnau. Kopf und Haar sind seit meinem jüngsten Meersburgausflug weggebrannt. Aber ihr goldenes Gewand fließt und schimmert noch. Zünde ich sie an, liegt der See vor mir. Schwappt vom *Tannenbühl auf der höchsten Höhe des Schwarzwaldes* durch meinen Garten. Steigt bis an die Fenster. Deren Rahmen Claus frisch geölt hat. Es riecht nach Taunus. Hier, mitten im schwarzen Wald riecht es nach lindgrünen Taunushügeln.

Ja, ich genieße sie, diese großen Tage des Sommers. Du brauchst mich nicht zu erinnern. Könntest Du den Geheimen Garten sehen! Kathrin hat den Juli und August ins Zehnfache vergrößert. Ins Hundertfache. Mit einer Blütenflut und Blätterwucht aus Rot, Pink und Gelb. So viel ist sicher, Kathrin hat *die schönste und reichste Glashütte im ganzen Schwarzwald.* Sie hatte mir fürs Wochenende freigeben wollen. Sie sagt, sie kann nicht verlangen, dass ich jeden Samstag ihrem Laden opfere. Doch, kannst du, habe ich erwidert. Besonders jetzt, da die Vorbereitungen für die Hochzeit heiß laufen. Kathrin hat ihr Brautkleid selbst genäht. Abends unter einer Leselampe hinter dem Perlenvorhang. Colin zu ihren Füßen. Cremeweiße Seide. Schmal geschnitten.

Knielang. Mit hohem Spitzenkragen. Gestern hat sie es angezogen. Die Haare hochgebunden. Zum Niederknien hat sie ausgesehen. Und ich habe gesagt, Kathrin, du siehst zum Niederknien aus.

Melde mich heute Abend nach meinem Dienst zwischen Wicken und Zinnien. So lange denke ich an Dich. An die Wassertropfen und Regenbögen, die Dich umgeben.

Es liebt Dich, liebt Dich, liebt Dich, dreimal hintereinander,

Johanna

30. JULI 2009 − 23 : 09

Liebste Jo,

zwei Fenster hat der Sturm gestern zertrümmert, in zwei Sekunden, für jedes hat er nur eine Sekunde gebraucht, als ich die Scherben zusammenfegte, ist Simon mit den Rahmen schon zum Glaser, nicht ohne vergiftete Blicke für mich, als sei es meine Schuld, wenn der Sturm ins Glas jagt, als hätte ich ihn bestellt, als hätte ich ihn gebeten, unsere Fenster einzuschlagen.

Vergib mir die Launen und Klagen, auch, dass ich nicht angerufen habe, ich trage mich selbst auf meinen Schultern durch Kopfschmerztage und falle abends ins Bett, ohne Schlaf und Ruhe zu finden, verrutsche zwischen meinen Stunden und strande an den seltsamsten Orten, bleibe mit Henri in der U-Bahn sitzen und rege mich erst, wenn jemand sagt, Endstation, der Zug fährt nicht weiter, Sie müssen aussteigen. Sorgen musst Du Dich nicht, ich halte mich, halte mich, halte mich, dreimal hintereinander halte ich mich und bin über allem halbglücklich, übertreiben wir nicht, sagen wir viertelglücklich, weil mich die Gewitterhexe lässt, gerade braut sie nichts zusammen, auch wenn der Sturm gestern danach war. Noch ketten mich meine Kinder ans Leben, ich kann mich gar nicht fernhalten, nur woher ich Kraft fürs Schreiben nehmen soll, will mir nicht einfallen, *ich wollte, es stände sogleich auf dem Papiere wie ich es denke* – mit Kindern zu leben schubbert einen so ab, ist es das richtige Wort?

Ab September wird das Kindermädchen zwei Tage die Woche bei uns sein, so ist es mit Simon besprochen, mehr Geld haben wir nicht, mehr geht nicht, aber solange das Geld reicht, werden wir es so halten, damit mein Blut im vorgesehenen Umlauf strömend kreisen kann und nicht stocken muss, damit ich mehr Luft habe, besser Luft kriege und sie tief in meine Lungen ziehen kann. Womöglich sitze ich zu selten auf dem Dach und zähle Sternschnuppen, wie viele sind diesen Sommer herabgesaust und sinnlos verraucht, weil ich keine Bitte, keinen Wunsch an sie gebunden hatte. Wie viele Wünsche hätte ich aussprechen können! Ach, Johanna, es gäbe viel zu erzählen, wann kommst Du in meine böse, laute, gerade betäubend nach üppigem Sommer riechende Stadt?

Deine Márta

31. JULI 2009 – 22:43

Liebste Márti,

sobald ich wegkann, werde ich auf Deiner Küchenbank sitzen. Versprochen. Noch hält mich die Droste. Wirft mein schlechtes Gewissen an. Weil ich in letzter Zeit faul war, was sie und ihren Levin angeht. Ich hatte gar keine Lust, fremden Gefühlen nachzuspüren. Ein bisschen wie Du. Bin lieber mit Bio-Kurt durch die nahen Juliwälder. Wo *der Pfad steiler wurde, die Gegend wilder.* Dem Sommer nach. Seinem Zenit. Auf der Suche nach gelbem Enzian in den Flachmooren. Auf den Weiden. Gentiana lutea. Lies nur. Hör nur, was ich alles weiß. Stängel rund und unverzweigt. Blätter bläulich. Parallelnervig. Ein Meter zwanzig steht er jetzt hoch. Größer als Franz. Kleiner als Mia.

Obwohl die Droste wartete, habe ich mich aufs Rennrad gesetzt. Bin über die Berge zwischen Rottweil und Tuttlingen. Als müsste ich vor mir selbst davonfahren. Immer mit dem Blick nach unten. Weil Markus und ich unter diesem Schwarzwaldhimmel im feuchten Gras Sternschnuppen gezählt und Wünsche hochgeschossen haben, will ich ihn nicht anschauen. So tiefblau und sternenreich er sich auch jede Nacht über mir ausbreitet. Auf mich herabstürzen will. Als hätte er es auf mich abgesehen. Mich in seinem unüberhörbaren Flüsterton bittet. Mich drängt und anfleht. Schau mich an, Johanna. Schau hoch und sieh mich an! Aber ich schaue nicht hoch. Ich sehe ihn nicht an. Ich hefte meinen Blick auf die Straße. Auf den Weg vor meinen Füßen. Vor meinem Vorderrad.

Ich will ihn ächten, weil er meine Wünsche nicht erfüllt hat. Mich nicht erhört hat. Damals wünschte ich mir bei jedem fallenden Stern, Markus und ich würden immer so zusammenbleiben. Genau so. Nie mehr anders. Im Sommer in diesem lichtgrünen Gras. Zwischen Wiesenklee, Knabenkraut und Nachtnelken. Im Winter auf diesen *tannenumzäunten, windscheuen Schneepfaden.* Deine Worte. Bis ans Ende unserer Tage so zusammenbleiben. Also, liebste Márti, was nützt das Beten zu Sternschnuppen? Nichts! Vergiss sie!

Jo

1. AUGUST 2009 – 03:03

Liebste Johanna,

es ist zu heiß, ich kann nicht schlafen in dieser *Sommerstadtnacht,* Mia und Franz liegen mit nassgeschwitzten Köpfen in ihrem Zimmer, in dem die Luft steht, Henri schlummert im großen Bett neben Simon, ein und derselbe Grundstoff in Variation, *das Dach, wir hörn es knistern, als wär es schon Papier.* Ich habe mein Betttuch abgestreift und flüchte zu Dir, ich will Dir für jedes Wort danken, das mich später, nachdem wir aufgelegt hatten, doch zum Weinen gebracht hat, obwohl ich Dir versprochen hatte, nicht zu weinen, jedenfalls nicht mehr so viel, also musst Du mir auch das vergeben, genau wie meine Zusammenbrüche, die mich jedes Mal mehr Kraft kosten, mit jedem Mal lasse ich mehr Federn, mehr Haare, mehr Fasern meiner selbst.

Johanna, ja, es gibt Gründe, glücklich zu sein, selbst für mich, in meinem verhakten, unnachgiebig festgezurrten Leben, Du hast sie für mich wiederholt, diese eine Wahrheit, und es ist auch richtig, dass ich nie etwas anderes wollte als schreiben, seit ich denken, sprechen, laufen, Purzelbäume schlagen kann, dass mich nie etwas davon abgehalten hat, weder Leben noch Kinder noch mein Leben mit Kindern, nicht einmal die kleine, aber bedeutende Wahrheit, dass es Gedichte waren, die kaum ein Mensch lesen mochte, deren sich neben Dir, Simon und Lori kaum jemand erbarmt hat. Es quält mich, Johanna, weil ich keine Kraft finde zu denken, ich will schreiben, bis meine Hände abfallen, nichts anderes zählt, hat Gewicht, spielt eine Rolle, nur ich und mein täglicher Gang zum Schreibtisch haben Gewicht und spielen eine Rolle, all das quält mich, fühlt sich fremd und leer an, ich erkenne mich kaum, auch nicht vor dem Spiegel, wenn ich mein Haar bürste und mir zuschaue, auch dann nicht. Was in diesen wegfliegenden Stunden querschießt in mir, habe ich noch nicht herausgefunden, aber *das Schreiben macht mich total bankrott, und die Umgebung leidet schrecklich unter meinem Gestammel und meiner Einfallslosigkeit.* Dass die Erzählungen irgendwann erscheinen, ist kein ausreichender Trost, ich dann wieder unter Menschen sein werde, nicht unter Buchstaben, die nichts sagen und keinen Laut für mich tun, die nur immerzu etwas von mir hören wollen, sich gierig ausstrecken nach dem, was ich in mir finden kann. Vor gar nicht langer Zeit hat mich dieser Gedanke hochgehoben, jetzt falle ich umso tiefer – aber warum so mittendrin?

Etwas Kraft schöpfe ich aus Henri, der schon viel kann, sich drehen, auf dem Bauch liegen, nach Dingen greifen, ›dede‹ sagen, und ich verbringe viel Zeit damit, mein Bübchen zu bestaunen, das nicht mehr schreit, sag Du es mir, hat es jemals geschrien? So ist es also, wenn man ein freundliches Baby hat, jetzt weiß ich es wieder, ich kann mit Henri ins Café, ohne Blut zu schwitzen, ich kann ihn mitnehmen, ohne dass er durchknallt und alle anderen auch durchknallen müssen, also liebe ich ihn vollkommen ungehemmt und entflammt, mit seinen blauen Augen und seiner weißen Sommerkollektion, die nicht neu ist, nein, die vor ihm natürlich sein Bruder Franz getragen hat. Ja, liebste Jo, auch ich bin eine dieser peinlichen Mütter, die ihre Babys anstarren, ohne dass ihnen langweilig wird, selbst an Mia kann ich mich noch immer nicht sattsehen und muss staunen, dass dieses Elfenkind mit dem langen, wirren, nicht zu bändigenden Haar von mir und Simon sein soll. Zwischen Nacht und Tag, wenn Mia tief schläft, hineinrutscht in ihren Traumwinkel, lege ich mich zu ihr, schaue sie an, wenn sie ruhig atmet und fast, ja fast keinen Ton von sich gibt, und frage mich, was sieht sie, träumt und spielt sie? Fährt sie auf Schlittschuhen über einen zugefrorenen See? Malt sie Wände an? Unsere, meine Wände? Oder isst sie nur ein Honigbrötchen und trinkt einen Kakao?

Mit den Kindern zu sein hilft mir, zu sehen, wie unermüdlich munter, wie unbeirrt sie durch ihre Tage springen. Gestern sind Mia und Franz im Hof in den Quittenbaum geklettert, trotz der Regenschauer, die keine kühlere Luft gebracht haben, haben mit viel zu großen Gartenhandschuhen Sträucher gestutzt, Stöcke geschnitzt, im Dreck gewühlt und nach der Badewanne am Abend unfassbar gut gerochen. Im Bett haben sie sich in den Ritter Trenk gestürzt, und an der Stelle, in der die Burg in Trauer versinkt, an der er totgeglaubt, aber quicklebendig ist, haben sie sich geschüttelt vor Lachen. Franz hat die Stellen erst nicht verstanden, aber dann wollte er sie immerzu hören, Mia hat sie wieder und wieder lesen müssen, und jedes Mal haben sie sich geschüttelt vor Lachen über das: *Wen hat der Ritter Wertolt erschlagen? Euch doch, junger Herr Trenk! Und Euer Schwein und Eure Base auch!* Das hält mich, Johanna, das ist meine tägliche Medizin, für Márta Horváth zusammengestellt, gemischt, abgefüllt und vor dem Zubettgehen verabreicht, meinen Kindern zuzuschauen beim Quieken, meine Nase in ihre Nacken stecken und an ihren frischgeföhnten Locken riechen, dann kehren sie zurück, alle Möglichkeiten des Lebens – alle.

Also, liebste Jo, bleiben wir zuversichtlich, Du und ich, so wie Du es wider alle Wahrheiten, alle Tatsachen vorgeschlagen hast, geben wir unser Bestes, versuchen wir es weiter, auch Du in Deinem anerkennungsfreien Trott, Dein tägliches Rüstzeug nur für Windmühlen, die Du so unermüdlich hingebungsvoll bekämpfst. Dafür bewundere ich Dich, habe ich Dir das jemals gesagt?

Deine Márti

4. AUGUST 2009 – 06:23

Liebe Márti,

die Droste ruft. Ich soll zu ihr hinabsteigen. Ihr zuliebe die Läden noch nicht öffnen. Draußen liegt ohnehin nur ein *kaltgrün eingeschüchterter Sommertag*. Dein Bild. Ich bleibe noch ein bisschen unter künstlichem Licht, ringe wie die Droste um jedes Wort. Rege mich auf, weil in der Forschung lange nur über Annette geschrieben wurde. Nicht über Annette von Droste-Hülshoff. Nein, nur über Annette. Bei einem Dichter hätte man das nie gewagt. Stell Dir vor, man hätte über Johann Wolfgang oder Friedrich geschrieben!

Nein, ich werde Dir nicht widersprechen. Wenn ich sage, ich komme um neun, bin ich um acht Uhr neunundfünfzig spätestens da. Es stimmt, dass Simon das nicht kann. Dass er stattdes-

86

sen abtaucht. Versinkt. Unauffindbar bleibt. Suchtrupps müsstest Du schicken. Verschollen mit seinen Parzen und Horen. Seinen Elektras und Orests. Seinen Kriegsheimkehrern. Vatermördern. Muttermördern. Kindsmördern. Und allen anderen Theatergeistern. Dich und Eure Kinder vergisst. Wenn er bei einem Bier in der Schauspielkantine sitzt – *daß zu frühe die Parze den Traum nicht ende.* Noch immer den richtigen Satz sucht. Oder bloß das richtige Satzzeichen.

Vielleicht bin ich so spießig verlässlich, weil meine Eltern in allem anders waren. Arbeiteten am Abend. Wenn in unserer Straße alle vor ihren Fernsehern saßen und Gift ausatmeten. Schliefen bis mittags. Wenn alle ihr halbes Tagwerk an der Farbenstraße hinter sich hatten. Hoechst AG, Tor Ost. Tor West. Georg und ich allein in der Küche mit Cornflakes. Zur Schule haben wir uns selbst losgeschickt. Am Abend saßen wir mit unseren Wurstbroten im Wirtshaus Messner an der Hostatostraße. Wenn Mutter und Vater auf der Bühne standen. Fremdes Leben spielten. Oder in unseren verqualmten Zimmern mit den Merkzetteln überall. Mit Stecknadeln an die Polster der Stühle und Sessel gepinnt. Mit Tesafilm an unsere Schränke geklebt. So lernte meine Mutter ihre Rollen. Das waren ihre Stichwörter. Ihre Satzbrücken. Wenn Georg die Zettel berührte, ist sie auf ihn losgegangen. Wenn er sie abnahm, um sie näher anzuschauen, sie unter den Sofakissen verschwinden zu lassen, zu vertauschen, in die Hosentasche zu stecken und zu behalten. Dann hat sie ihn durch alle Zimmer gejagt. Durch alle *anderen Zimmer.* Bis Georg sich auf den Boden warf, das Papier in den Mund steckte und zerkaute.

Vielleicht hat er deshalb diese Abwehr gegen jedes geschriebene Wort. Er schreibt nicht, liest nicht. Vielleicht hat er schon zu viele Wörter zerkaut und geschluckt. Und das reicht ihm für ein ganzes Leben.

Jo

6. AUGUST 2009 – 13:24

Liebste Johanna,

Henri schläft, träumt seinen hellblauen Mittagstraum unter herabgelassenen Läden, also kann ich Dir schreiben, richtig, wir wollen die kleinen Dinge nicht vergessen, das haben wir uns vorgenommen, also schreibe ich Dir von einem kleinen Ding, Deine Mia-Molke hat ein Diktat ohne Fehler geschrieben, die gute Kattegatluft hat ihr Köpfchen durchgepustet, und das sind die freundlichen Reste, ihr Glück war überschwappend, nur zwei Kinder ohne Fehler, eines davon Mia. Jeden Abend fluten allerdings fehlergetränkte Hausaufgaben unsere anderen Zimmer, drei plus vier ergibt nach Mias Rechnung neun, und dreizehn minus vier sind fünf und so weiter, die Möglichkeiten, Zahlen irgendwie aneinanderzureihen, sind schließlich unendlich. Das Belohnungssystem, das mein Miamädchen einführen wollte, um es den anderen gleichzutun, deren irre Eltern das so halten, führt zu nichts, drei Herzchen, eingeklebt in ein Heftchen, gäbe es für fehlerfrei, zwei für einen Fehler und immerhin noch ein Herzchen für zwei Fehler, aber Woche um Woche vergeht, ohne dass die Anzahl der Herzchen in Mias Heft wachsen könnte, denn Hausaufgaben mit nur zwei Fehlern gibt es nicht und hat es nie gegeben, fehlerfrei, Johanna, ist etwas in einem Raum außerhalb unseres Universums, weit entfernt vom Kosmos Horváth-Leibnitz mag es fehlerfrei geben, aber nicht bei uns, nicht im Erdgeschoss der Körberstraße zwölf.

Wie Du allein diesen Schulmief erträgst, frage ich mich jedes Mal, wenn ich Mia auf dem Gang umarme, bevor sie sich umdreht und wegspringt, auf dem schmalen Rücken ihr knallroter Scout, den sie ja mit Dir ausgesucht hat, in diesem winzigen Laden im schwarzen Wald mit den von der Decke hängenden Schulranzen, zu einer Zeit, in der Simon und ich dachten, alles kann aus unserem Mädchen werden, Neurochirurgin, Champagnerwinzerin, Chefanklägerin am Europäischen Gerichtshof, alles, was wir nicht zustande gekriegt haben, nicht Simon, nicht ich, kann unser Mädchen zustande kriegen, alles liegt in seiner Hand, alle Möglichkeiten des Werdens fangen bei ihm an, die Welt breitet sich aus, und Molke braucht sie nur zu betreten – was sich mit der ersten Klasse erledigt hatte, so gemein ist die Wirklichkeit hereingerollt, zwischen fleckigbraune Grundschulwände, mitten in den Gestank und Staub aus, sagen wir, fünfzig Jahren, als sei in so langer Zeit weder gestrichen, geputzt noch gelüftet worden.

Aber der Lebenslärm nach eins, sobald alle hinausjagen in ihre erkämpfte, wiedergewonnene halbe Freiheit, der Pulsschlag und Strom der Stimmen, dieser Lebensüberschuss, dieses Lebensplus, diese Lebenskraft und geballte Lebensladung, vielleicht ist es ja das, was Dich bindet und trägt?

Deine Márta

7. AUGUST 2009 – 18:35

Liebe Márti,

ich rufe nicht an, schreibe besser. Ich weiß, jetzt hast Du keine Zeit. Mitten in Deinem Abendbrot sitzt Du. Schmierst Butterbrote und schneidest Tomaten. Unter drei mäkelnden, lärmenden, redenden, singenden Kindern. Eins hübscher und lauter als das andere. Die aufspringen und um Deinen Tisch tanzen. Seine wettstreitenden Kratzer und Messerspuren im alten Holz. Hinter Dir liegt ein *abgewetzter Dienstag*. Deine Erfindung, Deine *Groben Fährten*. Du hast die Wäsche vor Dir. Die Gutenachtgeschichte. Das Abendgebet. Aber im Sinn hast Du das Arbeiten. Das Schreiben. Alles in Deinem Kopf dreht sich. Zu dieser Stunde besonders.

Ja, natürlich riecht es in der Schule. In allen Schulen. Also auch im Sankt Anna. Es ist die Masse regenfeuchter Kleidung. Die Fülle an ungewaschenem Haar. An Käsebroten und Apfelscheiben in Frühstücksdosen. Aber ich rieche es nicht mehr. Ich sehe auch die fleckigbraunen Wände nicht. Wahrscheinlich bin ich selbst zu einem Teil davon geworden. Rieche so, habe diesen Grundton. Und ja, könnte sein, dass etwas von dieser Lebensladung auf mich überschwappt. Wenn sie in den Pausen durch die Gänge schießt. Mittags, nach der letzten Stunde. Dass sie mich trägt und hält. Auch meinen Lebenspuls schneller werden lässt.

Noch immer mag ich die Art, in der die Kinder ihre Fragen stellen. Ihre unverbrauchte, manchmal verblüffende Art. Sie denken anders als wir, Márta. In allem denken sie anders als wir. Vielleicht nicht gescheiter. Nicht besser. Aber in jedem Fall anders. Sie haben noch den Kopf dazu. Den Mut, die Unverstelltheit, nenn es, wie Du willst. Ich muss darauf achten, dass sie etwas davon in ihr späteres Leben retten. Wenn sie nicht mehr an der Schule festkleben. Sondern hinausgehen. Ein letztes Mal über diese Gänge. Diesen Hof. Auf ihre eigenen, selbstgewählten Wege. Dass sie auch dann den einen oder anderen Gedanken anders denken. Schräger, gewagter. Damit die Welt nicht aufhört zu atmen. Zu rauschen. Sich weiterdrehen kann. In eine Richtung, die ich mir wünsche. Die wir uns wünschen, Márti. Seit jeher wünschen. Nur dann kann ich glauben, nicht alles ist verloren. Mein tägliches Tun, es hat einen Sinn.

Ankomme Sonntag. Aus Münster. Rüschhaus, Heide und Moor in meinem Koffer. Sagen wir, 14 Uhr 30. Davor will ich den Droste-Mann der Uni treffen. In einer dieser holzvertäfelten westfälischen Bierschänken. Wo er sich beim letzten Mal sehr ärgerte, weil er dort nicht mehr rauchen darf. Vom Droste-Vater hatte er geredet. Clemens August. Ein Vater wie aus dem Bilderbuch. Aus dem Wunschbuch für kleine Mädchen. Aus ihrer Gebetsfibel. Der Schneckenkönige sammelte. Geige spielte. Gewächshäuser liebte. Und Vögel. Übrigens ist der Droste-Mann ein echter Je-

mand, wie ich gleich bei unserer ersten Begegnung fand. Aber ich bin vorsichtig geworden. Menschen sind freundlich und reden freundlich. Dann drehen sie sich um und behaupten das Gegenteil. *Ihr seid ein sonderbar Geschlecht, ihr Menschen!*
Jo

13. AUGUST 2009 − 00:55
Liebste, wunderbare Johanna,
mein tägliches Tun hat keinen Sinn, so viel kann ich sagen, schreibe ich keine Erzählungen, schreibt sie ein anderer, es macht keinen, überhaupt keinen Unterschied, mir *bleibt nichts, als listig mit der Sprache umzugehen, als sie zu überlisten,* aber sobald ich nach einem Sinn darin suche, bin ich verloren.
Du hast es Dir schon gedacht, als Du Sonntag bei Kaffee und Lori-Birnenkompott an meinem schmutzigen Tisch gesessen und in der Horváth-Leibnitz-Brandung fast untergegangen und ertrunken bist, dass ich Bewerbungen in die Welt schicke, um eine neue Geldquelle für uns aufzutun, zum Beispiel an die Pressestelle im Industriepark Höchst, klingt das nach einer Ironie der Zeit? Damit vertreibe ich mir den Abend und die anbrechende Nacht, weil ich eher als Simon vorgeben kann, jemand anderes zu sein, blabla, die Publikationen mitgestalten, wie gerne würde ich das – von wegen! Aber was sollte ich sagen, Johanna, was ich in den letzten Jahren getan habe? Mein Lebenslauf ende an dieser Stelle so abrupt? Ich könnte lügen, ich habe frei gearbeitet, Texte verfasst, ach, Verschiedenes, ich könnte ehrlich sein und sagen, hören Sie, ich bin Lyrikerin, Gedichte habe ich geschrieben, aber jetzt muss ich mal wieder Geld verdienen, schließlich habe ich drei Kinder zu Hause, ja, viele, viele Gedichte, die lange Zeit keiner verlegen und auch niemand lesen wollte, außer Lori, Simon und Johanna, und jetzt schreibe ich Erzählungen, *Das andere Zimmer* wird demnächst erscheinen, wenn ich noch einmal

Kraft sammeln kann, es zu beenden, wenn ich noch einmal Zeit und Ruhe finde, diesen Reigen zu schließen. Die meisten sagen dann, oh, toll, eine Dichterin, denken aber, diese Verrückte, was glaubt sie eigentlich, also müsste ich abwarten, welcher Blick im Industriepark Höchst auf mich fiele, wie man es dort hält mit der Poesie und denkt über andere Zimmer, in denen *vor nebelgesäumten Fenstern* ohne Ziel Wörter aufgeschrieben werden, nur so um der Schönheit und Lust willen.

Johanna, bitte, hör mich, das hier sage ich heute, jetzt, in dieser frühen Nacht, klar und bei Verstand, so wie Du es Sonntag vor zwei geleerten Schnapsgläsern eingefordert hast, ich will nichts anderes als *in aller Früh ein Taubad nehmen,* dabei in den Sommerhimmel, Winterhimmel schauen, bis er ein Wort für mich abwirft, und schreiben, schreiben, schreiben, dreimal hintereinander schreiben, etwas anderes will ich nicht, am wenigsten, um sieben in der S-Bahn Richtung Höchst fahren. Aber auch unsere Rechnungen müssen bezahlt werden, das ist die nervennagende, kopffressende Wahrheit, nein, wir wollen nicht über sie reden, nicht jetzt, das haben wir Sonntag zäh und ausführlich getan, auch darüber, dass ich in diesem Jahr kaum habe schreiben können und es mich unendlich verstimmt hat, aber unendlich ist zu wenig, Johanna, und verstimmt ist zu mild, es hat mich auf den Kopf gestellt und mir so viel Lebenssaft abgesaugt, dass ich mich wie ausgetrocknet, wie trockengelegt fühle oder wie durch ein Laugenbad im Industriepark Höchst gezogen. Ich hatte Bilder, die vor meinen Augen flanierten, doch nicht eine Sekunde, um sie in mein schwarzes Heft zu schreiben, ich fand keine Gelegenheit, sie in meinem Kopf abzulegen, in einer stillen Ecke, in der ich es mir zu einer bestimmten Nachtzeit hätte bequem machen können. Keine zwei Minuten, Johanna, nicht diesen Winter, Frühling, nicht diesen Sommer, in dem die Kinder immerzu zu Hause waren, erst war Franz' Kindergarten geschlossen, dann

Molkes Schülerladen, jeder Tag bestand aus Essen kaufen, Essen kochen, Essen austeilen, Reste abräumen, wieder Essen zubereiten, Essen verfüttern, Reste abräumen, wieder Essen kaufen und so weiter – von Dichten keine Spur, kein Hauch, kein Dunst, kein Tröpfchen, nicht ein noch so schwaches Lebenszeichen.

Ich muss Schluss machen, Simon ist versunken in Theaterkatakomben, und Henri meldet sich zu Wort, ich soll ihn tragen und trösten, *einmal westwärts durch seine halbe Nacht.*

Es liebt Dich,

Deine Márti

17. AUGUST 2009 – 08:03

Liebste Márta,

nur kurz, will gleich los zum Geheimen Garten. Kathrin ist krank und muss im Bett bleiben. Für die Hochzeit ist alles getan. Also hat Kathrin etwas Zeit zum Kranksein. Claus hat angerufen. Er wird heute mit mir im Laden stehen. Vorgeben, er hätte nie etwas anderes getan.

Das war ein wunderbarer Kaffeenachmittag bei Euch. Mein heilsamer Zwischenstopp auf halber Höhe zwischen Münster und schwarzem Wald. Wenn auch mit diesem harten trockenen Husten, gleich bei allen drei Kindern. Obwohl vor Deinen Fenstern trägebreit der Stadtsommer in seinen sterbenden Kastanien saß. Der Stadtsommer hat seinen eigenen Duft. Ihn vermisse ich manchmal. Danke für den Heidelbeerkuchen mit den Heidelbeeren aus Loris Garten. Für Kompott mit Sahne und das Verklickern der Tatsache, dass man nicht immer Lehrerin sein muss. Sondern auch Blumenläden eröffnen kann. Vor allem aber, dass mein Leben weitergehen und der Krebs nie mehr zurückkehren wird.

Ich verlasse mich auf Dich.

Johanna

18. AUGUST 2009 – 23:09

Liebste Jo,

habe Dich nicht erreicht, wer weiß, auf welchen *groben Fährten*, zu welchen Tag- und Nachtzeiten Du die Reste des Schwarzwaldsommers einfängst und in diesem Augenblick vielleicht doch einen Stern anbetest, der sich Dir aufdrängen will. Verlass Dich ruhig auf mich, Dir wird nichts geschehen, denn das werde ich kein weiteres Mal zulassen, das wirst Du mir nicht mehr antun, nein, keine solche Nachricht mehr auf meinem Anrufbeantworter, die ich abhörte, während Mia und Franz auf Tische und Stühle kletterten und sich durch alle *anderen Zimmer* trieben.

Deine Chemo habe begonnen, Deine erste Sitzung sei schon gewesen, sagtest Du dem Band, zwischen meinen tobenden, lärmenden, kreischenden, Stühle umwerfenden Kindern hörte ich Deine Stimme, gefasst und klar.

Ich weiß nicht, ob ich Dir jemals erzählt habe, dass es mir gelungen ist, bis zum Abend mit dem Weinen zu warten, bis die Kinder in ihren Betten lagen und zu träumen anfingen. Erst dann setzte ich mich aufs Sofa und begann zu weinen, still und lange, nur für mich. Siehst Du, sogar das lernt man mit Kindern, zeitverzögert zu weinen. Noch einmal wirst Du mir das nicht antun. Nein, nicht noch einmal.

Deine Márta

20. AUGUST 2009 – 17:03

Liebste Márti,

Fotos habe ich durchgesehen. Ich wusste erst nicht, warum mir gestern danach war, Kisten zu öffnen und Fotos durchzusehen. Warum ich nicht einfach weiter meine Droste-Pirouetten durch die Wissenschaft gedreht habe. Den Schwarzwaldhimmel zur Strafe nicht angeschaut habe. Seine Sterne geleugnet. Doch gestern war der Abend danach. Vielleicht war der ganze öde, dumme Windmühlentag schon danach gewesen. An dem ich mir selbst im Weg stand. Niemanden hören wollte. Niemanden sehen. Vielleicht war dieser verlorene, verpasste, sich zäh dahinschleichende, Stunden und Minuten kaum wegsaugende Tag danach gewesen. Am Abend vom Rennrad zu steigen und Schränke zu öffnen. Kisten hervorzuholen. Schubladen aufzuziehen. Ich hätte es vorher gar nicht sagen können, wenn Kathrin mich gefragt hätte, was ich am Abend vorhabe. Ob ich nicht auf ein Spiel vorbeikomme? Auf ein Lied? Mit Claus und den Kindern? Ein Glas Wein? Ob wir nicht wieder alles besprechen und abzählen wollen? Sehen, ob für die Hochzeit wirklich an alles gedacht ist? Erst später, als ich schon angefangen hatte mit den Kisten und Bildern, wusste ich, es gibt nur einen Grund, aus dem ich das hier tun muss. Nur einen Grund, der mich antreibt. Schuhkartons zu öffnen und Fotos durchzusehen. Ich will keine Markusbilder mehr im Haus haben.

Schnell musste es gehen. Als könnte ich keine weitere Stunde Fotos in meinem Haus dulden, auf denen Markus zu sehen ist. Die Markus fassen. Auf 9 mal 13. Auf 13 mal 18. Sommer und Winter. Frühling und Herbst. *Nacht und Tag.* Auf all meinen *groben Fährten* Markus. Kurz nach dem Aufwachen, in unserer dunklen Küche. Am Nachmittag, wenn *eine müde Sonne in den Wald fällt.* An unserem ungedeckten Tisch. An unserem gedeckten Tisch. In allen Markus-Varianten. In kurzer Hose, ohne Hemd. In Wanderschuhen. Auf Langlaufskiern. Mit langem Haar. Kurzem Haar. Mit Brille und ohne. Mit mir und ohne mich. Ohne mich! Sag es und hör auf den Klang, Márti. Sprich mir leise nach: ohne mich. Und dann laut. Ohne mich! Ausgerechnet gestern musste mir das einfallen. Ausgerechnet heute Nacht konnte ich nicht aufhören. Obwohl ich sieben Uhr fünfzehn auf dem Rad sitzen musste. Um mit dicker Strickjacke ins Tal zu fahren. Ja, Mitte August mit dicker Strickjacke. Ich bin wach geblieben mit diesem Gedanken. In einem Haus mit Markusfotos kann ich nicht schlafen. Nicht atmen. Als hätte mir das nicht früher einfallen können! Ungefähr zu der Zeit, als ich die Wände einschlug, hätte es mir doch einfallen können. Kisten herauszuzerren. Ihren Inhalt auf meinen roten Teppich zu gießen und mit dem Schutt hinauszutragen.

Bis zum Morgen habe ich nach Markusbildern gefischt. Sie zerpflückt und als Fetzen in meinen Mülleimer schweben lassen. *Ins Nichts mit dir zurück, ins Nichts, ins Nichts! In dem Gefild der Schlacht, sehn wir, wenns dir gefällig ist, uns wieder!* Bis zum Morgen ist Staub auf mich gerieselt. Staub von eingeschlagenen Wänden. Bis das erste Licht dieses späten Augusttages an meine Fenster drang. Durch meine Läden sickerte. Wie viele Tränen es mich gekostet hat, will ich Dir verschweigen. Brauchst ja nicht auch noch in meinem Tränenteich zu baden. Hast ja mit Deinem genug fürs Schwimmen. Du musst mir auch nicht sagen, wie dumm es ist. Ich weiß es. Als könnte mir das den Schmerz nehmen. Meine Wut, die ich gar nicht gebrauchen kann. Für die ich keine Verwendung habe. Aber es hat mich befreit, Márti. Nicht so wie Wände einschlagen. Auf ihren Trümmern stehen und aus voller Lunge husten. Aber es hat mich leichter gemacht. Nicht schwerelos, nur leichter. Mit *einem Faden Trauer* vielleicht. Aber doch, leichter.

Dich und mich habe ich gefunden. So wie ich immer uns finde und wiederfinde. Auf alten, in Schuhkartons aufbewahrten Bildern. Ja, natürlich sehen wir jünger aus. Aber nicht schlimm jünger. Nicht so, dass wir erschrecken müssten. Nicht so vielviel, also viel jünger. Aber wie wir lachen auf diesen Bildern! Wie wir lachen! Man kann es hören, das schreiend glucksende, kreischende, nicht enden wollende Márta-Johanna-Lachen. Was war wohl so lustig, mein Mártilein?

Jo

26. AUGUST 2009 – 23 : 09

Liebste Johanna,

ich weiß nicht, ob Kathrin und Claus Dir je verzeihen werden,
dass Dein Blinddarm unbedingt in der Nacht davor rausmusste
und nicht warten konnte, wo er zweiundvierzig Jahre lang keinen
Mucks getan hat, warum nicht zwei Tage mehr? Aber lassen wir
das, lassen wir die Tiefenpsychologie beiseite, vergessen wir sie,
sprechen wir die Wörter Johanna und Hochzeit nicht in einem
Satz aus, denken wir gar nicht erst daran, sie in denselben Satz
zu stecken. Nach drei Kindern und, ich glaube, dreizehn gemeinsamen Jahren – oder waren es vierzehn, fünfzehn Jahre? – haben
Claus und Kathrin also am Wochenende in der Bergkirche Nim-
burg geheiratet, und eines kann ich gleich für Dich zusammenfassen, für mich sind sie das einzige uneingeschränkt glückliche
Paar in unserem Kosmos, auch wenn rätselhaft bleibt, wie ihnen
das gelingt, aber es gelingt ihnen.

Drei Tage vor Abreise habe ich angefangen zu packen, meiner Liste stündlich etwas hinzuzufügen, Paracetamolzäpfchen,
Windeltasche, Sonnencreme, Cerazette, Stilleinlagen, Du wirst
lachen, aber es waren drei Tage, denn so lange dauert es, für eine
Frau und ihre drei Kinder zu packen, die zu einer Hochzeit aufs
Land fahren, ein Tag für jedes Kind, und ich verteilt dazwischen,
für schlechtes Wetter, gutes Wetter, für Regen, für Hitze, Sonnen-
hüte, Gummistiefel, Kekse, Reiswaffeln, Safttüten, das Reisebett
für Henri, die Kinderkoffer aus dem Keller für Franz und Mia,
in die sie natürlich nur Unsinn steckten, Schnitzmesser, Stöcke,
Kartenspiele, 3-D-Brillen, obwohl ich sagte, nein, es gibt kein
Kino, und selbst wenn es eines gebe, wir würden nicht dorthin
gehen. Vor geöffneten Taschen und Wäschestapeln hat mir Simon am ersten Packabend eröffnet, dass er nicht mitfährt, Du
siehst, er taugt immer für Überraschungen, zur Biennale sei er
eingeladen, von einem Sammler und Kunsthändler, der seinen

Siebzigsten dort feiert und unbedingt will, dass kein anderer als Simon darüber schreibt, von seinem Essay über das Tiepolo-Blau und Tintorettos Chiaroscuro war er so angetan, dass letzte Woche ein Ticket Frankfurt–Venedig in der Post lag.

Lori kam am Hochzeitsmorgen um acht, mit Riesenhut und bestickter Seidenstola, Erbschmuck und hohen Absätzen im Gepäck, um neun war der Wagen beladen, wir zurrten die Kinder fest in ihren Sitzen, und als alle drei hinter uns schliefen oder schwiegen, konnten Lori und ich in Ruhe reden, über die Zumutungen des Lebens und die Schönheit des Sommers, oder war es umgekehrt, waren es die Schönheit des Lebens und die Zumutungen dieses Sommers? Im Hotel half ich Franz beim Umziehen, weißes Hemd, dunkle Hose, flocht Mias Elfenhaar, wechselte Henris Windeln, steckte alle wieder ins Auto und fuhr mit quietschenden Reifen zur Kirche, die allerliebst auf einem grünen Hügel steht, in naher Ferne Kaiserstuhl und schwarzer Wald. Henri brüllte während der Zeremonie so arg, dass Lori mit ihm hinausmusste, Franz rannte zu Pfarrer und Brautpaar, um besser sehen zu können, und als er anfing, nach Essen zu verlangen, auf seine unverwechselbar deutliche Art, hat der inzwischen eingetroffene Simon, Frankfurt–Venedig–Stuttgart, ihn mit nach draußen genommen. Ich konnte ja nicht, ich habe ja Fürbitten vorgetragen, auch Deine, Johanna, Fürbitten, die Du hättest lesen sollen, Du, Johanna Messner, bald Doktor Johanna Messner. Verflucht habe ich Dich schon ein bisschen, weil Du mich das hast allein machen lassen, mit einem sehr dicken Kloß im Hals und verrückt zuckenden Mundwinkeln, Kathrin und Claus haben ihre Tränen weggewischt, Kathrins Tusche ist das schlecht bekommen, schlimm sah es aus, aber sie wunderbar kathringleich in ihrem selbstgenähten Kleid, unter ihrem selbstgesteckten, traumtänzerisch überfließenden Brautkranz aus Herzoginrosen und Wicken.

Das Hochzeitsmahl am Brauttisch haben wir kalt und abgestanden verspeist, dem Kellner immerzu sagen müssen, nein, bitte stehen lassen, nicht abräumen, weil sich Henri im Lärm so vieler Menschen nicht beruhigen ließ, Franz turnen wollte und auf keinen Fall blöd stillsitzen wie Mia, die unterm Tisch Blumenmädchenblumen zu Haarschmuck band. Lori hatte unseren Autoschlüssel hinter verschlossenen Türen im Auto gelassen, als sie ihre Stola geholt hatte, also musste der ADAC bestellt werden und Lori jede Stunde zum Parkplatz, weil es hinter den Bergen auf dem Lilienhof keinen Handyempfang gab, natürlich nicht. Irgendwann kam der ADAC, und irgendwann sind auch die Kinder eingeschlafen, mitten im Schreien und Toben umgefallen und eingeschlafen, und wir haben unser kaltes Essen eingenommen, getrunken und getanzt, bis uns am Ende der Nacht zwei Stunden Schlaf blieben, unter einer Schwarzwaldmücke, die sehr spitz durch unser helles Zimmer summte. Während Du mit frischer Narbe im Schwarzwald-Baar Klinikum die Reste Deiner Narkose ausgeschwitzt hast, gab es in Freiburg ein Abschiedsfrühstück am Alten Wiehrebahnhof, mit handverlesenen Freunden, also allen außer Dir, Johanna, ich muss sie Dir nicht aufzählen, aber vielleicht tue ich das noch, in einer schwachen Stunde oder Minute. Henri machte keinen Laut, wurde still bewundert wie ein kleiner Hund in seinem Körbchen, Franz und Mia waren artig, und so tranken wir Kaffee und Tee, redeten und redeten, und ich brauche es nicht zu sagen, aber ich sage es doch, das war das wahre Fest für mich.

Nach vielen Umarmungen setzten wir Lori mit Sonntagszeitung in den ICE und fuhren über Serpentinen durch den schwarzen Wald, wo meine, Deine Mia alles, alles vollgespuckt hat, die Sitze, ihre Geschwister, meinen Nacken und meine Haare, erst mit, später nur noch ohne Warnung. In Rastatt mussten wir uns deshalb vors Schloss legen, unter ausladende Akazien, zu Enten und Schwänen, später hielten wir in Heidelberg, an dem wir ja nicht vorbeifahren können, schon gar nicht im Sommer, den wir an diesem Tag verlängert haben, nein, man kann den Sommer nicht mitten im Sommer verlängern, aber es fühlte sich an, als hätten wir. Auf einem Schiff mit Blick auf die Alte Brücke aßen wir zu Abend, Henri lag im Wagen und brabbelte, Molke warf den welken Blumenschmuck als Opfergabe auf die Wellen, Franz schaute dem mühelos dahintreibenden Wasser nach, und ich dachte, meine herrlichen Kinder, mein herrlicher Mann, meine herrliche Heimat, mein herrliches Leben – ich bin nicht zu retten, ich weiß, oder denkst Du, ich bin zu retten?

Ach ja, bevor ich es vergesse, und Du wartest womöglich schon die ganze Zeit darauf: Markus war da, ohne Begleitung.

Es liebt Dich, liebt Dich, liebt Dich,

Deine Márta

30. AUGUST 2009 – 08:45

Liebes Mártilein,

die Narbe am Bauch ist halbwegs verheilt. *Ich habe auch schon zwei Flaschen Medizindreck herunter.* Ja, ich komme zurecht. Bio-Kurt sieht schließlich jeden Abend nach mir. Auch wenn ich sage, Kurt, es war nur der Blinddarm. Ich koche Tee. Springe kopfüber von meinem Schwarzwaldfelsen und versinke in den Fluten meines Drostemeers. *Meiner Träume Zaubersturm.* Das schlechte Gewissen wegen verpasster Hochzeit hält an. Auch wegen dieser dämlichen Psychonote. Die Du ins Spiel gebracht hast. Du kannst es nicht lassen, nein. Als könnten sich Menschen aussuchen, wann sie krank werden und warum. Das sagst Du einer Krebspatientin. Dann müsste das Ganze ja auch umgekehrt gelten. Wir bestimmen, wann wir gesund sind. Und aus welchem dummen, überhaupt nicht nachvollziehbaren Grund hätte ich mir dann ausgesucht, so arg nicht gesund zu sein?

Ich habe Kathrin angeboten, an einem Wochenende den Blumenladen allein zu öffnen. Sie soll freitags die Koffer packen. Mit Claus in ein nahes, von mir aus fernes Ziel verschwinden. Die Kinder können zu ihrer Mutter nach Esslingen. Sobald ich wieder laufen, mich strecken und bücken kann, werde ich mir die grasgrüne Schürze mit der handgestickten rotvioletten Rose umbinden und für Kathrin und Claus einen Freitag und Samstag Miss Geheimer Garten sein. Das wird mein Hochzeitsgeschenk an das frisch vermählte, so junge, alte Paar. Zwei Tage Freiheit. Die Müllabfuhr flackert vorbei. Ich muss den Stapel Markusbriefe hinausbringen! Ich will ihn nicht mehr!
Jo

31. AUGUST 2009 – 23:11
Liebste Jo,
auch ich werde eines Tages Simons Briefe aus dem Haus tragen, wenn es so weitergeht mit uns, mit ihm, gestern ist er an der Ampel aus dem Auto gesprungen, Molke saß hinter uns und schrie, als er die Tür öffnete und weglief, zwei Minuten später klingelte mein Handy, Simon, der zwei Straßen weiter noch immer brüllte, während Molke gar nicht wusste, wohin mit ihrer Angst, und ich dachte, wenn er jetzt nicht aufhört, fahre ich, gehe ich, weg von ihm, weg aus seinem Leben, weg von seinen Parzen und Horen, raus aus seiner Natur, raus aus seinem Schicksal, weg aus der sich selbst hochjagenden Simonwelt, ich werde nicht mit ihr zerbersten, nicht mit ihr in die Luft gehen, ich lasse Simon stehen, an dieser verregneten, dunklen Straßenecke lasse ich ihn einfach stehen, nehme Molke mit und schaue nicht mehr zurück, wie er unter nassen Platanen den Sommer überbrüllt und Entschuldigungen einfordert, für was, habe ich nicht verstanden.
Simon ist wütend aufs Leben, und ich habe ihn daran erinnert, er ist wütend auf alles, und ich bin ein Teil von allem, also muss

er mich anbrüllen. Ich könnte vielleicht mit dieser Erklärung leben, aber was richtet er in Mias Köpfchen an? Wenn ich sehe, wie sie sich dreht, windet und versteckt, möchte ich Simon sofort verlassen, schon um gesund, halbwegs gesund zu bleiben und dafür zu sorgen, dass auch unsere Kinder halbwegs gesund bleiben. Vielleicht hat unser Abstecher nach Heidelberg das hochgekocht, das harmlose Schloss, der harmlos fließende Neckar, vielleicht ist das eine Nachwehe, die Kindheit kommt uns immerzu dazwischen, könnte sein, dass Du recht hast, Johanna.

Aber an gezählten Tagen waren wir doch alle glücklich, Du warst es, Simon war es, auch er war einmal ein glückliches Kind in einem der Heidelberger Altstadthäuser, mit einem bescheidenen Garten vor der Küche und den Mäusen, die dort in die Falle liefen. Simon lebt schon drei viertel seines Lebens ohne seine Mutter, aber sein Schmerz ist geblieben, er hat ihn an uns weitergegeben, und wir haben ihn unter uns aufgeteilt, wir trauern um Simons Mutter, ohne sie je getroffen zu haben, ich trauere um sie, Molke und Franz trauern um sie, bald wird Henri anfangen, um sie zu trauern, sobald Molke und Franz von ihr erzählen, wird er anfangen, um sie zu trauern.

Ich habe das Foto von ihr und Simon vergrößern lassen, habe es, angefressen von der Zeit, aus dem Fotoalbum gelöst und einen Fotografen gefunden, der das für mich tun konnte, gar nicht einfach. Wie eine Seiltänzerin balanciert sie im Wald auf einem umgelegten Baumstamm, im Sommerkleid mit tiefem Ausschnitt und weit ausgestelltem Rock, in Pantoletten mit Absätzen! Simon klettert hoch zu ihr, beide sind in Bewegung, es sieht leicht aus, alles sieht leicht aus auf diesem Bild, der Nachmittag sieht leicht aus, dieser Hügel in den Wäldern bei Heidelberg sieht leicht aus, selbst der düsterdichte Odenwald will leicht aussehen in diesem Augenblick, sie *beachten die Sonne nicht, es ist alles bekannt und vertraut, so wird es immer sein, glauben sie*, kein Anzeichen, dass ihr Leben bald auseinanderfallen wird, natürlich nicht.

Am nächsten Tag, nächsten Sommer, Winter wird alles anders sein, aber noch ahnen wir nichts davon, in diesem Augenblick, in dem wir zu zweit über irgendeinen Baumstamm tanzen, wissen wir davon nichts, *wir sind ganz lebendig und springen in den möblierten Wohnungen des Todes*, wir denken, so wird es immer weitergehen – wie dumm wir sind.

Márti

4. SEPTEMBER 2009 – 06:03

Liebste Márta,

bin seit einer Stunde wach und habe mich zwischen den Kissen gewälzt. So kann kein guter Tag beginnen. Die Nacht hat einen wütend heulenden Sturm geschickt. Mit einer Wucht, die es selbst hier selten gibt. Ich glaubte, *der finstere riesige Holländermichel reiße die Stubenfenster auf*. Noch habe ich nicht gewagt hinauszugehen. Zu sehen, was er angerichtet hat. Welches Dach er fortgerissen, welchen Baum er mitgenommen hat.

Mit den Jahren werden die Menschen verrückt. Das macht das Leben mit uns, Márti. Das achtlos Zeit wegfressende Leben. Dich und mich lässt es ja auch nicht verschont, nicht nur Simon. Und doch fallen manche mehr aus dem Raster. Können nicht einmal ohne Blessuren erwachsen werden. Ohne Schrammen groß. Halbwegs geordnet groß. Dieses Schuljahr will dunkel beginnen. Eine Schülerin ist aus dem Fenster gestürzt. Von einem Vorsprung vor ihrem Zimmer im dritten Stock. Gestern war die Polizei im Sankt Anna und hat Bio-Kurt befragt, der ihr Vertrauenslehrer ist. Der Unterricht geht Montag los, dann werden ihre Mitschüler gehört. Das Mädchen liegt mit so vielen Brüchen in der Klinik, dass kein Mensch weiß, wann und wie es genesen wird. Die Familie hat sich vor seinem Bett so laut gestritten, dass die Schwestern kamen. Auch so ein anderes Zimmer, Márti.

Bio-Kurt hat es mir erzählt, als er gestern Abend hier war. So wie er jeden Abend hier ist, seit ich ohne Blinddarm bin. Die für

103

alle gedachte Erzählweise lautet, das Mädchen hat Fenster geputzt, ist von der Leiter gefallen und übers Geländer gestürzt. Ja, auch das wäre möglich, Márta. Denken wir uns einfach, es wäre möglich. Dass ein vierzehnjähriges Mädchen Fenster putzt und ausrutscht. Könnte sein. Aber mein Kopf denkt etwas anderes. Denkt und denkt. Kann nicht aufhören. Schreit in alle Abzweigungen seines weitläufig-undurchsichtig verästelten Hirns. Es ist nicht wahr! Ihr lügt! Ihr alle lügt!

Das Mädchen ist still und höflich. Als Schülerin fleißig, hilfsbereit. Mager, mit diesen Giraffenbeinen, die knapp unter dem Kinn aufhören. Ja, das passt natürlich. Zu meiner Vermutung, hinter verschlossenen Türen geschehen Dinge, von denen niemand wissen darf. Auch wenn die Mutter immer aufgeräumt freundlich wirkt. Vielleicht zu freundlich. In allen Gesprächen über die Maßen interessiert. Sie schreibt das Protokoll an den Elternabenden. Bastelt die Lose fürs Sommerfest. Sammelt über Wochen Preise für die Tombola. Bereitet die Skifreizeit vor. Ist für jede Spendenaktion zu haben. Für jedes Wändestreichen. Tischeaufstellen. Kuchenbacken.

Dennoch hat es mich nicht überrascht, Márti. Weil ich ja weiß, alles ist möglich, jeder trägt alles mit sich. Also auch die Möglichkeit, als Furie über ein Boot zu stapfen und die eigenen Kinder ins offene Meer zu werfen. Nur weil eines auf die Sitze gespuckt hat. Als sollten sie ertrinken. Als wäre es gleich, ob sie auftauchen. Warum sollte man sein Kind dann nicht auch zu einem Vorsprung vor einem Fenster drängen, von dem es sich hinabstürzt? In kleinen zählbaren Schritten? Über Monate, Jahre? Dafür muss ich nicht selbst Mutter sein. Um mir das vorstellen zu können. Muss ich das auch bei Dir befürchten?

Johanna

5. SEPTEMBER 2009 – 23:56

Liebste Jo,

ja, das musst Du bei mir befürchten, liebe Jo, auch ich könnte mich vergessen, auch ich möchte nicht mehr da sein, Fenster putzen und hinausfallen, drei Stockwerke tiefer aufprallen – um die Kinder musst Du allerdings keine Angst haben, da ist schon Simon vor, nur um mich. Gestern sagte er in schneidendem Ton, wenn ich mit den Kindern noch einmal brülle, Franz, zieh dich an, Franz, zieh dich an, und noch zehnmal: Franz!, zieh dich jetzt an!, schlägt er mich tot. Ich erwiderte, in Ordnung, schlag mich ruhig tot, und es muss ernst geklungen haben, jedenfalls ist Simon erschrocken und hat mich eine Weile auf seine erschrockene Simon-Art angeschaut und geschwiegen.

Ich aber dachte, dann liege ich in meiner Kiste und kann endlich schlafen, schlafen und schlafen, nicht erst später einmal, ich kann die Augen schließen und schlafen, muss nicht gegen die Uhr antreten, nie mehr zählen, wie wenig Zeit mir bleibt, mir keine Sätze mehr ausdenken, keine Erzählungen fertigschreiben, keine Satzfäden aus mir ziehen und zu einem Gedicht binden, das keiner außer Lori, Simon und Dir lesen will, ich muss keine Hausaufgaben mehr durchsehen und am Wochenende nie mehr rechnen mit meinem großen Kind, sechsundfünfzig geteilt durch acht, sieben mal neun, vierzehnhundertsechsunddreißig geteilt durch drei, ich muss auch keine Wäsche mehr zusammenlegen, keine Strümpfe mehr zuordnen, nie mehr drei Kinderbetten frisch beziehen, ich muss keinen Dreck aufkehren, nie mehr Wasserkästen schleppen, Kartoffeln schälen, Suppen aufsetzen und nie mehr ein Geschrei hören, wenn etwas auf den Tisch kommt, das keiner essen will. Nur tot muss ich sein, sonst nichts, nur still und kalt und tot in meiner Kiste.

Márti

7. SEPTEMBER 2009 – 06:51

Liebe Márta,

nur kurz, bevor ich aufbrechen muss. Mein erster Schultag nach
sechs Wochen Bett und Schreibtisch. Nach sechs langen, viel zu
kurzen, freien, drostesersklavten Wochen. Gleich wird mich die
Schule verschlingen.

Wie sehr ich in meinem Leben feststecke, spüre ich am stärksten nach dieser Sommerzäsur. Die mein Jahr zerschneidet.
Spaltet in zwei Hälften. Ich rücke keine Klasse vor. Kehre nur
zurück an den Anfang. Auf null. Auf Start. Die Schul-Droste
ruft. Die kleingeschrumpfte, amputierte Billig-Schul-Droste.
Reclam-Heft-Droste. Judenbuchen-Droste. Heide-Droste. Cor-
nelsen-Verlag-Textauszug-Droste. Moorknaben-Droste. In drei
Sätzen zusammenzufassen. In vier Aussagen zu stanzen. Erstens.
Natur wichtig. Zweitens. Kranksein wichtig. Drittens. Frausein
wichtig. Viertens. Katholischsein wichtig. War noch was? Gab es
mehr? Aber ich halte es aus, ich halte durch. Schon wegen unseres langen Gesprächs gestern. Das mich großartig in die Nacht
hat fallen lassen, Márti. Schon deshalb halte ich durch. Ich habe
es Dir versprochen. Du hast es mir versprochen. Nicht aufzugeben. Ein bisschen noch durchzuhalten.

Warum kommst Du nicht in den schwarzen Wald? Lässt Dich
von Kathrin und mir bekochen, bemuttern und bedauern. *Wer
uns kennt, der nennt uns lieb und treu.* Darin sind wir unnachahmlich.

Deine Johanna

13. SEPTEMBER 2009 – 21:02

Liebste Johanna,

bin zurück aus Skandinavien, mit Eindrücken, die in der Körberstraße nachhallen, von meiner ersten Station Oslo, wo ich vor
der Lesung kaum Zeit hatte, zur Festung lief und in der Nach-

mittagssonne meinen Blick schnell aufs bleidunkle Meer warf, auf seine *Ströme von Blau, Wellenheime*, seine nahen Inseln mit ihren bescheidenen Wäldern. Und jetzt nach Jahren noch einmal dieselbe Strecke mit dem Zug von Norwegen nach Schweden, mit seinen roten Holzhäuschen, seinen glattgebügelten Straßen, auf denen die Autos summen, seinen Ortsschildern mit den vielen ös und dem glitzernden Wasser überall, das mich beim ersten Mal, als ich mit *Natt och dag* dort war, hochschwanger mit Mia, so kauzig abgewiesen hatte. In Göteborg konnte ich ohne Mantel in der Sonne sitzen, ein bisschen, wie ich es vorhatte, den Kopf in den Nacken legen und über den tiefweiten Himmel staunen, das weißeste Blau, das ich je gesehen habe, ob das ausreicht als Entlohnung nach der langen Reise, musst Du selbst entscheiden, aber ich fand schon, ja, es reichte aus.

Alle Schweden haben Kinder, ich kam mir nackt vor ohne meine, aber ich konnte durch die Göteborger Nacht schlafen, ohne dreimal aufstehen zu müssen, ohne um sechs Henri auf den Arm zu nehmen und mein tägliches Hamster-Márta-Rad zu besteigen. Ich fahre weg, um Luft zu holen, aber wie zur Strafe hängen mir mein Leben und mein Trott selbst dort nach, ausufernde Tischgespräche mit Fremden, den Abgesandten von Bibliothek, Institut und Messe kann ich nicht gut aushalten, es wird mir zu viel, sobald mehr als vier Leute zusammensitzen, abends im Restaurant sind die Gesichter bedrohlich nah herangesprungen, als habe jemand ein Vergrößerungsglas zwischen uns aufgestellt. Vielleicht war es mein Blutzucker, der ins Bedenkliche fiel, Erschöpfung und Hormone nach einer dritten und letzten, ja, sicher, sicher, sicher letzten Schwangerschaft ergeben in meinem Blut eine beängstigende Mischung, die mich vom Rest der Welt trennt wie Sediment und Überstand, als sprächen alle eine andere Sprache, obwohl nur Englisch geredet wurde, als säße nur ich in meinem anderen Zimmer, meiner Raumkapsel, meinem

Sonderabteil, obwohl wir alle am selben langen Tisch zusammensaßen.

Mein Hotelfrühstück servierte der Hausherr auf Socken, der Sammelband mit den Auszügen aus *Grobe Fährten*, meine jüngsten Gedichte auf Schwedisch, legte er stumm neben meine Kaffeetasse, damit ich sie signiere, und ich kam mir plötzlich lächerlich wichtig vor, Johanna, zwischen meinem Käsebrötchen und der Göteborgs-Posten flammte in mir die größte Sehnsucht auf, nach einem Pulli mit Rautenmuster, Faltenrock und einem lupenrein-makellosen Schriftstellerleben ohne Kompromisse. Später auf der Buchmesse habe ich mein linkes Bein gegen den Boden gepresst, damit ich auf diesen Schmerz achte und alles andere vergesse, Tipp von Kathrin aus Studienzeiten, Du kennst ihn, geholfen hat das nie, ich blieb rotgefleckt vor Aufregung, wie immer, wenn ich nichts verstehen kann, keine Sprache habe und mich wie geknebelt fühle. Mein schwedischer Verleger Carl Otto lud mich zum Mittagessen ein, auf zwei schnell verplauderte Stunden, in denen wir wenig über *Grobe Fährten*, dafür viel über Richard Wagner geredet haben, ich vermute, *Natt och dag* hat sich einundsechzigmal verkauft, aber er hatte die Größe, mir das nicht zu sagen, und ich fragte nicht – den Teufel werde ich tun, Johanna! Also haben wir über den Ring gesprochen, in sicherem Abstand von *groben Fährten* durch *andere Zimmer*, über Lohengrin, Parsifal, überhaupt von Bayreuth, diesen Ort der Orte, wohin er als junger Mann zu Zeiten Wieland Wagners gepilgert ist, stell Dir vor.

Abends in Stockholm zog ich mein Gepäck in mein protestantisch karges Zimmer, mit schmaler Zellenliege und Blick auf die schwarzen Häuser und ihre gelben Fensteraugen, wo Lillebror Karlsson auf seinem Dach besucht hat, ja, dort war es. Ich schaute in den skandinavisch-dunkelblauen Himmel, der anders dunkelblau ist als unser Himmel, fühlte mich mit einem Mal wundgeschürft, in einer überflüssig, unsinnig groß geratenen Welt, in der ich kurz vorher zwei Stationen mit der sehr sauberen Tunnelbana gefahren und verzweifelt war, weil ich den richtigen Aufgang nicht hatte finden können, als ich die Treppe mit mindestens zweihundert Stufen dann sah, war mir mit meinem schweren Koffer nach Weinen gewesen. Simon sagte am Telefon, man darf dich nicht allein in die Welt lassen, Márta. Er hat recht damit, er weiß es und lässt mich trotzdem gehen.

Márti

14. SEPTEMBER 2009 — 07 : 03

Liebste Márti,

das muss ich Dir schnell schreiben, bevor ich mich aufs Rad setze und meinen Tannen zuwinke. Ich habe geträumt, wir hätten Umzugskisten gepackt und gelacht, gelacht, gelacht. Dreimal nacheinander! Wir konnten nicht aufhören zu lachen. Haben uns auf den nackten Dielenboden gelegt. Neben aufgerollte, zugeklebte Teppiche. Uns die Bäuche gehalten und vor Lachen gekrümmt.

Was war wohl so lustig? Und wer ist wohin gezogen?

Deine Johanna

15. SEPTEMBER 2009 — 22 : 56

Liebste Johanna,

falls Du es vergessen haben solltest, Du, Du, Du bist weggezogen und hast Umzugskisten gepackt, gelacht habe ich damals kein bisschen, sondern gedacht, es ist falsch, es kann nicht sein, dass ich Umzugskisten für Johanna in einen Wagen lade, dass sie weggeht, mich nicht mitnimmt und hier zurücklässt, es kann nicht stimmen. Warum nur gibst Du mir dieses Rätsel auf, und warum muss ich sofort weinen, wenn ich es lese? Ja, wie sehr möchte ich mit Dir Kisten durch Treppenhäuser tragen und lachen, la-

109

chen, lachen, wie sehr möchte ich neben Dir, über Dir, unter Dir, zwei Straßen oder nur zwei Stockwerke weiter, jedenfalls in Deiner Nähe einziehen! Soeben habe ich die Fotos von Deinem letzten Besuch ins Kuvert gesteckt, von Deinem Frankfurter Boxenstopp auf der Strecke Münster–schwarzer Wald, Molke hat daraufgeschrieben: Für meine liebe Johanna, und mit dickem Woody ein silbernes Herz gemalt, Du fehlst ihr, Du fehlst mir, uns allen fehlst Du.

Lass mich Dir die alte Frage stellen, die hochploppende, stets wiederkehrende alte Frage, kannst Du nicht kündigen an Deinem Sankt Anna, um wieder an einer schön hässlichen, miefigpiefigen, lange nicht mehr renovierten, graffitibekrakelten, düsterdeprimierenden Großstadtschule zu unterrichten? Ich weiß, ich gehe Dir auf die Nerven, ich gehe mir ja selbst auf die Nerven, ja, schrecklich gehe ich mir auf die Nerven mit meinen ewigen Klagen, erst Richtung Hamburg, dann Richtung Freiburg und jetzt Richtung schwarzer Wald, mit meinem Hilferuf, bitte, komm zurück, Johanna, Liebste, komm zurück, bitte.

Ich muss mein Leben ja auch ohne Dich leben können, das muss ich doch.

Márti

19. SEPTEMBER 2009 – 00:03

Liebes Mártilein,

das Licht des Sommers weicht. Verschwindet hinter den Wipfeln der Bäume. Die ersten *gelbgeleckten* Blätter segeln ins Gras. Die heißesten Tage des Jahres liegen hinter uns. Es ist wie jedes Mal. Ich habe Angst, der Herbst kommt zu schnell. Wenn ich mich morgens aufs Rad setze, greift er schon nach mir. Versprüht seinen kühlen *waldnassen* Duft.

Claus hat mich vom Moosbach nach Hause gefahren und bis zur Tür begleitet. Damit keiner aus den Büschen springt und

mich klaut. Nach zwei Bier und zwei Schnäpsen. Die kurze Strecke durch den Kurvenwald. Wie das hier alle tun. Erst trinken,
dann Auto fahren. Kathrin und Claus haben mich eingeladen.
Bibbeleskäs. Schwarzwaldschinken. Brägele. Kirschwasser. Was
es im Moosbach so gibt. Als Dank für alle Samstage, die ich im
Geheimen Garten verbracht habe. Wasser in Eimer gefüllt. Den
Boden gefegt. Sträuße gebunden. Das Geld nach Ladenschluss
gezählt habe, Colins Stroh gewechselt.
Ich dachte, Du hättest mir das Weggehen verziehen. Es sollten
nur ein, zwei Jahre werden. Alles ist anders gekommen. Auch
für mich nicht immer einfach. Sieben Monate Winter jedes Jahr.
Im Oktober der erste Schnee. Hier, auf siebenhundert Metern
Höhe. Den Kragen hochstellen zu müssen. Handschuhe, Mütze
und Schal aus den hinteren Reihen der Fächer zu ziehen. Im
Mai aufs erste schüchtern-zaghafte Grün zu warten. Das sich
unnachgiebig, uneinsichtig stolz bitten lässt. Aber ich habe Luft,
Márti. Klare, feucht-frische Schwarzwaldluft. Wenn der Sommer
kommt, abertausend Blüten auf meinen Wegen. Besenheide.
Goldfingerkraut. Hahnenfuß. Solch große Namen bergab, bergauf. An den Feldrainen. Himmelsschlüssel. Wiesenstorchschna-
bel. Die ich noch immer nicht bestimmen kann. Ich tue nur so.
Setze jeden Frühling neu an.
Zur Zeit wünsche ich mich an keinen anderen Ort. *Man sitzt hier
oben wie auf dem Gipfel der Welt.* Im Winter will ich wieder an
meinem Fenster Schneeflocken zählen. Beim Nähen mit der Nadel in meinen Finger stechen. Drei Tropfen Blut in den Schnee
fallen lassen. Auf Krokusse warten. Lange, unnötig lange warten.
Bis sie ihre gelben Köpfe irgendwann doch zeigen. Im Sommer
mit Kathrins Kindern Steine vom Bachbett nehmen und auf den
Schultern balancieren. Mich ärgern, wenn sie herunterfallen.
Gerade scheint dieses Rentnerparadies mit seinen Reisegrup-
pen und Wandergesellen richtig für mich. Es gibt keine U-Bahn,

die mir das Gehör und den Weg zerschneidet. Niemanden, der mir auf der Straße vor die Füße spuckt. Mir während des Elternabends im Klassenzimmer bei jeder Gelegenheit klarmacht, wie wenig er von mir hält. Wie austauschbar, wie fehlbesetzt ich bin. Nein, es gibt keine hübschen Cafés. Das eine Kino zeigt den immergleichen Müll, den meine Schüler sehen. Niemand trinkt Espresso oder Bellini. Das kennt man hier gar nicht. Nur Filterkaffee und Rothaus-Bier. Das Du beharrlich Rotkäppchen-Bier nennst. Die Mode besteht aus: dicke Jacke, dickere Jacke, dickste Jacke, dickste Jacke mit Fell an der Kapuze. Aber der Schnee hat seine eigene Sprache, Márti. Ich kann die Stille in den umliegenden Wäldern hören. Immer besser hören. *Ja, lieb Herz, alle meine schönen Träume von Rüschhäuser Einsamkeit, Harfenruhe und Abendrot* – hier gehen sie in Erfüllung.

Am Morgen mit dem Rad den Hügel hinabzufahren, beglückt mich wie am ersten Tag. Auch wenn ich kämpfe gegen Markusgedanken. Gegen den Dämon Markus, der am Waldrand lauert. Meinen Kopf kapern will. Schließlich war es Markus, der diese Hügel jauchzend-trällernd mit mir hinabgejagt ist. Hinein in unsere neue, soeben begonnene, frisch gepflückte Zukunft. Noch einmal fürs Leben Luft angehalten. Noch einmal fürs Leben ausgeholt. Noch einmal gewendet und abgebogen. Es fällt mir schwer, nicht daran zu denken, Márti. Wie es mir schwerfällt! Unendlich schwer fällt es mir gerade, nur an mich zu denken. Nicht mehr an Markus. In kurzen Hosen. Mit wehendem Hemd. Das ihm der Schwarzwaldwind abluchsen wollte. An seine ausgebreiteten Arme. Wenn er den Lenker losließ und rief, Hanna, das ist unser Wald, dein und mein Wald!

Johanna

21. SEPTEMBER 2009 – 23:20

Liebste Jo,

und das Schreiben?, hast Du gestern gefragt, so unverfänglich und zufällig Du nur fragen kannst, ich habe nichts erwidert, aber die halbe Nacht sind diese drei Wörter, die sich so glattfrech aneinanderreihten, wie Landstreicher durch meine Zimmer gestreunt, haben ihre Pappen und Decken ausgebreitet und sich zum Schlafen in eine Ecke gelegt, und heute Morgen saßen sie an meinem Frühstückstisch und wiederholten sich selbst. Laut, lauter, am lautesten, im Chor: Und das Schreiben?

Ich blicke auf die letzten Monate, sehe wenig Schlaf und viel, viel, möglicherweise zu viel Kind, ich habe geschrieben, wann immer es ging, aber wie viel, wie wenig war es? Zum Arbeiten bleiben mir vier Stunden an zwei, drei Tagen, ja, neuerdings an drei Tagen, ich versuche vier Leben in einem unterzubringen, Simons nicht mitgerechnet, bleiben noch drei andere Leben in meinem, mit den dummen Dingen, die sich hineindrängen und unbedingt mitwollen, Mias Schulfest, Kleideraussortieren, Franz' Kindergartenfest, Kuchen backen, Musikschule, Franz krank, dann Henri und Molke krank, Geburtstagsfeier, ich krank und so weiter mit Einkaufen, Lesen, Reisen, Streiten, viel, sehr viel, zu viel Streiten mit Simon, bis aufs Blut Streiten, bis aufs Fleisch Streiten, bis auf die Knochen, wieder Kranksein, Suppekochen und dazwischen viel, viel Dreckwegmachen, nein, warte, streich alles zuvor, denn das ist meine eigentliche Beschäftigung, Dreck wegmachen und mich fragen, wann kommt Simon nach Hause, wann verlässt er mir zuliebe, uns zuliebe seine Theatergänge und kehrt ein in die Körberstraße?

Die Zeit mit dem dritten Kind rast, Henri ist schon sieben Monate alt, rechne ruhig nach, wenn Du denkst, das muss ein Fehler sein, die Geburt war doch erst gestern. Wochen liegt es zurück, dass ich an meinem *Anderen Zimmer* geschrieben habe, oder

113

sind es Monate, Jahre? Zuletzt war es das Hörspiel mit Simon, eine Mischung aus Tagtraum, Albtraum, Höllenfahrt, aus Natur und Schicksal, der Bodensatz seiner Horen oder Parzen weitergesponnen, vielleicht sogar der Kern meines *Anderen Zimmers*. Seit wir das Hörspiel abgeschickt haben, haben wir vom Sender keine Nachricht, vielleicht hält der Redakteur es für so schlecht, dass er nicht weiß, wie er uns das sagen soll, also sagt er lieber nichts.

Ständig werde ich aus dem Schreiben gerissen, Johanna, vom Schreiben ferngehalten, und es braucht übermenschliche Kraft, dabeizubleiben, über die ich nicht verfüge, diese Strecke, wie kann ich sie gehen, trotz der unzähligen ungewollten Unterbrechungen, die alles zerstören, was ich an Ruhe hatte aufbringen, alles an Weltentfernung vernichten, was ich an Weltentfernung hatte aufbauen können? Doch lass uns weiter die kleinen Dinge sehen, die winzigen, leicht überschaubaren, so hatten wir es uns vorgenommen, damit haben wir uns selbst beauftragt, auch dies hier, dieses Reden mit Dir ist schließlich Schreiben, ich reihe Wort für Wort aneinander, und daraus werden Sätze – also muss es Schreiben sein.

Bald ist Hilfe da, verfügbare, uneingeschränkt verlässliche Hilfe, meine Eltern umarmen ein letztes Mal ihren Walnussbaum, schließen ihre Türen und Läden im Szalonnaland, weil der Herbst einzieht, schlagen ihre Winterzelte in Frankfurt auf, und sobald sie bei mir anklopfen, werde ich eine Woche lang schlafen und weinen, weinen und schlafen, alles andere übernehmen meine Eltern. Nein, ich klage nicht, auch wenn es so klingen will, weil sie wachsen, meine Geschöpfe, meine lockigen, gutriechenden Geschöpfe, sie gedeihen, sind zart und frei und klug, ich kann sehen, wie sie nachdenken, ich kann ihren Gesichtern ansehen, wie angestrengt sie nachdenken und wie es sich zwischen ihre Brauen setzt, bevor sie ihr Weltwissen, ihre Welteinschätzung für mich freilassen.

Nur das noch, bevor ich aufs Dach steige, dem Sommer und meinem Sommerstadthimmel ein letztes Mal in diesem Jahr Gute Nacht sage, *nun drehst du weiter, packst deine Sterne ein*, das hatte ich vergessen zu erzählen, in Lohr am Main war ich, übrigens Schneewittchenstadt, die drei Blutstropfen müssten also dort in den Schnee gefallen sein – aber wie weit hat sie sich beim Nähen aus dem Fenster gelehnt, damit sie in den Schnee fielen? Oder lag Schnee in ihrem Zimmer? In der Forstschule habe ich vor zehn Menschen eines Kunstvereins aus *Grobe Fährten* gelesen, holzgetäfelt, aber licht, die Fenster baumverliebt und tannendicht, und ich dachte, auch ich habe meinen Beruf verfehlt, Försterin hätte ich werden sollen, Waldarbeiterin, Holzfällerin, Pilzesammlerin, der Geruch von Abschied nehmendem Sommer war berauschend, so heillos überwältigend, dass ich mich am Waldrand sehr bedauert habe, weil ich dort nicht lebe. Also Johanna, ich verstehe Dich, ich verstehe Dich, ich verstehe Dich. Hörst Du? Dreimal hintereinander verstehe ich Dich.

Deine Márta

24. SEPTEMBER 2009 – 22:36

Liebste Márti,

wieder so ein Tag, an dem ich mir selbst im Weg stand. Niemanden hören oder sehen wollte. Was doch schwierig ist, wenn ich mich vor fünfundzwanzig Schüler stellen muss. Grammatik, sechste Klasse Deutsch. Attribut im Genitiv. Der Schatten eines Traumes. Adverbiale Bestimmung des Ortes. Im Traum. Hinter dem Schatten. Der Art und Weise. Schattenwerfend träumerisch. Apposition. Der Traum, der schattige. Relativsatz. Der Traum, in dem mich ein großer Schatten streifte.

Danke für die Rösinger. Obwohl es umgekehrt hätte sein müssen. Ich hätte sie Dir schicken müssen. Seit Freitagmittag lief *Depressiver Tag* und beschallte am Wochenende meinen sonnigen, durch Bio-Kurts Eifer jetzt zum Herbst noch einmal dreist blühenden, hochmütig leuchtenden Garten. Claus war mit den Kindern hier. Wir alle haben zwischen Rosenbüschen und Sonnenblumen getanzt und mitgegrölt. Ja, stell Dir vor, auch ich habe getanzt. Tanzen darf ich ja. Nur nicht schwer tragen. *Depressiver Tag, du machst mich wo-o-o-o-oh, komm und enttäusche mich nicht.* Die Kinder haben nicht gefragt, was depressiv ist. Bei dieser Melodie, bei unserem Tanzen und Singen, war ihnen klar, das muss etwas Großartiges sein. Etwas ganz und gar Großartiges.

Es liebt Dich,

Deine Johanna

27. SEPTEMBER 2009 – 22:13

Liebste Jo,

Simon sagt, alles geht kaputt, die Spülmaschine, die Liebe, die Wälder, bald der ganze Planet. Ja, er hat recht, es stimmt, die Spülmaschine ist kaputtgegangen, Liebe und Wälder sind es vielleicht auch schon. Das billige Ding, das wir vor Jahren gebraucht gekauft haben, hat aufgehört, unsere Essensreste wegzubrausen, seitdem spülen wir mit der Hand, nein, ich spüle mit der Hand, ich bin es, Berge von Tellern und Schüsseln jeden Abend, es ist zum Durchdrehen, aber jetzt bin ich fertig geworden und setze mich mit rauen Spülhänden zu Dir. Aber zur Zeit gibt es kein Geld für nichts, und Lori zu fragen, habe ich Simon verboten, sie muss nicht auch noch Spülmaschinen für uns bezahlen, fällt Dir auf, dass ich immer Geldsorgen habe, dass mein ganzes Leben zu einer einzigen großen Geldsorge geknüpft ist? Johanna, einmal in einem Restaurant eine Flasche Champagner bestellen!

Das Lied vom traurigen Sonntag läuft, *Szomorú vasárnap*, im Ungarischen nicht auszuhalten, nein, ist es nicht, *virág és koporsó*, Blumen und Sarg, Herbstlaub und Leiche, zu sterben wegen heimatlos gewordener Liebe – inhaltlich also eher etwas für

Dich, Johanna. Ein ungarischer Musiker, sagen wir, so Ungar wie
ich, dem *Nacht und Tag* gefallen hat, *Észak és nap*, hat mir diese
Aufnahme geschickt, er spielt das Saxophon, und er schreibt
mir, zuerst hieß das Lied Vége a világnak, was wörtlich bedeutet, Ende der Welt, Weltende, aber das trifft es nicht, weil das
Ungarische nicht einfach so zu übersetzen ist, weil etwas unterhalb mitschwimmt, mitgurgelt, mitsummt, mitbeschleunigt,
mitzündet, für das unsere deutschen Wörter nicht ausreichen,
das die Übersetzung nicht erfassen kann, im Ungarischen ist es
mehr, viel mehr, unerträglich viel mehr, blutsaugend, venen-
zerhackend, kopfzerstörerisch viel mehr, es ist der Untergang,
Johanna, das Nichts, es ist die schwarze Weite ohne Licht und
Sonne, das Ende von allem, von allem!
Das Positive? Wo zum Teufel es bleibt? Molkes Rechenangst
hält sich in Grenzen, damit auch meine, die Lehrerin hat seit
Schulbeginn gefehlt, nebenbei, kann es sein, dass Du die einzige
Lehrerin bist, die arbeitet? Seit einer Woche ist die Klasse jeden
Tag im Wald, lernt alles über Eulen, Waschbären und Wespen,
Mia kommt mit schmutzigen Hosen und Wanderschuhen nach
Hause und erzählt nach einem halben Tag Wald mehr als nach
einem halben Jahr Schule im Klassenzimmer, von Pilzen, Blättern und Insekten, Tierpflegerin will sie werden, im Wald ver-
letzte Tiere aufsammeln und gesund pflegen, sie haut abends nur
so ins Klavier, Cimarosa: Sonate A-Dur, Beethoven: Lustig und
traurig, Schumann: Trällerliedchen, von mir aus könnten sie
dort Wochen, Monate, Jahre, die ganze Schulzeit verbringen!
Márti

28. SEPTEMBER 2009 – 17 : 09
Liebste Márta,
siehst Du, meine Waldrechnung geht auch bei Euch auf. Sogar
in Eurer asthmakranken Waldluft. Was Du so Wald nennst. Den

Stadtwald mit seinen pausenlos dröhnenden Fliegern. Dahinter die Startbahn West. Gegen die wir uns damals in den Wald gelegt haben. Ins nassmodernde Laub. Du neben mir. Wir neben meiner Mutter. Meiner Bücher werfenden, Trompete spielenden, in guten und in schlechten Zeiten an meinen Vater gebundenen, geknoteten, geketteten, auf Moos und Blättern ausharrenden Mutter. Gebaut wurde trotzdem alles. Das Hüttendorf abgetragen. Baum für Baum gefällt. Der Rest zubetoniert. Asphaltiert. Und wir haben uns vom Glauben, wir könnten etwas bewegen oder verhindern, über Nacht verabschiedet. Das ging schnell. Im Morgengrauen war er vorbei, der schöne Traum.

Meine Rückkehr nach sechs Wochen Freiheit ist schwer. Nach meinem selbstvergessenen Droste-Sommer. Zweifel hämmern in mir, Márti. Zu oft lautet mein Tagesbefehl Durchhalten. In mir ist der Knabe im Moor gestolpert. Steckt ohne Aussicht auf Rettung fest. Ob ich so weitermachen will? Meine Schulfreude ist während der gesammelten Jahre von mir selbst Stückchen für Stückchen abgetragen worden. Ungefähr so wie mein Haufen Schuttsteine. Ich bin so ohne Zuversicht, dass ich vor mir erschrecke. *Es schaudert mich, wenn ich denke, dass sich die Welt in einem Tag herumdreht!* Ich weiß nicht, woher meine Verzagtheit kommt. Aber das mit den kleinen Dingen klappt nicht. Ich erkenne mich selbst nicht wieder. Schaue in den Spiegel und frage, Johanna Messner? Ja? Nein? Ständig bin ich weinerlich. Ich denke einen Gedanken und weine. Ich lese einen Satz und weine. Ich stelle mir ein Bild vor und weine. Ich fahre mit dem Rad durch den Wald und weine. Ich binde im Geheimen Garten einen Strauß und weine. Drehe mich weg und verschwinde hinter dem Perlenvorhang. Damit Kathrin nicht sieht, ich weine. Als könnte ich nicht mehr auf mich aufpassen. Als hätte ich vergessen, wie das geht. Dabei habe ich nie etwas anderes getan, Márti. Immer nur auf mich aufgepasst. Nach mir geschaut. Ob ich aufwache. Rechtzeitig zu Bett gehe. Ob ich esse und trinke. Genug frische Luft atme. Im Winter einen Pulli anziehe. Im Sommer Sandalen.

Ist es der einziehende Herbst? Der die Landschaft rot umarmt? Den Sommer übermalt? Diesen ohnehin geschrumpften, eingelaufenen Schwarzwaldsommer? Ja, vielleicht. Wie schnell er mit seinen Farben gekommen ist, darüber bin ich erschrocken. Mit ihm die Erinnerung an meinen Vater. Die jeden Herbst unnötig heftig zurückkehrt. Er klopft mit solcher Wucht an, Márti. Hämmert an meine Fenster und Türen. Schlägt mit Fäusten gegen meine Läden. Ohrenbetäubend mit seinen zerschundenen, aufgekratzten Fäusten. Er soll Ruhe geben! Mit ihm fluten die Taunusherbstwälder mein stilles Tal. Oder ist es umgekehrt? Sind zuerst die Herbstwälder da, und klopft dann mein Vater an? Braungelb getönte, *sturmzerwühlt dampfende Wälder*. Die Du in *Nacht und Tag* beschrieben hast. Die er mit mir abgefahren ist. Georg hat er nicht mitgenommen. Mit heruntergelassenen Fenstern im *winddurchwehten* Wagen. Die Glut seiner Zigarette im Fahrtwind. Ich neben ihm auf der blauen Sitzbank des Opel Kapitäns. Die Ärmel seines Hemds so, dass ich die Einstiche in den Beugen nicht sehen konnte. Die dunkelroten Punkte nur ahnen. Die blauen Flecke. Den Schorf. Seine Weltentfernungsmale. Hat sich der Wald deshalb so in meinen Kopf gesenkt? Bin ich deshalb im schwarzen Wald untergeschlüpft? Dem Wald der Wälder?

An meinem Geburtstag ist ihm nie etwas anderes eingefallen, als die fünf oder fünfzehn Städtchen der Umgebung mit mir abzufahren, die ein Heim oder Stein im Namen hatten. Rüsselsheim. Hofheim. Idstein. Eppstein. Falkenstein. Ich frage mich noch immer, was er suchte. Was er für mich zu finden glaubte. Für uns. Später waren es die Flüsse. Der Main. Der Rhein. Die Kinzig. Die Lahn. Alles, was in halber Nähe nach Süden oder Norden floss. Manchmal bist Du mit uns gekommen. Mein Vater hat uns zum Wasser gelotst. Zu den Farben der Flüsse. Ihrem Grün oder Braun. Wir haben am Ufer gestanden und gekichert. Als sei es verrückt, Kindern einen Fluss zu zeigen. Sie zu fragen, ist das ein Grün? Ein Braun? Wohin fließt dieser Fluss? Wohin wohl? Mit zehn hatte ich doch keine Idee, wie eine Stadt, wie ein Fluss aussehen sollte. Und wie besser nicht. Ich hatte keinen Blick dafür. Keine Augen zum Sehen.

Deine Jo

30. SEPTEMBER 2009 – 23:43

Liebste Jo,

natürlich hattest Du Augen zum Sehen, auch als Mädchen hattest Du sie, ja, ich weiß es noch, alles weiß ich noch, kein Teilchen, kein Fitzelchen habe ich verloren, wie könnte ich Gedichte schreiben, wenn mein Hirn, mein Kopf ein Sieb wäre? Du und ich hinter Deinem viel zu hübschen, viel zu jungen Vater, der uns im weißen Opel Kapitän mit den nachtblauen Sitzen übers Land fuhr, grün gestrichenes, *schattenreiches Taunusland*, wo er das eine oder andere Liebchen hatte und nichts dabei fand, Deine Mutter zu hintergehen, wenn sie abends auf der Bühne stand und von größeren Rollen träumte, die man ihm schon nicht mehr anbot. Er fuhr mit Dir, damit Du ein Gefühl für Dein Johanna-Universum kriegtest, für Nähe und Ferne. Ja, das hätte wie Nähe aussehen können, dabei waren es doch die Abstände, die bei Euch im Kleinsten die größte Rolle spielten, etwas, das wir Horváths nicht kannten, meine Eltern wären niemals auf die Idee gekommen, Abstand zu uns zu halten, zu Anikó, Ildikó und mir, sie hätten gar nicht gewusst, was das sein soll, wie das gehen und sein könnte, Abstand zum eigenen Fleisch und Blut zu halten, wozu wäre das gut?

Georg hat Dein Vater nie mitgenommen, der saß niedlich brav

und rotblond bei Deiner Großmutter im Wirtshaus Messner an der Höchster Hostatostraße, endlose Nachmittage muss er dort verbracht haben. Deinen Vater sehe ich noch, rauchend, den linken Arm, seine Hand mit Zigarette, im offenen Fenster, der Rückspiegel so eingestellt, dass er sich anschauen konnte, wenn wir anhielten, an einer Kreuzung, einer Ampel, damit er seine Sonnenbrille zurückschieben, sein Haar richten konnte. Heute mag ich es, Johanna, daran zu denken, wie er Dich und mich in den Wagen packte und stundenlang ziellos die Gegend abfuhr, als gehe es nur darum, den Tank zu leeren und die Zeit zu vernichten, sie einfach kleinzukriegen, diese dumme, nutzlose Zeit.

Sei ehrlich, wie viele Väter gab es, gibt es, die mit ihrer Tochter die Flüsse und Städte, die Straßen und Wege der Umgebung abfahren? Immer an Deinem Geburtstag? Simon hat das nie mit Mia getan. Als gehörte alles Dir, und Du brauchtest nur danach zu greifen, als wären es Deine Orte, Deine Flüsse, Städte und Häuser, als habe man alles für Dich und Deinen Tag aufgestellt und angeordnet, damit Du Dich im Wagen kutschieren und Dir alles zeigen lassen kannst, wie der Müllerssohn im Gestiefelten Kater, damit sich alles vor Dir ausbreitet und zu leuchten beginnt, Deine *Wiese*, Dein *Kornfeld*, Dein *prächtiger Wald*. Gib zu, alle anderen Geschenke sind verlegt, verloren, verschollen, da ist keines, an das wir uns erinnern würden, aber diese Fahrten durch Wiese, Kornfeld und prächtigen Wald bleiben unvergessen, wir denken heute noch an sie.

Márta

2. OKTOBER 2009 – 06:03

Meine Márta,

Kathrin hat mir freigegeben. Ihr schlechtes Gewissen. Ich kann noch so oft sagen, du musst dich nicht bedanken. Es macht mir nichts, dein Blütenmeer zusammenzukehren. Deine Rosenblätter. Deinen Hasen zu füttern. Gar nichts. Also will ich nach Meersburg. Um den See einmal noch unter Herbstlicht zu sehen. Wenn sich die ersten Nebel ans Wasser schmiegen. Ja, auch das ist eine Annäherung. Auch das sind zwei Schritte. Zur albernen Führung im Fürstenhäusle will ich. Um die Droste nicht immer nur eindimensional zu sehen. Nicht nur als Fläche. Sondern als Körper. Mit Schultern und Beinen. Mit Hals und Ohren, an denen Ohrringe baumeln. Mit blitzgeradem Mittelscheitel und wippenden Löckchen. Im schlichten Kleid, das sich um einen Reif legt. So war sie vielleicht nicht. Aber am Ausblick von ihrem schmalen Schreibtisch kann sich nicht viel geändert haben. Vor dem Fenster das Grün der Reben. Darunter das Rot der Oberstadtdächer. Das Rot der Unterstadtdächer. Dahinter der See. Den man vom Fürstenhäusle aus für ein Meer halten könnte. Für ein stilles, welenloses Meer. Was mir diese Fluchten bringen? Ich kann es Dir nicht sagen, Mártilein. Aber Du bist so lieb und fragst nicht.

Herbstfarben klingen an. Versengen die Waldränder. Es wird früher dunkel. Und auch jetzt ist noch kein Licht da. Ich sehe zum Fenster und will mich sofort abwenden. Der Welt den Rücken kehren. Vielleicht drängt mich das unter meinen weichen, alles verdeckenden Droste-Mantel. Vielleicht muss ich deshalb das schwäbische Meer im Herbst anschauen. *Wenn der See verschimmert mit leisem Stöhnen.* Der Droste hundertfünfzig Jahre später auflauern. Als schwebte noch ein Hauch von ihr über den matten Wellen. Dabei hat sich doch der längst aufgelöst. Ist doch längst unter tausend Sommersonnen verdampft.

Jo

5. OKTOBER 2009 – 22:14

Liebste Johanna,

am Morgen bin ich mit dem Rad durch die Herbststadt gefahren, es war noch einmal warm geworden, die fallenden Blätter tanzten, wirbelten im Wind, ein Blätterfeuerwerk, ein Lufttreiben, dass ich mich gefragt habe, warum will mir meine Stadt gerade jetzt so unbedingt gefallen?

Gut, Johanna, lass es mich aufschreiben, nicht nur am Telefon sagen, zeig mir jemanden, der nicht an seinen Eltern verzweifelt, sogar ich verzweifle an meinen. Wenn meine Mutter anruft, und ich sage: Ich habe keine Zeit, Mama, fragt sie allen Ernstes: Wieso, was machst du? Ich antworte dann seit Jahren: Ich arbeite, Mama, ich schreibe, jetzt schreibe ich an meinen Erzählungen, ich steige in ein anderes Zimmer und schreibe darüber, und sie sagt: Ach so, also auf Ungarisch sagt sie: Ich verstehe, értem, aber es klingt wie: Jetzt sei mal bloß nicht so verrückt, mein Mädchen.

Ich glaube, meine Eltern können gar nicht sagen, was ihre Töchter studiert haben. Na ja, bei Anikó wissen sie es, Medizin können sie sich merken, Medizin hat ein Ergebnis, das ist einfach, irgendwann ergibt sich ein weißer Kittel in einem Krankenhaus, aber bei Ildikó und mir wissen sie das nicht, Kulturanthropologin und Literaturwissenschaftlerin, was soll das sein? Falls jemand fragen sollte, könnten sie es nicht sagen, sie müssten mit den Achseln zucken, die Mundwinkel nach unten ziehen, sich anschauen und die Köpfe schütteln, nein, wir wissen nicht, was Ildikó und Márta studiert haben, haben sie studiert? Sie kennen mein Hauptfach nicht, meine Nebenfächer nicht, sie wissen ja auch nicht, dass man Pinienkerne essen kann, dass die Pinie so etwas hervorbringt wie einen Kern, dass man diesen rösten und auf einen Salat geben kann, wie könnten sie dann wissen, was ich studiert habe?

Márta

9. OKTOBER 2009 – 21:09

Liebe Márta,

wie Du ihnen unrecht tust! Euer Garten war der lustigste und lauteste in einer Reihe von Gärten, die nie lustig und laut waren. Nur kurzgezupft, glattgeharkt. Ohne ein Geräusch über dem Rasen. Die Nester weggefegt, die Blätter sauber zusammengetragen. Nicht eines blieb liegen. Insofern ist es gleich, ob sie wissen, was ihre Töchter studiert haben. Denke ich an Deine Mutter, denke ich an ihr dunkles Haar, das sie früher so kunstvoll mit tausend Nadeln hochgesteckt hat. An ihre Art zu gehen. Mit schnellen kleinen Schritten auf gewagt hohen Absätzen. So geht sie ja heute noch. Mit einer gewissen Vorsicht und Scheu. Noch immer klebt alte Heimat an ihren Schritten. Als könne sie nie sicher sein, was sie an der nächsten Ecke erwartet. Als könnte sich jemand verstecken, der sie packt und abführt. Sie auffischt und auf die Ladefläche eines Transporters tritt.

Meine Mutter ist forscher gelaufen. Als hätte sie keine Angst gekannt. Gar nicht gewusst, was das ist – Angst. Dabei hatte sie in Wahrheit doch Angst vor allem. Vor jedem neuen Morgen, der von Osten über die Nidda zur Höchster Altstadt kroch. So ist sie um den Küchentisch gelaufen, wenn sie die Natascha in den Drei Schwestern gab. Ihren Text im Gehen lernte, quer durchs Wohnzimmer und den schmalen Flur. So stellte sie sich jemanden vor, der die Rivalinnen wegbeißt. Vielleicht hat sie das am Theater selbst so getan. Schließlich war sie nicht weit entfernt von dieser nervigen Natascha. *Ich lasse vor allem die Tannenallee abhauen, dann den Ahorn da, des Abends sieht er so hässlich aus. Warum liegt die Gabel dort auf der Bank herum? Warum liegt die Gabel da auf der Bank, frag' ich?* Das spie sie aus in diesem nach Luft schnappenden, kläffend überdrehten Ton. Georg suchte nach der Gabel. Hob, drehte und wendete die Polster und Kissen auf

dem Sofa. Meine Mutter konnte nicht aufhören zu lachen. Was ist daran so lustig, Márta? Wenn ein kleiner Junge nach einer Gabel sucht, die er nirgends finden kann?
Jo

11. OKTOBER 2009 – 11:09
Liebste Johanna,
neulich habe ich das Mädchen aus der Bartholomäusgasse getroffen, das genauso wenig wie wir noch ein Mädchen ist, aber ihren Namen habe ich vergessen, Du weißt, unser Vergangenheitssplitter aus der Klinkersteinsiedlung. Nach Dir hat sie gefragt, wie immer, wenn wir uns alle Jahre an der einen oder anderen Ecke über den Weg laufen, grüßen soll ich Dich. Sie hat die alten Schulzeiten aufleben lassen, auch wenn ich das gar nicht wollte, die Aschenbahn, die lärmenden Vorstadtkinder, und dann hat sie gesagt, sie habe noch ein Foto von uns, neulich sei es ihr wieder in die Hände gefallen, Februar 1972, vor dem Kinderfasching in der Jahrhunderthalle, sie und ich in Indianerkostümen auf dem Bett meiner Eltern, auf der rosenübersähten gesteppten Tagesdecke, mit ernsten Gesichtern, Pistolen und Messer auf die Kamera gerichtet.
Fern des digitalen Zeitalters, als meine Mutter jeden Pfennig abzählen musste, hat sie Fotos an die Nachbarkinder verschenkt. Ja, das macht sie groß, Du hast recht, das macht sie riesig, und mich, ihre Tochter, macht das winzig.
Márta

12. OKTOBER 2009 – 09:03
Liebste Márti,
Montagmorgen. Schreibe Dir aus Meersburg. *Wassernadeln* schwirren durch die Luft. Dein Wort. Nebelfelder klammerten sich an die Hügel, als ich ankam. Verbargen meinen See. Der

zwei Tage lang kaum zu sehen war. Keinen Streifen Blau für mich hatte. Erst jetzt zeigt er mir seinen Horizont. Die Wochenendtouristen sind abgereist. Die Schulklassen haben übernommen. Tragen ihre Stimmen durch die Gassen der Unterstadt. Durch die Rebstöcke hoch zum Schloss. Eine Stunde bleibt mir noch. Ich teile sie mit Dir. Dann muss ich mein Zimmer räumen. Claus hat schon angerufen. Kathrin hat ihn gedrängt, ich bin sicher. Ob alles in Ordnung ist? Ja, Claus, alles ist in Ordnung.

Vor neun gehört Meersburg mir. Wenn ich meine Runden drehe. Allein durch spiegelnasse Straßen. Am See entlang, seinem perlenden Blau, *so durchsichtig und in allen Farben wechselnd, wie ich davon vorher keinen Begriff gehabt.* In neuen Turnschuhen bin ich wie eine Besessene die Uferpromenade abgelaufen. Gegen die Klümpchen in meinem Körper angerannt. Vorbei an der Droste-Möwe. Ihrem *Windklirren.* Ihrem einzig möglichen Klagelaut. Am Kassenhäuschen und der Fährstation Richtung Therme. Wo der Boden weich wird. Die Rieschen-Stiege hoch durch die Weinstöcke, bis mein Herz herausspringen wollte. Zwei Menschen bin ich begegnet. Einem Übriggebliebenen von gestern Abend, mit geleerter Weinflasche in der Hand. Einer Frau mit nassem Hund. So sieht mein Meersburg aus, Márti. Still, aus der Welt gefallen.

Welches Vogelzwitschern weckte die Droste? Das sind so Fragen, denen ich mich an Meersburg-Tagen hingebe. Jahr um Jahr. Wie viele Droste-Jahre jetzt? Ich zähle nicht mehr. Zum wievielten Mal habe ich ein Zimmer in der Unterstadt gemietet? Jeden Abend hat einer unter meinem Fenster Trompete gespielt. La Paloma. Die kleine Kneipe. So ein Tag, so wunderschön wie heute. Offenbar wusste er nicht, dass die Saison zu Ende ist. Ich hätte die Fenster aufreißen und schreien mögen: Hör auf, es ist vorbei! Vielleicht war ich so wütend, weil ich davor im Aurichs gegessen hatte – um mich nur Paare und Familien. Mit kleinen

Kindern. Großen Kindern. Ich dachte, ich könnte das mittlerweile aushalten.

Auf dem Schiff von Überlingen fiel mir im Oktoberdunst ein, dass Deine Mutter auch mir Bilder geschenkt hat. Sie hat unser erstes Foto geschossen. Mit ihrer schmalen Kodak, die sie in die Brusttasche stecken konnte. Zum ersten Mal sind wir zusammen auf einem Foto. Zwei Mädchen, Rot und Braun. Mit Zöpfen, Zahnlücken, in Schlaghosen mit aufgestickten Blumenborten. Es wandert mit mir durch die Jahre. Zusammen mit meiner Dora-Amphore. Durch all meine anderen Zimmer. Jetzt hängt es in einem knallroten Rahmen neben meinem Küchenfenster. Immer schon hast Du wütend ausgesehen. Warum so wütend? Warum nur siehst Du immer so wütend aus?

Johanna

15. OKTOBER 2009 – 23:45

Liebste Jo,

na, weil ich wütend bin! Also muss ich auch so aussehen! Durch und durch wütend! So wütend, dass gestern der jede Woche fällige Brüllanfall über mich kam, weil meine Tochter in der dritten Klasse noch nicht kapiert, was drei plus zwei ist, auf die Uhrzeiten eher tippt, als dass sie sicher sagen könnte, es ist Viertel vor drei oder drei nach vier. Nein, es ist nicht wichtig, wirst Du sagen, ich höre Dich schon, wozu muss ein Mensch Uhrzeiten ablesen?

Jeden Abend zeigt mir Mia ihre Rechenaufgaben, die durch und durch falsch sind, abermals fehlt die Klassenlehrerin, abermals sind die Eltern in Aufruhr, von meiner Seite fallen schlimme Wörter wie Blödenschule und glatte Sechs, Mia weint und weint, Franz stellt sich vor sie, umarmt sie, küsst sie auf die Pfirsichwange, aufs Elfenhaar, Henri krabbelt zu mir und haut gegen meine Beine, aber ich kann nicht aufhören, Johanna. Was sich al-

127

les in mein Schreien legt, weiß ich nicht, sag Du es mir, Du wirst es wissen, schließlich weißt Du alles über mich, ich werfe alle Wut hinein, die ich in mir trage, dazu alle Wut, die ich sonst zusammenklauben kann, in meiner lächerlich winziggeschrumpften Márta-Welt, auf den Fußböden, Tischen, Ablagen unserer wenigen Schränke, ich raffe sie zusammen und fülle meine Anfälle mit ihr auf – ich werde mich sehr anstrengen müssen, damit Mia nicht eines Tages denkt, ihre Mutter ist eine verrückte alte Frau, ihre Eltern sind verrückte alte Menschen.

So leben wir, *so schlägt mein Herz, Stunde um Stunde,* so fließt das Blut durch unsere Venen, so pochen und pulsieren wir unter unserem atonalen, immer wieder aus dem Takt springenden Herzschlag, vieles ist wieder Alltag, nein, falsch, alles ist wieder Alltag, nur wenig darüber hinaus, kaum etwas darüber hinaus. Immerhin waren wir am Wochenende in Stuttgart bei Anikó, ja, fünfmal Kissen und Decken beziehen, fünfmal Bettlaken überwerfen, in der aufgeräumt bürgerlichen Welt aus Erbschaften und Espressomaschinen, einer Welt ohne Staub, Johanna, ohne Fussel, Krümel und schmutzigen Socken auf den gebürsteten Eichendielen, wo verstecken sie die? Meine Kinder lieben ihre Vettern, Anikós Prinzensöhne mit dem dunkeldichten Anikóhaar, den makellos weißen Polohemden, den Hockeyschlägern aus Karbon und überflüssig langen Wimpern, wofür diese langen Wimpern? Simon und ich haben alle Kinder durch die Staatsgalerie geführt und meine, Deine Elfenmia hat in diesem lichtgetränkten, mittaghellen Raum stumm vor Picassos Gauklern gestanden, während Franz und Henri sich zwischen den Vettern auf dem Boden wälzten und Du, liebste Jo, in Überlingen auf Dein stummes Nebelschiff gestiegen bist, um zur Droste zu gleiten. Zwei und neun zusammenzuzählen gelingt unserer Feenmia nicht, aber das kann sie, still vor einem Ölgemälde stehen, während alles um sie herum tobt und wütet.

Gauklermutter und Kind haben heftig nach mir gegriffen und mich trotz Pastellfarben seltsam unruhig angefasst, so unentrinnbar umschließt sie eine Gefahr, was erwartet sie, was wird in ihrem Futur eins und zwei noch kommen?

Dies eine noch, bevor ich schlafen muss: Lori wird das Haus in Amorbach aufgeben und verkaufen, obwohl sie es mit Simons Vater in den Jahren vor seinem Tod geteilt hat und deshalb schwer, eigentlich gar nicht davon lassen kann, das Parkett spricht von seinen Schritten, sagt sie, von seinen Händen jeder Zweig und Halm im Garten, *darin zwei Rosenbäumchen, davon trägt das eine weiße, das andere rote Rosen.* Wieder ein Stück Lebensmauer, ein Wir, ein Uns, ein Damals, ein Früher, das wegbröckelt und abgetragen wird, wieder ein anderes Zimmer, das verschlossen und nicht länger betreten wird, aber der Odenwald ist jetzt zu weit, weil Lori mit ihrer Zitterhand nicht mehr Auto fahren kann, ist er weggerückt, sie braucht nur etwas Zeit, um sich zu verabschieden, um einen Tag, eine Stunde zu finden, in der sie sagen kann, adieu, du sollst einem anderen gehören. Simon und ich sind nicht sehr glücklich darüber, aber wer sind wir, Lori, ausgerechnet Lori, Lori, Lori Vorschriften zu machen?

Und wie geht es nun meiner Schönsten, Liebsten, meiner Allerliebsten?

Márta

22. OKTOBER 2009 – 20:43

Liebe Márti,

niemand hebt bei Euch ab. Wo seid Ihr nur? Ausgeschwirrt? Abgetaucht in Eurem Stadtgehege? Deiner Schönsten, Liebsten, Allerliebsten geht es gut. Sagen wir, im Vergleich zu gestern. Im Vergleich zu vorgestern. Der Herbst nagt an mir. Der Winter lässt sich nicht aufhalten. Lauter Bröseltage. An denen nicht ein

Droste-Satz für mich abgefallen ist. Nach dem ich in Meersburg vergeblich gesucht hatte.

Gute, wunderbare Lori. Denke ich an Euch, muss ich Lori sofort mitdenken. Solltet Ihr eines Tages die Stadt aufgeben, werdet Ihr sie mitnehmen müssen. Es stimmt, in Loris Zügen ist kein Lebensdurcheinander. Kämpfe gegen Kopfdämonen hat sie für sich entschieden. Niederlagen offenbar geschluckt und später ausgespuckt. Lori mit ihrem großen Strohhut. Den sie von April bis Oktober trägt. Der sich über den schmalen, mittlerweile schiefschräg sitzenden spitzen Lori-Schultern in Fäden auflöst. Lori mit ihren Körben, den vielen Dingen aus ihrem Garten. Als lebte sie nicht in der Stadt, fünf U-Bahn-Stationen von Euch entfernt. Sondern dort, wo man bis zur nächsten Autobahn zwei Stunden braucht. Wie hat sie das geschafft? Keine Spur von Verrücktheit in ihrer Sprache. In ihrem Gesicht. In dem ich gut, sehr gut die junge Heidelore erkennen kann. Eine Art Anfang. Ob man in unseren Gesichtern die junge Márta, die junge Johanna wird erkennen können? Wenn wir siebzig, achtzig sind? Neunzig? Oder wird alles verschüttet, vergraben sein? Ohne Hinweis, ohne Spur zurück? Häuser, Wände, *Zimmer und darin wir* – das scheint auch so ein Lebensthema. So ein nicht kleinzukriegendes, wabernd mitschwebendes Lebensthema. Ich schätze, Lori wird das Haus nicht verkaufen – meine Vermutung.

Ein Foto von Euch steht neben der Droste immer und überall auf meinem Schreibtisch. In jedem neuen Zimmer. Jetzt ist es das von Silvester 2007. Du zwischen Lori und Simon auf Deiner roten Couch. Einmal ohne dicken Babybauch. Alle mit albernen bunten Partyhütchen mit Bändchen unter dem Kinn. Einem Sektglas in der Hand. In den Köpfen *lauter blaue Erwartungen*. Da hattest Du noch kurzes Haar. Kurzes dunkles Haar. Jetzt ist es lang und kupferfarben. Oder wieder kurz und blond? Wir haben uns zu lang nicht gesehen, Márti. Viel zu lang.

Muss los, der Geheime Garten ruft. Heute verkaufe ich die letzten Sonnenblumen. Danach nur noch Dahlien und Astern.

Es liebt Dich,

Deine Johanna

23. OKTOBER 2009 – 12:03

Liebste Johanna,

ich habe zwei Seiten geschrieben, stell Dir vor, zwei Seiten im *Anderen Zimmer*, in das ich heute früh über Kopftreppen hinabgestiegen bin, nachdem ich Simon mit den Kindern allein gelassen, die Tür zugezogen und mich im Bademantel an den Schreibtisch gesetzt hatte, Simon hat sie weggebracht, ins Vormittagsdreieck aus Tagesmutter, Kindergarten, Grundschule, und jetzt will ich mit Dir sein, das hier will ich Dir seit Stunden sagen, seit ich Dein Mail heute Nacht gelesen habe, das mich in einen kurzen, aber mildruhigen Schlaf geschickt hat. Dass Du Dir ein Alter ausmalst, das wir beide erreichen könnten, Du und ich, darüber bin ich glücklich, glücklich, glücklich, viel mehr als nur dreimal hintereinander glücklich, unendlich und unzählbar glücklich, kontinentegroß, weltengroß, universengroß glücklich, weil Du bis vor kurzem nicht mehr gedacht hattest, Du könntest achtzig, neunzig werden, nicht mehr geglaubt, Krebs und Tod und all die anderen Angriffe im Dazwischen, lauernd in versteckten Schlummerwinkeln, könntest Du übersehen, aufheben und besiegen. So wie Lori sie aufhebt und übersieht, unsere Hausheilige, Schutzheilige, heilige Heidelore – gibt es die in Deinem Märtyrerlexikon? Aber jetzt hast Du es gedacht, jetzt denkst Du es!

Es stimmt, unter Loris tiefen Falten mäandert kein bitterer Zug, aber so viel habe ich begriffen, Johanna, für mich bleibt das unerreichbar. Selbst jetzt, da ihre Zitterhand schlimmer geworden ist und Simon sie dreimal die Woche zur Gymnastik oder

131

zum Arzt bringt, weil sie nicht selbst fahren kann, ist sie ohne bitteren Zug. Beide Kinder auf einem anderen Kontinent, die Tochter acht, der Sohn zwölf Flugstunden entfernt, der Ehemann so lange tot, dass er eine stummblasse Erinnerung ist, der nächste Mann, Simons Vater, auch tot, die alten Freunde begraben oder dement, so sagt es Lori selbst. Wenn sie in den Wagen steigt, schließe ich die Tür, sie lässt das Fenster herunter, legt ihre alte, neue Zitterhand auf meinen Arm, und wenn sie abfahren, winkt sie mir trotz kühler Oktoberluft lange aus dem Fenster. Ich bleibe vor dem Haus stehen, bis Simon mit ihr um die Ecke biegt, und denke jedes Mal, für dich, Márta Horváth, bleibt das unerreichbar.

Ohne Lori wäre ich weiter jeden Freitag mit dicker werdendem Bauch und anschwellenden Füßen mutlos zum Kiosk gegangen und hätte die Rundschau-Anzeigen durchsucht, ohne Lori hätten wir nichts gefunden, das bezahlbar wäre und passte für vier, jetzt schon fünf, etwas ohne laute Straße vor den Fenstern, ohne Abstandszahlung von siebentausend Euro für ranzige Teppichböden. Wer hätte das vor einem Jahr gedacht? Hof, Vorgarten, Klappsofa, Kinderzimmer, jetzt alles vorhanden! Mein Liebstes ist der Gang aufs Dach, wenn ich die schmale Leiter herablasse und durch die Luke klettere, zu dem kleinen Vorsprung, von dem man die U-Bahn-Gleise sieht, den Park, die umliegenden Dächer, die Baumkronen der Kastanien, die wolkenkratzenden Häuser mit ihren gelbweißen Lichtern, die nie ausgehen. Nein, Meersburg ist es nicht, Altenteil auch nicht, aber ich kann mich unter Antennen und Schornsteinen ans große Blau verlieren, den Nachthimmel anjaulen, *arm an Sternen und ihren Bildern,* die Welt und mich darin bejammern, mitten in dieser schmutzigen, schäbiglauten, meiner, immer noch meiner, längst nicht mehr Deiner Stadt.

Der Abschied von Amorbach fällt Lori leichter, seit sie dieses andere Zimmer auf dem nahen Land gemietet hat, mit Gemeinschaftsklo, ohne Telefonanschluss, betritt man den Hof, zwanzig Minuten von der Stadt, zwanzig Minuten Nord-Nordost, ist es, als sei man durch die Zeit gefallen, Rosenbüsche klettern über die Mauern von zwei Ateliers und einem Schuppen, in dem ein Biobauer seine Geräte unterstellt. Auch so ein anderes Zimmer, Johanna. Lori hat ihre Staffelei aufgestellt, die Farbtuben aber selten geöffnet, weil ihre Zitterhand nicht will, mein Verdacht ist, sie hat es für Simon und mich gemietet, weil wir zwischen Gebrüll und Dreck, Bakterien und Telefonklingeln nie so recht arbeiten können, also dürfen wir jederzeit dorthin, hatte sie gesagt, als sie im Frühling das Zimmer gefunden und uns die Schlüssel gegeben hatte, als hätten wir, Márta Horváth und Simon Leibnitz, ein angeborenes Recht, Loris Häuser, Zimmer und all die Dinge darin zu benutzen. Im September hatte ich mich dort zwei Tage eingesperrt, Milch und Saft aus der Tüte getrunken, Wurstbrote aus meiner Blechdose gegessen, nachts auf meiner Liege gefroren und tags an meinem Tisch gejauchzt über so viel Stille und Alleinsein. *Hier ist der Ort zum Schreiben.* Nein, es ist nicht das Land, aber es sieht aus wie Land, hinter Hornbach und Ikea wie echtes weites Taunusland, wie Dein Vaterland, Mutterland, Georgland. Es gibt keine Heizung, aber eine Steckdose für meinen Computer, und von April bis Oktober kann man, sagen wir lieber: könnte man in dicken Pullis und Strümpfen herrlich zurückgezogen arbeiten.

Nur das Tuckern des Traktors scheucht einen auf, schaut man durchs staubverschmierte Fenster, sieht man die schmutzigen Biokinder vom Anhänger springen, leicht, blond, schlammbesprenkelt in Gummistiefeln. Ich wünschte, ich könnte so leben, Johanna, die Kinder einfach aufwachsen lassen, dreckig, frei und gleich mit welchen Noten, außer Atem von der Sonne, müde von der Luft. Sie könnten Traktor fahren, Misthaufen besteigen, einen Wurm in einem Apfel beobachten, dem Hund die Zecken aus dem Fell ziehen und ihnen Namen wie Hugo oder Kalli geben. Groß werden sie doch sowieso.

Márta

30. OKTOBER 2009 – 07 : 46

Liebste Márti,

groß werden sie. Aber es sollte nicht sowieso sein. Manchmal überstehen sie ihre Kindheit. Streifen sie ab, finden einen Unterschlupf, wo sie nicht länger im Weg ist. So wie Georg und ich. Wo sie nur mitdämmert. Wie ein schlafender Hund in seinem Korb. Den man nicht wecken darf. Bloß nicht wecken. Wacht er auf, bellt und beißt er wie unter Tollwut. Sosehr man ihn beruhigen will, er hört nicht auf.

Heute Nacht habe ich Jans Vater betrunken an der Tankstelle gesehen. Den Vater meines Schülers Jan. Meines zeichnenden Schülers Jan. Meines Moorknaben Jan. Wo es hinausgeht Richtung Osten und der dichtdunkle Wald plötzlich noch dichter und dunkler wird. Wo die Märchen spielen. Die Geistergeschichten wachsen. Ich habe ihn hinter dem Weinregal mit einer leeren Flasche Gin gesehen. In seinen Händen, die sein Sohn viele Male gezeichnet hat. Ich kenne sie, Márti. Diese Hände kenne ich. Er hat geflucht. Die Frau an der Kasse beschimpft. Mit den schlimmsten, unverschämtesten Tiraden. Die ich für Dich nicht wiederhole. Sich mit beiden Armen an der Theke hochgestemmt. Einen Ton gemacht wie ein Tier. Ein aus seiner Höhle gekrochenes, *blutwundes Tier*. Dein Wort. Bis jemand kam, ihn am Kragen packte und vor die Tür setzte. *Seine dürre Gestalt, sein ungekämmtes, wirres Haar und die vom Mondschein verursachte Blässe gaben ihm ein schauerlich verändertes Ansehen.* Erst dachte ich, er kann das unmöglich sein. Er kann nicht Jans Vater sein. Ich wollte diesen Gedanken nicht aushalten müssen. Dieser polternd betrunkene, schmutzige Mann der Vater meines Schülers Jan! Dessen Zeichnungen ich entgegenfiebere. Wann immer Jan sie aus seinem Rucksack zieht und vor mir auf den Tisch legt. Gestern Schlangen. Mit Wasserfarben gemalt. Silbergrau, dann mattgrün glänzend. Schlingnatter. Ringelnatter. Kreuzotter. Was uns im schwarzen Wald vor die Füße kriechen kann. Aber er war es, Márta. Es war sein Gesicht. Sein trübleerer Blick unter fallenden Lidern. Seine angeschwemmte, schäumende Wut darin. Sein glimmender Vorwurf an die Welt. Mich eingeschlossen. *Wie wunderlich und quer er aus den Augen sah!* Als er an mir vorbeiging, haben wir getan, als würden wir uns nicht kennen. Vielleicht konnte er mich auch nicht zuordnen. Nicht in diesem Augenblick. Oder ein Restfunke von Anstand hat ihm gesagt, lasst uns vorgeben, das hier ist nicht geschehen. Das hier hat niemand getan. Niemand gesehen und gehört. Meinem Sohn zuliebe. Meinem vergessenen, begabten, verlorenen Sohn zuliebe.

Du wirst Dich fragen, was ich dort gesucht habe, an der Tankstelle. Ja, manchmal bin ich nachts in dieser Ecke. Wenn ich vor den Dämonen in meinem Bett geflohen bin. Vor den *traumzerschossenen, schweißzerschnittenen Laken.* Deine Erfindung. Ein wenig zwischen Haus und Moor herumstreune. Zwischen Kopfkissen und Mond. Oder nur, weil mir Butter und Milch ausgegangen sind. Du wirst sagen, sie hat doch tagsüber Zeit. Sie hat doch tagsüber genügend Zeit, Dinge zu besorgen. Habe ich, ja. Aber auch mir kommt etwas dazwischen. Der Flug eines Vogels. Das Licht auf den Tannennadeln. Meine kranke, hustende Droste. Die sagt, leg dich zu mir, Johanna. Leiste mir Gesellschaft. Gib mir deine Hand. Lass mich nicht allein. Selbst ich denke nicht jeden Tag daran, was in meiner Küche fehlt. In meinen Schränken und Schubladen. Was aufgefüllt werden müsste. Auch ich habe andere Dinge im Kopf. Manchmal werden alle Stunden eines Tages von diesen anderen Dingen aufgefuttert. Also zwölfmal eine Stunde. Oder wie lang ist ein Tag?

Deine Jo

2. NOVEMBER 2009 — 23:35

Liebste Jo,

um das nachzutragen, Johanna, das hatte ich am Telefon nicht gesagt, aber ja, ich kann mir vorstellen, dass auch Dir der Tag die Nacht raubt und umgekehrt, so schlecht steht es nicht um meine Vorstellungsgabe, auch wenn meine Nacht zerrissen wird von Henris Wimmern und den Wettläufen der Eichhörnchen auf unserem Dach, die Wintervorräte anlegen und Walnüsse in meinen Blumentöpfen vergraben. Auch wenn ich am Tag glaube zu versinken und heftig mit den Armen rudere, um nicht unterzugehen, so wenig Ruhe finde, so gar keine Ruhe, wegen der vielen kleinen Dinge, die meinen mürben Kopf verstopfen.

Der anklingende November ist ein Gedichte-Monat, ich werde lesen aus *Nacht und Tag* und *Grobe Fährten*, jede Einladung nehme ich an, alles muss unsere Geldbörsen füllen, sogar an meinem Geburtstag bin ich nach Greifswald gefahren, zu Klinkerpflaster, blätternden Eichen und einem müden Wasser, das ohne Widerstand in die Ostsee fließt, ich hätte ihm zurufen wollen: Widersetz dich! Fern von Simon und den Kindern, ausgerechnet an diesem Tag unter Fremden, unter den jungen und nicht mehr jungen Hoffnungen der baltischen und deutschen Gedichtkunst. Drei Tage lesen, sprechen, fragen und zum Ende ein verrauchter Abend mit viel litauischem Brendi aus der Jackentasche des litauischen Lyrikers, weil unser Bier nicht schnell genug gebracht wurde. Meine Eindrücke konnte ich schwer ordnen, ein bisschen bei der Rückreise im Zug, der zu meinem Zeitschlauch und Gedankentunnel wurde. Während die Landschaften vorbeisegelten, Ostseehinterhof Vorpommern, Wald, Uckermark, Wald, Brandenburg, Wald, Niedersachsen, Wald, Flughafen, Stadtwald, Frankfurter Hauptbahnhof, stellte ich alles immer wieder um, warf eine Menge aus dem Zugfenster, und ich meine, etwas leichter ausgestiegen zu sein, so ein kleines bisschen leichter meinen Koffer über den Bahnsteig gerollt zu haben.

Heute habe ich im Taunus aus *Grobe Fährten* gelesen, nach einem Sprung in die S-Bahn und kurzer Fahrt, in Deinem Vatertaunus, Opel-Kapitän-Taunus, Rückbank-Taunus, Woogtal-Taunus, mein Gott, so viele aufgeräumte, fusselfreie, gut gekämmte Frauen, die zugehört und meine Bändchen gekauft haben, sicher nicht, weil die Dichtung eine Rolle spielt, sondern einfach, weil Geld gar keine Rolle spielt. Die Buchhändlerin hat mich nach Hause gefahren, ich saß mit angezogenen Knien in ihrem winzigen Fiat, zwischen Tüten und Kisten voller überquellender Bücher und Literaturzeitschriften, Merkur, Akzente, text + kritik, zerlesen, abgelaufen, weggelegt, im Fiat-Ehrengrab zur Ruhe gekommen. Als sie verkündete, sie fahre nie über die Autobahn, nein, nie, nur über die Landstraße, erst durch den Wald und dann am Main entlang, habe ich einen kurzen, hochschnellenden Anfall von Atemnot bekommen, mit dem unbändigen Drang, die Tür aufzustoßen und davonzulaufen. Aber dann habe ich Atemzüge gezählt und mich beruhigt, stell Dir vor, das gelingt mir noch, mich selbst zu beruhigen, während sie von Kranichen erzählte, die über die Stadt Richtung Süden fliegen, von Leuchtstrahlern, die ausgeschaltet werden, um die Vögel nicht irrezuleiten, nicht zu verwirren und zu blenden, das war ungefähr auf Höhe Höchst, Johanna, Luftlinie westwärts zu Deiner Emmerich-Josef-Straße, ob Du das glauben willst oder nicht. Mit dieser Buchhändlerin alter Schule, die zu jedem Buch in ihrem Laden, ihrem Leben etwas Gescheites zu sagen hat, fuhr ich am schwarzbraun-stöcketreibenden Main entlang, Schwanheim, Goldstein, Niederrad, und redete nach einer abgewendeten Panik im Angesicht der fernen Hochhäuser und nahen Kläranlagen über Zugvögel, die Nord-Süd über die Dächer ziehen.

Siehst Du, die Poesie liegt in einem vollgepackten, altersschiefen Fiat – das musste ich erst wieder begreifen. Selbst in dieser ungeliebten Stadt kann sie mitten in der Nacht plötzlich da sein und hemmungslos durch die Luft flirren. An ihrem trüben, zäh schleichenden Fluss, vor den Türmen, unter den Bögen ihrer festgezurrten, dicht über dem Wasser schwebenden Brücken.

Es liebt Dich,

Deine Márti

4. NOVEMBER 2009 – 19:23

Liebste Márta,

auch ich war Vögeln auf der Spur. Sagen wir, einem Vogel. Einem Reiher. Der gelassen in den Fluten der Dreisam stand. Samstag bin ich der Provinz entflohen. Der schwarze Wald sah so kohlenmunkig düster aus, dass er mich verscheucht hat. Mit seinen Glasmachern, Flößern, Köhlern und Holzhändlern. Die es heute doch gar nicht mehr gibt. Aber das begreift mein Kopf nicht. Will er nicht begreifen. In ihm raunt es weiter, *Schatzhauser im grünen Tannenwald, bist schon viel hundert Jahre alt, Dir gehört all Land, wo Tannen stehen.* Also bin ich getürmt und saß nach dem Geheimen Garten in der Bahn nach Freiburg. Dem Tannenwald konnte ich trotzdem nicht entkommen. Auch in Freiburg lugt er schließlich in jede *fadenschmale Gasse.* Dein Wort. Der Holländermichel könnte herausspringen und nach einem Herzen greifen. Kathrin hatte ich versprochen, mich wenigstens einmal von unterwegs zu melden. Das fordert sie ein, seit ich so krank war. Aus Meersburg, aus Marbach, aus Münster. Von überall muss ich anrufen. Sonst plagen sie Ängste. Ich liege am

Straßenrand, und keiner holt für mich den Notarzt. Ich kann ihr tausendmal sagen, ich habe keinen Zucker, Kathrin. Ich hatte Krebs. Davon fällt man nicht um. Man stirbt zwar daran. Aber man fällt nicht plötzlich am Straßenrand um. Das nicht.

Lange bin ich ziellos durch die Stadt gelaufen. Zeitlos. Kann sein, ich habe mir das von den Taunusfahrten meines Vaters abgeschaut. Durch die plätschernde Altstadt mit all dem fließenden, strömenden Wasser. Wegen der vielen kleinen Übergänge, Übertritte, Brückchen darf man nicht verträumt sein. Keine Stadt für Dich also. Lange bin ich zwischen den Häusern gegangen, Häusern, die Namen haben. Haus zum Gleichenstein. Haus zur Waldaxt. Ich bin durch die Wiehre und über den Alten Friedhof. Stand vor Gräbern und las die Namen. Die Jahreszahlen. Es ist verrückt, ich weiß. Ich gehe zu fremden Gräbern. Aber zu den Gräbern meiner Eltern gehe ich nicht.

Wehmütig habe ich am Alten Wiehrebahnhof in den Gastraum von Omas Küche geblickt. An Kathrins Hochzeitsfrühstück gedacht. An Eure muntere Tischgesellschaft. Die ich wegen meines schreienden Blinddarms versäumt habe. Das ist doch auch so eine alte Leidenschaft von Dir, Márti. Stehen bleiben, auf Hausfassaden starren. Sehen, wie *Wetterjahre* die Mauern verändert haben. Deine Erfindung. Sich ausdenken, was sie verbergen. Was sie nicht zeigen.

Dass ich mit Markus einmal hier gelebt habe, ist jetzt schon gleich. Lass es mich einfach sagen. Dann ist es vielleicht ein bisschen wahr. Nein, ich streunte nicht heulend wie ein Wolf zu dem Haus in der viel zu schönen Hildastraße. In der zum Kotzen schönen Hildastraße. Von der sich Markus nicht trennen konnte. Wo er die Wohnung behielt, obwohl wir hier im schwarzen Wald eingezogen waren. Nein, ich starrte nicht hoch zu den Fenstern im zweiten Stock. Wo nun andere glücklich oder unglücklich werden sollen. Ach, lieber unglücklich.

Zur Schwabentorbrücke bin ich gelaufen. Unter der dieser Reiher im rauschenden Wasser stand. In der Sonne war es verrückt hell für November. Unwirklich hell für November. Eine Farbe angerührt aus Silber und Weiß. Der Graureiher reglos, auf zerbrechlich dürren Glasbeinen. Zwischen Radfahrerklingeln und tosendem Verkehr. Als ich ging, noch immer reglos. Kein Schritt vor. Kein Schritt zurück. Ob er einen Fisch hat täuschen wollen? Einen Frosch? Mit diesem Reiher im Kopf bin ich noch einmal durch das Viertel, das ich einst geliebt habe. Ja, geliebt. Das mir über die Jahre ans Herz gewachsen war. Das ich dann abgestoßen habe wie ein fremdes Organ. Das nicht im zugedachten Körper bleiben will.

Zwei Ecken von der Hildastraße sah ich drei Wörter auf eine Mauer gesprüht. ›School Work Death‹. Die knappe Zusammenfassung unseres Lebens. Wenn meines auch eher ›School School Death‹ wäre. Meine Rechnung in dieser Sache geht heute so. Das Leben lässt sich in vier Teile zerlegen. Mein Leben lässt sich so zerlegen. Unser Leben. Dein und mein Leben. Ja, glaub mir, auf diesen umwerfenden Gedanken bin ich nach all den zurückgelegten Wiehreschritten gekommen. Mit der Vier, finde ich, lässt sich gut rechnen. Vier scheint mir die richtige Zahl, unser Leben einzuteilen. Zwanzig ähnliche, zusammengehörende Jahre, dann Wechsel. Vier mal zwanzig Jahre. So sieht meine Rechnung heute aus. Der Rest geht extra. Der Rest ist zusätzliche, geschenkte Zeit.

Du und ich, wir befinden uns im dritten Teil. Wenn ich zurückblicke, eigentlich der blödeste und langweiligste von allen. Jedenfalls was mich angeht. Wie der vierte und letzte sein wird, davon wissen wir nichts. Nichts!

Johanna

5. NOVEMBER 2009 – 16:15

Liebe Johanna,

der Regen will die Stadt wegschwemmen, seit heute Nacht versucht er das, vielleicht gelingt es ihm – Novembergedanken, in Ordnung, ich will sie mit Dir denken, jetzt, da der Tag ins Dunkle fällt. Doch mein dritter Teil ist gar nicht so blöd und langweilig, ja, so wechselhaft ist meine Stimmung, so unbeständig mein Lebensreigen, Johanna, Du kennst es so von mir, mein Auf und Ab in kurzen, manchmal zu kurzen Abständen, und ja, Rechnung und Zahl scheinen zu stimmen, das geht auf, das passt, auch für mich passt es, zwanzig mal vier, wenn es gutgeht, etwas mehr, wenn es sehr gutgeht, wenn es schlecht läuft, nur zwanzig mal zwei, wenn alles von Anfang an schiefgegangen ist.

School, work, death, Lori denkt ähnlich, wir werden geboren, sagt sie, dann rennen, eilen wir hin und her, und dann sterben wir auch schon, mehr ist es nicht. Was sie mit großer Leichtigkeit sagt und mich früher loslachen ließ, stimmt mich heute bitter – wenn das Leben nun wirklich nicht mehr ist? Und wenn meines aufhörte, könnte ich dann trotzdem vielleicht meine Kinder noch sehen, wie sie in diesem Augenblick spielen, sich an den Haaren ziehen, Ohrfeigen austeilen, sich auf den Boden werfen, hochspringen und weitertoben? Wenn ich als Geist zurückfände, um mich in meinem alten Haus umzuschauen, Schritte darin zu gehen, könnte ich ihren Stimmen zuhören, mich aufs Sofa legen und in den Ausschnitt Himmel schauen, in den ich dann gehöre, während die Kinder durch die Zimmer tollen und Simon zwischen aufgeschlagenen Büchern versucht, zwei, besser noch drei brauchbare Gedanken zu fassen?

Márta

7. NOVEMBER 2009 – 17:33

Liebe Márti,

längst ist es dunkel um diese Zeit des Tages. *Ringsum so still, daß ich im Laub der Raupe Nagen* höre. Claus hat zwei Zusatzlichter an mein Rad geschraubt. Die flackern, blinken und vertreiben alle bösen Waldgeister. Der Herbst wirft seine letzten Blätter auf meine Wege. Das große Gemälde. Die endlose Farbpalette aus Braun, Gelb und Rot. Wie sieht das vorwurfsvoll aus! Zu wenig Droste, schimpft er. Also trolle ich mich, ziehe mich zurück. Versinke zwischen Buchseiten. Wandere *im Dorfe B., das, so schlecht gebaut und rauchig es sein mag, doch das Auge jedes Reisenden fesselt durch die überaus malerische Schönheit seiner Lage in der grünen Waldschlucht.* Ja, lies nur, so hübsch ist es. Zu dieser Jahreszeit noch grün.

Nein, ich hätte nicht zu Dir nach Frankfurt fahren können. Drei Stunden für eine Strecke wären zu lang gewesen. Bei Dir bin ich mit Fernweh besser aufgehoben. Ab welcher Entfernung das beginnt? Kann ich hier Fernweh, sagen wir, nach Würzburg haben? Hätte ich nämlich gerade. Nach seinem Tiepolo-Himmel. Als hellblaues Gegenstück zu meinem matten Schwarzwaldhimmel. In der Residenz verschwenderisch an die Decken getupft. Unter dem wir vor Jahren standen. Unsere Köpfe in den Nacken gelegt. Nur Du und ich. Ohne Kinder, ohne Beruf. Diese Europa dort, auch so ein dummes, willenloses Geschöpf, hatten wir damals gesagt. Warum wehrt sie sich nicht? Was liegt sie nur da mit diesen halbgesenkten Lidern? Arme und Ausschnitt in blasser Farbe so dahingegossen? Warum lässt sie sich widerstandslos wegtragen? Aus meinem Leben scheint das herausgefallen. Deckenfresken mit Dir anzuschauen, Márti. Jemand hat es gestrichen. Gelöscht. Ohne uns zu fragen. Es gehört zu einer anderen Zeit. Der ich nur noch in meinem Traum begegne. Ja, heute Nacht habe ich dort mit Dir gestanden. Meinen Kopf an Deine Schulter gelegt und hochgesehen.

Wenn wir schon bei Himmeln sind – nach all meinen Wiehreschritten kam mir diese Idee: Der Himmel ist ein Tonband. Sagen wir, im Himmel können wir die Tonbänder unseres Lebens
abhören. Unsere Stimmen aufgezeichnet und abgelegt. Das
letzte Gespräch, Markus und ich in unserer Küche. Hinausgetragen, fortgesetzt an dieser Straßenecke. Die für alle anderen
Menschen nur eine Straßenecke ist. Nichts, gar nichts darüber
hinaus. Mit einem Baum. Einer Laterne und einem Pfosten.
An den man Fahrräder schließt. An den Hunde pinkeln. Dieses
letzte Gespräch zwischen Markus und mir. Das liegt dort archiviert. Aneinandergereihte Satzfetzen. Von Einsprengseln aus
Schweigen und Füßescharren unnötig in die Länge gezogen.

Wenn ich tot bin und nach oben fliege, schwebe, taumle, katholisch frei nach meiner letzten großen, alles offenbarenden
Beichte, der Beichte meines Lebens, lasse ich mir den Schlüssel
geben. Öffne mein Fach. Drücke den Knopf auf meinem Ab-
spielgerät. Ich werde Markus' Stimme hören. Und es wird mir
nichts ausmachen, Márti.

Gar nichts mehr.

Deine Jo

12. NOVEMBER 2009 – 23 : 10

Liebste Jo,

nach drei Tagen Lyrikfestival in Toronto habe ich mein Projekt
Übersee für alle Zeiten begraben, meine bunten Hoffnungen auf
eine internationale Karriere gleich mit, jeden freien Augenblick
habe ich am Telefon verbracht, die Kinder sind schlimm krank
geworden, ungefähr eine Sekunde nachdem ich meinen Koffer
aufgegeben hatte, eine Minute bevor mein Flugzeug in den klirr-
klaren Novemberhimmel schoss und ich eines dieser Interviews
in der Zeitung las, Liebe XY, Sie haben jetzt acht Romane geschrieben und vier Kinder bekommen – das ist doch gelogen!
Franz wurde noch in derselben Nacht mit vierzig Komma vier

143

von Simon in die Notaufnahme getragen, Henri einen Tag später, Mia noch einen Tag später, mich erreichten diese Nachrichten kurz bevor ich raus aus meinem *anderen Zimmer* und lesen musste. Also las ich aus *Grobe Fährten*, aus *Nacht und Tag*, die es in Teilen auf Englisch gibt, und während mein Übersetzer erklärte, wer ich bin, was ich bin und aus welchem Beet ich mein Wortkraut pflücke, betete ich im Stillen, lass sie rechtzeitig im Krankenhaus angekommen sein, bitte, lass sie gesund werden.

Ich brauche Dir nicht zu erklären, was es mit mir gemacht hat, zehntausend Meilen weiter westlich zu sein, in einer Wabe dieses von Heizungsluft durchströmten riesigen Kastens am Lake Ontario, zwischen mir und meinen Kindern ein mitleidlos kalter Ozean mit viel Schaum aus Schiffbrüchigen und Ertrunkenen. Ich konnte keinerlei Freude empfinden, dass ich, ja, Du liest richtig, ich, Deine Márta Horváth, dem Sammelbändchen *Young German Poetry* mit dem schlichten *Night and Day* den Titel gegeben habe, was im Amerikanischen nach etwas völlig anderem klingt als bei uns, weil man das *you are the one* gleich anhängen will. Ich konnte auch keinerlei Glück empfinden, als mir jemand sagte, es erinnere stark an Elizabeth Bishops North & South, schon wegen des knappen, aber allumfassenden Titels, ob ich es kenne? Ob ich es kenne! *In dieser verkehrten Welt, wo links immer rechts ist,* war es meine Bibel! Deine und meine Bibel, Johanna! Über Jahre unsere Satzgeberin, Bildgeberin, unsere Erziehung des Herzens, unser Rosebud, unser schönster Brunnen mit unserem Trinkwasser, frisch und klar. *Akzeptiere den Aufruhr um Schlüssel, die du verlierst* – erst jetzt fange ich an, mich darüber zu freuen, ja, jetzt, da ich es Dir schreibe, freue ich mich, und Du, meine liebste Jo, freu Dich mit mir, dass es Menschen gibt, die Bishop und Horváth in ein und demselben Satz sagen, diese beiden Namen in ein und denselben Satz streuen.

Franz hat eine Lungenentzündung, Henri eitrige Ohren, Mia

144

liegt noch mit sinkendem Fieber. Meine Eltern waren mit allem überfordert, Simon fuhr nach seinem Vierzehn-Stunden-Tag am Theater zu ihnen, um Listen zu überreichen, auf denen stand, wann welche Medizin welchem Kind gegeben werden müsste, und Notfallnummern aufzuschreiben, woraufhin meine Mutter in Tränen ausbrach, Du weißt, wie sie ist, lieber weinen als klar denken und den Notarzt rufen, mein Vater wird sterben, weil sie nicht die 110 wählen und ihre Straße mit Hausnummer durchgeben kann. Henri rasselt schrecklich mit seiner böse japsenden Kleinkindbronchitis, seine schmale Brust vibriert und flattert, ich musste heute viermal mit ihm inhalieren, er hat sich mit Händen und Füßen gewehrt, ich habe ihm die Maske aufs schreirote Gesicht gesetzt und ihn festgehalten, es kostet mich alle Kraft. Als Simon heute Abend nach Hause gekommen ist und das Inhalieren übernommen hat, habe ich mich aufs Sofa gesetzt und geweint, geplagt vom dröhnenden Nachtflug und den hustenden, fiebernden, quengelnden Kindern, da hatte ich Zeit, mich aufs Sofa zu setzen und zu weinen, also habe ich es getan. Dabei ist mir das hier zu Deinem Tonbandhimmel eingefallen: Werde ich mir anhören, wie ich geklungen habe, wenn ich den Notruf gewählt habe? Wenn eines meiner Kinder so krank war, dass ich fürchten musste, das wird nicht gut ausgehen? Wenn ich Angst hatte und man hören konnte, wie sehr ich Angst hatte? Gibt es davon Aufnahmen? Von den wenigen Sätzen, die ich am Telefon gesagt habe?

Wie alt ist sie?

Vierzehn Monate.

Ist sie blau?

Nein, blau ist sie noch nicht.

Márti

14. NOVEMBER 2009 – 06:03

Liebste Márti,

kleiner Nachtrag zu unserem Gespräch. Bitte, wenn ich Geld schicken soll, sag es. Ich gehe zur Bank und überweise es. Johanna Messner an Márta Horváth. So einfach. Niemand muss davon wissen. Es bleibt unser stilles kleines Márta-Johanna-Geheimnis. Neben vielen anderen. Die wir eines späten, fernen, sehr fernen Tages im Futur eins mit in unsere kalten Gräber nehmen werden.

Ich hänge fest in der Judenbuche. Aus der ich trotz nicht mehr zählbarer Stunden noch etwas ziehen kann. Für meine Arbeit noch ein Sätzchen angeln. Immer finde ich darin meinen Bruder. Rufe nach ihm. Strecke meine Hand aus. Seit jeher habe ich Georg im Knaben Friedrich gefunden. Meine Angst um Georg. Die Prophezeiung hielt ich für unentrinnbar. Unausweichlich den Fluch, der Friedrich eines Tages einholt. Und auch Georg eines Tages einholen würde: *So wird es dir ergehen, wie du mir getan hast.* Aufgescheucht hat er mich. Verfolgt, von der Emmerich-Josef-Straße hinab zum Schlossplatz, über die Nidda.

Seit ich als Schulmädchen das Reclam-Heft aus unserem Bücherschrank gefischt und aufgeschlagen habe, wusste ich, diese Annette von Droste-Hülshoff und ich, wir gehen einen Weg. Wir haben eine Richtung. Da draußen hinter den Strommasten liegt unsere gemeinsame Strecke. Die Droste hatte mit ihrem Friedrich etwas über uns geschrieben. Über Georg und mich. Die Mutter zwischen irre, hart und fromm. Der Vater ein Säufer. Ein Süchtiger. Eines Tages ohne Salbung, Beichte und Buße vom Teufel geholt. Neben Georg sah ich meine verrückten Eltern darin. Meine streitenden, Bücher werfenden Eltern, deren *Getöse ungewöhnlich stark oder anhaltend.* Seither hat mich Friedrich nie losgelassen. Ein Porzellanknabe, der als junger Mann über zwei Meilen einen Eber auf dem Rücken tragen kann. Der unschuldig ins Böse gerät und sich darin verstrickt. In einen Strom fällt, in dem alles Schlechte treibt. Geradewegs zu auf die Hölle.

Ich wusste immer, die anderen trugen Schuld. Die anderen hatten Friedrich verbogen und verdorben. Der Onkel. Die Holzdiebe. Die Frevler. Die Waldschänder. Sie hatten Schuld. Nicht Friedrich. Nicht er!, hätte ich schreien wollen, um das für ihn zu klären. So wie ich für Georg immer etwas zu klären hatte. Anderen immer etwas mitzuteilen. Den Eltern. Den Großeltern. Den Lehrern. Den Nachbarskindern. Nein, nicht Georg! Nein! Da findest Du meinen roten Faden, Márti. Meinen Kahn auf meinem Wasser. Mein Boot mit meinem Ruder. Der Knabe Friedrich. Mein Bruder Georg. Jetzt mein Schüler Jan. Lauter Knaben im Moor.

Ihren Friedrich hatte die Droste sich zwar lange vorher ausgedacht. Anderthalb Jahrhunderte zuvor. Aber neben mir, in unserem Zimmer, schlief er jede Nacht. Unter seinem zersetzten, unruhigen, seinem *traumzerfetzten Atmen*. Dein Bild.

Johanna

16. NOVEMBER 2009 — 11 : 05

Liebe Jo,

fühle mich fieberschübig, seit gestern steht fest, unsere Kinder werden getauft, Simon hat sich nach langem, heftigem Sträuben geschlagen gegeben, nach vielen Bitten, Vorwürfen, Klagen und schlimmen Drohungen habe ich den Kampf nach Jahren für mich entschieden, ja, sieh mich ruhig als Siegerin, auch weil wir einen Pater gefunden haben, der in St. Georgen ein Seminar über das Sakrament der Taufe leitet – was könnte besser passen? Simon hat ihm geschrieben: Lieber Pater, meine Kinder befinden sich im Zustand der Erbsünde, bitte beenden Sie diesen, und gestern Abend kam er, setzte sich neben Henri im Hochstuhl zu Datteln und Kusmi-Tee an den verkratzten, kindermundbe-

spuckten, karottenbreiverschmierten Tisch, überladen mit Mal-
büchern, Stiften, Folienpapier für Weihnachtssterne, und versuchte, mit uns zu reden, während alle drei Kinder mit höchster
Lautstärke plapperten, schrien und quengelten, erst zusammen,
dann im Wechsel. Samstag vor dem vierten Advent wird er sich
für uns auf den Weg machen, ein Tag, den Du bitte sofort dick-
fettrot in Deinen ausgedünnten Kalender einträgst, unsere Kinder mit geweihtem Wasser in ihrem ungeweihten Zuhause auf
ihre wunderschönen Namen taufen, Mia Johanna, Franz Simon
und Henri Matthäus, die Hand auf ihre Häupter legen und sie
aufnehmen in die Christengemeinschaft dieser Welt.
Seit ich es weiß, haben unsere Zimmer einen heiligen Glanz, Johanna, all unsere *anderen Zimmer*, ja, lach mich ruhig aus, es
ist albern, unendlich albern, aber über allem liegt, durch alles
schimmert er, unsere Möbel sehen anders aus, unsere speckigen,
von Sperrmüll singenden Möbel, der schmutzige Kram, den die
Kinder ausschütten und abwerfen, selbst die vielen Zettel, die
uns in allen Ecken vorwurfsvoll mit ihren Aufträgen belagern,
Wasserkästen! Turnbeutel! Füllerpatronen! Heute Nacht habe
ich mich gewälzt, bis mein Puls Ruhe fand, ich dachte, ich muss
meine Schwestern anrufen, hoffentlich hat Anikó Zeit, hoffentlich will sie das, Taufpatin von Henri sein, ich muss Ildikó und
Lori anrufen, hoffentlich haben sie Zeit, hoffentlich wollen sie
das, Taufpatinnen von Franz sein, und Dich muss ich fragen,
meine liebste, beste, liebste, beste Jo, hast Du Zeit, bist Du da,
um Taufpatin von Mia-Molke zu sein? Versprochen ist es, seit
sich Mia angekündigt hatte, besprochen ist es auch, seit dem
Tag ihrer Geburt ist es so besprochen, aber ich frage trotzdem:
Kommst Du, kannst Du, willst Du?
Simon hat nach einem Text, einem Gedicht gesucht, das gelesen werden könnte, während alle andächtig schweigen und zum
Himmel beten, ihn bitten um einen milden Stern, um ein gu-

tes Leben, wir stöberten in der Bibel, im Brecht, im Benn, im Eichendorff, und wo landeten wir? Bei Johann Wolfgang, dem alten Frankfurter aus dem Hirschgraben, gleich rechts hinter Cooky's und Café Karin. *Urworte. Orphisch.* Spätestens in der vierten Zeile, nach *dem Gesetz, wonach du angetreten,* zittert und klemmt mein Hals, weil in diesem *angetreten* alles mitschwebt, was uns verfolgt, Johanna, die Wucht des Schicksals und unser Aufbegehren, unser Dagegenhalten. Lies die ersten Zeilen, und denk an mein Kind, Deine künftige Patentochter, die Du seit ihrer Geburt Mia-Molke nennst, vielleicht um den Zweitnamen Johanna auszuheben, vielleicht wegen des leichten Klangs und der Sommernote, Quatschnote, der flirrend fliehenden Messner-Note. *Ein Flügelschlag, und hinter uns: Äonen!* Meine Mia? Meine engelsgleiche Mia, die mit ihrem langen Haar gerade aussieht wie Rubens' Verkündigungsengel? Mias Leben, ein Flügelschlag? Vor ihr, hinter ihr Äonen? Wir alle, Du und ich, Simon und Lori, Mia, Franz und Henri, ein Flügelschlag?

Sooft wir es gelesen haben, waren wir tränenaufgelöst, Simon hat es weggelegt und gesagt, es geht nicht, nein, einer der stumpf ist, der eine Minute lang stumpf sein kann, soll es lesen, und ich habe diesen alten Trick versucht, an etwas Blödes zu denken, an Gummihandschuhe und den Biomüll, den ich hinaustrage und in die Tonne werfe, aber es hat nichts genützt, Johanna, weinen musste ich trotzdem. Heute sind wir noch in diesem Zustand, obwohl wir dachten, einen Tag später sollte es gehen, schließlich lag eine Nacht dazwischen, die etwas hätte richten, in der sich der Kopf hätte beruhigen können, aber diese ganze Nacht wurde von anderen irren Gedanken weggefressen, ich bin überhaupt nicht dazu gekommen, mich zu beruhigen. Beim Kaffee haben wir uns sehr konzentriert geräuspert und wieder gelesen, *an dem Tag, der dich der Welt verliehen* – sofort war ich im Kreißsaal mit den zitronengelben Wänden, wo wir so hoffnungsvoll gewartet hatten auf unser Mädchen und keine Idee, nicht die leiseste, keine stummstill-lautlose Idee hatten, wie es sein könnte, unser Mädchen und unser Leben mit ihm. Beim Versuch, gefasst zu sein, sind Simon und ich gescheitert, wieder beim kleinen, aber für uns zu großen, viel zu großen, erschütternd großen Wörtchen *angetreten* – es klingt zu sehr nach: Dein Schicksal, das andere für dich bestimmt haben, nimm es hin, ein Gott, dein Gott hat es ausgesucht für dich, vielleicht in einer dummen, schlechten Laune, vielleicht nur nebenbei, während er mit etwas anderem beschäftigt war, vielleicht hat er gerade Zähne geputzt oder den zweiten Socken gesucht, und dein Schicksal hat womöglich nicht die rechte Aufmerksamkeit bekommen, die es kriegen müsste, damit es ein gutes Schicksal wird, gut genug für dich, und am Ende willst du es gar nicht und haderst damit, wirst dich auflehnen und wehren, und vielleicht wird es dich alles kosten. Ja, vielleicht.

Das treibt mich um, Johanna, in steinalter, blutjunger Hysterie, während der Regen, heute grauharter Stadtregen, unnötig aufgeladen und schicksalhaft dröhnend an meine schmutzigen Fensterscheiben knallt. Aber es liebt Dich, immer und immer, immerzu,

Deine Márti

17. NOVEMBER 2009 – 06:19

Liebste Márti,

sitze beim Tee in meiner novemberdämmrigen Morgenküche und bin glücklich. Wie lange nicht. Gleich werde ich glücklich meine Mütze aufziehen. Mich glücklich aufs Rad setzen. Glücklich ins Tal rollen. Trotz Schnee und Eis. Natürlich will ich Mias Taufpatin sein. Werde ich es sein. So wie es seit dem ersten Tag besprochen ist. Seit Mia sich angekündigt hat. Auf einem Plastikstäbchen. Mit einem rosa Strich in einem winzigen weißen

Fenster. Gib mir Anweisungen, was ich zu tun habe. Wann ich wo zu sein habe, bitte.

Nein, die Urworte muss ich nicht nachlesen. Damit habe ich meine Abiturienten oft genug bedrängt. Weißt Du, was das Verrückte ist? Sie müssen nicht weinen. Keine noch so winzige Träne vergießen. Über Sibyllen und Äonen. Sie sind ihnen gleich.

Vielleicht schaffe ich es, an diesem Abend stumpf zu sein. Ich will es versuchen, Mártilein. Für Dich, für Simon und Molke will ich es versuchen. Beim Vorlesen jedenfalls. Davor und danach könnte ich ja weinen, oder? Dann übe ich schon. Hier, in meinem stillen *anderen Zimmer*. Im Wald hinter den sieben Bergen. Lasse die Welt ein bisschen draußen. Übe stumpf zu sein und an etwas völlig anderes zu denken. An etwas, über das man überhaupt nicht weinen muss. An die Zugverbindungen Villingen–Frankfurt zum Beispiel. Rottweil–Frankfurt. Wie lange der Eurocity braucht für die Strecke. Wo er hält. Offenburg. Baden-Baden. Rastatt. Daran könnte ich zum Beispiel denken. Auf keinen Fall an ein böses, unentrinnbares Schicksal. Das Deinen unschuldigen Kindern droht.

Es liebt Dich, liebt Dich, liebt Dich,

Johanna

18. NOVEMBER 2009 – 05:49

Liebe Johanna,

alle schlafen, ich stehle mich davon und bin mit Dir. Simon könnte Deine Moorknabenreihe fortsetzen, vielleicht nimmst Du ihn auf in Deinen Kreis, er hat sich verlaufen in unheilvollen Simongassen, auf dunkellabyrinthischen Orpheuswegen, verstrickten Theseusgängen, keiner reicht ihm einen Faden, damit er seiner Unterhölle entrinnt, nicht einmal ich, nein, ich am wenigsten. Sein Kinderbuch war einfach für ihn, als hätten der kleine Herbert aus Schaellinghausen und seine Geschwister mit uns am Tisch gesessen, und Simon hat alles notiert, was sie gesagt und getan haben, das hat er nebenbei geschrieben, sagen wir, so wie es bei ihm nebenbei geben kann, in den Theaterferien, in einer beiseitegelegten, aufgehobenen halben Nacht oder Stunde. Er hat seine Kinder angeschaut, Simonton, Simonwitz und Simonnote hinzugegeben, ja, das klingt lächerlich leicht, aber vergleichsweise leicht ist es auch, denn wie Du seit Jahren zwischen den Mooren und Buchen Deiner Droste festklemmst, steckt Simon zwischen seinen Parzen, sie geben ihn nicht frei, sprechen aber nicht mit ihm, sie sind verstummt, pressen die Lippen aufeinander und schicken ihm keinerlei Zeichen, diese weiblichen Wesen, die Simons, die mein, die unser Los verhandeln, stehen nur schweigend an Simons Treppe mit den endlosen Stufen ins weite Simon-Nichts, in den Simon-Abgrund, zu seinem Weltende, vége a világnak, und fast kann er mir leidtun, weil er die eine Sache nicht greifen kann, den einen Punkt, der ihm immer wieder entwischt, auf den aber alles zulaufen, der alles erklären und auflösen muss. Gemeinsam lässt er seine Parzen und Horen auftreten, so viel ist immerhin klar, so viel steht immerhin fest, Natur und Schicksal bringt er, wirft er zusammen, mehr hat die Welt nicht, mehr gibt sie nicht her, oder war da noch etwas?

Für mich hingegen hat sich etwas gedreht, mein Leben kommt mir nicht unterwelthaft, nicht eurydikisch vor, nein, nicht einmal in Moll gesetzt, in Molltonart gespielt, sondern hell, verschwenderisch aufgeräumt für November, also teil den Augenblick mit mir, der gleich verfliegen könnte, noch ist er da, greif nach ihm und sieh, woraus mein Glück gemacht, woraus mein Glücksteppich gewebt ist, auf dem ich im sehr nahen Futur eins über alle spitzen Dächer dieser Stadt fliegen werde.

Heute habe ich fünf Stunden – ja, zähl es an Deinen manikürten schmalen Fingern ab, von eins bis fünf, bis Du auf meine Zahl kommst, ich weiß, für Dich ist es nichts, für mich eine Unendlichkeit, fünf Stunden sind meine Unendlichkeit, Johanna. Alle Kinder sind gesund, Mia und Franz gehen in Schule und Kindergarten, Henri ist bei den Großeltern und kriegt anstatt der Brust die Plastikflasche, also kann ich schreiben, auch weil mein Kopf nicht spinnt, sich nicht quer oder taub oder dumm stellt, sondern nett zu mir ist und tut, was ich ihm sage. Nach den Fieberschweißperlen der letzten Tage, dem Geschrei und Geschwätz, das sonst an unsere Wände drängt, mache ich mich heute auf zu meinem Márta-Rüschhaus, meiner Márta-Harfenruhe. Simon hat gestern gesagt, das Dichterleben ist ein einsames, und ich denke, ja, schön einsam ist es, sehr schön einsam gerade.

Übrigens hat der Kühlschrank aufgehört zu kühlen und alles darin in eine lauwarme Brühe verwandelt – also scheint es eine Serie des Kaputtgehens zu geben. Seit Jahren hat er Pfützen auf den Küchenfliesen gelassen, wir haben weggeschaut und uns blind gestellt, wie wir oft wegschauen und uns blind stellen, er hat Geräusche von sich gegeben, als müsse er alle Kraft sammeln, um weiterzumachen, ein bisschen wie wir, vielleicht wollten wir ihn deshalb so gern behalten. Ich habe kiloweise, mülltütenweise Tiefkühlzeug weggeworfen, etwas hochgehalten, Lori hat den Kopf geschüttelt, und dann habe ich Wurst, Käse, Frischkäse, Sahne in den Eimer fallen lassen, das Gemüse haben wir gekocht, Pilze, Bohnen, Paprika hat Lori mit alter, neuer Zitterhand in Streifen, in Würfel geschnitten, der Rest steht auf der Fensterbank, ein Stillleben aus Milch, Butter, Eiern, Joghurt und Kräuterquark, fürs Frühstück brauchen wir nur die Tür zum Hof zu öffnen, der Orangensaft aus dem Freien kommt eisgekühlt. Obwohl im Kalender Herbst ist und soeben noch Sommer war, ist jetzt Winter, nach dem großen Regen plötzlich *eiszapfenjagender, farbenschluckender, frostgießender Winter.*

Márti

20. NOVEMBER 2009 – 22:03

Liebste, schönste Márta,

wollte mich früher zur Droste ins Bett legen. *Der Droste Was-*
ser reichen, in alte Spiegel mit ihr sehen, Vögel nennen. Nicht
so nachtspät. Nicht wieder über einem aufgeschlagenen Buch
einschlafen. Am Morgen unterm Leselicht aufwachen. Das heiß
geworden ist. Ein paar Zeilen, bevor ich die Stufen hochsteige.
Dem heulenden Novemberwind über meinem Spitzdach lausche. Nein, es stimmt nicht, was Du am Telefon gesagt hast. Es
sind nicht viele. Kathrin und Claus sind die Einzigen, die ich
hier habe. So ist es richtig. So musst Du es sagen. Die einzigen
Menschen, die in diesen winzigen Kosmos aus Tannenwäldern
und Forstwegen große Welt hereinlassen, *Matrosen aller Länder.*
Vielleicht noch Kurt. Mein guter, treuer Bio-Kurt. Den ich jederzeit von einem Feldrain anrufen darf. Fragen, wie das Blümchen
wohl heißt, das ich sehe und nicht pflücken darf. Kurt ist aus
jeglicher Zeit gefallen. Er kennt keine Modeströmung, weiß gar
nicht, was das sein soll. Er hat die richtige Weltferne. Den richtigen Abstand zu all dem sinnlos schwachsinnigen Treiben. Für
einen Lehrer keine so nützliche Art, mag sein.

Gut, Márti, lass uns nicht mehr darüber sprechen. Gleich morgen weise ich Geld an. Siehst Du, kein Geld zu haben, kenne ich.
Mit diesem ständigen Wechsel aus Geld und kein Geld bin ich
doch aufgewachsen. Hatten wir Geld, wurde es ausgegeben. Sofort und in Mengen. Für alles, was Georg und mir gefiel. Was wir
uns wünschten. Barbiepuppen. Rollschuhe. Nietenjeans. Tennis-
schläger. War keines da, hatten Georg und ich es auch spüren
können. Wenn der Ofen kalt blieb, der Kühlschrank leer. Georg
und ich am Abend ins Wirtshaus Messner gingen, um uns auf-
zuwärmen und satt zu essen. Du wartest vergeblich auf nette
Äußerungen von mir zu diesem Ort. Nein, die wirst Du nicht
hören. Nicht zur Nidda. Nicht zum Main. Nicht zum Blick auf

Kräne und Rohre, die es dort längst nicht mehr gibt. Neun Jahre bist Du jeden Morgen, montags bis freitags in den Bus gestiegen und an den Farbwerken vorbeigefahren. An ihrem Grau in Grau, dieser Stadt in der Stadt. An den Silos, die aussahen wie riesige Zirkuskuppeln. Hoechst AG, Tor Ost, Leunastraße, dort habe ich auf Dich gewartet. Nach der Schule haben wir hinter Gartenmauern gespielt. Kisten zu einer Hütte gebaut. Zu einem Haus, wie ich es mir gewünscht hätte.

Also bedeutet mir Geld heute nichts. Ist es da, gebe ich es aus. Es kommt ja auch mit Regelmäßigkeit. Das macht es leicht. Glaub mir, es liegt mir nichts daran. Ich werde Geld auf Dein nacktes Konto überweisen. Solange meines noch dick angezogen ist.

Es liebt Dich,

Jo

23. NOVEMBER 2009 — 10:23

Liebe Jo,

ich kann kaum schreiben, bin gestern gestürzt, im Wohnzimmer, mit einem Kreislauf bei null, das Telefon klingelte, ich hastete und stolperte über Bälle und Bausteine, nun habe ich eine geschürfte Wange und einen dicken Knöchel. Wie Aschenputtel beim Linsenlesen habe ich auf dem Küchenboden gesessen, nicht vor Schmerzen, sondern aus reiner Verzweiflung geweint, und mir gesagt, du bist zu nichts zu gebrauchen, Márta Horváth, an einem Tag, an dem deine Kinder nicht da sind und du alle Ruhe hättest, gelingt es dir nicht, durch die Wohnung zu gehen, dich hinzusetzen und zu schreiben.

Ich antworte in b-Moll, mit meinem *anderen Zimmer* bin ich nicht so weitergekommen, wie ich es mir erträumt und ausgemalt hatte, ich habe nur dumm aus dem Fenster gestarrt, zu Novemberkastanie, Mülltonne, Strommast, Straßenlaterne und ihrem faden Licht, aber nichts ist mir eingefallen, mein fliegender Glücksteppich hebt nicht mehr ab für mich, ein Schneesturm tobt, es ist zum Verrücktwerden, *drinnen in der großen Stadt, wo so viele Häuser und Menschen sind, dass nicht Platz genug ist, damit alle Leute einen kleinen Garten haben können.* Das Schneeschippen habe ich aufgegeben, um sechs habe ich mit Schaufel und Besen vor der Einfahrt gestanden, aber das Wetter ist zu schnell, ich komme nicht nach, dicke Flocken treiben vor unseren Fenstern, ein schiefbissiger, jagdverliebter Wind wischt die weißen Polster von den Fensterbänken, zerrt an Milch, Saft und Joghurtbechern, die noch immer da stehen. Die Schneekönigin könnte auf ihrem Schlitten vorbeirauschen, so dicht fällt der Schnee, eines meiner Kinder schnappen, unter ihrem Bärenpelz verstecken wie unter einer Schneewehe, mit ihm in den frostblauen Norden fliegen, wo es in einer Halle aus Eis das Wörtchen Ewigkeit entziffern müsste. Im Augenblick hätte ich nichts dagegen.

Márta

25. NOVEMBER 2009 – 06:17

Liebe Márta,

Markus hat sich in meinen Traum geschlichen. Im Dunkeln neben meinem Bett wartete er darauf, dass ich die Decke zurückschlagen, aufstehen und mit ihm gehen würde. Also schlug ich die Decke zurück, stand auf und ging mit ihm. Als sei es Markus' Recht, so lange zu warten, bis ich aufstehe und ihm folge. Als sei es selbstverständlich, nachts an meinem Bett auf mich zu warten. Das ich schon längst, längst, längst, dreimal hintereinander längst mit einem anderen teilen sollte. Längst! Die Nacht erfindet diese unendlich dummen Dinge, Márti. Der Tag löst sie kaum auf.

Weißt Du, dass ich Markus nicht mehr begegnet bin? Ja, natürlich weißt Du es. Nicht hier, nicht in Freiburg. Als hätten wir

Sensoren auf unserer Haut. Warnmelder an der Stirn. Die uns davon abhalten, in dieselbe Straße einzubiegen. Dasselbe Geschäft zu betreten. Zur selben Zeit über eine Kreuzung zu fahren. Als seien Schilder für mich aufgestellt. Achtung, Markus. Vorsicht, Markus! Unter meinem schneeumkränzten Fenster bin ich mit wild pochendem, die Haut schlagendem Puls erwacht. Mit einem Gefühl, als würde ich sofort aufstehen und mit ihm gehen wollen. Wenn es sein muss, mitten in der Nacht. Wenn der Schwarzwaldhimmel seine *Pfoten, Krallen, Sternenkrallen* ausfährt.

Was hilft, ist Kathrins alter Rat: Du musst die Wirklichkeit davorschieben. Ich wiederhole. Schieb die Wirklichkeit davor.

Jo

27. NOVEMBER 2009 – 08 : 09

Liebste Jo,

ich schiebe die Wirklichkeit davor, und wie ich sie davorschiebe, es geht leicht, es ist einfach, der neue Kühlschrank, der von Deinem schönen Geld gekauft wurde, ist seit gestern da und schaut auf die Spülmaschine gegenüber, die auch von Deinem schönen Geld gekauft wurde. Ich schwöre, Simon wird nie etwas davon erfahren, nein, ich habe es zusammengespart, ich, Márta Horváth, hier und da vom Lesehonorar etwas zurückgelegt, als wenn das ginge, als ob es dafür reichen würde! Sofort habe ich die rot-weißen Klebebänder und blauen Schutzfolien abgerissen und bin zwischen meinen klatschenden Kindern durch die Küche gesprungen, ich habe die Küchengeräte gelobt und besungen, meine Spülmaschine, mein Kühlschrank, habe ich laut gesungen, meine herrliche Spülmaschine, mein herrlicher Kühlschrank, laut und lauter, und meine tanzenden, sich drehenden, jauchzenden Kinder auf ihre wirren, schmutzigen Haare geküsst. Lori meinte trocken, sobald man anfängt, von

Küchengeräten zu schwärmen, ist es aus mit dem Leben, und ich hatte dem nichts entgegenzusetzen, mit dem Singen jedenfalls war es vorbei.

Es liebt Dich und dankt Dir, dankt Dir, dankt Dir, dreimal hintereinander,

Márta

28. NOVEMBER 2009–15:39

Liebe Márta,

Markus' Vater ist gestorben. Der große schwere Mann mit dem dichten grauen Haar und den makellos manikürten Siegelringhänden. Den ich über viele Jahre anschauen konnte und wusste, so wird Markus später einmal aussehen. Dr. Heinrich Daum. Der fabelhafte Bonner Jurist. Der sich mit allen Größen aus Politik und Wirtschaft duzte. Jedenfalls bis Bonn vom Weltgeschehen abgehängt wurde. Dem ich kleine Lehrerin ohne vollendeten Doktortitel, mit ruhmlosen, toten, vergessenswerten Schauspielereltern ohne Einfluss nie gut genug war.

Nein, natürlich hätte er das nie gesagt. Durch und durch freundlich, ausgewählt höflich war er ja. Fast übereifrig. Aber gespürt habe ich es trotzdem. Jedes Mal, wenn ich in seinem Südstadtwintergarten unter einschüchternd hohen Stuckdecken saß. Vor zwei Metern Kafka im Regal. Amerika. Der Prozeß. Das Urteil. Brief an den Vater. Vier Metern juristischer Fachliteratur. Jedes Mal, wenn Markus' Mutter Kaffee und Tee brachte. Ihren rumrosinenbestückten Hefezopf anschnitt. Immer konnte ich das spüren. Am meisten, als Markus ging und Dr. Heinrich Daum mir keine Träne nachweinte. Nicht eine klitzekleine. Eine klitzekleine hätte er doch für mich übrig haben können. Sondern gleich Ausschau hielt nach aufstrebenden jungen Juristinnen, die für seinen Sohn richtig sein könnten. An einem Infarkt ist er gestorben. Die übliche Todesart für alte, ehrgeizige, abgehängte

Männer, habe ich gedacht. Und mich nicht einmal geschämt, so gemein über Markus' Vater zu denken.

Kathrin hat es mir heute im Geheimen Garten gesagt. Mit ihrem Drucksgesicht. Als ich rote Amaryllis und blaue Bartblumen in Vasen steckte. Es hat mich verletzt, Márti. Wie mich lange nichts mehr verletzt hat. Mir hätte Markus es sagen oder schreiben müssen. Nicht ihr. Ich bin vierzehn Jahre lang mit ihm nach Bonn zu seinen Eltern gefahren. Nicht Kathrin.

Johanna

29. NOVEMBER 2009 – 08 : 23

Liebe Jo,

der Tag kriecht spätherbstblau über die Dächer der Stadt, ein Eichhörnchen jagt sich selbst über kahle Zweige, vor mir brennt die erste Adventskerze, Mia hat sie angezündet, bevor sie sich an den Tisch gesetzt hat, *der Abend kommt von weit gegangen.*

Jetzt will und muss ich es Dir schreiben, es soll kein Geheimnis mehr sein, dass ich mich hin und wieder dabei erwische, an Markus zu denken, schließlich hat er vierzehn Jahre lang nicht bloß in Deinem, sondern auch in meinem Leben gehaust, also wandert er noch durch meinen Kopf, mit großen, etwas selbstgefälligen Markusschritten hinter meinen frisch gezupften Brauen, obwohl ich ihn nicht nur längst schon freundlich, unfreundlich, jedenfalls mit aller Deutlichkeit hinausgebeten, sondern Dir zuliebe in meinem reißenden Fluss des Vergessens ertränkt hatte. Dennoch kehrt er manchmal still und leise zurück, wie von einer Stromschnelle, einem Strudel hochgespült und an mein Ufer geworfen, stell Dir vor, ausgerechnet still und leise, was doch nie seine Art war, das war ihm doch gar nicht geläufig, das kannte und konnte Markus doch gar nicht, still sein und leise.

Mir sind unsere Tage in Domburg eingefallen, diese sonneundwolkenverwehten, mattgelben Tage am Wintermeer, an dessen

159

leeren Stränden Markus in aller Frühe seine Runden lief, *Du Glücklicher, geboren und gehegt im lichten Raum.* Simon und ich hatten losen wollen, wer mit den sandigen, halbnassen, steifgefrorenen Kindern, damals nur Molke und Franz, ins Pannenkoekenhuis gehen musste und wer im Mondriaan Austern essen durfte. Markus ist sofort mit den Kindern los, Molke hat er auf seine Schultern gesetzt, Franz mit einer Hand im Wagen geschoben, Simon und ich durften ins Mondriaan und den ganzen langen Abend Austern essen und so viel Wein trinken, wie wir bezahlen konnten. Auch wenn Du mich jetzt hasst dafür, das war etwas, das ich sehr an Markus mochte.

Márti

30. NOVEMBER 2009 – 00:45

Liebe Márta,

Frost und Nacht verschlingen mein Haus. Ich finde kaum Schlaf in diesen Tagen. Verschiebe es auf später. Nein, ich hasse Dich nicht dafür. Ich verzeihe Dir. Weil ich milde bin heute. Der Tod stimmt uns immer milde. Er nimmt etwas von unserer Lebenswut. Weil wir plötzlich wissen, wir sind nicht für die Ewigkeit gedacht. Nein, sind wir nicht. Als sei das neu. Und dann finden wir das Leben wieder viel hübscher. Viel hübscher als noch zwei Minuten zuvor. Auch ich kann Markusbilder ohne weiteres abrufen, Márti. Verballere meine Zeit ja streckenweise mit nichts anderem. Sie sind eingelagert in meinem Hirnarchiv. In dem es ungefähr so läuft wie in der Kongressbibliothek in Washington. In der ich vor Jahren einen stillen Nachmittag mit Markus verbracht habe. Zwischen New York und den Carolinas zwei Tage Washington. Auf dicken Teppichen nachgeschaut habe, was es über die Droste gibt. *Three eerie tales from 19th century German.* Ich brauche nur meine Bestellzettel auszufüllen. Markus-Neapel. Markus-Staffelsee. Ach, und dann bitte noch Markus-Hildastraße. Wenig später schiebt jemand die Markusbilder auf einem Rollwagen zu mir. Zu meinem Platz unter der grünen Leselampe.

Neulich geisterte ein Sommerabend im Garten seiner Eltern in Bonn durch meine Nacht. Kurz vor einem Traum. Mit Euch unter dem blühenden Rhododendron. An die Landpartie am Morgen danach musste ich denken. An die Kinder in der flachen, trüben Sieg. Wir Großen mit Bier aus der Kühltasche auf unseren Picknickdecken. An die Fähre am Drahtseil. Die Brennnesselstiege, durch die Markus uns lotste. Natürlich Markus. Wer sonst. An die Heuballen und Pferde musste ich denken. Unsere Fahrt über den Rhein. *Sieh, wie selig im Glanze wir gleiten.* An seine leuchtend grünen Ufer. Unsere zerzausten Köpfe. Fliegenden Windhaare. An Mia, die am Landesteg mit Markus übers Wasser schaute. Franz hatte er da gerade vom Geländer gepflückt. Den Drachenfels haben wir bestiegen. Mia klagend, Franz singsummend in der Kraxe auf Markus' Rücken. Henri noch in irgendeinem All. In irgendeiner Vor-Ewigkeit. Gesessen haben wir unter Linden. Oder waren es bloß Kastanien? Gewöhnliche, mottenbefallene, angefressene Sommerkastanien? Jo

6. DEZEMBER 2009 – 00:03
Liebe Johanna,

ich war im Sessel eingeschlafen, Henri hat mich mit seinen Klagen aufgescheucht, Simon ist im Theater, Mia und Franz haben mit Lori hingebungsvoll Stiefel geputzt und für Apfel, Nuss und Mandelkern vor die Tür gestellt. Heute Nacht werden sie gefüllt, vielleicht fährt jemand auf seinem Schlitten durch die verregneten Frankfurter Straßen, auch wenn es schwer vorstellbar ist, wollen wir daran glauben, über die Großstadtadern Kaiserstraße, Hauptwache und Miquelallee zu uns nach Eschersheim.

Jetzt sollten die Kinder davon träumen, sie sind in unserem Bett eingeschlafen, Simon soll sie nachher in ihr Zimmer tragen, ich habe keine Kraft, sie hochzuheben. Ein Ausschlag wuchert über mein Kinn und meine Lippen, Franz und Mia wenden sich angeekelt ab, nur meinem Lämmlein Henri ist es gleich, es hat noch keinen Blick dafür, es sind die Anstrengungen der letzten Wochen, die Reisen, der neu ausbrechende Kinderhusten, das Fieber, die Vorbereitung der Lyrikwerkstatt und als Schlusspunkt Loris Geburtstag im Odenwald, bei Schnee und Eis und Bier aus dem Brauhaus, ich habe viel davon getrunken, das Stillen ist vorbei.

Wir sind durch Amorbach geschlendert, unser *Lieblingsstädtchen*, schlafend verzaubertes, schon tief im Winter liegendes Amorbach, *der einzige Ort auf diesem fragwürdigen Planeten*, an dem wir uns *im Grunde zu Hause* fühlen. Lori hat voller Wehmut auf ihr Haus geschaut, obwohl es noch nicht verkauft ist, nein, natürlich nicht, Simon und ich haben uns neben sie gestellt und unter dem *Echo des längst Vergangenen* genauso wehmütig geschaut, als sei es unser Wallfahrtsort, unsere Andachtsstätte, vor der nur die Kerzen fehlten, unser Lourdes, unser Maria Laach, unser Santiago am Ende des Jakobswegs, geschaut auf sein rotblätterndes Dach, den kahlen Apfelbaum, die nackten Rosen, die sich an seine Mauern klammern. Trotz der schlimmen Kälte standen wir lange davor, bis Simon schließlich sagte, Lori, du wirst das Haus nie verkaufen, und obwohl Lori aussah, als würde sie ihn ohrfeigen wollen, hat sie ihn umarmt, als hätte er für sie etwas ausgesprochen, das sie nicht auszusprechen gewagt hatte, mitten in diesem abendstillen, winterstillen Amorbach hat sie ihn umarmt und nicht geohrfeigt.

Bis Mitternacht haben wir im Grünen Baum gesessen, die Kinder waren auf den Bänken eingeschlafen, Lori hatte Zimmer im Burkarth bestellt, wir trugen die schlafenden Kinder über die schmalen Stiegen hinauf und schlichen uns auf zwei oder mehr Schnäpse hinab, *die Burkarth-Zeit ist das Dämmerschöppchen*, wahrscheinlich waren es mehr, wahrscheinlich sogar viel mehr, jedenfalls tranken wir, bis Loris Lider sich senkten und Simon den Kopf auf die Tischplatte legte. Wie alt Lori ist? Sie sagt, ab dreiundsechzig hat sie aufgehört zu zählen, sechs plus drei als Quersumme neun, das ist Loris Logik, also schreiben wir nie das Alter in die Karte, wir schreiben immer nur: *Alles, alles Liebe*, liebste Lori!

Halbkrank und restbetrunken bin ich nach Krefeld, habe aus *Grobe Fährten* gelesen und in einer Tiefkühltruhe übernachtet, in einem Hotel, das seine besten Tage längst gelebt hat. Die kleine Heizung an der klammen Wand gab keinerlei Wärme, es blieb eisig, ich ließ Decken bringen, Radiatoren, weitere Decken, der indische Nachtportier schaute mich an, als sei ich durchgedreht, nicht zurechnungsfähig, verrückt geworden, plemplem, ja, schon richtig, schon recht, vielleicht bin ich das, aber doch nicht, was Heizungen angeht! Jetzt bin ich froh, hier zu sein, drehe die Heizung auf und lege mich unter meine Decke, hustend, würgend, ausgekühlt. Meine Decke – wie das klingt, wenn man zurückkommt, kannst Du es Dir ausmalen?

Krefeld liegt nicht weit von Bonn, also ist es mir auch da eingefallen, und ich sage es wieder, erinnere Dich vielleicht so lange daran, bis es auch geschieht: Ruf Markus' Mutter an, sie wird sich freuen.

Es drückt und liebt Dich, immer, immer, immerzu,
Deine Márti

7. DEZEMBER 2009 – 15:47
Meine liebe Márta,
heute bloß Postkartenlänge. Der Schnee malt vorsichtig meine Landschaft weiß. Deckt mein Haus zu. Versteckt den Weg zu

meiner Tür. *Nur ein kurzer Windstoß saust durch die Tannen und wirft einige Tannenzapfen herab.* Selbst die Krähen schweigen. Ich habe beschlossen, nicht mehr mit Besen und Schaufel hinauszugehen. Mich dem Schnee zu beugen.

Eigentlich wollte ich unter meiner dicksten Wolldecke Stifter lesen. Der Advent gibt es vor. Mich mit Sanna und Konrad in den Schnee werfen. In einem Kristall übernachten und vor dem Erfrieren gerettet werden. Stattdessen korrigiere ich Deutscharbeiten. Die Kinder sollen Substantive in Konkreta und Abstrakta einteilen. Mein Schüler Jan hat Schmerz, Trauer, Übelkeit den Konkreta zugeordnet. Obwohl sie als Zustand oder Gefühl zu den Abstrakta gehören. Ich will es ihm nicht anstreichen. Es gelingt mir nicht. Alles in mir hält dagegen, ihn mit drei Punkten Abzug zu strafen. Weil es für ihn so richtig ist. Für ihn sind sie alles andere als abstrakt. Trauer, Schmerz, Übelkeit – alles da. Zum Sehen und Anfassen da.

Was soll ich tun?

Jo

8. DEZEMBER 2009 – 18 : 03

Liebste Johanna,

bin zurück aus der Stadt, mit tickenden Kopfschmerzen über den Augenhöhlen, habe Geschenke besorgt, damit es nicht zu spät wird, nicht im letzten Augenblick geschieht, wenn alle Regale leergeräumt sind, Tuschestifte für Mia, einen Webrahmen, Wolle, alles habe ich abgeklappert, Wohnen und Spielen, Karstadt, Lego, ein Höllenritt unter abertausend Irren, die meine Stadt verstopfen, und nur um zu Hause zu sehen, Franz hat genau diesen Bausatz rund um einen Rettungshubschrauber schon – zum Heulen ist mir, Johanna, zum Heulen. Als ich noch keine Kinder hatte, las ich wie Du Stifters Bergkristall, *unsere Kirche feiert verschiedene Feste, welche zum Herzen dringen,*

164

tausendmal muss ich es gelesen haben, mindestens, es ist nicht übertrieben, ich zog los, um mit Freunden einen Punsch zu trinken, zum Beispiel mit Dir, liebste Jo, wir saßen in der Alten Nikolaikirche, auf dem Dach spielten die Bläser, und so etwas wie Glück stellte sich ein – auch verpufft, verschwunden.

Mein aufgeklappter Koffer liegt vor mir und wartet, morgen fliege ich nach Ungarn, als hätte ich kein Buch zu beenden, keine Kinder zu erziehen, kein Márta-Leben zu leben, aber seit einem halben Jahr steht es fest, Budapest und Lyrik und dazwischen ich, irgendwie passt es, selbst der Monat, seine Dunkelheit und sein miestrübes Wetter passen, sein Wechsel aus Schnee und Regen in allen Varianten von hübsch anzusehen bis nicht auszuhalten. Aber dies hier wollte ich Dir davor noch schreiben, schenk Jan die Punkte, bitte, niemand wird es merken, und ich werde schweigen wie ein Grab, darin bin ich geübt, stillheimlich schenkst Du sie Jan und sagst ihm eines Tages, übrigens, Jan, es sind keine Konkreta.

Franz hat mich am Morgen gefragt: Würdest du dein Leben für mich geben? Ich habe geantwortet, natürlich, natürlich würde ich mein Leben für dich geben. Würdest du dich für mich opfern?, hat er gefragt, und ich habe erwidert, Franz, natürlich würde ich mich für dich opfern. In seinem katholischen Kindergarten hat er von Abraham und Isaak gehört, beide gehen ihm nicht aus dem Kopf. Ob Isaak geweint habe, hat er gefragt, und ich habe gesagt: Davon kannst du ausgehen, Franz, bestimmt hat er geweint. Den November nennen Franz und Mia übrigens den Totenmonat, da wir alle verfügbaren Gräber besucht und unsere roten Flackerlichter aufgestellt haben, viele sind es zum Glück nicht, das von Simons Mutter und Vater und das von Nora. Den Dezember nennen sie den Jesusmonat, beim Krippenspiel sind sie dabei, wir werden an Weihnachten also nicht auf den Kanaren oder in den Tropen sein, wo Simon und ich uns früher einmal, in einem mittlerweile ausgelöschten Leben, im Sand wälzen und unsere kalten Füße wunderbar aufwärmen konnten – auch etwas, das die Kinder haben verschwinden lassen. Franz ist ein Hirte, mit Fellmütze und Wams von Lori, zum Verlieben sieht er aus, die Locken im Nacken zusammengebunden, mit aufgemaltem Bärtchen und Stock, und Mia, nein, sie ist nicht Maria, auch kein Engel in weißem Betttuch mit aufgetackerten Goldsternen, sie ist der Esel. Gestern habe ich während der Probe in einer der Bänke lange graue Ohren aus Pappe gebastelt und mich gezwungen, nicht darüber nachzudenken, was ich da gerade tue und was ich deshalb gerade nicht tun kann.

Es liebt Dich,

Márti

12. DEZEMBER 2009 – 23:19

Liebe Márta,

Du bist nicht da, ich schreibe trotzdem. Vielleicht kannst Du mich in Deinem Budapester Poetenzimmer zwischen Kettenbrücke und Freiheitsbrücke ja lesen. Nur kurz, bevor ich ins Bett falle. Damit es gesagt ist. Ich habe Markus' Mutter angerufen. Nein, ich kann nicht vierzehn Jahre lang in ihrem Wintergarten sitzen und dann nicht anrufen, wenn ihr Mann stirbt. Sie hat sich gefreut. Ja, wirklich. Na, so wie man sich über einen Beileidsanruf freuen kann.

Wir haben geredet wie immer. Das Altvertraute ist verdächtig schnell hochgeschwappt. Verrückt und ungut schnell hochgeschwappt. Die alten Scherze und Fragen. Neue Fragen noch ausgeklammert. Ich fand es seltsam, dass sie getan hat, als hätten Markus und ich uns nie getrennt. Als könnte sie im nächsten Augenblick fragen: Wann kommt ihr Sonntag? Ihr kommt doch? Die Dinge werden unter Verschluss gehalten. Den eigenen Sohn schlechtreden – unmöglich. Lieber schweigen. *So hat sie alle al-*

ten, mitunter verwunderlichen Gewohnheiten des Hauses bestehen
lassen und wacht über Ordnung und ein billiges Gleichgewicht.
Ich konnte die Uhr ticken hören, Márti. Die große Wanduhr mit
den Messingpendeln. Über den Chesterfieldsesseln. Als ich auf-
legte, war ich gar nicht so unglücklich, dass ich dort nicht mehr
sitze.

Jo

14. DEZEMBER 2009 – 16 : 25

Liebste Johanna,

ich habe Wörter nach ihren sausend abrollenden Sprachfäden
gejagt, in meinem totgeglaubten, totgesagten, wiederauferstan-
denen Übersetzerprojekt Lyrik, als hätte ich kein Leben im Hier
und Jetzt, mit Kindern, ihren Krankheiten und Wäschebergen,
als hätte ich keine Taufe und kein Weihnachten vorzubereiten.
Gedichte aus dem Ungarischen ins Deutsche übertragen und
umgekehrt war unsere göttlich weltvergessene, beglückend weltferne Aufgabe, ein völlig sinnloses, aber umso schöneres Unterfangen, für das ich so wenig Geld bekommen, aber so viel
Hingabe aufgebracht habe wie seit langem für nichts mehr. Ich
tat, als sei mein Ungarisch ausreichend, indem ich hier und da
etwas eingestreut habe, niemand hat nachgehakt oder Beweise
gefordert, niemanden hat das beschäftigt, niemanden außer mir.
Was sehen wir in einem Wort, und welche Welt legen wir hinein?
Was an Welt bringen wir mit und werfen wir ab?
Budapest ist gnadenlos im Dezember, seine dicken Mauern
bleiben kalt und klamm, wie sehr man die Heizungen auch an-
wirft und hochdreht, Grautöne bekämpfen sich, und ein Wind
pfeift über den zitternden Brücken, schiebt die Fußgänger an
und stiehlt Schirme und Mützen. Da ich aber so wenig Schlaf
bekomme, sind diese Übernachtungen in fernen Betten ein Geschenk, kein Kind zerrt an mir oder schreckt mich hoch, ich

lasse das Frühstücken und koste die dunkelstillen Nächte bis zum letztmöglichen Augenblick aus. Im Ambra Hotel in der Kis Diófa utca habe ich gewohnt, was Kleine Walnussbaumstraße heißt und im Ungarischen unendlich hübsch klingt, noch so eine Überlegung, Johanna, überleg sie einmal: Woran könnte das liegen, wie richtet die Sprache das ein, wie macht das der ungarische Ton, warum klingt es im Ungarischen für mich unendlich hübsch nach surrenden Pferdekutschen, strömendem Spätsommer und den halbversunkenen Dörfern, in denen meine Großmütter aufgewachsen sind – im Deutschen aber nicht? Diese Straße liegt in einem graubraunen Winkel dieser dröhnenden Millionenstadt, und Walnussbäume sieht man nicht einen, nur schiefe alte Häuser mit schiefen alten Fenstern, davor schiefes altes Kopfsteinpflaster und schiefe alte Autos mit ihren großzügigen Auspuffwolken. In meiner freien Minute, die es gar nicht gab, die ich mir nur ausgedacht hatte, habe ich auf meinem Budapester Bett, zwischen meinen Budapester Kissen im Stifter gelesen, sonst wird es zu spät, ist Weihnachten vorbei, und ich habe den Zeitpunkt versäumt. *Einmal war am heiligen Abende, da die erste Morgendämmerung in dem Tale von Gschaid in Helle übergegangen war, ein dünner, trockener Schleier über den ganzen Himmel gebreitet,* auch wenn er dort rein gar nichts verloren hatte, dieser österreichische Himmelschleier über den Budapester Straßen aus grauem Stein, die von Natur keinerlei Idee, nicht die geringste Ahnung, wahrscheinlich noch nie etwas gehört haben.

Beim Auschecken sollte ich dafür zahlen, dass mein Telefon jeden Abend, an dem ich Simon versucht hatte zu erreichen, ins Leere geklingelt hatte, und da war es dann plötzlich wieder, mein altes Ungarn, mit seinen aus der Luft geschnappten Forderungen, aus reiner Lust an der Willkür, so wie ich es von jeher kannte, für die Bereitstellung der Leitung sollte ich zahlen, überall in

Ungarn sei das so – ein hübscher Gedanke, Johanna, was man nicht alles berechnen könnte! Ich stelle Ihnen diese Rechnung für einen Text, der weder getippt noch angedacht wurde, der aber durchaus hätte entstehen können, bitte überweisen Sie mir den Vorschuss für ein Buch, das ich noch nicht skizziert habe, das ich aber durchaus schreiben könnte. Neulich habe ich im Bücherreport den Schüttel im Interview gesehen, wieder hat er ein Buch über den tollen neuen Osten geschrieben, wieder erzählt, wie herrlich aufregend der Osten ist, und ich bin wieder an die Decke bei dem blauäugigen Gequake. Ja, super der Osten, super.

Zurück im Westen – die Suche nach einem Kindermädchen ist vorläufig eingestellt, Loris Empfehlung Frau Pfahlbach passt auf die Kinder auf. Während ich mir ausdachte, wie man Wehsträuben und Hundsgalopp übersetzen sollte, hat sie Windeln gewechselt, Teller auf den Tisch gestellt, Brote geschmiert und Äpfel in Scheibchen geschnitten, ich finde, das ist eine gute Arbeitsteilung. Simon sagt, sie hat die Kinder ohne Aufwand und Widerstand ins Bett gebracht, mit einer behutsamen, ruhigen Art, und Molke genießt das, wann kriegt sie schon solche Aufmerksamkeit? Ihre Mutter hat immer Besseres, Wichtigeres, Dringenderes zu tun, mit dem Schreiben, den Brüdern, dem Telefon und dem stets hochkochenden, aufblubbernden Irgendwas. Frau Pfahlbach spült sogar die Töpfe, und wenn wir nach Hause kommen, sitzt sie auf unserem schmutzigen Sofa und liest in unseren Büchern, der Haken ist, sie wird unsere Stadt verlassen, dann bleibt uns nur noch Lisa, süße siebzehn und Hebammenpraktikantin, unbeeindruckt vom Schrecken im Kreißsaal, gerade ist sie da, deshalb kann ich Dir schreiben, Franz ruft schon die ganze Zeit, Lisa! Lisa! Lisa!

Johanna, Morgen Mittag habe ich nun ausgerechnet keine Zeit, das ist mehr als betrüblich, aber wie ist es am Abend? Bist Du da schon auf dem Weg zurück in Deinen schwarzen Wald? Nein, einen Arbeits-und-Henri-Rhythmus gibt es nicht, dieser Advent bringt alles durcheinander, aber ich fände es wunderbar, Du auf unserer dreckigfleckigen, kinderspuckegetränkten Horváth-Leibnitz-Couch, von der ich mich immerzu trennen will und nie trenne, weil ich denke, Lori muss dort schlafen, wenn keiner mehr Kraft und Lust hat, sie nach Hause zu fahren, meine Mutter, meine Schwestern müssen dort schlafen, Ildikós Töchter, Anikós Söhne und Johanna, Johanna, Johanna, insbesondere Johanna muss dort schlafen, wenn sie zwischen Nord und Süd, zwischen *Nacht und Tag* eine Rast in der Körberstraße einlegt.

Zehn Tage bis Weihnachten, fünf Tage bis zur Taufe. Heute habe ich die Engel aus Glas herabgelassen, sie schweben vor unseren Augen, über den Köpfen der Kinder.

Es liebt Dich,

Márta

15. DEZEMBER 2009 – 11:43

Liebe Márti,

wir müssen es verschieben. Zum Glück nur bis Freitag. Aber morgen früh gebe ich Deutsch, Kunst und Sport. Fächer, für die mich das Land Baden-Württemberg bezahlt. Mache klatsch-klatsch-klatsch. Treibe die ungelenken Körper an, sich auszutoben. Handstand, Kopfstand. Da muss ich zu einer vernünftigen Zeit im Bett liegen. Aber denken werde ich an Dich. Meine lauten, schreiend lauten Grüße vom Autobahnkreuz Frankfurt Nordwest in die Körberstraße schicken. Meine sehnsüchtigen, überwältigend sehnsüchtigen Grüße. Einen besseren Ort für Überfälle dieser Art gibt es nicht. Achte darauf. Verpass nicht, wenn ich rufe: Grüß dich, Márti! Küss die Kinder von mir! Schlaf gut, Márti!

Schreibe Dir aus Münster. Zum letzten Mal in diesem Jahr. Aus einem düsteren Hotel mit Schwimmbad. Das den Chlorgeruch in die oberen Stockwerke schickt. Wieso ich hier gelandet bin? Weil sich ab einem bestimmten Punkt doch alles gleicht. Das Rezeptionslächeln, das Waschbecken mit der abgepackten Seife. Die zwei Stunden am Nachmittag, wenn das Archiv schließt und ich ohne Ziel durch die Stadt laufe. Über die Promenade, deren Linden jetzt blätterlos kahlgekaut sind. Rund um den Dom. Zum Plätschergeräusch des Wassers, das mich an Freiburg denken lässt. Daraus ist schließlich auch Freiburg gebaut. Wasser, Buchhandlung, altes Pflaster, Glockenläuten. Freiburg, Freiburg, Freiburg, dreimal hintereinander, denk an Freiburg, wispert es.

Wie jeden Dezember ist mir der Stifter dazwischengerutscht. Verdrängt die Droste. Meine Konzentration geht gegen null. Nicht nur hier in Münster. Letzte Woche habe ich einen Engadiner Nusskuchen, den ich jedes Jahr im Advent fürs Kollegium backe, bei hundertachtzig Grad verbrennen lassen. Nicht anbrennen, nein, verbrennen lassen. Alles mache ich halb, Márta. Die Droste ist aus meinem Kopf gekrabbelt. Einmal nicht aufgepasst – weg ist sie. Hat sich auf meinen Scheitel gesetzt und reißt an meinen Haaren. Zerrt an meinen roten Strähnen. Will mir aber nicht einen brauchbaren Satz zuflüstern. Nicht einen! Wieder hat mich verwundert, dass sie mittags zwischen zwei und drei gestorben ist. Als wüsste ich das nicht längst. Ich denke noch immer, die Menschen sterben in der Nacht. Spätestens im Morgendämmern. Wenn der Tag anbrechen will. Als kehrte die Nacht in letzter Minute zurück und nähme etwas mit, das sie vergessen hat. Dabei ist mein Vater am Tag gestorben. Mitten am helllichten Tag. Als meine Mutter am Höchster Schlossplatz Trompete spielte. Georg und ich allein mit ihm waren. Als hätte er das so geplant.

Maria, mit der ich in München zwei Semester lang morgens

in der Bibliothek und abends im Café am Wiener Platz gesessen habe, hat es diesen Sommer nach Münster verschlagen. Sie ist die einzige Frau am Institut. Versucht sich mit ihrer ›Lyrik nach '45‹ zu behaupten. Denk Dir nur, nicht weit vom Droste-Rüschhaus wohnt sie. Hält der Regen sich zurück, kann man auf dem Rad hinübergleiten. Sie lebt mit ihren Katzen. Ohne Mann und Kind. Ähnlich wie ich also. Den ganzen Mittag trank ich gestern ihren grünen Tee. Sah hinaus in ihren vom Herbst heimgesuchten Garten. Auf fein säuberlich zusammengekehrte Blätterhaufen vor dem Zaun. *Kein Vogel sang, nur die Raben krächzten langweilig aus den Ästen.* Wir redeten, als hätten wir keine Verpflichtung im Hier und Jetzt. Während die letzten, nun wirklich allerletzten, sich trotzig festklammernden Blätter fielen. Über Brustkrebs. Über Katzen. Die Einsamkeit über dem Moor. Über früher und heute. Was wir sind und waren. Was wir noch sein wollen. Márti, da ist mir gar nichts eingefallen.

Später lief ich durch die dunkle Altstadt mit ihren vielen Geschäftchen. Weil es so aufdringlich, so eitel hübsch war, krochen ständig zwei Gedanken durch meinen müden Kopf. Du hast dir Zeit gestohlen, Johanna. Du gehörst an deinen Schreibtisch. Aber ein Café habe ich auf meinem Trotzgang entdeckt. Als wäre ich nicht schon tausendmal hier gewesen. Als gäbe es für mich in den Gassen rund um den Droste-Nachlass noch etwas zu finden. Nicht weit von der Clemenskirche, ein schmales, in die Länge gezogenes Café. Mit schlechter Heizung und Blick aufs krumme Kopfsteinpflaster vor den Fenstern. Das gibt es auch hier. Nicht nur in Deinem Budapest. Da saß ich mit kalten Füßen in nassen Stiefeln. Über meinem zerlesenen Buch zur Naturlyrik. Textstruktur. Motive. Bilder. Stocherte in meinem Schokoladenkuchen. Rührte in meinem Earl Grey. Als ich die Kellnerin fragte, was da gerade für eine Musik laufe, beugte sie sich über den Tisch. Zeigte mir ihren Ausschnitt und gab mir einen Blick, wie mir seit Ewigkeiten niemand mehr einen Blick gegeben hat. Márti! Meine nicht ausgelebten, in die Jahre gekommenen, weggeschlossenen, abgesperrten Frauengeschichten. Hin und wieder begegne ich ihnen. Fremde Sirenenfrauen stellen sich an meinen Weg und raunen, Johanna, lass uns dein Seil lösen, komm mit. Obwohl ich sie verscheuche, verjage, wegflattern lasse, kehren sie zurück. Treiben mich über *grobe Fährten*. Diesmal durch die Straßen von Münster. *Regengetunkt, schrittgeschliffen*. Deine Worte.

Freitag bin ich da, Freitag komme ich. Freitag gehört uns. Schon mittags, wenn Du willst. Freitag, meine Liebste, versinken wir unter Kartoffelbergen und entstauben Bücherregale. Versprochen. Stecken weiße und rote Kerzen in ihre Ständer. Legen die Tischtücher bereit. Versprühen schon ein bisschen Glaubensglanz. Ich poliere Gläser und Silber. Schneide Gurken und Speck in Würfel. Stimme mich und Dich auf Taufe ein. Du weißt nicht, wie ich mich darauf freue. Du ahnst es nicht einmal.

Es liebt Dich und denkt an Dich,

Johanna

21. DEZEMBER 2009 – 08:03

Liebste Jo,

Du bist abgereist nach dem Adventsfrühstück aus Kaffee mit Vanillekipferln und Stollen, also fuhren wir, nachdem die Taufkerzen gelöscht waren und ihr Rauch versiegt war, mit Anikó, Ildikó und Lori, all diesen neufrischen, unverbrauchten Patentanten, ohne Dich zur Ronneburg, wie zum Trost, nachdem Du mit Kathrin und Claus abgebogen bist Richtung schwarzer Wald, beseelt von der Taufe, erhoben, geschützt, ummantelt. Während Franz und Mia Bogen schießen durften, hing ich meinen Johannabildern nach, weil ich vor einem Jahr dort mit Dir bei Feuer und Glühwein auf die Schneelandschaft geschaut hatte,

Du schneeköniginnengleich ins Leben zurückgekehrt, mit weißer Mütze, weißem Schal, weißen Handschuhen, von Kathrins Hand gestrickt und mit wintergrauen Filzblumen und Perlen benäht.

Die Kulisse bleibt unnachahmlich, der Blick über die schneebedeckten Felder und Hügel, meinen aufgeregten Taufkopf hat er reingewaschen, abends nahm ich die Aussicht mit auf unser Sofa, während Lori die vierte Adventskerze anzündete, trotz Zitterhand pianissimo Klavier spielte und Mia und Franz im Geschwistereinklang sangen, *morgen, Kinder, wird's was geben, morgen werden wir uns freu'n* – das muss die Taufe mit ihnen gemacht haben.

Deine Márta

22. DEZEMBER 2009 – 07 : 01

Liebste Márti,

ich habe Ferien, stehe trotzdem früh auf. Heute treibt mich das schlechte Gewissen. Auch wenn der Gedanke am Morgen nach der Taufe verlockend war und ich mich hinreißen ließ, ihn mit Dir zu denken. Nein, ich werde nicht noch einmal nach Norden fahren. Letztes Wochenende bei Euch bleibt unübertroffen. Posaunt es in die Welt hinaus: Alle Horváth-Leibnitz-Kinder ohne Erbsünde! Mein waidwundes Katholikenherz wurde nicht nur beim Singen erwischt. Noch den langen Heimweg über kamen wir uns so seligheilig vor. Kathrin, Claus und ich. Dass ich die Urworte halbwegs gefasst vorgetragen habe, muss an den Schauspielergenen meiner Eltern liegen. Also, sei stark, meine Liebste, ich werde Heiligabend bei Kathrin und Claus verbringen. So wie Lori bei Dir sein wird. Wir sind diese Übriggebliebenen. Die angehängt werden. Gott sei Dank haben wir Menschen wie Euch und deshalb an diesem Tag ein warmes Plätzchen. Vergib mir, dass ich die schneeverwehten Straßen nicht mehr abfahren will.

Sondern im schwarzen Wald bleibe. Der seit Tagen ein weißer Wald ist. Die Kälte hat nachgelassen. Die klirrende Eiseskälte. Mir laufen keine Tränen mehr über die Wangen, wenn ich das Haus verlasse und zum Geheimen Garten aufbreche. Um meine grüne Schürze mit einer Schleife festzubinden. Mein Haar zurückzustecken und Blumenfee zu spielen. Bis Heiligabend noch. Wenn auch das letzte Christröschen verkauft sein wird. Futur zwei. Verkauft sein wird.

In der Nacht steckte ich in einem Brief fest, der mich nicht losgelassen hat. Da ich von Eurem Haus aus Lärm und Leben in meine Einsiedelei zurückgekehrt bin. Zu meinen schwarzen Tannen. In mein weißes Tal. Denk ruhig, das ist so recht nach Johanna-Art. Sich nachts in einem Brief zu verirren. Auch am Tag nicht herauszufinden. Die kranke Droste schreibt ihn, die ohne Hilfe in Meersburg liegt. *Ich war schrecklich elend und wünschte auch gar nicht, wieder besser zu werden, nur tot! tot!* Heute Nacht hat sie gesagt, dem wirst auch du nicht entrinnen, Johanna. Dieser Lebensstille. Altersstille. Endzeitstille. Ich male mir die Droste-Zeit über allem still aus. Stiller als den schwarzen Wald. Lautlos. Das Land hinter dem Rüschhaus lautlos. Den Himmel lautlos. Was hörte sie? Vögel, die aufflogen. Flatterten. Krächzten. Kicherten. Mit ihren Flügeln gegen Äste, Blätter schlugen. Den Wind. Vor allem Wind und Vögel hörte sie. Darunter laut, wildheftig pochend den eigenen Herzschlag, ihr Blut aus Buchstaben und Tinte.

Was ist nun mit Dir, Márti? Bist Du in Weihnachtsglückseligkeit unter Schnee versunken? Mein Kalender ist so dünn geworden, dass ich erschrocken bin. Als käme das Ende des Jahres überraschend. Als wüsste ich davon nicht schon in allen Monaten zuvor. Vielleicht sollte ich die Blätter nur noch umschlagen. Nicht mehr abreißen. Ein Jahr ist wieder vergangen. Lass mich ans Beste und Schlimmste denken. So wie jedes Mal. Das Beste war, mit Dir und Kathrin auf Deiner Küchenbank zu sitzen und Henri zu bewundern. Einen rundum neuen Menschen. Das Schlimmste war, lieber Blumen zu binden, als Lehrerin zu sein.

Johanna

23. DEZEMBER 2009 – 23:21

Liebe Jo,

klingt fast nach glücklicher Melancholie – Du einsam in Deinem Schwarzwälder Rüschhaus, die Querschläger aus Wut und Trauer, die sonst in Dir glimmen, für den Moment aufgehoben. Dass Du so an dieser Natur hängst! Deine Liebe zur Natur, Deine Bewunderung habe ich nie verstanden, als sei ausgerechnet die Natur vollendet, sie erfindet doch ausgesprochen dumme Dinge wie Jungfernhäutchen oder Geburtsschmerzen, wozu und für wen?

Nein, ich verzeihe Dir nicht, und Kathrin will ich zwei Minuten lang hassen, weil Du an Heiligabend ihren Schnaps trinken wirst und nicht meinen, aber ja, zweimal hintereinander diese Strecke bei diesem Wetter, es ist schwer zumutbar. Trotzdem hätte ich zu gerne die Bilder mit Dir abgespult, noch duftet zwischen unseren schäbigen Wänden alles nach Taufe, alles spricht davon und flüstert unsere Taufsprüche. *Und ob ich schon wanderte im finstern Tal, fürchte ich kein Unglück.* Um mich zu trösten, habe ich Dein Weihnachtsglöckchen aus Porzellan aus einer der Dachbodenkisten geholt und für morgen bereitgestellt, Du hast es uns vor Jahr und Tag geschenkt, damit wir für Mia nicht mit der Gabel an ein Glas schlagen müssten. Es ist eines der wenigen Dinge, die in unserem Haushalt nicht zerbrochen sind, von oben hält jemand seine schützende Hand darüber, Deine Mutter, Dein Vater, könnte es sein, im Augenblick fällt es mir leicht, das zu denken.

Was soll ich noch schreiben? Jetzt, da dieses 2009 ausklingt? Wie

sehr ich Dir danke, das sollte ich Dir schreiben. Weil Du die Urworte lesen konntest, ohne zu stammeln und zu stolpern, weil
Du alle Gläser am Abend zuvor poliert und das Silber geputzt
hast, weil Du Mia genau im richtigen Augenblick auf den fast
glattgezogenen Scheitel geküsst hast, nass vom Taufwasser.
Frohe Weihnachten! Frohe Weihnachten, meine liebste Johanna,
sei bei uns, sei mit uns, wenn auch nur in Gedanken.
Es liebt Dich, immer und immerzu,
Deine Márta

31. DEZEMBER 2009 – 17 : 03
Liebe Márti,
weit oben am Baum klebt ein roter Apfel. Er hat sich festgekrallt
und sitzt im Ast. Selbst jetzt, da es so lange geschneit hat. Kein
Herbstwind hat ihn lösen können. Kein Schneegestöber der letzten Wochen. Er bleibt als roter Tupfer in meiner weißen Winter-
welt. Mitten im Winter für mich ein Gruß des Sommers.
Nach Todtnauberg wollte ich. Ein bisschen Ski fahren und
schneewandern mit Heidegger. *Abends bin ich immer ganz bei
Dir, mein Lieb – wir essen zusammen – sitzen auf dem Balkön-
chen.* Aber Kathrin hat mich überredet zu bleiben. Sie sagt, sie
kann es nicht ertragen, wenn ich Silvester allein bin. Es gräbt ihr
das Herz um. Wachsen und blühen kann dort nichts mehr. Hat
ihren Hundeblick auf mich geworfen – also bin ich geblieben.
Wir sind gut gewappnet für heute Abend. Claus wird ein Feuer-
werk im Garten zünden. Schon fangen die Silvesterböller an zu
knallen. Viele kleine Fehlstarts. Als könnten sie es nicht abwarten. Ich möchte hinausgehen und rufen: Wartet doch, es ist zu
früh, ihr Dummköpfe!
Bevor ich losziehe, mit zwei Flaschen Sekt und Figuren aus Blei
in meiner Tasche, will ich das noch loswerden: Gleite Du, meine
Allerliebste, glücklich ins neue Jahr. Deinen Wünschen sollst

Du ein gutes Stück näher rücken. Den unausgesprochenen, heimlichen. Stillen. Lauten. Nur halbwegs angedachten. Und den ganz und gar bis zum Ende gedachten. Geld. Buch. Gesundheit. Simon ohne Galle. Ruhe und Schlaf. Guter, tiefer, langer, dunkler, nicht auf ein Später verschobener Schlaf. Eingebung. Folgsame Kinder. Allzeit blaue Himmel über Deinem Antennendach. Fehlt noch etwas?

Schicke um Mitternacht einen Kuss und Gruß an Dich. Wie immer, seit eh und je. Aus jedem Winkel dieser verzerrten, abgenutzten, aus dem Lot geworfenen Welt. Gleich, wo ich mich befinde. In der ersten Sekunde des frischen Jahres bin ich immer bei Dir.

Deine,

immer Deine Johanna

31. DEZEMBER 2009−19:41

Liebste Jo,

nur kurz und schnell, das wünsche ich Dir auch! Die Droste soll Dich endlich begnadigen, sie soll Dir die letzten, entscheidenden Wörtchen einflüstern und Dich freigeben! Du und ich, wir sollen im neuen Jahr unsere Schreibtische verlassen und hinausgehen ins Leben, sorgenfrei, angstfrei, albtraumfrei, klümpchenfrei, krebsfrei, markusfrei, um uns dann und wann auf halber Strecke zu treffen, Rastatt, Karlsruhe, Offenburg.

Lass uns diese öde *Kunst des Verlierens täglich studieren* und versuchen, darüber nicht verrückt zu werden. Damit hätten wir schon eine Menge zu tun.

Es liebt Dich,

Márti

3. JANUAR 2010 – 23:46

Liebste Márti,

draußen liegt das neue Jahr und wartet. Dass ich etwas mit ihm anfange. Dass ich es beginne. Ich fahre morgen nach Todtnauberg. Schnalle meine Skier an und gleite von Tal zu Tal. Silvester ist ja vorbei. Also hat Kathrin es erlaubt. Danke für Dein Päckchen mit den wunderbaren Fotos. Gestern habe ich sie aus dem Briefkasten gefischt. Gleich als Rahmen um mein Küchenfenster an die Wand geklebt. Ich kann ja tun und lassen, was ich will. Niemand sagt mehr, lass das. Kathrin war hier und hat die Schleife gelöst. Ich hatte es nicht gewagt, weil alles so hübsch aussah. Unberührt. Verzaubert. Ich hatte Taufbilder erwartet. Aber Parisbilder hast Du geschickt. Zur Erinnerung, dass ich nicht nur Johanna Messner, Deutsch, Kunst und Sport, bin. Sondern ein Leben habe. In jedem Fall eines hatte. In dem ich schon Tage und Nächte in Paris verbracht habe. Vor allem Nächte. Wie lange ist das her? Äonen bevor ich dort mit Markus war und Seerosen für ihn gepflückt habe.

Jedes Foto hat Kathrin lange betrachtet. Dann hat sie gesagt, ich will auch mit dir nach Paris. Alle gefallen mir, Márti. Alle. Schade ist nur, dass Du nirgends zu sehen bist. Nur einmal als Umriss, hinter einem Blitz. Du hast mich immer schon schlafend fotografiert. Mich in meinen *Schlafschluchten*. Eine Sammlung, eine Tradition von Schlafbildern gibt es. Ich schlafend im schlafenden Bild. Zwischen Laken und Kissen drapiert wie eine Tote. Soeben von ihrem *Traumfels* gesprungen. Eines darunter könnten wir Totenwache nennen. So hätte ich damals als Leiche ausgesehen. Hübsch!

Jo

6. JANUAR 2010 – 15:49

Liebe Jo,

jetzt hast Du doch die Droste liegenlassen und bist nach Todtnauberg, jagst womöglich einen Abhang hinab, auf anmutig-
wendige Johanna-Art, den letzten für heute, bevor es dunkel
wird. Franz hat mich soeben gefragt, ob die Heiligen Drei Könige auch Geschenke bringen, und ich sagte, ja, dem Jesuskind,
aber nicht dir, Franz. Deine Geschenke haben die Kinder längst
ausgepackt, Johanna, auch wenn ich mich zuerst geweigert hatte,
weil sie auf der Sofalehne so hübsch an Dich erinnerten und mit
ihrem goldenen Papier und den breiten weißen Bändern einen
Reichtum versprühten, der in diesem Haus niemals einkehren
wird. Ich war gerührt, welche schönen Dinge Du gefunden hast,
Henri stellt jeden Morgen das Trojanische Holzpferd gleich nach
dem Aufstehen auf den Teppich und versucht es auseinander-
zubauen, Franz und Mia schießen nach dem Frühstück mit der
neuen Armbrust ihre Pfeile durch den Hof. Dass ich Heiligabend
halbtot war vor Müdigkeit, kannst Du Dir leicht denken, aber
die Kinder einmal unterm Christbaum singen zu hören, *Stern
über Bethlehem, nun bleibst du steh'n*, mit Lori und Simon vier-
händig am Klavier, hat es wettgemacht und mich entschädigt,
für alles, alles entschädigt.

Silvester war wie immer, nur dass nichts wie immer war, weil
es ja jedes Jahr anders ist, weil sich in zwölf Monaten alles um-
wälzt, auch wenn wir es nicht sofort merken. Lori kam gegen
sechs mit zwei Flaschen Marillenschnaps aus dem Odenwald,
Simon hat Forelle im Backofen gebraten, und Mia und Franz
haben Iiihh geschrien, beim Essen war der Tisch plötzlich umringt von Menschen, wir haben die Klappstühle aus dem Keller
geholt, nur Du hast gefehlt, ein Stuhl blieb frei, auf dem Du hättest sitzen müssen, Du, Johanna Messner. Kurz vor Mitternacht
ging das Zündfieber um, wir sind mit Flaschen und Feuerzeugen

an die Kreuzung Eschersheimer/Hügelstraße, die Kinder sind von den Mauern gesprungen, wieder hochgeklettert und haben jubiliert, und zwei Sekunden nach Mitternacht, nachdem die erste Sekunde Dir gehörte, liebste Jo, haben wir mit Lori zum feuerzerpflückten, lodernden Stadthimmel in die Jungfernnacht gebrüllt: Hallo, Zweitausendzehn! Komm ruhig! Fang ruhig an! Wir haben keine Angst vor dir!

Márta

10. JANUAR 2010 − 11 : 03

Liebste Márti,

ich habe den Baum hinausgetragen. Pünktlich nach Epiphanias. Nachdem ich die Könige verspätet zur Krippe gestellt hatte. Caspar, Melchior, Balthasar. So wie Georg früher. Die Tanne hat schlimm genadelt. Ich bezweifle, dass man sie frisch für mich geschlagen hat. Wie lächerlich ich bin mit meinem Baum, ich weiß es ja. Du musst es mir nicht schreiben. Als hätte ich Gäste, die sich davorsetzen. Kinder, die darunter spielen.

Übermorgen beginnt die Schule. Zwei Stunden Deutsch warten auf mich, siebte Klasse. Bis dahin gehöre ich der Droste. *Es geht nicht schnell, aber hin komme ich doch.* Schau nur, wie zuversichtlich ich bin. Mein Vorhaben, mein Programm für 2010 – Zuversicht. Zwischen Bett und Bücherregal habe ich mich eingegraben. Mit Notizblöcken. Rotem Stift, blauem Stift. Ungekämmtem Zottelhaar. Kathrin braucht meine Hilfe im Laden gerade nicht. Also lese ich. Schreibe. Notiere. Trinke Milchkaffee. Tue klug und wichtig. Schaue auf Eiskristalle und Eiszapfen an meinem Holzhäuschen. Auf meinen *winterschlafenden Garten.* Dein Bild.

Wie still es ist, Márti. Man könnte einen Wassertropfen fallen hören. Ja, fallen. Nicht landen. Wenn das Eis einmal schmelzen würde. Die Droste öffnet mein Tor. *Wir richten unsere Brillen auf*

Felder und Holunderbüsche. Dass sich die Männer so herablassend über sie äußerten, nur weil sie etwas zu denken und sagen hatte, verwirrt mich noch immer. Ach was, verletzt mich. Zugeschnürt nett sollte sie sein. Parfümierten Tee trinken, hübsch lächeln. Aber keinen Anspruch auf ein eigenes Leben erheben. Auf einen selbst ausgedachten Entwurf. Heinrich Straube der Einzige, der sie für voll nahm. Wenn auch gerade die Geschichte mit ihm schlimm endete. Wissen wir ja. Vom Rest wurde sie belächelt. Übergangen, abgetan. Vielleicht hat sie die Männer deshalb reihum beim Schreiben sterben lassen. Ob ihr das geholfen hat?

Jo

13. JANUAR 2010 – 00 : 03

Liebste, beste, wunderbarste Jo,

sicher wird ihr das geholfen habe, wie es auch mir hilft, jemanden sterben und tot sein zu lassen, richtig tot, tot, tot, dreimal hintereinander schweigendstill, mundverschnürt wortlos tot. Doch, alles in Ordnung soweit, noch ist niemand gestorben, noch hat sich keiner umgebracht, nur dass natürlich nichts in Ordnung ist, und ja, ich habe Deinen handgeschriebenen Neujahrsbrief aus Todtnauberg erhalten, in dem Du Ausblicke wagst, Blicke hinaus ins neue Jahr, wie jeden Januar, habe ich schon wieder nicht darauf geantwortet?

Mein Start in dieses unbenutzt frische, blutjunge Jahr ist jämmerlich, ich suche und ordne Belege, Quittungen, Sozialkassenbriefe, Fahrscheine und Kontoauszüge, die Steuer hat sich auf dem Teppich mit fünftausend Stapeln breitgemacht, ja, fünftausend mindestens, bei uns, Johanna, wie lächerlich, als gebe es bei uns etwas zu holen! Ich wollte arbeiten, aber das hier stellt sich dazwischen, wir sind zu spät, wir hinken nach, aber sie vergessen uns nicht, mich nicht, Simon nicht, und schüren meine unausrottbaren Was-wird-mit-mir-Ängste – wenn ich die einmal abschalten könnte! Lotto habe ich gespielt, nach dem Aufwachen gedacht, heute ist ein guter Tag, um Lotto zu spielen, heute riecht es nach Gewinn, nach sechs Richtigen, etwas lag in dieser Januarluft, das mich so fühlen ließ, aber dann war es nur die Endziffer im Spiel 77, das sind zwei Euro fünfzig für mich – wie soll ich da ruhig bleiben und keine Angst kriegen?

Die Schule hat begonnen, der Kindergarten, während es nicht hell werden will, sitzen die Kinder blassmüde vor ihrem Müsli und tun mir leid, heute gab es den ersten blöden Überraschungstest mit Trennungsregeln, bald kommt die Klassenarbeit zum Hunderttausenderzahlenraum, trotzdem bin ich zuversichtlich, ich habe es bei Dir abgeschaut, anders als zu Beginn des Schuljahres, als wir dachten, das wird nichts mehr mit Molke und den Zahlen, es ist vorbei, es hat schon aufgehört. Vielleicht hat der Neujahrsschnee etwas in meinem Hirn zurechtgerückt, meine Panik hat sich gelegt, auch weniger schlaue Kinder gehen aufs Gymnasium, also auch meines, hör nur, wie zuversichtlich ich bin! Als ich am Abend nach unserem Gang durch den Sinai-Park mit den Kindern die Stufen hochstieg, hat Simon gesagt, ich sehe aus wie eine Frau aus einem Flüchtlingstreck kurz vor Kriegsende, ich hätte ein Gesicht, das vor einem Pferdewagen in einem Flüchtlingstreck hätte auftauchen können, mit Kopftuch, dicken Wolltüchern über den Schultern und Zügeln in der Handschuhhand. Ich habe nicht gefragt, ist es die Zuversicht, das Widerständige aus Überlebensdrang und Lebenswillen, was du in mir siehst, Simon? Oder ist es nur das Abgehetzte, das Abgewetzte? Mein Trümmerfrauengesicht? Sag schon, was ist es?

Márta

20. JANUAR 2010 – 06:04

Liebes Mártilein,

wie es mit mir weitergehen soll?, hast Du am Telefon gefragt. Ja, so weit ist es nun mit mir und meiner zurechtgedachten, ausgemalten Zuversicht. Hänge ratlos an meinem Drahtseil. Das mir in die Hände schneidet. Soll ich loslassen? Mich mit aller Kraft hochziehen und vorsichtig, sehr vorsichtig weiterlaufen? Mein Dreieck Schule – Droste – Wald scheint jedenfalls nicht auszureichen. *Mir tauge keine Medizin, meine Nerven in einem Zustande der Überreizung.* Die Zuversicht, mit der ich aufgebrochen war ins neue Jahr, muss ich suchen. Ich bin mir nicht mehr gewachsen, Márti. Schon lange nicht.

Also tröste ich mich damit, dass die Männer, die wir einst geliebt haben, irgendwann aussehen wie alte Hunde. Auch Markus. Ja, selbst er. Übertrieben, verschwenderisch blickversengender Markus. Mit den unnötig feinen Händen, den unnötig dichten Haaren. In die längst die Nächste greift. Die Übernächste. Als er zum letzten Mal hier in unserer Badewanne saß, sah Markus aus wie ein alter Hund. Bevor er nach Freiburg verschwand. Die Füße über dem Wannenrand. Mit langem nassen Haar und beschlagener Brille. Vielleicht ist er ja genau das, Márti. Ein alter Hund. Einer, der auf dem Boden liegt und schnaubende Schlafgeräusche macht. Den Kopf hebt, wenn Schritte nahen. Dieses große Hundegähnen gähnt. Und wir haben ihn für einen Menschen gehalten! Jahrelang! Für einen Mann!

Johanna

25. JANUAR 2010 – 23:29

Liebste Jo,

auch ich bin mir nicht gewachsen, will die Einsamkeit des Schreibtischs nicht ertragen, nicht das Rattern in meinem Hirn, das Kraulen gegen seine Unterströmung, das zähe, unnachgiebige Verhandeln mit Sätzen, ihren Zeichen und Vorzeichen, lieber streune ich ziellos wie eine Katze durch die Wohnung, esse Kekse, die übrig sind von Weihnachten, ja, die gibt es, trotz drei Kindern gibt es übriggebliebene Weihnachtskekse, bleibe stehen vor dem großen Spiegel, der mich langzieht, und denke, aha, das bin jetzt also ich, das soll jetzt also ich sein, Márta Horváth mit Trümmerfrauengesicht, im Januar des Jahres 2010.

Wieder leben wir mit Zwängen, die Schule presst uns in ihre Mühle, während mein Miamädchen paukt, zerstückelt und zerhackt es auch mein Mártaleben. Wer oder was gibt eine Ohrfeige? Der Vater. Nominativ. Wem gibt der Vater die Ohrfeige? Dem Kind. Dativ. Wen oder was gibt der Vater dem Kind? Die Ohrfeige. Akkusativ. Mia vermischt Prädikat mit Subjekt oder Objekt, erfindet die Sätze neu, wirft sie um, damit die Antwort passt, weint und sträubt sich, sträubt sich und weint. In all den schrecklichen, im vergangenen Jahr versunkenen, vergrabenen Büffelwochen hatte ich ihr versprochen, dass sie sich etwas aussuchen darf, sobald sie es schafft, eine bessere Note als drei zu schreiben, und neulich hat sie es geschafft, eine Eins mit einem dicken langen Minus allerdings, das konnte sich die Lehrerin nicht verkneifen, also hätte ich meinem Kind alles gekauft, Johanna, sogar einen rosaglänzenden Daunenmantel für sechzig Euro, wenn das Mias Wunsch gewesen wäre, aber was hat mein Elfenmädchen ausgesucht? Ein Malbuch, und seitdem sitzt Mia an den Abenden am großen Tisch und malt und schneidet, zeichnet und entwirft. Nach dem Gespräch mit Dir ist meine Schulsorge abgeklungen, zwar können aus allen dunklen Mathe-Ecken Vierer flattern, aber ich bin halbwegs gelöst und glaube, Mia wird aufs Gymnasium gehen können. Sachkunde zwei, Deutsch zwei, Mathe offen. Nur eine Idee, wie ich sie acht Jahre lang antreiben soll, habe ich nicht, Simon hat auch keine.

Márta

26. JANUAR 2010 – 21:24

Liebste Márti,

Du brauchst keine Idee. Vor allem sollst Du Dein Kind nicht verrückt machen. Mein herrliches Miamädchen! Du darfst die Schule nicht zu ernst nehmen, Márti. Ich nehme sie auch nicht mehr ernst. Leicht für mich, so zu reden, ich weiß. Ich muss auch nicht jeden Tag mit Mia sitzen und pauken. Brüllen und verzweifeln muss ich deshalb auch nicht.

Heute war ich mit einer neuen Kollegin im Schneider. Latein und Religion, meine liebste Mischung. Bibelfest, Plutarchkennerin. Übersetzt von Mauern und Toreingängen, wenn ich nicht weiterkomme. Sie war lange an einer Privatschule in Wien. Will es jetzt am Sankt Anna versuchen. Was sie hierher verschlagen hat, habe ich noch nicht herausgefunden. Etwas liegt da versteckt. Melange hat sie bestellt. Die kennt man im schwarzen Wald aber nicht. Du kannst Dir denken, an wen mich ihre Färbung erinnert. Ihr langgezogenes ›wejßt-eeh‹. Ihr ›passt-schoo‹. Ihr ›naa‹. Was es in mir auslöst, Márti. Dass mich das nicht verlassen will! Dass ich erwachsen geworden bin. Groß und fast schon alt. Mich diese Färbung aber so aufscheuchen kann. Als müsste ich auf diese Frau wütend sein. Nur weil sie in ihrem Mund, zwischen ihren Zähnen, die Färbung meiner Mutter mit sich herumträgt. Ich wollte gar nicht wütend sein. Ich wollte nur Kaffee mit ihr trinken und plaudern. Über Wien. Die umliegenden Hügel. Die theresiengelben Häuser darauf. Den Wald davor, lieblicher als der schwarze Wald. Über das Burgenland. Farblos müde. Flach und verschüchtert als Hintergrund.

Das Verrückte war, sie hat ihren nassen Schirm nicht in den Ständer gestellt. Sie hat ihn an die Wand gelehnt. So hat es meine Mutter getan. Nasse Schirme gehörten nicht in den Schirmständer. Auch so eine gigantische Verrücktheit. Ein nasser Schirm nicht in den Ständer! Wohin sonst? Spätestens da dachte ich, jemand spielt ein übles Spiel mit mir. Jemand würfelt auf seiner Wolke. Legt eine Karte. Verdoppelt seinen Einsatz. Meine Mutter sitzt daneben. Schaut herab und lacht sich krumm. Siehst du, Hannalein, nasse Schirme nie in den Schirmständer! Oder schickt sie nur einen harmlosen Gruß? Ist das ihre neue Art, mir einen Gruß zu schicken?

Nach den Wänden hattest Du gefragt. Sie stehen noch, ja. Alle übriggebliebenen Wände, die mein Haus ausmachen. Die Welt und Wind von mir fernhalten. Klingt es lächerlich, dass ich die anderen einschlagen musste? Weil ich nicht länger sehen wollte, wie sie Markus' und mein Haus in Zimmer geteilt hatten? Wie wir zwischen diesen Wänden gelebt und geliebt, dann nur noch gelebt und nicht mehr geliebt hatten? Wie Markus seine Schallplatten und Bücher darin geordnet hatte? Seine Bilder aufgehängt, seine Kaffeetassen ins Küchenregal gestellt? Von Wohnung zu Wohnung in Zeitungspapier gewickelt, in Kisten gepackt. Von Bonn nach München. Von München nach Freiburg. Von Freiburg in den schwarzen Wald. In meinen, seinen, unseren schwarzen Wald. Sogar das habe ich mit schlechtem Gewissen getan. Als könnte ich nichts ohne schlechtes Gewissen tun! Dabei ist es doch mein Haus. Ich habe es gekauft. Von meinem Geld.

An meinen Großvater musste ich denken. Der kleine theresiengelbe Häuser auf den Hügeln rund um Wien gebaut hatte. Was er dazu gesagt hätte, dass seine Enkelin mit einer Axt Wände einschlug. Die ein anderer Jahre zuvor mühevoll errichtet hatte. Und jetzt in kleinste Bröselstücke zerfielen. Dickfeste, widerspenstige, furchtbar widerspenstige Wände. Die dazu gedacht waren, ein winziges Haus in winzige Räume zu teilen. Bescheidene Häuser hatte mein Großvater gebaut. Maurerenkel. Maurersohn. Maurergeselle. Schauspielerinvater. Häuser mit einem Wetterhahn über den roten Schindeln. Stein auf Stein ohne Schmuck und Tand. Ohne Schnörkel. Mit spitzem Dach, Fenstern groß genug, um Licht in alle Zimmerwinkel zu schicken. Genauso bescheiden wie meines. Leo Füllhaber hätte mein Haus gebaut haben können.

Ein großes Zimmer ist mir hinter der Küche geblieben. Ich muss das Haus ja mit niemandem mehr teilen. Außer mit meinen Büchern und meinem Rennrad. Das ist einfach. Es kommen *nicht viele Leute, Freunde waren sie darum lange nicht, und sie gaben Erzählungen kaum ab.* Jetzt sitze ich schon eine Weile in meinem Haus ohne Wände. Ob es mir deshalb bessergeht, will ich Dir heute nicht beantworten. Nein, heute lieber nicht. Aber ich bilde mir ein, darin besser atmen zu können. Besser gehen und besser sehen zu können. Ja, schon. Vor allem besser sehen. Aber was nützt es? Das Sehen nützt gar nichts.

Jo

30. JANUAR 2010 − 04 : 09

Liebste Jo,

Henri hat mich geweckt, ich kann nicht mehr einschlafen, teile diese morgendunkle, wintergraue Stunde mit Dir und den Toten, unseren *abgefallenen Geliebten*, die wir dazu einladen. Ja, Deine Mutter schickt Dir einen Gruß, die Toten schicken uns Grüße, natürlich tun sie das, sie hören nicht auf, sie bleiben, reden mit uns und streuen ihre Zeichen auf unsere Wege, vor Schlagbäume, Straßenkreuzungen und Stadtbalkone, Gott sei Dank vergessen sie uns nicht, Johanna, schlimmer wäre, es kämen keine Grüße, wir hörten nichts mehr von ihnen.

Übers Wochenende fahre ich mit meinen Wanderfrauen ins Taubertal, unter die Riemenschneiders in Detwang, Creglingen und Rothenburg, ihre Leidensgesichter warten, von uns bewundert zu werden, nun endgültig ohne Nora, endgültig und nie mehr mit Nora, deren Grab wir nach Neujahr besucht haben. Als ich davorstand, unter hohen Bäumen, wo es nach Neujahr weiß, windzerzaust und gespenstig kahl war, musste ich an ihr frisches Grab denken, auf dem die saubergeputzten, rotbemalten Steinchen ihrer Kinder lagen, drei Wörter darauf: Wir vermissen Dich. Wieder kam es mir unwirklich vor, ich konnte nicht glauben, es ist Noras Grab, dort steht ihr Name, ihr ganzer, voller Name, ich wollte noch immer nicht fassen, dass ich sie nicht mehr anrufen und fragen kann, Nora, wie geht's, was machst du, weinst du, tobst du, lachst du?

Ohne sie ins Taubertal zu fahren, in unser jährliches Februarwochenende, ist nur ein winziger Teil unseres Abschieds von ihr, ohne sie mit Glühwein im Rucksack durch den glitzernden Schnee zu stapfen, der laut Wetterbericht pünktlich am Freitag neufrisch auf unsere Mützen fallen soll, rund ums Topplerschlösschen im herrlichsten Blau, das ein Malermeister sich ausdenken kann und das in diesem Weiß noch blauer aussehen wird. Obwohl Nora nie mit uns dort war, ist aber gerade dort alles mit ihr verbunden, weil sie diesen Hof hinter Rothenburg gefunden hatte, wenige Schritte von der Tauber, wo sich die Bäume so scheu verzagt übers Eiswasser beugen wie nirgends sonst. Nora hatte diesen restaurierten Hof entdeckt, mit den schweren, freigelegten Holzbalken und dem schmalen Pfad hinter der Mauer hinab ins Tal, zwanzig Minuten Fußweg zur Doppelbrücke. Damit wir ein Wochenende zum Gehen und Reden haben, wir sechs Frauen, die wir uns nur wegen der Kinder kennen, das hat uns verbunden und über die Jahre unauflösbar fest zusammenwachsen lassen. In diesem heißen Jahrhundertjuli vor neun Jahren sind wir zum ersten Mal Mütter geworden, alle im selben Monat, haben verteilt über die hochsommerglühende, schweißtreibende Stadt in den Kreißsälen geatmet, gewimmert, geschrien und unser erstes Kind in den Armen gehalten.

Nora hatte den Februar ausgesucht, weil ihn keiner mag, weil niemand etwas mit ihm anzufangen weiß, also sollten wir ihn beleben, Nora hatte alles in die Hände genommen, die Aufgaben verteilt, wer kauft Glühwein, wer besorgt Wanderkarten. Als wir dann fuhren, durch frischen Taubertalschnee, der nicht aufhören wollte zu fallen, war es schon ohne Nora, und was uns blieb, war, um sie zu bangen, während man Tumor und Geschwür aus ihr herausschnitt, fast drei Kilo schwer, so groß wie ihr Sohn bei seiner Geburt.

Ich muss oft an Nora denken, viele Ecken unserer Stadt erinnern mich an sie, auch die dumme Einfahrt zur Rewe-Tiefgarage, wo sich unsere Wege am Schlagbaum kreuzten, die Leute hupten, weil wir nicht weiterfuhren. Die Gartenstraße hinter dem Städel, wo wir sommernachts an dieser lauen Auguststraßenkreuzung standen und unser Lachen in die Sachsenhäuser Vorgärten gossen, als würde es für uns immer so weitergehen. Noras Balkon an der Cronstettenstraße, von dem Phlox und Pelargonien in allen Tönen von Rosa und Rot so üppig übers gusseiserne Geländer wucherten, dass ich stehen bleiben musste, um zu staunen, der mir aufgefallen war, lange bevor ich Nora begegnete, bevor ich sie kannte, es klingt sonderbar, aber auch das gibt es, erst sieht man einen Balkon, und Jahre später lernt man den Menschen dazu kennen, und der ist dann Nora. Immer wieder muss ich auf meinen Wegen an sie denken, jetzt, da sie unter einem Stein liegt, auf dem ihr Name steht, aber vielleicht liegt sie da gar nicht, vielleicht sitzt sie zwischen all den alten, uralten, schrecklich alten Leuten im Himmel, mit ihren zweiundvierzig Jahren, den blonden langen Haaren, und lacht ihr immerzu ausbrechendes, alles flutendes Noralachen.

Eine Erinnerung an Nora wird immer sein, wie sie mir ein großes Planschbecken brachte, weil sie meinte, Mia müsse an ihrem vierten Geburtstag eines hinter dem Haus stehen haben. Es ist eines dieser nebensächlichen Dinge, die im Alltag unwichtig sind, die sich einfügen neben tausend anderen Dingen, aus denen sich unser Leben zusammensetzt, aber ich muss an diesen Tag und diese Geste denken, weil sie Noras ganze Art zeigt, in dieser kleinen, unbedeutenden Geste liegt die ganze große Nora. Sie sagte, am Morgen würde sie vorbeifahren, wenn ich nicht da sei, das Becken über den Zaun werfen, und wenn ich doch da sein sollte, auf einen Kaffee hereinschauen. Dort stand es, als ich zurückkehrte, neben einem Geburtstagspäckchen für Mia stand ein schreiend orangefarbenes Becken mit schwarzem Boden, um die Sonne, die Wärme zu speichern, aufgeblasen für zwanzig Kinder, die den heißen Tag lang nackt, angezogen, halb nackt oder halb angezogen hineinspringen würden. Wenn ich Nora vermisse, denke ich daran, auch an das Päckchen mit dem hellblauen Haarreif aus Samt, den Molke sofort aufzog und an dem ein Kärtchen hing: Für ein großes Mädchen namens Mia.

Jetzt ruht Nora in einem Grab. Auf dem leuchten Steine, die ihre Kinder vor langem bemalt und beschriftet haben. Ich habe es gesehen und kann es doch nicht glauben. Nimm also meine Hand und leg sie in die Wunde.

Márta

31. JANUAR 2010 – 06:23

Liebste Márta,

weißt Du noch, welche Vorstellung vom Himmel wir als Kinder hatten? Das Himmelstor öffnet sich, und wir laufen zu den Verstorbenen. Besuchen die Toten. Unsere Großväter. Sehen, wie sie wirklich sind. Wie sie reden und riechen. Dein Miskolcer Großvater, wie er redet und riecht. Mein Wiener Großvater, wie er redet und riecht. Der Krebs hatte sie aufgefuttert, bevor wir auf der Welt waren. Die neue Horváth-Generation: Anikó, Ildikó und Márta. Die neue Füllhaber-Generation: Johanna und Georg. Keine Idee hatten sie von uns. Aber wir hatten unendlich viele Ideen von ihnen. Wir ließen sie nachts in unsere Köpfe steigen, um von ihnen zu träumen. Wir wussten, *der Tod ist ein Trick.* Wo sind Horváth Sándor und Leo Füllhaber untergebracht?, hätten wir in unserem Himmel gefragt. Horváth Sándor aus der Sétáló utca in Miskolc. Reinste Flaniermeile. Zu beschreiten mit Stock und Hut. Leo Füllhaber, aus der Buchengasse im zehnten Bezirk in Wien. Reinstes Arbeiterparadies, reinste Arbeiterhölle. Zu beschreiten mit dicken Schuhen und blauen Hosen. Wir hätten uns vor ihnen aufgestellt und gesagt: Hallo, seht her. Ja, wundert euch ruhig, so weit reichen eure Gene! Vielleicht findest Du es tröstlich zu denken, Nora könnte in ihrem Himmel so etwas tun. Zwischen all den Vermissten, Beweinten, Besungenen, Beklagten, Verschollenen könnte sie so etwas tun. Vielleicht schreibe ich es nur deshalb.

Márti, wenn der Himmel so ist, wie wir uns ihn vorgestellt haben, wie wäre mein Vater dort? Jung und gesund? Sagen wir, Anfang zwanzig und noch wenig krank? Oder graublass kaputt? Anfang dreißig und ein Wrack? *Immer Fieber und Beklemmungen? Immer halbtot husten?* Sieht man seine Einstiche im Arm? Muss er sich dort ständig kratzen? Hat er einen Stapel Handtücher nur für sich? Wie damals bei uns in der Emmerich-Josef-Straße?

Ich tue so, als hätte ich Zeit, über Tod und Teufel zu reden. Ich muss los, das Leben ruft! Das pralle, bunte, schreiend laute Leben!

Es liebt Dich,

Jo

3. FEBRUAR 2010 – 23 : 03

Liebe Jo,

ein Tag nach Maria Lichtmess, ich habe unsere Krippe eingepackt, und es fiel mir schwer, Maria in Blau und Rot, Josef mit gesenktem Kopf, die Hirten mit Schafen und Hunden, die Könige mit ihren Gaben und Kamelen verschwinden zu lassen.

Wie vertreiben sie sich, in Papier gewickelt, die Zeit auf unserem Dachboden, Johanna, was tun sie wohl?

Nur zwei Zeilen zum Abschluss dieses irren Tages, bestückt mit Fieberthermometern, gebaut aus Inhaliergeräten, beide Jungen sind krank, und Simon sagt, das werden sie, sobald ich mich zwei Autostunden entfernt im Schnee vergnüge. Franz mit spastischer Bronchitis, Henri mit vierzig Grad Fieber, was bei mir Panik auslöst, vor neuen Fieberkrämpfen und in der Nacht herbeigerufenen Notärzten, nach denen ich am Gartentor zitterfröstelnd Ausschau halte. Simon ist rund um die Uhr im Theater und vermählt Leonce mit Lena oder umgekehrt Lena mit Leonce, das muss er noch herausfinden, auch warum es uns melancholisch macht, wenn *die Wolken schon seit drei Wochen von Westen nach Osten ziehen.* Also werden abwechselnd Lori, Ildikó und meine Eltern bei den kranken Kindern bleiben, während ich in der Pfalz auf einem Symposium zu ›Lyrik heute‹ wieder einmal so tun werde, als gebe es nichts Wichtigeres, nichts Bedeutenderes in meinem Leben als fremde Sätze, als ausgerechnet die Wörter der anderen aus ihren Knoten zu lösen und neu zu vertäuen.

Ich überlege angestrengt, welche Frauen ich kenne, die drei Kinder haben und schreiben, keine will mir einfallen, kennst Du vielleicht eine, an die ich denken, an der ich mich festhalten könnte, wenn schon an sonst nichts? Wenn ich nur höre, wie großartig das kinderlose Leben der anderen ist! Wie sie in ihren kinderlosen großartigen Cafés sitzen, ohne Kinder ihre großartigen Computer aufklappen und ihren großartigen kinderlosen Erzählsträngen nachgehen! Nur ich harre bei meinen hustenden, fiebernden, weinenden, wimmernden, die Hände nach mir streckenden Kindern aus, mehr ist mein Leben nicht, Johanna, das Klappmesser Leben und Schreiben fällt klingenscharf auseinander, der Abstand zwischen beiden wird ozeanisch.

Márta

4. FEBRUAR 2010 – 16:46

Liebste Márti,

nun hat der Schnee wieder alles zugedeckt. Die Tannen versteckt. Ihr winterdunkles Samtgrün *weiß versiegelt*. Dein Bild. Den Lärm genommen. Welchen Lärm?, wirst Du fragen. Die zwei Autos? Der eine Bus, der dreimal am Tag an der Gabelung bremst, hält und wieder anfährt? Ja, das meine ich mit Lärm. Das ist mein Lärm im schwarzen Wald.

Wie sehr ich die Stille mag, die mit dem Schnee kommt! Aber diesmal bin ich erschrocken. Am Morgen habe ich die Läden nicht aufstoßen können. So fest und hoch lag Schnee davor. Das Haus war anders lautlos und dunkel. Wie eingepackt, festgezurrt und abgehoben. Gleitend durch einen Himmel ohne Farbe und Ton. Weit weg von *Tante Em*. Nicht weit genug von der *Hexe des Westens*. Ich bin ohne Strümpfe in meine Stiefel geschlüpft und ums Haus gelaufen. Ohne Kontaktlinsen. Mit dicker Morgenbrille und ungekämmtem Schlafhaar. Das gerade sehr an Rot verliert. An Leuchtfeuerrot, wie Du es nennst. Es war mir gleich, ob mich jemand sehen würde. Ob jemand vorbeigehen und sich wundern würde. Über Frau Studienrätin Johanna Messner, Deutsch, Kunst und Sport. Irgendwann vielleicht Doktor Johanna Messner. Die morgens um sechs in Nachthemd und Winterstiefeln mit bloßen Händen über die Fensterbänke wischt. Mit einem Handbesen den Schnee von ihren Läden fegt. Das Eis mit einem Stock von den Scharnieren klopft.

Claus kam pfeifend um die Ecke gebogen. Wie ein Polarforscher. Mit Fellmütze, Schneestiefeln bis zu den Knien. Mit einer Schaufel in der Hand. Als hätte ich nicht selbst eine. Kathrin wird ihn geschickt haben. Tief in ihr schlummert dieser nicht auszurottende Gedanke, eine Frau braucht einen Mann, der nach ihr schaut. Etwas könnte ja sein mit mir. Mit meinem Haus. Meinen Fensterläden. Meiner Heizung. Meinem Wagen. Ich könnte ja zwischen Haus und Wald im Schnee stecken geblieben sein. Gerade erfrieren. Also hat Claus nach mir geschaut. Wie er ja immer nach mir schaut, sobald es heftiger schneit als sonst. Wenn der leise rieselnde Schwarzwaldschnee aufdreht. An Fahrt gewinnt. Kurzerhand Lust bekommen hat, verrückt zu spielen.

Wenig später klopfte Bio-Kurt an. Ausgeschlossen, dass seine Frau ihn geschickt hat. Ich habe beide genötigt, einen heißen Tee zu trinken, bevor sie aufbrachen. Erst Claus. Wenig später Kurt. Es war ein Fehler, sie nicht gleichzeitig wegzuschicken. Bio-Kurt hat mir einen Blick zugeworfen, der drei Sekunden zu lang dauerte. Ja, drei Sekunden. *Etwas zwischen Glas und Feuer.* Dein Satz. Den ich mitnehme ins Grab. Den auch Du, Márta Horváth, mitnimmst ins Grab. Eine Einladung. Ausgesprochen in der Stille und Dunkelheit meines Hauses. Nein, ich habe es nicht falsch gedeutet. So wirr bin ich noch nicht. Dass ich in seinem Gesicht eine halbe Frage, eine ganze Ermunterung nicht deuten könnte. Wegen der ich mich in meinem Nachthemd plötzlich nackt fühlte. Vor Kurt! *Der ewige, unfreiwillige Tröster ihrer Langeweile* – der allein möchte er wohl nicht sein. Für mich gilt ab sofort: Keine Männer ins Haus lassen. Schon gar nicht, wenn es über Nacht so geschneit hat, dass die Welt vergisst, sich am Morgen weiterzudrehen.

Ich ließ mein Rad stehen, den Wagen. Bin gelaufen und habe klagende Gedanken gedacht. Sie zur Erde, zum Himmel geschickt. Fast eine Stunde bin ich durch hohen Schnee gestapft. Ich ließ den Bus fahren. Mit meinen lärmenden, an die Scheibe klopfenden, in Wolle verpackten Schülern hinter beschlagenen Fenstern. Am liebsten wäre ich ausgerissen, Márti. Abgebogen in einen schmalen Pfad. Der sich hundert Schritte vor mir auftat. Um mich davonzustehlen. Aus diesem Tag. Aus diesem Leben. Aber dann bin ich doch zur Schule. So pflichtbewusst wie sonst. So geradlinig wie immer. Die Flucht bleibt mir nur in Gedanken.

Viertel vor acht stand ich im Lehrerzimmer und grüßte freundlich in die Runde. In der auch Bio-Kurt saß. Zog meine Schneestiefel aus und meine Schuhe mit Absätzen an.

Es liebt Dich,

Johanna

7. FEBRUAR 2010 – 15:18

Liebste Johanna,

was machst Du? Verscheuchst Männer, fegst den Blumenladen aus, reißt Häuser ein oder baust schon wieder eines, Deines auf? Schneit es noch im ewig schneienden schwarzen Wald? Vor meinen Fenstern schneit es seit Tagen, unter einem Himmel aus Puderzucker fallen mir bei jedem Blick aus dem Fenster genug Dinge ein, die ich schreiben könnte – und dann nie schreibe, wann auch? Mia und Franz tollen in Skianzügen und Mützen durch den Hof, *Winterspieler, Eiskinder*, Henri haben sie auf den Schlitten gesetzt und festgezurrt, er schleckt den Schnee von seinen Handschuhen und klatscht, wenn seine Geschwister mit Armen und Beinen einen Schneeengel für ihn malen.

Es gibt gute Nachrichten, wir sind beglückt und glauben, es könnte immer so weitergehen, so sei unser Leben in allen Jahren, an jedem Tag, seit jeher gewesen, Simons und mein Leben, immer hat das Leben es gut mit uns gemeint, immer nur gut, gut, gut, dreimal hintereinander gut! Simon hat einen Verlag gefunden, er ist glücklich, und also sind wir alle glücklich, Mia, Franz, ich und Lori, die mit uns auf Simons Kinderbuch anstieß, weil der Knabe Herbert und seine Familie ein Zuhause bekommen, nicht nur in der Kreuzottergasse in Schaellinghausen, sondern zwischen zwei Buchdeckeln, jetzt kriegen sie Gesichter, Hände, kleine Füße, runde Bäuche. Ich fahre Donnerstag nach München, wo ich meinen verspäteten Preis für *Grobe Fährten* in Empfang nehmen darf, der für die schnelle Auffüllung unseres

Geldbeutels sorgt – kommst Du, kommst Du, kommst Du nach München, um mich unter meinem *sternlos-sternbildlosen Himmel* zu bewundern?

Geld schwemmt das Haus, Johanna, die Körberstraße zwölf im Erdgeschoss, gerade rechtzeitig, da ich nur einen Text in fünf Monaten verkauft habe und das ungefähr zweihundert Euro eingebracht hat. Für Simon gibt es einen winzigen Vorschuss, für die nächsten Monate dürfte nun alles zusammengerechnet fürs befreite Durchatmen reichen. Mein Preisgeld ist für Henris Betreuung gedacht, dafür geht es hin, ja, das ist ein schönes Thema, ein schönes Thema zum Verzweifeln, aber gerade habe ich nicht vor zu verzweifeln, nein, gar nicht, überhaupt nicht. Henri ist überall angemeldet, wo Kinder ganztags betreut werden, entweder ist er auf einem aussichtslosen Wartelistenplatz, oder man lässt uns gar nicht erst ins Haus, ich werde schon an der Tür abgewiesen. Also geht Henri weiter zur Tagesmutter, weiter wird es die Lori-Tage und die mit den Großeltern geben, damit ich mir zumindest dann ein paar Zeilen denken und auch aufschreiben kann. In einem Meer hoffnungsvoller Sprachakrobaten und Geschichtenerfinder schwimmen also auch Simon und ich weiter, ohne Jobs bei Rudis Resterampe, ohne Kellnern und Bierzapfen. Johanna, das ist – wunderbar.

Deine Márta

8. FEBRUAR 2010 – 07:14

Liebste Márti,

draußen ziehen sie laut und grell in Masken vorbei. Die Reste tagspielender Nächte. Die es einmal im Jahr sogar hier gibt. Ich bin in Eile, lese Dein Mail und bin glücklich mit Euch. Ja, Geld kommt ins Horváthhaus. In jedes *andere Zimmer*. Oh, wie ich mich freue!

Den Sekt kannst Du schon für uns bestellen, Márti. Kalt stellen lassen. Nein, diesmal keinen Schnaps. Auch den kleinen Tisch in der Ecke für zwei. Ja, ich komme nach München. Natürlich komme ich. Sitze in der ersten Reihe und *zähle meine lauten Tränen.* Deine *groben Fährten.*

Es liebt Dich,

Jo

12. FEBRUAR 2010 − 22:39

Liebe Jo,

wie schön das war, wie gut es schmeckte, das bayerische Bier mit Dir, zu später, gestohlener, geschenkter Stunde am Gärtnerplatz, während Simon und die Kinder in allerlei Zustellbetten in unserem Zimmer im Hotel Olympic schliefen, der Höhepunkt meines Ausflugs ins verschneite München, zu versinken im nächtlichen Johannaklang, ein bisschen darin zu ertrinken.

Bin müde zurückgekehrt in meine nagende Angst, die aus den Wänden der Körberstraße zwölf kriecht, sobald ich die Türen aufstoße, irgendwer hat die Löcher und Fugen wohl nicht richtig verspachtelt. Ob ich das will oder nicht, sie kriecht einfach durch, die Kehrseite des kurzen Glanzes, der steil hochgeschnellten Freude, nein, sie ist nicht kleinzukriegen, meine alte Urangst, die nachts über unseren Betten flackert, morgen stellen sie uns den Strom ab, das Telefon, übermorgen sitzen wir auf der Straße, nicht erfunden und ausgedacht, nein, alles schon da gewesen, das kann kein Preisgeld und kein Kinderbuch löschen, auf Dauer kann es keine Kissengespenster vertreiben, die Nacht für Nacht Bilder von Rechnungen, die ich nicht bezahlen kann, und von Häusern, die ich nicht besitze, in meine farblosen Träume werfen.

Es kann daran liegen, dass ich gestern in falscher Gesellschaft war, bei Leuten, die ein Haus an einer der teuersten Straßen der Stadt kaufen, das haben sie mir mit einem Glas Rotwein eingeschenkt, obwohl ich es nicht wissen wollte und nicht danach gefragt hatte, und dann griff es so blöd nach mir, Johanna, dass ich mich vor mir selbst schäme, denn dieser Gedanke kann ja überhaupt nur deshalb an mir nagen, weil ich es ihm widerstandslos gestatte, in mir zu wüten und das dämliche Karussell Zukunft–Leben–Geld–Kinder anzustoßen, für das immer wieder irgendwer ein Ticket für mich löst und von dem ich offenbar nie absteigen darf.

Márta

13. FEBRUAR 2010 – 10 : 15

Liebe Márti,

keiner da, also schreibe ich. Vielleicht seid Ihr ausgeflogen. Jagt nach Preisen. Dem richtigen Satz. Dem einen Wort. Das alles einfärbt. Verändert und umwirft. Neu bestellt. Verzweifle nicht wegen Deiner Erzählungen, auf die wir alle schon sehr warten. Kathrin, Claus und ich. Ja, schlimm, was man Dir gesagt hat. Gleich nach dem ersten Glas Sekt hinter den Kulissen. Es wird sich so wohl nicht verkaufen. Es wird wohl so kein Publikum haben. Ja, und? Dass man Dir, ausgerechnet Dir einen Platz weit hinten zuweisen will! Ich könnte schreien, toben!

Wenn Du aber weiterschreibst – ich hoffe, Du gehst nämlich deshalb nicht ans Telefon –, wenn Du trotz allem, allem zum Trotz weitermachst, auf Deiner Bahn gehst, auf Deiner Linie läufst, in Deinem Wortfluss angelst, falle ich vor Dir auf die Knie. Auf meine abgenutzten, halbarthritischen Knie. Wenn es Dich an den Schreibtisch zu Deinen Mártasätzen treibt, um sie zu entwerfen und später sich selbst zu überlassen, ziehe ich meinen großen, meinen größten Hut. Meinen riesigen, weltumspannenden, alles bedeckenden Hut. Hier ist er. Da, bitte sehr. Ich ziehe ihn. Er ist gezogen!

Es liebt und bewundert Dich,

immer und immerzu,

Deine Jo

16. FEBRUAR 2010 – 23:14

Liebste Jo,

mitten in der winterverhüllten Stadt habe ich eine Eiche entdeckt und sehr an Dich denken müssen, ja, schmerzverzerrt,
kehlenverschnürend sehr an Dich denken müssen. *Das erste
Mondviertel stand am Himmel, aber seine schwachen Schimmer
dienten nur dazu, den Gegenständen ein fremdartiges Ansehen zu
geben.* Karg, mager blattlos, vollendet anmutig geschwungen und
gebogen, nicht wie gewachsen, sondern wie gemacht oder gemalt, von Deinem Schüler Jan vielleicht, ausgerechnet zwischen
Aldi, Schluckspecht und Penny, dem großgrauen Albtraum
städtischen Lebens eine Droste-Eiche, wie Du sie seit Jahren
suchst und angeblich nirgends finden kannst, Johanna, da war
sie.

Mittags war ich zurück aus Hamburg, meine Bronchitis habe
ich zwischen meinen Worttakten und Bildfolgen versucht ab-
zuhusten, habe keinen unserer alten Freunde getroffen, nicht
einmal die Marktstraße besucht, sondern nur gelesen, vor einer
Handvoll Menschen, wenn ich richtig gezählt habe. Ich habe aus
Nacht und Tag sowie die Titelgeschichte meiner Erzählungen gelesen, die ja gar nicht fertig ist, jedenfalls nicht so fertig, wie ich
sie gerne fertig hätte, deshalb war alles ein bisschen entsetzlich,
jeder musste merken, wie verloren ich herumstehe, wie falsch
ich mich in meiner Haut fühle, zu klein oder zu groß darin, wegen zu viel oder zu wenig Haut, was weiß ich. Vielleicht ist die
Buchhändlerin deshalb nicht von meiner Seite gewichen und hat
darauf geachtet, dass ich mich nicht auflöse, wie Du merkst, ist
es ihr gelungen. Raubeinig war sie, reeperbahnig, rauchte Kette
und redete die ganze Zeit, aber ohne zu nerven, auch das muss
man erst einmal hinkriegen, als sie mich vom Hotel abholte,
sagte sie, ihr Sohn sei vom Baum gefallen, deshalb die Verspätung, und nach einer kurzen Pause, leider sei sie keine besondere

Mutter. Da hätte ich sie umarmen wollen und sagen: Ich bin es auch nicht, da sind wir schon zwei.

Ja, knie ruhig vor mir und zieh Deinen Hut, Deinen größten, weltumspannenden Hut, denn irgendwie ist mir das Lesen geglückt, obwohl ich über den Tag verteilt drei mal zwei, zusammen also sechs Buscopan gegen krampfartige Schmerzen in der Bauchgegend genommen hatte, dazu Codein gegen den Hustenreiz, am Abend noch vier Tropfen Bachblüten mit zwei Gläsern Weißwein gegen die Aufregung, keine hilfreiche Mischung, ich empfehle es nicht zur Nachahmung, schon gar nicht Dir. Unter *Nacht und Tag* ließ mein Herz das Rasen, ich konnte mich darin verstecken und zwischen den Zeilen versinken, als sei es nicht von mir, als hätte es ein anderer für mich geschrieben, damit ich zwischen den Satzwellen abtauchen und davonschwimmen kann. *Das andere Zimmer* habe ich gelesen, meine liebste Geschichte im neuen Reigen, gerade weil wenig geschieht, immerzu regnet, schneit, regnet und schneit es vor diesen Fenstern, um die sich niemand kümmert, die keiner instand setzen will, als stünde die Zeit vor diesem Zimmer und seinem zersplitterten Glas still, als bewegte sich nichts, obwohl zum Schluss alles neu und anders ist. Der Vater stirbt, die Welt seiner Frau und Kinder hat sich umgedreht und aufgelöst, der Weltenbrand, das Ende der Welt ist für sie eingeläutet – ihr *vége a világnak* ist da.

Bis nachts um zwei haben wir in kleiner Runde über solche Fenstersprünge und Weltuntergänge gestritten, Frauen unter Frauen, stell Dir vor, die Augen sind mir nicht zugefallen, über misslungene Lebensentwürfe, über den Krampf, ein Leben zu kitten, den rechten Augenblick zu finden, an der passenden Stelle stehen zu bleiben, um es anzuhalten und zu wenden, wenn es in eine blöde, schlechte, ganz und gar falsche Richtung weggestrudelt ist, und mitten in einem Satz, den ich nicht ertragen konnte, habe ich mich schnell verabschiedet, bin aufgestanden und ins Taxi gesprungen. Im Hotelbett hat es gedauert, bis mein Adrenalin sank und mich zum Einschlafen freigab, während vor meinem heilen Fenster der Hamburger Regen wundersam unaufdringlich auf den Asphalt fiel, plitsch, platsch, dieser wunderbare Hamburger Regen, viel schöner als der Regen hier, eigentlich der schönste Regen von allen. Ich bin zerknautscht-erschöpft zurückgekehrt, wo mich die Kinder überfallen haben und Simon gleich los ist zum Theater, hustend, japsend, bellend – das Antibiotikum frisst an seinem Magen, aber seine Lunge ist frei. Alles geht nur gut, solange keiner krank wird, richtig schlimm krank, meine ich, wenn Franz zu husten beginnt, steigt in mir die schiere Panik auf, er könnte unser System aushebeln und lahmlegen, in dem niemand ausfallen darf, keines der Kinder und Simon nicht, Lori nicht, ich nicht, ich schon gar nicht.

Siehst Du, bei Horváth-Leibnitz derselbe Trubelgang, Schleudergang, Johanna, sobald wir unser Krankenbett verlassen und das Leben seinen Alltagsfaden, seinen Arbeitsfaden aufnimmt, zu großer Trubel für meinen Geschmack, weniger würde ausreichen, weniger wäre bereits genug, morgen läuft meine Suche nach einem Kindermädchen wieder an, sie macht mich noch verrückt, aber jetzt, da die anderen sich verabschiedet haben, brauchen wir dringend eines, besser zwei, sollte eines umkippen. Ich hatte die blendend wimperngetuschte Semra mit dem Klimperschmuck sehr widerwillig engagiert, weil Molke und Franz sie tooll fanden, kurz vor Hamburg rief sie an und sagte für die ganze Woche ab, sie habe etwas Besseres gefunden, na danke, etwas Besseres als uns! Die nachrutschende, sehr lahme Zweitwahl konnte nicht den Schlüssel abholen, um einzuspringen, natürlich nicht, Lori durfte ich wegen schlimmer gewordener Zitterhand nicht fragen, also mussten meine Eltern kommen, was hieß, drei Tüten Gummibärchen für die Kinder, und am Abend fiel die Tür trotz des lärmenden Chaos einfach hinter ihnen ins Schloss, rums. Warum auch nicht, drei Mädchen haben sie schließlich großgezogen, bis aus ihnen Frauen geworden sind, da müssen sie keine Enkelkinder mehr großziehen.

Aber ich liege nach solchen Absagen morgens ab vier wach und spiele alles durch, was geschehen muss, geschehen könnte und dann wiederum geschehen müsste, das alles schießt durch meinen Kopf, Johanna, durch meinen müden, zugestopften, überfüllten, überforderten Kopf, schießt hin und her und jagt wildeste Bilder, dass ich mein Bett verlasse wie durchgeknetet, ausgebrannt – nicht einmal der Ausblick auf ein späteres Schlafen kann mich dann trösten.

Márta

18. FEBRUAR 2010 – 15 : 32

Liebste Márti,

schreibe Dir in g-Moll. Zweimal b als Vorzeichen. Nicht das Süße, nein. Das Schwermütige. Alles ist mir unerträglich. Die Schule. Wo ich *entweder hochmütig getadelt oder albern gelobt* werde. Der Weg dorthin. Ohne mein Rad durch Eis und Schnee. Irgendwer zieht ihn lang, um mich zu ärgern. Ich gehe, gehe, gehe, dreimal hintereinander, und komme nicht an. Die Schüler mit ihren ewig gleichen Fragen. Ihren ewig gleichen Ausreden. Die Eltern. Ach, am meisten die Eltern. Wenn sie vor mir sitzen und sagen, nein, mit der Literatur kennen wir uns gar nicht aus. Man muss sich auch nicht auskennen, möchte ich sagen. Man muss nur ein Buch in die Hand nehmen und anfangen, darin zu lesen. Es klingt, als würde es dasselbe bedeuten wie, ich kenne mich nicht aus mit dem Kunstreiten. Dem Rosenzüchten, mit dem Teppichknüpfen. Als sei es ein abgedrehtes Steckenpferd. Ein verrücktes kleines Hobby. Als hätten Lesen und Schreiben dasselbe lächerliche Gewicht wie Kunstreiten!

Kathrin hat mich Samstag ins Auto gepackt. Nachdem sie die

Schürze abgelegt und den Geheimen Garten geschlossen hatte. Endlich ohne Fastnacht, hat sie gesagt. Endlich wieder ein Wochenende, an dem ihr keiner vor die Ladentür kotzt. Obwohl es ein Abend zum Zuhausebleiben war, sind wir durch eiskalt peitschenden, strömenden, nicht nachlassenden Schwarzwaldregen nach Stuttgart gefahren. Vor jedem Schild mit einem springenden Reh bin ich zusammengezuckt. Habe meine Finger in den Sitz gekrallt, ein bisschen gebetet. Kathrin hatte Karten für die Walküre. Weil sie mit dem Ring mich verbindet, bei Brünnhilde immer zwingend an Johanna denken muss. Als spätes Dankeschön für das freie Wochenende. Dabei war es mein Hochzeitsgeschenk. Kein Gefallen, für den sich Kathrin bedanken müsste. Aber sie war so beseelt, weil ich in der Lage war, einen Tag lang ihre Blumen zu verkaufen. Das nimmt ihr etwas von diesem pfeifenden Grundton, nie ausfallen zu dürfen. Der ja auch durch Dein *Blutlabyrinth* dröhnt.

Bis zur ersten Pause saß ich mit zitternd bebenden Lippen und nassen Wangen in der Dunkelheit. Hoffte, die Lichter würden nicht zu schnell angehen. Die Liebenden, die tastend aufeinander zufliegen. Mit vier Wörtern. *Du bist der Lenz.* Fünf Minuten Glück. Vielleicht sechs. Ach, und Brünnhilde. Gefallene, gestürzte, bestrafte Brünnhilde. Unvergleichliche Brünnhilde. Von den Schwestern nicht geschützt. Vom Vater geächtet, verstoßen. Verbannt von seinem Zorn. Ihr gesenktes Haupt, ein Scheitel zum Bespucken. *War es so schmählich, was ich verbrach?* Wenn sie das fragt, zieht es alles, alles in mir zusammen, Márta. Richtig und gut hat sie gehandelt. Schuldig ist sie dennoch geworden. Hybris, unschuldig schuldig werden, mein altes, mein ewiges Thema, mein Fachgebiet, mein Ich, mein Mir! Wie ausgehöhlt und verglüht habe ich mit Kathrin später in diesem Kunstcafé ohne Fenster gesessen. Und war froh, dass niemand zu mir hereinschauen konnte. Kein *Wonnemond*, kein *Wintersturm*. So sehr haben die treulos mutlosen Schwestern in mir gewütet. Die sich gegen den Vater nicht aufzulehnen wagen. Alle haben mit uns am Tisch gesessen: Waltraute, Schwertleite, Rossweisse mit ihren Brustpanzern und Helmen. Obwohl wir sie nicht eingeladen, nicht dazugebeten hatten. Nein, ich gewiss nicht.

Wahrscheinlich habe ich genauso jahrelang in unserem Wohnzimmer gestanden und auf meine gerechten Strafen gewartet. Das Kinn zur Brust. Den Blick aufs alte Schubberparkett. Auf seine *Splitterfäden*. Seine *Ameisengänge*. Unschuldig schuldig. Nein, ich war es nicht. Nein, Georg war es auch nicht. Sag Du es mir, Márti. Du wirst es wissen. Du weißt doch alles über mich.

Johanna

19. FEBRUAR 2010 – 00 : 09

Liebste, wunderbare Johanna,

mein *Wunschmädchen*, meine *Wunschmaid*, ich sage es Dir, ich weiß es, denn ich war oft genug dabei, ja, so hast Du jahrelang in Eurem Wohnzimmer gestanden, ich habe es gesehen und kann es bezeugen, ich bin Deine Zeugin, Johanna, Deine Kronzeugin, Tatzeugin, Augenzeugin, Dein Gefühlsarchiv, Deine Zeugenbank, aber wer will die Wahrheit jetzt noch wissen, wo sollen wir aussagen und gegen wen?

Dreizehn Jahre hast Du so vor Deinen Eltern gestanden, ziehen wir die ersten drei ab, bleiben immerhin zehn, dann noch fünf Jahre allein vor Deiner Mutter, vor der breiten, gestreiften Couch mit den lose dahingeworfenen bunten Hippiehäkelkissen, auf die Deine Mutter so viel Wert legte, neben der Leselampe und dem Stapel Tageszeitungen, die Deine Eltern ja förmlich studierten – ich dachte immer, Dein Vater lernt sie auswendig, es ist Teil seiner Rolle. Wenn man Deinen makellos gezogenen Scheitel sehen konnte und die leuchtroten Strähnen in Deine blasse Stirn gefallen sind, weil ja immer etwas war mit diesem und jenem, meistens aber mit Georg, das Du hättest tun oder lassen sollen, das Du hättest hinkriegen, lösen oder vermeiden müssen, dann fand ich es genauso schlimm und habe mit Dir zu teilen versucht, was da auf Dich herabrieselte. Ist es mir je gelungen?

Aber jetzt bist Du doch schon groß, liebste Jo, lass Deinen alten, jungen Vater ziehen und kalt und tot sein und steh nicht mehr mit gesenktem Haupt vor ihm, sondern mit erhobenem, Schultern nach hinten, Kinn hoch, ja, wenn das so einfach wäre. Wotan, der Trottel, hätte seiner Lieblingstochter einfach verzeihen können, er ist schließlich Gott, da kann er das. Aber Dein Vater?

Es liebt Dich und liebt Dich, immer und immerzu,

Márta

21. FEBRUAR 2010 – 06 : 09

Liebste Márti,

ein Sturm nimmt die kläglichen Reste von Schnee mit. Seit zwei Tagen Tauwetter mitten im Winter. Aber im Februar bricht hier kein Frühling aus. Der Winter wird zurückkehren. Sicher hast Du wieder recht mit allem. Vielleicht hatte mein junger Vater gar keine Zeit, über Schuld und Sühne nachzudenken. Über Hochmut und Vergebung. Im entscheidenden Augenblick *keine Hirnlücke frei*, wie Du gesagt hast. Obwohl er ständig über alles und jedes nachdachte. Darüber nun ausgerechnet nicht. Mein junger Vater mit seinen vielen Verehrerinnen. Die nachts vor unserer Tür in der Emmerich-Josef-Straße standen. Weil er ihnen Frau und Kinder verschwiegen hatte. Vergessen hatte, uns zu erwähnen. Uns – Margot, Georg, Johanna. Aber das hat diese Frauen nie gestört. Nichts an meinem Vater hat sie gestört. Nicht einmal sein stockiger Geruch. Als habe er seine Wäsche feucht angezogen. Auf der Haut trocknen lassen. Nicht sein Heroindunst, sein Drogenschweiß. Nicht seine angerissene Haut.

Stehe ich heute vor seinem Grab, beginnt es in mir zu rasen. Mein Blut verschätzt sich mit der Geschwindigkeit in meinen Adern. Als wollte es testen, was meine Venenwände aushalten können. Ich will die Leute, die an mir vorbeiziehen, festhalten. Meine Finger in den Stoff ihrer Jacken krallen und schreien. Es stimmt nicht! Es ist nicht wahr! Er ist nicht tot! Er kann nicht tot sein! Jemand hat sich geirrt! Ihr alle habt euch geirrt! Obwohl er doch lebendig schon fast tot war und Georg und ich genau davon eine Ahnung hatten. Vielleicht sogar davon, wie alles ineinandergriff. Leben. Arbeit. Rausch. Liebe. Wenn wir nicht ins Bad durften, die Tür verschlossen war und kein Geräusch zu uns drang, wussten wir, was dahinter geschah, war nicht für uns bestimmt. Georg wusste es. Ich wusste es. Etwas ging dort vor sich, das wir nicht sehen durften. Von dem aber alles im Haus sprach. Die Stille über den Büchern und Kissen sprach davon. Die dunklen Möbel sprachen davon. Die Lernzettel mit den Rollentexten, die ja überall klebten. *Ein einz'ger Blick zeigt ihm, was er besessen, zeigt ihm, was er auf immerdar verloren.* Die Luft, selbst an kalten Tagen getränkt von Schweiß. Am lautesten sprach diese Luft davon. Georg sagte, Papa ist weggeflogen. Wenn sich diese Ruhe auf ihn legte. Dieser Ausdruck in sein Gesicht kam. In seine Augen. In die auf eine Winzigkeit geschrumpften Pupillen. Kleiner als die Köpfe der Stecknadeln in unserem roten Nähkissen. Etwas hatte sich verschoben. Das Leben, wie es sonst durch die Höchster Altstadt trieb, war ausgesetzt.

Johanna

23. FEBRUAR 2010 – 23:01

Liebe Johanna,

ich habe Dir alles erzählt, wir haben alles besprochen, hin und her gedreht, geschüttelt und abgeklopft, dennoch werde ich die Angst, die verrückt abergläubische Angst nicht los, das viele

Reden und Schreiben über den Tod hat ihn angelockt und erst auf unsere Fährte gesetzt. Lori hat ihn abgewendet, mit ausgestrecktem Arm und Zitterhand weggehalten, als er sie holen wollte, seither liegt sie festgezurrt unter Schläuchen, umgeben von fiependen Bildschirmen in ihrem Krankenhausbett. Simon weicht kaum von ihrer Seite, jeder muss denken, sie sind Mutter und Sohn, wenn ich komme, steht er am Fußende oder neben Loris Kopfkissen und wartet, wartet immerzu, bis Lori aufwacht, bis sie einschläft und Stunden später wieder aufwacht, um drei Wörter zu sagen, höchstens drei Wörter, nie mehr als Simon, lieber Simon. Da schnürt es alles in mir zu, Johanna, wenn sie Simons Namen leiseschwach flüstert, als hätte sie keine Kraft dafür, als müsse sie schon alle Kraft zusammennehmen, um die Augen zu öffnen und zu schließen.

Ich habe mich so aufgeregt, dass ich wieder angefangen habe zu rauchen, ich bin zum Wasserhäuschen vor der Uni-Klinik und habe mir ein Päckchen gekauft, dabei war es doch die größte Leistung meines Lebens, damit aufgehört zu haben. Es ist zu blöd, ich weiß, als würde ausgerechnet das helfen, ich rauche eine vor dem Krankenhaus und eine danach, noch eine auf dem Weg zurück, während Lori neben mir im Wagen sitzt und redet, obwohl sie ja in ihrem Krankenhausbett liegt und schläft, redet neben mir wie sonst, wenn sie aus dem Fenster sieht und mir Welt und Leben, Menschenwelt und Menschenleben auf Lori-Art erklärt. Die erste Zigarette war eine Überwindung, nein, geschmeckt hat sie nicht, überhaupt nicht, aber dann ging es, ich rauche Marlboro hell wie früher einmal, und Lori, deren Lippen jetzt schief sitzen, würde sagen, könnte sie etwas sagen, du stinkst, Márta, du stinkst nach Zigarette.

Ach, Johanna, als Simon gestern meinte, man müsse die Prognose abwarten, ob noch drei Monate oder nur drei Tage, fing ich an zu weinen, auf diesem hässlichkahlen Klinikflur mit den

Glastüren und Neonlichtern fing ich an zu weinen, *ich weinte vor Angst, mein Herz dröhnte,* vielleicht weinte ich auch einfach weiter, so wie ich den ganzen Tag immer wieder in kleinen Anfällen geweint hatte, seither gehen diese drei Monate oder drei Tage nicht aus meinem Kopf, den unsinnigen, bekloppten, regengrauen Tag gestern und heute hämmern sie in mir. Mia kam am Abend aus dem Bett gestürzt, warf sich auf mich und klagte bitterlich vor Angst, und alles, was mir einfiel, war zu fragen: Bist du so erschrocken? Natürlich ist sie erschrocken! Wir alle starren in unsere erschrockenen Gesichter, meine Eltern, Ildikó, Franz und Mia, Simon und ich, sogar Henri, wir alle sind erschrocken, furchtbar erschrocken sind wir, bis auf die Knochen, bis auf die Zähne erschrocken – kann ich das so sagen?

Jeden Frühling blüht Lori auf und springt in ihren Jungbrunnen, ich weiß nicht, wo sie ihn angelegt hat und nach dem großen Frost die Abdeckung entfernt, aber sobald sie sich mit Korb und Schere in ihren Garten aufmacht, springt sie kopfüber hinein und verjüngt sich. Warum hat dieser Frühling nicht auf sie gewartet?

Márta

25. FEBRUAR 2010 – 00:56

Liebe Márti,

vielleicht geht alles gut. Vielleicht geht diese Sache gut aus. Manchmal gehen die Dinge doch gut aus. Auch in unserem Leben. An diesem Gedanken würde ich mich gerne festhalten. Nachdem Du mich aufgelöst in die Nacht geschickt hast. Die ihre *Winterwangen an alle Fenster presst.* Nur der Mut fehlt mir. Ich kann ihn nirgends auftreiben. Ich schäme mich. Weil ich Dir so gerne Mut machen will. Aber nicht weiß, wie.

Alles kommt mir lächerlich vor, Márti. Mit Lori im Krankenhaus kommt mir alles sensationell lächerlich vor. Die Lautstärke

und Hatz unseres Lebens. Wie lächerlich und dumm das alles
ist. Wie lächerlich und dumm wir darin sind. Du und ich. Mit
unseren Klagen. Lori klagt ja nicht. Nicht einmal jetzt. Hat sie
je geklagt?
Melde mich später. So lange denke ich an Dich und Lori,
Johanna

27. FEBRUAR 2010 – 14:36
Liebe Jo,
der Gedichtband von Donald Justice, den Du Neujahr geschickt
hast, liegt neben meinem Bett, ich lese darin vor dem Aufstehen,
wenn alles noch schläft und ich die Erste bin, die aufwacht. *So
ladies by their windows live and die.* Zu wissen, Du hast ihn in
den Händen gehalten, Du hast ihn für mich ausgesucht, in dieser
feinen Freiburger Buchhandlung, ist fast ein bisschen, als wärest
Du in meiner Küche, an meinem Tisch, ich könnte den Kaffee
für uns in Gläser gießen, Milch aufschäumen und mich für eine
Runde Trost zu Dir setzen. Es hilft, Johanna, wenn Du am Abend
anrufst, kurz vor Mitternacht, um meinen Tagesbericht zu hören, es hilft mir, alles für Dich zusammenzufassen und Dein ›gut,
gut, das klingt gut‹ zu hören, mit dem Du mich in meine ruhelos
angstzernagte Nacht entlässt.
Alle Ergebnisse sind da, sosehr wir auf einen harmlosen Befund
gehofft hatten, er ist ausgeblieben, die Ärzte hatten ja zweimal
bekräftigt, es sehe aus, als müsse nicht operiert werden, also habe
ich mich diesem Gedankenspiel hingegeben und war halbwegs
glücklich darin, es wird schon gutgehen, wir werden Lori mit
nach Hause nehmen, und sie wird sich erholen. Nun muss es
doch eine Operation sein, morgen wird es ein Gespräch darüber
geben, und ich will, ich muss Lori begleiten und mich sehr zusammennehmen, um Zuversicht auszustrahlen, wenn niemandem danach sein wird, Zuversicht auszustrahlen, aber das ist

schließlich meine Aufgabe, nichts anderes für den Moment. Ich wünsche, ich bete, ich flehe, dass wir noch Zeit mit Lori haben, und für morgen, dass ich es schaffe, nicht zu weinen, nicht vor Lori.

Denk an mich,

Márta

28. FEBRUAR 2010 – 06:31

Liebste Márti,

mich hat es getröstet und zurück ins laut überbordende Leben getragen, dass Kathrins Kinder übers Wochenende bei mir waren. Jetzt, da Lori auf ihre Operation wartet und alle um sie bangen. So viel Lärm zwischen den Wänden. So viel Geschrei und Gelächter. Da war die Angst um Lori fast verpufft. Fast. Selbst die Droste lag brach. Sie ruht und wartet. Was will sie auch sonst tun? Ich hätte nicht einen Gedanken mit ihr denken können. Kathrin war auf einer Blumenschau in der Nähe von Basel. Claus hatte seit Monaten wieder ein Konzert. Im Kloster St. Blasien. An Absagen war nicht zu denken. Die Kinder haben mir alle Viren und Bakterien überlassen, die sie gerade in sich tragen. Sie haben den Wasserkocher auseinandergebaut und das kleine Kellerfenster beim Raufen eingeschlagen. Sie haben in alle Winkel der Küche Mehl verstreut und die Eier auf den Teppich fallen lassen. Alles war also wie immer. Von Freitagabend bis Sonntagnachmittag gehörten sie mir. Und ich gehörte ihnen. Wir haben Pudding gekocht und sind durch den Wald gestreunt. Wir haben Spaghetti gekocht und sind durch den Wald gestreunt. Wir haben Pfefferminztee gekocht und sind durch den Wald gestreunt. An beiden Abenden haben wir lange gelesen. Märchen habe ich ihnen aufgedrängt. Obwohl sie sich erst wehrten. Ich sagte, ich habe nichts anderes. Ich habe nur Märchen. Also lasen wir Der goldene Vogel, Der Hase und der Igel, Die weiße und die schwarze Braut und dann Die zertanzten Schuhe, mein liebstes, Dein liebstes. Weil die Prinzessinnen sich Nacht für Nacht in Booten über den See davonstehlen zum Feiern. So wie Du und ich es einst getan haben. *Wie sie unten waren, standen sie in einem wunderprächtigen Baumgang, da waren alle Blätter von Silber und schimmerten und glänzten.* Ich habe gelesen, bis den Kindern reihum die Augen zugefallen sind. Dann habe ich sie in die Betten getragen.

Nein, es war nicht schön, als sie abgeholt wurden. Als Claus alles einsammelte und in die Taschen stopfte. Die Nachthemden, Schlafanzüge, Zahnbürsten und Taschenlampen. Nein, es ging mir nicht gut dabei, Márta. Zu schnell war klar, sie gehören nicht zu mir. Ganz ohne Widerstände wurde deutlich, sie gehören zu Claus und Kathrin. Nicht zu mir. Wir haben nur so getan, als ob. Ich habe nur so getan, als ob. Von Freitag bis Sonntag haben wir das nur gespielt.

Unter der Treppe liegt ein kleiner pinkfarbener Stiefel mit drei blauen Blumen. Er muss aus einem Rucksack gefallen sein. Ich mache mich gleich auf den Weg und bringe ihn zurück. Oder behalte ich ihn noch ein wenig und tue so, als gehörte er zu meinem Haus? Zu mir und meinem Leben?

Johanna

5. MÄRZ 2010 – 19 : 09

Liebste Johanna,

Lori liegt blass und stumm in Bad Nauheim, alles, was ich weiß und herausfinden konnte, klingt grob nach Schlachtbank, es muss die reine Venenbastelei gewesen sein, am Bein raus und am Herzen rein. Wenn ich es richtig verstanden habe, haben sie eine durch und durch verstopfte, verkalkte Vene öffnen und durchstoßen, einen anderen Zugang kappen und verlegen müssen, dennoch bin ich zuversichtlich, Loris erstes und oberstes

Ziel war schließlich zu überleben, bei uns zu bleiben und nicht in die nächste Welt zu driften. Ich fahre fast täglich, so gut und sooft es eben geht, aber selbst wenn kein Freitagstau, kein Montagstau ist, brauche ich hin und zurück fast anderthalb Stunden, manchmal ist die Zeit zu knapp zwischen Kindern, Schreiben, Kindern, Schreiben und dem riesigen Sonstnoch.

Loris Kinder aus den USA sind da, eines von der Ostküste, das andere von der Westküste, Simon hatte es am Telefon sehr dringend gemacht. Die Tochter wohnt jetzt im Nordend in der Villa Orange, und Simon oder ich fahren sie morgens nach Bad Nauheim, der Sohn wohnt in Loris Wohnung, warum nicht beide dort unterkommen, ich frage nicht, ich wundere mich nur. Loris Tochter hat ihren Sohn Jeff mitgebracht, entzückend ist er, mit viel Lori in den Bernsteinaugen und spitzen Brauen, wenig älter als Molke, die staunt und sich wundert, jedes Mal, wenn er den Mund aufmacht und sein Amerikanisch herausbrodelt. Gestern haben wir alle zusammen Lori besucht, wir waren erschöpft, aber gelöst, weil es nun vorbei, weil es fürs Erste jedenfalls ausgestanden scheint, es hätte wie ein buntes Familientreffen aussehen können, hätte es nicht am Krankenbett stattgefunden, hätte Lori keinen Zugang an der Hand gelegt gehabt und hätte sie nicht ihr Krankenhaushemdchen getragen, ja, hätte, hätte, hätte.

Es liebt Dich,

Márta

6. MÄRZ 2010 – 00:08

Liebe Márti,

der Winter nimmt die Leute mit. Das hat mein Vater gesagt. Als seine Mutter noch lebte und in der Hostatostraße hinter dem Tresen Gläser spülte. Aschenbecher leerte, die mein Großvater vollgeraucht hatte. Vor jedem neuen Winter hatte er Angst, er würde sie mitnehmen. Es klingt nach einem Satz von alten Leuten. Nicht nach einem Satz meines jungen Vaters. Aber er hat ihn gesagt. Wenn der Winter begann, hat er diesen Satz für uns ausgegeben. Als müsse er die Jahreszeit so einleiten. Mit dieser Parole. Parole Winter. Einer wird gehen.

Winterangst hat sich seit jeher bei Messners breitgemacht. Georg und ich glaubten, mein Vater würde vom Winter mitgenommen werden. Sobald sich der Winter auf die Höchster Altstadt legte, dachten wir, er wird unseren Vater mitnehmen. Sobald er Fachwerk und rote Dächer bestäubte. Den Turm der Justinuskirche. Sobald er dem Main sein Eisgesicht gab. Seine Wellen unter Weiß glättete. Jetzt, diesmal wird er ihn mitnehmen. Dies wird unser letzter Winter mit ihm sein. Aber ist es die Jahreszeit, Márti? Du wirst es wissen. Du schreibst ja über solche Dinge. Über *Januarfrostgräber* unter *neujahrzerschossenem Nachthimmel*. Ist es wirklich der Winter, der die Leute mitnimmt? Oder nur unser altes böses Bild von ihm? Weil wir uns den Tod nie warm, sondern kalt vorstellen? Nimmt nicht genauso der Sommer die Leute mit? Müssen wir deshalb nicht ständig Angst haben? Sommer wie Winter?

Mir fallen die Augen zu. Entschuldige, wenn ich wirres Zeug von mir gebe. Eigentlich wollte ich Dir einen einzigen Satz schreiben und dann schlafen gehen. Diesen einen Satz: Lori wird dieser Winter nicht mitnehmen.

Deine Johanna

10. MÄRZ 2010 – 22 : 43

Liebste Jo,

dieser Februar, sein nicht enden wollender, immer wieder neu fallender Schnee und die Angst um Lori, meine herznagende Angst um Lori, hat vieles von mir weggefressen, Johanna, gottlob ist jetzt März und in elf Tagen endlich Frühling. Schreiben kann ich kaum, wie sollte ich mit diesem Sorgenkopf schreiben, ich war so gut wie nur im Krankenhaus, mit meiner Zigarette davor und danach, nicht mehr aus Verzweiflung, sondern fast schon wieder aus Gewohnheit, habe Loris Tochter gefahren, die beeindruckt scheint von einer deutschen Klinik, in der man nicht für jede Handbewegung die Kreditkarte zücken muss, habe sie in ihr Hotel gebracht, wo sie staunend durch die Straßen gelaufen ist, als hätte sie nie in Deutschland gelebt, über die Friedberger zum Eckhaus, über den Merianplatz die Berger Straße hinunter und durch den Bethmannpark, wo sich die ersten Vorfrühlingsboten zeigen, Winterlinge und Schneeglöckchen, ja, sie sind da, endlich.

Simon hatte übernommen, weil ich mit meinen *Groben Fährten* unterwegs war, Heilbronn schrecklich, Tübingen nett, mittlerweile glaube ich an diesen Wechsel, zweimal nett hintereinander gibt es nicht, zweimal schrecklich auch nicht, aber ständig flirrte dieser Satz durch meine Adern, den ich hätte sagen wollen: Leute, wisst ihr denn nicht, wir enden alle an einem Schlauch in einem Krankenhaus! Gab mich der Gedanke an Lori einmal frei, war ich im Zug ein bisschen fleißig, wenn mich die Angst um Lori nicht betäubte und mein Todesgedicht schwieg, das seit Februar in mir rumort und sich zu viele Male unaufgefordert aufgesagt hat, obwohl ich es gar nicht hören will, *besser vorgeben, er säße nicht hier, wir hätten ihn nicht gehört, nicht sein Füßescharren, sein leises, unüberhörbar lautes Komm-komm*, meine lästigstörrische Fuge, die ich geschrieben habe, als ich um Dich bangte, Johanna, als ich dachte, ich drehe durch mit diesem Bild, ich werde verrückt mit diesem Ausblick, ein Leben ohne Johanna Messner darf es, kann es für mich nicht geben. Sobald es in mir verstummte, habe ich Notizen geordnet, meinen treuzerfledderten, anhänglichen Stapel, dieser durcheinandergeratene Wust aus Blättern und Heftchen, den ich herumtrage, der mittlerweile zu mir gehört wie Mantel, Schal und Lesebrille, manches habe ich ins Reine geschrieben, mehr kann ich nicht von mir erwarten.

Meinen tiefroten Ring aus Deinem Weihnachtspäckchen habe ich heute zum ersten Mal ausgeführt und die Hand ans Ohr, ans Kinn gehalten, damit ihn jeder sehen konnte, damit er jedem auffallen musste, und ja, er wurde bewundert, sogar von Lori, die schon besser sprechen kann, müde, mühselig, leise, sehr leise für Lori, aber ja, sprechen kann sie, auf ihre altvertraute Lori-Art, und ich sagte, es ist ein Freundschaftsring, Johanna trägt das Gegenstück dazu.

Es liebt Dich,

Márti

11. MÄRZ 2010 – 19 : 02

Liebste Márta,

Lori klingt gedämpft am Telefon. Aber was bleibt mir, als sie anzurufen? Im Augenblick komme ich nicht weg. Nicht über Nacht. Also rufe ich an. Krankenhauszentrale. Krankenhausstation. Krankenhauszimmer. Sonst war es immer leicht mit Lori. Immer gab es genug zu lachen, genug Welt zu erklären. Doch der Frühling kommt, Márti. Nicht bloß im Kalender. Lass uns nicht verzagen. Sein blaues Band flattert schon. Weit oben in diesem kühlen Märzhimmel. Schau mal hoch.

War es Loris Ton, der mich zum Bahnhof trieb? Waren es ihre halbschwachen, blassen Sätze? Etwas jedenfalls hat mich nach Freiburg gezogen. Vielleicht nur die Hoffnung, es würde mich glücklich machen. Für einen halben Tag die Sorge auflösen. Wenn ich aus dem Zug springe und die Eisenbahnstraße hinabschlendere, gelingt es Freiburg ja meistens, mich glücklich zu machen. Mit seinem Colombischlössle, seinen Weinstöcken am Hang. Weinreben an einer Eisenbahnstraße! Und ja, die Sonne schien. Die Mandelbäume hielten sich bereit. Trotzdem habe ich mutlos auf Türme und Dächer gestarrt. Auf die sich anlehnenden Berge. Den schwarzen Wald, der die Stadtränder berührt. Sich in jeden Winkel schiebt. Ich bin hinabgestiegen, um mich in den Gassen zu verlieren. Verirren kann ich mich dort nicht mehr.

Am Alten Wiehrebahnhof in Omas Küche saß ich in der matten Sonne. Das scheint eine Angewohnheit zu werden, Márti. Ja, *manche Sachen sollten so bleiben, wie sie sind. Man sollte sie in einen großen Glaskasten stecken und so lassen können.* Unter kahlen Zweigen haben mich nur Spatzen besucht. Der schwarze Wald stand stumm – anklagend, vorwurfsvoll. Als habe er etwas andeuten wollen, aber ich hätte es nicht verstanden. Ich habe mich weggedreht und bin über den Ring zum Museum. Wie immer vor Kokoschkas Freiburg gestrandet. Das gar nicht wie eine Stadt aus Stein aussieht. Sondern wie ein Meer. Ein Meer aus dröhnend hochjagenden, krachend zerspringenden Wellen. Je weiter ich zurückging, je größer mein Abstand war, desto wilder und bewegter wurde es. Desto lauter und drängender wurde der Lärm. Der tosend schrille Lärm, der aufs Parkett schwappte. *Sturmgesänge. Farbschreie.* Auch so ein Weltende, Márti. Auch so ein vége a világnak. So heißt es doch, oder?

In den schmalen Gassen hat mich das splitternde, fallend schreiende, farbüberbordende Kokoschkafreiburg verfolgt. Seine größte Welle, sein lautester Schrei dicht hinter mir, hat mich an der Schulter gepackt und dann – nichts gesagt. Nur blöd geschwiegen. Aber über was?

Johanna

13. MÄRZ 2010 – 13 : 09

Liebste Jo,

ich kehre zurück in mein eigenes Leben, sagen wir, zu den Resten davon, den Resten von Márta Horváth, die ich versuche einzusammeln und zu flicken. So etwas wie Alltag breitet sich aus, die Angst nimmt ab, mit jedem Tag, den wir in Bad Nauheim verbracht haben, ist sie kleiner geworden, mit jedem Tag, an dem wir Lori gehört und gesehen haben, ist sie geschrumpft, zusammengesurrt. Simon ist mit einem Reisestipendium nach Las Vegas geflogen, es ist ihm schwergefallen, Lori zurückzulassen, sie hat ihm versprochen, gesund zu werden, und er hat ihr das Versprechen abgenommen. Vielleicht verheizt er unser letztes Geld, eigentlich soll er die Farben der Wüste einfangen, Gott in der Farbe des Lichts hinter einer Stadt aus Gier und Sucht, so oder so ähnlich heißt sein Arbeitsauftrag, in jedem Fall etwas mit Himmel und Todsünden, Simons großes Thema, sein Fachgebiet, sein Ich, sein Ihm, superbia, avaritia, luxuria, gula, alle in Las Vegas vorhanden, Hochmut, Habgier, Ausschweifung, Maßlosigkeit, alle ohne weiteres zu finden, Simon wird nicht lange suchen müssen.

Für Lori können wir nicht viel tun, nur warten können wir, bis sie zu Kräften kommt, sie hat uns verboten, weiter täglich nach Bad Nauheim zu fahren, das klingt fast nach alter Lori, also arbeite ich an Winzigkeiten, Simons Verlag bringt eine Anthologie heraus, ich soll eine Weihnachtsgeschichte schreiben, was mir heute schwerfällt, blauester Himmel und schreiende Sonne vor meinen Fenstern, der Frühling hat die Stadt erobert, wir haben für Winterjacken plötzlich keinerlei Verwendung mehr. Violen und Zwerghyazinthen warten im Hof auf ihre Erde und Töpfe, während ich mich an einer Weihnachtsgeschichte zu Geburt und Stall versuche, die im November erscheinen, aber jetzt schon abgegeben werden soll. Mir ist alles recht, also auch Bibelgeschichten neu zu erzählen, Joseph und seine Brüder gibt es bereits, es liegt auf meinem Schreibtisch, Mia war entsetzt, wie darin über Joseph geschrieben wird, dank Simons Lektürevorlieben ist sie Joseph-Expertin und kann alle Brüder von Naftali über

Simeon bis Ruben ohne weiteres aufzählen, da schlägt das Erbe von Simons Eltern durch, die ihren Messdienersohn nach einem Jünger benannt und im Weihrauchdunst erzogen haben.

Wenn wir schon bei Glaubensfragen sind, Deine Patentochter wird nun zur Erstkommunion gehen, das Taufwasser auf ihrem Köpfchen ist kaum getrocknet, da muss sie schon ihr Taufbekenntnis erneuern, vor mir liegen die Einladungen, ja, natürlich übertrieben früh, aber alles an uns ist übertrieben, also auch das, Mia hat sie gebastelt und mit einem Glitzerfisch beklebt, der mehr nach Discokugel aussieht als nach dem großen Fischer, der sein Netz nach meiner Tochter ausgeworfen hat. Die Kerze solltest Du besorgen, mit Name und Datum, bitte Blau und Silber, Molkes Lieblingsfarben, die Zeremonie beginnt um zehn, also wirst Du am Abend vorher anreisen müssen, mindestens am Abend vorher, und jetzt, da ich darüber nachdenke, klettert zum tausendsten Mal die Frage auf meine Zunge, warum Du nur weggehen musstest, liebste Jo. Manchmal kann ich nicht begreifen, dass Du immer noch dort bist, wo Du bist, ich kann nicht glauben, dass ich es war, die damals Umzugskisten für Dich gepackt, Deine Kartons gefüllt hat, damit Du aufbrechen konntest. Immerzu dachte ich, dies ist ein Versehen, ein Missverständnis, etwas ist falsch gelaufen, es ist ohne mich ausgemacht und entschieden worden, nur deshalb stehe ich vor Johannas Umzugskisten und packe. Ob sie nicht doch eine Studienrätin oder Droste-Expertin in unserer Nähe suchen? Frag doch mal. Deine Márta

14. MÄRZ 2010 – 23:49
Liebste Márta,
die Sakramente rieseln ja nur so! Die schönste Kerze, die der schwarze Wald zu bieten hat, soll mein Miamolkemädchen haben. Die Nacht ruft, der Schlaf fasst schon nach mir. Gehe gleich

meine Stiegen hoch. Falle auf mein Kissen und male mir Mias Kerze in Blau und Silber aus. Alle sollen vor Neid erblassen und sich an dieser Todsünde vergehen. Invidia!

Seid Ihr in den Osterferien da? Bleibst Du bei Lori? Wirst Du in der Osternacht weinen, wenn die Lichter angehen? Nach dreimal Lumen Christi? Oder weinst Du, wenn alles noch dunkel ist? Ich habe es vergessen. Es liegt an meinem leeren, schiefen Kopf derzeit. Der sich sehr nach der warmen Jahreszeit streckt. Habe ich Dir je gesagt, dass mich nichts so niederdrückt wie Karfreitag? *Man kann sich kaum etwas Ernsteres und Heiligeres denken als Ostern. Das Traurige und Schwermütige der Charwoche.* Wenn sich der Himmel pünktlich um drei eintrübt und die Trauer am Ostermorgen nicht verschwindet? Obwohl alle rufen, das Grab ist leer! Er ist auferstanden! Du könntest in den schwarzen Wald kommen und mich ein bisschen aufmuntern. Hier ist gewiss noch Winter, auch an Ostern. Oder schaust Du lieber auf ein Meer als auf einen verhüllten Sterbenden am Kreuz mit Nägeln an Händen und Füßen?

Einer davon liegt übrigens in Bamberg. In der Nagelkapelle des Doms. Ich hatte vergessen, Dir das zu schreiben. Deine Taubertalerzählung hatte mich dazu gebracht, dorthin zu fahren. In die Riemenschneidergesichter zu schauen. Ihnen manches zu entlocken. Heinrich und Kunigunde. Kunigundes Fuß, den sie zum Beweis ihrer Treue auf die glühende Pflugschar stellt. Ohne Schmerzen. Als würde es nicht ausreichen zu sagen, ja, Heinrich, ich bin dir treu. Wir brauchen diese alberne glühende Pflugschar nicht. Der Zugang zur Nagelkapelle ist verboten. Trotzdem hatte ich die Tür geöffnet. Als keiner schaute, schlüpfte ich hinein. Um den Nagel zu sehen. Umfasst von Gold und Edelstein. Verborgen, geschützt hinter Glas. Das ist unser Glaube, Márta. Wir glauben an einen Nagel.

Johanna

18. MÄRZ 2010 – 09:21

Liebe Johanna,

gleich brechen wir auf nach Bad Nauheim, Ildikó bleibt bei den Kindern, davor will ich den Faden zu Dir aufnehmen, über mein Johannabrückchen gehen, nebenan schlägt Simon in die Tastatur, ich höre, in welchen Rhythmen und Wellen er schreibt, als spiele er Klavier, etwas zwischen Weill und Wesendoncklied, zurück aus Las Vegas, in unserer ameisenhaften, pockennarbigen Stadt, leider ohne einen Koffer mit Geld, den ich mir ausgemalt, in den jüngsten Nächten mit meiner Kopftaschenlampe ausgeleuchtet hatte, wenn nicht Simon, sondern Henri mit seinen *lichtfeinen* Babytraumseufzern neben mir lag – oder ist er mit einem Jahr kein Baby mehr? Las Vegas also, wo Simon zwischen Wüstenstaub, Black-Jack-Tischen und blinkenden Spielautomaten Schübe von Sehnsucht nach Europa hatte, gemischt mit viel Angst um Lori, beim Wechsel von Tag auf Nacht, wenn der Nevadahimmel ins Schwarze überging, nach uns hatte er Sehnsucht, ja, wirklich, auch wenn Du es vielleicht nicht glauben willst, weil ich es ja auch kaum glauben wollte, aber Sehnsucht hatte er, nach uns, nach mir.

Ich finde keinen Weg in mein *anderes Zimmer*, in seinen Buchstabenfluss, ich bleibe draußen und versuche vergeblich, sein Rauschen herauszuhören, also habe ich mir selbst eine Pause verordnet, damit ich mir nicht in all meiner Ohnmacht und Wut noch die Haare ausreiße. Zwei Menschen, die schreiben, das ist doch das Leben, das ich mir gewünscht habe, obwohl alle über mich gelacht haben, Johanna, nur Du nicht, Du nie, wenn ich sagte, schreiben will ich, vom Schreiben leben, einfach nur leben, atmen und schreiben. Zu vieles kämpft in mir, in meinen bluttreibenden Adern, *egal, wo ich* bin – *ob auf dem Deck eines Schiffes oder in einem Straßencafé in Paris oder Bangkok,* immer sitze *ich unter der gleichen Glasglocke in meinem eigenen sauren*

Dunst. Ich versuche mich an Gedichten, vielleicht ist nur das mein Revier, Johanna, vielleicht sind es nicht Erzählungen, vielleicht sind die zu groß gedacht und abgesteckt, zu unerreichbar groß für Márta Horváth, vielleicht habe ich übertrieben, maßlos übertrieben, gerade fällt es mir leichter, ein einzelnes Wort zu finden, das zu zwei anderen gehören könnte, als einen ganzen Schwarm aus Wörtern, die hübsch gleichmäßig durch eine Geschichte schwimmen und nicht nacheinander schnappen sollen.

Da die Arbeit brachliegt, ich nicht über meinem Text ausharre und deshalb durchdrehen will, weil die Kinder an mir zerren, an Armen, Beinen, Nerven, könntest Du denken, ich bin die liebsüßeste Mutter, die sich ein Kind nur wünschen kann, aber davon bin ich fern, Johanna, und das lässt mich noch mehr verzweifeln, weil ich zu gar nichts tauge, nicht zum Schreiben, nicht zum Erzählen, am wenigsten zum Muttersein. Mia nimmt meine Ausbrüche schon als alltäglich, meine knappkurz angebundene Art, die ihr sagt, ich kann jetzt nicht, mir und meinen Ungereimtheiten, meinem Hochtief, meinem immerzu frisch aufgepinselten Chiaroscuro ist sie ausgeliefert, ausgerechnet mich muss sie aushalten, Mia wird Schaden nehmen, Johanna, sollte es im Haus Horváth-Leibnitz so weitergehen, sollten Simon und ich so wutentflammbar bleiben. Franz dagegen lässt seine alte verrückte Mutter alt und verrückt sein, geht und knallt Türen, ist *hübsch gescheit* und gibt fein acht *auf jedes, was die Hexe macht*, kein Knabe im Moor, nein, kein Judenbuchenfriedrich, Franz sicher nicht, meine Art zeichnet keine Spur in sein Gesicht, aber in Mias Gesicht zeichnet sie eine, und ich kann ihre Verzagtheit ablesen – grässlich muss es sein, Johanna, mit einer überzogen tickenden Zeitbombenmutter Haus und Leben zu teilen.

Ich kann mich nicht erinnern, dass meine Mutter je einen schiefen Ton, einen strengen Blick für uns gehabt hätte, Du? Du wirst

222

es wissen, weil Du alles über mich weißt. An erster Stelle standen immer wir, Anikó, Ildikó und ich, die Einzige ohne kó, dann folgte lange, sehr lange, vielleicht auch viel zu lange nichts, und dann erst kam die Welt, also der Rest davon. Und ich, Johanna?
Márta

19. MÄRZ 2010 – 23:01
Liebste Márti,
Dein dralles, überdralles Leben scheint grell auf mein lächerlich sortiertes. Mein übersichtlich festgezurrtes. In dem ich nur um mich selbst kreisen muss. Um keine Kinder. Keinen Mann. Das ist ja auch nicht so schön, wie Du Dir ständig ausmalst. Durch vorgegebene Bahnen immerzu um mich selbst. Summ-summ. In meinem Johanna-Orbit. Kometen und Monde nur für mich.
Ich bin ausgebrochen. Auf meine winzige, lächerlich harmlose, ganz und gar unauffällige Art. Von der niemand etwas mitbekommt. Außer Kathrin. Weil ich dann nicht im Geheimen Garten auftauche. Ein einsames Wanderwochenende durchs Wental am Rand der Schwäbischen Alb liegt hinter mir. Zwei, aber zweihundert gefühlte Nächte hinter mir. Freitag war mir nach Wegkommen. Obwohl ich nett mit mir beim Tee auf meinem Sofa gesessen hatte. Alle Zeitungen der Woche um mich verteilt. Zeit, Süddeutsche, Stuttgarter. Zwischen Galle und Niere stieg dennoch etwas hoch in mir. *Juckklebrig aufwärts*, ich stehle es von Dir. Also sprang ich auf und warf für zwei Tage und Nächte alles in meinen Rucksack. Fuhr zum Bahnhof. Ließ mein Rennrad stehen. Kehrte dem schwarzen Wald mit dem nächsten Zug den Rücken. Als würde er mir nichts bedeuten.
Durch Ulm fließt übrigens die Blau und mündet in die Donau. Warum der Fluss diesen Namen trägt: Blau – darüber habe ich lange nachgedacht. Auf den mild grünen Albhügeln. Die versuchen, den Winter abzuschütteln. In gewachsten Wanderschu-

hen und geölter Regenjacke habe ich Schritt für Schritt darüber nachgedacht. Auf allen Wacholderheiden, die ich durchquert habe. Die mir Bio-Kurt ans Herz gelegt hatte. Ja, ich habe ihm seinen Blick von neulich verziehen, Márti. Ja, so schnell. Über solche und andere nichtig nette Dinge habe ich nachgedacht. Wie der Wacholder in den Schnaps kommt. Den wir so gerne trinken. Warum nicht alle Flüsse solche Namen haben. Blau, Grün oder Grau. Hätte mein Vater ihnen Namen gegeben, würden sie so heißen. Nach der Farbe, mit der sie ihre Landschaft durchtrennen. Hellgrün. Dunkelgrün. Eherblaualsgrün.

Vielleicht habe ich auch ständig an Markus denken müssen. Im Wacholderschatten deshalb krampfhaft nach Flussnamen gesucht. Um Markusgedanken zu entkommen. Die zwischen den Felsen unerbittlich an meinen Schädel geklopft haben. Um Einlass gebeten. Da ist mir ein kleiner Gedanke über einen Flussnamen nur recht gewesen. Um nicht so viel an Markus denken zu müssen, wie mein Kopf eigentlich vorhatte. Dummerweise kann ich mir nicht aussuchen, was ich denken will. Mit zweiundvierzig Jahren noch immer nicht. Ich habe versäumt, mir das beizubringen. Also habe ich diesen harmlosen Gedanken eingeladen, sich wichtigtuerisch in mir auszubreiten. So wichtigtuerisch, so unerzogen aufdringlich wie möglich.

Auf der Rückfahrt hat mir der Himmel unzählige Regenbögen zugemutet. Jeder leuchtender, prächtiger als der zuvor. Ich habe mich gefragt, warum schickt mir ausgerechnet heute der Himmel diese unnötigen Regenbögen? Jedes Mal wenn der Zug ein Tal, einen Wald, eine Schlucht verlässt? Habe im leeren Abteil wie zum Trost diesen blöden Satz aus meinem Hirnarchiv gekramt: *Alle großen Männer in meinem Leben hatten einen Vorboten.* Márti, sag Du es mir, war Markus der große Mann oder sein Vorbote?

Jo

20. MÄRZ 2010 − 05:57

Liebste Jo,

Markus war der große Mann, nicht der Vorbote, als müsste ich Dir das sagen. Als Nächstes könnte ein Vorbote kommen oder gleich der große Mann, das wissen wir noch nicht, aber versuch es einmal damit, Du könntest den Vorboten einfach weglassen, die nächste Runde ohne Vorboten einläuten, wie wäre das denn?

Ich verzeihe Dir, dass Du Wacholderheiden auf der Alb abwandern und dummen alten, nicht kleinzukriegenden, unausrottbaren Markusgedanken nachhängen musstest, ich verzeihe Dir nicht, nicht hierhergekommen zu sein und Lori mit mir besucht zu haben, nein, das verzeihe ich Dir nicht. Die Alb abwandern, Dich häuten und winden unter Markusgedanken kannst Du jederzeit, aber mich nach Bad Nauheim fahren oder bei den Kindern bleiben, während ich es tue, nur jetzt.

Morgen beginnt der Frühling, ich halte schon Ausschau,

Márta

25. MÄRZ 2010 − 00:51

Liebste Márti,

ich hatte am Morgen bei Euch angerufen, nachdem ich bis in die Nacht im nicht aufhörenden Regen hinter Pforzheim durch den schwarzen Wald zurückgekurvt war. Weil sie die Autobahn gesperrt hatten. Aber niemand war da. Keiner von Euch hat abgenommen. Nicht einmal Henri. Um ›dada‹ oder ›gege‹ zu sagen und dann aufzulegen. Du warst sicher in Bad Nauheim. Oder auf dem Weg dorthin. Mit vielen Loribildern und Lorisorgen in Deinem klugen Kopf. Nervös flatternd wie Falter, die ins Netz gegangen sind. Dann hat sich der Alltag dazwischengeschoben. Nicht der Schlaf. Nein, diesmal nicht der Schlaf. Zwischen Droste und Brentano sind mir die Stunden abhandengekommen. Zwischen Schlegel und Chamisso, Schule und Waldpfad. Der die ersten Hungerblümchen und Küchenschellen für mich bereithält. Ja, im schwarzen Wald. Ja, im März. Ja, für mich. Dreimal hintereinander ja.

Dass neben Bad Nauheim, neben Loris Krankenbett unter Kabelgewirr, neben hin und zurück auf der Autobahn Zeit für Dich und mich war – dafür wollte ich Dir danken. Für ein bisschen Márta mit Johanna. Sogar für einen Ausflug ans Wasser, wo ich am liebsten mit Dir bin. Weil ich den Fluss viel mehr als die Stadt mit Dir verbinde. Wie oft sind wir mit den Rädern am Luftbad vorbei, *abwärts, westwärts, höchstwärts* den Main entlang? Zu meiner altdüsteren, aus Klinkerstein gebauten, unverputzten, *noch immer unter Leuchtraketen dösenden* Mädchenheimat zwischen Farbenstraße und Schlossplatz?

Es war wunderbar, auf Deinem dreckverschmierten Gästesofa zu liegen. Das so dreckverschmiert gar nicht ist, wie Du immer behauptest. Es war nicht so wunderbar, uns zu fragen, in welcher Theatergruft wohl Simon seine Nacht verbringt. Mit welchen Parzen und Horen. Warum nicht in der Körberstraße, mit uns. Wie schön war es Samstagmorgen mit Dir an der Schweizer Straße. Alle Kissen und Teller, alle Schals und Kerzen hochzuheben. Und wie immer nichts davon zu kaufen. Die winzigen Dinge, die wir dem Leben abringen, Márti. Deinem und meinem Leben. Die halben Tage, die es aufnehmen mit der Ewigkeit. Mit Dir auf dem Mäuerchen vor Wacker's Milchkaffee zu trinken. Die *erste blassfeige Sonne des Jahres zu streifen*. Auch Dein Bild. Herrlich war das. Hörst Du? Herrlich!

Alles wird gut mit Lori. Ich bin sicher. Jetzt, da ich sie gesehen habe. Sorge Dich nicht. Nein, nicht zu sehr. Ich weiß es, Márti. Ich weiß es sicher. Alles wird gut mit Lori.

Johanna

26. MÄRZ 2010 – 06:03

Liebe Johanna,

die Nacht hat mich verjagt, seit ich *mit dem ersten Frührot erwachte*, aber ich bin nicht bereit, meinen Tag zu beginnen, nur Henri ist munter, zerrt Schubladen auf, zerreißt Teebeutel und lässt Kamille, Waldbeere, Pfefferminze auf den schmutzigen Boden rieseln, kein Wunder, dass Ameisenstraßen durch unsere Küche ziehen. Ich wälze mich durch einen Auftrag der Commerzbank, weiß der Himmel, wie sie auf mich kommen, ich vermute, Simon hat am Krankenbett beiläufig Geld erwähnt, wie wenig wir davon haben, und Lori hat das Telefon auf diesem Schwebetisch mit ihrer Zitterhand herangezogen und eine Nummer gewählt, jetzt soll ich eine Glosse für ihr Kundenmagazin schreiben, über Geld und mich – gibt es ein lustigeres Paar als Geld und mich?

Wir vermissen Dich, jetzt, da Du weggeglitten bist aus unserer schäbigen Stadt zwischen den vielen Autobahnkreuzen, die Du längst hinter Dir gelassen hast, nur schlimmer. Danke, dass Du hier warst, ich Dich sehen und anfassen konnte, Johanna Messner mit Haut, Haaren und Stimme, dass Du auf Deine unnachgiebige Johanna-Art dem Arzt in Bad Nauheim sehr klargemacht hast, was jetzt noch geschehen müsse, und gefragt hast, warum das bitte schön noch nicht geschehen sei. Danke für die Fotos, die Du über unsere Tischplatte gestreut hast, trösten sollten sie uns. Mia hat sie auf die Fensterbank gestellt, die Jahreszeiten in Deinem schwarzen Wald, ein und derselbe Weg über eine Lichtung, Frühling, Sommer, Herbst und Winter, ein und dieselbe Ulme in Zartgrün, Tiefgrün, in Rot und Weiß – oder ist es eine Buche? Warum nicht Du ihre Lehrerin sein kannst, hat Mia gefragt, am ersten johannaentleerten, johannaabgezogenen, am ersten Minus-Johanna-Morgen, als Du nicht mehr in unserer Küche gesessen und Deine roten Strähnen aus der Stirn gepickt hast, und ich wusste keine Antwort, ich wusste nichts darauf zu sagen, ja, warum denn nicht, Johanna?

Ostern fahren wir nach Umbrien, vielleicht schon nach dem Kinderkreuzweg mit Fesseln, Dornen und Nägeln, auf dem Mia als Kommunionkind das Kreuz tragen wird, spätestens aber in der Osternacht, nach Osterfeuer und Entzünden der Lichter, nach dreimal Lumen Christi. Korrektur zur Messe, weinen muss ich bei ›aber sage nur ein Wort, und so wird meine Seele gesund‹, meist auch in der Osternacht, natürlich, zum Weinen gibt es ausreichend Gelegenheit, gerade in der Kirche. Mias Freundin wurde neulich getauft, rechtzeitig vor ihrer Erstkommunion, die Mutter hat fünf Minuten lang ohne wackelnde Stimme Fürbitten gelesen, nur gegen Ende sind ihr die Worte ein kleines bisschen weggeflattert, Simon hat gesagt, das wirst du nie schaffen, Márta, er hat recht, ich muss schon beim Vaterunser weinen, *Vergib uns unsere Schuld*, und ich brauche mein Taschentuch, wie soll ich eine Fürbitte für mein Kind lesen? Aber die Einladungen habe ich verschickt, die Tischordnung gemacht, Du wirst lachen, Du lachst, ich höre Dich lachen, aber bevor wir nach Umbrien fahren, ins grüne Hinterland der alten Götter, und den letzten piksenden, sich querstellenden Zweifel in unserem Glauben löschen werden, Futur eins, löschen werden, sobald wir dem heiligen Franz über Hügel aus Samt folgen, bis in die spitzen Kirchenschiffe, läuft das hier auf Hochtouren, mit Tischkarten, auf die Mia mit Silberstift alle Namen geschrieben hat, ich will Dir verraten, Du sitzt zwischen Mia und mir, auf Deinem Kärtchen glitzern ein Fisch, ein Kreuz, eine Ähre.

Umbrien klingt wie Urlaub, aber arbeiten müssen wir, und nur das ist eine Rechtfertigung, uns so weit von Lori zu entfernen, ich an meinem Zimmer, das ich öffnen und durchlüften werde, Simon an einem Reiseessay, nach Las Vegas dreht er sich zu Franz von Assisi, zu Giotto und Perugino als Gottesboten, wir dürfen gespannt sein, wie er sie zusammenbringt, am Ende wieder staunen, wie es ihm gelungen sein wird, Futur zwei, gelungen sein wird, so wie ihm sprachlich und gedanklich doch immer alles gelingt. Zu weit für die kurze Zeit? Ja, es ist verrückt, also passt es zu uns, mit drei quengelnden, klagenden, kotzenden Kindern zwei Tage in den Süden zu fahren, aber ich freue mich, ich werde Assisi durchwandern und Giotto-Fresken auf meine Linsen brennen, Maria Magdalena, Das Mahl im Hause Simons, wo sie Jesus kniend, fast liegend die Füße wäscht, in der Unterkirche das Noli mi tangere, was ich nie begriffen habe, warum durfte sie den toten Jesus nicht berühren, was war es noch gleich?

Und Du, meine Schönste? Wirst im Schatten eines schneebedeckten Bergs wandern, umtost von Meereswellen und Schaumkronen, unter all den Gehilfen Neptuns Schritt für Schritt Lebensschiefheit abbauen?

Deine, immer Deine

Márta

30. MÄRZ 2010−23:14

Liebe Márti,

ja, das wär was, Mártilein, weniger Lebensschiefheit. Krummheiten abtragen. Überstehende Spitzen flachtreten. Gefühlsbuckel. *Blutschrauben.* Dein Wort. Aber ich bleibe zu Hause, treibe meine Droste voran. Werde durch Handschriften und Bücherberge wandern. Marbacher Staubluft atmen. Feinsten Drostestaub. Scheu flirrend über Zettelkästen.

Kathrin hat gesagt, ich sehe blass aus. Ich gefalle ihr gar nicht. Es nützt nichts, ihr zu erklären, es ist der lange Winter. Da sieht man so blassgrau aus. Nach sechs Monaten Eis, Schnee und Dunkelheit sieht man genauso aus. Perlmuttfarben durchsichtig wie ich. Also hat sie mich Freitag in ihren Lieferwagen gepackt. Zu leeren Kisten, Karren und Schaufeln. Nach der fünften Stunde. Kunst,

Klasse 7b. Aufgabe: Blick von einem Zimmer aus dem Fenster, Blick durch ein Fenster in ein Zimmer. Kathrin hat ihrer Mutter und der Aushilfe letzte Anweisungen gegeben. Tazette, Viola, Flieder, Schlüsselblume. Und ist mit mir nach Calw gefahren. Richtung Norden, Richtung Nobelpreisträger. Um meine Wangenfarbe aufzubessern. Meine Hirnströme. Damit ich einmal echte Menschen sehe. Nicht nur die an meinem Schreibtisch. Die in meinen Büchern. Als würde ich keine echten Menschen sehen! Tag für Tag sehe ich nichts als echte Menschen! Im Klassenzimmer. Lehrerzimmer. Auf den Wegen dazwischen. Lauter echte Menschen.

Der Himmel war wie gemalt. Bühnenbildhaft. Wie ausgedacht, gelogen. An einem selten heißen Tag. Fast dreißig Grad zu Frühlingsbeginn. Für Touristenströme aber zu winternah. Also saßen wir allein am Marktplatz im Café Montagnola. Tranken auf der Terrasse unseren Milchkaffee. Schauten sehnsüchtig auf die breiten Holztüren des Hesse-Museums. Das freitags geschlossen ist, ausgerechnet. Der schwarze Wald drängt dort unverschämt herein. So aufdringlich, man könnte Angst kriegen. Hesse sei ein Taugenichts gewesen, hatte uns Kathrins Mutter beim Abschied mitgegeben. Während die anderen zur Arbeit gingen, habe er hinter dem Haus geangelt. Ja, und daraus ist dann Weltliteratur gewachsen, hatte Kathrin erwidert. Die Wagentüren zugeschlagen und war mit mir abgerauscht. *Himmelwärts, nordwärts, den Luftwirbeln nach.* Dein Satz. Kathrins Familie kommt ja aus diesem Winkel. Nicht mehr Schwarzwald, eher Heckengäu. So zwischendrin eben. Wo es besonders weit und flach ist. Der Wind besonders ungnädig über Äcker und Köpfe fegt und manches mitnimmt. Bisweilen auch den Verstand, sagte Kathrin. Etwas stimmte nicht mit ihr. Ständig fuhr sie mit überhöhter Geschwindigkeit. Linkskurve, Steigung, Rechtskurve. An ungezählten dicken Tannen vorbei. Ich vermute, eine Mischung aus Claus, den Kindern, dem Geheimen Garten. Oder umgekehrt. Dem Laden, den Kindern, noch einem Rest Claus. Was ihr das Leben zum Kauen und Schlucken und Würgen so hinwirft. Aber selbst wenn Kathrin mit hundertzwanzig über Landstraßen fährt, dass Kisten und Kartons fliegen, ist sie die reine Beherrschung. Es ließ sich ihr nicht entlocken. Zweimal habe ich es versucht – dann gelassen. Ich weiß heute noch nicht, was mit ihr los war. Ich habe sie Kaffee in der Sonne trinken und über die Landstraße sausen lassen. Hinauf, hinab über die Kurven des schwarzen Walds. Der auf dem letzten Stück, kurz bevor man in Calw ankommt, trotz des taghellen Himmels besonders schwarz-dicht ist. Wenn er aber aufreißt, *atemtreibende* Ausblicke erlaubt.

Wusstest Du, dass ein Ortsteil von Calw Stammheim heißt? Calw und Stammheim stehen auf demselben Schild. Nach Calw biegt man rechts ab, nach Stammheim links. Das hat mich ans Stuttgarter Stammheim denken lassen. Nur vierzig Minuten entfernt. Nachgeklungen hat es in mir, Márti. Nachgebebt. Meinen schwarzen Wald trotz Mittagssonne heillos düster gefärbt. Mich an diesem lichten, durhellen Tag ins Moll gestürzt. Etwas in meine Herzgegend versenkt, das ich seither nicht losgeworden bin. In Calw für Hesse *Zauberstunden* aus Angeln und Poesie. *Der von den Feen beschenkte*, die *Lindenblütensammlerinnen*. Der Wille, *Zeit und Raum wie Kulissen zu verschieben*. In Stammheim, nur vierzig Minuten über die B 14 nach Osten, Todesangst, Todesnacht und Todesschuss. Der damals bis zu uns drang. Bis in die Höchster Emmerich-Josef-Straße zu hören war. Laut und kalt und *ohrbluterisch*. Dein Wort. Mein Vater hörte ihn. Meine Mutter hörte ihn. Georg und ich hörten ihn.

Johanna

1. APRIL 2010 – 06:13

Liebste Jo,

morgen beginnen unsere Ferien, *Bäume tun, als ob sie blühn, und der blaue Himmel schüttet eine Handvoll Wolken hin,* mit dem Arbeiten soll es im Süden weitergehen, Simon und ich werden uns abwechselnd zurückziehen, ich werde unter einem Olivenbaum den Stoff aus meinem Kopf in Papier weben, also packe ich alles ein, meinen Wortbesitz, mein Satzeigentum, den ausgedruckten Stapel loser Blätter, die Zettel, die voll oder nur halbvoll geschriebenen Moleskine-Büchlein, die in der Küche zwischen Milchflaschen und Breigläschen vergammeln, und was noch auf meinem Schreibtisch liegt und wartet, in einer Geschichte aufzugehen und einmal zu leuchten. Eine letzte überspannte Woche ist abgelaufen, ungefähr zur gleichen Zeit, als Du mit Kathrin an der Weggabelung Calw–Stammheim abgebogen bist und einen Schuss gehört hast – ich im Zickzacklaufschritt zwischen Schreibtisch, Bad Nauheim und meinen Kindern, Simon rund um die Uhr in den Untiefen des Theaters, mit Stift, Block und Tonbandgerät mitten in seinem eigenen Stück, das ihm die schönen blonden Haare nachts grau färbt, wie er sagt, jede Nacht eine weitere Strähne.

Vorbereitet war wie immer nichts, Du kennst uns, wir können nicht planen, wir wissen nicht, was ein Plan ist und wie man einen entwerfen könnte, es ist uns fremd, wir besitzen dieses Gen nicht, es wurde vergessen, jemand hat übersehen, uns damit auszustatten. Lori hatte gefragt, wo es an Ostern für uns hingehen soll, ob zur Osternacht in den Dom oder doch weiter, ja, hör nur, Lori sagt schon diese großartig langen Sätze, ich hatte die Schultern gehoben und erwidert: Du weißt, Simon ist immer für Überraschungen gut, etwas wird er aus seinem spitzen Hut zaubern, neben einer weißen Taube vielleicht ein Haus bei Gubbio, ja, und das ist ihm nun auch gelungen, Johanna, über zwei Büh-

232

nenbildner, die eigentlich Fremde sind, aber ihr Haus leichtfertig weitergeben, an uns mit unseren Kindern, die sehr viel Dreck und sehr viel kaputtmachen, vermutlich hat Simon ihnen das verschwiegen. Wie das klingt, Gubbio, sag es einmal und hör Dir zu dabei, Gubbio, ohne Warmwasser und Klospülung, wie so oft in den umbrischen Bergen, dafür soll es einen schmerzschönen Blick über diese unübertroffen sich windenden grünen Hügel haben – da hat sich der liebe Gott was ausgedacht.

Wenn es sein soll, laufe ich jeden Morgen zum Brunnen, fülle unsere Blecheimer und Blechnäpfe, aber zur Bedingung habe ich gemacht, über den schwarzen Wald muss unsere Reise führen, vom Kinderkreuzweg in Sankt Josef über den schwarzen Wald, diesen steil ansteigenden Pfad hinter den sieben Bergen, an dem Dein kleines Johannahaus mit dem spitzen Dach steht. Gubbio liegt ja gleich dahinter, wenn ich das den Kindern sage, glauben sie mir, und während dann Simon und Claus mit ihnen die Wälder durchstreifen, über Nacktschnecken springen, Brennholz für Deinen Ofen sammeln und nach jedem Aufstieg einen Schnaps trinken, *die sogenannten ordentlichen Säufer*, hätten wir einen Tag, Johanna, einen ganzen Tag, um auf Deiner schwarzwaldregenmürben, lange nicht geölten Bank unter Deinem Küchenfenster zu sitzen, unsere Herzen auszugießen, sie leerzutröpfeln und auszutrocknen, ihre Narbenwunden, wie Franz sie nennt, für einen Abend zu vergessen und so viel zu lachen, dass der Bauch am nächsten Tag weh tut – wie klingt das in Deinen wohlgeratenen, perfekt anliegenden Ohren?

Deine Márti

5. APRIL 2010 – 17:45

Liebe Márti,

Du bist in Umbrien, trotzdem schreibe ich. Vielleicht ist man in Deinem fernen Gubbiotal bereits in der Moderne angekommen.

Kann Nachrichten empfangen. Elektropost. Wenn nicht, hast Du etwas, das zu Hause auf Dich wartet. *Das Bett taugte ausgesprochen gut dazu, wach darin zu liegen und bis um 2 Uhr in der Früh zu plaudern* – Ihr seid weg und habt komischerweise nichts bei mir vergessen. Sosehr ich gesucht habe. Keine Schnuller, keine Schlüssel. Keine Socken oder Spucktücher als Andenken. Nur Kaffeeflecken und Frühstückskrümel unter meinem Küchentisch.

Also habe ich angefangen, Dinge zu streichen. Nachdem Ihr am Geheimen Garten in den Wagen gestiegen und losgefahren seid. Südwärts, Richtung Umbriengrün. Nach einer letzten Umarmung unter Weidenkätzchen, Kirschzweigen und Magnolien. Einem letzten Winken. Einem lautgedehnten, langgezogenen Hupen. Nachdem Kathrin das Kränzchen aus Rosen an Euren Rückspiegel gehängt hat. Nein, sie war nicht davon abzubringen. Auch nicht von der Flasche Zibärtle. Die sie in Euren Kofferraum zwischen Taschen und Schlafsäcke gesteckt hat. Hängt das Kränzchen noch? Hat es die italienischen Autobahnen überlebt? Die Autogrills, die Zahlstationen? Die schnappenden Kinderhände? Die Sonne des Südens, den trockenwarmen Wind über Euren *groben Fährten*? Vielleicht bist Du jetzt in Assisi, Márta. Streckst Dich neben Simon aus nach dem göttlichen Giotto-Blau. Hörst das Geläut der Glocken. Legst den Kopf in den Nacken. Staunst und schweigst. Könntest allein wegen dieser Farben ohne Mühe losweinen. Zwinkerst hinaus zur Sonne. Während Dich ein strenger Padre anzischt, Du sollst Deine Kinder in Zaum halten. Laufen verboten. Schwätzen verboten. Klettern verboten. Alles, alles verboten. Silentium!

Dinge zu streichen ist eine gute Aufgabe, wenn Ihr mit Eurer jäh abebbenden Lautstärke die Stille in meinem Haus stiller gemacht habt. Die leblosen Dinge lebloser. Stifte. Bücher. Teetassen. Droste-Postkarten. Ich könnte auch sagen: tot. Wenn ich mindestens einen Tag und eine Nacht nichts mit mir anzufangen weiß. Überhaupt nichts. Selbst die Arbeit im Geheimen Garten nicht hilft. Nein, nicht einmal die. Also habe ich zwei Eimer mit Farbresten aus dem Keller geholt und zu einem hellen Blau vermischt. Damit ich leichter ans Giotto-Blau denken kann. Unter dem Ihr sitzt und Euch wundert, dass ein Mensch so etwas malen kann. Ich habe die Gartenbank vor dem Haus gestrichen. Die Blumentöpfe. Der Himmel hat mitgemacht. Keinen Tropfen Regen geschickt. Nur gutgelaunte Wattewolken. Als hätte er Lust, mild mit mir zu sein. Mich zu schonen. Meine Mutter? Mein Vater? Haben sie dafür gesorgt? Hier kommt das ja einer Kriegserklärung gleich. Blaue Blumentöpfe in dieser Straße. An denen alle Blicke kleben werden. Futur eins. Als sei nun ausgerechnet das etwas unfassbar Störendes. Ein blau angestrichener Blumentopf. Auch das ist Provinz, Mártilein. Nicht nur Waldesruh.

Sag, hast Du Deine Madonna jetzt?

Es vermisst und liebt Dich, liebt Dich, liebt Dich, dreimal hintereinander,

Johanna

13. APRIL 2010 – 00:09

Liebste Jo,

ja, Kathrins Kränzchen hängt, getrocknete Rosen, anmutig verblasst in Gelb, Rot und Weiß, die nach der höllischen Strecke noch einen Duft verströmen, das kann nur Kathrin. Die Sonne hat uns die ersten Sommersprossen aufgemalt, Mia, Franz und Henri kennen nun jede Verkündigung, jedes Fürchte-dich-nicht, jede Anbetung der Könige und jede Kreuzigung in der Nähe von Gubbio, das kann nicht schaden, wie ich finde, Simon ist mit ihnen alle Kirchen der umliegenden Hügel abgefahren, hat sie vor Fresken gesetzt und an der nächsten Piazza mit einem San Pellegrino belohnt, Orange und Zitrone, während er in den Heiligen-

235

legenden gelesen hat, als hätte er die nicht alle parat, Jacobus de Voragine, Legenda Aurea, Holl, Der letzte Christ – und Mia und Franz gefragt haben: Wieso der letzte Christ, Papi, was ist mit uns? Ich habe Simon beneidet, er muss nichts aufschreiben, sobald er seinen Gedanken gedacht hat, legt er ihn in seinem Kopf ab, und wenn er ihn braucht, nimmt er ihn, ohne nachschlagen oder blättern zu müssen, mühelos kann er sich aus seiner Umgebung verabschieden, wegtauchen und versinken, begreifen und speichern, selbst wenn seine Kinder vor ihm über die sonnenverwöhnten Plätze aus Appeninstein tollen und halsbrecherisch balancierend von den Mauern ins tiefe Tal spucken.

Ich durfte so lange das kalte, viel zu kalte Haus verlassen, in dem ich nachts trotz Schlafsack, trotz Simons warmer Haut gebibbert habe, dem Licht des Tages folgen und unter einem Olivenbaum meine über Monate angeschwemmten, an meinem Márta-Strand liegenden Notizen ins Reine schreiben, meine Erzählungen umstellen, abklopfen und dünnfeilen. Unter umbrischer Sonne haben sie sich neu und anders gelesen, ob viel schlimmer, schreibe ich Dir jetzt nicht, aber nein, nicht viel, nur ein bisschen schlimmer, trotzdem war ich glücklich, umwerfend glücklich, dass ich es bin, die dort unter der Sonne mit Blick ins Tal sitzt und schreibt, ich, Márta Horváth, als sei alles für mich angelegt und aufgefächert, Pinien, Zypressen, Schlängelpfade aus Schotter. Einmal ist mir sogar ein Gedicht zugefallen, es stieß eine Tür auf, ich musste nur zuhören und seinem Klang folgen, das ging fast leicht in diesem Haus ohne Strom, der manchmal über einen launischen Generator floss, unter dem mondblauen Gubbio-Nachthimmel mit seinen mörderischen Sternbildern, *Großer Bär, zottige Nacht, Wolkenpelztier mit den alten Augen.* Nein, vergiss das wieder, vergiss es sofort, jetzt gleich musst Du es vergessen, denn leicht geht nichts, nicht einmal das Auswählen einer Madonna, wieder habe ich auf dem Rückweg in Bozen vor den handgeschnitzten Holzgesichtern gestanden und keine gefunden.

Hier in Frankfurt habe ich seit Tagen nichts anderes getan als abertausend Wäschestücke zurück in ihre Schubladen geräumt, Migräne und Ausschlag sind auf mich gesprungen, mein Rückkehropfer beim Anblick der zerpflückten Wohnung, mein hoher Preis fürs kleine Entkommen. Schon hat mich der Trott, der Alltag, obwohl noch alles schmerzt vom Adieusagen, die Rückkehr nach einer Woche Landleben an den heimischen Schreibtisch ist bitter, mein Rechner fordert gefräßig Wörter, und ich will ihm keine geben, ich habe in meinen Vorratskammern nichts, mit dem ich ihn füttern könnte, in der Körberstraße bewegt sich mein Lebenspendel, Tagespendel wieder zwischen Schreibsehnsucht und Schreibangst, gerade schlägt es heftig Richtung Angst aus. Also gehe ich zeittotschlägerischen Dingen nach, habe unter der Leselampe einen Druckknopf an Molkes weißes Bolerojäckchen genäht, aus Furcht, es könnte im Festgottesdienst von ihren schmalen Schultern rutschen, in Gedanken bereite ich vor, was ich den Gästen sagen will, denn etwas sagen möchte ich, auch wenn mir vielleicht beide Knie wegsacken und die Hände nass werden, ansonsten halten wir es, wie Du vorgeschlagen hast, Johanna, wir werden einfach weinen, Futur eins, weinen, weinen, dreimal hintereinander werden wir weinen.

Hier die gute, sehr gute, die beste, größte Nachricht, die ich für den Schluss aufgehoben habe, um sie im letzten Satz hinauszuposaunen: Lori wird Freitag entlassen, sie kommt nach Hause! Deine Márti

14. APRIL 2010 – 17 : 01
Liebe Márti,
schreibe Dir aus Marbach. Will noch ein bisschen über die Natur als Gegenüber des Menschen nachdenken. Die Droste-

Natur aus Buchen, Fichten, Föhren. Aus Mondstrahlen, Krähen und Käfern. Durchwirkt von Gut und Böse. Durchdrungen von Gefahr. Die lauert im flachsten Sommerweiher. Immer ist die Droste doppelbödig. Lebensspendend und gleichzeitig lebensbedrohend. Gibt Leben, nimmt Leben. Vielleicht kann ich deshalb nicht genug von ihr kriegen. Aber warum will mir dieser Levin nicht aus dem Sinn? *Schücking hat an mir gehandelt wie mein grausamster Todfeind* – deshalb?

So sieht mein Marbachtag aus: Am Morgen schließe ich meine Tasche im Untergeschoss ein. Trage den Schlüssel nach oben. Der mit seinem dicken Anhänger wie ein Schlüssel zu einem Hotelzimmer aussieht. Der Schlüssel zu meinem Droste-Zimmer. Meinem *anderen Zimmer*, Márti. Ich gehe durch die Marbacher Passage. Sechs Schritte durch einen Gang zwischen zwei schweren Türen. Begrüße den Barlach-Mönch mit gesenktem Haupt. Wir nicken uns zu. Dann wird es still. Jeder Laut versinkt im roten Teppich. Die Welt bleibt draußen. Die lärmend polternde, schreiende Welt. Surrt für diesen Tag ohne mich weiter. Die Ruhe im Lesesaal – mein Gegenentwurf zum rasend reitenden Schulleben. Von meinem Bücherturm schaue ich auf Obstwiesen und Weinberge. Die jetzt kargleer sind. Auf die Ränder dieser trubelfreien Stadt. Wo Dächer und Himmel den Tauben gehören. Und weiß nicht, was ich mir dabei gedacht habe, Lehrerin zu werden. Was habe ich mir dabei gedacht, Márti?

Die Papiere, die ich mir habe bringen lassen, haben Stockflecken. Sind in Teilen eingerissen. Nicht alles ist lesbar. Ohnehin ist die Droste ausgeforscht, wie ich ständig höre. Ja, *der Betrieb der Wissenschaft beißt um sich.* Natürlich könnte man sagen, zur Droste sei alles und jedes geschrieben worden. Natürlich. Schließlich denkt das jeder. Sogar Du denkst so. Aber doch nicht von mir! Von mir wurde noch nicht alles zur Droste geschrieben! Also setze ich mich gegen die Widerstände der Forschung zu den eine

Million Bänden. Die bei achtzehn Grad in stummen Kellern lagern. Damit sie einmal Besuch kriegen. Etwas ist immer für mich dabei. Etwas fällt immer für mich ab. Manchmal bloß ein winziger, mit den Augen kaum erkennbarer Nachlasssplitter. Heute habe ich bei den Handschriften durchgesehen: Die Mergelgrube. DLA, Deposit D-H, Marbach a. N., Aufzeichnung von der Hand L. Schückings. 1 Blatt, 207 × 167, handgeschöpftes Papier. Kante oben/links beschnitten, Kante unten/rechts gerissen. Beim Stöbern hat sich ein Sternchen mit einer Fußnote ergeben. Ja, so viel! Diesmal Stifters Heidebilder. Seine Erzählung Das Heidedorf. Von der ich nichts wusste! Stell Dir vor, ich wusste nichts von ihr!

Ich schicke Blumen für Lori. Ich lasse sie zu Dir schicken. Damit sie nicht aufgescheucht wird. Und Du bringst sie ihr, ja?

Es liebt Dich,

Johanna

15. APRIL 2010−16:34

Liebste, beste Johanna,

ich kann Dich nicht erreichen, sicher suchst Du nach Deiner knorzigen Eiche oder Buche, also schreibe ich, soeben sind die Blumen gebracht worden, und ich habe Tränen vergießen müssen, auf Blätter und Stängel geschluchzt, auch wenn ich das nicht wollte, nicht vorhatte und auch keinen Grund mehr habe, weil Lori entlassen wurde und in ihrem Zuhausebett ruht, auf ihrer Lori-Matratze schläft, döst, träumt und gesundet, aber dieser Anblick ist mir in Herz und Hirn geschossen, in mein labyrinthisch gluckerndes Aderwerk, Flieder, Prunus, Tulpen, Hyazinthen und Rosen, gelb, blau, lila und weiß tuschelnd zueinandergesteckt, ineinander verkrallt, sich festhaltend, schlängelnd − Kathrin hat das durchgegeben, sie hat das veranlasst, sei ehrlich, jeden Millimeter hat sie vorgeschrieben, sie hat das gemacht! Corinths Flieder und Tulpen fielen mir ein, als ich das Papier abnahm, sie verbargen sich darin, zehnfach, hundertfach, tausendfach. Vom Tod wissen sie nichts, haben sie nie gehört, Johanna, Frühling, Sommer, Lust und Leben besingen sie – den Rest verschweigen sie.

Während wir unter Giotto-Blau saßen und stritten, welches Blau nun blauer sei, das gemalte an Decken und Wänden oder das vorgefundene im nahtlosen, alles überspannenden Assisi-Himmel, haben sich in der Körberstraße klammheimlich Mäuse eingeschlichen, sich vom Hof in unsere unaufgeräumt schäbige Küche geknabbert, die ihnen anscheinend nicht zu schäbig ist, um sich wohl zu fühlen. Der Kammerjäger ist unser Gast wie schon in der alten Wohnung, in der es neben Mäusen auch Silberfische gab, Fische aus Silber, was eigentlich hübsch klingt, er stellt mit wenigen Handgriffen Fallen auf. Mia hat aufgeschrien, als er drei tote Mäuse in Gefangenschaft hinausgetragen hat, sie hatten unsere Schokolade angefressen und waren Nacht für Nacht über unseren Obstkorb gesprungen. In meinem zerpflückt unruhigen Schlaf träume ich von haushohen Mäusekäfigen, gefüllt mit Menschen, nach dem Aufwachen esse ich Betablocker gegen mein Herzrasen, das seit Ostern zurückgekehrt ist, obwohl ich in San Damiano auf Knien darum gebeten hatte, dass es fernbleibt, ich hoffe ungebrochen, meine Schilddrüse wird sich beruhigen, auf Dauer kann kein Mensch solche Tabletten nehmen, also auch ich nicht, dann müsste operiert werden, als hätten wir nicht genug von Krankenhäusern und Operationen!

Mittags war Lori hier, nach einem kurzen ermüdenden Spaziergang, der zufällig an unserem Haus vorbeiführte, nein, sie selbst würde nie sagen, wie sehr es sie ermüdet, Lori ist tapfer, nach alter Lori-Art klagt sie nicht, aber ich konnte es ihr ansehen, als sie sich auf unser zugespucktes, von Henrispuren gezeichnetes Sofa setzte, sich ans Kissen lehnte und in kleinen, zaghaften Schlucken ihr Wasser trank. Sie hat gesagt, bei einer Operation könnten sie mir die Stimmbänder zerschneiden, ob ich das wüsste, dann bliebe mir nur die Gebärdensprache, aber Mártikindchen, hat sie gesagt und zum Schreibtisch geschaut, du musst ja auch nicht reden, nur schreiben musst du. Selbst wenn sie unter Kabeln in einem Krankenhaus liegt, wabert der Horváth-Leibnitz-Dunst durch Türritzen zu ihr, also lässt sich nicht vor ihr geheim halten, wie verrückt mein Lebenspendel mäandert, wie sehr mich das Schreiben verschreckt, wie sehr ich sie vor mir herschiebe, meine Rückkehr an *diese Drecksmaschine von Schreibmaschine.*

Ein Anfang wäre, mich nicht mehr so zu ängstigen. Gestern war ich mit den Jungen auf der Bertramswiese, Franz lief zu seinen Freunden, und während Henri im Wagen in seinen Kleinkindtraum glitt, saß ich auf meiner karierten Decke, um wenigstens etwas in mein Notizbuch zu schreiben und wieder zu streichen, viel ist nicht dabei herausgekommen. Ich hob meinen Blick, schaute zu den Kindern, suchte Franz anhand seiner Bewegungen in der Menge, und als mir das nicht gelang, bin ich erschrocken, Johanna, angsteinflößend, mutzerstörerisch erschrocken, als könnte ich mein eigenes Kind nicht erkennen, als könnte ich es unter anderen Kindern nicht finden, nur weil ich gegen die Aprilsonne schaue, deren Strahlen mich in einem unbestimmten Winkel blenden.

Márta

16. APRIL 2010 − 23:34

Liebste Márti,

auch mich hat die Aprilsonne geblendet. Ich bin Markus' altem WG-Freund Clemens in der Fischerau vor sein Fahrrad gelaufen. Er hat mich auf einen Kaffee eingeladen und mir Avancen gemacht. Ja, ich glaube, es waren Avancen. So verrückt kann ich noch nicht sein, Márti. Dass ich das nicht einzuordnen wüsste.

Nicht zu deuten. Obwohl ich keine Lust auf dieses Café mit seinen Plastikstühlen und schlimmen Tischdecken hatte. Schon gar nicht auf Gespräche. Aber ich habe mich breitschlagen lassen. Warum, muss ich noch herausfinden. Ob das an Clemens lag. An mir. Oder nur am blöden alten Dämon Markus. *Dem alle Wälder, alle Seen, alle Berge gehören.* Ich war nicht aufgelegt, zu reden und zu hören. Wieso laufe ich dann ausgerechnet durch Freiburg? Hätte ich doch im tiefdunklen schwarzen Wald bleiben können. Mit seinen stummen Kohlenmunkpetern und Holländermicheln. Hier hat mich noch nie jemand angesprochen. Auf einen Kaffee ins Schneider eingeladen. Die dichten Tannen sperren nicht nur den Himmel aus. Sie schlucken jede Lust auf ein Gespräch. Jede Möglichkeit, eins zu führen.

Clemens wohnt jetzt in der Turnseestraße. Selbst das hat mir einen Hieb versetzt. Einen ungewollt, unerwünscht tiefen Stich. Nur weil die viel zu schöne, dämliche Hildastraße vier Ecken weiter liegt. Die man nach Markus und mir hätte abreißen sollen. Zuschütten. Planieren. Unter Teer beerdigen. Ich habe Clemens gefragt, ob Freiburg eines Tages so schreiendrot einstürzen könnte, wie Kokoschka es gemalt hat. Vor dem Museum für Neue Kunst habe ich ihn gefragt. Hinter dem Brückchen zur Marienstraße. Ob es so krachend zusammenfallen und zersplittern könnte? Später im Café hat Clemens so einfallslos langweilig geantwortet, dass ich es nicht für Dich wiederhole. Also völlig anders als Markus. Spiegelverkehrt zu Markus. Kontrapunktisch. Als Negativ. Ich habe mich sofort schlecht gefühlt. Schlecht und schäbig. Auch weil das Café so schäbig war. Nicht nur Clemens' Antwort. Die Stühle waren es. Die Tischdecken. Clemens war es. Ich war es. Schäbig.

Es geht nicht, Márta. Auf der Caféterrasse, unter der das Wasser leise floss, wusste ich, es geht nicht. Ich bin falsch hier. Mit Blick auf das Haus zum Rheinfisch wusste ich es. Auf ein Geschäft mit

242

Handspielpuppen aus Wolle, Kunstfell und Filz. Im Schaufenster Wolf und Lamm. Vom Rheinfisch habe ich mich pfeilschnell an den Rhein gedacht. Vom Rhein zur Blau. Da war es nicht weit bis Markus. Ich musste an meine Wanderungen über die Alb denken. Wie lächerlich ich in allem bin. Wie klein und wenig und nur lächerlich in allem. Selbst das fließende Wasser hat mich an Markus erinnert. Weil mich ja die ganze Welt an Markus erinnert. Also auch dieses blöde, mitleidlos unter mir weiterströmende Kanalwasser. Obwohl Clemens nicht nach Markus gefragt hat. Nichts über Markus gesagt hat. Auch wenn er sicher etwas weiß von ihm. Man kann nicht in einer Stadt mit Markus leben und nichts von ihm wissen. Es ist nicht möglich. Mein Gesicht muss ein Verbot ausgesprochen haben. Zwischen meinen Falten, Sommersprossen und Leberflecken wird Clemens dieses Verbot abgelesen haben. Den Namen Markus nicht ins Spiel zu bringen. Diesen Namen einfach nicht mehr zu sagen.

Es geht nicht, Márti. Auch wenn ich Markus noch so sehr vergessen will. Und das keine schlechte Gelegenheit gewesen wäre. Auch wenn alles in mir schreit, sei endlich vernünftig. Wende dich ab. Wende dich zu. Es geht nicht. Ich kann meinen Körper niemandem zeigen. Gerade will ich die Narben verstecken. Meine Haut, so wie sie jetzt aussieht. Aufgeschnitten, zersägt und zusammengeflickt. Wem sollte ich das zeigen? Ich will niemandem sagen müssen, ja, du siehst richtig. Hier hat mein Tod gelauert. *Die schwarze Bucht.* Unter dieser Narbe. Also bin ich mitten in einem belanglosen Clemens-Satz aufgestanden und gegangen. So wie Du vor zwei Monaten im nächtlichen Hamburg mitten in einem Satz aufgesprungen, ins Taxi gestiegen und weggefahren bist. Ohne mich umzudrehen durch das rotgrell schreiende, torkelnd kippende Kokoschkafreiburg.

Johanna

19. APRIL 2010 – 06:02

Liebe Johanna,

das hat gestern nicht geklappt mit dem Telefonieren, entschuldige, aber zwischen Bremen und Augsburg, dem Abbauen von Wäschebergen, liegengebliebener Post und Arbeit bleibt keine Zeit, und jetzt, so früh am Morgen, ist es ja auch schlecht, Du musst los. Also schreibe ich Dir über meine Frühlingstage, die gehetzt, aber trüb vergehen, mit dem Sitzen im Zug, vor und nach meinen matten oder weniger matten Lesungen, die nun ausklingen müssten, schon zu lange tragen mich meine *Groben Fährten*, und mit dem Versuch, im Geschrei und Gezänk der Kinder weiterzuschreiben, obwohl ich jedes Mal denke, etwas geht schief, mit uns und unseren Kindern, auch gestern fand ich alles ausufernd irre, Molkes keifenden, tränenschluckenden Ausbruch: Du zwingst mich zu rechnen, immer zwingst du mich zu rechnen!

Seit über diese ruhelose, mit Lärm übersäte Stadt schon der Hochsommer gekommen ist, verlassen wir das Haus kaum, ich husche nur mittags hinaus, um die Kinder abzuholen, dann verstecken wir uns hinter diesen Mauern und warten, bis es zur Nacht hin kühler wird. Lori geht jeden Tag ein kleines Stückchen, auch in dieser plötzlichen Hitze geht sie die Runde zu uns, versucht sich an einem winzigen Bogen durch unsere Straßen, bevor sie anklopft und sich auf meine Küchenbank setzt, Franz, Mia, Henri dicht neben ihr, denen ich aufgetragen habe, an Lori nicht zu zupfen und nicht zu ziehen. An der Schwelle von Tag auf Nacht habe ich gestern zwei Sätze geschrieben, Du liest richtig, nur zwei Sätze in dem schmalen, kaum sichtbaren Zeitspalt zwischen Tag und Nacht, trotz des gleißend hellen Aprillichts bleibt es in mir finster, Johanna, die alte Dunkelheit knabbert, schmatzt und isst sich satt an mir, genug zu fressen findet sie ja.

244

Liegt es am Geld, an der unausrottbaren Angst, es wird uns ausgehen, an der Aussicht, dass wir nie welches haben werden? An meinen sägenden Zweifeln, jemals wieder einen frischen Satz in meinem Kopf zu finden, ihm zu sagen, mir gehörst du, ihn zu fassen und festzuhalten, bis er sich nicht länger sträubt und windet, sondern sich auf meinem Papier ausstrecken will? *Das Aufschreiben ist mir bey weitem das Mühsamste bey der Sache – ein Grauton flutet mich, Johanna, warum er so drängend zu mir will, ich weiß es nicht.* Vielleicht weißt Du es. Aber doch, heute geht es besser, etwas wird diese Nacht mitgenommen haben, Du siehst, ich kann schreiben, ich schreibe Dir.

Deine Márta

20. APRIL 2010 – 23 : 47

Liebe Márti,

immer geht's mir um Dich, ich grüble viel darüber, möchte Dir die Steine von der Brust schieben. Schön, wenn es immerhin zwei Sätze waren. Sind sie gut, ist es gleich, wie lange Du für sie gebraucht hast. Deine Uhren laufen anders, Márti. Aufgezogen, tickend für die Ewigkeit. Was ist darin schon ein Tag, eine Nacht?

Nach dem Geheimen Garten, in dem sich der wildeste Frühling in Rosa und Gelb breitmacht, bin ich in meinen Keller gestiegen. Der April gibt es vor. Trenn dich von nutzlosen Dingen, sagt er. Die nur im Staub dämmern. Deine Katakomben füllen. Dein Arsenal aus Vergangenheit. Also habe ich Schallplatten aus den Regalen gezerrt, manche davon schnell wieder zurückgestellt. Zu viele Stunden meines Lebens. Ich kann mich nicht von allen trennen. Ich kann mir ja auch keinen Finger abschneiden. Die Trompete ist mir in die Hände gefallen. Das angelaufene, matt schimmernde Ding. Seit Jahren stumm. Mit ihren drei Pumpventilen, die meine Mutter perfekt zu bewegen wusste. Trom-

245

pete spielen konnte sie. Das hatte sie gelernt. Darin hatte sie ihre ganze Kraft gesetzt. Ausgerechnet in dieses unausweichlich laute Instrument. Das zu ihr passte wie kein anderes. Und das Georg und ich kaum anfassen durften. Nur anschauen. Wenn sie darauf spielte, wich alle Fahrigkeit aus ihr. Es sah leicht aus. Händel, Haydn, Telemann sahen leicht aus. Hörten sich leicht an. Mit ihnen warf sie jede Unruhe ab. Als fließe alle Aufmerksamkeit zu den Lippen. Bis auf die Finger ihrer rechten Hand bewegte sie nichts. Als müsse sie beim Trompetespielen still und steif stehen. Als müssten wir, Georg und ich, genauso still und steif auf dem Schlossplatz stehen und zuhören.

Ihren Eltern hatte sie damit fast den Verstand geraubt. Dora und Leo in ihrer rußgeschwärzten, in zwei Ecken nassgeschimmelten Wohnung. In der Buchengasse im zehnten Bezirk. Wo sicher kein anderes Kind Trompete spielen lernte. Weit und breit kein anderes Kind. Vielleicht haben wir deshalb unsere Instrumente nie wirklich beherrscht. Georg nicht die Geige. Ich nicht das Klavier. Etwas hielt uns ab, gut darin zu werden. Etwas bremste uns. Sorgte dafür, dass unsere trompetespielende Mutter nicht aus unseren Köpfen verschwand.

Johanna

21. APRIL 2010 – 23:03

Liebste Johanna,

Simon wanderte Samstag mit den Kindern durch die Nacht der Museen, Portikus, Lola Montez, MMK, damit sie ihre Augen schulen und ich allein bei meinen Worträtseln bleiben konnte, von denen ich nicht eines gelöst habe. Nein, nicht eines.

Aber der Tag rückt heran, an dem der Himmel aufreißt und die Verlorenen, Vermissten auf uns herabblicken, Kommunionkleid und Haarschmuck sind nach Tränen und Zwisten ausgewählt, die Steckfrisur ist gesteckt worden, viele Male von meinen ungeübten Händen, ich zweifle, ob Mias Haar so die Zeremonie übersteht wird, später darf es wegen mir auseinanderfallen. Jetzt ruht alles und wartet, die weißen Stoffblümchen mit Perle, die für den Haarkranz gedacht sind, die Schleife auf dem Kerzenröckchen, die weißen Ballerinas, weißen Strümpfe und Ersatzstrümpfe, sogar Henris und Franz' weiße Hemden hängen gebügelt vor dem Bücherregal und stauben bis Sonntagmorgen ein. Jede Nacht wache ich mitten im Gottesdienst auf, aus Angst, ich habe etwas versäumt, vergessen, aber bei Tag scheint alles bestellt und auf dem Weg, Essen, Trinken, Ersatzhaarspangen, Gastgeschenke. Lori sagt, größte Sorge bereite ihr, ob das blütenweiß gekleidete Kind auch so blütenweiß in der Kirche ankommt. Und wie, Johanna, überlebt die Kerze, prächtig von Dir geschmückt und verziert, alle Schritte?

Die Zeremonie beginnt um zehn, danach werden die Kinder fotografiert, mit und ohne Familie, mit und ohne Paten, also mit Johanna und ohne Johanna, und dann, ja dann dürfen wir nach Hause, liebste Jo, an den in der Nacht zuvor gedeckten Tisch, essen, trinken, durchatmen und weinen, sollten wir aus irgendeinem verrückten Grund plötzlich Lust darauf haben. Dein Miamädchen ist bereit, an diesem unbefleckten Tag eine Fürbitte zu sprechen, sie liegt auf dem Bett und spielt alles durch, malt es sich in weißen Farben, Tönen und Untertönen aus, gestern hat sie nach der Frisurengeneralprobe ihre Kleider angezogen und sah zum Anbeten aus, mit eingeflochtenen Haaren und dem Knoten, den ich in ihrem vollendet gebogenen Nacken mit einer Wolke Haarspray und unzählbar vielen Haarnadeln festgesteckt hatte. Ihr Bruder Franz hat sie angeschaut und gesagt: schööön, und Henri hat es wiederholt: schö-schö.

Deine Márta

26. APRIL 2010 – 06:14

Liebste Márti,

ich war beseelt, durch und durch katholisch, als hätte ich den
Pfad der Kirche niemals verlassen. Als sei ich nie abtrünnig
geworden. Stolz auf meine sahneweiß verpackte, mit Blümchen umkränzte Elfenpatentochter. Die für ein besseres Leben
bestimmt ist, als wir es ihr bieten können. Simon, Du und ich.
Doch, die Fürbitten haben Dir und mir einiges abverlangt. Aber
die Steckfrisur hat gehalten. Die Strumpfhose ist nicht gerissen.
Wir haben in der Kirche auch nicht sofort losweinen müssen.
Nur etwas später als sofort. Und vergessen hattest Du bloß den
Kerzenständer. Wie rundum gelöst und fröhlich wir waren! Wie
schwerelos Mia durch diesen Tag gesprungen ist! Bei Sonnenschein, obwohl elf Grad und Regen vorhergesagt waren. Da
zweifeln die Menschen am Herrgott!

Am Abend war ich so traumtänzerisch erschöpft wie vielleicht
zweimal in drei Jahren. Bei brennender Tischkerze nur darüber
enttäuscht, dass alles schon vorbei war. Ich in den Wagen steigen
und zurück in meinen schwarzen Wald musste. Lori, Anikó,
Ildikó am Zaun. Unsere Mia-Elfe, die im weißen, grasflecken-
übersäten Kleid winkend und rufend bis zur Ecke mitlief. Am
liebsten hätte ich noch einmal alles erlebt. Das schnelle Frühstück mit Anikó und den sauberen, gut gekämmten Vettern
aus Stuttgart. Das Hochstecken der Haare. Mit all den weißen
Stoffblümchenclips, die ich Dir angereicht habe. Die stille Fahrt
zur Kirche mit unserem weißen Mädchen. Mias Einzug in Albe.
Meine und Deine Tränen. Die der Großmutter, des Großvaters,
der Tanten. Das aufgeregte Fotografieren im Pfarrhof. Die Frühlingsluft über den Häuserwipfeln Deiner hassgeliebten *Stahl-
betonstadt*. Die mir so scheußlich an diesem Tag gar nicht vorkam. Den ersten Winzersekt, den Lori mit Zitterhand im Hof
ausschenkte. Obwohl Simon es verbieten wollte. Ja, das kann

sie schon. Das gute Essen, Fisch, Kalb und Pasteten. Mias *wind-
leichtes Fangspiel* mit den Brüdern. Mein Blick über die lange
Tafel. In Eure Gesichter. Alle vereint. Alle zusammen. Deine Eltern. Deine Schwestern. Meine Vergangenheit. Da saß sie mit
mir am Tisch. Sagen wir, der gute Teil meiner Vergangenheit.
Ja, natürlich hätte ich Georg gern dabeigehabt. Natürlich. Wo
doch jeder nach ihm gefragt hat. Keiner nicht nach ihm gefragt
hat.

Danke für diesen Tag, und danke für alle anderen Tage mit Euch.
Fürs Händchenhalten und Weinen. Einen Grund dafür finden
wir immer.

Deine, immer Deine

Jo

29. APRIL 2010 – 15 : 23

Liebste Jo,

ja, jetzt zum Beispiel, in der Nacht hat Simon im Traum geschrien, du nicht! In der halben Stadtlichterdunkelheit habe
ich mich schlafsuchend neben ihm in mein Kissen gedreht und
mich bis zum Morgen gefragt, ob ich es bin, die er meint mit:
Du nicht!

Unsere Zimmer liegen wie so oft in Schutt und Asche, wie nach
einem feindlichen Angriff, ich bin es diesmal, die das angerichtet hat, ich habe das Feuer entfacht, ich habe mein Streichholz
gezündet und es arglos weggeworfen, meine Schuld ist es, dass
die Körberstraße unter Trümmern versunken ist und Rauchfä-
den aufsteigen. Die Kinder müssen meine Ausbrüche ertragen,
meine miese, unberechenbare Art, aber der Trott klopft mich
dahin, Johanna, tagein, tagaus im gleichen Takt dasselbe, mein
vorgeschriebener Tag, meine vorhersehbar abgezählten Stunden, die immer nach dem gleichen Muster ablaufen: diese öde
Schule, aber ja, sie ist öde, seit Monaten schaue ich dämliche

249

Subtraktionsaufgaben im Hunderterraum durch und werde noch verrückt dabei, das Klavierspiel, besser oder schlechter, mit oder ohne Geschrei, Abendbrot, Zähneputzen, Vorlesen am Bett mit Blick auf die Uhr, noch ein Glas Wasser, noch einmal zum Klo, Nachtgebet und drei Fragen, bevor das Licht gelöscht wird. Wann war Palmsonntag? Wann setzt sich der Engel vors Fenster? Wie viel ist zwei mal achtzehn? Dann falle ich aufs Sofa, um gegen den Schlaf zu kämpfen, meist verliere ich, ich bin ein schwacher, geschwächter Gegner, und zu den zwei Zeilen am Abend, die ich schreiben sollte, kommt es nicht, nein, nicht einmal zu diesen lächerlichen zwei Zeilen.

Und ich fange auch nicht morgens um acht an zu schreiben, ich halte erst nach Mäusen Ausschau, löse Ameisenstraßen auf, picke Berge von Wäsche auf, die sich auf dem Boden, in den Betten, unter den Schränken verteilen, und bin immerzu müde, werde aber erst später schlafen, möglicherweise erst in einem anderen, nächsten, in einem zweiten, dritten Leben. Ich habe Angst, Johanna, auf die Uhr zu schauen, weil ich nur sehe, ich muss meine Arbeit abbrechen und los, sie mitten in einem Gedanken, mitten in einem Satz abwerfen und irgendwann später alles daransetzen, diese Wortfolge wiederzufinden und aufzuheben. Niemand ahnt etwas von der Zweischneidigkeit meines Lebens, meiner Medusenhaftigkeit, davon, wie ich *in eine Lebensverkrüppelung hineingewachsen* bin, niemand weiß, dass ich, bevor ich gestern auf den Zug Richtung Bergisches Land gesprungen bin, geschlagene drei Stunden über Rechenaufgaben gesessen und meine Tochter angebrüllt habe, dass ich jeden Nachmittag mit ihr am kakaofleckigen, überladenen Esstisch pauke, damit Simon und ich weiter blindnaiv auf die Empfehlung für die höhere Töchterschule hoffen dürfen. Mein eigenes Leben, also ich als Márta Horváth in einem Márta-Horváth-Leben, hat sich auf ein Minimum begeben, es läuft über ein Notstromaggregat, mein wirkliches Leben ist der Tanz um die Kinder, den Alltag und die blanke Existenz, das ist mein Goldenes Kalb und macht mein Leben aus, das andere, lauernd auf Worte zu warten, nach ihnen zu schnappen und sie aufzuschreiben, ist bloß ein Tupfer darin, ein bewegliches, unbedeutendes, nebensächliches, einfach vergessenswertes Teilchen.

Gestern auf dem Lyrikfest im Bergischen Land musste allerdings jeder im Publikum denken, dass ich das bin, die auf einem weißen Stuhl sitzt und unter einer schwarzen Lampe aus *Nacht und Tag* liest, ich, Márta Horváth, im Ungarischen Horváth Márta, sauber angezogen, gekämmt, im Kopf halbwegs aufgeräumt und klar, mein Leben ein Leben für die Lyrik, zusammengehalten von Wortspielen, Wortvergleichen und Worterfindungen, aber das ist so wenig von mir, Johanna, so fast gar nichts mehr von mir. Ich habe halbe Wahrheiten als Antwort gegeben, oder ist das schon eine ganze Lüge?

Muss los, gleich zeigen die Kinder ihre Kunstwerke aus bemalten Papptellern und Pfeifenputzern, ja toll, Projektwoche der Schule, mit dem immer gleichen Kuchenbuffet und den Spießern davor, die für einen Keks anstehen – was ich hasse am Leben als Mutter, sind Schulfeste und Elternabende, Dein täglich Brot also. Wenn heute alles getan ist, werde ich an den Betten meiner Kinder sitzen, manchen Traum in sie hineindenken, ihnen zuschauen beim Schlafen und zuhören beim Atmen, *zu weinen ins Gebrüll der See, zu seufzen den Winden.* Franz riecht noch immer nach Baby. Mia nicht mehr.

Márti

30. APRIL 2010 – 06:52

Liebste Márti,

Deine miese Art, die kenne ich gar nicht. Ich möchte sie kennenlernen. Bitte! Konjugiere im Präsens, Reflexivpronomen im

Dativ: Ich tue mir leid, du tust dir leid, er, sie, es tut sich leid, wir tun uns leid, ihr tut euch leid, sie tun sich leid.

Ach, Márta, habe Sehnsucht nach Dir. Und leidtun könnte ich mir auch. Der Winter ist mit aller Wucht zurück. Wirft sein weißes Cape rücksichtslos auf meine Hügel. An meine Berghänge. Lässt den Köhlerpeter vor seinem Meiler die Arme um sich selbst schlagen und frieren. Wäre auch zu einfach gewesen – Calw war nur ein trügerischer Ausflug. Der Frühling hat uns ausgetrickst. Der Himmel hat uns irregeführt. Und jetzt seinen wütendsten Sturm geschickt. Als wollte er sagen, so nicht! Nicht schon im April! Er hat die Forsythien entkleidet. Dem Flieder zugesetzt. Das erste Frühlingsgesicht mitgenommen. Gestohlen. Seither schneit und schneit es vor meinen Fenstern. Es will nicht aufhören, Márti. Das Haus wird nicht mehr warm. Ich lege Holzscheite nach. Claus hat gestern für neue Stapel gesorgt.

Muss los,

es liebt Dich,

Johanna

1. MAI 2010 – 04:42

Liebste Jo,

wenn es dämmert, hören wir den reinen Gesang einer bestimmten Drossel, Feiertag – alles ruht, sogar die Körberstraße, ihre Bäume und Zäune ruhen, selbst Simon scheint zu schlafen, nein, er sitzt nicht am Schreibtisch und rauft sich die Haare, lieber träumt er sich zu Parzen und Horen, die Flugzeuge gönnen seinem Nachthimmel eine Pause, ja, ich tue mir leid, Johanna, und wie ich mir leidtue, niemand tut mir mehr leid als ich mir!

Aufgescheucht hat mich ein flackernder Schatten aus Laternenlicht und Stadtkastanie im ersten Mainachtwind, aufgescheucht und an den Schreibtisch geschoben, zur einzigen Stunde, in der es still ist bei uns, neben Drossel und mir still ist, schlafen werde ich, wenn ich tot bin und Zeit dafür habe, nun habe ich zwischen dem Atmen und Seufzen der anderen eine halbe Seite geschrieben, eine halbe Seite! Ja, das, nur das wollte ich Dir sagen.

Márta

2. MAI 2010 – 08 : 02

Liebe Márta,

heute Morgen wurde ich von einem Geräusch geweckt und tastete mich durchs dunkle Haus. Ich glaubte, es sei ein Gerät, das Alarm schlägt. Ein vergessener Wecker, der sich einschaltet. Der Heizkessel, der ein Signal schickt. Ich ging über die Treppe, durch die Küche. Blieb stehen und lauschte: ein Vogel, dessen lautes Tschilpen aus dem Garten zu mir drang. Fast hatte ich vergessen, wie ein Vogel klingen kann. Nach diesem langen Winter werde ich mich an die Melodie des Frühlings erst gewöhnen müssen – *dass zuweilen noch ein Vogel im Gebüsche drüben aus seinem Halbschlafe auffährt und halbe Kadenzen seines Gesanges nachträumt.*

Vielleicht bin ich so früh wach geworden, weil Markus hier ist. In meinen Radius eingedrungen ist. Meinen wackeligen, weitläufig abgesteckten Schutzwall um mein Haus und sein spitzes Dach. Und das dringt bis in die Klagen der Nacht. In die Rufe des Morgens. Ins Tschilpen eines frühen Vogels. Markus trifft sich mit den alten Freunden. Mit Claus und drei, vier anderen. Mit denen er früher einmal, vor nicht zu langer Zeit, hier über Bergkuppen gewandert ist. Musik gemacht hat. Als er noch in meinem kleinen Haus wohnte. Das einmal unser kleines Haus war. Alles in mir fordert, die Welt müsse mit Markus brechen. Weil ich mit ihm gebrochen habe. Nur dies eine *Tröpfchen Vernunft* hält mich zurück.

Kathrin ist es peinlich. Sie druckst und druckst. Eigentlich ist es nicht ihre Art herumzudrucksen. Sondern die Dinge auszusprechen. Laut auszusprechen. Nicht zu verheimlichen. Aber sobald Markus sich angekündigt hat, druckst sie herum. Allein an ihrem Herumdrucksen erkenne ich, Markus wird unter ihrem Dach in ihrem Gästebett schlafen. Im Futur eins am Sonntagmorgen bei ihnen aufwachen. Die Kinder werden vor ihm stehen. An seiner Bettdecke ziehen. Sich zu ihm legen. Zusammen werden sie durchs schrägsitzende schmale Fenster in den Schwarzwaldhimmel schauen. Das *Wolkenspiel spielen.*

Nachdem ich gestern im Blumenladen Möhren und Salat für Colin ins Gehege gelegt und Kathrin einen großen Strauß gelber Lilien in meinen Fahrradkorb gesteckt hatte, hat sie die Tür auf diese druckserische Art geschlossen. Dass sie mir fast hätte leidtun können. Aber nur fast. Alles in ihrem Blick hat gesagt, Markus sitzt in unserer Küche. Er spielt Klavier. Claus die Klarinette. Aber ausgesprochen hat sie es nicht. Und ich habe nicht gefragt. Ob Markus ihren Kaffee trinkt. Am Abend ihren Wacholderbrand. Ob er den Kindern über die Köpfe streicht. Auf seine unnachahmliche Art. Mit diesen unvergleichlichen Händen. Klavierspielenden, im Haar wühlenden, brilleschiebenden, herzbrecherischen Markushänden. Ich musste nicht fragen. Ich wusste es auch so. An Kathrins druckserischer Art den ganzen Vormittag über hatte ich es längst erkannt. Allein daran, wie sie den Schlüssel umdrehte! Aber gefragt habe ich nicht. Obwohl ich wütend war. Weil ich dachte, Markus sollte nicht mehr hier auftauchen. Die Menschen, die in meinem abgesteckten Blickfeld mit mir leben und atmen, nicht mehr besuchen. So denke ich noch, Márti. Nach einem Jahr, sieben Monaten, fünf Tagen und möglicherweise dreizehn Minuten denke ich noch so.

Den Rest des Tages habe ich auf meinem Sofa verbracht. Man kann dieses Leben nicht *durchwaten, ohne bedeutend naß zu werden.* Habe an die Decke gestarrt. Den Wein nicht getrunken, den ich mir eingegossen hatte. Ich habe ihn vergessen und stehenlassen. Um ihn heute Morgen in die Spüle zu gießen. Unangetastet, dunkelrot wie altes Blut. Ich konnte mir nicht helfen, die Bilder sind nicht verschwommen. Die Bilder von Markus in Claus' Küche. In Claus' Garten. Vor seinem Bachbett. Vor seiner Hundsrosenhecke. Die im Juni blühen wird. Markusbeine gestreckt, Markusfüße gekreuzt. Markushand im Markusnacken. Der Gedanke, Markus hat sich nur dreitausendfünfhundert Meter entfernt von mir in die Kissen gedreht. So auf seine Art. Linksherum. Wange auf dem linken Oberarm. Siegelringhand auf der Decke. Er ist nur dreitausendfünfhundert Meter entfernt von mir eingeschlafen und aufgewacht. Hat seine Brille auf den kleinen Tisch neben dem Bett gelegt. Als Kathrins Kinder am Morgen an seiner Bettkante saßen, wieder aufgesetzt.

Ich könnte aufs Rad steigen, Márti. Ins Tal rollen. *Steine zählen. Grashalme.* Vom Weg aus in Kathrins Garten schielen. In ihre Küche. Vorgeben, ich hätte im Tal zu tun. Im Lehrerzimmer etwas vergessen. Ich könnte nachschauen, wie sieht er jetzt aus, dieser Markus. Trägt er das dunkle Haar lang? Wieder kurz? Hat er noch dieselbe Brille? Am Finger denselben dicken Daum-Familienring aus Silber? Wie sitzt er da, mit seinen einschüchternd breiten Schultern? Seinen wortraubenden, luftverdrängenden Schultern? Zwischen Claus, Kathrin und den Kindern? Wie gelingt es ihm, so zu tun, als sei nichts, gar nichts gewesen? Als könnte sich die Welt einfach weiterdrehen. Für ihn. Für mich. Einfach auf die alte, unveränderte Art weiterdrehen.

Jo

4. MAI 2010 – 06:34

Liebste Jo,

wieder nur Postkartenlänge heute. Es ist gut, dass Du in den Zug gestiegen bist, nur drei Stunden, und Du warst bei uns, in dieser rundum verseuchten, schmutzwuchernden, schamlos weiterwachsenden, aber garantiert markuslosen Stadt, da konntest Du das Ende der Welt, Dein vége a világnak, noch einmal abwenden, Dein Lachen und Weinen über den Main gießen, Deine *Tränensammlung* auf sein Wasser, was niemand bemerkt hat und keinem aufgefallen ist. Danke für den sonnigen Abschluss auf der Terrasse der Ruderer, wenige hundert Meter von dort, wo man Lori ins Leben, ja, ins Leben zurückgeholt hatte, wo der Fluss vor dem Klärwerk besonders schön stinkt und die Abfälle zügig nach Westen trägt, bis nach Höchst, wo sie schließlich hingehören, wie Du sagen würdest.

Als Dein Taxi Dich zum Bahnhof mitgenommen hat, bin ich mit Simon und Ildikó eine Ecke weiter in die Cafébar, es wurde wie immer viel getrunken, und jetzt musste ich mich aus dem Bett ziehen, ich selbst an meinem Haarschopf, weil Henri und Franz nach Essen gerufen haben. Simon schläft, vielleicht schaffen wir es nachher mit Lori um die Häuser, für einen kurzen Spaziergang könnte sie Kraft aufbringen, ich führe im Kopf noch ein paar Interviews, beantworte noch ein paar Fragen, als sei ich wichtig, als sei ich wer, leuchte den farbigen Traum neu aus, den Du gestern in mir angelegt, in mir entfacht hast, schaue in die Auslagen im Westend und stelle mir vor, was ich kaufen könnte von dem vielen, vielen Geld, das ich mit meinem *Anderen Zimmer*, meiner überraschend neuen, großartigen, einzigartigen, noch nie dagewesenen Sammlung von Erzählungen bald verdient haben werde, ja, Futur zwei, verdient haben werde – Du hast gesagt, es wird so sein.

Es liebt und vermisst Dich,

Márti

5. MAI 2010 — 11:23

Liebste Márti,

mein Frühling lässt sich nicht gut an. Mein alter Schwindel hat
mich neu erwischt. Mein ungeliebter Weggefährte. Mit Notarzt,
Krankenwagen und Rollstuhl. Kathrin am Fenster. Die den Arzt
empfangen hatte mit: Sie kotzt gerade. Aber als ich weggeschoben wurde, am Tor stand und die Tränen laufen ließ.

Der Schwindel kam unangemeldet. Natürlich, wie sonst. Mein
Schreibtisch drehte sich, mein Haus drehte sich mit allen Dingen darin wie im Schleudergang. Stifter, Droste, Mansfield, alle
drehten sich. Kathrin hat das Notfallschild in die Ladentür gehängt. Das sie letzten Sommer geschrieben hatte, als ihr Sohn
in die Säge gefallen war. Die Ambulanz hat sie vom Geheimen
Garten aus bestellt. Die Angelegenheit sehr dringend gemacht.
Sonst kommt ja hier keiner. Obwohl es alles sein könnte: ein
Schlag, ein Infarkt, ein Tumor. Etwas aus dieser hübschen Palette
von Möglichkeiten.

Nach dem ganzen neurologischen Quatsch – Augen schließen,
Finger an die Nasenspitze, Augen öffnen, Hand zur Faust ballen,
zwei Schritte vorgehen, zwei Schritte zurück, Arme ausbreiten,
Arme senken, nach rechts schauen, links schauen – wurde mir
am Abend in der Klinik, wo wir überhaupt zu viel Zeit verbringen, wie ich finde, eine Vomex-Infusion gelegt. Die Erlösung für
alle Schwindelpatienten, Márti. Wenn die Übelkeit nachlässt. Die
Panik, weil alles weggekippt und im Boden dieses Loch aufgeris-
sen ist. Kathrin blieb an meinem Bett und schnitt Obst für mich.
Mundgerecht auf mein Tellerchen. Schüttelte mein Kissen auf.
Hielt meine Hand und wartete, bis ich eingeschlafen war. Was
an diesem Abend nicht lange dauerte. Sie mochte nicht glauben,
dass ich weder nach Hause noch zu ihr wollte. Sondern über
Nacht in diesem Zweibettzimmer der Neurologie bleiben. Neben einer röchelnd schnarchenden alten Frau. Ich aber dachte

257

nur eines: Kehrt der Schwindel zurück, will ich dieses Zeug in meinen Venen haben!

Am nächsten Morgen ging es mir besser – mittags hat man mich entlassen. Nachdem der Physiotherapeut die schlimme Übung mit mir durchgegangen war: Aufs Bett werfen, den Kopf auf die Seite drehen. Beten, dass der Schwindel ausbleibt. Claus hat mich nach Hause gebracht. Obwohl ich lieber in den Geheimen Garten mitgekommen wäre. Um Colin auf den Schoß zu nehmen. Tee hinter dem Perlenvorhang zu trinken. Auf die üppig wilde Maimischung aus Tulpen und Viola zu schauen. Aber Kathrin hatte es verboten. Sie bestand darauf, dass Claus mich nach Hause bringt. Vom Geheimen Garten rief sie an, wann immer sie zwei Minuten hatte. Ob ich etwas brauche. Genug zu essen habe. Genug zu trinken. Ob sie Claus schicken soll und so weiter. Du kennst sie ja.

So lange war ich stabil, Márta. In den guten, *klarluftigen Zeiten*. Wenn ich mit dem Rad durch den Wald gefahren bin. Nahezu symptomfrei. Ich war sicher, ich hätte mein Krankheitssoll fürs Erste abgetragen. Ein Guthaben aufgebaut. Ein riesiges Guthaben. Ich habe falsch gedacht. Noch immer kann es mich jederzeit überfallen. Zwischen Meersburg, Marbach und Münster in diesem großen, kalten Land. Wieder laufe ich wie über schwankenden Schiffsboden bei starkem Seegang. Halte mich an jeder Tischkante und Stuhllehne fest. Es nützt nichts, wenn die Ärzte sagen, wir können Sie beruhigen, Frau Messner. Kein Schlag. Kein Tumor. Es ist harmlos. Nur ein dummes Kalksteinchen im Ohr. Das nicht dahin gehört. Harmlos, aber mit schlimmen Folgen. Wieder habe ich mein Notfallprogramm auf Zetteln und Listen. Am Kühlschrank drei Telefonnummern. Mit dickem roten Stift groß geschrieben. Damit ich sie auch erkennen kann. Damit ich sehe, wen ich anrufe. Neben Kathrin und Bio-Kurt noch eine Eingeweihte in der Straße. Viel brauchen sie nicht zu tun. Den Krankenwagen rufen. So, dass er auch kommt. In der Schule Bescheid geben. An meinem Krankenhausbett sitzen.

Muss Schluss machen, die Buchstaben flirren mir weg.

Johanna

7. MAI 2010 – 22:02

Liebste, geliebte, arme Jo,

Claus hat sich gemeldet, und ich war froh, wenigstens so von Dir zu hören, ich habe mich gesorgt, wollte am Morgen anrufen, aber dann dachte ich, nein, ich störe Dich, beim Ausruhen, beim Schlafen, beim Dösen, vielleicht sogar schon beim Arbeiten. Ich hätte in der Schule fragen können, ob Du da bist, aber dann habe ich den Gedanken verworfen, weil es ein bisschen so gewesen wäre, als wollte ich Dich hintergehen, obwohl ich nur Angst hatte, die Nachrichten könnten schlecht ausfallen, Dir könnte es schlechtergehen, aber nach Claus' Nachricht bin ich erleichtert. Ja, Gott sei Dank, der Schwindel lässt Dich, er lauert nur, Du bist schwindelfrei, gerade jedenfalls!

Wenn Du Kraft hast, melde Dich,

es liebt Dich und denkt an Dich,

immer, ständig, jederzeit, gestern wie heute, wie morgen,

Márta

10. MAI 2010 – 18:23

Liebste Márti,

ich gehe langsam zurück ins Leben. Ich taumle. Aber ich gehe zurück. Ja, ich gehe. So heißt das doch, wenn man einen Fuß vor den anderen setzt und weiterkommt. Wenn auch nur ein bisschen. Und ja, ich beruhige mich. Also kannst auch Du Dich beruhigen, Márti.

Du wirst es nicht glauben, Sonne zum ersten Mal nach Wochen.

259

Oder Jahren? Ich habe einen Liegestuhl vor die Tür gestellt. So wie es hier niemand tut. Nicht in dieser Straße. Habe mich unters Küchenfenster gesetzt. Den Kopf zurückgelegt. Für eine Weile die Augen geschlossen. *Ich bitte nicht um Glück auf Erden. Nur um ein Leuchten dann und wann.* Als ich sie öffnete, sind Zitronenfalter an mir vorbeigeflogen. Später noch ein Nachtpfauenauge. Ich habe so über alles gestaunt, wie man nur staunt, wenn man etwas zum ersten Mal sieht. Als hätte ich mit meinen dreiundvierzig Jahren zum ersten Mal Zitronenfalter und Pfauenaugen gesehen.

Claus kam mit einem großen Topf Akeleien um die Ecke gebogen. Elfenschuh. Kathrin wird ihn geschickt haben. Damit er mit mir die alte Erde auf den Kompost kippt. Moos und Kalk von meinen Töpfen wischt. Die Rose aus dem Gerätehäuschen holt. Meine Augusta Luise. Meine erste Rose, die den Winter im schwarzen Wald überlebt. Welches Glück das in mir ausgelöst hat, kannst Du Dir kaum denken. Ich konnte es mir ja selbst kaum denken. Dass ich mich so freue über eine Rose, die den Winter überlebt hat. Als hätte ich selbst überlebt.

In mir breitet sich Ruhe aus. Hörst Du? Ruhe.

Deine, immer Deine

Johanna

11. MAI 2010 – 23 : 23

Liebste Jo,

vor mir brennt die Kerze mit Schriftzug ›Mia Johanna‹ und Datum der Erstkommunion, Du hast auf sie die Tauben und Zweige aus Wachs gesetzt, deshalb kann ich sie nicht wegräumen, auch die Bilder nicht, Mia mit Stoffblümchen im eingeflochtenen Haar, Fürbitten lesend, ich bringe es nicht über mich, als würde ich sonst diesen Tag grob fahrlässig beenden, als wäre er dann gar nicht gewesen. Bevor ich umfalle, ein Satz noch,

Deine Karte ist angekommen, datiert an Deinem Geburtstag, an dem wir wenigstens telefoniert haben, als müsstest nicht Du Karten aus aller Welt empfangen, als müsste es nicht umgekehrt sein – Kokoschkafreiburg, fliehendes, wegspringendes, fallendes, rosarot einstürzendes Kokoschkafreiburg, *Stadt aus Feuertrümmern*, Mia hat mir vorgelesen, und ich habe geweint, warum nur muss ich bei Deinen Karten immerzu weinen? Nein, es ist nicht wegen des Schwindels, der sich langsam von Dir verabschiedet und weiterzieht, es ist der Johanna-Ton, der altvertraute, mich weichklopfende Johanna-Ton, obwohl ich auch deshalb weinen könnte, dass es Dir wieder besser-, wieder gutgeht.

Mir ist nach Kofferpacken, obwohl ich heute erst von einem Leseausflug zurückgekehrt bin, Lüneburg, Celle, Hannover, mit zwei weiteren hoffnungslosen, weltvergessenen Lyrikern, es liegt am Geschrei und Gezänke der Kinder, an Simons Rücken, seiner kalten Schulter, dass er immer alles, was er ist und hat, mitnimmt ins Theater und nichts für uns hierlässt, alles drängt und schiebt mich zum Wegsein. Deine Karte hat diesen Sehnsuchtsnerv, diesen Wegziehnerv in mir getroffen, mich punktgenau an dieser wunden Stelle berührt – *ein steinernes Herz, ein Herz von Marmelstein* wäre jetzt nützlich, Johanna, *Du glaubst nicht, wie solch ein Herz abkühlt.* Dir, nur Dir schreibe ich, dass ich zum Flughafen möchte und mit dem nächstbesten Flug abheben, Kirgistan, Venezuela, gleich wo, überall muss es besser sein als in der Körberstraße, alles stehenlassen, wie es ist, vorbereitet für den Morgen, wenn ich schlaftrunken meine Handgriffe ausführe, die Espressokanne, der Milchschäumer, auf dem Tisch drei Müslischälchen, auf einem Teller Messer und Apfel – nur den USB-Stick mit meinen *Wortgirlanden* einstecken, sonst nichts, und alles zurücklassen, was ich habe, bin und besitze.

Hier die gute Nachricht. Das Positive? Hier bleibt es: eine Narbe an meinem Hals wird es nicht geben, mein Herzrasen ist verschwunden, die Schilddrüse hat sich beruhigt, ich muss nicht ins Krankenhaus und mich auf einen Tisch legen, Lori und Du, Ihr habt das wohl für mich abgegolten. Etwas habe ich für Dich aus Celle mitgebracht, hör gut zu, eine Lehrerin hat mir erzählt, sie verbringt immer sechs lange Wochen Sommerferien in Dänemark, jedes Jahr, wiederhol es bitte laut und deutlich, am besten vor Deinem Spiegel, damit Du Dich sehen kannst, sechs Wochen jeden Sommer. Warum tust Du das nie? Droste hier, Friedrich da, Du hast Deinen Stoff doch unzählige Male durchgekaut, dazwischen ein bisschen Partizip, Futur zwei und Kommasetzung beim erweiterten Infinitiv, Kunst und Sport geschenkt. Wir bedienen uns zu wenig am Leben, Johanna, das war schon immer unser Nachteil, Du und ich, wir bedienen uns zu wenig.

Márta

12. MAI 2010 – 19 : 04

Liebste Márti,

Marienandacht im Dorf. Die Glocken läuten. Ich höre Schuberts Winterreise. Warum jetzt?, wirst Du fragen. Wo endlich Frühling ist. Maigrün leuchtender Frühling. Selbst hier. Im schwarzen Wald. *Fremd bin ich eingezogen. Fremd zieh' ich wieder aus.* Er ist im selben Jahr geboren wie die Droste. Falls Du es nicht wusstest – jetzt weißt Du es. Vielleicht mag ich die Winterreise deshalb. Mein stilles, mildverregnetes Wochenende habe ich lesend im Bett verbracht. Siehst Du, sogar das geht schon. Ich kann den Kopf drehen. Ich kann ihn heben. Ich kann lesen. Lesen! Ja, natürlich ist über die Droste schon alles gesagt worden. Weiß ich doch. Niemanden kümmert es, wenn ich mein Zettelchen dazulege. Aber mich!

Zwei Monate zu früh kam sie zur Welt. Hatte ich Dir das je geschrieben? Die Mutter war auf dem Eis gestürzt. Der Pfarrer kam

262

zur Nottaufe. Ans Leben glaubte niemand mehr. Acht Tage ohne Milch. Bis sie eine Amme fanden, wurde sie mit Zuckerwasser ernährt. Ja, wirklich, Zuckerwasser. Ein Zwerg. Ein Wurm. Ein Täubchen. Anfällig und dauerkrank blieb sie. Nur einen Meter achtundvierzig wurde sie. So gut wie blind. Ihre Umgebung hat sie nie als großes Bild gesehen. Nur in Ausschnitten. Ich habe zwei Tage lang darüber nachgedacht, ob ich das in ihrem Schreiben wiederfinde. Ja, ich denke, ich finde es. Suche weiter nach Sätzen, die das belegen. Mit denen ich das beweise.

Über allem habe ich selbst ein Knochengesicht bekommen, Márti. Mein Gesicht verschwindet hinter Knochen. Die Knochen treten hervor. Von Haut versteckte spitze Knochen. Ob von der Droste oder vom Schwindel, ist jetzt gleich. Es hat mir einen Schrecken eingejagt. Heute, im Spiegel. Vor dem ich wiederholt habe: Sechs Wochen jeden Sommer. Wie Du es mir aufgetragen hast. Sechs Wochen jeden Sommer. Gut so?

Es liebt Dich,

Johanna

17. MAI 2010 – 22:36

Liebste Jo,

seit Tagen sind die Jungen krank, Franz mit Ohrenentzündung, Henri mit spastischer Bronchitis, ich habe einen keuchenden Husten, sicher ausgelöst von Franz' Kita-Bakterien, unser Grundton in der Körberstraße, einer bellt ihn immer in unsere Zimmer, sogar im sonnigen Mai. Ich bin zu spät zum Arzt, ab dem zweiten Kind wird man nachlässig, zur Strafe muss ich dreimal am Tag mit Henri inhalieren, mein drittes Inhalierkind, das sich windet und brüllt, es braucht zwei, Simon und mich, und unsere ganze Kraft braucht es, Simon hält Henris Arme fest, und ich setze ihm die Inhaliermaske auf, hassen muss er uns dafür. Dazu hat Deine Patentochter auf meiner Nervenklaviatur die schrillsten Töne angeschlagen und viel Zeit mit dem Weinen vergeudet, sie sitzt weinend vor dem Klavier und spielt nicht einen Ton, sie sitzt weinend vor den Matheaufgaben und weigert sich, fünf mal sechsunddreißig zu rechnen. Meine Erzählungen hatte ich über allem vergessen oder aber vergessen müssen, damit ich nicht verrückt werde, nicht durchdrehe und Amok laufe, keine Pistole im Bahnhofsviertel besorge und um mich schieße, weil ich meinen Reigen nicht voranbringen kann, von abschließen spreche ich gar nicht mehr, nein, ich will es stilltapfer aushalten, wie ich es Dir versprechen musste, Langstreckenläuferin zu sein und lernen, die lange Strecke zu lieben.

Noch hat meine Lektorin mich nicht aufgegeben, bevor das große Fieber ausbrach, haben wir mein Manuskript besprochen, von dem ich nicht weiß, ist es ein Manuskript, oder sind es nur fünfhundert ausgedruckte Seiten. Ich hatte bei uns zu Hause eine Ecke mit einem Tisch und zwei Stühlen freigeräumt und mich geschämt für so viel Unordnung aus Zetteln, Papieren, Fotos und Buntstiftbildern, abgestreiften Kindersocken und leeren Salzstangentüten. Sie sind ja richtig krank, Frau Horváth, sollen wir wirklich weitermachen?, hat sie gefragt, aber ich dachte, es hat keinen Sinn zu verschieben, nächste Woche ist Mia krank, dann wieder Henri und so weiter, etwas kommt immer dazwischen, etwas hält mich immer ab, in unserer Horváth-Leibnitz-Husten-Fieber-Lebensachterbahn hat es keinen Sinn zu verschieben, nicht den geringsten Sinn hat es! Viele gute Vorschläge hat sie, ich werde eine Handvoll Geschichten überarbeiten und Handlungsstränge neu ordnen müssen, was ja alles kein Problem wäre, nein, wenn ich einmal eine Woche am Stück hätte, ja, hätte, hätte, um zu arbeiten, aber eine Woche in meiner Zeitrechnung entspricht ungefähr einem Jahr in der Zeitrechnung eines Lebens ohne Kinder – also zum Beispiel Deines Lebens, Johanna.

Trotz aller Widerstände hatte ich Henri und Franz am Wochenende eingepackt und bin zu meinen Eltern gefahren, mit Kinderwagen, Inhaliergerät, dem halben Hausrat und meinem Laptop. Die fiebernden Kinder blieben im Erdgeschoss, und ich verschwand in der Dachkammer, Anikós altem Zimmer, wo sie in weißer Bluse und dunkelblauem Faltenrock als Jahrgangsbeste des Helene-Lange-Mädchengymnasiums an der Wand hängt, als ewiges Mahnmal für Ildikó und mich. Nur einmal bin ich über der Tastatur eingeschlafen, sonst habe ich fleißig geschrieben, sogar neue Sätze, stell Dir vor, taufrische, unverbraucht neue, maihelle, junigrüne Sätze. Simon hat am Tag darauf die Höhle Theater verlassen und ist mit Mia zu uns gestoßen, unter wolkenlosem Himmel sind wir nach Hofheim in Deinen Woogtal-Taunus, in Deinen Vatertaunus, Deinen Ulrich-Messner-Taunus, nur Simon und ich, obwohl ich geglaubt hatte, das sei aus unserem Leben verschwunden, Simon mit mir, ich mit Simon, aber es kam zurück und war da, in dieser einen Stunde, hinter dem Brückchen zum Altstadtcafé mit den vier Stühlen, in dieser kopfdrehend schnell verfliegenden Stunde ohne Inhaliergerät, ohne abgerungene, abgeklopfte und mühsam weichgeschmirgelte Mártasätze.

Hier sind die ersten Bilder von Simons Kinderbuch, heute angekommen, öffne die Datei, und sie werden Dich weiter aufheitern, Du wirst schneller oder bleibst länger gesund, freust Dich mit uns, weil Herbert und seine Familie aus der Kreuzottergasse jetzt in einem echten Bilderbuch leben. In Wahrheit aber siehst Du dort nicht die Bollingers, sondern Simon im Bett mit Franz und Mia und mich mit verschränkten Armen und hochgezogenen Brauen davorstehen und wirst merken, wie viel Zeit seither vergangen ist. Am meisten gefällt mir das Mädchen im blauen Nachthemd mit der Papierkrone auf seinem wirren langen Elfenhaar. Erstaunlich, dass wir aussehen, wie wir aussehen,

obwohl uns die Illustratorin nie gesehen hat, aber das sind sie –
die Wanderpfade über unsere liebste Insel, die Wunderpfade
der Literatur.

Es liebt Dich,

Deine Márti

19. MAI 2010 – 17 : 09

Liebste Márta,

ach, hübsch ist das, Molke so zu sehen. Dich. Simon und Franz.
Euch alle, alle erkennbar. Noch ohne Henri. Der schwimmt ja
noch in Deinem königsblauen Ideen-See. Simon hat es aufgeschrieben. Ein anderer hat es gezeichnet. Und am Ende passt es
wieder. Die Sprache, sie kann doch etwas, Márti!

Komme von der Akupunktur. Sechzehn Nadelstiche gegen wie-
derkehrenden Schwindel. Dass nichts unversucht bleibt, hatte
ich Dir ja versprochen. Also lasse ich mir von Kopf bis Fuß Na-
deln in die Haut stecken. Liege wie Schneewittchen im Sarg.
Stummblass unter Glas. Festgepinnt. Dreißig Minuten nur das
Sausen in meinen Blutbahnen. Das Schwirren in meinem Kopf.
Bilder auf der Flucht. Danach fühle ich mich wie leergepustet.
Wie einmal durchgefegt und gelüftet.

Gerade steigt Claus am Gartentor aus dem Wagen. Mit Lederjacke, Sonnenbrille und dicken Wanderschuhen. Seit der Krankenwagen mich abgeholt hat, schickt Kathrin jeden Mittwoch
einen üppigwuchtigen Strauß. So groß, dass er kaum in meine
Vase passt. Wenn die Aushilfe da ist und Kathrin etwas Luft hat.
Und Claus, liebster, treuster Claus, bringt ihn. Mein Blumen-
bote Claus. Mein Fleuropjunge. Ich sehe ihn schon – Ranunkeln,
Maiglöckchen, Grasnelken, der reine Frühling!

Es liebt Dich,

Johanna

266

21. MAI 2010 – 23:46

Liebe Johanna,

gestern war Simon einmal ohne Arbeit, unter einem warmen, sommerspielenden Ostwesthimmel haben wir es mit den Rädern bis zum Höchster Schloss geschafft, mit den schon weniger hustenden Kindern, Henri im Anhänger, Franz und Mia immer viele hundert Meter vor uns – schöne Grüße an die Emmerich-Josef-Straße habe ich geschickt, es ist mein alter Reflex, ich kann ihn nicht abschalten, Höchst bist Du, Johanna, Höchst sind Deine Eltern, Margot und Ulrich Messner, die Racine-Meisterschüler, Phädra und Hippolyte am Schauspiel Frankfurt, *der ganze Wahnsinn rast in mir, mein Leben hass' ich und verdamme mich*, Höchst ist Georg in meinem Kopf, Höchster Schlossfest, Höchster Porzellan, Höchster Hotelschiff, Höchster Markt, alles zusammengewürfelt, zusammengezählt, zusammengerechnet, geteilt und abgezogen ergibt Euch Messners, Johanna, Georg und ihre Eltern, also schicke ich Grüße in Eure alte Klinkerstraße, auf die gestern Nachmittag, wie ich fand, eine besonders milde Sonne schien – hättest Du mal sehen müssen.

Am Wasser habe ich Schuhe und Strümpfe abgestreift, meinen Packen Blätter aus dem Rucksack gefischt und Simon, der in den Höchster Wolkenhimmel starrte, wo er zufällig *strommastenfrei, schlotelos* war, *Das andere Zimmer* vorgelesen, meine titelgebende Geschichte, während die Kinder Steine auf die trägen Niddawellen warfen, wie Du und ich einst. Márta, du bist das reine neunzehnte Jahrhundert, hat Simon gesagt, kein bisschen Moderne, die hat dich nicht gestreift, von der weißt du nichts, hast du nie gehört, und so ein Simonsatz reicht, Johanna, ich war mir plötzlich unsicher, ob das noch etwas werden könnte, mit mir und meinem Zimmer, nach diesem Simonsatz zwischen zwei fast verschmelzenden, plötzlich doch auseinanderfallenden Niddawirbeln war ich mir mit einem Mal nicht sicher, ob daraus ein fertiges, ein bis zum Ende gedachtes und auch geschriebenes Buch werden könnte.

Abends waren wir mit meinen Eltern im Garten der Speisekammer, unter mächtigen, laternenbehängten Platanen, als sei Sommer und wir säßen mittendrin. Unser schmerzhafter, von Jahr zu Jahr beklemmender werdender, in die Länge gezogener Abschied, bei dem das Wörtchen Abschied nie, nein, nie fällt – unsere Horváth'sche Henkersmahlzeit, vor dem Schafott bitte einmal Schnitzel, Apfelwein und Grüne Soße. Franz kletterte ausgelassen auf ihre Schultern, Mia zog ihre Brillen an und aus, Henri sammelte Kies und legte eine Handvoll vor ihre Teller, da, seht her, mein Abschiedsgeschenk für euch. Die Kinder werden erst in Wochen verstehen, dass ihre Großeltern uns mit dem anbrechenden, aufbrechenden Sommer allein gelassen haben, weil sie sich wie jedes Jahr aufmachen ins Szalonnaland, das sie selbst nie so nennen würden, schließlich hat es sie mit spitzen Stiefeln hinausgetreten, Szalonnaland bleibt Anikós Schöpfung. Bis Herbst wird meine Mutter wieder Karten und Briefe schreiben, mich jedes Mal eine Woche später anrufen und fragen, ist die Karte, ist der Brief angekommen? Weil früher ständig Briefe zwischen Ost und West verschwunden sind, glaubt sie, sie könnten auch heute noch verschwinden, jemand könnte sie öffnen und durchsehen, jemand könnte sie einstecken oder zerreißen, nach mehr als fünfzig Jahren kann sie dieses Bild nicht löschen.

Die Kinder sind über Nacht bei den Großeltern geblieben, und heute sagte ich zu Simon nach dem zweiten Kaffee, früher wären wir zurück ins Bett und am Nachmittag ins Liebieghaus, zu Athena, Augustus, Apoll, später ins Kino, in eine Bar, der Tag wäre von einer beglückenden Planlosigkeit und Zeitlosigkeit gewesen, ein Simon-Márta-Spiel ohne Regeln, in unserer Wohnung hätte es keine Wäscheberge, keine Papierschnipsel, keine Flüssigkleberstreifen, keine zertretenen Essensreste, verstreuten

Bausteine gegeben, alles wäre sauber und still, leer und kinderlärmfrei gewesen. Aber willst du mit vierzig, mit fünfzig noch so leben?, hat Simon gefragt, und ich habe nichts geantwortet. Ja, vielleicht will ich.

Du und ich, Johanna, wir hatten das tausendmal, es führt zu nichts, auch wenn wir es in ungezählten Anläufen am Telefon oder von Angesicht zu Angesicht neu verhandeln, ob Kinder oder nicht, was schwieriger ist, ein Leben mit Kindern oder eines ohne Kinder zu leben, gleich in welche Richtung es losgegangen ist und an welcher Stelle es sich verhakt hat. Du jedenfalls hast vierundzwanzig Stunden jeden Tag, die Du ausschließlich mit Dir selbst füllst, nur mit Johanna Messner, allein mit Deinem Ich, Deinem wunderbaren Ich, Deinem anderen Ich, dreimal hintereinander Ich, zähl nach, ich, ich, ich, eins, zwei, drei – darum beneide ich Dich, und deshalb bedaure ich Dich, aber nur, weil Du es so einforderst. Ich finde, Du könntest mich ruhig ein bisschen zurückbedauern, weil das aus meinem Leben verschwunden ist, das ich, ich, ich wurde gelöscht, ich habe kaum noch ein eigenes Leben, eines, das allein ich ausfülle, das nur wegen mir und für mich da ist, bei mir sind bloß die Reste, ich bin bloß ein Rest von mir.

Márti

22. MAI 2010 – 06:49

Liebe Márti,

der Preis ist hoch fürs Kinderhaben. Aber er wäre unsagbar höher, hättest Du sie nicht. So viel ist zumindest in Deinem Fall sicher. Wo wärest Du dann? Wer wärest Du? Hättest Du nicht Mia, Franz und Henri, die jetzt den Lebensreigen für Dich vortanzen? Ich habe keinen Schimmer, wie Dein Leben ohne Kinder sein könnte. Márta Horváth ohne Mia, Franz, Henri. Deine Erzählungen wären seit Jahren fertig, das ja. Aber Márta Horváth minus Mia, Franz und Henri, abzüglich Mia, Franz, Henri, wie soll ich sie mir denken? Wie sollen wir uns diese Márta vorstellen? Nein, Deine Rechnung geht nicht auf. Du hast sie zu milchmädchenhaft aufgestellt.

Auch in meinem Leben gibt es nicht nur mich. Da bin nicht nur ich, ich, ich. Andere Leben kommen mir dazwischen. Markus. Die Droste. Georg. Jetzt mein Schüler Jan. Natürlich ist er nicht mein Kind. Ich bin auch nicht so blöd, das zu verwechseln. Es zu vertauschen und durcheinanderzubringen. Doch allein in meiner Kapsel fliege ich nicht durch mein All. Das nicht.

Muss los, die anderen warten sonst.

Jo

23. MAI 2010 − 22:13

Liebe Johanna,

aber einen Sechzehn-Stunden-Tag hast Du nicht, den Du mit allem zukleisterst, nur nicht mit Dir selbst, da kannst Du Dich noch so drehen und wenden, da kannst Du noch so dagegenhalten. Ich stehe nachtmüde, traumzerfurcht gegen sechs auf, und mein Ritt, mein Galopp durch den Tag endet abends um zehn, ja schau mal auf die Uhrzeit weiter oben, jetzt sind meine Kräfte verbraucht, und ich will nur noch umfallen, nachdem ich die letzten schmutzigen Kleider vom Teppich gepflückt und in die Wäschetrommel gelegt haben werde, Futur zwei. Von diesen sechzehn Stunden gehören zwei mir, manchmal bleibt mir nicht eine Stunde. Deshalb kann ich Frauen ohne Kinder zunehmend schwer ertragen, sie sind fern von meinen Lügen und Zwängen, meinen Fallstricken und Gruben, wenn sie klagen, wie überarbeitet und überlastet sie sind, will ich mir die Haare raufen, ich möchte sie an einem Stuhl in unserer Wohnung festbinden, damit sie sehen, wie es wirklich ist, gegen die Zeit anzutreten und immer zu verlieren – aber was weiß man schon, solange man keine Kinder hat? Nichts weiß man, man wandert mit anderen Ahnungslosen durch ein Tal der Ahnungslosigkeit, ich wusste früher auch nicht, wie das sein könnte, ich habe mich gefragt, was tun diese Mütter den ganzen Tag?

Wer hat dir gesagt, du musst Kinder haben?, fragt mich Simon, also lass uns nicht streiten, Johanna, Du hast keine, ich habe welche und gebe auch zu, dass ich nichts Kopfverdrehenderes, nichts Erstaunlicheres, vielleicht auch nichts Größeres erlebt habe, als einen Menschen neben mir wachsen zu sehen, und dann ist er von mir, hat mein Haar, meine Hüften, meine Hände, ja, ich bin eine dieser Glotzmütter, ich kann meine Kinder über Stunden anschauen, ohne dass mir langweilig wird, versinke in den Linien ihrer Gesichter, denke mich in ihren Kopf, kraule durch ihren Blutstrom, deute den Zwischenton ihrer Stimmlagen, vergrabe meine Nase in ihrem Haar, schaue auf ihre Hände, wenn sie malen und Klavier spielen, gegen Fenster und Gitterstäbe schlagen und im Hof Pfeile über die Mülltonnen schießen. *Wenn die Kinder klein sind, treten sie uns in den Schoß, wenn sie groß sind, ins Herz* – das hat Deine kinderlose Droste geschrieben. Kann man diese Erfahrung nie machen, ist etwas verloren und lässt das Leben verrutschen, etwas jedenfalls holt Frauen mit Kindern auf den dreckverschmierten Boden und kappt ihre Selbstbezogenheit, schneidet sie ab, *Weh!, klipp und klapp, mit der großen, scharfen Scher*, und vielleicht ist das gar nicht schlecht – darüber müsste ich noch nachdenken. Den Sinn des Lebens geben Kinder nicht, nein, Schutz vor dem Untergang sind sie auch nicht, das wäre zu leicht, auf so etwas, vergib mir, können nur Kinderlose kommen.

Márta

24. MAI 2010 — 14:09

Liebe Márti,

fassen wir zusammen. Kinder zu haben ist schlimm. Keine zu haben ist schlimmer. *Eine Frau zählt ihre Kinder und wird überheblich, als hätte sie das Leben erfunden.* Das sind die Schlimmsten, darin sind wir uns einig. Kann nur in Postkartenlänge antworten. Vor mir liegt ein Stapel Hefte. Mein gemütliches Kreisen um mich selbst ist dahin. Schon wieder fünfundzwanzig fremde Leben, die mir dazwischenkommen. Deutschklausuren. Fünfte Klasse. Die Schildbürger. *Eines schönen Tages wurde in Schilda das Salz knapp.* Auch so kann eine Geschichte beginnen.

Ich schiebe die Arbeit vor mir her. Denn das hier will ich Dir noch schreiben. Ich leugne es nicht, Frauen ohne Kinder tragen manchmal etwas Bitteres in sich. Die Betonung liegt auf manchmal. Nicht auf bitter. Sie haben sich aus Abwehr etwas zurechtgelegt, jedes Mal, wenn es um Kinder geht. Auch ich finde das peinlich. Ich möchte sie antippen und sagen, hört doch auf, so zu reden. Ich hoffe, ich werde nicht so. Noch mache ich keinen Unterschied. Zwischen Frauen, die Kinder haben, und Frauen, die keine haben. Noch kann ich mich zu beiden einfach dazusetzen. Schließlich haben auch meine Lieblingsfrauen Kinder, Kathrin und Du. Ich sehe auch nicht, dass ich über dem Boden schwebe. Nein, sehe ich nicht. Habe das soeben im Spiegel überprüft. Zu vieles packt mich und stellt mich zurück auf die Füße. Meist stecken sie in Turnschuhen, da geht das gut.

Du aber hast geglaubt, Kinder werden einfach so groß. Man setzt sie in die Welt, und dann werden sie groß – von allein. Wie dumm war das denn?

Deine,

immer Deine Jo

25. MAI 2010 — 13:39

Liebe Johanna,

habe mich durchgerungen und soeben auf ›Reservierung be-
stätigen‹ geklickt, viermal Balaton hin und zurück, für mich
ein weiteres Mal hin und zurück, der Rest vom Preisgeld ist
somit dahin. Sármellék heißt das Nest, wörtlich übersetzt Nebenmatsch, Unterschlamm, Beimorast, früher Flughafen der
Ungarn gegen die Sowjets 1956, die Geschichte ist bekannt, danach Flughafen der Sowjets gegen den Rest der Welt, auch diese
Geschichte kennen wir, jetzt Flughafen der Billigtouristen, der
vorläufig letzte Teil dieses Erzählstrangs. Die Kinder kommen
aufs Land, verpackt, zugeschnürt und abgeschickt zu den Großeltern, sobald die Sommerferien beginnen, fliege ich mit ihnen
zum Ságer Walnussbaum und kehre ohne sie zurück, Du hörst
richtig, liest richtig, ohne sie, das sind dann zwei Wochen für
mich, sag es bitte laut und deutlich, zwei Wochen, rechne bitte
nach, ob es stimmt, ob es wirklich zwei mal sieben Tage, vierzehn
mal vierundzwanzig Stunden sind, die ich haben werde, um die
Läden vor meinen Fenstern herunterzulassen und die Welt wegzuschieben, die mich nicht kümmert, die sich auch nie um mich
gekümmert hat, sie fernzuhalten und mein *anderes Zimmer* voranzutreiben, mein All aus Wort und Zeichen.

Vielleicht konnte ich so widerstandslos buchen, weil ich gestern
einem Essen mit Journalisten und Kritikern gefolgt bin und
dachte, jetzt, ja jetzt muss ich meine Arbeit voranbringen. Ich
bin zu leicht für ein warmes Essen zu haben, nach dem ich die
dreckigen Teller und Töpfe nicht selbst wegräumen und abspülen muss, aber dieses hätte ich absagen sollen, es hat mich zu-
rechtgerüttelt, obwohl das gar nicht nötig gewesen wäre. Wie ich
hineingerutscht bin, spielt jetzt keine Rolle, aber aufgewacht bin
ich unter Menschen, die am liebsten, fröhlichsten, ausgiebigsten
sich selbst feiern und auf den Rest herabschauen, der kommt

und geht, schließlich sitzt nächstes Jahr schon der nächste Dichter da, und nach zehn Jahren sind sowieso alle kleinen Lichter vergessen. Meine Illusionen, hätte ich je welche gehabt, hat es zügig eingefroren, meine Ängste heiß werden lassen, so heiß, dass sie in der Nacht fast mein Kissen versengt, mein Schlafzimmer flammendrot abgebrannt hätten, eines ist sicher, liebste Jo, für diese Art von Rumpalavern bin ich nicht geeignet, ich blieb die Garnitur, der Blumentopf, den man zwischen die Teller gestellt hatte, die Petersilie zur Kartoffel, die rosa Faltserviette. Den ganzen Abend habe ich brav gelächelt, genickt und gesagt, ach ja, wie interessant, obwohl ich immerzu dachte, Gott, wie langweilig, und das Gefühl nicht loswurde, während die Großen reden, darf ich am Tisch sitzen, aber nur zuhören, man gibt mir ein Essen aus, aber dafür werde ich später noch tanzen müssen – ein weiterer Abend in der Lebensschule, Johanna, eine Unterrichtsstunde zur dicken Haut, an der wir arbeiten, ohne zu verhärten. Nach dem zweiten Bier sagte jemand, ich solle lieber Romane schreiben, nicht Erzählungen, das sei vorbei – was meinte er wohl mit vorbei?

Nachtrag zum Mutterstreit. Franz hat zwei Löcher in den Zähnen, die hat der Besuchszahnarzt seines Kindergartens entdeckt, und ich komme mir vor wie eine dieser Mütter, die ihr Kind mit Lolli ins Bett schicken. Heute Morgen habe ich vor dem Badezimmerspiegel zu Franz gesagt, wie leid es mir tut, dass ich nicht gut genug auf ihn aufgepasst habe, da hat er mich so rehbraun angeschaut, dass es zwischen Hals und Bauchnabel alles in mir zusammengezogen hat. Die Kinder zu wenig beschützen zu können, und wenn es nur vor einem Loch im Zahn ist – das entgeht Dir, Johanna, davon immerhin bist Du befreit.

Márta

26. MAI 2010 – 00:09

Liebe Márti,

zum ersten Mal seit Wochen habe ich im Geheimen Garten Sträuße gebunden. Kathrin hatte es vorher nicht erlaubt. Mehr als mittags vorbeischauen, Tee trinken und Colin füttern durfte ich seit dem Krankenhaus nicht. Kathrin sagte, ich solle mich samstags lieber ausruhen. Im Bett. Auf meiner Liege unter dem Küchenfenster. Aber nicht Blumen binden. Nicht den Dreck von ihren Böden fegen. Nicht das Hasengehege säubern. Dabei hätte es helfen können. Jetzt, da mir mein Kopf so zugesetzt hat. Die Droste unangetastet auf meinem Schreibtisch liegenbleiben musste. Auf meinem Badewannenrand. Neben meiner Kaffeetasse. Heute aber bin ich nach dem Frühstück mit dem Rad hinabgerollt. Durch den *blätterrauschenden blauen Wald*. Dein Bild. Habe die Tür geöffnet. Das Glöckchen bimmeln lassen. Kathrin hat zum Kleiderhaken hinter dem Perlenvorhang gegriffen und mir eine Schürze gereicht. Gesagt hat sie nichts. Ja, natürlich hat sie versucht, böse zu schauen. Ist ihr aber nicht gelungen.

Gestern hast Du gemeint, wenn meine Schüler schlimm sind, kann ich mir sagen, Gott sei Dank habe ich so etwas nicht zu Hause. Ja, manchmal hilft das. Aber von sich selbst denkt man doch, man wird die unvergleichlichsten Kinder haben. Die besten. Nichts hätten sie gemein mit denen da! Mein Leben immer nur mit mir besetzen zu müssen, ist doch auch kein Spaß. Ich allein in meinem Stück. Auf meiner Bühne. Aber jetzt ist es, wie es ist, Márta. Ich habe aufgehört zu hadern. Ja, wirklich, habe ich. Es ist nicht geschummelt. Auch wenn diese klägliche Wahrheit unumstößlich bleibt: Ich habe den Zeitpunkt verpasst. Gedacht, ich hätte noch Zeit. Genug Zeit. Zehn, fünfzehn Jahre lang habe ich den Zeitpunkt verpasst. Als hätte ich jeden Tag verschlafen. Den Wecker gestellt und trotzdem immer wieder verschlafen. Immer wieder den Zug am Bahnhof versäumt. Ihm vom Bahnsteig nachgeschaut. Wie er ohne mich abfährt. Nie war es die rechte Zeit. In all den sinnlos verspielten Markusjahren. Die mir schon zum Hals heraushängen. Immer habe ich es aufgeschoben, mir aufgehoben. Zu lange gewartet und schließlich verpasst.

Ich mahle nachts mit den Zähnen. Seit ich in Freiburg mit Clemens in der Fischerau gesessen und mich unendlich schäbig gefühlt habe. Noch so ein dummes fremdes Leben. Das mich ärgern will.

Johanna

29. MAI 2010 − 05 : 11

Liebste Jo,

ich habe kein gutes Gewissen, deshalb hat mich die Nacht nicht mitgenommen, ich bin aus dem Bett gekrochen und hoffe insgeheim, Du erlöst mich. Ich weiß nicht, wie ich mit Dir so dumm wütend reden kann, als hättest Du Schuld, ausgerechnet Du, dabei ist es nur die Wut über mich selbst, die um sich schlägt, die Wut darüber, nichts zustande zu bringen als immer nur zu klagen, Johanna, *das Schreiben macht mich bankrott, und die Umgebung leidet schrecklich unter meinem Gestammel.*

Öffne mir den Beichtstuhl, halt die Tür für mich auf, lass mich niederknien, zwei Vaterunser, fünf Gegrüßet seist Du Maria sprechen, und vergib mir, ego te absolvo a peccatis tuis. Hast Du keine Lust, bist Du trotzdem meine liebste Jo. Wenn Du aber denkst, Du kannst mich ertragen, melde Dich − bitte.

Márta

30. MAI 2010 − 23 : 29

Liebe Márti,

eine Nachtigall hat am blauen Abend über meinem spitzen Dach *mondwärts gerufen, den Himmel gewiegt.* Eine vollkommene Mainacht legt sich auf den schwarzen Wald. In der ein Waldgeist an mein Fenster klopfen könnte. Eine Gestalt aus Moos und Farn.

Ich will Dir das noch schreiben, bevor ich schlafe. Heute schwarz und traumlos. Obwohl wir wissen, das gibt es nicht. Vielleicht hast Du es vergessen, deshalb will ich Dich daran erinnern: Damals, vor fast zehn Jahren, hatte ich Dich gefragt, was es wird. Mädchen oder Junge. Du sagtest, ich hole etwas. Ich zeige dir etwas. Dann wirst du es sofort wissen. Ich habe die Augen geschlossen. Du hast die rosa Schühchen aus dem Laden in der Schneckenhofstraße auf den Tisch gestellt. Ich durfte die Augen öffnen, und dann haben wir eine Weile nichts gesagt. Schweigend haben wir auf diese winzigen Schühchen mit den glänzenden Satinbändern gestarrt. Als sei das noch lange kein Beweis. Als könnten wir es trotzdem nicht glauben.

Ich möchte nicht mit Dir über die großen Dinge streiten. Nicht so, dass sie zu viel Bedeutung kriegen. Wo schon die lächerlich kleinen Dinge über die Jahre zu viel an Bedeutung gewonnen haben. Irgendwann so groß werden, dass man sie schwer aushalten kann. Kaum noch Luft kriegt vom vielen Aushalten. Manchmal braucht es nur ein unbedeutendes Stück Stoff. Als Markus damals seinen Parka im Moosbach über den Stuhl legte, konnte ich diese Ausbuchtung am Kragen sehen. Weil der Parka schon eine Zeit am Kleiderhaken gehangen hatte. Markus aber gab vor, er sei soeben erst gekommen. Eine Spitze aus grünem Stoff, eine winzige Erhebung – über die ich schnell jeden Gedanken weiterziehen ließ. Erst später fragte ich mich, wie lange Markus wohl schon im Moosbach gewesen war. *Jetzt, da ihm neue Namen gefielen.* Wie lange seine Jacke an der Garderobe an einem Kleiderhaken gehangen hatte. Wie lange Markus dort mit jemandem gesessen haben musste, der nicht ich war. Warum er sagte, er sei erst soeben gekommen. Warum er mir etwas verheimlichen wollte. Erst später fragte ich mich, mit wem er

277

da gesessen hatte. Eine ganze Weile vor mir. Eine Ewigkeit vor mir.

Eines Tages kommt jemand. Hat eine gewisse Art zu gehen. Zu lachen. Den Kopf zur Seite zu werfen. An einem Punkt im Leben reicht das dann aus, Márti. Siehst Du, das begreife ich noch immer nicht. Warum das ausgereicht hat. Obwohl ich vieles andere längst begriffen habe. Das nicht.

Johanna

31. MAI 2010 – 13 : 27

Liebste Jo,

danke, dass Du geschrieben und mich erlöst hast, nein, ich will nicht alles über Simon wissen, nichts über Stoffe an Kleiderhaken, über Beulen in seinem Parka, schon gar nicht, wie lange er wo mit wem gesessen hat, wer sich an seiner Hand durch die dunklen Gründe des Theaters tastet, welche Blüten und Früchte sprießen, wenn er in Hamburg zwischen Wasser und Himmel, ja, viel Wasser und Himmel in Hamburg, an den Horen arbeitet, seinem Unterprojekt der Parzen, seinem Schlüsselprojekt zu den Parzen, einmal so, dann wieder anders, von Monat zu Monat verschiebt sich das, wirft sich selbst um oder weg, beendet sich und beginnt wieder neu. Ich merke ja selbst, wie Frauen Simon ansehen, welchen *Flammenblick* sie auf sein Haar, auf seine Lippen werfen, wie sie sich vom Strom seiner Wortkaskaden mitreißen lassen, in ihm davontreiben wollen, also schaue ich weg, weg, weg, am liebsten dreimal hintereinander, halte mir Augen und Ohren zu, zu, zu, weil ich Simon sonst womöglich verlassen müsste, aber einen anderen, einen nächsten, neuen Lebensentwurf gar nicht habe.

Simon arbeitet viel, damit wir unsere Rechnungen bezahlen können, und ich mühe mich, überhaupt zu arbeiten, was in den letzten Tagen nur halbwegs ging, wenn Henri bei Lori bleiben konnte, die gesagt hat, wir sollen sie nicht behandeln wie eine Aussätzige, außer gesund werden hat sie gerade nichts zu tun, sie kann keine Purzelbäume und Räder schlagen, aber sehr wohl in den Niddawiesen langsame kleine Runden mit Henri gehen und ihm danach einen Apfelbrei auftischen. Also hatte ich geschenkte Zeit, eine letzte Geschichte für mein Zimmer ist fertig geworden, eine letzte, ich verspreche, ich schwöre es. Es war falsch und verrückt zu glauben, die Erzählungen zum Ende zu bringen, könnte schnell gehen, in meiner unendlichen Dummheit hatte ich gedacht, das Größte wäre mit dem Schreiben des letzten Satzes vollbracht, den Rest müsste ich auch mit meinem halbwachen, unausgeruhten Verstand fertigfeilen können, so dachte ich und dachte falsch, Johanna, wie ich ja vieles falsch denke, was beschämend ist in unserem Alter, da müsste ich mit dem Denken längst weiter, längst an einem anderen Punkt sein. Es gibt kein Einfach, auch das ist so eine jämmerliche Erkenntnis, die ich zunehmend gewinne, weil ich mich mit allem quäle und schinde, sogar mit einem Vierzeiler.

Was stellst Du an, wo bist Du am Wochenende? Ich bin mit den Kindern allein, Simon bleibt in Hamburg, in der Klopstockstadt mit dem Klopstockgrab, nicht weit von der Klopstockkirche wird er mit seinem Co-Autor an den Horen basteln, *den schönen Gedanken deiner Schöpfung noch einmal denken*, vielleicht wird der eine oder andere Todesgruß zu den Jahreszeiten der modernen Welt hinüberfliegen, warum nicht, zur Natur im Jetzt und Hier, auch so ein Vorhaben, das Simon niemals freigibt, auch so ein Stück, das ihn über Jahre knechtet und nach der Uraufführung womöglich an keinem anderen Theater jemals gespielt werden wird.

Was denkst Du? Frag Deine Eltern, was wir vom Himmel erwarten dürfen, wir lassen die Kinder im Hof tollen, Dreck sammeln, Stöckchen schnitzen und ablutschen, die Zeit vergessen und das gute Benehmen, während wir auf dem Dach mit den Beinen baumeln, von Lori guten Rat für ein langes Leben einholen, viele Schnäpse trinken und uns selbst laut schluchzend oder aber leise wimmernd beweinen, das dürftest Du auswählen, frische *Klagebittertränen* für unseren alten Tränenteich, der bald über seine Ufer treten dürfte.

Márti

1. JUNI 2010 – 06:14

Liebste Márti,

es klingt verlockend. Ehrlich gesagt, fahre ich Richtung Norden. Das Rüschhaus ruft. Schloss Havixbeck. Mit seinen Mooren und kaum vorhandenen Hügeln. Seinen knorzigen Bäumen. *Seltsames schlummerndes Land! Mit so kleinen friedlichen Donnerwetterchen ohne Widerhall!* Ich bilde mir ein, ich müsste in dieser Natur noch etwas finden. Als hätte ich auf all meinen Reisen etwas übersehen. Als sollte ich ein weiteres Rätsel lösen. Einen Fall.

Die Spur führt über das Rüschhaus zur Droste. Bio-Kurt hat mir das eingeflüstert. Er glaubt, der Mensch entsteht aus seiner Umgebung. Wie und wo wir leben – daraus sind wir gemacht, das sind oder werden wir. Ohne unsere Landschaft sind wir nicht zu denken. Es gibt uns gar nicht ohne unsere Landschaft. Die Droste also nicht ohne ihr Rüschhaus, ohne ihr Moor, ihre Heide. Dich also nicht ohne Deine Körberstraßenlandschaft. Gründerzeitvillen, Vorgärten. Angefressene Stadtkastanien, halber Flugzeughimmel. Unter Oberleitungen die böse Eschersheimer. Bei klarem Wetter als Hintergrund mein Vater-Taunus. Rund um den Feldberg gegossen. Und ich bin nicht zu denken ohne meinen schwarzen Wald. Tannengrün, schweigende Bachufer aus Farn. Moosschluchten und hoher Mond. Ferner, unerreichbar ferner Mond.

280

Ich werde das Auto nehmen. Sonst bin ich dort oben zu unbeweglich. Auf halber Strecke könnte ich bei Dir eine Pause einlegen. Am Nordwestkreuz abfahren und Dein handgeschlagenes Pesto essen. Auf Deiner Küchenbank sitzen. Auf Deinem Gästesofa schlafen. Die Flecken darauf zählen.

Wieder versuche ich, die Schätze der Droste-Bibliothek für mich zu entdecken. Ihnen noch etwas zu entwinden. Das für ein, zwei Seitchen oder Kapitelchen sorgen könnte. Hochbergs Adeliges Landleben. Kerssenbrocks Geschichte der Wiedertäufer. Werner Rolevinks De moribus Westphalorum. Ja, natürlich frage ich mich, ob sich der Aufwand, die Arbeit lohnen. Nur damit ich einmal zwei Buchstaben und einen Punkt vor Messner setzen kann. Kathrin sagt in letzter Zeit oft, ich solle es gut sein lassen mit der Droste. Ihr lieber im Geheimen Garten helfen. Nach einem Vormittag zwischen Pfingstrosen und Levkojen sähe ich gesundglücklich aus. Kann sein. Aber es ist nicht das, Márti. Die Droste hat mir vor langer Zeit ein Band gereicht. Das sie selbst um ihren schmalen Hals trug und gelöst hat. Ich habe es an einem Ende genommen. Ohne groß nachzudenken, ob ich es auch will. *Da war ich ein Mädchen und schlief in einem Mädchenbett.* Dein Satz. So halten wir es heute noch. Sie in der einen, ich in der anderen Hand. Loslassen kann ich es nicht.

Donnerstag gegen Abend bin ich da. Du müsstest am Nachmittag den Schnaps ins Eisfach legen. Das dürfte reichen.

Es drückt Dich,

Deine, immer Deine

Jo

5. JUNI 2010 − 22 : 43

Liebste Johanna,

die anbrechende Nacht hat das letzte mittlere Blau übermalt, der Frühsommer spielt für mich Hochsommer, ein hauchschmaler

Mond will sich vor mir schlafen legen. Lass mich zurückdenken, wie es war mit Dir, das Wandeln durch den Palmengarten, die nassen, halbnassen, trockenen, wieder halbnassen und schließlich vollends nassen Kinder, kreischend unter dem ausladenden Rasensprenger, die neugierigen Karpfen, oder waren es Barsche?, die helle Stille über dem sattgroßen Grün, aufgebrochen nur vom Lachen, Reden und Eisschlecken, vom Beine Übereinanderschlagen auf allen verfügbaren Bänken und Liegen, an diesem sonnigen, mit uns so mildgnädig gestimmten Junitag.

Jetzt müssten das blubbernd zischende Moor und das Rüschhaus weit hinter Dir liegen, die westfälischen Dickschädel, Eichen und Buchen, *quer über dem Pfad, in vollem Laube, ihre Zweige hoch über sich streckend und im Nachtwinde mit den noch frischen Blättern zitternd* – nach einem solchen Baum hast Du gesucht, sicher hast Du ihn gefunden. Du könntest schon zu Hause sein, Dein in den Kopf gestecktes Baumbild in diesem Augenblick in Deinen schwarzen Wald hinüberträumen, nach sechshundert Kilometern todlangweiliger Autobahn, zurück in die grausige Gegenwart des einundzwanzigsten Jahrhunderts, Dortmund, Frankfurt, Mannheim. Im dunklen Tannenbühl könntest Du bereits sein, in dem Du ja unbedingt leben willst, warum bleibst Du nicht lieber für immer bei uns, zwischen A 5 und A 661? Sitzt am Abend auf meinem schmutzigen Sofa, am Morgen auf meiner schiefen Küchenbank und zupfst Spreißel, glaub mir, auch das kann eine tagfüllende Beschäftigung sein, ich hätte nichts dagegen, wir alle hätten nichts dagegen, Mia nicht, Franz nicht, Henri nicht, ich nicht, ich am wenigsten, ich hätte überhaupt nichts dagegen.

Heute flossen meine Sätze zäh gebremst, wie durch Siruppfützen gezogen, ich vergeude Zeit bei einem Text für eine Sammlung über Frankfurter Straßen, blöd, weil es mich abhält vom wirklichen, großen Schreiben – ach, wirst Du denken, ist es ihr wieder eingefallen, das große Schreiben, an das ich sie zwischen Siesmayer und Parkcafé so drängend erinnert habe. Deshalb habe ich heute beschlossen, alles abzusagen, was an Anfragen kommt, als könnte ich mir das leisten, als müsste ich nicht fürchten, uns werden Geld und Arbeit ausgehen. Noch flattern Einladungen ins Haus, für mich und meine *Groben Fährten*, für mich und mein *Nacht und Tag*, weil es ein Netz gibt in diesem weiten, unüberschaubaren Land, das uns armselige Kreaturen vor dem letzten harten Fall irgendwie bewahren will.

Es liebt Dich,

Deine Márta

6. JUNI 2010 – 21:18

Liebe Márti,

am Morgen habe ich Schülern auf dem Sportplatz zugesehen. Vom Radweg aus. *In einem kühlen Grunde.* Geschmückt mit Rapunzel. Mit Teufelskralle, was noch größer klingt. Als sie sich beim Laufen nach rechts, nach links drehten. Sich zu beiden Seiten mit den Partnern abklatschten. Erst fand ich es hübsch. Ich hatte Freude, ihnen zuzusehen. Wie anmutig sie durch den waldfrischen *Fastsommermorgen* sprangen. Dein Wort. Im spröden Licht, das in die Tannenreihen sickerte. Aber dann fiel mir ein, dass ich das nicht mehr kann. Eine so einfache Sache wie meinen Kopf nach rechts, nach links drehen, jemanden abklatschen und weiterlaufen – ohne dass mir schwindlig wird. Also war diese feuerrot blinkende Frage zurück. Zog auf wie eine Gewitterwolke an einem drückend heißen Schwarzwaldjunitag. Warum hat mein Gleichgewicht aufgehört, mir zu dienen? Warum so früh?

Beruhigt habe ich mich zu Hause am Schreibtisch. Ja, die Droste kann mich beruhigen. Während sie mich gleichzeitig in Atem hält. Weil noch immer Fünkchen, Fitzelchen hinzukommen.

Wie zu Deinem Erzählreigen. Für andere lächerlich klein. Unsichtbar. Für uns entscheidend. Weil ich noch nicht alles gesagt habe. Weil ich etwas übersehen, ausgelassen hatte. Eine letzte Lücke gibt es immer. So wie es in meinem Markusreigen immer eine letzte Lücke gibt. Auch wenn ich tausendmal im Frühnebel durch den schwarzen Wald steige. Um dieses Markusgefühl loszuwerden, das an mir festklebt. An meinen Schritten, Beinen und Füßen. Als liefe ich durch eine Deiner Siruppfützen. Auch wenn ich tausendmal nachts wach liege und mit den Kissenfedern spreche. Hört ihr nicht, seht ihr nicht. *Mein Ringlein sprang entzwei.* Tausendmal den Neckarweg vom Schwenninger Moos bis Tübingen abwandere und nach Schafen Ausschau halte. Als könnte das helfen. Als könnten mir Schafe helfen!

Auf meiner langen Fahrt von Münster nach Hause fiel mir ein, was Markus mir damals erzählt hatte. Auf der A 5 zwischen Heidelberg und Karlsruhe ist mir eingefallen, was er mir vor unserem Abschied an einer Freiburger Straßenecke erzählt hatte. Dass er mit dieser Frau am Frühstückstisch gesessen habe. In ihrer kleinen Wohnung in Zähringen. An einem schmalen, in die Wand geschraubten Küchentisch zum Hochklappen. Er habe ihr Radio eingeschaltet. Sie hätten unser Lied gespielt. Das ständig gelaufen war, als es anfing mit uns. In Neapel auf jedem Sender. Radio Italia. Radio Cuore. Rai Uno, Due, Tre. Radio Popolare. Radio Kiss Kiss. In München. In Freiburg. *Attenti al lupo.* Achtung vor dem Wolf. Vorsicht, Wolf. Als die ersten Töne gespielt wurden, als die Stimme anfing zu singen, brach der Tisch aus der Wand. Alles krachte zu Boden. Saft. Marmelade. Kaffee. Frühstückseier. Verteilte sich in einem wirren Haufen auf den Fliesen. Markus starrte darauf und wusste, das wird nichts. Er wusste es. Sie wusste es. Da ist zu viel Johanna in diesem Durcheinander. In diesem Lied. Zu viel Johanna in diesem Musiktelegramm. Das abgeschickt und an diesem Morgen in dieser Frühstücksküche in Zähringen angekommen war. Warum hat er mir das erzählt? Hätte ich ihn da wieder nehmen sollen? Weil ein Tisch aus der Wand gekracht war? Heute denke ich, es waren meine Eltern. Meine Mutter, mein Vater haben dafür gesorgt, dass sich Markus nicht hürdenlos davonschleichen konnte. Immerhin – das haben sie für mich getan. Auf der Autobahn zwischen Heidelberg und Karlsruhe dachte ich das. Kurz bevor ich auf die A 8 fuhr. Plötzlich erschien mir genau das logisch.

Mein Backenzahn bröckelt. Mein alter Quälgeist. Ich habe ihm unter bösen Träumen arg zugesetzt. Ich kann das Mahlen nicht lassen, Márti. Ich zerbrösele, zerfalle. Löse mich auf.

Deine, immer Deine

Johanna

7. JUNI 2010 – 23:39

Liebe Johanna,

mein armes Rotkäppchen, ich wollte Dich anrufen, konnte aber das Schlafen nicht auf ein Später verschieben, kurz nachdem die Kinder aufgehört hatten zu schreien, zu wüten, sich die Köpfe einzuschlagen, die Zöpfe langzuziehen und endlich in ihren Betten lagen, hat es mich überrollt, kein Schlafen, eher ein Nachgeben, ein Wegsacken, ein Aufhören, wach zu sein. Simon hat mich im Sessel gefunden, als er die Tür aufstieß, ich habe mich welkgrau aus der ausgefransten, nassgespuckten Babydecke geschält, alles schmerzt, Rücken, Gaumen, selbst die Haarspitzen tun mir weh, fühle mich wie eine alte Hex vor ihrem *Knisper-Knasper-Knusperhaus, eine Hex, steinalt, tief im Wald, vom Teufel selber hat sie Gewalt* – wer hat mir eingeflüstert, ich soll drei Kinder kriegen?

Franz wollte gestern unsere alte Wohnung am Thorwaldsenplatz sehen, es macht ihm Spaß, eisschleckend vor dem grünen Haus zu stehen, aufgefressen von Efeu, dämmernd hinter der

Schweizer Straße, und zu hören, dort hat Mia als Baby geschlafen, und dort, Franz, ein Fenster weiter, hast du als Baby geschlafen. Vielleicht gibt es einen Zusammenhang, im August beginnt sein Schulleben, dahin und vorbei sind Sandkasten, Matschhose und Stuhlkreis, mein Zuckerjunge mit den Rehaugen und dem Mokkahaar, heute Morgen ist er zum Schnuppertag für die ersten Klassen, nass gekämmt, gescheitelt, mit sauberem Kragen, Rucksack und Trinkflasche, in kurzen Hosen, mit einem Vogel aus gelbem Papier auf dem Polohemd, sein Erkennungszeichen für heute, das Lori ihm angesteckt hat, bevor er ihre Zitterhand genommen hat und mit ihr losgezogen ist, frisch geduscht und rundum erwartungsvoll, wenn er wüsste!

Es drückt Dich, liebt Dich,

Márti

8. JUNI 2010 – 22 : 25

Liebste Márti,

wahrscheinlich bist Du in Deinem Hof auf Deinem Stuhl eingeschlafen. Merkst nicht einmal, wenn ein Regentropfen auf Deine Nase fällt. Mein Anruf klingelt ins Leere. Kein Großstadtmensch ist so nett, Dich zu wecken. Dir zu sagen, Frau Horváth, Ihr Telefon klingelt. Wollen Sie nicht abheben? Frühlingsregen prasselt laut nieder. *Nun stehen die Hirsche still auf dunklen Schneisen.* Hätte Lust, meine Kapuzenjacke überzuziehen und sie zu suchen.

Vorher aber dieses noch, weil Du mich gefragt hast. Neulich auf Deinem höllenroten Küchenpolster. Ich schreibe es auf. Vielleicht glaubst Du mir dann endlich. Ich wiederhole. Nein, ich grolle Claus nicht. Nicht Claus, nicht Kathrin. In diesem Dreieck grolle ich nur Markus. Meine nässende Wunde – nachts im Schlaf kratze ich sie auf. Nach dem Aufwachen taste ich nach meinem Verbandszeug. Ja, es ging mir schon besser, Márti. Vielleicht macht das die juniwarme Luft, die an meine Dachbalken stößt. *In Träumen steigt das Krankenbett empor.* Noch immer muss ich denken, Markus ist nur deshalb nicht gegangen, weil ich krank geworden bin. Das Schlimme ist, ich kann nichts Gutes darin finden. Ich könnte doch sagen, Markus wollte mich begleiten. Mich stützen. Könnte ich doch. Kann ich aber nicht. Ich will Dir beichten, Márti, wie kleinmütig ich bin. Obwohl ich Dir versprochen hatte, nicht länger so *hasszerfräst* zu sein – Dein Wort. Vielleicht kann ich in einem späteren Schlaf einmal träumen, Markus wollte mich durch meine Krankheit begleiten. Vielleicht kann ich danach erwachen, und jeder Groll wird von mir abgefallen sein. Futur zwei. Wird abgefallen sein. Heute kann ich nur denken, Markus hat mich betrogen. Doppelt betrogen. Er blieb, obwohl er mich hatte verlassen wollen. Er blieb, nachdem er mich zur onkologischen Ambulanz gebracht hatte. Dort muss er das entschieden haben. In dieser Vorhölle mit Menschen ohne Haar. Als er mit mir gewartet hat. Zwischen all den anderen, die auf den Gängen standen. Wie ich auf ein verlängertes Leben hofften. Auf ein bisschen Leben. Ein Stückchen Leben noch.

Ich gewöhnte mich daran. Markus gewöhnte sich daran. Ich wurde ein Teil davon. Ich konnte ja nicht so tun, als hätte ich selbst etwas zu entscheiden. Als hätte ich eine Wahl. Also gewöhnte ich mich daran. Gewöhnte mich an die Gesichter. So wie Markus sich an die Gesichter gewöhnte. Jedes Mal, wenn er mich dorthin brachte. Stunden später dort abholte. An die Frauen mit Perücken und Kopftüchern. An die Gespräche. Über alles eigentlich. Wetter, schwarzer Wald. Freiburg, Schule. Nur nicht über Krebs. Wir gewöhnten uns an meine gelbweiße Haut. An mein Cortisongesicht. An die Temperaturanzeige auf meinem Thermometer. Am Morgen. Am Abend. Ich gewöhnte mich an das Kribbeln in den Fingern. An die schwarzen Nächte mit Markus neben mir. Eingehüllt, eingewickelt in ein Laken. *So still überall,*

so tot und kalt; man mußte an Irrlichter auf Kirchhöfen denken.
Daran, dass der Tod nicht mehr draußen vor meinem Tor auf
mich wartete. Sondern an meinem Bett. Dass er unter meiner
dicken Holztür hereingekrochen war. Ich gewöhnte mich an alles. Auch an das Plättchen unter meiner Haut. Weil die Vene sich
gewehrt hatte. Nein, nein. Stopp. Moment. Das ist falsch. Daran
habe ich mich nie gewöhnt. Nicht an diesen Port unter meiner
Haut. Daran nicht. An dieses winzige Steckteil aus Silikon nun
ausgerechnet nicht. Weil es fremd war in meinem Körper und
fremd blieb. Weil es störrisch unter der Haut in meinem Fett lag
und ich mich daran nicht gewöhnen konnte. Nein, daran nie.
Das Plättchen wurde entfernt. Dieser Gedanke ist geblieben:
Markus hat mich doppelt belogen. Er lag nachts neben mir unter
seiner Decke. Obwohl er dort schon nicht mehr liegen wollte. Er
saß morgens neben mir beim Kaffee. Obwohl er dort schon nicht
mehr sitzen wollte. Obwohl er sich schon wegdachte. Schon an
einem anderen Tisch saß. Schon in einem *anderen Zimmer*. Dass
er bei mir blieb in dieser Zeit, über dieses halbe Jahr, über diese
sechs Monate von März bis September, obwohl er hatte gehen
wollen – das war doch eine Lüge, Márta. Deshalb grolle ich Markus und kann nicht aufhören damit. Auch wenn ausgerechnet
er mir damals eines klargemacht hat: Wir sind nicht für die
Ewigkeit gedacht. Nur weil wir sprechen, schreiben und Rennrad fahren, nur weil wir Bücher lesen, Gedichte aufsagen und
Klavier spielen, nur weil wir nachts den Mond anbeten und tags
die Sonne, sind wir noch lange nicht für die Ewigkeit gedacht.
Verrückterweise hat das geholfen. Es hat mich geleitet. Wie ein
einfaches Mantra. Mein Glaubensbekenntnis. Mein Credo. Es
hat mich getragen. Ja, wirklich. Damals hat es mich getröstet. Zu
wissen, ich bin nicht für die Ewigkeit gemacht. Ich bin es nicht.
Niemand ist es.
Johanna

14. JUNI 2010 – 23:39

Liebste Jo,

gut, treffen wir uns am Stuttgarter Hauptbahnhof, um Dir die Wunden zu säubern, frisches Verbandszeug zu bringen und anzulegen, Dir zu sagen, Du lebst, lebst, lebst, als hättest Du das vergessen und ich müsste Dich daran erinnern – dreimal hintereinander lebst Du. 14 Uhr 21 fährt mein Zug auf Gleis fünf ein, wenn es reicht, auf ein Mittagessen, wenn nicht, auf einen Kaffee, mit aufgeschäumter Milch und viel Zucker, nur reden kann ich kaum, eigentlich gehöre ich ins Bett, mitten im hellsten Juni ist von Reizhusten bis Bindehautentzündung alles für mich dabei, eine Woche mit Penicillin liegt hinter mir, mit Codein bin ich versorgt, denn an Absagen ist nicht zu denken, Anikós Fünfzigsten werde ich mitfeiern müssen, sonst verstößt mich meine Schwester.

Du darfst nicht erschrecken, wegen der Allergie sehe ich aus wie geboxt, misshandelt, versoffen, alles zugleich, ich nehme ein Antiallergikum und hoffe, an Anikós Tafel ein brauchbares Gesicht ohne Juckreiz zu haben, sonst müsste ich mit großer Sonnenbrille im Separée eines Luxusspätzlerestaurants sitzen, gemietet von Frau Dr. Anikó Horváth-Schellings, unter aufstrebenden oder schon aufgestrebten Medizinern und Rechtsanwälten, die zeitgenössische Lyrik so überflüssig finden wie Hausstaub, und hätten wir unsere Haare, Augen und Nasen nicht im gleichen Ton, im gleichen Schwung, würde uns dort niemand für Schwestern halten. Aber Anikó macht das immer so lieb und nett, jedem stellt sie mich vor und lässt es klingen, als sei sie furchtbar stolz auf mich, ihre kleine Gedichte schreibende Schwester, vielleicht ist sie das auch, stolz, meine ich. Ildikó ist seit Mittwoch in Stuttgart, während Anikó ihrem Fest den letzten Schliff gibt, hält sie unsere Neffen in Schach, obwohl diese Kinder niemand in Schach halten muss, sie tun es von allein, sie halten sich selbst in Schach, humanistisches Gymnasium, Hockey, Klavier, Fagott, Fechten, alles hält sich wie von selbst in Schach. Simon wird nicht mitfahren, er hat die Horen, zur Sicherheit noch die Parzen vorgeschoben, etwas eignet sich immer, bietet sich immer an, um vorgeschoben zu werden, dabei bin nur ich es, die er nicht ertragen kann, aber da es eine Feier ohne Kinder ist – auch so ein sonderbarer Fall, Menschen mit Kindern, die aber ohne Kinder feiern –, hat er jeden Grund, mit Mia, Franz und Henri zu Hause zu bleiben.

Trotzdem liegen hier die Nerven blank, wie jedes Mal, wenn ich mich aufmache, als würde nichts ohne mich laufen, ja, vielleicht läuft auch nichts ohne mich, kann sein, heute hat Simon Molke angeschrien wie einen Hund, raus, hat er geschrien, Türen zuknallen lassen, sich zurück zu seinen Parzen und Horen an den Schreibtisch gesetzt, und Mia hat sich hinter meinem Rücken versteckt – nein, falsch, mit einem Hund würde er nicht so schreien.

Márta

17. JUNI 2010 – 08:17

Liebste Márti,

schreibe Dir aus Marbach. Von Stuttgart bin ich hierhergefahren und über Nacht geblieben. Liegt ja um die Ecke. Schlimm hast Du ausgesehen. Schlimm hast Du gehustet. Aber herrlich war es, Dich zu treffen. Auf einen schlechten Kaffee in diesem trostlosen Bahnhof. Nachdem Du in die Stadtbahn nach Degerloch gesprungen bist, bin ich den Neckar hochgefahren. Was eigentlich verführerisch klingt. In Wahrheit aber ist es nur eine Folge aus Tunnel, Kreisel, Kraftwerk, Stau. Das übergestülpte, unerbittlich grauenhafte Jetzt. Habe vor dem mühelos dahinfließenden Neckar nach etwas Grün gesucht. Nach einem echten Drostegrün. Von mir aus Hölderlingrün, Schillergrün – keines gefunden.

Tauben flattern vor meinem Zimmer auf. Hunde werden über den Hügel geführt. *Vorsommerbäume.* Dein Bild. Dahinter Obstwiesen. Holzläden. Spitzdächer. Jägerzäune. Kleines Deutschland. Es riecht nach Kuhdung. Wo gibt es das sonst, ich weiß es gerade nicht – Literatur, Kuhdung und Taubengurren? Beim Blick ins Tal stören nur die Strommasten. Über den junigelben Feldern. Still ist es hier oben. Wenn jemand auf einer Parkbank sitzt, dann immer lesend oder schreibend. Ab und an zerreißt eine Schulklasse die Ruhe. Wenn sich die Schüler vor dem Museum über den Hang jagen.

Gestern Abend habe ich auf der Terrasse des Restaurants unter Zitronen gesessen. Licht und Duft des Sommers. Der in vier Tagen beginnen wird. Futur eins. Es ist gut, dass diese Orte auf Hügeln liegen. Marbach, Bayreuth. Sie sagen, mit dem Rest haben wir nichts gemein. Gerade fühle ich mich hier glücklich. Das wollte ich Dir unbedingt schreiben. Glücklich wie lange nicht. Siehst Du, es geht noch. Glücklich auch ohne Márti. Ohne Claus und Kathrin. Glücklich nur mit mir.

Gleich will ich den Verfasserkatalog der Handschriften durchgehen. Den Katalogkasten zum Cotta-Archiv. Schücking an Cotta. Cotta an Droste. Obwohl ich alles kenne. Will mich an die hohen Fenster setzen. Vor die heruntergelassenen Jalousien. Hinter denen das Sonnenlicht abgewiesen auf dem Gras liegt. Zu Streifen geschnitten. Ja, Du magst mich für verrückt halten. Weil ich an diesem *Fastsommertag* hier bin. Aber gerade jetzt lässt es sich gut arbeiten. Wie auf einem Raumschiff. Das ohne Sinn langsam durch Galaxien schwebt. Ohne Zweck und Vorhaben. Nur um seiner selbst willen.

Dieser Satz ist mir gestern nicht eingefallen: *Mädchen leben ein Steinzeitleben in einer Höhle aus geblasenem Glas.* Obwohl wir die ganze Zeit über Mia gesprochen haben und er mir hätte einfallen können. Heute Nacht hat er mich gestreift. Lag am Morgen auf meinem Kissen. Sieh nur, auch mir geschieht das. Auch wenn manchmal nichts ist, wie Du es Dir wünschst, wie Du es Dir vorgenommen hast. Deine Kinder werden groß und keinen Schaden nehmen. Selbst wir haben das Glas eingeschlagen und sind entkommen, Márti. Das hier schreibe ich nur einmal. Danach nie mehr. Damit es nicht an Gewicht verliert. Du musst es Dir einfach merken. Ich schreibe es mit Deinen Worten. So *liebesüberströmt,* so *kussüberfallen* wie Mia, Franz und Henri neben Dir aufwachsen, können sie keinen Schaden nehmen. Das ist nicht möglich. Wenn doch, nur den üblichen kleinen Schaden. Den alle Menschen nehmen.

Es liebt Dich,

Johanna

18. JUNI 2010 — 06:13

Liebe Jo,

will Dir schreiben, bevor die Kinder aufstehen, selbst Henri schläft noch, bin meinem leeren Bett entschlüpft, um Nacht und Traum abzustreifen, zu meinen Füßen liegt mein Wirrwarr aus Wunsch und Angst, Simon ist nicht vom Theater zurückgekehrt, er wird in einer Ecke, auf einem Sofa hinter leeren Bierflaschen, mit einem Wort in der Hand eingeschlafen sein. Vielleicht hast Du recht, Johanna, manchmal ist es friedlich zwischen uns, wenn nur eines der Kinder da ist, nur Mia zum Beispiel, wenn sie nicht von ihren Brüdern geboxt, gefetzt und gejagt wird, wenn sie an ihrem Schreibtisch mit der angeschraubten Bank sitzen, Stifte auspacken und Blätter bemalen darf, ich mich neben ihr auf dem blauen Teppich ausstrecke, sie bewundere und gar nicht denke, das ist mein Kind, meine Tochter, meine Mia. Gestern habe ich so neben ihr gelegen, während sie mit ihrem neuen Füller Sätze mit wörtlicher Rede in ihr Heft geschrieben hat: sagt der eine, antwortet der andere, bittet der eine, meint der andere, sie hat in einer stillen Pause ihren Kopf zu mir gedreht und wunderbare Dinge gesagt, ja, Du hast recht, manchmal ist es friedlich in der Körberstraße.

Heute werde ich aufhören, Mia zu sagen, wie schön sie ist, damit sie nicht anfängt, sich eine Höhle aus Glas zu blasen, auch wenn ich es denken muss und immerzu sagen will, wie schön du bist, mein Kind, wie schön du bist, schön du bist, ach, wie schön du bist, so, wie es meine Mutter früher zu uns gesagt hat, zu Anikó, Ildikó und mir: Wie konntest du nur so schön werden? Ich kann Mia anschauen, anschauen, anschauen, dreimal hintereinander, dreihundert-, dreitausendmal hintereinander, ihre langen wilden Haare, die vollendet gerundeten Schultern, Simons Lippen und Hände in klein, das Elfenhafte und Räuberische an ihr, als lebte sie in einem Wald, mit Dreck unter den Fingernägeln und einem *Rentier Bäh, auf Pfählen und Stangen fast hundert Tauben*, die alle ihr gehören, mit vielen *Waldkanaillen*, die in ihrem Haar nisten und auf ihr Kommando kreischend aufflattern. Aber es geschieht etwas mit den Menschen, wenn sie so angeschaut werden, es verändert sie, und ich mag nicht, wie sie dann werden, deshalb höre ich ab heute, ab morgen auf damit, sonst denkt Mia bald wirklich, sie lebt unter Glas und keiner darf sie berühren.

Franz hat gestern seinen Schulranzen bekommen, Lori hat dafür gesorgt, er hat sich das Piratenmodell ausgesucht, Schiff unter Meeresstürmen, reißende Segel, Dreispitz und Totenköpfe, damit ist er so still und stolz durch die Wohnung spaziert – ich hätte heulen können.

Márta

21. JUNI 2010 – 21:18
Liebe, liebe Márti,
vor meinen Fenstern liegt die ersehnte Jahreszeit. Glimmt auf mit ihrem selbstverliebten Gesicht. Abends im Wettstreit zwi-

schen Feuerrot und Blutrot. Über den Baumspitzen des schwarzen Walds. Morgens mit einem winzigen Rest von *sich wegdenkendem, sich wegwünschendem Tau* unter meinem Rad. Deine Worte. Wehmut befällt mich. Wie jedes Jahr, bevor die großen Ferien beginnen. Sich schon sehr ankündigen. Wenn alles zu ihnen strebt. Plötzlich dreht sich die Zeit sichtbar und laut. Das Rad des Lebens. Schiebt sich mit lautem Ächzen weiter. Als habe es ein Jahr lang geruht und gerate jetzt wieder in Bewegung. Ich kann es hören. Kurz bevor die freundlichen Elternbriefe zum Schuljahresende verteilt werden.

Ob ich auch solche schreibe? Natürlich! Der Dank fürs vergangene Schuljahr. Die guten Wünsche für die Ferien. Schon fürs nächste Schuljahr. Das sich ankündigt, aber noch etwas auf sich warten lässt. *Alles schmeckt nach Abschied* vor dieser ausgesetzten Zeit. Dem Jahresschnitt. Auch so eine Art Weltende. Ein kleines vége a világnak. Drostes *Sterbemelodie* wird angespielt. Der letzte Tag des Jahres. *Das Jahr geht um, der Faden rollt sich sausend ab.* Mitten im Sommer geht das Jahr um. Mitten im Sommer!

Es liebt Dich,

Johanna

22. JUNI 2010 – 13:34

Liebe Johanna,

Franz sagte beim Frühstück, jetzt hasst dich der Papa, und ich fragte, wieso ist er dann mit mir zusammen? Ja, weil früher hat er dich gemocht, aber jetzt hasst er dich, immer streitet ihr, ihr sollt aufhören damit, hat Franz gesagt, sein Brötchen in den marmeladeverschmierten Mund geschoben und mich mit seinen Franzrehaugen groß angeschaut, als warte er darauf, dass ich antworte, gut, in Ordnung, wenn du willst, hören wir auf damit, Franz, dann lassen wir es. Aber wie können wir aufhören, Johanna, wie?

Gestern musste ich mir von Lori in sehr ernstem Ton sagen lassen, ich solle nicht unnötig, nicht übertrieben dumm sein, nach all diesen Jahren aus Kindern und Arbeit sollte ich jetzt, so kurz vor dem Ziel ein bisschen Zuversicht aufbringen, ich hätte allen Grund. Zuversicht! Ich habe ihr verschwiegen, dass ich mich mit dem begrenzten Ausblick, der mir zufällt, zu klein in einer zu groß geratenen Welt fühle, um zuversichtlich zu sein, dass ich täglich drei Literatur-Förderadressen anrufe, immer ergebnislos, nein, keiner hat Geld für mich, keiner möchte mir Geld geben, und da liegt sie dann zermalmt, die schöne Zuversicht, *jeden Morgen wache ich mit einem völlig unbegründeten Optimismus auf, und jeden Abend möchte ich mich am liebsten vor Verzweiflung aus dem Fenster stürzen.* Ich muss Geld an Land ziehen, meine Erzählungen fertigfeilen und diese Kinder groß kriegen, Johanna, es sind zu viele Aufgaben für mich. Ich weiß, was Du sagen willst, ich höre Dich schon, obwohl Du weit, weit weg bist, höre ich Deine Stimme laut und deutlich, sie klingt nach aus Stuttgart, sie klingt von Stuttgart herüber, obwohl ständig Züge ein und aus fuhren, haben sie Deine Stimme nicht zerschnitten. Du hast gesagt, zu Hause zu sitzen, Blumen zu gießen und zu schreiben sei doch ein Luxus, im Moment tatsächlich in dieser Reihenfolge, sitzen, Blumen gießen, dann erst schreiben, nicht hinaus in eine feindliche Welt zu müssen, sondern nur hinein in meinen Kopf – in dem aber leider ständig etwas querschießt, etwas umfällt, und dann liegt es da und versperrt den schönen Luxusweg, ich habe ja niemanden, der es für mich wegräumt, Simon will schon lange nichts mehr für mich wegräumen, vielleicht könntest Du vorbeischauen, Johanna, könntest Du?

Immerhin habe ich meinen Umbrien-Text abgeschlossen, er könnte also für eine Menge Geld verkauft und gedruckt werden, oder auch nicht gedruckt, das ist gleich, Hauptsache, ver-

kauft, dann könnte ich plötzlich über Nacht reich sein, Reisebericht und Erzählung, Mystik und Lyrik, von jedem ist etwas
dabei, ausufernd, aber dicht genug, darüber leicht, wie ich
finde, vor allem aber besingt er mit jedem Wort, mit jeder Ge-
dankendrehung den Sommer, die ersehnte Jahreszeit, wie Du
sie nennst, in jeder Zeile duftet es nach großem umbrischen
Sommer, der an Ostern gar nicht da war, aber trotz Bibbern
im nachtkalten Zimmer hinter den Hügeln gelauert und nur
auf die Erlaubnis gewartet hat, hochmütig fett übers Land zu
rollen.

Márti

23. JUNI 2010 – 18 : 03

Liebste Márti,

Du wirst lachen, ich schaue vorbei. Claus und Kathrin nehmen
mich mit in den Norden. Ihre Route kennst Du. Die Kinder sind
in Esslingen bei der Großmutter. Für Kathrin und Claus heißt
das, sofort nach Hamburg. Offen ist, wo sie mich absetzen. Wo
ich auf welchen Zug springen werde. Sie würden mich sogar
nach Münster fahren. Claus behauptet, das liege bei Hamburg,
und biegt hinter Kassel einfach ab. Hört meine Einwände nicht.
Winkt ab und sagt, unbedingt wollte er schon immer Richtung
Paderborn und weiter nach Münster. Immer schon diese eine
knorzige Eiche vor dem Rüschhaus sehen. Bitte, ich soll sie ihm
zeigen.

Ist es, weil ich keine Eltern mehr habe? Liegt es daran, dass
Kathrin und Claus dieses Bringen und Absetzen übernommen
haben? Dieses Warten an Bahnsteigen, bis mein Zug einfährt?
Dieses Umarmen, Küssen, Winken und Proviant-in-die-Hand-
Drücken? Wenn ich Claus und Kathrin nicht hätte – ich weiß gar
nicht, wie ich leben könnte. Wer würde auf mich aufpassen?

Gib Bescheid, ob Du uns auch wirklich erwartest. Oder lieber weiter versinkst in trüben Gedanken, Kopfturbulenzen. Lieber weiter nach Stricken in Deinem Keller suchst. Nach Brunnenleitern. Vielleicht sind wir Dir zu lustig, zu laut. Wir stehen jedenfalls vor unseren Koffern und drücken Dich in Vorfreude, Kathrin, Claus und Deine alte Jo

30. JUNI 2010 − 23 : 53

Ach, liebe alte Jo,

gleich werde ich umfallen, seit Tagen verschleppe ich meine Müdigkeit und lasse sie von Nacht zu Nacht weiter anschwellen, nein, heute kann ich das Schlafen nicht verschieben, aber bevor ich in meinen Kissen versinke, wollte ich Dir danken für den Nachmittag auf der Holbein's-Terrasse, auf deren Schirme es so heftig geregnet hat, dass wir allein unter dem gewaltigen Rauschen saßen, von dem die Stadt nur dampfte, aber kein bisschen abkühlte, in unserer hübschvertrauten Runde aus Dir und mir, Kathrin und Claus, ich will lieber nicht wissen, was Claus am Ende für unsere zwanzig, ja, mindestens zwanzig Platzregenrunden Schnaps bezahlt hat.

Mit meinem Restkater bin ich am nächsten Morgen ins Flugzeug gestiegen, die Reise nach Albi hat den letzten Dunst Alkohol in mir ausgetrocknet, schon weil meine Gastgeberin ohne Pause redete, flattrig, ohne Luftholen, nicht zu mir, sondern an mir vorbei, als säßen da noch andere. Mir war übel vom Flug in dieser winzigen Maschine, die durch irres Wetter, durch Sturmböen und Blitze geflogen war und meinen Magen zum Hals geschoben hatte, aber schon am Gepäckband fing sie an, ihre Wörter auf mich zu werfen, und hörte nicht auf bis weit nach Mitternacht. Ich hatte immer gedacht, diese Canetti-Figuren müssen heillos überzeichnet sein, *Königskünderin*, *Namenlecker*, *Ruhmprüfer*, im wahren Leben gibt es sie nicht, aber doch, jetzt habe ich eine von ihnen getroffen, jetzt weiß ich, sie sind keine Erfindung, Canetti hat sie gesehen und aufgeschrieben, er hat sie vom Leben einfach abgepaust.

Zur Lesung aus *Nacht und Tag* gab es eine Luft zum Ersticken, nicht ein geöffnetes Fenster in einer Reihe von Fenstern, die man alle leicht hätte öffnen können, mein großartiger Übersetzer mein einziger Lichtblick, später saß er tapfer neben mir im Restaurant, inmitten der ungarischen Truppe, die es an allen Orten dieser Welt zu geben scheint, die mich aufspürt und sich mit ihrer rot-weiß-grünen Fahne an meine Fersen hängt. Es geht immer gleich – nein, ich habe keine Gedichte auf Ungarisch geschrieben, nein, ich bin nie in Ungarn zur Schule gegangen, nein, ich bin in Deutschland geboren und aufgewachsen, nein, Deutsch ist meine Sprache, Deutsch ist die Sprache, in der ich schreibe, nein, auf Ungarisch könnte ich so nicht schreiben, so nicht, nein. Wild durcheinander wurde englisch, französisch, ungarisch und deutsch geredet, für meinen Kopf zu wild, zumal Henri mich jede Nacht davor aus dem Bett gebrüllt hatte, nein, Johanna, ich übertreibe nicht, ja, Johanna, jede Nacht müsste hinkommen. Zum ersten Mal fiel mir auf, wenn ich auf Englisch ›Ungarn‹ gesagt habe, klang es nach Hunger, Hungary klingt genau wie hungry, da ist kein Unterschied zu hören, als seien die Ungarn immerzu hungrig, als sei das ihr Attribut, ihr zugeteiltes Adjektiv, hungrig, hungrig, hungrig, dreimal hintereinander und darüber hinaus noch hungrig. Ein István saß neben mir, natürlich diminutiv nur Isti, Istike genannt, Mártika, Ilike, Lacika immer ke, ka, ke, ka, jeder wird verniedlicht und in Zaum gehalten, als ließe sich der Mensch nur so aushalten.

Johanna, sicher denkst Du: dummes Ding, soll sie doch froh sein, dass man sie noch hören will mit ihren alten Gedichten, aber es ist so sinnlos anstrengend, den Affen im Zoo zu spielen, ich besitze ja nicht den Schneid zu sagen, nein, mache ich nicht, nicht mit mir, den hat nur Lori, nach vielen Lebensjahren im Auf und

Ab hat sie diesen Schneid gesammelt und kann sich abwenden, ohne dass ihr jemand böse wäre, weil ihr die große Welt gleich geworden ist und sie nur eine Auswahl zu sich lässt, Simon und mich zum Beispiel, wir haben feste Plätze. Ich aber bleibe immer unnötig verbindlich und ärgere mich, weil ich es gar nicht sein müsste, es ist mein störrisches, nicht weggemendeltes, nicht auszurottendes Ungarn-Gen, mit der ganzen Welt per Du sein zu wollen, ja, das muss es sein, Johanna, mein hungry-Gen.

Draußen lag Albi hinter geschlossenen Läden, die über den Tag viel Sonne abgewehrt hatten, mit einem schlafenden Karussell auf einem der verlassenen Plätze, über die ich nach Mitternacht allein lief, mein Haar gelöst, in flachen Schuhen durchs dunkelbraunrot ruhende Städtchen, *durch Sommernachtfarben, unter einem unsichtbaren Himmel.* Am Morgen ließ ich mir das Frühstück aufs Zimmer bringen, trank meinen Milchkaffee am geöffneten Fenster, schaute über davonfließende, losschwimmende Dächer und war für den Augenblick versöhnt, dann wurde ich zur Buchhandlung gebracht, obwohl ich groß bin und Buchhandlungen, ja gerade Buchhandlungen in jedem Winkel dieser Welt sehr gut allein finden kann, und wieder hieß es ohne Unterlass reden, reden, reden und warten, um mein *Nuit et jour*, also die sechs Márta-Horváth-Seiten in einem Sammelband deutscher Lyrik zu signieren, aber niemand kam, der meine Gedichte hätte haben wollen – man muss realistisch bleiben, Johanna, warum auch?

Ich sehnte mich nach der Fahrt zum Flughafen, aber da saß der französische Schriftstellerkollege neben mir, dessen Namen ich glatt vergessen hatte, endlich lernen wir uns kennen, sagte er und redete während der ganzen Fahrt auf mich ein, da habe ich fast angefangen zu weinen, Johanna, in diesem Taxi durch Albi habe ich beinahe mit dem Weinen begonnen. Blutegel, Blutsauger seien die Veranstalter, sagte er, sie zahlten mies, achthundert nehme er für eine Lesung, für weniger reise er gar nicht an, und ich saß da mit meinem Scheck über zweihundertfünfzig, um den ich hatte feilschen müssen.

Simon und die Kinder zu sehen, hat mich glücklich und reich gemacht wie lange nicht, heftig überbordend glücklich und steinreich, ja, Simon, stell Dir vor, selbst er hat sein schönstes Gesicht gezeigt, die bleiblauen Augen ohne Zorn, seine Lippen weich, nicht spitz, Henri mit seinem in Karottenbreiorange getauchten Jäckchen, lachend, jauchzend, Mia und Franz mit verrückten, buntgestreiften Papierhüten, die Lori mit ihnen gebastelt hatte, wie Husaren sahen sie aus, die mit einem Satz auf ihr Pferd springen und davonjagen, davon!

Márta

6. JULI 2010 – 15:01

Liebste Márti,

mit Deinen Ausflügen kommt weite Welt in meinen schwarzen Wald. Meinen Schrumpfradius. Mitten in die *unermessliche Menge herrlich aufgeschlossener Tannen.* Die großen Ferien tun sich vor mir auf. In denen mein *Nacht und Tag* allein von der Droste bestimmt sein wird. Ja, ich bleibe unter meinem spitzen Dach. Hinter meiner blaugestrichenen Gartenbank. Mit zwei Tannen werde ich noch einmal ausgiebig nachdenken über Natur und Lyrik. Über Baum und Wort. Wald und Satz. Himmel und Zeile. Wie das wohl zusammenhängt. Ineinandergreifen könnte. Kann ja sein, dass mir noch etwas einfällt. Mein Hirn noch eine Sprungrolle für mich dreht. Ich will meine Zettel auf den Böden verteilen. Wenn nachts im Dorf alle schlafen und träumen, spaziere ich über meinen Wortpfad. Meine Hängebrücke aus Drostebildern. Zu etwas muss das Alleinsein taugen.

Möbel will ich umräumen. Tisch. Schrank. Sofa. Teppiche verschieben. Mich dem Spiegel nähern, meine Narben betrachten.

Meine Brust sieht wüst aus, wie von Säbelhieben zerhackt. Bis ich mich an sie gewöhne. Was weitaus länger als diesen Sommer dauern dürfte. Vielleicht zwei Wände streichen. Wenn ich mich für eine neue Farbe weg von Grau und Rot entscheiden kann. Was einsame Frauen so tun. Bücher werde ich abstauben. Zum tausendsten Mal entdecken, was ich alles nicht gelesen habe. Aber unbedingt noch lesen will. Bücherstapel bauen. Drei Stapel in drei Zimmern. Bücher, die ich noch nicht gelesen habe und dringend lesen will – Arbeitszimmer. Bücher, die ich schon gelesen habe und noch einmal lesen will – Schlafzimmer. Bücher, die ich wahrscheinlich nie mehr lesen werde, vielleicht aber doch – Wohnzimmer. Es klingt zeitverschwenderisch. *Zeitschlachterisch*, ich weiß. Aber es macht mir Freude, Márti. Die Fenster zu öffnen, ihre blauen Läden aufzustoßen. Die Bücher gegeneinanderzuschlagen. Dem Staubflirren nachzusehen. Wenn es wie ein loser Mückenschwarm in den heiter bis wolkigen Schwarzwaldhimmel steigt. Heute übrigens heiter, nicht wolkig. Dieser Sommer soll noch so sein. Dieser Sommer 2010. Klingt nach einer Zahl, die das Ende von etwas sein könnte. Danach könnte ich in Richtung Freiheit gehen. In eine drostefreie Zeit. In der ich mein Leben anders ordne. Sammle, was darin zu sammeln ist. Neu aufstelle und verteile. Merkst Du, was so ein Ferienbeginn in meinem Kopf anstellt?

Sollten sich all meine Himmel verdüstern, fliehe ich nach Freiburg. Zu Otto Dix' Sommertag. Zahle drei Euro. Mache einen Bogen um Kokoschka. Schaue nur den Dix an. Hitze und Glut des Sommers. 1943 hat er seinen Sommertag gemalt. Mitten im Krieg. Nicht lange bevor Dora in Ledjenice ihren Koffer packen musste. Ihr Tor schließen. Ein letztes Mal auf ihr Haus, ihren Hof schaute. Wo sie ihren Hühnern am Morgen zum letzten Mal Mais vor die gelben Krallen geworfen hatte. Wo sie aufgewachsen war. Wo meine Mutter geboren wurde. Daran muss ich denken, wenn ich vor diesem Sommertag stehe. Als hätte alles immer mit mir zu tun. Als müsste ich alles immer auf mich beziehen. Aber vielleicht hatten die böhmischen Sommer wirklich diese Farbe. Vielleicht kehre ich deshalb dorthin zurück. Zwei Menschen, Mann und Frau auf dem Feld. Er mäht mit der Sense den Weizen. Sie sammelt die Ähren auf. Meine Großeltern Dora und Leo könnten so ausgesehen haben. Die heiße Luft über dem Feld zerfließt. Unter einem fast schwarzen Himmel. Gleich wird die Welt untergehen. Vége a világnak. So heißt das doch bei Euch.

Danach trinke ich im Kolbencafé Espresso, bestelle Beerentörtchen. Lasse die Straßenbahnen vor dem Fenster durchs Martinstor fahren. Höre nicht auf den Freiburger Straßenbahnklang. Rattatt-Rattatt-Rattatt. Besonders nicht auf die Zwei nach Zähringen. Nicht auf die.

Wünsch mir Glück. Für diesen Sommer. Und dann noch für mein ganzes Leben.

Johanna

12. JULI 2010 – 22:25

Liebste Jo,

bin frisch gekürte Zeitmillionärin, habe die Kinder nach Ungarn gebracht und bedauert, dass Simon nicht mitkam, Ungarn ist für ihn wildes Kurdistan mit Scharfschützen, Männern mit Turban und Zwirbelbart hinter wüstenstaubigen Hügeln, obwohl er sehen müsste, auch wir Horváths essen mit Messer und Gabel, lesen können wir, schreiben, sogar Klavier spielen. Simon leidet ohne seine Kinder, ja, leiden kann er, wenn sie weg sind, aber sind sie hier, vergisst er sie. Unter diesem ewigen Septemberlicht habe ich mich an drei Tagen mehr als sonst in drei Wochen erholt, in den Wellen des Balaton, der nicht so schrecklich war wie in meiner Vorstellung, dieses Halbinselfleckchen Szigliget dämmert traumselig selbstvergessen, mit seinen schilfgedeckten

Häusern, schattigen Veranden, Häusern, wie Dein Großvater
Leo sie einst als Maurer gebaut hat, Szigliget mit seinen singend
schwebenden Bauerngärten, das uns zu einem letzten Bad in den
See gelockt und für die Nacht mildruhig gestimmt hat, mit seinem sich aufbäumenden goldenen Licht, mit dem sich der Sommertag verabschiedet, das es in diesem Farbton nur dort gibt, wo
Längen- und Breitengrad genauso aufeinandertreffen.

Franz und Molke sind ungezählte Male ins warme Wasser gesprungen, mit Enten ins Schilf geschwommen, im Schlamm
versunken, haben ihre heißen Köpfe untergetaucht und ihre
Schrumpelfinger verglichen, sind kraulend, planschend durch
die eherblaualsgrüne halbe Endlosigkeit, um Dein Wort zu
stehlen. Haben mit Blick auf das dunstige Blau Lángos gegess-
en, fetttriefend heiß, Weißmehl, Schmalz und keinerlei Nährstoffe, wie überhaupt in der ungarischen Küche Nährstoffe fehlen, nein, bitte keinen Salat, lieber sauer Eingelegtes, man muss
auch nicht zwingend Wasser trinken, ein großes Bier, Wein oder
Kaffee löschen den Durst besser, das ist eine der Regeln, und in
diesem Regelwerk bewegen sich alle trotz ihrer Unförmigkeit so
selbstverständlich in knapper Badekleidung, dass auch ich mich
gut zeigen konnte mit meinem umrisslos auseinandergedrifte-
ten Körper der Dreifach-Mama. Da kaum jemand den See zum
Schwimmen nutzt, nur zum Hineinspringen und Füßeabküh-
len, hatte ich ihn für mich allein, sobald ich die Stimmen hinter
mir ließ und hinausschwamm. Und da, Johanna, hat sich etwas
von früher eingestellt, aus meinem Gestern kam es geflogen und
hat sich vor mir auf die Wellen gesetzt, wippte zwischen Luftblasen auf dem Wasser, obwohl ich das nicht für möglich gehalten
hätte, dass nach fünfundzwanzig Sommern ohne Balaton sich
etwas in meinem Kopf drehen und ich glücklich sein könnte,
aber dort draußen in meinem Badeanzug, schwimmend, tauchend, wassergurgelnd, war ich es – glücklich.

In Ság kam die Verwandtschaft mit schmelzender Schokolade und buntem Spielzeug, beklatschte meine Kinder, die durch Schatten und Sonne sprangen, vom runden Tisch unterm Walnussbaum, an dem ich mit meinen Schwesterkós als Mädchen gesessen und mit dem Hammer Walnüsse aufgeschlagen habe. Doch, es gibt diesen Unterschied zwischen Ungarn und Deutschland, sofort spüre ich ihn, auch Mia, Franz und Henri konnten ihn sofort spüren, sie werden bewundert und geliebt, nicht nur von den Großeltern, sondern auch von der Nachbarin, vom Bäcker am Ende der Straße, vom Busfahrer, für alle, die sich dort tummeln, sind sie das Salz der Erde. Kinder gehören nicht nur unbedingt zum Leben, sie sind die Garantie darauf, sie stehen in der Mitte, und alles rankt sich um sie, niemanden hat es gestört, wenn sie laut und dreckigwild waren, den Großen vor die Füße liefen, ihren Saft verschüttet haben und die Tafel samt Tischtuch dahin war. In den Geschäften und Restaurants, vor den Strandbuden am See haben sie nicht einen bösen Blick geerntet, nein, nicht einen, auch kein Kopfschütteln, auch nicht dieses dämliche Zischen und Schnalzen zwischen den Zähnen – wenn ein Kind kommt, machen die Erwachsenen Platz, nicht umgekehrt. Hat man keine Kinder, wird man schrecklich bedauert, also fahr dorthin, Johanna, und Du wirst schrecklich bedauert werden, oder fahr eben nicht dorthin, wenn Du deshalb nicht schrecklich bedauert werden willst. In jedem Fall muss man erklären, warum man keine hat, ja, wie denn, warum denn keine Kinder? Ja, wie denn, warum denn keine Kinder, Johanna?

Bin balatonfeucht und sonnengeküsst, leicht, sehr leicht, vielleicht zehn, zwanzig Kilo und fünfzehn, zwanzig Jahre leichter zurückgekehrt, wenn Du mich sehen könntest! In die leere, ungewohnt saubere, gespenstisch stille Wohnung, in der niemand Essensreste verschmiert oder Fußballkärtchen über die Teppiche streut, zurück an meinen Schreibtisch, über dem kein Hahn kräht und keine Taube gurrt, zurück in meine Arbeitskapsel, lautlos und luftdicht, in der ich alles noch einmal lesen werde, Futur eins, *alles soll wieder vorgenommen werden, die ältesten und verworfensten Lesarten, und dann will ich mich abwenden und gehen nicht zurück.* Vom Balaton bin ich heute nach Hamburg und habe beide Erzählungen überarbeitet, die dort spielen, an denen ich so lange schon sitze, warum, weiß ich nicht, aber ich kann und kann sie nicht abschließen, warum nicht? Ich fand sie zu schwärmerisch, also habe ich Schwärmerei gekappt, Hafenwasser und Elbhimmel gestrichen, dafür Dauerregen, verpisste U-Bahn-Schächte, Bettlerhände und nebelgrauen Winter, einfach mehr Hamburg hineingeschrieben. Meine Kinder hatte ich glatt vergessen, über dem Alleinsein und Ich-Sein hatte ich diese kleine, nicht wegzukriegende Tatsache vergessen, dass ich Kinder habe, und siehst Du, Johanna, darüber bin ich erschrocken, dass etwas in meinem Hirn aussetzte und ich zu denken bereit war, ich habe keine Kinder, dass ich vergessen hatte, wie sie aussehen, riechen und reden, sie mir nach Stunden erst wieder einfielen, am Ende meines Arbeitstages, als die Sonne sich zurückzog und Mia, Franz und Henri tausend Kilometer südöstlich von mir vermutlich den See und sein Schilf gerade verlassen haben.

Das andere Zimmer erkläre ich für so gut wie beendet, ja, es hat mich irre gemacht, aber jetzt habe ich mir diesen Text zurechtgefiebert und bin bereit, seine Figuren freizulassen, die ein bisschen Johanna, ein bisschen Simon und sogar ein bisschen Márta sind, wenn sie sich winden in ihrem Leben und schielen nach dem anderen, das sie nicht führen, das an einem anderen Ort, zu einer anderen Zeit, in einem anderen Haus, einem ganz und gar *anderen Zimmer* stattfindet. Ein Junge darin nimmt mich besonders gefangen, der alles zusammenhält und dafür sorgt, dass die Erwachsenen dem Leben nicht entgleiten, da hast Du sie, Johanna, meine Schwäche für kleine Jungen, schließlich habe auch ich zwei. Vielleicht glaube ich, die Mädchen kommen schon durch, keiner hält sie beim Großwerden auf, keiner hält sie ab davon, Du und ich, wir haben es ja auch geschafft, unser Glashaus zu verlassen, alle Horváthmädchen sind groß geworden und kommen irgendwie durch, aber die Jungen – nein, und darum liebe ich diesen erfundenen Jungen, der so erfunden vielleicht gar nicht ist. Manchmal fließen meine Sätze, aber auf ›manchmal‹ liegt die Betonung, nicht auf ›fließen‹, ich hatte befürchtet, die Ideen würden mir ausgehen, noch habe ich sie, bange wird mir nur, wenn ich die Strecke sehe und mein schneckenhaftes Vorankommen, dieses Jahr werde ich nicht fertig, nein, vielleicht nicht einmal im nächsten, und das setzt mir zu, Johanna, dieses zähe Wandern, bergauf, bergauf, bergauf, dreimal hintereinander bergauf, ohne Ausblicke immer nur bergauf.

Aber schau auf meine Oase, schau jetzt auf meinen Zustand, meine Materie, nur ich und ich und wieder ich, ich springe nicht mitten in einem Wort auf, liege abends nicht halbtot auf dem Sofa, taste mich nachts nicht durch unsere dunklen Zimmer, stoße mich nicht an allen Kanten und Ecken, weil Henri wach geworden ist, ich stehe auf ohne Kindergeschrei in den Ohren, am Nachmittag setze ich noch einen Kaffee auf und denke bis in den Abend über Sätze nach, wie sie gebaut und modelliert sind, wie sie klingen und aussehen, Sätze, Sätze, Sätze! Ich lasse den Dreck liegen, die Wäsche, ich muss keine Kinder abhalten vom Unsinnmachen, der Kühlschrank bleibt leer wie die Spülmaschine, die zwei Kaffeetassen, die Simon und ich brauchen, spüle ich mit der Hand, wir holen Taboulé vom Libanesen an der Ecke oder gehen nachts zum Thai an der Moselstraße, wenn ich Simon vom Theater abhole, auf dessen Bühne einst Deine Eltern standen, Margot und Ulrich Messner, Wien und Höchst verschmolzen, um dann im Bahnhofsviertel unter roten Lichtern zu versinken, so wie wir das früher, in einem anderen, tief verschütteten Leben getan haben, in dem es nur Simon und mich gab.

Gänge der Stille haben sich geöffnet, mit Márta fülle ich meine vierundzwanzig Stunden *Nacht und Tag*, vor mir liegt ein langer, schmaler Zeitschlauch aus Gedanken und ihren unvorhersehbaren Sprüngen – unglaubliche Aussichten.

Márti

15. JULI 2010 – 06:09

Liebste Márti,

Kathrin hat mir freigegeben. Also liegt dieser Sommertag vor mir. Frisch, groß und unbenutzt. *Die Vögel beginnen leise zu zwitschern, und der Tau steigt fühlbar aus dem Grunde.* Seit einer Woche kommt eine neue Aushilfe. Nicht nur einen Tag die Woche. Nein, jeden Tag vier Stunden. Du siehst, hier wird das Leben besser, einfacher. Es gibt Leute, die fahren dreißig Kilometer über die Hügel des schwarzen Walds, nur um einen von Kathrins Hand gebundenen Strauß oder Kranz zu kaufen. *Noch vor kurzer Zeit glaubten die Bewohner dieses Waldes an Waldgeister* – also glaube auch ich an sie. Ein Waldgeist hat es gut mit uns gemeint. Ein Waldgeist hat das für Kathrin so geregelt.

Hübsch klingt Dein See. Dein tägliches Bad darin. Aber auch die Stille in Deinem Schreibzimmer. Deinem liebsten *anderen Zimmer*. Durchbrochen nur vom Säuseln Deiner Stadtkastanien. Es geht voran, es geht voran. Auch bei mir im Übrigen. Ich werde Dich nicht anrufen. Dich nicht aus Deiner Arbeitskapsel locken. Deine Aufmerksamkeit nicht mit meinem Klingeln zerstören. Mit meinen Beichten aus einer durcheinandergeratenen Zettelwelt. Die fast so toll ist, wie ich sie mir vorgestellt und ausgemalt hatte. Seit Tagen tingele ich auf meinem Schwarzwaldpfad zwischen Geheimer Garten und Arbeitsstube. In der ich eine Wirrnis aus aufgeschlagenen Büchern, Buntstiften und Notizheften geschaffen habe.

Kleine Fluchten habe ich mir erlaubt. Bio-Kurt hat mich mitgenommen. Auf seine Wanderungen durch die Welt der Walderdbeeren, Hornissen und Segelfalter. Um sechs hat er an meine Tür geklopft. Damit *der stärkende Duft, der morgens durch die Tannen strömt*, nicht ohne uns verfliegt. Vielleicht wache ich deshalb so früh auf. Weil ich denke, gleich wird Kurt anklopfen. Gleich ziehe ich die Wanderschuhe an. Steige hoch in den Wald. Munter wie selten, bin ich in Kurts Jeep geklettert. An dessen Rückspiegel ein Blumenkränzchen aus Kathrins Hand baumelt. Getrocknete Akelei und Wicke. Nein, ich habe keine Angst mehr vor seinem Blick. Dass er mich *inmitten tiefer und stolzer Waldeinsamkeit* treffen könnte. Kurt ist niemand, vor dem man Angst haben müsste. Ich am wenigsten. Frau und Kind werden ihm wieder eingefallen sein. Also hat er es aufgegeben, mich so anzusehen. Das eine Mal in meiner schneeverwehten, schneeumtosten, hochsommerfernen, *weltvernichtenden* Winterküche – seither nie mehr.

Über den Wipfeln und Tannenspitzen hat mich etwas wie Glück durchströmt. Vielleicht war es sogar Glück. So richtiges Glück. Ohne Abstriche. Warum nicht. Hat sich ruhigmild auf meine Sommersprossenhaut gelegt. So wie bei Dir weit draußen in Deinem eherblaualsgrünen Balatonsee. Still war es. Trotz Julisonne kühl. Ein Geruch, wie wenn Regen den Staub von heißen Tagen bindet. Aber frischer, besser. Wie neu. Wie vorher nie da gewesen. Weil Kurt alle krummen Pfade, alle *groben Fährten* abseits vorgezeichneter Wanderlinien kennt, sind wir niemandem begegnet. Außer Tannen nur Wiesenbocksbart, Wasserschwertlilien und Mägdebüschen. Auch keinem Waldgeist, dem ich mein Herz für viel Geld hätte verkaufen können. Damit er es in einem Glas aufbewahrt. Einen Zettel anklebt und meinen

Namen daraufschreibt. Gerade habe ich ja eigentlich keinerlei Verwendung dafür.

Wie Du Deine Kinder vergessen hast, habe ich über allem die Schule vergessen. So könnte mein Leben ruhig immer aussehen, Márti. Ein Tag Droste. Ein Tag Wald und Wiese. Ein Tag Geheimer Garten. So im Wechsel. Ich hätte nichts dagegen.

Johanna

17. JULI 2010 – 22:54

Liebste Johanna,

Lori ist soeben gegangen, ich habe ihr vom Fenster aus nachgewinkt, sie war auf einen Tee hier, denn Schnaps trinken wir kaum noch, zum ersten Mal, seit die Kinder weg sind, war sie hier, weil sie nicht stören will, wenn ich einmal in Ruhe arbeiten, einmal allein in meinem Márta-See schwimmen kann. Seit ihrem Schlag hängt die Unterlippe, die eine Seite jedenfalls, das wird sich wohl nicht mehr richten, sagen die Ärzte, ein bisschen sieht es aus, als wolle sie mit dem Mundwinkel ihr Kinn berühren, aber ihr Gesicht kann es vertragen, du brauchst dich nicht zu sorgen, Lori, habe ich gesagt, du bleibst hübsch genug, und Lori hat ihr großzügiges Lorilachen gelacht, das jetzt etwas zurückgenommen ausfällt, und erwidert, sie muss keine hübschen Lippen mehr haben.

Simon beschwert sich, weil seine Kinder nicht da sind, doch ich finde diese Ruhe göttlich, gottgeschenkt, himmelnah, ich kann den Sommer hören, Johanna, aus allem kann ich den Sommer heraushören, ich schaue aus dem Fenster und höre den Sommer, ich durchleuchte die Wassertropfen des Rasensprengers und höre den Sommer, ich fange sie ein und schreibe über sie, am Abend ziehe ich meine Laufschuhe an, fahre mit dem Rad über die Allee und drehe meine Runden im Grüneburgpark, es ist keiner da, auf den ich aufpassen müsste, nur auf mich selbst muss ich aufpassen, was ja schwer genug ist, ich laufe, ohne auf die Uhr zu sehen, ich laufe und habe danach keine Angst mehr, sagen wir, keine übergroße, auffressende, keine lebensbetäubende Angst mehr, mit jedem Schritt geht ein Scheibchen Angst, vielleicht schwitze, vielleicht atme ich es weg, es löst sich auf oder steigt hoch, nur etwas Restangst bleibt zwischen den Zweigen und Blättern der Kastanien hängen, vor Wochen noch geschmückt mit roten Kerzen und jetzt tiefgrün. Höher steigt es nicht, mein hartnäckiges Scheibchen Restangst, seit Jahr und Tag dieselbe Restangst, Johanna, meine Grundausstattung Angst, es ist das Geld, das Geld, *die mich zermalmende, schreckliche, hundertköpfige Hydra Armut, die mich nicht loslassen will*, die Zukunft, wieder das Geld, wieder mein Morgen, mein Übermorgen, die Kinder, die Arbeit, wird mir etwas einfallen, werde ich schreiben können, wird Simon etwas einfallen, wird er schreiben können, wie kann ich leben, mit allem, was mich befällt, jagt und umtreibt, wie können die Kinder leben, mit allem, was uns im Futur eins und zwei noch befallen, jagen und umtreiben wird.

Auch jetzt habe ich Angst um die Kinder, obwohl sie an einem sicheren Ort sind, wenn sie allein losgehen, habe ich Angst, jemand stiehlt sie, wenn sie die Straße überqueren, habe ich Angst, jemand überfährt sie, wenn sie schwimmen, habe ich Angst, sie ertrinken, auch das muss man mit Kindern aushalten können, nicht nur das Zerrinnen, Zerbröseln, das Wegfallen der Zeit, das abgewetzte, abgetragene Leben, sondern die nicht kleinzukriegende Angst um sie, vor Autounfällen, Menschendieben oder der einen seltenen Viruskrankheit, für die es keine Heilung gibt. Kann man das nicht aushalten, darf man keine Kinder haben, vielleicht hast Du das immer geahnt und hast deshalb keine, mich aber hat niemand gewarnt, alle haben geschwiegen oder gelogen, und jetzt sitze ich da mit meinen Ängsten. Heute kam die erste Krankmeldung aus Ság, erhöhte Temperatur, heißes Köpfchen, mein Herz hörte kurz auf zu schlagen, weil Mia vor zwei Wochen eine dickfette Zecke auf dem Scheitel sitzen hatte, die sich über Nacht unbemerkt sattgefressen hatte und kugelrund-blutprall erst am Morgen von mir entfernt worden war, siehst Du, selbst hier gibt es so etwas, nicht nur im schwarzen Wald, selbst in dieser grauvibrierenden, fast himmellosen Stadt mit ihren Hauptwachemäusen, nach denen meine Kinder Ausschau halten, jedes Mal, wenn wir auf die U-Bahn warten. Aber der Ságer Arzt hat eine Halsentzündung diagnostiziert, wie beruhigend, mit der Zecke habe das nichts zu tun, vom Eisessen sei es, Mia soll morgens und abends ein Bonbon mit Zitronengeschmack lutschen, das ist alles, mehr nicht, das ist die ungarische Heilkunst!

Trotz allem gestatte ich Dir einen tiefen Blick in mein Innerstes, hier, bitte schön: Wenn alles gutgeht, wenn die Kinder glücklich und heil zurückkehren und ich meinem *anderen Zimmer* ein neues, geschmeidigeres Antlitz gegeben haben werde, wird das zur jährlichen Sommertradition. Dieser Traum tickt durch meinen Kopf, tick, tick, tick, hört Du ihn ticken? Sag es nicht weiter, lass uns dieses Geheimnis teilen, so wie acht Millionen andere Geheimnisse auch.

Es liebt Dich,

Deine Márta

18. JULI 2010 – 11:12

Schönste, liebste Márta,

nein, ich sage es nicht weiter. Schweig auch Du über dieses hier. Es ist schlimm mit mir – als wollte ich meinem toten, kalten Vater nacheifern. Dessen junger, geschundener Körper schon lange tief unter der Erde liegt. Als würde mir in den großen Ferien nichts Gescheiteres einfallen als zwischen aufgeschlagenen Droste-Büchern und Merkzetteln Männer in meinem Bett zu versenken. C vier und fünf – Treffer. C sechs und sieben – Treffer, versenkt. Den Physiklehrer, ausgerechnet. Ich hasse Physik! Lichtgeschwindigkeiten und Ruheenergien, ich hasse sie!

Gestern im Moosbach hat er mir über den gut mit Gläsern und Flaschen bestückten Tisch, umgeben von daheimgebliebenen Kollegen, so viele Blicke zugeworfen, dass es jeder merken musste. Irgendwann sogar ich. Später am Wegesrand zwischen zwei Haselnusssträuchern hat er lange vor meinem Fahrrad gestanden. *Im Osten zeigte sich bereits ein schmaler gelber Streif, der den Horizont besäumte.* Nachdem Bio-Kurt und die anderen sich verabschiedet hatten, hat er so ausgiebig an meinen blauen Hortensien im Fahrradkorb gezupft, dass ich ihn doch mitgenommen und hereingebeten habe.

Heute Morgen hat er seine Kaffeetasse fallen lassen. Durch eine winzige achtlose Bewegung mit dem Ellbogen vom Tisch gestoßen. Harmlose weiße Scherben in einer harmlosen braunen Pfütze. Aber ich habe ihn sofort weggeschickt. Ihm ohne ein Wort die Tür geöffnet und ihn hinausgeschickt. In diesen nahezu farblosen, *glasscherbenstillen Sonntag.* Dein Bild. Habe die Tür geschlossen. Den Rücken angelehnt. Als müsste ich sie fester zudrücken. Als könnte sie sonst aufspringen. Bin an ihr heruntergerutscht und habe eine Weile so in meinem Hemd auf dem Boden gesessen. Ich bin über mich selbst erschrocken, Márta. Die kleinste Bewegung in die falsche Richtung – und die Gelegenheit ist vertan. Es ist vorbei. Nach zwölf Minuten Frühstückskaffee ist es vorbei.

Vielleicht hat er mich nur zu sehr an Markus erinnert. Nicht er, nein. Aber die Nacht. Der Morgen. Vielleicht war nur das sein Fehler. Er war es gar nicht. Das Aufwachen war es. Neben einem Schulterpaar und einer Brust. Der Morgen war es. Das Öffnen meiner Läden. Das erste Licht und darin mein Gefühl. Mein leeres, *blutstockend leeres* Gefühl. Zu viel Markus war in diesem Zimmer. Zu viel Markus drang durch die geöffneten Fenster. Die

aufgestoßenen Läden. Zu viel Markus war zwischen den Bettlaken und abgeworfenen Kleidern. Zu viel Markus auf den Dielen. Den Treppenstufen. Zu viel Markus in meiner Küche. Einfach zu viel Markus über den Kaffeetassen und aufgebackenen
Frühstückshörnchen. Mein Gott, viel zu viel Markus!
Jo

23. JULI 2010 – 14:02
Liebste Jo,
während Du Deine schwere Holztür mit dem Rücken zugehal-
ten hast, habe ich meine Kinder mit dem Billigflieger aus Ság
abgeholt. Zum Abschied hatte die herbeieilende, winkende Verwandtschaft ihre Häuser verlassen und Geschenke gebracht, wie
sie vierzig Jahre früher schon zu Anikó, Ildikó und mir mit Geschenken und Schokolade herbeigeeilt kam, wenn wir uns am
Gartentor am großen Abschied verschluckten und in unseren
maisgelben Opel Rekord stiegen, dessen Lack die Dorfkinder
täglich berührt und bestaunt hatten, für den Rückweg beladen
mit Kolbász, handgedrehten Mohnrollen und Zserbókuchen,
dessen Glasur erst kurz vor Frankfurt anfing zu schmelzen. Die
Schokolade aus Szerencs, Szerencsi Csokoládé, blieb liegen, weil
wir verwöhnten Westmädchen mit den ungarischen Namen sie
nicht essen wollten, weil sie für unsere westverwöhnten Kin-
derschokoladegaumen zu bitterhart war. Das verfolgt mich,
Johanna, es ist wie mit Deiner zerbrochenen Vase, die in Deinem Vorhöllenzimmer wartet, in meinem wird diese dunkle, in
Stanniol gewickelte, für uns jedenfalls nicht essbare Schokolade
warten, für die Onkel und Tanten ihr knappes Geld ausgegeben
hatten und die wir unbeachtet liegen ließen. Iss mich, wird sie zu
mir sagen, jeden Tag werde ich ein Bröckchen zerkauen müssen,
und alle toten, in den Himmel aufgefahrenen Arbeiter aus der
Szerencser Schokoladenfabrik werden mir zusehen.

Als wir ins Auto stiegen und losfuhren, Richtung Flughafen Sármellék, Richtung Nebenmatsch, Unterschlamm, Beimorast, haben meine Eltern am Gartentor mit ihren bestickten Stofftaschentüchern Tränen weggewischt, auch meine und die der Kinder, sogar Henri fing an zu schreien, weil schon alle weinten, Mia, Franz, die Großeltern, Tanten und Onkel, die Nachbarn wegauf, wegab. Ehrlich gesagt, weiß ich nicht, warum wir heute noch diese dicken Tränen vergießen, vielleicht aus Gewohnheit, meine Eltern sind so schlecht mit Abschieden, weil sie immer den endgültigen, den letzten Abschied hineinlegen, weil 1956 an diesem Gartentor immer mitgeweint wird, weil es ja Zeuge des Aufstands war und alles mitgehört, den letzten Blick, die letzte Umarmung gesehen hat. Sie weinen auch am Frankfurter Hauptbahnhof, wenn Anikó den Zug nach Stuttgart nimmt, sie weinen, wenn meine Kinder sich an einem Sonntagabend von ihnen verabschieden, weil sie am nächsten Tag zur Schule, in den Kindergarten müssen und nicht bei den Großeltern bleiben können. Das lernen sie, das ändern sie nicht mehr, weil wir es früher nur so kannten, weil wir jeden Sommer an diesem Gartentor standen und es nur so kannten, unser Horváth'sches vége a világnak, unser Ende der Welt, als die noch geteilt war in Gut und Böse, in Schwarz und Weiß, in Verriegelt und Offen, weil ein fetter, dicker Zaun mit viel, viel Stacheldraht und vielen, vielen Wachposten hinter Deinem Wien, Deinem Burgenland in diesen geteilten Himmel wuchs und wir nie sicher sein, nie wissen konnten, ist es ein Abschied bis zum nächsten Sommer, oder sehen wir uns nie mehr, und deshalb haben wir tränenverschmiert und wundgescheuert alles in unseren Abschied gelegt, über das wir damals verfügten.

Mártikas Kinder sind da, hatte man sich an den Straßenecken erzählt, Ferike, Mancika und Henrike, wie sie dort heißen, und wenn jemand kam, um sie unter dem Walnussbaum anzusehen, haben meine Tanten und Kusinen dabeigestanden, meine Onkel und Vettern haben ihr Bier getrunken, mit Wasser oder Tee kann man nicht kommen, dann heißt es, dir ist es wohl zu schade, du geizt, gönnst uns nichts. Niemand ruft vorher an oder kündigt sich an, lieber kommt man vorbei, lehnt das Fahrrad an die Mauer und setzt sich auf einen freien Stuhl, ohne je zu fragen, habt ihr Zeit, stören wir? Zeit für andere nicht zu haben, kommt in diesen Köpfen nicht vor, Johanna, keine Zeit zu haben ist noch immer eine Krankheit des Westens, der Ausschlag, das Geschwür auf unserer Seite, auch wenn es West und Ost so nicht mehr gibt, die Krankheit ist geblieben. Schlief mein Vater auf seinem Stuhl im Schatten des Walnussbaums ein, redete mein Onkel einfach weiter, trank sein Bier weiter, sein zweites, drittes, irgendwann wird Zsolt schon aufwachen, wird er sich gedacht haben, rede ich einfach solange weiter, nehme ich mir solange noch ein Bier und noch eins, und Johanna, vielleicht können auch wir im Alter so werden, Du und ich, ich würde mir das wünschen, vielleicht werde ich unter Deiner Tanne, Deiner Magnolie einschlafen, und Du wirst weiter zu mir reden, ich werde aufwachen, und Du redest immer noch, in einer endlosen Redeschleife, die uns verknüpft und immer wieder neu vereint.

Alle im Dorf haben für diesen raunend fliegenden Klang gesorgt, ein Dauergerede mit vielen Wiederholungsformeln, mit aah und ooh und Jajas dazwischen, alles ist in Wort, in Ton und Zwischenton gebettet, bis zum letzten Faden wird gewebt, bis zu Krieg, Aufstand und Flucht, jeder im Dorf kann einen Faden aufnehmen und weiterspinnen. Man läuft über diesen Wortteppich, schaut in einen Worthimmel, Wörter schwirren, schweben überall, man muss sie bloß fassen und Geschichten daraus weben, die klitzekleinen, die kleinen, die großen und schließlich die unerträglich großen, die gewaltigen Geschichten, die nicht auszuhalten sind und trotzdem erzählt werden.

Am letzten Abend ging ich unter einem flachen, mich fast strei-
fenden Himmel zu den Gräbern meiner Großmütter, vorbei
an der Dorfkneipe, die noch immer nur für Männer gemacht
scheint, dem Meer aus schwarzen Fahrrädern davor, im Rücken
die Weinberge. Die Gräber hatte ich schon von der Straße aus gesehen, die den evangelischen vom katholischen Friedhof trennt,
jedes Mal, wenn wir mit dem Wagen langsam vorbeigefahren
sind, weil wir dort immer langsam fahren, als nähmen die Gräber die Geschwindigkeit aus den Rädern. Ich hatte nach ihnen
gesucht, die Steine und Kreuze mit meinem Blick abgetastet, als
könnten sie verschwunden, geräumt und abgetragen worden
sein, aber erst am letzten Abend, sobald sich das Licht zurückzog, sobald der Himmel an Blau abnahm und an Rosa gewann,
habe ich den Friedhof betreten, als wäre alles andere übereilt, als
brauchten wir diese Zeit, um uns anzunähern, die Gräber und
ich, der Tod und ich, als sei es der Höhepunkt, der Schlusspunkt
einer Reihe lose zusammengefügter, bunter, lauter Tage und Ab-
läufe, die ich allesamt brauche, um mich meinen Vorfahren und
dem fetten Tod zu nähern, der sie verschlungen hat. *Nacht und
Tag* Vorbereitung, um durchs hohe Gras zu gehen, das niemand
schneidet oder gießt, dessen sich niemand erbarmt, nicht einmal
der Himmel, der es doch könnte, die Grabsteine sitzen im gelben, störrisch trockenen Gras, der Himmel kümmert sich nicht
um zwei kleine Friedhöfe zwischen Burgenland und Balaton,
über denen grellheiß die Sonne steht – denkst Du, sie sind ihm
je aufgefallen?
Ich habe an die Steine meiner Großmütter gefasst, mit ihnen geredet, in unserem Klingklang, unserem altvertrauten, altbekannten
Singsang, Erzsi und Lidi mit euren wunderbaren Runzelgesich-
tern, wie man sie nirgends mehr sieht, ich höre euch, sehe euch,
wenn ich in euren Zimmern bin, so klingklange, singsange ich
mit ihnen: Wisst ihr, dass ich heute Gedichte schreibe, über euch

schon geschrieben habe, dass ich Kinder habe, lebe und liebe, ich, Mártika, das kleinste der drei Horváthmädchen, das barfüßig über euren Hof und eure Wiese gesprungen ist, im Schatten eurer Hecken und Sträucher, zwischen euren Hühnern und Tauben? Wenn wir uns einmal noch sehen und anfassen könnten! Es sind die Großmütter, die mich zum Weinen bringen, immer sind es die Frauen, die mir das entlocken, Du bist ja auch so eine, Du und Lori, Ihr seid meine lebenden *Tränengeberinnen.*

Es war schwer, mich von ihren Gräbern zu trennen, unter diesem halb rosa, halb blau gefärbten Himmel, in diesem Hundegebell, das sich jeden Abend zur selben Zeit übers Dorf gießt, als hätten sich alle Hunde abgesprochen, um das Gurren der Tauben zu übertönen. Erzsi und Lidi sitzen tief und fest in mir, Johanna, sie lenken meinen Blick, halten ihre Hände über meinen Kopf, und vielleicht findest Du es verrückt, aber sie sind mein Anfang, in ihnen bin ich schon angelegt, in ihnen war ich schon mitgedacht. Ich könnte wiederum der Anfang von anderen sein, die erst in Jahren und Jahrzehnten geboren werden, der Anfang von Molkes, von Franz', von Henris Kindern, was glaubst Du, Johanna: Könnte ich ein Anfang sein, könnte ausgerechnet aus mir ein Anfang werden?

Wärme und Licht haben mich beruhigt, ich bin wie durch Balsam gelaufen, aber das ist eher Verdienst meiner Eltern, allein bei ihnen zu sein, beruhigt mich, in der Küche dieses winzigen, gelbverputzten Hauses mit dem rostroten Dach, in dem alles nach gestern, vorgestern, nach lange zurück aussieht, allein dort zu schlafen, beruhigt mich, löscht meinen Durst, stillt meinen Hunger, versorgt meine Wunden, legt ein kühles Tuch auf meine Stirn. Um Mitternacht hat mein Vater zwischen Schrank und Tisch mein Bett aufgepumpt, ein Luftmatratzenbett, auf dem ich unter der leise tickenden, auch nachts zu jeder Stunde achtlos weiter schlagenden Pendeluhr tief und fest schlief – ohne Bild, ohne Raum und ohne Geräusch, so still und schwarz, wie ich neben Simon unter Stadtlaternen nie schlafe, nein, nie.

Lange vor unserer Zeit, als Deine Dora in Ledjenice zu Hause war und Deine Linie dort beginnen ließ, haben sie zu siebt in diesem Zimmer mit Küche und Speis gelebt, auch so ein *anderes Zimmer*, Johanna. Sieben Kinder hat meine Großmutter darin zur Welt gebracht, zwei davon gleich begraben, auch sie liegen auf dem Friedhof, zwei weitere erst später, auch sie liegen wenige Reihen weiter, drei Kinder sind ihr geblieben, eines davon meine Mutter. Zu siebt haben sie dort gelebt und geliebt, geatmet und geträumt, ihre Ängste in die Kissen geschwitzt und ihre Gebete zur Zimmerdecke geschickt, Eltern und fünf Kinder, ohne Bad, ohne fließend Wasser, mit einem Herd, in den man Holz und Kohle legen musste, ich will es wiederholen, Johanna, ich will es noch einmal sagen, weil es uns hier oft zu eng, zu klein und zu wenig wird, deshalb will ich es für Dich und mich einfach noch einmal aufschreiben, so zur Erinnerung.

Es drückt Dich,

Deine Márta,

in Ungarn Mártika

25. JULI 2010 – 18 : 49

Liebste Mártika,

vielleicht sollte ich Dich nur noch so nennen, was heißt es doch gleich? Mein liebsüßes, mein unvergleichliches Marthalein? So? Habe lange über Dein Mail nachdenken müssen. Es hat mich vogelfrei haltlos gestimmt. Bin hochgeflogen und mit dem nächsten Windstrudel hinabgestürzt. Weil mir klarwurde, ich werde nie der Anfang von anderen sein. Ich bin nur das Ende einer Kette. Das letzte Stück, das letzte Glied. Ich kinderlos. Georg auch kinderlos. Aber ein Mann mit einem anderen Mann ergibt kein Kind. Und ich mit mir ergebe auch kein Kind.

Vielleicht kann ich deshalb gerade nichts Tröstliches finden. Das mich aufrichten könnte. Keine einzige, noch so kurze Droste-Zeile. Kein Radrennen über die Hügel meines schwarzen Walds. Ich gegen mich. Nicht einmal meine Wanderung neben Kurt durch die Grindelandschaft hat mich aufmuntern können. Schwarzwaldhochstraße morgens um fünf. Jeep abstellen, Grindewald durchsteigen. Auf der Suche nach kleinen Seen, den Augen. Kein Auerhahn hat mich aufgeheitert. Kein Kauz. Kein Frühnebel. Und auch kein Schwarzwaldauge. Unerbittlich erscheint mir dieser Gedanke, dass ich die Letzte bin. Als hätte jemand unerlaubt an meinem Glücksrad der Entscheidungen gedreht, an meinem Schicksalsrad. Mit schiefem Schwung angesetzt und wäre abgerutscht.

Da ist nur eine Linie. Nur meine. Sie führt nicht weiter. Nirgendwohin führt sie. Da sind nur meine Wege. Meine Zimmer, Márti. Böhmen, Wien, Frankfurt. Dann Hamburg, Wasser und Himmel. Freiburg, wieder Wasser und Himmel. Schwarzer Wald, Tannenlabyrinth und Bergwände. Die Linie meiner Mutter war alles. Die Linie meines Vaters nichts. Das bisschen Wirtshaus an der Hostatostraße. Das bisschen Leben im Schatten des Schlossplatzes. Ohne ein Zuvor war mein Vater einfach da. Plötzlich ist er aufgetaucht und genauso plötzlich verschwunden. Hell wie ein Schweifstern aufgestiegen – und verglüht.

Jo

27. JULI 2010 – 09:26

Liebste Jo,

Simon und die Jungen sind krank, nebenan fiebern und husten sie in zusammengestellten Betten, das eine Virus, das im höchsten Sommer durch die Stadt fliegt, ist bei uns gelandet, natürlich, in der Körberstraße zwölf, im Erdgeschoss links, bitte schön, hier geht's lang. Nur Mia hat nach dem Frühstück mit Lori das

Haus verlassen, sie fahren aufs Loriland hinter Hornbach und Ikea, Mia darf Tontöpfe anmalen und im Ofen brennen. Ich will gleich aufbrechen zu meinem inneren Kreis aus Sinn und Buchstaben, die ich zusammenzuschmieden versuche, rechne schon damit, abbrechen zu müssen, sobald die Kinder klagen, deshalb jetzt nur zwei Zeilen an Dich, während Du vielleicht nach Schwarzwaldaugen suchst oder dem einen Satz, dem einen Wort, das Dich näher an Deine Freiin heranschiebt.

Gestern habe ich unter krachenden, *himmelzerteilenden Juligewittern* in Gustavsburg gelesen, ja, mitten in den Ferien, das hätte mich stutzig machen müssen, aber weil es nur eine halbe Stunde mit der Bahn ist, hatte ich zugesagt und im warmen Regen am S-Bahnhof gewartet, bis ich zur Stadthalle gebracht wurde. Lyrik und Gustavsburg – das schließt sich aus, zwei Leutchen kamen, und die Leiterin der Stadtbücherei wurde nicht müde zu klagen, wer alles schuld sei. Regel Nummer eins, den Abend mit Würde zu Ende zu bringen, das wenigstens habe ich auf all meinen Demutsgängen, bei all meinen Haltungsübungen gelernt, also schlug ich vor zu lesen, immerhin seien zwei Zuhörer da, schaute nach einer halben Stunde auf die Uhr, nahm die frühere Bahn zurück und dachte, vor leeren Reihen zu lesen hat Vorteile, selten habe ich so mühelos mein Geld verdient.

Henri ruft, ich muss aufhören,

es liebt Dich,

Márti

29. JULI 2010 – 23:54

Liebste Márti,

Jans Mutter ist verschwunden. Niemand weiß, wo sie sein könnte. Wo sie Unterschlupf findet. Auch Jan nicht. Ich habe ihn im Supermarkt getroffen. Zwischen Wurst, Butter und Käse an der Kühltheke. Dort hat er es herausgepresst. Leise, zögernd unwillig. Als hätte ich ihn danach gefragt. Habe ich gar nicht. In den letzten Wochen Schule hatte ich ihn allerdings so unter Druck gesetzt, wie es nie meine Art ist. Wie es mir selbst zuwider ist. Ich wollte endlich wissen, warum niemand seine Arbeiten unterschreibt. Warum ich auf all meine Post an seine Eltern keine Antwort kriege. Also hat er mir jetzt etwas erzählt, nach dem ich gar nicht gefragt habe. Irgendwie aber doch. Zeitverzögert hat er geantwortet.

Claus hat Jans Mutter einmal hinter Villingen an der Landstraße aufgelesen. Wir haben später herausgefunden, dass es unverkennbar Jans Mutter war. Faseriges Gesicht. Müde Lider. Haar ohne Farbe. Zu großer Mantel. Als hätte sie im Schrank danebengegriffen. Claus hatte mit Warnblinker angehalten. Während die anderen hupend vorbeigerauscht waren, hatte er sie einsteigen lassen. Ein gutes Stück Richtung Freiburg mitgenommen. Sie hatte nicht geredet. Nur ihre Hände geknetet. Hände, die Jan gezeichnet hat. Unzählige Male gezeichnet hat. Mit Ring, ohne Ring. Mit allen sichtbaren Aderläufen. Knochengipfeln. Venenströmen. Fleckeninseln. An den Fingern hatte sie gezupft. Am Ärmel, am Mantelkragen. Die ganze Fahrt über nichts gesagt. Auch nicht, wohin sie wollte. Als seien ihr Weg und Ziel gleich. Irgendwo hinter Triberg hatte sie an die Scheibe geklopft. Mit der Faust ans Fenster geschlagen, bam-bam-bam. Claus war an die Seite gefahren und hatte sie gehenlassen. Als habe so alles seine Richtigkeit und Ordnung. Als könne sie einfach ohne ein Wort unter Tannen auf einem Waldweg verschwinden. Fern von allem, wo es Menschen geben könnte. Fern von Häusern, Gaststätten und beschilderten Wanderwegen. Als müsse sie durchs Moor zum Blindensee. *O schaurig ist's übers Moor zu gehn, wenn es wimmelt vom Heiderauche.* Zwischen Wollgras, Erika und Sonnentau.

Immer kehrt sie zurück, sagt Jan. Wie ein Tier, das verlernt hat, allein im Wald zu leben. Auf Futter angewiesen ist. Das die Menschen in einem Napf vor die Tür stellen. Ich will ihm glauben, wenn er sagt, seine Mutter wird zurückkehren. Auch dieses Mal sicher zurückkommen. Es gelingt mir nur nicht, Márti. *Nacht und Tag*, seit ich Jan getroffen habe, will es mir nicht gelingen. Ich bleibe allein mit meinen *kostenlos überteuerten Gedanken*. Liege auf meinem Sofa, zermartere mir den müden Kopf. Ob ich die Polizei rufen soll. Jans Vater zur Rede stellen. Mit Claus oder Bio-Kurt bei ihm anklopfen. Lieber so tun, als sei nichts geschehen. Wie Jan und sein Vater offenbar auch so tun wollen, als sei nichts geschehen. Drehe mich zwischen meinen Kissen. Verscheuche den Gedanken an eine Frau, die mit sich selbst über *grobe Fährten* geht. Ohne Schirm, ohne Proviant und ohne Ziel. Durch einen *nachtdunklen, regentropfnassen Wald*.
Johanna

2. AUGUST 2010 — 17:02
Liebe Jo,
hinter den Fassaden ist alles möglich, habe ich am Telefon gesagt, aber ich will es Dir auch schreiben, schwarz auf weiß, meine liebste Jo, mein *Wunschmädchen*, *Wunschmädchen* mein, alles kann hinter Fassaden geschehen. Hinter Fenstern, Türen und Hauseingängen spielen sich die scheußlichsten Dinge ab, wir wissen es seit jeher, Du weißt das besonders gut, schließlich bist auch Du hinter einem solchen Hauseingang, hinter solchen Fenstern und Türen, zwischen Giftampullen, fliegenden Büchern und Wuttiraden aufgewachsen, *was ist nicht in die wände gekrochen: rauch und urin, familienflüche*, hinter Euren Höchster Backsteinmauern blieben sie verborgen, und wir haben dieses Geheimnis gehütet, so gut, dass meine Eltern es nie gelüftet haben, sie denken heute noch, Deine Eltern waren nette Menschen,

Schauspieler, deshalb schräg überdreht, aber nett, ja, doch, nette Menschen! Georg als Moorknabe mit Fibel hatte das Familienbild ausgemalt, hübsch rotblond, wohlerzogen still, einen solchen Jungen können nur nette Menschen haben.

Ich packe seit Stunden, Simon hat etwas für uns aufgetan, vierhundert Kilometer abwärts, südwärts, am Ammersee, im grünen Bergland mit den saftigen Unwettern und geklärten weiß-blauen Himmeln danach, ein Häuschen nicht weit von Strandschwimmbad und Biergarten, morgen fahren wir, eine Woche bleiben wir, vor Schulbeginn darf auch die Familie Horváth-Leibnitz los, Kinder mit Eltern, Eltern mit Kindern. Nach dem Wetterbericht lasse ich die Sommerkleidchen hier, nehme umso mehr Strumpfhosen, dicke Socken und Pullis mit, seit gestern wasche ich, staple die Wäsche zu schiefen Haufen und lege sie in unseren größten Koffer, für mich zwei Hosen und einen Badeanzug, für Simon doppelt so viel und für die Kinder ungefähr das Achtfache, vielleicht auch Achtzehnfache, etwas werde ich wie immer vergessen haben, Futur zwei: werde vergessen haben, die eine Sache, die wir dringend brauchten, etwas aus dem Packstapel Inhalierhilfe, Pflaster, Zeckenkarte und Lupe. Simon tippt wie ein Irrer seine letzten Texte, wie jedes Mal wird er nicht pünktlich fertig, und ich stehe mit zugeschnürten Reisetaschen maulend in der Tür.

Sein Co-Autor, mit dem er seit Jahr und Tag an den Horen und Parzen bastelt, was ja mehr zu einer Lebensaufgabe als zu einem Theaterstück heranwächst, hat uns das Häuschen besorgt – Schicksal und Natur, Johanna, auch dort kommen sie zusammen, ein herrlicher Obstgarten soll dort wachsen, Apfel, Pflaume, Birne, Quitte, alles, was wir lieben, soll üppig von den Bäumen hängen. Jetzt, da ich kein Kind mehr stille, will ich Abend für Abend eine dickfette Maß unter dickfetten Linden mit dickfettgrünen Blättern trinken, so soll es sein, dick und fett, der Sommer kommt mit großen Schritten zurück, er wird mich nicht hängenlassen, nein, für mich macht er kehrt, ich höre ihn nahen, laut polternd höre ich ihn!

Márta

3. AUGUST 2010−00:14

Liebste Márti,

endlich kann ich mithalten, meinen Trumpf ausspielen. Mein Ass, mein Doppel-Ass. Komme zurück aus dem Geheimen Garten. Claus hatte Essen gebracht. Wir haben mit Colin im Schoß eine viertel Flasche Zibärtle geleert. In einem Ozean aus Gladiolen und Rittersporn. Einer Brandung Freesien und Zinnien. Glühend sommergelb, blendend. Dass man kaum hinsehen kann. Der große August, Márti. Der größte von allen. *Ein rasend heißer, ein erstickender, ein herrlicher August.* Samstag geht es für Kathrin und mich nach Fehmarn. Also weit weg von Dir. In ein Zimmer für dreißig Euro die Nacht. Ich vermute, viel Resopal, wenig bis gar kein Weiß. Die erste halbe Stunde zum Lachen. Dann nur noch zum Heulen. Kathrin hat es auf die letzte Minute über die Zimmervermittlung gebucht. Was Zeit und Geld angeht, ist mehr nicht drin. Aushilfe und Mutter wechseln sich im Geheimen Garten ab. Márti, wie ich mich freue! Ans Meer! Ans Meer! Ans Meer! Dreimal hintereinander ans Meer!

Dir unbeschwerte, sorgenleere Tage.

Es liebt Dich,

Johanna

5. AUGUST 2010−00:03

Liebe Jo,

wir sind noch hier, die pünktliche Abreise haben wir verpasst, Ammersee ein Tag minus also, die gepackten Koffer und Taschen warten, Simon hat sie am Abend beiseitegeschoben, als er dringend ins Theater musste, sobald er zurückkehrt, fahren wir. Hättest Du nicht mit uns ein Stückchen Sommer verbringen, ein paar kurze Sonnentage mit uns zwischen den Fingern zerbröseln können?

Pass auf Dich auf, meine Liebste, Allerliebste, grüß mir Hamburg, *Du altes Hamburg, unsere Schatzstadt,* Stadt aus Wasser und Wolken, unter Westwind und Ostwind, grüß mir die Marktstraße und den Blumenladen, wo Kathrin sich wieder vieles abschauen und mitnehmen wird in Euren regenverwöhnten Süden. Grüß mir die See, ihre kühlweichen, grünblaugrünen Fehmarnwellen, unter dem bescheiden wasserschluckenden, unvergleichlichen Fehmarnhimmel, nach dem ich mich schlagartig zu sehnen beginne, sobald ich über ihn schreibe – also höre ich besser auf. Bleib bei allem vorsichtig und kehr gesund zurück, unverzagt schwindelfrei, winddurchpustet und johannafröhlich.

Es denkt an Dich, liebt Dich, immer und immerzu,

Deine Márta

15. AUGUST 2010 – 09:01

Liebste Márti,

seit Sonntag sind wir zurück. Mit einem Katapult in die andere Ecke dieses überflüssig großen Landes geschossen. Wozu so groß? Nach einer Nacht Hamburg fünf Tage Sommer auf unserer liebsten Insel. Das große Fehmarn: Baden und Luftschnappen. Wind in den Weiden. Enten im Teich. Regen nur, um das Grün tiefer zu färben. Den Staub auf unseren Strandwegen einzufangen. Die Rosenstöcke im Café Kontor zu tränken. Ja, wir haben eine Badewetterwoche erwischt. War es meine Mutter? War es mein Vater? Ohne Schirm, ohne Regenstiefel konnten wir am Hafen von Burgtiefe unsere Fischsuppe essen. Unsere Lebensklagen aussetzen. Während hinter uns die Ostsee brandete. Die ja nie brandet. Nur züngelt und plätschert. Auf windzerfurchten Fahrradschneisen mit Rehen unterwegs sein. Zwischen Altenteil und Grüner Brink auf unseren Leihrädern in giftgelbe Rapsfelder gleiten. Unter dem blassblau überheblichen Fehmarnhimmel. Unter dem ich winzig und stumm werde. Geradezu mickrig.

Nachts um drei sind wir zurückgekommen, wegen eines verrückten Staus hinter Kassel. Morgens um sieben hat Kathrin im Laden gestanden und Gerbera in Vasen gesteckt. Ich bin zurück an meinen Schreibtisch gekrochen. Schamhaft, mit schlechtem Gewissen. Ja, natürlich hatte ich die Droste dabei. Wie ich sie immer dabeihabe. So wie Du Dein *Anderes Zimmer* seit Jahren in Blätterfetzen mit Dir herumträgst. Gehört ja zu meiner Grundausstattung. Meine knallrote Büchertasche, die nach all den Jahren sehr an Knallrot verliert. Jetzt plötzlich, wie ich finde. Die Drostebriefe an Levin Schücking hatte ich unbeachtet liegen lassen. Vor meinen nackten Füßen im Butterblumengras. Neben meinem knarrend splitternden Spreißelgartenstuhl. Vor meinem Dreißig-Euro-Zimmer mit den tiefhängenden Resopaldecken. Ja, wirklich: Resopal. Aber es machte nichts. Wenn ich den Kopf hob, sah ich das Meer *so blau wie die Blätter der schönsten Kornblume und so klar wie das reinste Glas.* Tobende, jagende Kinder auf dem Nachbargrundstück. Zu dritt auf einer Holzschaukel unter einer ausladenden Weide. Silbergrün üppig. Wie es sie nur im Norden gibt. Nur auf Fehmarn.

Jetzt sitze ich wieder am Schreibtisch. Mit Blick auf meine zwei Tannen und meinen Färberginster. Genista tinctoria. Meine Geranien leben noch. Genug Wasser bekommen sie ja. Auch wenn ich eine Woche nicht da bin. Noch täuschen sie Sommer vor. Seine letzten Grüße, ich weiß. Geranien machen nur Dreck, hat meine Mutter früher gesagt. Deshalb jedes Jahr auf sie verzichtet. Ich fand diesen Satz verrückt übertrieben. Zu viel Dreck für eine kleine Pflanze. Wenn sich aber jetzt vor meinem Fenster ihre Blätter braun färben, eines ihrer Blütenblätter fällt, muss ich ihn denken. All diese blöden Sätze, die meinen Kopf nicht verlassen. All die blöden Muttersätze: Jedes Wunder dauert drei Tage. Mädchen leben in einem Glashaus. Geranien machen nur Dreck. Ich kann sie nicht abschütteln. Warum ich keine anderen Pflanzen in die Töpfe setze? Ja, warum. Vielleicht weil sie dankbar wachsen und blühen. Selbst hier, wo die hellheißen Tage gezählt sind. Aber ja, ich hätte andere Blumen aussuchen können. Ich hätte auch nicht in den schwarzen Wald gemusst. Ich hätte schon längst auf mich hören können. Auf den Schrei in mir, wenn ich vom Wasser Abschied nehme, von der See. Auf den bis Karlsruhe, bis Pforzheim nicht abebbenden Klagelaut in mir. *Mein krankes, mein krankes Herz!* Nein, ich hätte nicht in den schwarzen Wald gemusst. Ich müsste auch keine Geranien eintopfen, Sommer für Sommer. Müsste ich nicht.

Dein Telefon klingelt ins Leere. Keiner hebt ab. Keine Mia, kein Franz, kein Henri. Keine Márta. Gibt es Dich, lebst Du noch? Was treibst Du an diesen ausklingenden Sommertagen? Komm doch mal wieder vorbei, bevor wir sterben.

Es vermisst Dich,

Deine, immer Deine Johanna

19. AUGUST 2010 – 11 : 21

Ja, liebste Johanna,

ich lebe, noch lebe ich, mein Blut fließt, mein Kopf denkt, wenn auch langsam, schwerfällig, vom Ammersee, dem schönsten dort unten, berichte ich Dir, ich bin jetzt noch dort verhakt, obwohl ich wie Du am Schreibtisch sitze, um in den Schichten meines weit innen liegenden Hirns zu graben, Ansichten zu bergen und *Bilder tieferer Welten zu entwerfen.* Die Hütte hättest Du sehen müssen, die Simon über seinen Co-Autor, über dessen tausend Ecken besorgt hat, damit seine blassen, hustenden Großstadtkinder kein Körberstraßengrau, sondern frischen Kuhdung und Ammerseeluft atmen können – eine Halde Sperrmüll, mit ausgesuchter Bibliothek allerdings, das Haus eines Wortliebhabers, eines Buchtauchers, von Aichinger bis Zwetajewa alles da, was man um sich haben muss, selbst für die Kinder, Andersen, Wilde, Moeyaert, wenn auch vergammelt, muffig und so verstaubt, dass Simon die Bücher kaum anfassen wollte, nur Henri hat alle Bände auf Augenhöhe aus den Regalen gezogen und bis zur Gartentür als Leuchtpfad über die Böden verstreut.

Seit wir den Sprungturm im Uttinger Freibad mit aufgeritzten Herzen verlassen haben, Simon und ich niedergeplagt von Streit und Abschiedsängsten, ist mein Blick durchs Fenster ein anderer. Die Farben der Strandbäder sind geblieben, ich kann sie gut sehen, zwischen Grün und Blau, die bewegte Luft über dem Wasser, die Möwen auf den Masten, Henri schläft mit ausgestreckten Armen auf dem Rasen, Franz hängt kopfüber in einem Baum und zielt mit Spucke auf Kleeblätter, Simon sitzt unter Quitten und verscheucht Wespen für unser Mädchen, das nicht in eine Uttinger Hinterhofbude gehört, neben seine dreckig zerschlissenen Brüder, mit geflochtenen Zöpfen, dem blauen Haarband über den blauen Augen – jedenfalls dachte ich das, wenn es in seinem Frühstückshörnchen stocherte und Krümel in seinen vollendet geschwungenen Mund steckte. Die Kinder tobten vorbei an Simon und mir, ausgelassen laut durch diese Seetage, vorbei an unseren nicht still zu kriegenden Anfällen und Ausbrüchen, als würden sie es anders gar nicht kennen, im Biergarten unter Lichterketten sprangen sie mit fremden Hunden zwischen den Bänken umher und hielten die Tischnachbarn auf dem Laufenden, mit allerlei Wissenswertem aus dem Hause Horváth-Leibnitz, wo und wie wir leben, was wir essen, trinken, von was wir träumen, was wir hassen, lieben und fürchten, während Simon und ich feucht vom Seebaden unterm Blätterdach saßen, Du weißt, die dickfette Maß unter dickfetten Linden, die ich mir zurechtgeträumt hatte – bis es dunkel wurde, bis wir sommerumhüllt den Hang hochstiegen und die Kinder zum Himmel riefen: Noch ein Stern, noch ein Mond!

Das könnte schön klingen, nicht wahr, aber Simon und ich haben uns zerfleischt, selbst dort, wo es nicht hätte sein müssen, wir für kurze Zeit vieles hätten vergessen können, vielleicht sogar alles, aber nicht einmal die Seeluft hielt uns ab vom Streiten, wegen jeder blöden kleinen und blöden großen Sache wie Wickeln, Äpfel schälen, Rechnungen bezahlen und Arbeiten trotz Kindern war alles dabei, der weit angelegte Kreis unserer Fieberwut, einundvierzig Grad und mehr: alle mit Galle und Bitternis getränkten Vorwürfe, die wir in uns tragen und jederzeit abschießen können, ein Horváth-Leibnitz-Abgrund mit der unbändigen Lust, Koffer zu packen, abzureisen, mich nicht mehr umzudrehen, auf getrennten Wegen weit weg voneinander, zu auf unser Weltende, unser Simon-und-Márta-vége-a-világnak. Zu viel Giftdunst, zu viele Giftschwaden waberten in der Nacht über unsere Betten, gib ihn auf, habe ich mir selbst zugeflüstert, mit dem einen Tröpfchen Vernunft, das noch durch dein Blutlabyrinth fällt, diesen Traum von einer Familie gibst du jetzt besser auf.

Weit war ich mit meinen Fluchtgedanken, Johanna, zog mit meinem Fluchtgepäck in die Dachkammer meiner Eltern, schlug unter Anikós Abiturfoto mein Lager auf und malte mir aus, wie ich es mit meinen drei Kindern teilen könnte, wo unsere Kleider und unser Klavier Platz hätten, wo Henri zur Krabbelstube, Franz und Mia zur Schule gehen könnten und wie mein Leben dann wäre, wohin es flösse, zwischen welchen neuen, unbekannten Ufern es mäanderte, das schwirrte nachts zwischen Decken und Kissen durch meinen Kopf, während der See schwarz nach seinen Ufern griff und Simon neben mir schlief, vielleicht auch nur so tat, als würde er schlafen, oder allein im Garten saß, zwischen reifenden, faulenden Birnen unter dem *sternzerstochenen Himmel.*

Márta

22. AUGUST 2010 – 20:05

Liebe Márta,

Du schreibst jetzt schöne Briefe, viel besser als früher. Ich glaub, wir zwei schminken uns allmählich einiges ab. Giftgespickte Nächte, aber Deine Haut glattgepustet vom Ammerseewind – wie gern würde ich Dich sehen und anfassen. Dich und Mia. Habe Sehnsucht nach Euch. An diesem zäh dahindriftenden Tag. Der sich herbstlich dunkel zugezogen hat. Die Tannen vor meinem Fenster blicken düster zu mir herab. Der Färberginster lässt seine Köpfe hängen. Als wollte er sagen, das war nun dein Sommer, Johanna. Besser, du bereitest dich auf den Winter vor. Der Sommer ist meine Jahreszeit, Márti. Auch wenn ich vorgebe, Frühling, Herbst und Winter gefallen mir genauso – es ist gelogen. Keine Jahreszeit macht mich so schwerelos wie der Sommer. Nichts macht mich so schwer wie ein verregneter, verpasster, wie ein ausklingender Sommer. Immerhin ist Jans Mutter zurück. Jan hat mich heute Mittag angerufen. Als ich über *meiner Träume Zaubersturm* saß. Von einem Münztelefon. Als müsste er das geheim halten. Als dürfte es niemand außer uns beiden wissen.

Ich bin zartbitter gestimmt, weil ich die Droste abstreifen muss. Ausgerechnet jetzt, nachdem sie in den Ferien an Kontur gewonnen hat. An Tiefe, Glanz. Sogar an Weite. Ja, an Weite. Samstag bin ich der Frau im Drostekostüm noch einmal gefolgt. Stiegauf, stiegab durchs hochsommerlich überlaufene Meersburg. Flachgetreten von Turnschuhfüßen. Als sie zum Glockenschlag zwölf Uhr den Stadtgraben herabschlenderte, bin ich erschrocken. So sehr sah sie nach der echten Droste aus. Mit ihrem Flechtzopf,

330

einmal um den Kopf gewickelt. Schal mit Paisleymuster. Weißem Spitzenkragen. Blaugrünem Reifrock. Kette mit großem Kreuz über der Brust. Am Schnabelgierebrunnen hat jemand gesagt, ein komischer Mensch müsse die Droste gewesen sein. Mir hat das einen Stich versetzt. Stell Dir vor, in zweihundert Jahren sagen die Menschen, die Horváth muss ein komischer Mensch gewesen sein. Und weiter? Weiter nichts?

Die Sonne war herausgekommen, der Regen gewichen. Ich lief hinter der falschen Droste und dachte, die echte Droste hatte lange vor mir auf dieselben Plätze und Häuser gesehen. Dieselben Fassaden. Als sie zwischen Hühnern, Misthaufen, Ochsenkarren über Sumpf und Lehm gestapft war. Über Kies, den sie in die Pfützen geschüttet hatten, um nicht zu versinken. Die eine Linde Richtung Hagnau unten am Wasser – die muss die Droste auch bewundert haben. Also teilen wir diese Bewunderung. Könnte doch so stimmen. Vielleicht bin ich nur deshalb mitgegangen. Obwohl ich ja alles weiß. Sogar besser, genauer weiß. Aber noch immer möchte ich es hören. Wie ein Kind, dem jeden Abend dasselbe Märchen vorgelesen wird. Ein neues Häppchen ist immer für mich dabei. Nicht für meine Arbeit, nein. Aber für mich, Johanna Messner. Diesmal waren es die Scherenschnitte im Fürstenhäusle. Die ich entweder übersehen oder vergessen hatte. Du glaubst nicht, wie hübsch die sind. Nein, glaubst Du nicht. Wie fein die Droste sie mit der Schere ausgearbeitet hat. Für diese Welt im Kleinen waren ihre schwachen Augen wie gemacht. Eine winzige Welt. Auf acht mal sechs Zentimeter. Die sie in drei, vier Wochen in schwarzes Papier hineinschnitt. Winzige Heuwagen. Bäume. Reiter. Jäger. Ein winziger Himmel aus Zweigen und Ästen, *gleich einem Königsgarten*. Ich hätte sie stehlen mögen!

Heute bin ich hart zurück auf den Schulboden gefallen. In der ersten Stunde Deutsch. Klasse 6b. Adverbien und adverbiale Bestimmungen, Präpositionalbestimmungen. Wegen des Sommers. Im Sommer. Am Ende des Sommers. Zum Sommer hin. Trotz des kurzen Sommers. Sommerlich, auf Sommerart, nach Art des Sommers. Eine Schülerin, die Geige spielt, eine der vielen Sophies, sagte mir in der Pause, dass sie den Sommer über ein Stück von Vivaldi eingeübt habe. Vielleicht liegt es an meinem bitter schmeckenden Droste-Abschied, dass ich auch bitter denken muss. Aber ausgerechnet da kam mir der Gedanke, dass aus diesen Kindern nichts werden könnte. Weil sie nichts selbst erfinden müssen. Weil ihnen alles zurechtgelegt wird. In Stückchen passender Größe aufgetischt. Sie brauchen es nur zu nehmen. Wie ein Bonbon aus einem Schälchen. Márti, man muss sich doch abstoßen und befreien – aber von was müssen sich diese Kinder befreien? Sie wollen ihre Welt gar nicht umstülpen und die Spitze umsegeln. Sie wollen gar nicht ins umgedrehte Meer springen und mit Blauwalen um die Wette schwimmen. So wie Du und ich das als Mädchen wollten. Sie wollen keine Ketten sprengen. Sie denken, welche Ketten?

Johanna

28. AUGUST 2010 – 15:23

Liebste Jo,

ich kann Dir nicht schreiben, mein *Anderes Zimmer* verlangt nach mir, aber ich schreibe Dir dennoch, so freifrech, so widerständig meerumstülperisch bin ich! Meine Ság-Reste, meine Balaton-Ammersee-Überbleibsel sind alle verbraucht, die Ferien sind vorbei, ach was, längst vergangen sind sie, ich hänge ihnen nur nach, dass ich noch krumm werde, weil ich mich so verbiege und nach ihnen verzehre. Franz ist eingeschult, peng!, mit Gottesdienst, gutem Scheitel, gebügeltem Hemd, mit der von Lori gebastelten Piratenschultüte und allem Dingidongi, was dazugehört, also auch Eisessen im Siesmayer und Spaziergang durch den Palmengarten. Bei allem war ich seltsam unberührt dieses

Mal, weil ich ja weiß, wie es zugeht und was auf Franz zukommen wird, nur beim Vaterunser versagte mir die Stimme, vergib uns unsere Schuld, wie auch wir – da versagte sie.

Alltag und Leben zeigen sich in diesem frischkühlen Restsommer mitleidlos, Henris Tagesmutter hört auf, sie hat beschlossen, lieber in einem der hippen Brotläden zu bedienen, als Kleinkindern den Popo zu wischen, letzte Woche hat sie es mir gesagt, während sie Henri im Arm hielt und er an ihrer Halskette zupfte, und wieder suche ich, im wievielten Anlauf weiß ich nicht, wozu auch, ich habe aufgehört zu zählen. Für zwei Tage brauche ich jemanden, das ist meine Grundlinie fürs Arbeiten, was es an Geld wegfressen wird, will ich jetzt nicht wissen, woher ich es nehme, weiß ich ja auch nicht, ich darf nicht anfangen, darüber nachzudenken, ich sollte die Fenster aufreißen und über die Straße rufen, warnt die Menschen davor, Kinder zu kriegen, warnt sie!

Und so über Umwege zur Geige. Mia spielt weiter fleißig Klavier, ob sie das noch weiter tun würde, war in den Wochen vor dem Ammersee nicht klar, alles stockte, Mia wollte nichts verstehen, saß trotzig vor den schwarzen und weißen Tasten, obwohl sie nur drei Töne aneinanderreihen musste und schon weitaus schwierigere Stücke gespielt hatte. Ich war bereit, alles hinzuschmeißen, wie ich ja häufig bereit bin, alles hinzuschmeißen und doch nie hinschmeiße, also das Klavier abholen zu lassen und den Traum vom musizierenden Kind ohne Feier und Nachruf, ohne Blick zurück zu begraben. Aber ein Schräubchen in Mias Hirn drehte sich, und jetzt spielt sie nebenan allerliebst, ein unauffälliges Stück von Haydn, vor dessen Haus in Eisenstadt Du und ich vor Jahren standen, mitten in Deinem drögen Burgenland, so leicht und klar, so fast schwerelos, gerade jetzt, da ich Deine Zeilen gelesen habe, dass aus solchen Kindern möglicherweise nichts, gar nichts werden kann.

Márti

1. SEPTEMBER 2010 – 23:56

Liebe Márti,

nur kurz, bevor ich ins Bett falle. Morgen muss ich Klausuren korrigieren. Kommata, die ohne Sinn und Verstand gesetzt worden sind. Weil da wieder eines hinpassen könnte. Gleich wird mich die Schwarzwaldnacht aufnehmen. Verschleppen in ihre Traumgefilde aus sinkenden Flößen und Schiffen. Gebaut aus einem Holz, das der Holländermichel geschlagen hat. Deshalb mit Mann und Maus verloren. *Draußen im Wald heult der Sturm und rast in den Tannen.* Der Herbst greift nach meinem Dach. Was der jedes Jahr in meinem Kopf anrichtet! Jahr für Jahr schickt er mir dieses Ungeheuer. Im Herbst wacht es auf. Brüllend, mit einem Riesenhunger.

Vergiss schnell, was ich geschrieben habe. Jetzt, sofort. Noch vor dem Einschlafen. Mia wird ausbrechen und die Welt umsegeln. Auch wenn sie fleißig ihr Klavierspiel übt. Wenn sie nicht nach Walen tauchen will, ist es in Ordnung. Sie muss nicht.

Es liebt Dich,

Johanna

4. SEPTEMBER 2010 – 11:02

Liebste Jo,

seit Tagen hämmere ich mir einen Text zurecht, in meinem zerrupften Rhythmus aus dreiundzwanzig Minuten Arbeit, dann dreiundzwanzig Stunden keine Zeit für Arbeit, und wünsche mir nichts mehr, als in meinem *anderen Zimmer* zu versinken, seine Tür hinter mir leise ins Schloss fallen zu lassen, für den Rest der Welt nicht hörbar, ich mit mir allein in meinen *Buchstabenschluchten.* Aber morgen wird mein Franzbübchen sechs, ich muss Pappbecher, Trinkhalme mit Fußbällen kaufen und Tütchen bestücken, mit Ahoi-Brause, bunten Radiergummis und Partytattoos, morgen Abend dürften meine Nerven vollends dahin sein, zehn Jungen, alle zurück aus den Bergen, von der See, die sich bei uns also bestens gestärkt ab drei Uhr prügeln, zu Boden reißen, auf den Stühlen kippeln, die Wohnung auseinandernehmen und aufs Dach klettern werden – nein, das nicht, dieses eine werde ich verbieten.

Dein Geschenk ist angekommen, natürlich, hier liegt und wartet es, atmet noch Johanna, bis Franz es aufreißen wird, kündet von Johanna, unverkennbarer, unverwechselbarer Johanna, allein die blaue Schleife ist unnachahmlich eine Johanna-Schleife. Auf Johanna-Art, mit Johanna-Händen gebunden. Simon ist dagegen verschwunden. Vielleicht taucht er morgen wieder auf. Schließlich ist Franz auch sein Kind.

Márti

7. SEPTEMBER 2010 – 23:09

Liebe Márta,

mein schwarzer Wald hat sich schlafen gelegt. Die Tannen säuseln im Traum. Bereiten sich auf manchen Spätsommersturm vor. Der als Pfand die schwächsten Zweige mitnehmen wird. Nur ich bin wach und finde keine Ruhe. Nur mein Licht brennt. Ich sitze auf meinen Holzstufen. Stehe auf, gehe zum Fenster. Suche nach einer Sternschnuppe. Die nur für mich brennend vom Himmel stürzen möchte. Hier, Johanna. Bitte schön. Ich kriege nicht aus meinem Kopf, über was wir gestern gesprochen haben. Was Du am Telefon sehr mártaausführlich ausgebreitet hast. Dieser dumme Tropfen Angst, der in unser Leben gefallen ist. Auch ich verlasse mein Zimmer nicht mehr. Gehe von meinem Weg nicht ab. Meersburg und Münster liegen am äußersten Rand meiner Johannawelt. Am liebsten laufe ich durch den schwarzen Wald. Nicht zu weit weg von meinem Haus. Von Kathrins und Claus' Garten. Den Wunsch auszubrechen, habe ich selbst begraben. Bei einer kleinen, unauffälligen Trauerfeier. In dunkler

Schwarzwalderde ruht er. Das habe ich Dir gestern verschwiegen. Vielleicht aus Scham.

Als Markus verschwand, hätte ich doch mein Leben umdrehen können. Mich in eine andere Richtung losschicken. So, Johanna, jetzt geh mal dort lang. Jetzt versuch mal dieses. Nach was könnte es schmecken? Aber ich habe den Augenblick achtlos verstreichen lassen. Als würde er später für mich zurückkehren. Sich noch einmal anbieten. Vor was hätte ich Angst haben müssen? War doch alles schon geschehen, vor dem ein Mensch Angst haben muss. Der Tod eingezogen. Der Geliebte ausgezogen. Ich allein in meiner dunklen Kammer.

Stattdessen lebe ich weiter in meinem kleinen Haus. Schaue auf meine Uhren. Die sich ohne mein Zutun von Sommerzeit auf Winterzeit umstellen. Am Abend lege ich noch immer meine Sachen für den nächsten Tag bereit. Wie das Mädchen in der Emmerich-Josef-Straße. Dessen Eltern sich um nichts kümmern. Kein Frühstück auftischen. Keine Cornflakes. Keinen heißen Kakao. Einfach weiter in ihrem Bett liegen. Noch heute packe ich meine Tasche am Abend. Wie früher meinen Ranzen. Warte schlafträumend auf den Morgen. Bis mein Wecker klingelt. Was er gar nicht müsste. Weil alles in mir seit Ewigkeiten auf sechs Uhr fünf eingestellt ist. Weil mein Körper, mein Kopf, *mein Aderwerk*, um es von Dir zu stehlen, die ganze Nacht über weiß, sechs Uhr fünf muss es erwachen und zu laufen beginnen. Oder müsste es gar nicht, Márti?

Das knistern in den lebensfäden – es ist laut geworden. Eine Angst hat sich in mein Leben gefressen. Sie wimmert an meinem Ohr, nagt an meinen Ohrläppchen. Legt die kalten Finger um meinen Hals. Ich habe ja sogar Angst davor, einen Vogel zu besitzen, den ich Molly oder Polly, nach Joyce oder nach Brecht nennen könnte. Ein harmloses Ding in einem Käfig! Davor habe ich Angst!

Johanna

8. SEPTEMBER 2010 – 12:19

Liebste Jo,

soeben habe ich die brüllenden Jungen durch den Regen gezerrt, Henri im Kinderwagen, Franz an meiner Hand, die Ärztin
hat sie für gesund erklärt, der Bus war gerade abgefahren, im
Platzregen, der uns binnen Sekunden durchweicht hatte, musste
ich auf den nächsten warten, mit Henri, der herausspringen
und auf die Straße laufen wollte, mit Franz, der Schuhe und
Strümpfe auszog. Ich hätte schreien wollen neben meinen quengelnden, nichts sehenden Kindern, Henri unter seiner Regen-
haube, Franz unter seiner Riesenkapuze, ich gehöre an meinen
Schreibtisch!

Johanna, auch ich höre aufdringlich, störend laut die Knister-
fäden, knister-knaster, bei jedem Schritt, wenn ich auch keine
Angst habe, einen Vogel in einem Käfig zu besitzen, das nicht,
aber in meine Lebensfäden, Lebensseile, meine Lebensstränge
hat sich eine Angst genagt, bald könnten sie reißen, ratsch, so
angefressen sind sie – auf der Nachtseite vor dem ausgehenden
Geld, vor Krebs, vor Schlag und Tod, der Tod meiner Eltern,
mein Tod, Loris Tod, Dein Tod, Simons Tod, und die anderen
will ich nicht aufschreiben, nicht einmal denken will ich sie,
auf der Tagseite, dass ich vergessen habe, Windeln einzukaufen, den Wasserhahn zuzudrehen, die Kerzen auszupusten, eine
Entschuldigung für die Schule zu schreiben, den Herd auszuschalten, die dreckige Wäsche aus dem Turnbeutel zu nehmen,
mein Kind abzuholen. *Nacht und Tag* ist diese Angst in klein und
groß da, von Extra Small bis Extra Large in allerlei halben Größen, Zwischengrößen, auch ich finde nicht heraus, wie ich sie
wegschicken, hinausjagen soll in diesen sommermüden *Drohge-
bärdenhimmel.* Meine Milchmädchenhoffnung ist, sie geht von
allein, weil sie von allein gekommen ist, ich habe sie nie zu mir
in die Körberstraße zwölf ins Erdgeschoss gebeten, ich habe sie

nie eingeladen, nein, nie! Ich muss schon genug tun, zwischen morgens sechs und abends zehn für gigantisch, für astronomisch viele Dinge sorgen, da könnte wenigstens diese Angst von allein verschwinden, aus reiner Freundlichkeit, aus reinem Mitgefühl, warum nicht?

Mein Gemüt hat sich gegen meinen Willen gewandelt, Johanna, ich mag nicht, überhaupt nicht, wie es sich hinter meinem Rücken verändert hat, ohne Bescheid zu geben, ohne mich zu warnen, ich habe mich eingerichtet in meinem ungeordneten Witzleben, was zu weit ab von meinem üblichen Weg ist, sehe ich nicht, ich habe keine Augen, die das noch sehen könnten, ich habe keine Augen mehr zum Sehen, aber wie das geschehen ist, kriege ich nicht zusammen – wir haben nicht aufgepasst, Johanna, unseren Schritteradius schrumpfen, unseren Gefühlsradius eindampfen lassen auf wenige Menschen, die jetzt von diesem Restsirup alles wegschlürfen.

Márta

10. SEPTEMBER 2010 – 00:09

Liebste Márti,

der Herbst liegt groß vor meiner Tür. Als könnte er es nicht abwarten. Ich kann ihn riechen. Feucht und klamm fasst er an meine Mauern. *draußen wiegen sich die tannen. unter meinem bett, wo einer liegt mit stumpfem messer, zittern die flusen.* Mein Vater klopft an. Mit seiner zerstochenen, eingebundenen Hand schlägt er an meine schwere Holztür. Schon vor Tagen habe ich seine *kiesknirschenden Schritte* gehört. Deine Idee.

Am Morgen war ich bei meiner Nadelkur. Woche für Woche soll sie meinen Schwindel niederstechen. Während der Regen auf den schwarzen Wald fiel, kam eine Sehnsucht nach Sonne und Meer über mich. Mein Herbstreflex, sobald die Regenzeit begonnen hat. Die Regensaison eröffnet ist. Sechs Monate Regen. Schnee. Regen. Schnee. Schön war es dennoch, Márti, diesen Sommer im schwarzen Wald geblieben zu sein. *Sonnentage, aufgefädelt.* Tage aus Schmetterlingssuche und Moossammeln. Obwohl Kurt es verboten hatte. Er hat den schwarzen Wald für mich abgesteckt. Mich durch seine Schluchten geführt. Hinauf über Zickzackpfade mit Weitblick. Vor jedem Busch blieb er stehen und hatte einen Satz dazu. Unter jedem Vogelzwitschern. Vielleicht wird es noch etwas mit mir und einem Platz auf dieser Erde. Einem Johannawinkel. Auch wenn ich Dich schimpfen höre: Warum muss es der schwarze Wald sein?

Da ist noch etwas. Bevor ich die Stiegen hochgehe und aufs Bett falle, will ich es Dir schreiben. So, auf die letzten Zeilen. In meiner stillen Schwindeleinsamkeit habe ich gedacht, vielleicht hätte ich Lust, wieder zu zweit durchs Leben zu gehen. Nicht mehr allein durch den Rest davon. Vielleicht habe ich noch ein Drittel. Vielleicht nur ein Fünftel. Also überlege ich gerade neu, wie ich diese Zeit verbringen will. Ob wirklich nur mit mir. Ob es mir nicht zu fad wird. Mein Haus immer nur mit mir zu teilen. Nur mit Johanna Messner. Johanna Messners Rennrad. Johanna Messners Büchern. Johanna Messners Droste-See. Vielleicht gelingt es mir noch, so zu tun, als könnte ich leicht sein. Vielleicht mag mir jemand glauben und nimmt mir die Leichtigkeit ab.

Gute Nacht, lieb Herz, bis morgen, ich wollte, Sie träumten von mir!

Jo

12. SEPTEMBER 2010 – 23:39

Liebste Jo,

ja, ich träume von Dir, ich träume von Dir, und wie ich von Dir träume, von wem soll ich sonst träumen, nachdem Simon nicht bereit ist, in meine Träume zu steigen, bist Du, Johanna, mein schönster, mein liebster, bester Traum. Wunder geschehen, also auch in Deinem hübschen Kopf, in Deinem kleinen Haus hinter dem Tannenbühl, warum nicht, warum solltest ausgerechnet Du Dich in diesem Leben nicht einmal noch, zweimal noch, dreimal noch, unzählige Male noch jemandem öffnen? Vielleicht vergibst Du sogar Deinem Vater, vielleicht bringst Du auch das noch fertig, beim nächsten Mal, wenn sie die Nadelspitzen in Dir versenken, mir zuliebe könntest Du es versuchen, nein, nicht ihm zuliebe, mir zuliebe, mir, Deiner alten Márta zuliebe, weil ich so vieles an ihm mochte, Johanna, auch wenn es Dich ärgern wird, schreibe ich es, versuch es einmal, jetzt, in diesen Tagen, da seine Kiesschritte nahen und er bald *Nacht und Tag* bei Dir anklopfen wird.

Weißt Du, dass ich neulich an seine unnachgiebige Art denken musste? Immerzu musste Dein Vater etwas mit Nachdruck äußern, mit Nachdruck verhandeln, immerzu etwas klären, wenn er wach und bei Verstand war, als müsse er nachholen, was er im Dämmern versäumt hatte. Sogar Preise hat er verhandelt, was ich sonderbar fand, weil nie jemand einen Preis aushandelte, nur er, wenn er Eis für uns kaufte, Limonade am Wasserhäuschen an der Bolongarostraße, auch wenn man ihm schon dreimal gesagt hatte, unsere Preise sind feste Preise. Woher nahm er das nur? Es war doch nicht wegen der fünf Pfennige, die er hätte sparen wollen? Es gebe ihm ein Gefühl von In-der-Welt-Sein, hat er einmal gesagt, und das werde ich nie vergessen, Johanna, vieles ja, aber dieses eine nicht, dieses eine nie. Heute muss ich lachen, weil es überzogen, verrückt und abgedreht klingt, wie er diese vier Wörter aneinanderreihte, In-der-Welt-Sein, mit seiner Messner-Melodie, die er eigens für seine Wortketten komponierte. Er war der Vater mit dem viel zu hübschen, viel zu jungen Gesicht und den verschwenderisch in die Welt geworfenen Sätzen aus dem Messner-Libretto, die ich sonst nirgends hörte, nicht bei uns zu Hause, nicht in unserer Straße und nicht in den Straßen

ringsum. Diese Sätze gab es nur bei Euch, nur hinter Eurer Back-
steinfassade, in Euren *anderen Zimmern*, dort hat Dein Vater
Wörter mit seinem Singsang eingekleidet, eingehüllt mit seinem
Vaterlied, seinem unverwechselbaren Ulrich-Messner-Sound.
Deine Wortverknalltheit, das Wörtersammeln, die Liebe zu den
Sätzen, Johanna, Du musst sie von ihm haben. Also, *lasset uns
preisen, Dank erweisen, mit süßem Schall*, lass uns ein Loblied
auf ihn anstimmen, lass Dich hinreißen, Johanna, tu es für mich,
komm, gib nach, sei weich für einen Augenblick und stimm es
an mit mir, unser Loblied auf Deinen viel zu hübschen, viel zu
jungen Vater, der jetzt kalt, wurmzerfressen und vermutlich sehr
hässlich unter der Erde liegt und früher die *Taunuslandpartien*
mit zwei lärmenden, kichernd plappernden Mädchen auf den
Rücksitzen seines Opel Kapitän so schätzte. Vergib ihm, denn
er hat in Dir die Liebe zu den Sätzen entfacht, so viel ist sicher –
vielleicht sogar in mir.
Márti

13. SEPTEMBER 2010 – 07:52
Liebe Márta,
schreibe Dir schnell, bevor ich losziehe zum Geheimen Garten.
An diesem Septembersamstag, der dem Herbst trotzt und alles
an September zeigt, was er an September aufzubieten hat. So
könnte ein guter Tag beginnen. Farbe: Blassgelb. Luft: mild-
feucht. Temperatur: Strickjacke, keine Handschuhe. Der Himmel über den Baumspitzen ist leergeregnet. Die ganze Nacht
plitsch-platsch auf mein rotes Dach. Kein Tropfen übrig für diesen Tag. Noch ein Kaffee, dann rolle ich auf meinem Rennrad
durch seegroße Pfützen ins Tal. Verkaufe die letzten Sonnenblumen. September.
In Ordnung, für Dich will ich ein bisschen mild sein mit meinem
Vater. Ich kann ihm nur nicht vergeben, dass er so früh gestor-

ben ist. Das nicht. Den ganzen Rest vielleicht irgendwann schon. Teile sind bereits vergeben. Stückchen um Stückchen freigebige, gebefreudige, löchrige Johannagroßzügigkeit. In jedem Jahr, in dem ich älter werde, vergebe ich ihm mehr. Mit jedem Jahr, mit dem ich mit meinen dreiundvierzig Jahren noch wachse. Vielleicht habe ich schon alles verziehen, Márti. Ich kann es nur nicht sagen. Nicht aussprechen. Vielleicht bin ich bloß noch auf meine Mutter wütend. Und etwas von dieser Wut schwappt zu meinem Vater.

Jedes Wunder dauert drei Tage. Das war einer ihrer *Klingklangsätze*, wie Du sagen würdest. Die mich begleitet haben. Heute noch Fäden ziehen, wenn ich sie zu lösen versuche. Ein Satz fürs Leben. Ein Lebensmotto, etwas in der Art. Wahrscheinlich hatte es die junge Dora in ihren böhmischen Koffer gesteckt. Zusammen mit der blauen Amphore. Als sie '45 das Hoftor hinter sich zuziehen musste. Und dann im zehnten Wiener Bezirk ausgepackt. Ins Köpfchen ihrer Tochter gepflanzt. Damit es nicht verlorengeht. Nicht hinausfliegt über die Wiener Dächer. Sich hinter einem Schornstein versteckt. Im farblosen Wiener Himmel verschwindet und nicht mehr einzufangen ist. Merk Dir, kleine Margot, höchstens drei Tage kann ein Wunder dauern. Nicht länger. Nie länger. Lässt es sich so zusammenfassen, Márti? Das gesammelte Misstrauen ins Leben? Alles nur da, um uns zu enttäuschen? Erfunden und in die Welt gesetzt, um sich nach drei Tagen zu entziehen? Spätestens nach drei Tagen? So hat es sich eingenistet in meinem Kopf. So hat es sich eingebrannt. Stellt sich ein Wunder ein, muss ich diesen Satz mitdenken. Achtung! Es dauert nur drei Tage!

Mit diesem Blick aufs Leben und seine verborgenen Hinterhältigkeiten hat meine Mutter zwischen Georg und mir von jedem Taunushügel hinabgeschaut. Auch das hatte sie uns eingeimpft: Dass wir da unten hingehören. Damit wir es nicht vergessen.

In diese rußverseuchte, giftgetränkte Gegend. Dämmernd unter einer schwarzbraunen Wolke aus Dreck und saurem Regen. Weil das unsere Linie war: ein verlorener Hof. Ein Flüchtlingszug bis zum Wiener Arbeiterbezirk. Absprung an die Schauspielschule. Jetzt wieder Arbeitervorstadt. Georg und ich hatten das schnell begriffen. Es war einfach. Dass wir dorthin gehörten, leuchtete uns ein. Nicht in die gute Taunusluft. Nicht dahin, wo die reichen Leute wohnten. Nach unten und nicht nach oben. Mühelos ließen wir die gestutzten grünen Hügel hinter uns. Liefen zum Wagen und kehrten zurück zu Fabrikschloten und Backsteinhäuschen.

Wie es heute aussieht zwischen Farben- und Silostraße, ist fast komisch, oder? Das halbe Areal abgebaut. Wie ein Tier geschlachtet und ausgenommen. Industrie-Park – so nennen sie das. So steht es auf den Straßenschildern. Aber wie geht das zusammen, Márti, Industrie und Park? Heute bin ich auf einem lauten Parkett noch immer nicht zu Hause. Vielleicht wohne ich deshalb im schwarzen Wald, wo das alles keine Bedeutung hat. So sind wir nicht geboren, nicht aufgewachsen. Das taugte für jede Erklärung. Jede Ausrede. Nein, so sind wir nicht geboren. So sind wir nie aufgewachsen.

Johanna

22. SEPTEMBER 2010 – 18 : 49

Liebe Jo,

die Blüten meiner Hortensien malen ihre Ränder braun, der Lavendel büßt Duft und Farbe ein, bald werden die Kiebitze mich im Futur zwei verlassen haben, werden verlassen haben, noch landen sie vor meinem schmutzigen Fenster, als teilten sie mir zuliebe ihren Flug zu den Niddawiesen auf, als legten sie zwischen zwei Autobahnen Rast bei mir ein, damit ich glauben darf, in der Körberstraße gibt es etwas wie Natur. Ich vermisse Dich, vermisse Dich, vermisse Dich, dreimal hintereinander, es reicht nicht, es ist mehr, ich habe nur nicht angerufen, weil ich abends halbtot war und tagsüber nie Zeit blieb, aber bevor mir die Augen zufallen, frage ich Dich jedes Mal in Gedanken, meine liebste Johanna, liebste Johanna mein: Was stellst Du an mit Deinem Leben und von wem oder was träumst Du?

In Barcelona war ich, hör, wie das klingt nach weiter Welt und mir als buntzwitscherndem Vogel darin, auch so ein Traum, den die Götter erfüllen, so ein Gebet, das sie erhören, ob um mich zu strafen, muss ich noch herausfinden, doch selbst diese winzigen Ausbrüche pumpen Leben in meine Venen, füllen etwas nach von dem, was täglich, stündlich, minütlich tröpfelnd aus mir heraussickert. Schon im Flugzeug kann ich ein bisschen ich sein, sobald mein Tageslärm, Stundenlärm, Minutenlärm abebbt, denn manchmal weiß ich nicht, wer das überhaupt ist – ich, Deine Márta, ich, Márta Horváth. Dann merke ich, ich habe eine Stimme, also spreche ich, ich habe einen Blick, also sehe ich, ich habe eine Kontur, mir gehört noch ein anderes Gesicht als dieses fadgraue im Morgenspiegel, bevor ich die erste Milch aufwärme und die Reste vom Vorabend abräume, Weingläser, Schnapsflaschen, Erdnussschalen. Ich bin es, Márta, Gedichte habe ich geschrieben, Gedichte schreibe ich, die in dieser trostlos abgesplitterten Welt hier und da schon jemanden angefasst und berührt haben.

Die Stadt pochte, tanzte und verströmte am Abend diese Mischung aus Luft und Licht, die nur der Süden kennt, mein Verleger Jaime, der vielleicht vierzig Ausgaben von *noche y día* losgeworden ist, sich aber mit mir verhielt, als seien es vierzigtausend gewesen, lud nach der Lesung eine muntere Runde in ein kleines Restaurant, wo ich das beste Essen seit Jahren, nein, seit Menschengedenken, vielleicht das beste Essen meines Lebens hatte, Johanna, ich habe es nicht geträumt, fünf Schmuckstücke aus Fisch, jedes verrückter, aufwendiger und besser als das zuvor, Du kannst Dir nicht vorstellen, was es für mich bedeutet, an einem Tisch mit weißem Tuch zu sitzen, meinen Dreck und den Dreck der anderen einfach stehenzulassen, ein Essen ohne Unterbrechung, ohne Aufspringen, ein Essen am Stück, solange es warm ist! Viele Flaschen Rotwein hat Jaime mit uns geleert, zahllose Zitate der Weltliteratur über den Tisch gestreut, Borges, Bowles, Nabokov mit einer Zigarre im Mundwinkel, alle rauchten Kette, nur ich nicht, seit Lori gesund geworden ist, habe ich es aufgegeben, mein Gelübde, nein, rauchen werde ich nie wieder. Als wir aufbrachen, sagte er, ich dürfe nicht los, ohne das Meer gesehen zu haben, also fuhr er mich durch Gaudí-Häuserschluchten zum nahen Strand, damit ich im hellroten Licht der Straßenlaternen den Palmen zusehen konnte, wie sie sich nach dem Wasser streckten, entscheide Du, ob es wahr sein kann, dass vor mir ein Heißluftballon gestartet wurde, mit seiner unruhig flackernden gasblauen Flamme am leise schwappenden nachtschwarzen Meer.

Am Morgen telefonierte ich mit Simon, gerade hatte man ihn angerufen, wir hätten ab Februar einen Kitaplatz für Henri, also lief ich wie eine frisch Gekrönte durch Barcelona, langgestreckter Hals, leicht gehobenes Kinn, mit diesem Satz auf den Lippen, den ich über die Rambla und alle Straßen, die von ihr abzweigen, hätte rufen wollen: Ich habe einen Krippenplatz, schaut mich an, ihr Menschen, seht her, ihr fremden Katalanen, ich, ja, ich habe einen Krippenplatz! Eine Königin war ich, bin ich, werde ich sein, Präteritum, Präsens, Futur, die so windfederleicht, federwindleicht Kinder, Reisen, Beruf, einfach alles, Johanna, die ganze Welt in all ihren auseinanderfallenden Brocken in sich vereinen kann, nachdem ich wenige Tage zuvor die Körberstraße unter meinem Tränenfluss hätte ersäufen können, weil ich glaubte, nie, nie, nie in diesem Leben wird es für Henri einen

Platz geben, und nie, nie, nie werde ich wieder länger als dreieinhalb Minuten am Stück arbeiten können.

Eine Theologin leitet diese Krippe, alle Märtyrer- und Heiligenlegenden hat sie zur Hand, mit der Bibel geht sie durchs Jahr, das kann auch Henri nicht schaden, heute war ich da und habe unterschrieben, mit einem Gefühl, Johanna, als würde ich ein Schloss kaufen, ach was, Schlossareale, alles, was an Schlössern zwischen Fulda und Eltville verstreut auf hessischen Wiesen herumliegt. Mein Junge, mein kleinster Junge mit den Bleiblauaugen und dem Katzenmiaustimmchen wird ab Februar dort am großen Tisch sitzen und seine Mutter zur gleichen Zeit an ihrem Schreibtisch, heulen könnte ich vor Glück, ich werde atmen, schreiben, aufstehen, zum Fenster gehen, zur Uhr schauen und sehen, ich habe Zeit, genügend Zeit, für einen Satz, für ein Bild, für ein Wort wird es noch reichen.

Natürlich wird alles anders, Henri wird brüllen, und sie werden anrufen, Henri wird krank, und sie werden anrufen, ein anderes Kind wird Masern, Magenvirus, Maul- und Klauenseuche verteilen, und sie werden anrufen, aber ich bin so froh, Johanna, dass ich abheben könnte, hoch zu den blassblauen Wolken meines trüben Stadthimmels, sechs Stunden jeden Tag werden mir ab Februar gehören, ja, das ist lächerlich, aber im Vergleich zu sechs Stunden die Woche, ist das für mich gewaltig. Gott liebt mich, denn daran könnte sich im selben Haus die Kindergartenzeit anschließen, vier Jahre lang werde ich planen und arbeiten können. Ziehen wir acht Monate wegen Eingewöhnung, Krankenhausaufenthalten, Läusen und Lungenentzündungen ab, bleiben noch mehr als drei Jahre – drei Jahre zum Arbeiten! Grund genug, mit Lori eine Flasche Sektschampus, wie Franz es nennt, unter Spätsommerblättern, die es ins Rotbraune zieht, in ihrem Garten zu öffnen und alles an Freude und Schmerz darin zu ertränken, was in diesem Jahr an Strandgut in mir angeschwemmt wurde und an meiner Küste aus Haut und Blut, aus *Atem und Fleisch* liegengeblieben ist.

Mit diesem frohen Mut fahre ich morgen nach Brüssel, lese vor drei Leuten, die wegen mir und meiner Erfindungen aus ihren dunklen Löchern kriechen, aber heute ist mir das gleich, gleich, gleich, alles ist gut für mich, die Welt zeigt mir ihr nettestes Gesicht, da werde ich mich an einem dreiköpfigen Publikum stören! Das Telefonieren müssen wir also verschieben, ich treibe zwischen diesen Welten, die alle nicht meine Welt sind, die nicht ich bin, in denen ich kein Haus habe, aber hier steht mein roter Koffer und wartet, dass ich für *Nacht und Tag* etwas hineinwerfe.

Es liebt Dich,

Deine Márti

23. SEPTEMBER 2010 — 21:09

Liebste Márta,

ich vermisse Dich. Jetzt, da Du in den Zug nach Brüssel gestiegen bist. Vielleicht schon vor Deinen drei Zuhörern gelesen hast. Vielleicht vor mehr. Jetzt, da im Geheimen Garten *September Song* in Endlosschleife läuft, vermisse ich Dich schlimmer. Hochkletternd. Aufsteigend. Lotte Lenya, Lou Reed, Billie Holiday, Chet Baker. Sie alle hat Kathrin vereint. *And the days grow short.* Und die Tage schrumpfen. Und die Tage wachsen ins Kleine. Ins Winzige. Könnte man das so sagen?

Der Herbst hat uns ohne Ankündigung überfallen. Schickt mich mit Mütze und Handschuhen ins Tal. Durch fade Nebel. Die ich selbst verscheuche. Mein alter treuer Sehnsuchtsort aus Schindeln klopft an. Mein Herbstbild, Winterbild. Wie gerne würde ich Dich in Michelstadt vor dem schiefen Rathaus treffen. Unter seinen Eichenpfosten. Die Gassen vollkommen ziellos durchwandern. Nach rotem Sandstein absuchen. Tee trinken

347

in der träumerei. Durchs Fenster das Straßenpflaster abtasten. Nach *abgeworfenen Regenmustern*. Später zur Wildenburg durch den *tauperlentaumelnden* Odenwald. Im Grünen Baum an der Dorfstraße Rinderbrühe mit Nudeln essen. Die mit zwei Knochen drei Tage lang auf winziger Flamme geköchelt wurde. So schmeckt sie jedenfalls. Wir heben uns das auf für nächstes Jahr. Jetzt, da wir das alte fast verbraucht haben.

Du liest richtig, Márta. Gerade glaube ich, es wird nächste Jahre für mich geben. Nächste Male. Nächste Wanderungen. Durch Kopf, Wald und Tal. Mit Kathrin bleibt mir nichts anderes übrig. An ihrer Seite denkt man irgendwann, alle Krankheiten sind heilbar. Es gibt sie nur, damit sie jemand kurieren kann. Damit ein Arzt etwas zu tun hat. Dass Kathrin aus einer Arztfamilie kommt, hat bei ihr zu dieser Einsicht geführt. Eine Krankheit haben wir, damit uns jemand heilen kann. Überall und immer redet Kathrin so. In meiner Küche. Im Geheimen Garten. Vor und hinter dem Perlenvorhang. Dass ich selbst glauben muss, ich werde, nein, ich bin schon gesund. So krank war ich gar nicht. Ich hatte Krebs. Und der ist heilbar.

Es beruhigt mich kolossal, wenn ich Kathrin so sprechen höre. Meine schlimmsten Nachtüberfälle verflüchtigen sich. Meine bösesten Traumlandschaften aus *Grabesruh* segeln davon. Sehr hilfreich, da auf mich die Röhre wartet. Meine persönliche Hölle. Mein *vége a világnak*. Mein Ende der Welt, kürzer als achtzig Zentimeter. Wo ich es hinter meiner Stirn surren höre. *Als triebe ein tiefer dunkler Strom, erfüllt mit einem stummen Rauschen kleiner Aale mit spitzen Ohren.* Sobald sie mich festzurren und hineinschieben, denke ich daran, was Kathrin gesagt hat. Versuche, hübsch gleichmäßig zu atmen und daran zu denken. Auch wenn mir eher nach Schreien wäre.

Johanna

1. OKTOBER 2010 – 06:03

Liebe Jo,

ach, mein Lamm in Tigerklauen, natürlich wirst Du ihn los, den
Krebs, ich habe ihn Türen schlagen und sich davonmachen gehört, hinter einer Abzweigung ist er auf eine Schotterpiste ein-
gebogen, die nur weg, weg, weg vom schwarzen Wald führt, über
seine Wipfel, Schluchten, Schneisen, Gipfel, nie mehr zurück!
Auch vor meinen Fenstern, über den rotgelbpurpur gefärbten
Blättern hält der Herbst laut Einzug, auf seine übertriebene Art,
mit durchregneten Tagen, fußballplatznassen Füßen, die Simon
mir überlässt, wenn er abtaucht im Theater, Frühlings Erwachen
kontrapunktisch, antizyklisch zur anklingenden Jahreszeit, als
sei Franz nicht auch sein Kind, sein Sohn, sein Franz, sein unvergleichlicher Franz, der im Regen Bälle jagt. Noch ist es nicht
dunkel, wenn die Kinder morgens das Haus verlassen, noch
sind Blätter an den Bäumen und zeigen uns, dass hier einmal
Sommer war, die Sonne scheint nach Regentagen umso lichter,
Vögel mit weißblauem Bauch flattern auf meine Fensterbank,
Eichhörnchen springen über meine Blumentöpfe und sichten
erste Vorratskammern für den nahenden Winter – nur ich weiß
nichts mit mir anzufangen, Johanna. Ich habe eine Geschichte
für Kinder geschrieben, ohne Lust diesen Auftrag abgearbeitet,
aber was soll ich tun, wenn ich nicht schreibe? *Das Schlimmste,
schlimmer als alles andere, ist ein Leben ohne Schreiben,* es ist wie
ausgeräumt, durchsichtig und leer, ich bin heimatlos in einem
Dazwischen, verbummle meine Tage, als gäbe es ausgerechnet
für mich, Márta Horváth, Zeit im Überfluss, Zeit zum Verschen-
ken, Zeit zum Weggeben, die ja auch ohne Schreiben vergeht,
indem ich Dreck wegmache, Wäscheberge zusammenlege,
die Sommerkleider der Kinder in den Schränken nach hinten
schiebe, ihre Winterpullis mit Rollkragen nach vorne ziehe, Brot,
Wurst und Käse einkaufe und auftische – all das schrecklich öde,

349

dumme, todlangweilige Zeug, das Kinderlose nicht kennen, das Du also gar nicht kennen kannst, das ich ja auch nicht kannte, bevor ich Kinder hatte, also weißt Du nicht, von was ich schreibe, aber glaub mir, auch damit lassen sich Tage füllen, selbst davon lassen sie sich wegsaugen und vernichten.

Simon hält sich von allem fern, er stellt es geschickt an, als habe er nichts mit uns zu tun und wolle auch nichts mit uns zu tun haben, in seinem Leben sind wir Einsprengsel auf halbem Weg, vier Striche Farbe an einem Meilenstein, etwas zieht ihn weg, lässt ihn abwesend sein, selbst wenn wir in seinem Namen versammelt sind und er mitten unter uns ist, wenn er mit Franz, Mia, Henri am Tisch seine Suppe löffelt, wenn er zwischen seinen schmutzigen, tobenden Kindern auf dem blauen Teppich liegt und ein durcheinandergewürfeltes Knäuel mit ihnen bildet, in dem kein Faden zu finden ist, es aufzulösen.

Mia und Franz fragen Simon immer wieder, liebst du die Mama? Sie wollen es aus seinem Mund hören, er muss ihnen sagen, sie haben nichts zu befürchten, sie können sich beruhigen. Simon erwidert, ja, schon, aber wie er das sagt, klingt schlimm, als müsse er sich zwingen, als sage er das nur seinen Kindern zuliebe. Vielleicht wittern sie den Betrug, aber noch reicht es ihnen, noch stören sie sich nicht an Simons fadmüdblassem Ton, in dem er genauso gut sagen könnte, jetzt nicht, Kinder, lasst mich schlafen. Noch genügt ihnen das Einfache, ja, schon. Und mir, Johanna? Genügt es mir noch?

Márta

5. OKTOBER 2010 — 17 : 01

Liebe Márta,

ich kann Dich nicht erreichen, sicher ziehst Du mit Deinen Kindern um die Häuser. Hältst Ausschau nach einem guten Wort. Das zwischen Körber- und Höllbergstraße für Dich herumlie-

350

gen könnte. Also schreibe ich das Wichtigste. Allerwichtigste. Die Röhre hat mich klümpchenfrei entlassen. Ohne Auffälligkeiten. Ohne Verdacht hinausgeschoben. Ein Nullbefund. Danach habe ich eine Weile auf dem Gang vor diesem Wartezimmer gestanden. Das sich ungewollt als Lebensort in meine Biographie geschlichen hat. Meine nicht selbstgewählten Lebensorte, Márti. Backsteinhaus an der Emmerich-Josef-Straße. Helene-Lange-Mädchengymnasium. Klinik für Onkologie und onkologische Rehabilitation in Freiburg. Wie oft habe ich dort lautlos in mir gewimmert. In diesem Zimmer, wo jetzt Claus mit mir gesessen und auf mich gewartet hat. In dem Angst und Hoffnung auf eine Art zusammenprallen, die nicht auszuhalten ist. Und die ich trotzdem ausgehalten habe.

Auf dem Hinweg hatte ich über Furtwangen Gänse gesehen, die in einem zerfledderten, unruhig ausgefransten Halbkreis nach Süden flogen. *Schnatternd durch meinen fallenden Himmel.* Dein Bild. Etwas daran hatte mich grundnervös gemacht. Bevor ich aufgerufen wurde, habe ich alle Heiligen angefleht, die zuständig sein könnten. Heilige Aldegundis, bitte für mich. Heiliger Peregrin, bitte für mich. Unter den Bildern vom schwarzen Wald. Feldberg. Titisee. Wutachschlucht. Wut. Ach. Wie oft habe ich das gelesen: Feldberggipfel im Schnee. Südliches Seeufer Titisee. Wutachschlucht im Frühsommer. Vorgenommen hatte ich mir, all das abzulaufen, falls ich gesund werde. Ich habe es nicht getan.

Jetzt könnte ich sagen, ich bin gesund. Im Augenblick. Heute. An diesem Nachmittag. Der auch die letzten Blätter der Weide vor dem Geheimen Garten tiefgold gefärbt hat. Vielleicht noch morgen. Übermorgen. Vielleicht sogar in einem Jahr. Wäre ich mutig, könnte ich das sagen. Gesund, weil sich auch mein Schwindel zurückhält. Auf meinen Wanderpfaden neben Bio-Kurt war ich nahezu frei davon. Was für ein Gefühl! So über einen Bergkamm zu schlendern! Im Augenblick frisst mich kein Krebs von innen auf, Márta. Nur mein eigener Höhlensee. Mit meinen dummen Wuchergedanken. Wende ich mein Leben? Fange ich an einem zufällig ausgesuchten Punkt auf dieser Erde neu an? Oder lebe ich weiter wie bisher? Achtlos, unbeteiligt, verschwenderisch? Deshalb habe ich artig mein Kreuz auf Stirn, Brust und Schultern gemacht. Zwischen *gesegnet*, *siebenfach gesegnet* und *tausendfach gesegnet*. Wie das katholische Mädchen in der Höchster Josefskirche. Das große Kreuz. Nicht das kleine. Ich habe meine Hände gefaltet und meinen Blick gesenkt. Dann hat Claus seinen Arm um mich gelegt und mich hinausgeschoben. Langsam sind wir zwischen Schwarzwaldmooren und Schwarzwaldaugen zurückgefahren – Grindelandschaft. Über uns flogen wieder Gänse, diesmal in einem exakt gemalten, makellosen V, zu einem besseren Ziel. Als hätte Claus sie für mich bestellt.

Kathrin hatte im Geheimen Garten den Tisch hinter dem Perlenvorhang gedeckt. Rosenblätter auf dem Tischtuch verstreut. Rot und weiß, Blut und Schnee. Ich habe Colin hochgenommen. Meine halbnassen Finger in seinem Fell versenkt. Habe an den Astern und Chrysanthemen in der dicken gelben Vase geschnuppert. Und gedacht, das Leben, dieses stille laute Leben, es geht weiter für mich.

Jo

6. OKTOBER 2010 – 22:01

Liebste Jo,

ich bin glücklich, mehr als glücklich, überglücklich, ich tanze, schwebe, springe aufs Dach, besinge Straßen und Antennen, die rauschenden U-Bahnen Nord-Süd, schlage Purzelbäume und drehe Kopfpirouetten durch die kühle Morgenluft, die feuchte Abendluft, die wieder Gewitter und Sturmbrausen ankündigt, ich lege meine Hände zusammen und mache mein Kreuz wie Du, das große, nicht das kleine, nein, bloß nicht das kleine, nur das große Kreuz für Dich, geliebte klümpchenfreie Johanna, Du bleibst mir erhalten, Du bleibst neben mir, mit mir, auch wenn Du viel zu weit weg bist, in Deinem schwarzen Wald, so viel steht fest, so ist es entschieden, wer auch immer das für uns geregelt hat, ein Gott, Dein Vater oder sonst wer, wir danken ihm und posaunen es in unsere Welt, *Erdenluft muss sie noch atmen!* Ich hätte auch keine Idee, nicht die geringste, staubkornwinzigste Idee, was ich ohne Dich tun, wer ich überhaupt sein sollte, also ist es nicht vorgesehen, in meinem Kopf findet es nicht statt, hat es nie stattgefunden, auf den Irrwegen meiner Gedanken habe ich kein Bild dafür, ich will auch keines anlegen, ich weigere mich, denn ohne Dich zu sein, wie wäre das möglich? Ich ohne Dich, wer sollte das sein?

Für Deine aufmunternden Worte danke ich Dir, die Du verrückterweise, umgedrehterweise, verkehrterweise vor der Röhre für mich gefunden hast, besonders für die Aussicht, dass ich mein Tal verlassen werde, dass es vorbeigehen wird, an Deinem Rat habe ich mich festgehalten, schreiend durch den stillen Wald zu laufen, der hier ja nicht still ist, die Knistergeräusche meiner Lebensfäden so zu übertönen. Ich schäme mich für meine Madame Trübsinn, zu der mich Kathrin gekürt hat, auch Lori will nicht verstehen, was los sein soll mit mir, ob überhaupt noch etwas, drei Kinder und bald drei Bücher, damit will sie mich aufmuntern, aber es hat gerade nichts, nicht das Geringste mit mir zu tun, als sei das nicht ich und als sei nichts davon von mir. Meine Lust am Schreiben ist verlegt, verschüttet, vergraben unter Schichtgestein, *meine Sprache und ich, wir reden nicht miteinander, wir haben uns nichts zu sagen,* zwei Texte hatte ich zu beenden, zu denen ich mich kaum aufraffen konnte, doch, es geht mir besser, Johanna, nicht gut, aber besser, die schwarze Scheibe ist für den Augenblick in einem anderen Zimmer abgestellt, in das ich nicht gehe, von dem ich mich zurückhalte, auch wenn es mich sirenenhaft dorthin zieht, ich selbst habe mich an einen Mast gebunden, damit ich ihrem Sog nicht folge. Meine Lust am Schreiben habe ich einem gassenüblichen gemeinen Dieb überlassen, aber was fängt er an mit dieser Beute?

Jetzt also Buchmesse, ich werde durch Papierluft an den Ständen vorbeischlendern, als hielte ich Ausschau nach Zuckerwatte auf einem Jahrmarkt, werde durch Seiten blättern, Buchstaben schlucken, Staubstreifen finden und mich wie jedes Jahr fragen, wo soll mein Plätzchen sein, wo ist meine Horváth-Koje? Nächstes Mal mische ich wohl mit, Johanna, deshalb vielleicht mein Gejammer, mein trockener Staubhals, mein Buchhusten, mit den Erzählungen liege ich in den letzten Zügen, was rede ich, seit Jahren liege ich mit ihnen in den letzten Zügen, doch jetzt kannst Du das ruhig wörtlich nehmen, getrost wörtlich übersetzen, denn viel Kraft habe ich nicht mehr. Ich gehe zum Anfang und lese meine ersten Seiten, die ich für abgeschlossen gehalten habe, finde sie aber so entsetzlich, dass ich glaube, dieser Kreis wird sich niemals öffnen, um mich freizulassen. Zwei Erzählungen bilden den Auftakt, schlagen den maßgebenden Ton an, legen die *grobe Fährte* aus gehauchtem Moll, mit ihnen muss und wird sich alles entscheiden, aber gerade diese beiden bringen mich um den Verstand, Johanna. *Das andere Zimmer* ist die eine, sie treibt mich *Nacht und Tag* um, seit ich ihre erste Zeile, ihr erstes Wort in einer Kopfecke aufgepickt und schnell aufgeschrieben habe. Ich verzweifle auf meinem Pendel zwischen Glück und Unglück, das ins Schreiben eingewoben scheint, aber wenn es mir nicht gelingt, diese beiden Geschichten zu biegen, zu feilen, zu schmirgeln – dann ist alles nichts.

Dass Du sagst, auch dies werde ich meistern, mit aller Verzweiflung, die es in mir ausgelöst hat und noch auslösen wird, meistern werde ich es, dass Du nicht aufgehört hast, an mich zu glauben, obwohl alles dagegenspricht! Ich bin ohne Idee, Johanna, woher ich Kraft nehmen könnte, welche schlummernden Reserven, welche Notaggregate ich anzapfen und für mein Schreiben und Leben aufbrauchen könnte, dieses Jahr war ein solcher Tumult, das Jahr davor und das Jahr davor schließlich auch, vielleicht sind all meine Jahre ein einziger Tumult, jedes einzelne Jahr ein Ringen um mich selbst und meine Sätze, um Márta Horváth und ihre Wörter, voller Schlaglöcher und Stürze, wegen deren ich ständig Pflaster von meinen Wunden ziehe, ritsch-ratsch. Als reichte das nicht, habe ich im Küchenfenster, Beine zum Hof, mit Magengrimmen die Literaturbeilagen der Zeitungen gelesen, ja, natürlich mit Magengrimmen, mit was denn sonst, also muss ich verrückt sein, Johanna, anders ist es nicht zu erklären, schließlich müsste ich mir die Welt nicht antun, schließlich habe ich mich aus allem gelöst, was Welt wäre, genau aus diesem Grund, um mir die Welt nicht länger antun zu müssen – und dann lasse ich dummes Ding sie ohne Not herein, ausgerechnet als Literaturbeilage!

Wir kommen, liebste Jo, ich und meine drei herrlichen Kinder, zweimal nordmeerbleiblau, einmal rehbraun, Simon wird in der zurückeroberten Stille hinter Büchertürmen und Teetassen verschwinden und sich das eine oder andere Geniale oder nur Halbgeniale mit seinen langen Fingern aus dem wirren Kopf ziehen, Mitte November könnten wir bei Dir sein, wenn die Kinder gesund sind und Du das wirklich willst, in Deinen *anderen Zimmern* unsere Taschen voller Großstadtluft öffnen und für eine Natur ohne Mystik und Dahinter, für eine Landschaft aus Krümeln, Matschspuren und verlorenen Wäschestücken auf Deinen Dielenböden sorgen, wenn Du das wünschst, und Du wünscht es ja, oder? Also wird es nicht Michelstadt, allein mit Dir und mir, nicht der Grüne Baum, den heben wir uns auf für bessere

355

Zeiten, die uns beide noch erwarten, Johanna, für jetzt soll es
Dein schwarzer Wald sein, der in diesem Augenblick sicher koh-
lenmunkig wolkenverhangen im Herbst versinkt.
Márti

8. OKTOBER 2010 – 06:12
Liebste Márti,
nach Münster will ich, bevor Ihr kommt und Eure Duftnoten
verteilt. Euer Quartier zwischen Matratzen und sich selbst auf-
blasenden Iso-Matten absteckt. Nein, Du brauchst nicht zu fragen. Ich fahre zu keiner Zeit, die Dir passen könnte. Dir und Deiner Küchenbank. Deinen Schnapsbeständen. Deinem Gästesofa.
Ich werde durch die Nacht reisen. Fliegen. Die knorzige Eiche
will ich suchen. Das eine Dorf, *die überaus malerische Schönheit*
seiner Lage in der grünen Waldschlucht. Mitternacht fahre ich mit
meiner Kanne Kaffee los. Werde zwischen Lastern auf einem Au-
tohof einen Schluck trinken. Mich unter einem Serways-Schild
angewidert vom einundzwanzigsten Jahrhundert abwenden.
Kathrin soll mir ein Blumenkränzchen für den Rückspiegel binden. Damit ich heil am Morgen ankomme. Meine *Blicke langsam*
über die verschiedenen Pfade gleiten lasse. Ich will dort sein, sobald
sich das erste unklare Oktoberlicht zeigt. Unantastbar blaugrün.
Sobald es sich eingebildet an dieses stille Land schmiegt.
Manchen ungewöhnlichen, mich selbst noch überraschenden
Gedanken will ich finden, Márti. Die Röhre hat mich ausgespuckt, das Leben hat mich zurückgenommen. Auf ein Neues,
ein Nächstes. Also muss ich ihm etwas abringen, das ich ihm
vorher nicht abgerungen habe. Ich versuche, zurück auf null zu
gehen. Hörst Du? So lebensmutig bin ich. Als könnte ich das
einfach! Mit den abertausend Seiten im Kopf, die ich über die
Droste gelesen habe. Als sei ich unwissend und nackt. Was sie
und ihr Bild von Natur angeht. Jetzt, da unsere gemeinsame

356

Zeit vergehen will. Ich meinen Wagen bald nicht mehr an der Salzstraße abstellen werde. Ich will schauen, was mir die Droste noch zu geben hat. Ihrem geflügelten Barsch nachspüren. Wie es ihr Familienwappen vorgibt – aus dem Kerker den Himmel erstreben.

Wie schwer es mir fällt, mich von meiner Freiin loszusagen, ihre Hand, ihr Band loszulassen! Alles in mir raunt: Es geht nicht. Es ist nicht möglich. Ich bin hoffnungslos im neunzehnten Jahrhundert gefangen, Márti. Ich komme von dort nicht weg. *Fiberglasverschnürt* zwischen seinen Wortgebilden – Deine Erfindung. Zwischen seinem Ach und seinem Oh. Seinem Weh, O Weh! Sieh, O sieh doch! Bin hängengeblieben in einer Welt ohne Strommasten und Autobahnraststätten. Ohne Klingelton, ohne elektrisches Signal. Es war ein Fehler, mich ins zwanzigste Jahrhundert abzuwerfen. Hundert, hundertfünfzig Jahre zu spät.

Johanna

18. OKTOBER 2010 – 08:23
Liebe Johanna,

entschuldige, dass ich mich nicht gemeldet habe, jetzt, da Du zweimal aufs Band gesprochen hast, ich hatte mir vorgenommen, heute rufe ich zurück, wenn nicht heute, morgen spätestens, aber wenn mein Tag endet, schließen sich meine Augen zu schnell, etwas in mir wispert: Gib mir Schlaf, Márta, lass mich schlafen, sofort, nein, nicht erst später. Mein bleimüder Alltag mit seinem Lärm und Müll, seiner Arbeit, seinen Kindern, klein, mittel, groß, seinem Schreibtisch, drängt mich aus meiner Mitte, und überfällt mich nicht der Schlaf, fahre ich Lori nach Hause oder sitze mit ihr in der Küche und trinke mein Glas Schnaps zur Beruhigung. Lori hilft viel, die Zitterhand gönnt ihr eine Pause, sie räumt die Küche auf, legt die Wäsche zusammen, obwohl ich ihr tausendmal sage, Lori, du sollst nicht, sie kocht Suppen, die schmecken wie im Grünen Baum, nein, sie schmecken besser. Sobald Simon die Tür aufstößt und seine Jacke abwirft, fahre ich mit Lori los, durch die lahmgelegte, unbeirrt weiterleuchtende Schlafstadt, und bis ich zurück bin, ist nach Mitternacht, da kann ich nicht mehr anrufen, weil Du schon durch Deine aufploppenden Traumbilder wandelst, Du musst ja um sechs Deine Bettdecke zurückschlagen und in die Welt hinabsteigen, um den gähnend langen Vormittag streng über Deine perlmuttfarbenen Brillenränder zu schauen. Zwischen meinen sekundenkurzen Tagträumen denke ich aber so viel an Dich, dass Du es in Deinen unermüdlich pochenden, blutschäumenden Venen spüren müsstest.

Ich bin ausschlaggeplagt wie seit Jahren nicht, meine Haut will sich auflösen, am Hals, an den Händen, unter wildwuchernden Bläschenlippen, hexenmäßig sehe ich aus, hexenmäßig fühle ich mich, etwas brodelt immer unter meinem Schein, alle Jahre brodelt es einen solchen Ausschlag hervor, damit jeder sehen kann, wie es steht um mich. Ich war auf den Flohmärkten der Stadt, um für die Kinder Schuhe und Jacken für den nahenden Winter zu kaufen, sonntags mit Ildikó und ihren Töchtern in der Goetheruh, zu Herbstwaffeln unter dröhnenden Flugzeugen, um das letzte Aufbäumen der reichen Jahreszeit im Stadtwald zu bezeugen und ihr im raschelnden Laub adieu zu sagen. Dazu kam eine Schreibwerkstatt, bei der ich mich zu viel über fremde Texte beugen musste, und das hat mich geärgert – jeder scheint zu schreiben, jeder hat Zeit und Wort, nur ich nicht. Dazu noch Impfungen mit meinen sich windenden, fliehenden, rotgebrüllten Kindern und schleppende Verhandlungen mit Radioredakteuren, unser endloser Parcours der Anbiederung und Erniedrigung, ob sie nicht dieses und jenes von Simon oder mir haben, kaufen, drucken, senden oder von mir aus sonst was damit machen wollen, nur zahlen sollen sie!

So im Zickzack, im Loop, darunter Zugfahrten in tiefgekühlten
Abteilen, ich zwischen Kiel und Bodensee, Simon auf anderen
groben Fährten zwischen Hamburg und Berlin, und immer
mussten die Kinder untergebracht und versorgt sein, genügend
Wäsche muss da, der Kühlschrank gefüllt, die Notfallnummern
müssen groß in Rot an die Wand gepinnt sein, Ildikó, Lori,
meine Eltern, die Übergänge lückenlos geplant sein, wer die
Kinder abholt und bringt, wer ihnen das Wurstbrot schmiert,
wer zur Nacht die Rollläden in ihrem Zimmer herunterlässt und
an ihrer Bettkante singt, bis sich ihr Atem beruhigt, ihre Lider
sich senken, ihr Engel sich ans Fenster setzt, um ihren Schlaf
zu bewachen. Verlässt mein Zug den Frankfurter Hauptbahnhof, pocht es in meinem Hinterkopf weiter, ein Hirnstrang, eine
Blutbahn holt es hervor und wirft es hoch.
Um mich zu belohnen, habe ich mir an der Berger Straße ein
Fahrrad gekauft, auch wenn es meine Geldbörse nicht hergibt,
ja, im Herbst, zum Winter hin, obwohl die ganze Welt im Frühling Räder kauft, aber sonst bin ich auch antizyklisch, mein
ganzes Leben ist ein Antizyklus, ich selbst bin ein einziger Antizyklus, also kann ich mein Rad ruhig zum Winter hin kaufen.
Schließlich bin ich auch eine dieser vollbepackten Fahrradmüt-
ter, mit Kindersitz, Korb, Einkaufstaschen, mit Tüten wie eine
Flaschensammlerin, ein Kind sitzend, ein Kind laufend, ein Kind
auf dem Rahmen, Rucksäcke, Schulranzen, unser halbes Hab
und Gut rollt mit uns, mein Gesicht also doch wie aus einem
Flüchtlingstreck, Simon hat recht, es kommt hin.
Er sitzt neben mir, zwischen den Resten von Toast und Ei, während ich die Tasten anschlage, schaut er zu mir auf und sagt,
alles ist verloren, Márta. Hält seine Kaffeetasse zwischen den
schmalen Händen, den feinen Schreibhänden und sagt, alles ist
verloren. Was meint er?
Márti

19. OKTOBER 2010 – 18:34

Liebe Márta,

nichts ist verloren! Bin zurück von der Salzstraße, wo ich den Geruch des Archivs geatmet und mich fast an ihm verschluckt hätte. Ja, dreimal passt das nicht zusammen! Ich höre Dich schon aus Deiner Wortwerkstatt rufen. Entweder riechen oder atmen oder schlucken. War trotzdem so, wie ich es Dir schreibe. Am Geruch des Archivs habe ich mich fast verschluckt. Aber verloren ist nichts. Meine Weißtanne, Rottanne haben treu auf mich gewartet. An meinem Weg Spalier gestanden. Als ich meinen Koffer ins Haus trug. Mit einem eingeklemmten Nerv im steifen Nacken. Einer Erkältung mit kaninchenroten Augen. Weil die Heizung im Auto ausgefallen war. Und mein Körper sagte: Stopp! Aufhören! Aber wer wird klagen? Ich habe mich tiefer in die dunkle Drostehöhle vorgetastet. Mein Notizheft mit Stichpunkten gefüllt, dass es überquillt. Meine Taschen mit Kopien. *Das ist meines Herzens flammendes Blut*, Márta. Nein, die knorrige Eiche, die ich mir ausgemalt hatte, habe ich nicht gefunden. Obwohl ich weit gewandert bin. Mich sehr umgeschaut habe. Ja, wirklich. Es ist nicht geschummelt. Dafür viele andere Bäume. Die neben Herbstlaub sogar den einen und anderen Satz für mich abgeworfen haben.

Ich habe bei Maria geschlafen, die mir verboten hat, ins Hotel zu gehen, wenn ich in Münster bin. Unter einer Buchenkrone, in die ich hätte hinaufklettern wollen. Mich zwischen ihre Äste setzen. Im Münsterländer Nieselregen die letzten rotbraunen Blätter wegzupfen. Es fiel mir fast schwer, mit Maria zu reden. Nicht wegen ihr. Es fiel mir schwer, überhaupt mit jemandem zu sein. Der nicht Claus, Kathrin oder Márta ist. Mein Menschenradius wird klein, ich muss aufpassen. Am Frühstückstisch, den sie aufwendig mit Rühreiern und westfälischem Knochenschinken gedeckt hatte, war mir nach Schweigen gewesen. Nachdenken. In Büchern blättern. Nicht nach Zuhören oder Nachfragen. Am wenigsten nach Antworten. Merkst Du, wie kauzig ich werde? Wie waldschratig? Fast kohlenmunkig? Dennoch hatte es etwas Tröstliches, bei Maria zu sein. Zu sehen, ich bin nicht die Einzige. Auch andere leben allein. Teilen ihr sauberes, leeres Haus mit niemandem.

Nächste Woche geht es noch einmal nach Marbach. Ich will fahren, solange das Wetter hält. Bevor alles unter Schnee versinkt. Das wartet auf mich: Handschriftensammlung. Ein Kasten. Ordnungsgrad feingeordnet, katalogisiert und benutzbar. Briefe an Levin Schücking. *Nun Adieu, liebster Levin, ärgern Sie sich nicht über meinen Papiergeiz.* Dann soll Schluss sein für dieses Jahr. Ich bekreuzige mich, falle auf die Knie und bedanke mich. Weil ich ein Ende dieser Arbeit sehen kann. Weil ich lebe. Ja, noch immer lebe. Und dann läuten wir bald das neue Jahr ein. Das nächste, Márti. Mit allem, was es für uns bereithält. Mit allem, was es uns geben und nehmen will. Noch ist nichts verloren, nein.

Gute Nacht, mein Singvögelchen, schlaf wohl,

Johanna

22. OKTOBER 2010 — 06:53

Liebste Jo,

draußen liegt feuchtkühl der Herbst, es ist so weit, *heute verschifften sie unseren Sommer nach Hause in zwei Kisten, eingeschlagen in braunes Wachspapier und eingenäht in Rupfen.* Schreibe Dir von einem heruntergekommenen, rheumagebückten Hof zwischen Göttingen und Hannover, mit zwei müden Pferden, die ihre besten Tage weit hinter sich haben, ich leite eine unbedeutende Lyrikwerkstatt, der Herbst zieht mich auf Reisen, der Herbst ist die deutsche Gedichtejahreszeit, Oktober und November sind unsere Gedichtemonate, Gedichte spülen sich in unser *Nacht und Tag,* sobald der Südwind seine Blätter einsammelt und die ersten Frostnächte nach uns greifen. Hier und da eine Lesung, ein Symposium, das uns über die nächsten Rechnungen retten muss, ich arbeite nach fremdem Rhythmus, hangele mich von Tag zu Tag, von Woche zu Woche, wie Tarzan an seiner Liane von Baum zu Baum, aaaah-iaa-iaaah!, während ich bete, dass zu Hause alles gutgeht, mit den Kindern und ihren Kindermädchen, die Simon und ich nach heftigen Wortgefechten doch ausgesucht haben, mit Lori und meinen Eltern, die helfen, sollte alles andere zusammenfallen.

Auch wenn es lächerlich klingt, Johanna, gibt mir diese Werkstatt Auftrieb, mit ihr schwebe ich ein wenig nach oben, ausreichend, um nicht unterzugehen, zwischen fremden Stimmen reiße ich mich zusammen und nehme am Leben, am Arbeitsleben teil. Inmitten der unzähligen Worte, die ich gebogen, verschoben, verworfen, getauscht, zerpflückt und zusammengeflochten habe, bin ich wirr geblieben, am Rand der Werkstatt habe ich der Lokalzeitung ein Interview gegeben, später rief man mich an und sagte, man mache doch kein Interview daraus – dass ich nur dummes Zeug geredet habe, hat man mir nicht gesagt, aber wie soll ich das deuten?

Mein Verstand scheint sich mit den Jahren zu verlagern, sich zu verschieben, er mäandert und sucht neue Räume, auf die ich nicht immer Zugriff habe, und wenn ich schon bei Jahren bin, die unaufhörlich ihre Spuren in mein Gesicht setzen, zu Deiner Frage: Nein, das vierundvierzigste Jahr hört sich nicht schlimm an, fast hört sich das gut an, vierundvierzig klingt gut in meinen Ohren, zweimal die vier, vier plus vier, was soll schlimm daran sein? Was ich mir wünsche? Neben einem klaren Kopf alles, was Du in den Ramschkisten zwischen Freiburg und Rottweil finden kannst und mir die Schwere nimmt, die Herbst und Winter auf uns werfen, Filme und Bücher aus dem Ausverkauf, Mängelexemplare, die gut sind für November, Dezember, die unendliche Variation desselben Stoffs, dazu einen Fußmasseur,

Kopfmasseur, Nackenmasseur, den besonders, Entspannungs-
badeflocken und eine Putzhilfe, die leise und unbemerkt unseren Dreck aufsammelt, einen Koch, ja, bitte einen Koch, den
besonders, den am meisten, streich den Fußmasseur, nimm lieber den Koch, und dann Geld, Geld, Geld, davon brauchen wir
immer, in großen, in kleinen Scheinen, in Koffern, Taschen oder
als Goldesel auf meinem Dach, ein Haus mit Boot, am Ammersee, Chiemsee, Starnberger See, jeder ist gut genug, eine stille Ar-
beitswohnung im Odenwald, besser noch etwas auf halber Strecke zwischen Frankfurt und schwarzem Wald, das wäre Rastatt
oder Baden-Baden, such mir da etwas im Grünen. Dass Du öfter
anklopfst und Dich auf meine Küchenbank setzt, da ihr höllenrotes Polster von Loris alter, neuer, gerade ruhiger Zitterhand
frisch bezogen ist – das ist, Du bist mein innigster, mein größter
Wunsch, vergiss all die anderen.
Muss los, die Wörter warten.
Deine Márti

26. OKTOBER 2010 – 23 : 01
Liebste Márti,
alles sollst Du haben. Alles verspreche ich Dir. Ich war in Freiburg bei Wetzstein und habe etwas Hübsches für Dich gefunden.
Es ist mir in die Hände gefallen. Nein, nicht aus der Ramschkiste.
Wahrscheinlich gibt es nichts Schwachsinnigeres, als Dir Bücher
zu schenken. Wo Du Dich zwischen Deinen eigenen Sätzen ausreichend drehst und windest. Es Dich nur abhält und ablenkt
von allem, was Du selbst schreiben musst. Trotzdem habe ich es
mitgenommen. Ich konnte nicht widerstehen.
Und ja, es spielt eine Rolle, wo Deine Geschichten zu Hause sind.
Bitte schön, jetzt auch schriftlich, nicht nur am Telefon. Obwohl
wir uns tausendmal den alten Satz sagen: Entscheidend ist nicht,
über was, sondern nur wie geschrieben wird. Hamburg kann ein

solcher Ort sein. Budapest vielleicht. Neapel, ja, unbedingt kann Neapel ein solcher Ort sein. Über den wir lieber lesen als über andere Orte. Da kannst Du Dich noch so winden und wehren! Also lass Deine Figuren in einem letzten, abschließenden Wurf aufbrechen. Schlag dieses eine Kapitel noch auf. Buch Flüge für alle. Frankfurt–Neapel, Hamburg–Neapel, Budapest–Neapel. Wo immer sie gerade sind und sich wegwünschen. Lass sie ausschwirren. Deine erfundenen und nicht sehr erfundenen Geschöpfe. In Neapel zusammenkommen. Auf einem leeren Platz ein Feuer anzünden. Osterfeuer, Herbstfeuer, so etwas. Deine versteckten Anikós, verzerrten Loris. Deine versickerten Georgs, geborgenen Simons. Sie werden Dich belohnen, ich bin sicher. Nimm das an von Deiner alten, besserwisserischen Jo.

Solche klugen Gedanken sind mir in Freiburg gekommen. Meine kleinen Fluchten, Márti. Ja, hatte ich Dir verschwiegen. Dass ich Samstag bei Kolben meinen Kaffee in dieser Kaffeeduftwolke getrunken habe. Vor dieser Theke mit all ihren Törtchen, ihren Tartes, Eclairs, Millefeuilles. Ich kam am Kolben nicht vorbei. Es warf seine Schlinge am Gewerbekanal nach mir aus. Zog mich durch die weitgeöffnete Tür. Auch wenn das ein Ort ist, den ich eigentlich dringend in mir löschen müsste. Ja, dringend. Gemessen an einem Menschenleben, ist es nicht lange her, dass Markus dort Erdbeerkuchen für mich bestellt hat. Mit Haselnüssen. Mich gabelweise fütterte. Während vor dem Fenster die Straßenbahnen durchs Martinstor rollten. Und wir ihrem Schieben, ihrem Fließen keinerlei Beachtung schenkten. Damals war Sommer. Was sonst? Winter hätte es schlecht sein können. Freiburger Sommer. Heißer Freiburger Sommer. Über einem flimmernden *Meer blinder Läden, spitz aufeinander zuspringender Dächer*. Dein Bild. Ich größer als sonst. Zwei Köpfe größer als sonst. Meine Beine länger. Leichter. Zum Abheben. Zum Davonfliegen leicht. Mein Bild.

Während ich Milchkaffee trank, rollte die Straßenbahn hinaus nach Zähringen. Unverändert rollt sie also noch immer nach Zähringen. Sorgt mit ihrem Rollgeräusch für diesen Freiburger Klang aus Straßenbahngeläut, Klingeln und Summen. Rollt hinaus zur Zweizimmerwohnung mit diesem schmalen, in die Wand geschraubten Küchentisch zum Hochklappen. Die 2 fährt weiter nach Günterstal. Die 5 nach Rieselfeld. Die 3 nach Haid. Auch unverändert. Aber was hatte ich geglaubt? Dass sie nicht mehr fahren? Mir zuliebe nicht mehr fahren? Auf all meinen ausgetrampelten Markuswegen bin ich so lange durch die Stadt gelaufen, dass ich den letzten Zug verpasst und mich in der Eisenbahnstraße eingemietet habe. In einem Zimmer mit Blick auf gar nichts. Auf eine Feuerleiter. Eine Mauer. Weit oben ein Stückchen Himmel. Ein winziges Stückchen Himmel.

Sonntagmorgen saß ich am Rathausplatz. Als warteten zu Hause nicht hundert neue Kopien aus Münster. Auf mich und meinen Bleistift. Die Tauben pickten am Schießpulvermönch. Drängten sich unter dem Saum seiner Franziskanerkutte. Die sie arg zugerichtet haben. In der letzten, nun sicher letzten wärmenden Sonne des Jahres. Vor den Mauern von St. Martin saßen zwei Nonnen. Vor der Inschrift: *Ihr alle, die ihr vorübergeht, gebet acht und sehet, ob ein Schmerz gleichet meinem Schmerze.* Mit dunkelblauen Kopftüchern, Schnürschuhen und Schürzen. Saßen in ihr Gespräch versunken. Ich musste an uns denken. An Dich, Márta. An mich. Ob das nicht für uns hätte etwas sein können. Uns so vom Leben zu entfernen. Warum nicht? Wegen Markus? Simon? Wegen all der anderen, an denen wir uns seit Jahr und Tag sinnlos abwetzen und wundreiben? Ich war mir nicht sicher, ob das als Grund ausreicht. Reicht es?

Es liebt Dich,

Johanna

1. NOVEMBER 2010 – 06:03

Liebe Jo,

über mir nassgrauer November, obwohl soeben Oktober war,
also ein bisschen Oktober übrig sein müsste, ein klitzekleiner
Rest von Oktober, aber selbst der hat sich aufgelöst und die letzten Farben gelöscht, aus blasser Herbstbrandung ragen Häuser-
spitzen und Antennen, die Zweige der Stadtplatanen und das
feuchtschimmernde Kopfsteinpflaster, aus dem sie wachsen.
Mein Geburtstag ist vorbei, ich bin weggedöst und nach einer
kurzen Nacht mit wenig Schlaf aufgewacht, da war ich vierundvierzig, abends saßen alle versammelt am langen Tisch, überladen mit Wein und Sekt, Buttercremetorte und vierundvierzig
Kerzen: Simon, Lori, meine schmutzigen, gutriechenden, aufgeregten Kinder, meine Mutter, mein Vater, Ildikó mit ihren Töchtern und drei handverlesene Freunde, also alle außer Dir. Danke
für die traumschöne Hauff-Ausgabe von der Büttenfabrik Hah-
nemühle, die wie aus einer anderen Welt zu mir gefallen scheint,
ich wage kaum, darin zu blättern. Zwerg Nase, Kalif Storch, Das
kalte Herz, ausgezeichneter Lesestoff für uns, die Kinder eröffnen die zweite Krankheitswoche aus Husten, Schnupfen, Fieber, Streptokokken, abwechselnd zurück auf Anfang: Husten,
Schnupfen, Fieber, Streptokokken, dazu die Inhalier-Bronchitis,
die erst Henri umwirft, dann Franz, irgendwann Simon oder
mich, dies ist der ich weiß nicht wievielte Winter so, aber Anikó
sagt, Eltern von Kleinkindern sind mindestens fünf- bis sechs-
mal im Jahr krank, ich habe lieber aufgehört zu zählen.

Schlafhungrig bin ich, sehnsüchtig nach meinem Bett und seiner Traumdunkelheit, im Moment bleibt das unerfüllbar, aber
noch halten wir uns, Simon, Lori und ich, obwohl der Himmel
sich kaltschnäuzig zugezogen hat und die Blätter fallen, gerade
fallen sie sehr, als wollten sie kurz vor Winter noch einmal aufdrehen. Durch alles sickert meine Arbeit, sickern ist das richtige

Wort, mehr ist es nicht, meine tägliche Arbeit und mein Kampf darum, zwischen meinen Reisen, Simons Reisen und meiner Angst, was dabei herauskommt, wird nicht reichen, wird niemals reichen, wird zu wenig, immer zu wenig sein, nicht nur, um unsere Rechnungen, unser Leben zu bezahlen, auch für alles andere wird es zu wenig sein. Ich sehne mich nach festen Arbeitszeiten, nach einer Stechkarte, die Stunden und Minuten für mich zusammenzählt, nach Geld auf meinem Konto, dem ich nicht hinterherlaufen muss, weil es Monat für Monat sicher eingeht, ein wenig also nach Deinem Leben. Ohne Lori wären wir verloren, die uns Geld leiht und nie fragt, wann wir es zurückzahlen, ob überhaupt, und ohne die kleine Erbschaft, die Simons Vater uns hinterlassen hat und die zu einem Fangnetz unter unserem Lebenstrapez geworden ist, ein Haus, das im tiefgrünen, saftiggrünen Hintertaunus zwischen Ems und Weil darauf wartet, eines fernen Tages wachgeküsst zu werden. Krachte über uns, unter uns alles zusammen, könnten wir dort bleiben, in einem Haus ohne Straße, ohne Schule und Geschäfte, ohne Anschlüsse, Heizung und Strom, aber mit einem Dach und Fenstern – wir müssten es nur von Spinnweben und Mäusenestern befreien.

Seit Tagen schiebe ich es vor mir her, heute muss ich es Dir schreiben, unser Wochenende gerät ins Wanken, ich bin mehr als niedergeschlagen deshalb, Du kannst Dir nicht denken, wie niedergeschlagen ich deshalb bin. Am Freitag, an dem wir loswollten, ist Winterfest an unserer trist ideenlosen Schule, die ihr Fest Winterfest nennt, obwohl Herbst ist, das wusste ich zwar, hätte mich aber gegen brüllende, weinende Kinder durchgesetzt und darauf gebaut, dass sie im Zug alles vergessen, sobald sie verstehen, wir fahren zu Dir und Deinem Matratzenlager unter dem Spitzdach mit den knarzenden, sprechenden Holzbalken, sie können ihre Gummistiefel in den Bach tunken und in Deiner Küche mit den unzähligen Postkartenansichten der Droste-

Hülshoff handgekochten, mit dem Schneebesen geschlagenen Pudding mit ausgekratzter Vanilleschote löffeln. Aber jetzt soll Mia in einem Theaterstück mitspielen, und danach mit müden, abgedrehten Kindern in den Zug zu steigen, machen meine Nerven nicht mit, also werden wir Dein sauberes leeres Haus nicht verschmutzen, Johanna, nichts wird aus unserem Schneespaziergang zwischen den *Sturmnächten im Tannenbühl, wo man nicht hauen soll.* An Simon ist nicht zu denken, sonst wäre ich allein gefahren, er wird in Berlin durch die Sammlungen der Antike streifen, Bodemuseum, Pergamonmuseum, Altes Museum, auf seinem Rundgang, seiner nie endenden Suche nach dem einen Bild der Horen und Parzen, die er verknüpfen muss zum großen Ganzen, Weltumfassenden, Seinerklärenden – Zeit, Natur und Schicksal in einem, es klingt verrückt übertrieben, natürlich klingt es verrückt und übertrieben, wie denn sonst, aber dafür bist ja auch Du Expertin, liebste Jo, für Natur und Schicksal allemal. Simon muss die Gesichter, Körper und Kleider sehen, den Wurf, den Gang ihrer Falten und Raffungen, die abgeschlagenen, wegbröckelnden Nasen, die toten Augen, er sagt, er muss sie anschauen und ihnen nachspüren, und wer könnte das besser verstehen als wir, Johanna, als Du und ich?

Mit allem, was ich an Missmut aufbringen, an schlechter Laune zusammenraffen kann, werde ich also in dieser nach Schmutz riechenden Schule stehen, ein lächerliches Stück von acht Minuten Dauer anschauen, in dem meine Tochter drei Sätze sagt, sich zweimal um sich selbst dreht, einmal die Arme hochreißt und fallen lässt – ich werde es Mia erst das ganze Wochenende und dann ein Leben lang vorwerfen, mich in diesem ausebbenden Jahr um das Vergnügen gebracht zu haben, bei Dir zu sein.

Ich vermisse Dich,

Márta

2. NOVEMBER 2010 – 00:57

Liebste Márti,

kehre zurück von Kathrin und Claus. Habe außer der Reihe im Geheimen Garten geholfen. Zum ersten Mal nicht an einem Samstag. Kathrin hat viel zu tun. Grabgestecke, Blumen für die Toten. Es geht los mit den Kränzen. Tannenkränze, Weidenkränze, Birkenkränze. Viele Vorbestellungen. Also habe ich Zweige gestutzt und geschnitten. Nach Länge und Stärke geordnet. In Kästen gelegt. Die reine Zen-Übung. Claus hat eine verfrühte Martinsgans gebraten, wie sie besser nicht hätte schmecken können. Mit Äpfeln, Kürbis, Backpflaumen und Rosmarin. Alles war ausgelassen fröhlich, mit Kathrin und Claus und ihrem Wacholderschnaps. Trotzdem schien auf dem Rückweg *das Dunkel des Tannenwaldes immer schwärzer zu werden, die Bäume standen immer dichter*, und mir *fing an so zu grauen.*

Schlimm, wenn Ihr nicht kommen könnt. Denn etwas ist vom Gleiten durch die Röhre geblieben. Von meinem sinnlos zerschossenen, kopflos vergeudeten Freiburger Tag. Aus dem die Tränen nachtropfen. Plitsch-platsch. Vor meine rotlackierten Zehen. Mein Kopf dreht sich zwischen Bangen und Hoffen. Einen Rest Röhre werde ich nie los. Etwas zittert immer nach. Frisst an mir. Auch wenn es kein Krebs ist. Der Himmel über mir ist lückenlos schwarz. Ohne Sterne. Das Gute kann ich heute Nacht nicht sehen. Das Schlechte bekommt so eine wuchtige Größe. Da hätte es helfen können, für Deine wunderbar schmutzigen, laut tobenden Kinder Pudding zu kochen. Vanilleschoten auszukratzen. Mit Dir durch den Hain zu ziehen. Den Tannenbühl. Stillruhig durch den Schwarzwaldregen. Durch Morgentau, Abendnebel. Dein mokkabraunes Haar zu kämmen, aus Deiner Stirn zu streichen. Oder ist es wieder blond? Da hätte es gutgetan, gemeinsam nach ersten Schneeflocken Ausschau zu halten.

Sie *in einem Glas einzufangen*. Zu wissen, *wir lassen sie erst im Frühjahr frei*. Dein Bild.

Es liebt Dich,

Johanna

3. NOVEMBER 2010 − 12 : 21

Liebste, wunderbarste Johanna,

ich erhöre Dein Betteln, in Ordnung, ich schicke Dir mein *Zimmer*, aber nur diesen Auszug, unfertig roh, ungeschliffen, Du kriegst ihn, Johanna mein, übermorgen liegt er in Deinem Briefkasten. Ich bin zurück aus der Provinz zwischen Coburg und Bamberg, wo sich Fuchs und Hase auf Fränkisch Gute Nacht sagen und man sich zwischen deren Nachtgrüßen für Lyrik begeistert, zurück in unserer Wohnung, die versinkt unter Müll und Wäschebergen, mit einer Müdigkeit, die mich schier umwirft. Simon hat einen Zettel neben die Espressokanne gelegt, er weiß, das ist mein erster Gang: Henri ist bei Lori, ich bin bei Thallo und Karpo. Tage liegen vor mir, an denen ich meinen Kaffee wieder nur kalt trinken werde, ich habe Kartoffeln gekauft, Bohnen und Hühnchen, Mia und Franz werden jeden Moment Sturm läuten, aber zwei Zeilen will ich Dir schreiben, vielleicht gelingen mir drei.

Vor Coburg hatte Mia bei durchgehend falsch verstandenen Matheaufgaben eine Brüllattacke, mit der sie unter wegspringenden Tränen meine tief in der Zwerchfellgegend liegenden, unerfüllbaren Träume von Elite, von Smith College und Amherst zerschlug. Nach der vierten Drei in Folge im entscheidenden Schulhalbjahr ist die Empfehlung fürs Gymnasium vielleicht verpatzt, also liege ich wach und werde später einmal schlafen, rattere Privatschulen durch und berechne mit Phantasieeinnahmen, wie ich sie bezahlen könnte. Mein Kind ist doch ein kluges Kind mit Talenten, Johanna, aufgeweckt, anbetungswürdig, nur nicht für dieses Wurmgebilde Schule geschaffen.

Franz offenbar auch nicht, ich dachte, er würde sofort alles besetzen und einnehmen, wie im Rausch lernen und begreifen, nur weil er jede tote Maus, jeden geteilten Wurm und jede Blüte, die ein Baum abschüttelt und vor seine Füße schickt, betrachten will, weil er all seine Bücher auswendig aufsagen kann, all die Jahre in Mias Rechenheften geblättert hat und die Zahlenreihen mit seinen schmutzigen Fingern abgefahren ist. Aber kein Schulfunke will auf ihn überspringen, Franz kommt mir seltsam verloren und ich komme mir doppelt dumm vor, weil ich Franz, meinen Franz anders eingeschätzt hatte, als würde ich mein eigenes Kind nicht kennen. Er stand schon weinend vor dem Klassenzimmer, auf dem Schulhof weiß er oft nichts mit sich anzufangen, als würde er denken, was soll ich hier, ich gehöre in den Kindergarten, ich will mich im Dreck suhlen! Versteh mich, mein Vorwurf ans Leben wird niemals sein, dass Mia keine gute Schülerin war, wenn ich auf meiner letzten Bahn zum Himmel hochschwebe, wird meine Klage sein, dass ich Mia nicht mit den besseren Dingen des Lebens umgeben konnte, dass sie kein Baumhaus hatte und keinen Hund, alle Zeugnisse aus den Jahren eins bis zwölf werden dann längst vergessen sein.

Muss schließen, aufspringen und Hühnchenschenkel panieren, Johanna, so sieht meine wahre Bestimmung aus, das Schmieden und Hämmern von Sätzen muss warten. Du aber *laß den Regen und den Winter, der bestimmt kommt, nicht zu sehr auf Deine Seele drücken*, es liebt und vermisst Dich,

Márta

4. NOVEMBER 2010 – 22 : 21

Liebste Márti,

Claus und Kathrin zwingen mich, mit ihnen an die Ostsee zu fahren. Ja, zwingen mich. So heißt das doch, wenn man keine Wahl hat. Wegen meines düsteren Gesichts in letzter Zeit. Das sich nach Deiner Absage noch mehr verdüstert hätte. Sie erlauben nicht, dass ich allein bleibe. Als sei ich noch nie allein gewesen! Ich weiß nicht, was sich zwischen meinen Brauen und Lippen verschiebt. Aber etwas wird es sein. Kathrin sieht es und kann es ablesen. Claus sieht es noch vor ihr und kann es ablesen. Er muss nur meine Stimme hören. In die sich November gemischt hat. Sehen, dass ich zehn Minuten früher oder später als sonst die Tür zum Geheimen Garten öffne. Hinter dem Perlenvorhang die Schürze vom Haken nehme. Jetzt, da die Ferien beginnen, jeden Tag. Zwei Stunden am Morgen. Zwei Stunden am Abend. Die Klammer meines Schreibtischtags. Hier mein Kopf. Da meine Hände.

Sie sagen, ich soll mich mit ihnen in den Ostseewind stellen und freipusten lassen. Mich von meiner Droste lösen. Den vielen Zetteln auf meinem Schreibtisch. Acht Stunden nach Hamburg, danach zwei Stunden bis zur See. Diese Verrückten! Südtirol ist näher, Venedig mit seinem himmelwärts schwebenden Löwen. Kathrin ist neulich erschrocken. Weil dieses Jahr bald vorbeigeht und sie nur ein einziges Mal den Plätscherklang der Ostseewellen gehört hat. In ihren kurzen Mittagspausen hat sie im Keyserling gelesen. Ihre Füße hochgelegt. Die Lunchbox geöffnet und gelesen. *Auf dem Meere hoben sich die Wellen ohne Schaum, groß und grüngrau, ein mächtiges stilles Atmen.* Jetzt kann sie nicht länger warten.

Die Kinder hat Claus auf Freunde verteilt. Wo bei ihm ständig jeder ein und aus geht, sagt er, ist es nur gerecht, dass auch seine Kinder einmal in fremden Betten schlafen. Zur Not reist die Großmutter an. Lässt in Esslingen Knie und Bandscheiben zurück, die Gute. Den Geheimen Garten übernimmt die Aushilfe. Ja, stell Dir vor, Kathrin kann sie sich weiter leisten. Also habe ich mich breitschlagen lassen. Claus und Kathrin eine Absage zu erteilen ist in meiner Welt nicht vorgesehen. Ich nicke und packe meinen Koffer. Mit Jacken und Pullis, Mützen und Handschuhen. Welcher Wind dort weht, mag ich lieber nicht wissen. Auch hier zerrt er unermüdlich an den Tannen. Als wollte er jeden ihrer Zweige mitnehmen.

Es liebt Dich,

Johanna

5. NOVEMBER 2010 – 06:01

Liebste Jo,

die Nacht schickt mich hinaus, der Morgen verlangt nach mir, Henri hat meinen Schlaf beendet und sein Frühstück eingefordert, er sitzt im Hochstuhl, trinkt seine Milch, isst seinen Morgenbrei, legt seinen Kopf schief und plappert mit dem Fenster oder den Spatzen dahinter, die zwischen meinen Christrosen landen – schwer zu sagen.

Ich hoffe, der Ostseewind wird Euch nicht ins offenweite Meer treiben, auch hier schütteln sich die Platanen an der Straßenecke, als wollten sie sich selbst ausreißen, und Kathrin und Claus müssen nicht alle Schnapsbestände im Lotsenhus leer trinken, wohin sie vor den Fehmarner Regenohrfeigen immer fliehen. Aber die See unter Herbststürmen kennen sie, dass man Mützen braucht, Schals und dicke Schuhe mit Wollstrümpfen darin, wissen sie, beide haben schließlich lang genug in Hamburg gelebt. Sie wissen auch, Du weißt auch, was zwischen schwarzem Wald und Hamburg liegt, Ihr braucht nicht in einer Straßenkarte nachzuschauen, wer auf halber Strecke sein Tischlein für Euch deckt, *das gar kein besonderes Ansehen hat und von gewöhnlichem Holz ist*, damit Ihr Euch *einmal nach Herzenslust* sättigt. Das, nur das wollte ich Dir schreiben, daran, nur daran wollte ich Dich erinnern.

Márta

9. NOVEMBER 2010 – 16:33

Liebste Márti,

schreibe Dir aus einem leeren Café in Hamburg. Lange Reihe, links ab Richtung Alsterwasser. Aufgewühlt, *bitterschwarzkalt.* Dein Wort. Denke an Dein zerzaustes Morgenhaar. Das Du wieder blond trägst. Oder ist es Silber? Sitze am Fenster. In einem winzigen, vergessenswerten Winkel dieses großen Deutschlands. Wie groß es ist, merke ich, wenn ich den schwarzen Wald verlasse. Seine Glasmännlein mit den wütenden Stimmen. Einen langen Tag auf der Autobahn verbringe. Zähle, wie viele Schilder an mir vorbeiziehen. Es ist leicht, mit Kathrin und Claus Kilometer totzuschlagen. Wir haben Weill-Lieder gesungen, Claus hat dirigiert. *Oh Moon of Alabama! Oh show us the way to the next whisky bar!* Gerade ziehen sie mit Freunden durch Altona. Claus hat gesagt, über Möwen und Fischen will er hellblauen Hamburghimmel suchen. Ich soll ihm Glück wünschen. Im November – na bitte schön. Viel Glück, Claus.

Mir war heute nicht danach. Wir sind spät angekommen. Ich vertrage nicht mehr so gut die Mischung aus Menschenlärm, fremden Betten und Nachtgeräuschen. Aber mit Euch war es wunderbar. Mit dem neben mir auf dem roten Polster schlafenden Henri. Dem springenden, tanzenden, singenden Franz mit halbfertiger Laterne. *Sankt Martin ritt durch Schnee und Wind.* Mit Mia, die reihum die Schöße abgeklappert hat. Schade nur, dass Simon nirgends anzutreffen war. In keinem Eurer *anderen Zimmer.* In welchen Theaterverliesen und Bühnenkatakomben, bei welchen Parzen und Horen war er nur?

Als wir Abschied nahmen und gleich darauf Höchst auf dem Autobahnschild auftauchte, wollte Claus sehen, wo ich aufgewachsen bin. *Eine schöne lange Zeit war verflossen, achtundzwanzig Jahre, fast die Hälfte eines Menschenlebens.* Also sind wir von der Autobahn über die *lindenblütenbegrabene, buchen-*

blattbedeckte Königsteiner. Von Dir gestohlen. Oben kahl. Unten überwuchert. Als hätte dort niemand Lust und Zeit, Herbstlaub zusammenzufegen. In Säcke zu füllen und wegzubringen. Ich habe Claus und Kathrin unser altes Haus an der Emmerich-Josef-Straße gezeigt. Nummer zweiundvierzig. Was zunächst gar nicht nach einer Unglückszahl klingt. Einfach nach einer geraden Zahl. Einer gewöhnlichen zweiundvierzig. Die Hostatostraße, wo das Wirtshaus meiner Großeltern stand. Unsere Schule hinter dem Krankenhaus. Wo wir unsere ersten Zigaretten geraucht haben. Marlboro Rot, bei Edeka eingesteckt. Du hast die Kassiererin abgelenkt. Ich packe alles, was ich fassen kann, in meine Jeansjacke.

Zu Bolongaropalast und Schlossplatz habe ich Claus und Kathrin auch geführt. Dienstagmorgen im November. Márti, da könntest Du ohne weiteres eine Geschichte beginnen lassen. Die uralte Sommereiche ist wie dafür gemacht. Auch das Kopfsteinpflaster, das sie hält. Ja, so heißt sie, auch im November heißt sie Sommereiche. Ich habe den beiden gezeigt, wo meine Mutter Trompete spielte. Unter welchem Fachwerkbalken Georg und ich dann standen. Auf welchem Stein wir saßen. An welchem Meter Nidda wir unsere Stöcke ins Wasser warfen. Ihnen beim Ertrinken zuschauten.

Hier nun in Hamburg kann ich frei atmen. Ein guter Ort, um Höchster Backstein aus dem Kopf zu jagen. Der Alsterwind weht seine novemberkalte Luft durch die Straßen und nimmt ihn mit. *Über eisbezackte grobe Fährten.* Er rüttelt am Caféfenster. Der Regen senkt sich und mit ihm bald die samtige nordische Nacht. *Der Mond geht auf – wir sind allein.*

Es liebt Dich,

Johanna

11. NOVEMBER 2010 – 21:23

Liebste Jo,

Sankt Martin, soeben habe ich die Kerzen vor den Fenstern gelöscht, die Kinder haben weitergesungen, nachdem sie mit ihren Laternen zurückgekehrt waren, *Sankt Martin zieht die Zügel
an, sein Ross steht still beim armen Mann*, jetzt schlafen sie. Ich
schreibe Dir, auch wenn ich nicht weiß, wo Du gerade bist, mit
wem Du bist, was überhaupt mit Dir ist, ob der Nordseewind
an Dir reißt, der Ostseewind, die Hexe des Westens oder Ostens
ihren Mund spitzt und Dich wegblasen will, ob Du in Paris gar
nicht angekommen bist oder die Stadt schon verlassen hast, ob
Du an der Seine hängengeblieben bist, an einem ihrer weichen
Ufer, das nett zu Dir ist und es gut mit Dir meint, ob Dich diese
Nachricht jetzt oder erst nach Tagen erreicht, wenn Du Dich in
Deinem Haus hinter den sieben Bergen zudeckst mit Deiner
schönen Waldeinsamkeit, während das Glasmännlein im Tannenbühl Dir zuliebe schweigt, nicht schimpft und tadelt, sondern einfach Johanna Messner zuliebe schweigt.

Wo bist Du, was machst Du nur, liebste Jo, weinst Du oder lachst
Du? Legt jemand seinen Arm um Dich, oder stehst Du irgendwo
sehr allein? Nach Deinem Anruf aus dem herbststurmumtos-
ten Schleswig hat Dich der Wind vielleicht fortgetragen, Dein
Phantomschmerz Markus lässt Dir keine Ruhe und jagt Dich
über den Kontinent, ich bete, Du hast die Zelte zur rechten Zeit
abgebrochen und sitzt nach betongrauer Ostsee trocken in Pari-
ser Großstadtluft, mit Blick in einen heillos surrealistischen Park
liest Du mein *Zimmer* und lässt Dich trösten. Auf meiner rotge-
polsterten Küchenbank hast Du es wunderbar beschrieben, wie
Du vierundvierzig Seiten *Das andere Zimmer* aus Deinem Briefkasten gefischt und mit beiden Händen wie einen Schlüssel auf
einem Samtkissen über die Treppe nach oben getragen, als Kranz
ausgebreitet und darin gelesen hast, während der schwarze Wald

376

seinen nächsten Sturm vorbereitete. Mein Packen Erzählung leistet Dir Gesellschaft, meine Packung Erzählen, am Nordmeer und womöglich in Paris, wo Du unbedingt alte Wunden aufreißen und lecken willst, aber was nützt es, liebste Jo, zu sehen, die Seerosen im Musée de l'Orangerie haben auch ohne Markus unverändert ihre Farben? Drängen sich haltlos in ihrem unerträglichen Lilarosa, wie immer Du diesen glühenden Farbhauch nennen willst, eitel überheblich an Dich heran?

Um die Emmerich-Josef zu entkräften, das stumme Ding aus Backsteinen, hättest Du in Hamburg nur schnell zur Marktstraße gehen müssen, wäre doch leicht gewesen – da hättest Du hochschauen können zu Deinem alten Fenster, hinter dem die windschiefen Zimmer mit den splitternden Holzböden liegen, in denen sich Deine nackten Füße in all Deinen bunten, tränenfreien Hamburgjahren verfangen haben, und Höchster Backsteine hättest Du sofort vergessen können. Niemand hat sie für Dich einreißen, niemand hat diese Wände abbauen lassen, *wir schrecken immer wieder aus dem Nachtschlaf hoch, aus einer rasenden Fahrt entlang gewaltiger Mauern.* Ja, auch ich habe solche Fassaden, die meine Schlängelgassen durchs Leben säumen, wie Soldaten Wache stehen und mich begaffen, wenn ich vorbeiziehe, aber ich denke lieber an die anderen, die mich freundlich betrachtet haben, sieh nur, wie positiv ich sein kann, ich schreibe es auf, für den Fall, Du hättest es vergessen. An eine Fassade denke ich besonders, ja, das ist so eine, für mich lichthell, für andere nur *braundreckig, oststadtrußig,* klammkalt selbst im Hochsommer, die Hitze kann ihr nichts anhaben. In der Budapester Högyes-Endre-utca steht sie, Josefstadt, Józsefváros, achter Bezirk, heruntergekommen, für Arbeiter gebaut, für kleine Leute, einfache Leute, Leute ungefähr wie Dora und Leo, Leute ohne Geld, ohne Vergangenheit und Zukunft, hinter dem Museum für Kunstgewerbe, wo ich als Kind die halben Ferien in einer winzigen, feuchtmuffigen Wohnung verbracht habe, sicher nicht viel anders als die im zehnten Wiener Bezirk, in der die kleine Margot am offenen Fenster Trompete spielte, während sich ihre Mutter die Haare raufte, und Du eine Generation später sterbende Fliegen auf einem Klebestreifen gezählt hast.

Bin ich in Budapest, gehe ich diese dunkle Straße auf und ab, die mit ihren Wohnblöcken den Verkehrslärm von der fünfspurigen Üllői wegsperrt, hänge meinen Bildern nach und schaue auf diese Mauern, als könnte ich zurückkehren, Johanna, als könnte ich dreißig, fünfunddreißig Jahre zurückgleiten und mich absetzen. Als ich letzten Winter im Ambra Hotel wohnte, stand ich auf dem Bürgersteig gegenüber, schaute zur Hausnummer dreizehn mit ihren vielen Türklingeln, ich kenne ja dort niemanden mehr, also starrte ich auf die Mauern, bis es dunkel wurde, während Fremde kamen und gingen, das Tor öffneten und schlossen. Früher hat mich der Anblick dieser Fassade unter ihrem grashalmschmalen Himmel immer leicht gemacht – was war es, der Geruch von Sommer, von Hitze? Waren es die Menschen, die nichts taten, als uns zu bewundern, Anikó, Ildikó und mich, weil wir so gutgeraten waren, gesund und wohlgenährt mit dieser Aura von Westen, die wir mitbrachten und verströmten, mit unserer Main-Taunus-Zentrum-Kleidung, unseren Salamander-Schuhen, während wir so lautlustig Ungarisch plapperten? Oder war es nur diese gigantische Budapester Mischung aus Stimmen, Straßenbahnen, Schwimmbädern und ungenießbar süßen Torten?

Zufällig sind mir ja neulich unsere Paris-Bilder in die Hände gerutscht, auf denen wir aussehen wie Kinder, ich vermute, weil es ein Leben vor Simon und Markus war, konnten wir aussehen wie Kinder. Zufall kann es aber nicht sein, wo Du jetzt vielleicht dort bist und Dein altes Leben im Seerosenteich oder in der Seine versenken willst. *Wie ist das nur: irgendwo in Paris?* Drückt der

Ring an Deinem Finger, oder ist er ins Wasser gefallen, unter der neunten Brücke ertrunken, wie Du es vorhattest? Wie viele Ringe liegen dort wohl, Johanna, über die Stadt der Liebe und den Grund ihres breitgrünen stillen Flusses verteilt?

Ich bin auch gereist, schreibe es Dir auf den letzten Zeilen, weil ich unschlüssig war, ob ich es überhaupt schreiben soll, mit meinen *groben Fährten* im Koffer, kurz nachdem Ihr über Höchst nach Hamburg gerauscht seid, bin ich an den Bodensee, ausgerechnet wenn Du weit weg woanders bist, vielleicht hatte ich es Dir deshalb verschweigen wollen. Während meines wolkennahen Wasserspaziergangs habe ich nach Meersburg gewinkt und der Droste einen Gruß geschickt, von Dir, ihrer liebsten Elevin, ihrer Ziehtochter, ihrer Herzensschwester Johanna Messner, bald Doktor Johanna Messner – wie gut das klingt.

Es umarmt und vermisst Dich,

Deine Márta

22. NOVEMBER 2010 – 19 : 01

Liebe Márta,

ich fuhr also allein durch den Regen der Nordsee und den Regen der Ostsee, die sich dort vereinen. Im schlimmsten Novemberwetter seit Menschengedenken. Pfützengeschmückt, wolkenvergessen, regengepeitscht. Nachdem Kathrin und Claus mir in Schleswig den Wagen überlassen, sich mit vielen Umarmungen und Ratschlägen verabschiedet hatten: Nimm die kürzere Strecke über Liège. Such dir ein Hotel vor sechs Uhr abends. Hast du genug Bargeld. Die dicke Jacke. Den Schal! Kurz bevor sie auf den Bummelzug gesprungen sind und wenig später wieder in Hamburg waren. Claus, liebster, bester Claus, mit seiner unnachahmlichen Art, schweigend herumzustehen. Als würde kein Wort mehr passen. Etwas in seinen Blick zu legen. *Den einen Funken Schwarz.* In die Farbe seiner Augen. Dass es schlimm zwischen meinen Rippen zieht. Ein letztes Mal ans Fenster zu klopfen. Mit seiner linken Hand. Seiner Holzschleifhand. Suppenkochhand. Klarinettenspielhand. Als würden sie mich nie wiedersehen! Als läge Frankreich nicht lächerlich nah hinter zwei Grenzen. Sondern auf der anderen Seite der Welt. Na ja, vielleicht sah ich aus, als wäre es so. Kann sein.

Vorher hatten wir zwischen Schlei und See Kaffee getrunken. In klammen Mänteln, mit tropfnassen Haaren. Es roch nach Kuhdung. Vor der riesigen Front aus Fenstern zerschnitt der Autobahnzubringer unsere Sicht ins Grüne. Eine Betonschanze über saftiger Wiese. Und genau dort, unter roten Deckenlampen, die aussahen wie Korallen in einem Riff, kam mir der Gedanke, nach Paris zu fahren, ja, stell Dir vor, dem grünen Fluss mein Treuepfand zu opfern. Markuspfade, die dort verliefen, für immer zu sperren. Nach dem letzten Schritt ein Schild aufzustellen. Passage interdit. Kein Durchgang. Mich danach nicht mehr umzudrehen. Vielleicht lag es am Regen. Der so unerbittlich an die Scheiben drängte. An diesen Lichtkorallen an der Decke und daran, dass ich keine Lust mehr habe, darüber nachzudenken, was Markus zu ihnen gesagt hätte. Zu diesem Autobahnzubringer mitten durchs Grün. Welchen Gedanken er daraus geflochten und wie er mich damit zum Lachen gebracht hätte. Etwas wie: Schöner kann der Norden kaum sein. Claus legte seinen Autoschlüssel auf den Tisch und sagte, von Schleswig nach Paris sind es nur 1015 Kilometer. Ich schnappte mir den Schlüssel. Als sei es eine Gelegenheit, die sich nur an diesem Morgen bot. Nur in diesem Augenblick.

Zwölf Stunden Fahrtzeit. In der ich viel Gelegenheit hatte nachzudenken. Du glaubst nicht, wie viel Gelegenheit zum Nachdenken man in zwölf Stunden hat. Wie oft sich der Himmel zwischen Schleswig und Paris veränderte. Wie viele Arten von Regen und Regenpausen er schickte. Wie viele Regenbögen und

Farbschatten aus Grau. Wie viele aufflackernde, sonnengejagte Sprengsel Violett. Was auf der Autobahn zwischen Antwerpen, Brüssel, Paris alles an mir vorbeirauschte. Mein Bruder Georg. Viel Georg. Sehr viel Georg. Mein Vater. Meine Mutter. Immer wieder diese drei. In klein und groß. Gesund und krank. In laut und leise. Lachend und weinend. In hübsch und hässlich. Georg nur in hübsch. Deine und meine Zeit als Mädchen. Als freie, *schmutziglaute Mädchen*. Du, Márta Horváth, meine Rettung. Meine Graugans. Mein Adler. Mein Zugvogel. Der mich in letzter Sekunde geschnappt und weggetragen hat. Aus Höchster Hinterhöfen zu den Fähren des Mains. Zu den Angelruten an der Nidda. Meine Liebeslinie zog vorbei. Meine Hamburger Zeit. Meine Freiburger Zeit. Die kleinen Splitterzeiten dazwischen. Die kaum von Bedeutung sind. Die vielleicht nicht zählen. Oder zählt alles?

In Paris habe ich schweigend vor den Seerosen gesessen. An den Fingernägeln geknabbert wie seit Jahren nicht. Unter flüsternden, in ihren Reiseführern blätternden Touristen. Als sei es kein Museum. Sondern ein Andachtsraum. Ja, dieses Rosalila ist kaum auszuhalten. Auch wenn Du es womöglich nicht glauben willst: Mein Ring ist versenkt. Ring. Fassung. Stein. Gravur. *Da fließt das Wasser, da liegst du, und ich werfe mein Herz in den Fluss.* Alles auf den Grund der Seine versenkt. Die eine oder andere Nixe darf ihn aufpicken. An ihren Finger stecken. Aber vorsichtig muss sie sein. Ihr soll er kein Unglück bringen. Sie soll nicht übers Land müssen, als *ginge ihr ein zweischneidiges Schwert durch den feinen Körper.* Ich habe ihn von der Brücke geworfen, wie ich es vorhatte. Ja, genau wie ich es vorhatte. Nicht über die Schulter nach hinten. Sondern so, dass ich ihm nachsehen konnte. Zusehen konnte, wie er verschwand.

Eisig und verregnet war es in Paris. Nicht nur in Schleswig. Aber es machte nichts. Es passte zu meiner schäbigen Pension mit dem leuchtgrünen Pharmacie-Kreuz vor meinem Fenster. Alles andere wäre falsch gewesen. Sonnenschein etwa. Blätter an den Bäumen. Ein warmes Zimmer. Ein Bett mit einer guten Matratze. Der Regen kann manches wegspülen. Alle Tage hat er mich begleitet. Jeden Abend bin ich mit nassen Füßen in mein Zimmer mit der Blümchentapete zurückgekehrt. Bin unter der Decke mit dem Polyesterüberwurf verschwunden und habe Markus verflucht. Von Abend zu Abend weniger.

Von Paris zum schwarzen Wald war es ein Katzensprung. Claus und Kathrin waren noch in Hamburg, als ich ankam. Noch nicht zurück im Geheimen Garten. Und das hat mehr weh getan als alles andere. Als alles andere in den Tagen zuvor. Jetzt will ich mich an meinen Ofen setzen, *einen Sack voll Laub als Kopfkissen auf die Ofenbank legen* und mich mit ein bisschen Waldeinsamkeit zudecken. Das hast Du hübsch erfunden. Übrigens, das Glasmännlein schweigt. Vielleicht schläft es.

Es liebt Dich,

Deine Johanna

26. NOVEMBER 2010 – 23:19

Liebste Jo,

Mias Geschenk aus Paris hat der Postbote gestern gebracht, auf flachen Händen wie auf einem Tablett getragen, als wüsste er, wie viel es ihr bedeuten würde, Mia hat gejauchzt vor Glück, als sie es aufreißen durfte, über das Chipie-Jäckchen in Bleu, am meisten aber über die Karte aus den tausend Eulen, die schon neben ihrem Kopfkissen an der Wand hängt und die Du, geliebte Studienrätin für Kunst, offensichtlich in Kleinstarbeit ausgeschnitten und aufgeklebt hast, les chouettes! Sogleich haben wir ein Picknick auf unserem schmutzigen Teppich veranstaltet, den zuletzt Henri mit vergossenem Saft zugerichtet hat, als hätte es das noch gebraucht, haben ausgedachten Kaffee getrunken und

an Deinen echten Keksen geknabbert, Weihnachtskekse vor dem
ersten Advent, es ist verboten, ich weiß, mit vielen Barbies auf
Decken und Kissen, ja, auch das ist verboten, sie sind zu dünn,
zu glatt, zu rundäugig, zu langhaarig, zu alles, was wir ablehnen,
trotzdem haben wir sie dazugesetzt. In welcher Nacht hast Du
gebacken? Zwischen welchem Wechsel von *Nacht und Tag*, in
welchem Reigen aus Wachen und Wandeln, Traum und Schlaf?
Und ja, alle Bücher sind angekommen, das schwere Buchsta-
benpaket, der Duden für die Grundschule, die Bärenjagd, Das
schönste Tal der Welt, Bergkristall als Bilderbuch, der Kästner,
die Kreitz-Comics, alle sind beiseitegelegt und warten auf den
Abend vor Nikolaus, wenn sie vor die Tür gestellt werden, neben drei Paar geputzte Stiefel, rot, grün und schwarz, bis dahin
bleiben sie gut versteckt, und ich werde Dir berichten von dieser
Bücherwelt, der Welt unserer Bücher, unserer Welt in Büchern,
unserem schönsten Tal.

Bin zurück von einem Elternabend am humanistischen Gymnasium, ja, Du hast recht mit allem, nein, ich habe keine Idee, wie
wir das acht Jahre lang durchhalten sollen, Mia und ich, da rollt
etwas auf uns zu, Johanna, davon ist mir allein beim Treppen-
steigen übel geworden, von der Sechziger-Jahre-Anmutung, den
Gummipflanzen in Kübeln, dem Leberwurstbrotgeruch, dem
Angstmief des Versagens und der Willkür in jedem Winkel, hinter jeder Tür, wie Du das aushältst! Natürlich schlägt mein Herz
trotzdem fürs Humanistische, für was denn sonst, aber weil es
auch für unseren Alltag einfacher wäre, wird es wohl die mäßige
Schule in Laufnähe, doch ich bin seltsam gelassen, glaub mir
ruhig, dieses eine Mal machst Du nichts falsch damit.

Márti

1. DEZEMBER 2010 – 09:23

Liebe Márti,

zwei Sätze aus Marbach. Meinem weltvergessenen, wortdurch-
tränkt uneitlen Lieblingsort mit dem großen Dichterdenkmal.
Schläfrig dezemberdunkel. Ein Himmel, der nicht aufwachen
will. Mit Schneeanfängen, winzigen Schneeanfängen auf den
Dächern. *Alles still ringsum – die Zweige ruhen.* Ich sitze im
Handschriften-Lesesaal, hinter dicken Glasmauern. Wo ich nur
mit Bleistift schreiben darf. Meine Hände müssen sauber sein.
Damit keines der Papiere schmutzig wird. Unter mir atmen die
Betonkatakomben tief die schwere Luft ein. Gefüllt mit Wort,
mit Schrift. Buchstabenjahrhunderte in grünen Kästen. Ge-
dankenjahre. Wusstest Du, dass der Umfang einer Sammlung
in Kästen gemessen wird? Hier ist der Kasten das Maß aller
Dinge. Der grüne Kasten mit dem Klämmerchen und Schuber.
Aus säurefreiem Karton. Auch die Mappen darin sind säurefrei.
Beherbergen so hübsche Sachen für mich. Die kein anderer sehen will. Vielleicht ist mir dieser Ort deshalb so lieb geworden.
Wenn ich selbst keine Bücher schreibe, will ich wenigstens über
sie schreiben. Heute bin ich über diesen Satz gestolpert, histo-
risch-kritische Ausgabe, HKA, Band V, 2, Entwürfe und Notizen.
S. 285. Weiß nicht, was ich mit ihm anfangen soll. *Simon hatte
bald das letzte seiner Kinder begraben.* Ausgerechnet Simon! Ich
müsste mir gar nicht die Mühe machen. Mich nicht durch die
Briefe wühlen. Das haben andere weit vor mir getan. Sie fein
säuberlich aufgelistet und zusammengetragen. Längst in der
HKA nachzulesen. Aber ich will sie einmal sehen und anfassen,
Márti. Einmal dem Staub, der Tinte nach hundertfünfzig Jahren
begegnen. Einmal sagen, hier bin ich. Ich schau dich an. Ich habe
etwas vor mit dir.

Ich kann das Redaktionsexemplar vom Morgenblatt, in dem die
Judenbuche zum ersten Mal abgedruckt wurde, in den Händen

halten. Wie es hundertsiebzig Jahre vor mir jemand in den Händen gehalten hat. Einmal berühren! Den ersten Abdruck in der Nummer 96. Freitag, 22. April 1842. Zwischen Korrespondenznachrichten und einem Rätsel. Unter dem Motto des Tages, einer Art Überschrift. An diesem zweiundzwanzigsten war es Shakespeare, Henri VI.: *Then we are in order, when we are most out of order.* Warum nicht. Nein, es riecht nicht nach Papier. Nicht nach altem Papier. Nicht nach Bibliothek, nach Archiv, nach Bücherkiste. Es riecht nach gar nichts. Auch so eine überraschende Entdeckung, Márti. Daneben der Vermerk mit Rotstift, an wen das Geld für den Abdruck zu zahlen war. Droste zu Hülshoff rot unterstrichen. Nach vierzehn Fortsetzungen der Schluss an einem Dienstag, dem 10. Mai. Von April bis Mai konnte Deutschland die Judenbuche zum ersten Mal lesen. Wie gern wäre ich dabei gewesen! Hermann Hauff hat ihr den Namen gegeben, nicht die Droste. In Deinem Kopf undenkbar, für Dich unzumutbar. Übrigens der Bruder von Wilhelm, dem Vater des Holländermichels. Dem Erfinder des Peter Munk und des Tannenbühls, wo *die Bäume so dicht und hoch standen, dass es am hellen Tag beinahe Nacht war.* Wieder schließt sich ein Kreis in meinem Denkreigen, sieh nur.

Kurz noch das, man schaut schon böse. Ich haue zu laut in die Tasten. Du willst es nicht hören und begreifen. Es dringt nie an Deine hübschen tauben Ohren. Ich wiederhole seit Jahr und Tag, wenn Du kannst, erspar Deinem Kind die höhere Töchterschule. Sage ausgerechnet ich Dir, ja. Weil ich weiß, die ist etwas für kleine Lernsoldaten. Die jeden Stoff in ihren Schädel schlagen und am entscheidenden Tag abrufen. Meine Patentochter versänke zwischen a-Deklination, o-Deklination und deren unzähligen Ausnahmen. Deinen Jammer, Dein Klagen würde niemand hören. Dir und Mia würde es weiter den Tag zerhäckseln, Eure Zeit pulverisieren. Puella. Puellae. Puellae. Puellam. Und wieder

385

puella. Ich weiß, Deine Kinder sollen aufs Gymnasium gehen und Abitur machen. Wir haben das abertausendmal durchgekaut. Aber der Preis ist hoch. Auch was Dein eigenes Leben angeht. Dein Márta-Horváth-Leben. Das ohnehin nur zurückgenommen gelingt.

Johanna

3. DEZEMBER 2010 – 23:37

Liebste Johanna,

meine Reise nach Polen habe ich nicht abgesagt, mein zurückgenommenes Márta-Horváth-Leben ist weitergelaufen, mit mir als Hauptdarstellerin, rotierend oder nur schleifend, obwohl ich nicht hätte fahren sollen, ich hatte keine Stimme zum Reden oder Lesen, Franz hatte mit seiner Bronchitis erst Simon, dann mich überfallen, so wie das Jahr für Jahr geht, auch in diesem Winter wird uns das orangerote Inhaliergerät begleiten, in das wir allerlei Tröpfchen füllen, wenn wir es morgens und abends für unsere Söhne anwerfen, es gehört zu den wiederkehrenden Geräuschen unseres Tages, wie das Schleudern der Waschmaschine und das Gurgeln der Espressokanne – der wievielte Winter in Folge, in dem wir husten, röcheln, japsen, schniefen? Letztes Jahr war es so, im Winter vor zwei Jahren, als Lori uns in die Körberstraße geschleust hatte, mich mit meinem ausufernd dickrunden Bauch, in dem Henri badete und kreiste, tauchte und seine Bahnen zog. Henris erstes Mamageräusch muss mein hartnäckiger Husten gewesen sein, bleibt das nun deshalb jeden Winter so?

Ich bin nach Warschau geflogen, ich konnte nicht anders, Johanna, seit Monaten hatte ich mich gefreut, weil die ersten Gedichte auf Polnisch vorliegen, in einem schmalen Bändchen mit vielen Strichen und Dächern auf dem paradiesgrünen Umschlag. Da ich so krank war, haben sie mein Programm eingestampft, geschrumpft auf Warschau und Krakau, Lori hatte mich nach Lori-Art trocken verabschiedet: Wünsche dir gute Besserung und tüchtige Heizungen, vor Jahren war sie im Herbst durch Polen gefahren, auf der Suche nach übriggebliebenen, wartenden Steinen und Mühlrädern ihrer verlorenen, verlassenen Höfe zwischen Lodz und Breslau, wo sie als Mädchen barfüßig mit Hühnern und Schweinen gespielt hatte – nie hatte irgendwo eine Heizung sie gewärmt, und Reste der alten Höfe hatte sie auch nicht gefunden, natürlich nicht, kein einziger Stein hatte auf sie gewartet.

In meinem Warschauer Zimmer lief die Heizung zwar, ein heißglühender Fleck in einer kalten Ecke, warmes Wasser gab es dafür keines, und es roch schlimm nach soeben gepafften Zigaretten, als habe man vergessen, Aschenbecher zu leeren und dieses *andere Zimmer* für mich zu lüften, mit seinen Dachschrägen, seinem Blick aufs Schloss, auf breitlaute Ameisenautostraßen und einen neugierigen Mond, der früher als bei uns über den Dächern steht, als hätte er keine Zeit zu vergeuden. Wie vor einem Guckkasten saß ich in meinem Fenstervorsprung, neben mir Wasserkocher, Teesieb, Honig, trank meinen heißen Salbeitee, hustete und würgte weit oben über der Stadt, wo mir keiner Beachtung schenkte, keiner der pünktchenwinzigen Menschen, die durch ihren dunkelblauen Nachmittag eilten, unter ihrem fest umrissenen, überklar gezeichneten Dezemberhimmel.

Lesung und Gespräch habe ich überstanden, mich zwischen den Zeilen weggedreht und gehustet, aber später in der nachtkalten Luft musste ich den Gang durch die Kneipen abbrechen, was mehr als schade war, denn mich umgab eine feine Truppe, darunter meine luchsartig aufmerksame, peinlich genaue Übersetzerin Renata, meine Entdeckerin für Polen, ständig habe ich sie gefragt, was dieses und jenes bedeutet, und ständig sofort vergessen, wie man dieses und jenes auf Polnisch sagt, ach, dieses

387

Polnisch, Johanna, eine Sprache wie eine Wand, vor der ich nur stand und glotzte. Außer ›tak, tak, tak – ja, ja, ja‹ und ›dobrze, dobrze – gut, gut‹ habe ich nichts, gar nichts erahnt oder begriffen, ein lichtloser, undurchdringlicher Irrgarten ohne Hinweisschilder, rätselhaft, ob gerade über den Weltenbrand, über das vége a világnak, oder nur über das Wetter gesprochen wurde. Alle sagten artig, wie sehr ihnen meine Arbeit gefalle, und ich vermute, sie kennen sie wirklich, sogar beide Sammlungen, *Grobe Fährten* und *Nacht und Tag*, weil sie sich zu allem zu äußern wussten.

In Krakau, der Stadt mit zwei Literaturnobelpreisträgern, lehnte sich jemand zu mir und hauchte, I love your poems, und ich fragte mich, ist es die polnische Höflichkeit, oder meinen sie es wirklich, wie sie es sagen? Es wurde so detailliert über *Grobe Fährten* geredet, dass ich fast ein bisschen erschrocken bin, obwohl im Gespräch, das ein junger Lyriker mit mir geführt hat, einiges durch die Übersetzung verlorenging. Diese Sprachen, Johanna, machen uns zu Fremden – selbst wenn die Frau vom ungarischen Kulturinstitut Polnisch und Ungarisch sprach, die Dame vom polnischen Kulturinstitut Deutsch und Polnisch, der Lyriker Englisch und Polnisch, ich mitten unter einander jagenden Sprachfetzen und Satzmelodien, ungefähr wie früher, wenn meine versprengte Flüchtlingsweltverwandtschaft aus Kanada, den USA, Schweden und Deutschland einmal im Jahr am Balaton aufeinanderstieß und ihr babylonisches Sprachwirrwarr über seine grünblauen Ufer goss.

In Kazimierz war ich untergebracht, im jüdischen Viertel, in Laufnähe zu Schindlers Emaillewarenfabrik, nicht weit vom Konzentrationslager Plaszow, das vor den Toren der Stadt liegt. Renata führte mich durch den Kohlegeruch der Dezembergassen, bis Schnee fiel und ich diese Zeile denken musste, *Schnee fällt uns mitten ins Herz.* Sie ging mit mir an Synagoge und Synagoge und Synagoge vorbei, durch Höfe mit knorrig blätterlosen Bäumen, die dort stehen wie Mahnmale und nicht aussehen, als könnten sie im Frühling Blätter tragen, vielleicht weigern sie sich, es wäre denkbar. Ich fragte, wie groß die jüdische Gemeinde Krakaus sei, nur eine der Synagogen wird für Gottesdienste genutzt, Renata sagte im Laufen, hundertfünfzig vielleicht, nicht mehr, und in einer tollen, nicht einzuholenden verrückten Volte meines Kopfes glaubte ich, sie hat die Tausend vergessen, hat sie verschluckt, das kann in einer fremden Sprache geschehen, sie hat vergessen, die Tausend hinzuzufügen. Du kannst Dir vorstellen, Du kannst Dir nicht vorstellen, nein, überhaupt niemand kann sich vorstellen, mit welcher Schwere, mit welch unauflösbar mattem Gefühl man durch dieses Viertel, ach, durch diese ganze Stadt läuft und denken will, wie es war, hier zu leben, hier zu sterben, und es nicht denken kann, weil unser Kopf nicht ausreicht, obwohl er vieles kann, dafür reicht er nicht aus. Der Lyriker, der am Abend das Gespräch mit mir führte, wurde in Auschwitz geboren, und wie es für mich klang, als wir beim Abendessen saßen und er das auf meine Frage hin sagte, kannst Du vielleicht versuchen, Dir auszumalen. Etwas wird er mir angemerkt haben, auch wenn ich alles daransetzte, mir nichts anmerken zu lassen, alles dafür gab, den Ausdruck in meinem Gesicht einfach weiterlaufen, nicht stocken, nicht stolpern zu lassen, als könne jemand sagen: Ich komme aus Auschwitz, ich bin in Auschwitz geboren, und man könnte einfach antworten: Ach ja, in Auschwitz also.

Simon hat Polen immer abgelehnt, wenn man das sagen kann, wenn es das treffende Wort ist, aber ich finde gerade kein anderes, besseres, passenderes, denk Du Dir eines, vielleicht fällt Dir eins ein, dann nimm es und tausch es aus. Vor Jahren hatte er Polen mit einer Theaterdelegation bereist, einem handverlesenen Zirkel aus Theater und Musik, Penderecki durfte er treffen

389

und seine Bewunderung ausdrücken, aber Simon hat nichts für gut befunden und gesagt, der Osten könne ihm gestohlen bleiben, vielleicht als Schuss in meine Richtung, wer weiß. Abends in meiner Gästewohnung sagte ich am Telefon zu ihm, du kannst den Gedanken nicht ertragen, dass dein Vater als Soldat hier war, und ich erwartete ein: Schwachsinn, gewiss nicht, aber es kam nur ein zögernd verzagtes: ja, es stimmt, es stimmt so. Simon sagte, während seiner Reise habe das so nach ihm gefasst, sich auf jeden seiner Schritte und Atemzüge geworfen, Tag und Nacht in sein *labyrinthisches Geäder*, dass er die Reise hatte abbrechen wollen, um nicht durchdrehen zu müssen. Er hat mich gefragt: Was soll man tun?, und ich habe erwidert: Lass uns jetzt, hier, sofort, für immer das zwanzigste Jahrhundert begraben. Europa wollen, das kann man tun, für Europa sein, sonst nichts, sonst muss man gar nichts, das ist nicht viel, das ist nicht schwer, das kriegt man hin, das kriegen auch wir hin.

Und so habe ich Polen verlassen, Johanna, mit vielen Eindrücken, die nachwabern und nachleuchten, auch leichten, ungeahnt, unverhofft leichten Eindrücken, von den Krakauer Cafés, wo ich mit Renata heißen Tee aus weißen Porzellankannen trank, mit einem Schuss Himbeersirup, ja, so trinkt man ihn, und den besten Apfelkuchen der Welt aß, nein, ich übertreibe nicht, es war der beste. Mit Eindrücken von den Kirchgängern, die sonntags kirchein, kirchaus gingen, ihrem Kirchgängertrubel in der vorweihnachtlich vibrierenden Stadt, wenn sie vor den Türen standen, weil es in der Kirche keinen Platz mehr gab, sich an den Händen hielten und ihre Sonntagmorgengebetswolke, ihre gesammelten Fürbitten hoch zum nördlich graublauen Himmel schickten. Bevor mein Taxi zum Flughafen fuhr, stahl ich mich zum Hochaltar der Marienkirche, unters leuchtende Mittelalter, unter den Schmerz der Apostel, habe auf einer dunkelharten Holzbank gesessen, mit Wollmütze, Mantel, Handschuhen, den

Kopf in den Nacken gelegt, in meinen Schal gehustet und das zwanzigste Jahrhundert für den Moment draußen gelassen.

Es liebt Dich,

Márta

5. DEZEMBER 2010 – 21:04

Liebe Márti,

versinkt Ihr unter Rechenaufgaben oder putzt Stiefel, um sie sauber vor die Tür zu stellen? Niemand geht ans Telefon, also schreibe ich. *Schlafstill* ist meine Straße. Ja, Straße. Ich höre Dich lachen – aber wie soll ich es nennen? Weg, Pfad, Sträßlein? Ein zerfließender Mond wirft sein *nachtblaues Licht* auf die Tannen. Nur für mich.

Tak, tak, tak, ja, ja, ja, vielleicht hast Du recht. Vielleicht ist es nur mein Vater, der mir dazwischenkommt. Wie Du gestern zwischen heranrollenden Hustenanfällen gesagt hast. Mein Vater, der funkt. Morsezeichen aus seinem Himmel auf meine Erde herabschickt. Notrufe. Aber wozu noch? Dobrze, dobrze – gut, gut. Vielleicht geht es nicht mehr um Markus. Längst nicht mehr. Sondern immer nur um meinen halbtoten, halblebendigen Vater. Der das Leben so achtlos wegwarf. Zu dem doch auch ich gehörte. Zu dem meine Mutter, Georg und ich gehörten. Du könntest recht haben. Vielleicht geht es nicht um Markus. Vielleicht ist es nie um Markus gegangen.

Seit ich aus Paris zurück bin, klammere ich mich an den Geheimen Garten. An Alpenveilchen und Amaryllis. Wir verkaufen sie in allen Tönen von Rot. In Weiß. Lachs. Rosa. Gestern nach Ladenschluss habe ich mit Kathrin unzählige Lichterketten ins Fenster gehängt. Blinkende, nicht blinkende. Alle leuchten nun über hohen Vasen und dicken Kränzen. Aus Tanne. Kiefer. Birke. Kathrin hat mit ihrer Tradition gebrochen, vor Heiligabend keine Christbäume aufzustellen. Also haben wir einen

Baum geschmückt. Warum jetzt, warum dieses Jahr – ich habe nicht gefragt. Sondern nach Kathrins Anweisung grüne Nadeln mit weißer Farbe besprüht. Sterne aus Stroh und rote Kugeln an die Zweige gehängt. So wie Kathrin es haben wollte. Nein, nicht einfach rot. Rot in allen Schattierungen. In allen Möglichkeiten, allen Wuchsrichtungen von Rot. In allen Ideen von Rot. Es sieht himmlisch aus, Márti. Nach Kathrin-Art überladen. Aber himmlisch. Ein echter Kathrin-Baum. Eine echte Kathrin-Tanne. Strahlend weiß bis an die Decke. Schimmernd, fließend rot. Die Menschen bleiben auf der Straße stehen und schauen lange durchs Fenster. Sie betreten den Geheimen Garten und staunen.

Für mich hatte Kathrin einen Adventskranz gebunden. Für mich in meinen dunklen Dezemberwochen. Am Vorabend des ersten Advent hat Claus ihn gebracht und auf meinen Esstisch gestellt. Wir haben auf den Kranz geschaut und geschwiegen. Auf Tannenzweige aus dem schwarzen Wald. Vielleicht vom Holländermichel in einer Sturmnacht gefällt. So dass Wasser in ein Schiff dringen und es untergehen musste. Saftiggrün unter Draht gebändigt. Kathrins Handschrift in jeder Nadel. In jedem Band, das sie eingeflochten hat. In jeder handgezogenen, scharlachroten Kerze.

Kathrin und Claus haben übrigens nicht nach Paris gefragt. Sie haben gefragt, wie die Fahrt war. Ob ich die südliche Route über Liège genommen habe. Wie mein Zimmer war. Mein *anderes Zimmer*. Das Wetter. Ob auch so schaurig wie in Hamburg und Schleswig. Aber sonst haben sie nichts gefragt. Nicht ob ich meinen Ring versenkt habe. Ob es sich gelohnt hat. Ob ich jetzt freier, besser denken kann. Vielleicht sogar fühlen. Sie warten, bis ich es von selbst erzählen werde. Futur eins. Wenn der schwarze Wald schweigt und ich rede.

In den Kalender habe ich geschaut und festgestellt, dass sehr bald Weihnachten ist. Mich gefragt, wie das sein kann. Warum kommt Ihr nicht vorher zu mir in den Süden, und wir sammeln Tannenzapfen? Streichen sie mit den Kindern in Gold und Silber an. Stellen uns an eine der Buden vor dem Rathaus. Trinken Punsch unter seinem Glockenspiel. Schauen zu den Gipfeln und malen uns einen Bergkristall aus.

Johanna

11. DEZEMBER 2010 – 07:09

Liebste Johanna,

ich stehle mich davon, um Dir zu schreiben, wenigstens zwei Zeilen mit steifen Fingern, in Küche und Wohnzimmer wird die Heizung nicht warm, Simon kniet mit dem Werkzeugkasten davor, flucht und schraubt an den Ventilen, es gluckert, zischt und pfeift, ich sitze unter dicken Decken, *Schnee und Barometer sind gefallen*, heute Nacht bin ich mit kalten Füßen aufgewacht, ich bibbere noch. Wie es so läuft mit 14342 minus 2298, fragst Du? Mit 24231 geteilt durch 54? Der Zahlenraum bis hunderttausend liegt vor Mia, die kleine und große Hölle, ich durste nach den Ferien, Johanna, meiner Zeit der Erlösung und lächerlich winzigen Freiheiten, ohne Wecker, ohne Zahlen, Punkt, Strich und Komma, auch wenn es den ganzen Tag nur heißen wird, Dreck wegmachen, Essen heranschaffen – es sind Ferien!

Sonntag war ich in Leipzig, während hier Folienpapiere und Pergamentbögen warteten, zum Leben erweckt zu werden, ich bin zu spät, wir sind zu spät, wie jedes Jahr, ich kann nicht fassen, dass ich schon wieder Weihnachtskisten auspacke, Räuchermännchen, Pyramide, Bergmann und Engel, es kann nicht sein, habe ich gestern zu Simon gesagt, Peng!, und es ist Weihnachten, Peng!, es ist Ostern, Peng!, Geburtstag, und er hat gesagt, ja, und dann Peng! – Lebensende. Dass es noch Menschen gibt, die Gedichte hören wollen, meine Gedichte – manchmal kann ich das nicht glauben, ich selbst habe mich mit diesem Ausflug beschenkt, im Hotel konnte ich in Ruhe arbeiten, schlafen und frühstücken, also saß ich ausgedehnt gedankenverloren bei meinem Tee, bis die Putzfrau mit dem Riesensauger ihre Bahnen zog und meine Wortspiele durchtrennte. An zwei Texten fürs Radio habe ich beim Staubsaugerfrühstück gefeilt, die Redakteure taten begeistert, und mir war völlig gleich, ob sie es wirklich waren, ich musste nichts ändern, und das ist mir von allen Möglichkeiten die liebste. Zudem bin ich selig über das Honorar für mein *Sperlingsgedicht*, lächerlich klein, aber mein, Noras Tod variiert zur Sterbemelodie, ja, ich schlachte das Leben aus, Du liegst richtig, lass mich doch, gestern ist das Geld eingegangen, und auf meinem Kontoauszug ist zu sehen, wo es zwischen allerlei Abbuchungen ohne Spur versickern wird. Trotzdem bleibt dieses Gefühl in meinem schiefbahnigen Leben unvergleichlich und unersetzbar, Geld fürs eigene unverfälschte, unverbogene Wort zu kriegen. Meinen Reiseartikel über den Klützer Winkel muss ich schreiben, den ich zu lange vor mir hergeschoben habe, ich habe alles vergessen, was ich dazu in meinen Kopf gesteckt hatte, es will mir nicht gelingen, über die leuchtendgrellen Rapsfelder und den Säuselwind in den Weiden zu schreiben, vor meinen Fenstern fließt nur braunes Land in graue Stadt.

Dies zum Ende. Ich weiß nicht, wie und wann mir das gelungen ist, in welchen freien Miniatur-Augenblicken meiner verplanten Nächte und Tage, in welchen Unterbrechungen meiner davongaloppierenden Zeit, aber noch zwei, drei Seiten, und die Erzählungen sind fertig. Lass mich auf die Knie fallen, Johanna, und Du, mach mit diesem Satz, was Du willst, glaub ihn oder glaub ihn nicht, merk ihn Dir oder vergiss ihn sogleich – aber hör ihn, hör ihn!

Deine Márta

14. DEZEMBER 2010 – 23 : 04

Liebe Márta,

ich bin nach Marbach gehuscht. Um mich zu verabschieden.
Von meinem Glashaus. Von meinem sanft hinabgleitenden Bü-
cherhügel. Adieu Marbach. Adieu 2010. Obwohl Schnee gefallen war und ich mir vorgenommen hatte, bei Schnee nicht zu
fahren. Bei Schnee im schwarzen Wald zu bleiben. Vor meinem
Ofen den Stifter zu lesen. Auf meinem Blätterkissen. Nun war
es zum letzten Mal dieses Jahr, dass es mich zu den Briefen der
Droste an ihren Levin gezogen hat. Zu ihrer winzigen Schrift.
Ihrer Kleinkleinschrift. Ein Kunstwerk wie eine Elfenbotschaft.
Überrascht sein müsste ich nicht mehr. Und bin es doch. Über
diese makellos glatten, nicht wie geschriebenen, sondern gemalten Buchstaben. Mit denen sie den Bogen bis zum Rand gefüllt
hat. Mit ihrem *Papiergeiz* bis zum äußersten Punkt beschrieben.
Als hätten ihr alle Blätter der Welt nicht reichen können. Ich
kann sie nur mit der Lupe lesen. Verliere mich in den Fasern des
cremefarbenen, mattweißen Briefpapiers. Levin muss es Nerven
gekostet haben. Kaum einen Millimeter hat sie freigelassen. Das
Blatt auf den Kopf gestellt und in den freien Raum zwischen den
Zeilen geschrieben. Du glaubst nicht, was sie alles auf einer Seite
untergebracht hat. Wie kleinkopiert sieht es aus. Wie hat sie das
mit ihrer spitzen Feder so zeichnen können?

Ich verlasse Marbach nie, ohne mein Orakel zu befragen. Den
Poesieautomaten im Untergeschoss des Literaturmuseums. Du
kennst ihn, wie auf einer Flughafenanzeige ordnet er per Knopf-
druck die Wörter neu und wirft ein paar Zeilen Poesie für mich
aus. Bevor ich ins Auto steige, meinem Drostewortmeer den Rücken kehre, hole ich meinen Spruch ab. Mein Motto. Meine Weissagung. Für die Zeitspanne bis zum nächsten Mal. Es ratterte:
Auch hier Beton, Beton, Beton. Ich habe noch einmal gedrückt.
So verrückt bin ich schon. Als könnte dieses Gerät meine Wort-

395

mischung für mich finden. Insgeheim hatte ich auf eine Jahresparole gehofft. Auf eine Zusammenfassung meines ausklingenden Jahres. Einen Ausblick fürs nächste Jahr. *Sachzwänge, Ratlosigkeit, endlose Operetten* spuckte er aus. Na, da hast Du es! Vielleicht fiel es mir deshalb leicht, mich von zwei Kollegen überreden zu lassen, einer kleinen Gruppe um Bio-Kurt zu folgen, um fremden Wald und fremdes Gestein zu erkunden. Habe heute ein Häuschen mit Meerblick auf La Palma gemietet. Das letzte. Hoffentlich nur im wörtlichen Sinn. Werde zwei Tage vor Weihnachten im Flugzeug sitzen. Kathrin und Claus haben ihre längsten Gesichter gemacht, weil ich Heiligabend nicht ihre Gans essen und nicht ihren Schnaps trinken werde. Nicht mit Geschenken beladen pünktlich zum Krippenspiel vor ihrer Tür stehen werde. Ich kam mir vor wie eine Betrügerin. Eine Diebin. Nur was habe ich gestohlen? Aber ich fühle mich ausgehöhlt, Márti. Ausgeschabt, leer. Die Dunkelheit setzt mir zu. Ich habe ein fast schmerzendes Verlangen nach Licht und warmer Luft. *Der Winter, der Winter der uns eng zusammenwirft, steht vor der Tür.* Zu viel Todessog in meinem schwarzen Wald. Zu viel Todeshauch um mich. Meine todliebende, todesverliebte dunkle Droste. Mein erdumschlossener, erdversunkener Vater. Meine sargkalte Mutter. Mein ferner, unerreichbarer Georg. Warum so fern und unerreichbar?
Sehe also windzerfurchten Zeiten auf dem Land entgegen. Als hätte ich das nicht auch hier, das Land. Wandern werde ich auf La Palma, schlafen. Ja, schlafen, Márti. Jetzt. Nicht später einmal. Frühstücken auf meiner Terrasse. In den Wanderpausen die Fußzehen ins Atlantikwasser tauchen. Noch überlege ich, ob ich die Droste einpacke. Sie mitnehme zu Fischbuden, Lorbeerwäldern und Meeresschaum. Oder mich nur mit mir, mir und mir, mit dreimal hintereinander mir aufmache.
Es liebt Dich,
Johanna

18. DEZEMBER 2010 – 12:41

Liebste Johanna,

natürlich wirst Du sie einpacken, all Deine wichtigen, unentbehrlichen Zettelchen und Notizen, Du kannst die Droste nicht im schwarzen Wald lassen, allein vor Deinem kalten Ofen, Du bringst es nicht über Dein geschundenes warmes Herz, die Droste muss mit und staunen, wie es im einundzwanzigsten Jahrhundert, wie es im Süden ist, am echten, nicht am ausgedachten, nur in den Kopf gemalten Meer!

Henri schläft, ich kann Dir schreiben und offenbaren, dass ich an eine neue Erzählung für mein *Zimmer* denke, obwohl es sich anfühlte, als sei alles fertig, der Schnee hat sie mir zugeflüstert, ich kann sie nicht überhören, auch wenn Du mich ausschimpfen willst, diese eine Geschichte fehlt in meinem Reigen, vielleicht kann sie mein Nachwort sein, mein Abgesang, mein Schlussakkord – hör nur, wie großgewaltig das klingt. Also denke ich in Notizen, zeichne sie an meine Kopftafel, wenn ich beim Sitzen, Gehen, Warten in den Himmel starre oder nur an unsere Zimmerdecke und sehe, die rote Nudelsoße hat es bis dort oben hin geschafft, bis in diese letzte Ecke. Ich freunde mich wieder an mit dem Weg zum Schreibtisch, meine Blutflüsse halten still, ich fühle mich nicht mehr nur falsch in dieser Welt. Es ist heilsam, Kinder zu haben, für mich sehr heilsam, selbst wenn sie mein tägliches Nervengift sind, retten sie mich vor meinem vége a világnak, meinem Weltende, Mia, Franz und Henri verbinden mich mit dem Leben, sie zwingen mich, nicht aufzugeben, obwohl ich hatte wegtreiben und untergehen wollen.

Simon ist auf Kuba, am Tag vor Heiligabend fliegt er zurück, die Kinder sind außer sich, Mia hat Angst, er könnte es nicht rechtzeitig schaffen und wir wären am vierundzwanzigsten allein mit Lori, ja und? Drei Reisetexte sollen es werden, *drei traurige Tiger*, Nachtleben, verpuffter Revolutionsdunst, Alltag zwischen Hoffnung und Entbehrung unter dem endlichen Himmel aus

Blaurosa. Er wird der Frage nachspüren, was braucht ein Mensch zum Leben, wo lässt sich Glück finden und wofür wiederum aufgeben, verkaufen, vernachlässigen, etwas in der Art, für Simon eine leichte Übung – etwas Bruder Che, Cabrera Infante, etwas Marx und traurige Tropen. Hauptsache weg, war Simons Gedanke, ob nun dringend weg von mir oder uns allen, weiß ich nicht, was es auch gewesen sein mag, ich kann es Simon nicht übelnehmen, auch wenn ich ihm vieles übelnehme, vieles, jetzt schon sehr, sehr vieles, dieses eine sicher nicht. Wir nutzen jede Gelegenheit, die uns aus unserem Alltag stößt, setzen uns wie ein Steinchen in eine Spatzenschleuder und lassen uns aus der Körberstraße, unserer *Endstation Sehnsucht*, in ein unbekanntes, noch nicht ausgelotetes Stück Welt schießen. Deshalb war schnell entschieden, dass Simon fliegen würde, damit dieser Entwurf von uns nicht auch noch in Splitter und Trümmer zerfällt. Einmal nicht Schreib- und Tagestrott mit hustenden, fiebernden Kindern, die uns nachts aus den Betten jagen, um ihre Bakterien auf uns zu verteilen, schließlich sind auch Simon und ich noch ein Rest wir selbst, nicht nur fressender Alltag, nicht nur Familie, nicht nur Paar, das am allerwenigsten, das am geringsten, vergessenswertesten, sondern er und ich, Simon allein, ich allein, er, wie er früher einmal war, und ich, wie ich früher einmal war, bevor das hier alles anfing. Also darf Simon für eine ausgehebelte, nicht mitlaufende, nicht zählende Zeit fremdes Leben mit Tropenhimmel und Salzmeer spielen, unter Königspalmen bei Rum mit frischer Minze, das Leben eines traurigen kubanischen Tigers. Vom Flughafen hat er sich in einem türkisblauen offenen Ford ins ehemalige Mafia-Hotel fahren lassen und dem Zimmermädchen wohl so viel Geld hingelegt, dass es jeden Morgen die Überdecke zur Rose faltet, Simon hat es mir heute Nacht erzählt, während es in der Leitung knackte, als säße die Kuba-Stasi darin und schraube an den Drähten.

Auf meiner Seite des Ozeans ist das größte Schneechaos seit Jahren ausgebrochen, Stunden nachdem Simon abgereist war, saß ich im Wagen fest, als ich von meinen Eltern zurück in die Stadt fuhr, um Franz vom Schülerladen abzuholen. Laster hatten sich in den Autobahnauffahrten quergestellt, weite Abschnitte waren gesperrt, der Hochtaunusverkehr der Busse war längst eingestellt, ich kam nur meterweise weiter, das ABS-Warndreieck auf der Anzeige blinkte, flatterte und zeigte an, Bodenkontakt verloren! Bodenkontakt verloren! Der Wagen schlitterte, rutschte, und ich betete, während es weiterschneite auf alle Dächer dieser Stadt und Simon vielleicht schon in einem warmen Haifischmeer schwamm. Zwei Stunden zu spät kam ich, die Putzfrau zog ihre nassen Bahnen, die Waschmaschinen liefen, Franz war zwischen Legosteinen auf dem Teppich eingeschlafen, die FSJ-lerin spielte Klavier, adagio und pianissimo zum leise wütenden Schnee vor den Fenstern zur Eschersheimer – *Flugschnee, piano possible.*

Ich hatte mich auf einen Nachmittag mit Franz gefreut, weil ich böse Geschichten über mittlere Kinder gehört habe, wie sie vergessen werden, untergehen zwischen ihren Geschwistern, mit Molke und Henri bei Lori hätten wir alle Zeit und Ruhe gehabt, mein bärbeißiger, rehbrauner, unvergleichlicher Franz und ich, wir wären in den Stadtwald gefahren, um in der Goetheruh Pfannkuchen mit Apfelkompott zu essen, später zu Hause Wörter zu legen und bröckelnde Satzschlösser aus ihnen zu bauen. Stattdessen gab es meine einsamen Stunden im Stau unter einer sich ausschüttelnden Wolkendecke und die eine geteilte Stunde mit Franz, in der er alle Brötchen verspeiste, die ich für den Abend besorgt hatte, ihr Innenleben zu Kügelchen knetete, aus dem Fenster schaute und vor Glück über so viel Schnee alle Weihnachtslieder sang, die ihm einfielen, darunter mein liebstes, *es kommt ein Schiff gela-a-a-den bis an sein höchsten Bord, trägt*

399

Gottes Sohn voll Gna-a-a-den, des Vaters ewig's Wort, aber in diesem Augenblick war ich glückselig, weil wir heil und unversehrt waren, weil auch Mia und Henri heil und unversehrt waren, als wir sie bei Lori abholten. Franz blieb nur noch das Baden mit Schaum, mit frisch gewaschenen, gutriechenden Franzlocken ist er in seinem nachtblauen Pyjama auf Filzhausschuhen nach nebenan, um die Nachbarn zu begrüßen, die mit ihren schweren Rucksäcken braungebrannt atemlos aus Vietnam zurückgekehrt waren. Ist die ganze Welt unterwegs, Johanna, bin nur ich hier?

Am Morgen kippte meine Stimmung, wegen des ewigen Nichtschlafens, wegen des Gezänks der Kinder, wegen meiner rauen Hände, nachdem ich womöglich zum 65754. Mal Windeln gewechselt, ein Kind hochgenommen und getröstet habe, in der Nacht stündlich unterwegs gewesen war, erst Franz, dann Henri, dann Simon am Telefon, der sagte, ach, nein, erholsam ist es nicht, ich kann kaum schlafen in dieser Hitze. Vielleicht habe ich die Kinder deshalb angebrüllt, nachdem ich schon anderthalb Stunden auf gewesen war, ich sage: auf, nicht wach, wohl in einem Ton, der treffend war, Molke war jedenfalls bereit, ihre Chucks stehenzulassen und Schneestiefel anzuziehen, Henri hörte auf, mit dem Kochlöffel das Glas der Eingangstür zu prügeln, und durch die neu eingetretene Stille stiegen wir die Stufen hinab zum Kinderwagen, Franz wartete brav auf dem Gehsteig, während ich Henri in seinen Sitz stopfte und dachte, na, geht doch.

Abends kam Ildikó unter nachlassendem Schneefall und blieb bei den Kindern, ich fuhr mit Lori über geräumte Straßen nach Königstein, um Kleiber und Stieglitze auf *eisversteckten Zweigen* zu suchen, in Deinem milchglasverschneiten Vater-Taunus, der sich so nur alle Jahre zeigt und den Lori in dicken Schuhen durchwandert, zwischen Altenhain und Mammolshain, die Rote

Mühle im Rücken, trotz arthritischer Gelenke und der Schmerzen, die sie ihr bereiten, trotz dazwischenfunkender Zitterhand, die sie wohl nicht mehr loswird, nicht in diesem Leben, aber solange der Kopf festsitzt, sagt Lori, solange ihr Herz schlägt und pocht, obwohl es aufhören wollte, dieses dumme faule Herz, will sie nicht schimpfen, nicht klagen, nicht hadern und dankbar sein, weil das Leben diesen Aufschub für sie vorgesehen hat. Wir nahmen den schmalen Weg von Königstein nach Kronberg durch ein alles überspannendes fast farbloses Blau, standen eine Weile und sprachen kein Wort, als Rehe durch die Dämmerung liefen, vorsichtig, zögernd, ohne einen Laut.

Unten in der Altstadt saßen wir bei Bier und Schnitzel mit so viel Gelächter, dass der Wirt fragte, macht der Salat so lustig? Und weil wir uns nicht trennen wollten, tranken wir auf Loris gestreiftem Biedermeiersofa die Nacht herbei, mit Sherry und anderen schlimmen Dingen, obwohl Lori ja nicht soll, aßen Mozartkugeln mit weißen Rändern, die vom Vorvorjahr sein mussten, und schauten einen vorhersehbar müden Hollywoodfilm über das Wellesley-College in den Fünfzigern, immerhin, das Wellesley, auf dem wir nie waren, Johanna, das bleibt der Makel in unserem Lebensreigen, das können wir nicht nachholen, und Mia wird es auch nicht für uns tun.

Nachts im Bett, bevor das Telefon klingelte, weil Simon auf den Straßen Havannas eine kleine, große Sehnsucht nach mir überfallen haben musste, dachte ich, Lori ist meine Treuverbündete, meine Blindvertraute in allen Lebensfragen, natürlich neben Dir, ja, natürlich. Seit sie Simons Vater nach nur fünf glücklichen Jahren begraben und Amorbach verlassen hat, ohne je ein bitteres Wort darüber zu verlieren, wieso die Zeit so geizig mitleidlos gegen sie gearbeitet hat, nein, nie, ich habe nicht eines gehört, nein, keines – seither denke ich, sollte es Lori eines Tages nicht mehr geben, und diese Möglichkeit ist nicht kosmisch fern, wird sie in meinem Alltag, meinem Leben eine tote, unbewohnbare, eine nie mehr besiedelbare weiße Stelle zurücklassen.

Márta

21. DEZEMBER 2010 – 22 : 02

Liebste Márti,

letzte Grüße aus dem zugeschneiten schwarzen Wald. Der sich von seiner milden Puderzuckerseite zeigt. Wie um mich zu ärgern. Nur Schnee, kein Wind. Morgen in aller Früh geht es nach Stuttgart. Von dort in den Süden. Claus fährt uns mit dem Blumentransporter. Sicher wird Kathrin unter Schneeflocken vor dem Geheimen Garten stehen. Wenn wir um halb fünf an ihrem rot-weißen Christbaum vorbeikommen. Später wird sie sagen, sie hatte schon zu tun. Ich bete, dass es für mich an Weihnachten keine böse Gefühlsüberraschung geben wird. Für die ich ja immer tauge. Wegen aufsteigender Sehnsucht nach Dir. Nach Kathrin und Claus. Nach zwanzig Grad weniger. Nach Schnee auf den Pässen, in den Schluchten. Nach einer Bergkristallweihnacht. Ja, so dumm kann ich sein. Sollte ich allein aufs Wasser schauen müssen. Auf seine *schaumschlägerisch eiligen Wellen.* Dein Bild.

Mein Verstand hat diese Reise gegen mein Gefühl durchgesetzt. Ausgerechnet jetzt, da ich meinen handgearbeiteten Adventskranz mit der vierten, bislang unberührten Kerze zum letzten großen Leuchten hätte bringen können. Ich muss noch schlucken, dass es für mich keine Feier in Kathrins oder Deinem Wohnzimmer geben wird. Unter einem glänzenden, soeben wachgeküssten Tannenbaum. Wo die Kinder alle schon Stille Nacht auf dem Klavier spielen. Alle außer Henri. Aber singen kann er es – und wie. Weihnachten unter spanisch blinkenden Lichterketten, ohne Schnee in der Luft. Vielleicht nicht einmal

Regen. In einer alten Bauernkate mit Hühnern. Mit Blick auf Lavagestein und das ewige Blau dahinter. Oberhalb des Leuchtturms am Südzipfel, wo die Westwinde und Ostwinde besonders ausgelassen an der Küste zerren. Durch die Abende jagen und sie rasch abkühlen. O du fröhliche wollen wir singen, und Bio-Kurt hat uns leichtsinnig einen Baum versprochen, *und zwar so einen richtigen, schönen; nicht so einen murkeligen, der schon umkippt, wenn man bloß mal eine Walnuss dranhängt.* Als seien wir Kinder und könnten an Heiligabend nicht ohne Baum sein! Kurt sagt, unsere Gesichter will er sehen, wenn wir den tropfnassen, dampfenden Lorbeerwald verlassen und gegen die Atlantiksonne aufs Meer schauen. Soll er!

Trotzdem packt mich Mollstimmung, Márti. Greift nach mir, sobald es an die Neujahrswünsche geht. Da kann ich mich noch so wehren. Etwas liegt schief, wenn ich weiß, das Jahr klingt aus, und ich bin vier Stunden Flug von Dir entfernt. Sollte es schlimm werden, denke ich an Dich und mich im Schulchor – einhundert Mädchenstimmen aufgelöst in *O Jesulein süß, o Jesulein mild.* Nicht am Wellesley, nein. Nur am Helene-Lange-Mädchengymnasium. Zwischen Höchster Fabrikschlothimmel und Arbeitererde. Erinnerst Du Dich? Natürlich erinnerst Du Dich.

Bevor ich meinen Koffer schließe und versuche, etwas zu schlafen, dieses auf den letzten Zeilen. Wie jedes Jahr. Damit Du nicht denkst, ich hätte es vergessen. Das Beste, das Schlimmste. Das Beste war, dass Lori gesund wurde. Dass mich die Röhre zurück ins Leben geschickt hat. Dem Himmel sei Dank. Meinem Vater. Meiner Mutter. Gleich wem. Das Schlimmste war, mit Clemens über dem Plätscherwasser in der Fischerau Zeit zu vergeuden. Mir in den Nächten danach die Zähne kleinzukauen.

Vor dem neuen Jahr dürfen wir uns nicht fürchten, Márti. Wir sollen an das, was wir sind und sein können, näher heranrücken. Um Mitternacht werde ich Dir über den Atlantik zuprosten. Zwei auffallend hübsche, gut getarnte Márta-Gedanken denken. Wie immer, wenn wir nicht zusammen sein können. Aber dies will ich Dir jetzt schon wünschen. Fürs kommende große Jahr. Für die neuen dreihundertfünfundsechzig Tage. Die unangetastet vor uns liegen. Die wir nach unserer Vorstellung füllen können. *Dass sie dich auf den Händen tragen und du deinen Fuß nicht an einem Stein stoßest.* Und dass Du den Bodenkontakt nicht verlierst. Nie.

Es liebt Dich, liebt Dich, liebt Dich,

mehr als dreimal hintereinander,

Johanna

22. DEZEMBER 2010 – 00 : 02

Liebste Jo,

ich rufe nicht an, vielleicht bist Du eingeschlafen, und ich will Dich nicht aufscheuchen, bald musst Du aufstehen und Dich im Blumentransporter zwischen Blütenresten und Zweigabfällen bis Stuttgart wachrütteln lassen, also schreibe ich und hoffe, Du liest es, bevor Du Deinen Koffer schnappst, Deine Tanne umarmst, Deinem Schwarzwaldhaus und Deinem blass gewordenen Färberginster unter Tränen adieu sagst. Bitte kehr gesund zurück, ohne Blasen an den Füßen oder im Kopf, und vergiss nicht, die Kusinen der Seine-Nixen zu grüßen, die vor den schroffen Felsküsten um die Wette schwimmen.

Ich werde ohne Dich hierbleiben, wie jedes Jahr, kein Geld, keine Zeit, aber ich mag sie, diese letzten Tage vor Weihnachten, an denen die Christbäume vor den Hauseingängen stehen, wie Grüße aus dem Wald an die Stadt, eingewickelt und festgezurrt in grünen Netzen. Gestern spazierte ich mit Lori und den Kindern in Schneestiefeln ums Gotische Haus, wir haben Zweige gesammelt, die Mia weiß angemalt hat und die wir behängt haben mit Glaskugeln an roten Bändern. Mia hat auf dem Klavier *Vom Himmel hoch* geübt, sie will es für Simon fehlerfrei spielen,

404

Franz und Henri haben die Krippe aus Pappe bemalt, die Lori mit ihnen ausgeschnitten hatte, die Heilige Familie, die Heiligen Drei Könige, fünf Hirten, zwei Hunde, drei Schafe und ein Rest an Engeln, ja, es sieht schlimm aus, wie denn sonst, auch der Tisch, die Dielen darunter, der Teppich, die Jungen sahen danach schlimm aus. In allen Leuchtern stecken rote Kerzen, wir sind im Endspurt, Johanna, auf der Zielgeraden, *andere Feiertage, die beging man oder man beging sie nicht; aber auf Weihnachten lebte man zu, und war es erst da, dann hielt man es fest.* Lori hat auch die halb herabgebrannten Kerzen vom Vorjahr genommen, die uns schon einmal belauscht und zugeschaut haben, bei allem, was wir tun und sagen, bei allem, was wir sind und sein wollen so kurz vor Weihnachten, wenn sich das zurückliegende Jahr in uns staut und sammelt, wenn es nicht mehr zu leugnen, nicht mehr zu überspielen ist. Was sie wohl denken? Alles beim Alten oder alles neu und völlig anders?

Frohe Weihnachten, liebste Jo, das Beste und Schlimmste, lass es mich schnell aufschreiben, diese drei Sekunden noch, bevor ich Geschenke aus den Untiefen meines Kleiderschranks berge, in rotes Papier schlage und beschrifte, Mia, Franz, Henri, Simon, Lori. Das Beste, dass die Röhre Dich klümpchenfrei mit tapferen, widerständigen Lymphknoten ausgespuckt hat und ich also weiß, Du umgibst mich, Du bist da, auch das nächste Jahr wird es für Dich und mich geben. Ich spüre, dieses frische neue Jahr wird mein bestes seit langem, es wird mein großes 2011, mein sagenumwobenes, mein sagenhaftes 2011! Henri wandert ab Februar in seine Kita, und ich beende meinen Erzählreigen, ja, ich beende ihn, Johanna, so viel ist sicher, in diesem Jahr beende ich ihn – und Du wirst die Augen schließen und der Droste Deinen schönsten, innigsten Abschiedskuss geben. Das Schlimmste, dass Simon so tut, als seien unsere Kinder nicht seine Kinder. Als sei ich nicht mehr seine Frau.

Márta

6. JANUAR 2011 – 16:01

Liebste Márta,

Epiphanias, der schwarze Wald hat mich wieder aufgenommen. Seit dem Morgen schaue ich aus meinem Fenster und staune. *Im grauen Schneegestöber blassen die Formen, es zerfließt der Raum, Laternen schwimmen durch die Gassen.* Auf meinem Tisch steht ein riesiger Strauß. Amaryllis, Rosen, Schwertlilien. Rot und weiß. Damit mir die Rückkehr nicht zu schwerfällt, hat Kathrin gesagt, als sie mich abgesetzt hat. Weil sie ja weiß, wie verrückt ich bin. Kathrin weiß es. Erst will ich nicht weg. Dann nicht mehr zurück. Bis der schlimmste Winter, der nächste verregnete Frühling vorbei wären, hätte ich dort bleiben mögen. Ich sollte nur noch mit Menschen verreisen, die kurz vor der Rente stehen. Ich kam mir vor wie zwanzig. Nein, nicht Bio-Kurt, aber all die anderen. Morgen beginnt die Schule. Wie lange wird es dauern, bis mein alter Kopf zurück ist? Mein alter Schwindel? Mein Ohrensummen? Zwei Tage? Zwei Stunden?

Ich hoffe, Du bist gut ins frische Jahr gerutscht, das sich jungfräulich vor uns ausbreitet. Zwölf Monate Neuland. Hast im rechten Augenblick an mich gedacht. Pünktlich um Mitternacht. An meiner Küste, an meinem Hang war es schwarz und still an Silvester. Nur auf der Nachbarinsel schossen sie Leuchtraketen ab und spielten Musik. Die Wellen trugen die Klänge zu meiner windumtosten Lavaterrasse. Wo ich in Decken gehüllt saß und zu den Sternen starrte – ohne Überfälle von Sehnsucht. Ja, ohne. An Weihnachten gab es keinen Baum, aber auch keine böse Überraschung. Alles blieb ruhig in mir. Kein Markusdämon kam nachts an mein *mondscheinblaues Bett.* Dein Wort. Kein Fährmann, der mich mitnehmen wollte. Mir befahl, auf seinen Kahn zu steigen. Mit einer Münze zu zahlen. Vielleicht haben mich die Wanderungen beruhigt. Meine wirr aufspringenden Ängste ausgestellt. Schritt für Schritt über Sand, Stein, Waldboden – das hat geholfen. An jeder Kiefer konnte ich Kopfballast abwerfen. An jedem Lorbeerbaum. Unter jeder flachen Wolke. Neben Kurt, der uns mit seinem Florawissen an Kratern, zwischen Drachenbäumen küstenabwärts führte. Immer auf der Suche nach der nächsten Piratenbucht.

Muscheln habe ich mitgenommen. Beim Strandspaziergang in meine Hosentaschen gesteckt. Gestohlen, würde Kurt sagen. Vier Stück, für Dich und Deine Kinder. Dass die Muscheln immer die Form der Insel haben, auf der man sie findet, ist doch komisch, oder? Zum Tausch habe ich meine letzten robusten Schuhe auf La Palma gelassen. Nach einer achtstündigen Wanderung über Vulkane. Mit Höhenunterschied von tausend Metern. Im Jahr zuvor waren Touristen in ein Unwetter geraten. Zwischen steil aufragenden Felswänden im blitzschnell ansteigenden Wasser ertrunken. Ich habe sehr oft zu den Wolken geschaut. Ob der Himmel standhält. Ob ich einen Hauch von Sorge in Kurts Gesicht ablesen kann. Merkst Du, wie sehr ich am Leben hänge? Das ist mir Abend für Abend in meinem Landhaus weiter klargeworden. In dem ich so getan habe, als sei es meins. Als würde ich dort leben und arbeiten. Hinter diesen Holzsprossenfenstern und Drillingsblumen. Am Morgen meinen Kaffee auf meiner Terrasse trinken. Neben Körben voller Obst aus meinem Garten. Bananen, Feigen, Orangen.

Einmal war ich mit Kurt allein. Bei Tintenfisch in Weißwein habe ich ihm den letzten winzigen Rest seines Blicks in meiner dunklen Winterküche verziehen. Damit ist jetzt alles verziehen. Sieh nur, wie groß und großzügig ich sein kann. Gar nicht meine Art sonst. Aber zwei Wochen warme Luft haben mich gesundgestreichelt. Ich konnte die Nixen spielen hören. Wenn ich meinen Cortado an den Strandbuden trank. Kopfüber in den Atlantik sprang. Da geht das leicht mit der Großzügigkeit. Mit dem Verzeihen. Deine Johanna

8. JANUAR 2011 – 06:03

Liebste Jo,

der frühe dunkle Morgen wirft mich aus dem Bett, ich will Dir
antworten, bevor die Kinder aufstehen, ja, ich habe an Dich gedacht in der ersten Sekunde 2011, ja, ich bin gut in dieses neue
Jahr gekommen, nein, das ist gelogen, und ich will ehrlich sein,
mit Dir will ich immer ehrlich sein, es stimmt nicht, nein, ich bin
nicht gut in dieses neue Jahr gekommen, es war zu viel Unruhe
in mir, zu viel Simon, es waren zu viele Ungereimtheiten, zu viele
schwelende Wunden, die ich nicht hätte mitnehmen wollen.

Simon war am Tag vor Heiligabend lichtgeküsst gelandet, mit
vielen, vielen Notizen in seinem kubanischen Koffer, aber Weihnachten mit uns hat er bloß abgesessen, zwischen Wutausbrü-
chen freudlos abwesend, gerade noch so, dass es den Kindern
nicht aufgefallen ist, nicht einmal Mia mit ihren abertausend
Sensoren in jeder Pore ihrer Pfirsichhaut. Silvester war Simon
mit Freunden unterwegs, zwischen Theater, Bahnhofsviertel
und Mainbrücken werden sie in allen Kneipen gewesen sein, Mia
und Franz waren zum Bleigießen und Böllerschießen bei Lori,
und ich blieb mit dem kranken Henri zu Hause, mein kleinstes
Honigkind fiebernd, glühend, winselnd, flatternd atmend zwischen meinen Kissen und Laken, aber es machte mir nichts, allein mit Henri zu sein, das Telefon in Greifnähe, sollte sein Fieber
hochschwappen, es machte mir nichts, neben meinem heißen
Kind zu liegen, so hatte ich eine Ausrede, nicht dabei zu sein, als
2011 ausgerufen wurde, im nicht aufhörenden Regen, der allen
Schnee, auch seine schwarzklebrigen Reste wegwusch. Während
sich die Stadt auf den Jahreswechsel zubewegte, konnte ich an
der Demut in mir feilen, etwas von dem versenken, was mir auch
in den nächsten zwölf Monaten zusetzen wird, Arbeit und Geld,
Schreiben und Leben, Fürchten und Lieben, der große, allum-
fassende Tumult, selbst die Matheaufgaben und Aufsätze, durch

die mein Mädchen weitergeschleudert werden wird, selbst die habe ich versenken wollen, in meinem Schlafzimmer hatte ich ja alle Zeit, mich wegzuträumen an einen helleren Ort und Henri einmal in Ruhe anzuschauen, seine verrückte, irgendwie falsch sitzende Nase, von der ich nicht weiß, von wem er sie haben könnte, seine klebenden Fieberhaare und seine Brauen, die sich später einmal fast in der Mitte treffen könnten.

Jetzt, da die Schule begonnen hat und Mia und Franz morgens aus dem Haus zwitschern, versuche ich zu schreiben. Sobald Ruhe einkehrt, sitze ich am Schreibtisch, Henri verbringt die Vormittage bei Lori, sie hat es eingefordert, bis er zur Kita darf, und Simon und ich haben nachgegeben. Also muss ich nur unsere Müllhalde vergessen, die Wäscheberge, die Dreckspuren aus Brotkrumen wegschieben und meine Müdigkeit übergehen, die ständig nach mir Ausschau hält, ich kämpfe und hoffe inständig, meine Erzählungen vor dem Frühling beenden zu können, solange die Tage dunkelkalt sind. *Diese nächste revue soll die strengste, aber sie soll auch die letzte seyn.* Dann muss es ein Ende haben, Johanna, dieses Drehen und Wenden meiner Sätze, in denen sich vieles sträubt und nicht passen will. Warum muss es wie ein Sonett sein? Wer hat mir das in den müden Kopf gesetzt? Könnten es nicht einfach frei schwebende, voneinander unabhängige Geschichten sein? Bloß Geschichten!

Muss schließen, Kaffee kochen und Müslischalen auf den Tisch stellen, Frühstücksdosen mit Wurstbroten und Apfelscheiben füllen. Henri fängt schon an zu quengeln.

Es liebt Dich,

Márti

15. JANUAR 2011 – 17 : 21

Liebste Márta,

so beginnt mein neues Jahr: Ich habe bei Georg angeklopft. Dafür haben der kanarische Wind und die abertausend Schritte gesorgt, die ich gegen ihn gelaufen bin. Zwei Wochen Meeresschaum brauchte es. Berggipfel an den Wolken. Ins Wasser wachsende Felsküsten. Damit sich etwas in mir dreht. Also war ich in Berlin und habe angeklopft. Nach wie vielen Jahren, nach wie langer Zeit, ist jetzt gleich. Ich habe bei Messner geklingelt, und Georg hat die Tür aufspringen lassen. Ich habe meinen Namen gesagt, und Georg hat auf den Türöffner gedrückt. Ich bin es, Johanna. Vier Wörter. So einfach. Oben im dritten Stock bin ich erschrocken, weil Georg aussieht wie unser Vater. Die Brille. Das dunkle Haar. Kein Streifen rotes Blond mehr darin. Selbst die schiefe Körperhaltung. Als sei die Schulter kaputt. Der Rücken. Wie unser Vater sieht er aus, versetzt in eine andere Zeit. In das Berlin kurz nach der Jahrtausendwende. Früher ist mir das nie aufgefallen. Jetzt vielleicht nur wegen der langen Zeit, die vergangen ist. Deine Theorie stimmt also nicht immer. Manchmal sehen Söhne aus wie ihre Väter. Nicht wie ihre Mütter.

Georg hat gefragt, ob etwas passiert sei, und ich musste lachen. Was sollte uns noch passieren? Vater tot. Mutter tot. Krebs hatte ich schon. Was sollte jetzt noch passieren? Ich sagte, nein, passiert ist nur, dass ich mir am Bahnhof ein Ticket geholt habe und nach Berlin gefahren bin. Das ist passiert. Und dann hat er sein Georg-Lächeln gelächelt, Márti. Sein wunderbar großzügiges Georg-Lächeln von Ohr zu Ohr. Das mich *Nacht und Tag* über alle *groben Fährten* meiner verseuchten Kindheit begleitet hat. Kreuz und quer über die Emmerich-Josef-Straße. Über die Brücken des Mains. Durch die Niddawellen. Für mich hatte er immer eins. Als ich am nächsten Tag nach langer Umarmung in die fahlgraue Wilmersdorfer Stadtluft hinausging, musste ich mich fragen, wieso habe ich so lange auf dieses Georg-Lächeln verzichtet?

Es hat gutgetan, in Georgs Küche zu sitzen. Seinem Blick auf die Spitzen und Turteltauben der Ludwigkirche zu folgen. Schwarzweißbilder von unseren Eltern hängen rund ums Fenster. Die alten Theateraufnahmen. Georg hat sie gerahmt. Unsere Mutter als Amanda Wingfield. Unser Vater als Marquis von Posa. *Wie arm bist du, wie bettelarm geworden, seitdem du niemand liebst, als dich.* Da mussten sie sich kaum verstellen. Das mussten sie kaum spielen. Das waren sie ja selbst. Es hat gutgetan, Georgs Kaffee mit der aufgeschäumten Milch zu trinken. Seinen Wein am Abend. Meine Schuhe abzustreifen und mich auf seinem Sofa auszustrecken. Sein Kissen unter meinen Nacken zu legen. Es hat gutgetan zu sehen, es gibt jemanden, der Georg trägt und stützt. Der auf ihn aufpasst. Neben ihm schläft und darauf achtet, dass er atmet und seine Decke nicht abstreift. Ich muss es nicht mehr tun.

Jo

16. JANUAR 2011 – 23:25

Liebe Johanna,

ich bin glücklich, glücklich bin ich, überglücklich, herzsprengerisch, herzüberlaufend, überbordend glücklich, meine allerliebste Jo, weil ich Dir seit Jahren sage, sieh Georg an, nicht Deinen Schüler Jan, sieh Georg an, nicht den Knaben im Moor, sieh Georg an, nicht Markus. Sieh Georg an. Nur über diesen sonderbaren Zufall bin ich unglücklich, jetzt waren wir beide in Berlin und wussten nichts davon, das ist also die Strafe fürs mangelnde Telefonieren, mein Fehler, ich hätte Dich treffen, anfassen, eine Spur Atlantikwind zwischen Deinen Sommersprossen suchen können. Hoffentlich haben wir nicht im selben Zug, zwei Abteile voneinander entfernt gesessen oder sind auf den Rolltreppen wenige Schritte auseinander im Menschengewühl versunken, ich frage nicht, wann Du Deinen Koffer über den Bahnsteig gezogen hast, nein, ich will es nicht wissen.

Ihr hättet zu meiner Lesung kommen können, Du mit Georg, nicht auszudenken, Bruder und Schwester Messner, aber Dein wiedergefundenes, frisch geborgenes Glück mit Georg hat Dich nicht zu mir getragen, zum Nieselregen ins trostlose Sony-Center, wo Ihr meinen Nachmittag hättet um viele Lichtstufen aufhellen und Euch einreihen können in die Warteschlangen vor jedem Zelt, stell Dir vor, sogar vor meinem gab es eine, dem Zelt der Quotenlyrikerin, in dem mir sehr platzängstlich zumute war, wegen des Filzgeruchs unter dem niedrigen Dach, vielleicht auch wegen des angetrunkenen, grölend vorbeiziehenden Touristenmobs. So aber blieb ich in den Pausen allein mit düsteren Simongedanken in einem dieser gesichtslosen Cafés, mit meinem austauschbaren Milchkaffee auf Gutschein, und räumte im Center-Neonlicht Gedanken auf, als sei eine riesige Unordnung in meinem Kopf, als müsste ich Schubladen und Fächer öffnen, um Gedanken hineinzulegen, sie herauszufischen, noch einmal zu denken und dann endgültig zu verstauen. Da ist so viel Wirrnis, Johanna, Simonwirrnis, Zimmerwirrnis, Lebenswirrnis, Mártawirrnis, Tage bräuchte ich, Wochen, Monate, bis etwas an der richtigen Stelle ordentlich zu Ende gedacht sein und seinen Weg in die geeignete Schublade finden könnte.

Weil es am Potsdamer Platz so ausnahmslos eklig ist, bin ich durch die Potsdamer Arkaden – so etwas heißt Arkaden, warum nicht gleich Arkadien? Habe einen Pulli, ein Kleid hochgehoben und zurückgelegt, mich gewunden unter der Musikberieselung, auf eine Bank gesetzt und sehr heimatlos gewartet, bis es für mich weiterging. Danach habe ich mich beeilt, diesen Ort zu verlassen, bin im Hotelzimmer unter meine dünne Decke gekro-

chen, habe die Welt draußen gelassen und zu vergessen versucht,
dass mir Simon vor meiner Abreise gesagt hatte, im Traum hätte
ich ihn verlassen.

Márta

17. JANUAR 2011 – 14:21

Liebe Márti,

heute nur kurz. Auf mich warten Klausuren. Ein Stapel roter
Hefte. Ja, jetzt schon. Emilia Galotti. Erschließung und Deutung
des Dramas. *Als ob wir, wir keinen Willen hätten, mein Vater!*
Neunundzwanzigmal werde ich lesen, Lessing war ein Dichter
der Aufklärung, Emilia Galotti ist ein bürgerliches Trauerspiel.
Fünfmal vielleicht, Emilia ist die tragische Heldin, es geht um
die Willkürherrschaft des Adels, und mein Häkchen machen.

Verrückt, zur selben Zeit wie Du in Berlin zu sein! Bevor ich
auf den Zug sprang, war ich den Ku'damm hinabgeschlendert
und zufällig an der Schaubühne gelandet. Vielleicht kein Zufall.
Für meine Mutter war das die größte aller Vorstellungen. Die
beste aller Möglichkeiten. Ihre Welt aus Wünschen war um dieses Theater gebaut. Um seine großen, viel zu großen, wuchtigen,
nicht einholbaren Namen. Damals noch am Halleschen Ufer.
Den Landwehrkanal entlang, dann links. All ihre Hoffnungen
flogen Luftlinie Nord-Nordost fünfhundertfünfzig Kilometer
von Höchst nach Berlin. Gar nicht so weit. Nur unerreichbar
fern.

Vor dem Eingang bin ich stehen geblieben. Mitten in einem
Windstoß, der mir Tränen in die Augen trieb. Ja, ich glaube, es
war vom Windstoß. Bin mit meinem Blick langsam die weißen, luftig gesetzten Buchstaben abgefahren. Die Jungfrau von
Orléans wird gegeben. Noch so ein Zufall. Der irgendwie kein
Zufall sein kann. Die Johanna war ihre erste große Rolle. Deshalb sollte das mein Name sein. Hätte es nicht kleiner ausfal-

len können? Ich Johanna, mein Bruder Georg. Nein, nicht nach dem Drachentöter, sondern nach Büchner. Warum nicht gleich Woyzeck? Jungfrau bleiben und keinen Mann lieben dürfen. Das hätte ihr so gepasst. Vielleicht noch ins Kloster gehen!

Jo

18. JANUAR 2011 – 17:03

Liebe Johanna,

bin schlimm vergrippt, liege fiebernd in meinem großen Bett, wie ja immer nach Berlin, ich muss dieses Häusergewebe mit seinen Wunden und Verbänden nur anschauen und werde krank, Ildikó ist mit ihren Töchtern hier und kocht für die Kinder Milchreis und Kakao, für die anderen schlafe ich mich gesund, keiner weiß, dass ich Dir heimlich schreibe.

Am letzten Berliner Abend ging es für mich im Osten weiter, auf der anderen Seite der Stadt, wo es gleich viel hübscher war, die Buchhändlerin nahm sich meiner an, als sie merkte, wie verloren ich dastehe, weil ich schon wieder nicht in meine Haut passte. Mein gehetztes Herz beruhigte sich erst beim Lesen, das Klingklang meiner eigenen Wörter gab mir den Takt vor, zur Nacht hat es in einer Bar an der Schönhauser wieder schneller geschlagen, wo wir bis drei beim Wein saßen und redeten über Maxie Wander, ausgerechnet. *Dies ist ein Buch, dem jeder sich selbst hinzufügt.* Im Osten der Stadt liegt es nah, von ihr anzufangen, obwohl sie dort nicht gelebt hat, sondern draußen in Kleinmachnow, und wann immer ich jemandem begegne, der Maxie Wander so gelesen hat wie wir beide, Johanna, als Gebetbuch, Gesangbuch, als eine Bibel, den packe und kralle ich mir, der kommt nicht los. Im Hotelbett auf meiner viel zu weichen, durchgelegenen Matratze hat es gedauert, bis Maxie mich schlafen ließ, die ja dasselbe hatte wie Du, das hatte ich in all den Jahren fast vergessen, nein, nicht vergessen, vergessen könnte ich es nicht, aber das andere hatte ich mir gemerkt, nicht den Krebs, sondern ihre Lust, in diesem Lebensreigen weiter mitzumachen, in dieser wiederkehrenden, kreisenden Folge aus Hell und Dunkel, *ich glaube, ich habe noch nie so stark gelebt und alles um mich herum wahrgenommen, getrunken, aufgesaugt.* Vor meinem Fenster fiel der Ostberliner Regen, der anders plätschert als der Westberliner Regen und meine Gedanken in Nachtgeschwindigkeit Tropfen für Tropfen zerstäubte, Billionen Bilder für Schlaf und Traum, von Leben und Tod, Himmel und Hölle, dunkel und hell verstreut in allen Windungen meines Hirns, oder waren es mehr? Simon in der Tür, Simon am Frühstückstisch, Simon mit seinen Kindern, die Kinder auf seinem Schoß, an seiner Schulter, in seinem Nacken – Simon da, aber immer abwesend, abwesend, abwesend.

Und Du sagst einfach, ach Quatsch, Márti, wenn einer nicht untergeht, dann du. Liebe Dich trotzdem, auch wenn Du mich manchmal unbedingt verkennen willst, als hättest Du Freude daran. Wann hast Du bloß aufgehört, das Reh in mir zu sehen, das früher so artig an Deinem Bändlein sprang und nie aus dem Fluss trank, wenn Du es verboten hattest?

Márti

23. JANUAR 2011 – 06:18

Guten Morgen, du Schöne,

das Bändlein hast Du selbst getrennt. Abgerissen mit Deinem Huf. Mit Deinen Schneidezähnen zerbissen. Gott sei Dank, sonst würde ich heute noch daran ziehen. Im Haus Horváth warst Du das Reh, neben Deinen großen Schwesterkós. Also bot es sich an, Dich an diesem Bändchen hinaus aus Euren Zimmern durch die Jahre der Kindheit zu führen. Aber nichts hast Du versäumt oder ausgelassen. Aus den Bächen hast Du trotzdem getrunken, jedes Mal wenn Du Durst hattest.

Was es Neues gibt bei mir, hat mich gestern die Wiener Kollegin gefragt, die ich in diesem Jahr noch nicht gesehen hatte. Ich bin erschrocken. Was soll es Neues geben bei mir? Seit Jahren nichts Neues! Morgens stehe ich auf und fahre zur Schule. Abends gehe ich ins Bett mit der Droste. Ja, wieder liegt sie auf meinem Kissen. Teilt die Decke mit mir. Die Luft zum Atmen. Öffne ich meine Läden, streckt sie ihre Arme aus und hängt das Häkchen wieder ein. Flüstert, denk noch ein wenig nach über mich, Johanna.

Dreimal hast Du mir aufs Band gesprochen, Márti. Ich habe mich nicht gemeldet. Mir nur jeden Tag vorgenommen, es zu tun. Ich war versunken zwischen Annette und Levin. Nach der Schule habe ich mein Proviantpäckchen auf den Rücken geschnallt. Bin hinabgestiegen in deren Unterwelt. Ohne meinen Faden zu spannen. Habe den Weg hinaus also nicht gefunden. Nicht gehört, wenn Kathrin und Claus an die Tür klopften. Erst als Claus sich vors Fenster stellte, Grimassen zog und winkte, habe ich ihn bemerkt. Márti, so lange wollen wir uns schon sehen! Lass uns das bald nachholen. Du könntest Deine böse, schmutzige Stadt verlassen – Du hast doch nichts gegen frische Januarluft? Eine Wanderung durchs Gestrüpp im Eschachtal oder Schwenninger Moos? Jetzt, im tiefsten Winter, da es ganz und gar mückenfrei ist? Also, kommst Du? Kommt Ihr? Wann kommt Ihr?

Das will ich Dir noch auf den letzten Zeilen schreiben, denn dieses eine ist doch neu. Umwerfend neu. Seit Silvester denke ich, vielleicht geht mein Leben ohne Chemo weiter. Vielleicht werde ich auch so alt. Könnte sein, auch das ist drin. Und das wäre schon was, Márti. Ja, *Leben wär' eine prima Alternative.*

Johanna

24. JANUAR 2011 – 09:02

Liebste Jo,

Du musst mir endlich glauben, Jahr für Jahr werden wir abschreiten und zählen, irgendwann neunzig werden, Futur eins,
fünfundneunzig, hundert, hundertfünf, Futur zwei und drei,
und lachen über Deine dunklen Träume, die uns unnötig auf-
gehalten und bedrückt haben, *manches am Ende nur leere Angst
gewesen!*

Mildgnädig zeigt sich uns dieses neue Jahr, Mia hat die Empfehlung fürs Gymnasium, ohne Einschränkung, Gott seis gelobt, nun
darf sie acht Jahre lang aufs Abitur zufliegen oder zukriechen,
ein Tag zum Champagnerkorken knallen lassen. Zum ersten Mal
wird sie Einser im Zeugnis haben, andere Lehrer haben Talente
in ihr erkannt, wozu die Klassenlehrerin nie bereit war, oh, wie
konnte ich sie hassen! Drei Jahre lang hat sie Mia eine Eins ver-
weigert, ich spreche nicht von Mathe, ich spreche von Musik und
Turnen, Kunst und Werken, da hätte sie ihr ruhig zeigen können,
du bist gut, so wie du bist, Miamädchen, es ist gut, dass du hier
bist, und das ist meine Anerkennung für dich, auch wenn du
nicht rechnen kannst, kannst du ja großartig mit deinen Elfen-
beinen über einen Kasten springen und mit deinen schmutzigen,
dreckverliebten Fingern phantastisch bunte Bilder malen. Aber
eine Eins hätte es nur für fehlerfrei gegeben, makellos sollen die
Kinder sein, an einer Schule, die voller Makel ist, die geradezu
aus Makeln gebaut ist, in einer Welt, die schief und krumm und
alles andere als makellos ist, ja, lies nur meinen Welthass, hier
kommt er zusammen, spätestens hier, wenn es um all die vergeudeten Schulstunden geht, steigert er sich in nicht einnehmbare
Höhen. Simon war mit Molke in die Stadt gefahren, sie durfte
sich etwas aussuchen, Kleider für ihre Puppe sollten es sein, jetzt,
da sie ihre verlorene Leidenschaft als Puppenmami wiederbe-
lebt hat, vielleicht ein letztes Aufbäumen, allabendlich bettet sie

ihre Puppenkinder, deckt sie zu und küsst sie, herzt sie, kämmt sie und zieht sie um, so allerliebst – von mir kann sie das nicht haben.

Mit einem Besuch bleibt es schwierig, liebste Jo, ich fliege am Wochenende nach Lissabon, als Doppelbegabung Prosa-Lyrik zwischen zwei reinen Lyrikern, die Kinder werden verteilt auf die Großeltern, Lori und Ildikó, das müssen wir als Teil unseres Spiels aus Arbeit und Geldverdienen in Kauf nehmen. Ein bisschen Sonne fällt hoffentlich auf meine Schritte, danach ziehe ich mich aufs Lori-Land zurück, wie Franz und Mia es nennen, seit neuestem gibt es einen Ofen, der für einen Hauch Wärme sorgen könnte, in diesem stillen *anderen Zimmer* mit Blick auf Winterfelder werde ich über Wörter nachdenken und über die Sätze, in denen sie hausen.

Es liebt Dich,

Márta

25. JANUAR 2011 – 05:32

Liebste Márta,

schlafen konnte ich kaum. Meine Decke hat sich selbst zurückgeschlagen und mich weggestoßen. Zu vieles ist zwischen die Laken gespült worden. Also schreibe ich Dir, ordne mein Gestern. Trinke meinen Tee und achte darauf, wann der erste Vogel über meinem Dach zwitschert. Ich darf es nicht versäumen.

Gestern hat der kleine Jan vor meiner Tür gestanden. Ich nenne ihn noch immer so, obwohl er nicht mehr klein ist. Aber seit der fünften Klasse kenne ich ihn – vielleicht ist es deshalb. Er hat geklopft, nicht geläutet. Zaghaft klang es. Kaum wie ein Klopfen. Als habe sich ein Tier in etwas verfangen und schlage seinen Schwanz oder Kopf ohne Kraft gegen meine Tür. Jan sagte, sein Vater sei eingeschlafen. Was komisch klang. Als würde er etwas Bedrohliches so harmlos wie möglich ausdrücken. Ich zog meine

Jacke über und lief mit Jan durch den spitz fallenden Schwarz-waldregen. *Der Knabe rennt, gespannt das Ohr, durch Riesenhalme wie Speere.* Als ich die Wohnung sah, war mein erster verrückter Gedanke, das sind keine Leute, die ihr Kind aufs Gymnasium schicken. Schon gar nicht aufs Sankt Anna. Als sei mir ein Fehler unterlaufen. Als sei mir von Anfang an etwas merkwürdig vor-gekommen, und endlich hätte ich den Beweis. Jans Vater lag auf dem Wohnzimmerteppich in einer Kotzlache, in einem See aus Erbrochenem. Die Hände kalkweiß und knochig. Die grünen Adern wie ein Band, das sie zusammenhielt. So hat sie Jan oft gezeichnet. Ich kenne diese Hände. Ja, ich kenne sie.

Seit Tagen ist Jans Mutter verschwunden. Nicht auffindbar. Nir-gends erreichbar. Du weißt, Claus hat sie einmal so aufgelesen. Ein Kind soll bei seinen Eltern bleiben. Diesen Satz habe ich ge-murmelt. Aufgesagt wie ein Mantra. Ein einfaches, klares, mich stützendes Mantra. An das ich mich halten sollte und nach mir auch alle anderen sich halten sollten. Ein Kind soll bei seinen Eltern bleiben, habe ich mir selbst zugeflüstert. Während Jan auf der Sessellehne saß und mir bei allem zuschaute. Mit seinen sturmwasserblauen Augen. Die aussahen, als wollten sie weg-kippen, wegdriften. Sich wegdrehen und nur das Weiße zurück-lassen. Aber sie drehten sich nicht weg. Jan sah mir zu, wie ich diese sehr einfachen, unendlich schweren Dinge tat. Den Vater auf die Seite legte. Meine Hand vor seine Nase hielt. Um zu spü-ren, atmet er. Den Hörer nahm und den Notdienst wählte. Zur Tür ging und den Arzt hereinließ. Im Flur mit ihm sprach. Ich weiß nicht, ob ich meinen Satz die ganze Zeit über laut genug murmelte, dass Jan ihn hören konnte. Oder ihn nur in meinem Kopf aufsagte. Ein Kind soll bei seinen Eltern bleiben. Hin und her, um diese Minuten zu überstehen. Ich weiß nur, dass ich die Polizei nicht gerufen habe. Nur den Notarzt.

Als der Krankenwagen abgefahren war, saß ich mit Jan in der

Küche. Zwischen Essensresten und schmutzigen Gläsern. Mir fiel nicht ein, woher ich etwas schnappen sollte, was ich sagen könnte. Da war nichts, Márti. Nicht einmal beschwichtigende Dinge sind mir eingefallen wie: Sorge dich nicht, das wird. Oder doch? Habe ich so etwas gesagt? Jan hat mich gefragt, ob ich warten könne, bis er eingeschlafen sei. Und das hat mich verwundert. Ein Junge, der die Welt auf seinen Schultern trägt, fragt mich, ob ich warten kann, bis er eingeschlafen ist. Als könne er nur dieses eine nicht. Die Welt auf den Schultern tragen – ja. Aber allein im leeren Haus einschlafen – nein. Jan ging zu Bett, und ich setzte mich zu ihm. Zog an der Decke und strich sie glatt für ihn. Als ich mich umschaute, musste ich an Klinger denken. An das Zimmer aus seinem Handschuh-Reigen. Wegen des ungemachten Betts. Dem an die Wand gedrückten Kissen. Auch so ein *anderes Zimmer*. In dem die Flut steigt. Die ans zerwühlte Bett lauter Garstigkeiten schwemmt. Auch so eine Endhaltestelle, Márti. Ein vége a világnak.

Unten habe ich in einem Meer aus leeren Limo- und Bierflaschen gesessen. Sie in der Stille gezählt. Achtundvierzig. Neunundvierzig. Bis Jan eingeschlafen war. In seinem überladenen Zimmer. Vor dem ich hätte gewarnt sein können. Seit ich mit Kathrin nach Calw gesaust bin, um dem schwarzen Wald etwas Sonne abzuluchsen. Ich habe mich erinnert. Vor fast einem Jahr, Kunst, Klasse 7b. Aufgabe: Blick von einem Zimmer aus dem Fenster. Oder Blick durchs Fenster in ein Zimmer. Alle hatten ihr Zimmer gemalt. Alle außer Jan. Er hatte nur die Gardinen über der Fensterbank angeschnitten. Als solle der Rest versteckt werden. Als dürfe niemand den Rest anschauen, auch ich nicht. Dieser winzige Ausschnitt hätte mir reichen müssen, um zu sehen, es ist ein Fenster zu einer mir unbekannten, was rede ich da, zu einer mir durch und durch bekannten Welt. Jan hatte die Baumreihe vor seinem Fenster gezeichnet. Fein mit Wasserfarben in helles Perlgrün gesetzt. Drei Buchen. Ja, Buchen. Die gerade anfingen auszuschlagen. Jetzt aber nackt und winterkahl sind. Dahinter Garagen, Tore in blätterndem Braun. Kisten, Autoreifen. Sein Zimmer hätte viel hergegeben. Aber Jan hatte es lieber weggelassen. Vielleicht weil es zu vieles darin gibt, das er hätte abbilden müssen. All die Winzigkeiten und Sammlungen. Seine unheilvollen, unfassbar präzisen Zeichnungen. Neben Fußballerbildern an die Wände gepinnt. Badstuber. Mertesacker. Lahm. Rund um diese dunklen Vorhänge. Als sei es im Haus nicht dunkel genug. Als sei der schwarze Wald nicht düster genug. Als sollten die Vorhänge auch den winzigsten Einfall von Licht verbieten.

Jan schlief schnell ein, was mich überrascht hat. Ach, vielleicht gar nicht überrascht hat. Als ich wenig später nach ihm sah, schlief er bereits. Ich schaute auf seine farbverschmierten Finger, die sich ins Kissen gekrallt hatten. *Fest hält die Fibel das zitternde Kind und rennt, als ob man es jage.* Ich überlegte, ob ich Claus oder Kurt anrufen sollte. Fragen, ob einer bei Jan übernachten könnte. Aber dann verwarf ich den Gedanken. Schloss die Zimmertür und ließ den schlafenden Jungen zwischen alldem zurück. Tat so, als sei das der gewöhnliche Verlauf eines gewöhnlichen Abends gewesen. Als habe Jan wie immer zur rechten Zeit Hilfe gerufen. Sich dann wie immer ins Bett gelegt zum Schlafen.

Die Kotzlache habe ich entfernt, bevor ich ging. Damit Jan es nicht würde tun müssen. Wenn er aufwacht und die Treppe hinabsteigt. So viel Kotze habe ich schon entfernt, Márti. Schülerkotze. Elternkotze. Kinderkotze. Heranwachsendenkotze. Das sagt einem niemand, wenn man auf Lehramt studiert. Dass man Kotze wird wegmachen müssen. Ein ganzes Lehrerleben lang.

Deine Johanna

27. JANUAR 2011 – 22:32

Liebste Jo,

am Telefon konnte ich Dich wenig trösten, mir ist nicht genug
eingefallen, um Deine Jan-Nacht zu entschärfen, Deinen Gang
übers Moor, durch seine *gespenstige Melodei*, weil es auch von
der Körberstraße nichts Gutes zu berichten gibt, das hatte ich
verschwiegen, weil es mir neben Jan albern und dumm vorkam,
aber jetzt schreibe ich es. Simon schreit hinter verschlossenen
Türen, er schließt die Tür und beginnt zu schreien, obwohl
dort niemand ist außer seinen Hausdämonen, auch mit mir hat
er letzte Nacht so laut geschrien, dass Mia aufgewacht ist, sich
durch die Dunkelheit getastet und gefragt hat, ob wir nicht aufhören können zu schreien. Jetzt ist Simon verrückt geworden,
dachte ich, in unserer alltäglichen Horváth-Leibnitz-Tollwut ist
er jetzt doch unheilbar verrückt geworden.

Es endete wie immer, Mia riss die Augen weit auf, ich schlug Türen, und später, als ich keinen Schlaf fand, fielen mir verschüttete
Winzigkeiten ein, warfen sich wie Blasen an die Oberfläche, als
weiche mein Kopf dem großen Gedanken aus und flüchte sich
in die überschaubar kleinen. Vor Jahren haben wir in der Scro-
vegni-Kapelle in Padua zwischen den Todsünden über unsere
eigenen gerätselt und gemeint, Simons Todsünde sei die Melancholie und meine der Zorn, acedia und ira – das war falsch,
Johanna, es ist umgekehrt. Wenn Simon den Kindern etwas
abverlangt, das zu groß, zu viel ist, kann ich ihm nicht verzeihen, dies eine nicht, ich habe kein Mittel, um das ertragen
zu können, also wünschen wir uns weg, Mia und ich, in ein
Kaninchenloch oder Sturmhaus nach Kansas, wo kleine Mädchen von einem Tornado hochgetragen werden und einfach davonfliegen.

Simon und ich scheitern an diesem Leben, scheitern an uns
selbst, an unserer Arbeit, an den Rechnungen, an den vielen

ungelösten Dingen in unseren Köpfen, wegen der Nächte ohne Schlaf, wegen all der *anderen Zimmer*, von denen wir träumen, die wir aber nie betreten werden, dann wieder an unserer Arbeit, an den Rechnungen, den ungelösten Dingen in unseren Köpfen, wegen der Nächte ohne Schlaf, wegen all der *anderen Zimmer*, von denen wir träumen, die wir aber nie betreten werden, ich glaube, ich habe in unserem atempausenlosen Gang durch Zeit und Raum nichts vergessen, vielleicht das Wetter aus trübnassen Wintertagen, die unsere Stadt umarmt haben und nicht mehr loslassen.

Schon gegen Mittag wächst die Lust in mir, alles zu beenden, ich könnte in den Keller steigen und nach einem Strick suchen, bis zum Abend ist dieser Wunsch ins Grenzenlose gewachsen, aber dann kommt Henri, schmeißt sich auf mich, drückt seine nassen Rotzlippen auf meine Backen, schlingt seine Arme um meinen Hals, fährt mit seinen Schmutzfingern durch mein Haar, und dann – verschiebe ich es.

Márti

29. JANUAR 2011 – 00:52

Liebe Márta,

nicht nur Dir und Mia, uns allen würde es bessergehen in einem Kaninchenloch. Auf der Flugwelle eines Tornados. Auch Jan. Vielleicht stimmt nicht, was ich gesagt habe. Über die frühen, vertrockneten Narben. Wie wir mit ihnen leben. Nur weil ich mit ihnen lebe. Trotz meiner bücherwerfenden, um sich schlagenden, alles vernichtenden und alle mit sich hinabreißenden Mutter. Trotz meines Vaters. Im Moment habe ich keine Idee, wie Jan später einmal als Erwachsener sein könnte. Immerhin ist mir klargeworden, woher dieser Junge seine Räume und Abgründe nimmt. Woher er sie kennt. Als hätte es diesen Abend dafür gebraucht. Auch wenn ich die Gesichter seiner Eltern nie in seinen Bildern gefunden habe. Sie sind gut versteckt. Tausendfach übersetzt und übertragen. Auf ein Tier, einen Busch, einen Himmel. Zeichnet Jan weiter so, schicke ich den Packen eines Tages heimlich zur Kunstakademie. Seine Eltern werden nichts davon wissen. Also nichts dagegen tun können. So viel jedenfalls habe ich nach dieser Nacht für mich entschieden.

Meine Adresse hatte Jan aus dem Telefonbuch. Ja, hier in der heilen, halbheilen, völlig heillosen Schwarzwaldwelt steht sie im Telefonbuch. Nur in Hamburg wollte ich das nicht, wegen zu vieler Irrer, die mich wachgeklingelt und aufgeschreckt hatten. Vielleicht hat Jan mein Haus vorher angeschaut. Ist diesen Weg abgelaufen, um vorbereitet zu sein. Vielleicht plant er das mit ein. Es ist Teil seines Jungenlebens, er muss es mitdenken. Vielleicht sucht er sich jemanden, an dessen Tür er klopfen kann. Wenn seine Mutter verschwunden ist und sein Vater in einer Kotzlache liegt.

Wieder muss ich mir das Schlafen für später aufheben. Nachts lässt mich das Bild von Jans überladenem Zimmer nicht los. Diese Mischung aus verstreuten Strümpfen, Tellern mit Pizzaresten, gespitzten, zerkauten, zerbissenen Buntstiften, Fußballsammelbildchen und zerlesenen, zerfledderten Comicheften. Du wirst sagen, wie bei uns. Ich höre Dich schon. Nein, Márti. Anders, sehr anders. Ein Junge, der keine Eltern hat, hat dafür ein überladenes Zimmer. Eines, in dem alles aufbewahrt wird. Nichts verlorengeht. Nichts abhandenkommt. Nie etwas herausgenommen und weggegeben wird. Die Sammlung eines Jungen. Seine Sammlung aus Jahren. Geschnitzte Pfeile. Aufgelesene Stöcke. Zerschlissene Bälle. Kartenspiele. Angelruten. Ja, stell Dir vor, Angelruten. So wie wir welche hatten.

An Dein *Anderes Zimmer* musste ich denken. Diese Zimmer, Márti, aus denen wir einmal herausfinden müssen! Als seien sie mehr als nur ein Zimmer, viel mehr. Etwas, das wir hinaus in die

Welt spiegeln. So wie auch Jan etwas mit seinem Zimmer in die Welt spiegelt. Aber was? Das wüste Durcheinander in ihm? Ist das zu einfach gedacht?

Deine Jo

30. JANUAR 2011 – 11:28

Liebste Jo,

draußen liegt der Winter weiß und groß, über Nacht hat er sich zurückgemeldet und Schnee zu meinen Fenstern geschickt. *Die Bäume spielen Verstecken mit mir, ich gehe wie unter Leuten die ihre Gedanken verbergen.* Ja, ich habe meine Erzählungen abgeschlossen, wie oft habe ich das gesagt und nicht gemerkt, es ist das falsche Wort, natürlich nicht abgeschlossen, aber alle Geschichten sind überarbeitet, es wird nichts ändern, wenn ich noch ein Komma setze und einen Punkt entferne, nun sind sie glattfließend, wie ich finde, morgen dann wieder nicht, aber jetzt, heute, in diesem Augenblick sind sie ohne Haken, ohne Widerstand, ohne Spreißel, wenn ich mit meinen Fingern über ihre Faser gleite. Gestern habe ich *Das andere Zimmer* ein letztes Mal überschrieben, und zwischen zwei Gedankenstrichen verrate ich Dir, es ist meine liebste Erzählung, die mich tränenüberströmt zurücklässt, nur weiß ich nicht, warum mich das so auflöst und umstößt, vielleicht bin ich einfach verrückt, Johanna, weil ich über meinen eigenen Sätzen weine, die ich selbst geschrieben habe, das hätte ich doch abwenden, davor hätte ich mich doch sehr einfach schützen können.

Meine Hauptfigur, der Junge mit den aufgeschürften Knien und abgewetzten Hosen, darin Kompass, Faden und Taschenmesser, ist mein Holden Caulfield, mein zerrissener, zerschlissener, sich im eigenen Kopf drehender, aus der Welt windender Fänger im Roggen auf dem Weg ins Erwachsenwerden, den er lieber nicht gehen will – den ja kaum jemand gehen will, den auch ich nie wirklich hatte gehen wollen. Ich habe noch nicht herausgefunden, wer genau er ist, obwohl es in meiner Erzählung der Sohn ist, sind es bestimmt nicht meine Söhne, die sich da zeigen, ich vermute, ich habe Simon in dieses Kind geschmuggelt, scheu ängstlich, verlassen, verwundet und besessen, von jedem etwas und alles gleichzeitig, aber was erzähle ich Dir, das weißt Du, siehst Du und erkennst Du selbst, vielleicht ist das der Grund fürs Weinen, ich weine wegen Simon, ich weine um ihn, und wie mein erfundener Junge Simon gleicht, gleicht vielleicht Dein Schüler Jan Deinem Bruder Georg, könnten wir so denken?

Vielleicht ist er aber doch nur erfunden, in blubbernd hochsteigenden Hirnblasen sehr rein erfunden, auch das könnte sein, jemand, den es nirgends gibt außer in meinem ziemlich wacklig auf dem Hals sitzenden Kopf – da ist er zu Hause, wartet in seinem Zimmer, schaut aus seinem Fenster, macht sich breit und isst sich satt, mit lauter Dingen aus meinem Kühlschrank, die ich eingekauft und in Tüten nach Hause getragen habe, Schokolade, Marmelade, frisches Brot. Es ist komisch mit diesen Menschen, die in meine Geschichten gesprungen sind, als hätten sie sich selbst hineingedrängt, hätten angeklopft und eine Tür über meiner Stirn aufgestoßen, weiterziehen wollen sie nicht, sie weigern sich, obwohl ich sie längst darum gebeten und ihnen die Richtung gezeigt habe, all diese Figuren verlassen mich nicht, sie bleiben und sagen, das hast du nun davon, Márti Horváth, uns erfunden zu haben. Wir bevölkern deinen Kopf und deine Wohnung, in der es allmählich eng wird, deinen Keller, deine Küche, deine alte, frisch von Loris Zitterhand gepolsterte Bank und deinen Sessel, wir spazieren über dein Dach und jagen durch deinen Hof, durch den Vorgarten, reißen das Tor auf und knallen es zu, gehen aber nicht zur Straße und weiter, auch nachdem all deine Gedichte geschrieben, all deine Geschichten erzählt sind, bleiben wir bei Dir sitzen, starren dich an und fragen, was jetzt, Márti, was wird jetzt mit uns?

Márta

31. JANUAR 2011 – 18:33

Liebe Márta,

kehre zurück aus dem Geheimen Garten. Von Schneeglöckchen und Winteriris – Januarblumen. So fügen sich Deine Texte zusammen, so webst Du sie. Aus ein bisschen Wahrheit, ein bisschen Lüge. Aus *Nacht und Tag*, Welt und Wohnung. Das zu entfädeln, ist meine Aufgabe. Du hast es aufgeschrieben, und ich kann jemanden darin entdecken. Mich. Meinen Vater. Simon. Diese Jungen, die uns verfolgen. Wie für uns in die Welt gesetzt, damit sich unser Leben um sie ranken kann. Der Judenbuchenfriedrich mein Georg. Georg mein Judenbuchenfriedrich. Jetzt entdecke ich meinen Schüler Jan darin. Und ja, vielleicht sehe ich sogar meinen Bruder Georg in diesem Schüler Jan. Meinen kleinen Bruder Georg. Mit dem feinen rotblonden Haar. Das unsere Mutter im Sommer zum Pferdeschwanz band. Mit seinem Gesicht aus Milch und Honig. Die Hände wie aus Glas. *Der Knabe springt wie ein Reh; wär nicht Schutzengel in seiner Näh, seine bleichen Knöchelchen fände spät ein Gräber im Moorgeschwele.* Georg, für den ich damals nichts tun konnte. Auch wenn er nie vor den Kotzlachen seiner Eltern stehen musste. Das nicht. Vielleicht ist das so eine, so meine Lebensschiefheit, wie Du es nennst. Die ich jetzt richten könnte. Schickt mir der Himmel diese Gelegenheit? Und will ich es fünfunddreißig Jahre später nachholen und gutmachen?

Márti, vielleicht entdecke ich nur mich selbst in Jan. Nicht meinen Bruder. Sondern mich. Etwas hat uns zusammengeführt, uns längst miteinander verbunden. Ich habe nur noch nicht begriffen, was genau. Aber mit Kindern, die alles allein regeln, kenne ich mich aus. Die alles allein verhandeln und ausmachen. Mit sich und der nicht fassbaren, sie umgebenden Welt. Ich bezweifle, dass Jan eine Márta in seiner Nähe hat. Die ihn auffängt und rettet. Wie leicht wäre es für Dich gewesen, mich aufzugeben. Dich wegzudrehen und weiterzugehen. Die Emmerich-Josef-Straße einfach hinter Dir zu lassen.

Tuschestifte habe ich besorgt. Sie in grünes Papier wickeln lassen und Jan vor die Haustür gelegt. Heimlich, leise. Als Trost. Als Aufforderung. Als Ermunterung. *Der Knabe steht an der Scheide. Tief atmet er auf, zum Moor zurück noch immer wirft er den scheuen Blick.* Nein, ich habe keine Karte geschrieben. Er wird wissen, von wem sie sind. Wer auf seine Fußmatte Tuschestifte legt. Nur ich kann das sein.

Johanna

5. FEBRUAR 2011—11:34

Liebe Jo,

ich danke Dir für Dein Geburtstagspäckchen mit Geschenken für alle drei, obwohl nur Henri ein Jahr älter wurde, für das hellblaue Hemd, das er sofort angezogen hat in seine Kita, nach Rutschen und Schlamm-Ringen mit den neuen Freunden sah es schlimm aus, aber wunderbar war Henri darin, mit seinem kleinen Bauch, der sich unter der Knopfreihe wölbte, er weiß ja nicht, dass er Hemden schrecklich finden muss, noch hat es ihm niemand gesagt.

Beim Kinderkakao in der Körberstraße mit einem Marmorkuchen mit zwei Kerzen wurde Henri in den Arm gebissen, ein Mädchen mit Platzwunde ins Krankenhaus gebracht und genäht, alles war also wie immer, mit all den Kindern und Müttern ein Überfall, Angriff, ein Kahlschlag, den man irgendwie überleben muss, aber hör nur, Johanna, ich habe ein winziges Stück Freiheit zurückgewonnen, ich gewöhne mein Kind in seiner Kita ein, zum dritten und letzten Mal in meinem Leben, dann wird es für immer getan sein, Futur zwei: wird getan sein. Henri ist so nett und macht es mir leicht, er findet dort immer etwas auszuräumen, immer einen Berg aus Sand, den er abtragen kann, er klammert nicht, weint nicht, wenn ich sage, in zwei Stunden komme ich zurück, morgen dann nach drei Stunden, übermorgen erst nach dem Mittagsschlaf, dreht er sich um, schnappt eine Schaufel und geht einfach, nach zwei Jahren Karussell aus Tagesmutter, Kindermädchen, Lori, Großeltern, Ildikó und Eltern, ja, auch wir waren dabei, schnappt er seine Schaufel und geht.

Trotz meiner neuen Freiheit muss ich absagen, was mir angeboten wird, viel ist es nicht, aber auch das wenige, Spärliche sage ich ab, weil ich ja jeden Vormittag in die Kita muss, um eine Stunde im Schneidersitz zuzusehen, wie Henri Spielzeugautos und Miniverkehrsschilder aus Kisten auf den Teppich schüttet. Eine Einladung in die Schweiz habe ich abgesagt, in ein Poetenzimmer bei Zürich, letzte Woche eine Reise an den Comer See, ein Sommerzimmer, das mir zehn Tage lang hätte gehören können, und da habe ich geblutet, Johanna, Blutströme sind aus mir gesickert und haben unsere Dielen rot getränkt, Italien absagen zu müssen hat mich viel Blut gekostet, mich blutarm gemacht, blutleer, das Nein zu einem *anderen Zimmer* mit einem anderen Tisch, an dem ich zusammen mit zwei Fliegen hätte auf den blauen See schauen können. Aber es geht nicht, wie ich es drehe, biege und wende, wie sehr ich Lösungen suche. Frage ich: Gibt es eine Kinderbetreuung?, ist man erst sehr still, dann fast empört, als sei ich durchgeknallt, durch und durch irre, so etwas zu fragen. Kinder? Meinten Sie Kinder?! Dreckiglaute, schreiende, störende Kinder? Aber nein, die Poesie sieht keinerlei Kinder vor!

Natürlich stimmt, was Kathrin gesagt hat, sie werden größer und schlagen nicht mehr so viel Porzellan entzwei, stattdessen stellen sie viele Fragen, ihr Kopf ist ständig in Bewegung, bereit, den

Bogen zu spannen, zu zielen und zu schießen. Wer hat eigentlich das Klo erfunden? Spielt Gott Fußball? Kann man wirklich in achtzig Tagen um die Welt? Wärest Du lieber ein Baum, ein Stein? Eine Ameise? Ich wünschte sogar, ich hätte mehr Kinder, allein um zu sehen, wie sie sein und aussehen könnten, welche Mischung aus Simon und mir sie wären, welche Nasen, Katzenstimmen, welche leichten oder schweren Gedanken sie hätten, seit ich Kinder habe und sie mein Leben in ihre Hände genommen haben, ohne mich je zu fragen, ob ich das so will und vorhatte, verstimmt es mich, dass sie nach zwanzig Jahren ausziehen, um ihre Zukunft ohne mich voranzutreiben, *man geht am abend still ins bett und fragt sich, wo die kinder sind, die hier gesessen haben, tag für tag*. Neulich gab ich ein Interview am Rande des Literaturfestivals Niedersachsen, und weil Frauen, die Kinder haben, sofort über ihre Kinder reden müssen, als hätten sie keine anderen dringenden Themen, hat mir die Redakteurin erzählt, dass ihre zwanzigjährige Tochter sie verlässt, sie sagte wirklich: verlässt, und als dieses Wort fiel, Johanna, musste ich schlucken. Simon meint, ich dürfe keine Dankbarkeit erwarten, aber ich finde schon, ich darf etwas Dankbarkeit erwarten, ich bin doch meinen Eltern auch dankbar, und niemand muss mich dazu zwingen, sobald ich zwei Gedanken an sie denke, bin ich mindestens in einem davon dankbar, warum darf ich das nicht erwarten?

Bevor ich aufspringe, um Henri abzuholen, kurz zu uns, Johanna und Márta, die gibt es schließlich auch – wollen wir uns in Stuttgart sehen, vielleicht gegen drei Kaffee trinken? Weinerisch ausgelassen, wie wir es mögen?

Es liebt Dich,

Márta

8. FEBRUAR 2011 − 10 : 03

Liebe Márti,

schreibe Dir aus Marbach. Bin um sieben losgefahren. Vorbei
am Geheimen Garten. Kathrin saß in Schürze neben Colin
und trank ihren Kusmi-Tee. Grüner Tee mit Rose. Ja, wirklich.
Als hätte sie nicht genügend Rosen in ihrem Laden stehen. Als
müsste sie Rosen auch noch trinken. Sie kam heraus, und ich
musste wie immer versprechen anzurufen, sobald ich da bin.

Vor mir liegt ein stiller Hochwintertag. *Die Vögel, schwarze
Früchte in den kahlen Ästen.* Sein Himmel droht hellgrau mit
Schnee oder Regen. Such Dir eines aus. Ein Wintertag, genau
richtig zum Arbeiten. Nein, keine Idee, warum es Hochsommer,
aber nicht Hochwinter heißt. Du?

Ich sitze im Glashaus. Hier findest Du mich, Studienbereich 05.
Auf der Empore. 1. OG. Carrel 5. Drei mal zwei Meter nur für
mich. Vielleicht habe ich mir das Glashaus ausgesucht, weil mich
im Dezember jemand angesprochen hat. Und ich es nicht mehr
gewohnt bin, angesprochen zu werden. Er hält sich zurück, wenn
ich schreibe und lese. Spricht mich aber an, wenn ich an den
Kästen stehe. Mich durch die Zettel taste. Also habe ich mich
eingeschlossen. Zu sehen bin ich. Ansprechen kann man mich
nicht. Neben mir, über mir, unter mir die ganze Droste, die
große HKA ausgebreitet. Aufgeschlagen. Ich versinke in ihrem
Todesmotiv. Falle in ihre Heidebilder. Die Lerche. Die Vogel-
hütte. Der Weiher. Das Schilf. Die Wasserfäden. *Standest du je
am Strande, wenn Tag und Nacht sich gleichen,* meine Dichterin
der Heide? Am liebsten sind mir die Motivblätter. Merkblätter,
die ihre Notizen versammeln, ihre Aufzeichnungen und Vorfas-
sungen. Ein bisschen wie Rohmaterial. Wie sie den Stoff ent-
wickelte, lässt sich nachlesen. Was aus einem Bild, einem Plan
geworden ist. Wie er sich wiederfinden lässt. Ob überhaupt. In
einer zweiten, dritten Version. Erst heißt es, *ein ganzes offenes*

Meer von Empfindungen. Später dann, *die ganze offene See der Empfindungen.* Meine beste Drostereise – zu sehen, wie sie ihre Wendungen verfeinerte. Ich vergesse die Zeit, sobald ich sie antrete. Ich vergesse mich. Als folgte ich ohne Erlaubnis ihrer geheimen Spur. Ihrem Atemweg aus Wörtern. Ihrem Gedächtnisband aus Buchstaben. Als könnte mir einer über die Schulter schauen und sagen, aha, hab ich dich, du liest in den Motivblättern! Wer weiß, Márti, in hundertfünfzig Jahren wird vielleicht jemand Deiner Spur folgen. Mit Dir in einem Archiv sitzen. Mit Deiner historisch-kritischen Ausgabe. Deiner HKA. Mit Deinen unzähligen Motivblättern, in denen sich etwas aufspüren und später auf einer Buchseite wiederfinden lässt. Hundert Ecken weiter. Abertausend Gedankenanfälle, Fiebernächte und Hirnstrapazen später. Deine schwarzen Moleskinehefte sind schließlich randvoll. Laufen an den Rändern schon über.

Dass wir uns endlich sehen! Nachdem das alte Jahr ohne Dich ausklingen musste – wie trübsinnig das war. Für mich ist alles gut. Auch wenn Du kaum Zeit mitbringst. Also auch ein Treffen am Mittag. Ich werde es so hinbiegen.

Es liebt Dich,

Deine Johanna

13. FEBRUAR 2011 – 00:03

Liebste Jo,

ich hoffe, Du bist gut zu Hause angekommen, ohne Schwindel und aufflackernde Sehstörungen, weil die Augen sagen, nein, jetzt nicht, jetzt wollen wir nichts sehen – die Wahrheit ist doch, wir werden alt und zerbrechlich, dieses Geschwätz von gesund und fröhlich bis hundert hat mich schon immer genervt.

Die Kinder waren bei ihren Großeltern, ich war wie weggerafft und konnte ungestört arbeiten, für meine freie Schreibwirtschaft, in die ich mich vor Jahr und Tag ohne Proviant und dicke Jacke hinausgejagt habe, schreibe ich alles und jedes, zu allem und jedem, heute eine Glosse über Reisen mit Kindern, die natürlich umwerfend, ja umwerfend komisch ist, morgen soll sie mir jemand für viel Geld abkaufen, schließlich haben wir davon nie genug, deshalb habe ich auch Simons Herbert-Kinderbuch dreist in meinem schätzungsweise dreiminütigen Gespräch mit dem SWR vorgestellt, als ich nach einer Empfehlung gefragt wurde. Weiß doch niemand, wie wir zusammengehören, und mir hat es Spaß gemacht, Simons Namen ins Mikro zu sagen, meinen Kopf denken zu lassen, wie wir vor einem Vierteljahrhundert oder -jahrtausend im Zoo vor dem Raubtierhaus standen, wo wir nicht viel sagten, es aber ausreichte, mehr als ausreichte, mehr, viel mehr als ausreichte, um mein Leben an Simons Leben zu binden. Mein alter Simon-Reflex – noch greift er, noch springt er an.

Nach unserer letzten Umarmung am Bahnhof bin ich in die Zacke gesprungen und nach Degerloch gefahren, um den restlichen Tag mit Anikó und ihren Söhnen, meinen unfassbar gut gelungenen Neffen zu verbringen, die alles können, Hockey, Latein, Fechten und noch schön lächeln, und die schlimm groß geworden sind, aber nicht zu groß, noch darf ich sie küssen und drücken, ihnen über die Köpfe streichen, über ihr dunkeldichtes, mildstörrisches Anikóhaar. Anikó hatte Sonntag Dienst, ich blieb mit den Kindern allein, wir spielten Jenga und Mikado, kochten Würstchen mit Kartoffelbrei, und als ich am Nachmittag mit meinem Koffer an der Bushaltestelle auf der anderen Straßenseite stand, warteten sie an ihrem Fenster, bis der Bus anrollte. Ich habe ihnen zugewinkt, sie winkten zurück und schauten aus ihren plötzlich sehr ernsten Gesichtern, ich hätte die Hände zu einem Trichter zusammenlegen und rufen wollen: Lasst uns in einer Stadt leben, zieht zu mir und Ildikó nach Frankfurt, damit wir das Schwesterndreieck schließen! Als der

Bus dastand, winkten wir uns heftig wie Schiffbrüchige, die am Horizont ein Segel auftauchen sehen, als ich abfuhr, schickten sie mit den Händen Küsse durch die Luft, drückten ihre Nasen ans Glas, winkten und winkten. Anikó ist für diesen langgezogenen Abschied verantwortlich, sie hat das von unseren Großeltern und Eltern übernommen, sie tut so, als liege Degerloch hinter dem Eisernen Vorhang, sie ist schuld, dass ihre Kinder denken müssen, Márta wird nie mehr zurückkehren, gleich verschwindet sie hinter diesem Eisernen Vorhang, und wir können sie nie wiedersehen, deshalb müssen wir alles in unseren Abschied legen, alles, was wir sind und haben.

In Stuttgart habe ich geschwiegen, warum, weiß ich nicht. Vielleicht, um Dir Zeit zu lassen, über eine Antwort nachzudenken. Aber jetzt will ich Dich fragen. Wer hat Dich angesprochen, dass Du ins Glashaus fliehen musstest?

Márta

15. FEBRUAR 2011—16:24

Liebe Márta,

wunderbar waren sie, unsere geschenkten Stunden in Stuttgart zwischen SWR und Anikó. Dich zu sehen, zu haben! Unser Fallen aus dem Alltag. Unser vertrödelter Spaziergang zum Schloss. Mit nassen Füßen und Haaren durch den Schneeregen. Das kurze Aufwärmen bei Wittwer. Lange genug allerdings, um mit fünf Büchern rauszugehen. Die auf meinem großen Tisch liegen. Als hätte ich Zeit und Raum, aus purer Lust zu lesen. Aus keinem anderen Grund als Lust. Als müsste ich nicht ganz andere Bücher durchforsten. Nach dem einen Satz, der noch fehlt. Der eine Lücke füllen könnte.

Unsere große Runde, Du und ich. Für Dich eine warme Mahlzeit ohne Störung. Unser Schnapstrinken, Birne und Holunder. Doch, doch, Holunder war besser. Mit Blick auf Hans im Glück.

Du weißt es zwar, aber ich schreibe es trotzdem auf. Er findet sein Glück erst, nachdem er alles verliert. Sein Hab und Gut weggibt. Hinter sich lässt. *Ich muß in einer Glückshaut geboren sein. So glücklich wie ich gibt es keinen Menschen unter der Sonne.* Wie weit wir davon entfernt sind, liebste Márti, haben wir an diesem trüben, hell leuchtenden Glückstag wieder feststellen dürfen. Ich vermute, ich bin weiter davon entfernt als Du. Viel weiter.

Auf unserem Weg zwischen Staatsgalerie und Staatstheater, wo ich vor einem Jahr bittere Tränen um Brünnhilde vergossen habe, muss mich jemand angehustet haben. Alles schmerzt, Hals, Ohren, Glieder. Ich will mich gleich hinlegen. Mit heißem Tee und Wärmflasche. Falls keine Blitzgenesung eintritt, werde ich morgen zu Hause bleiben. Ein anderer wird das Futur zwei Aktiv und Passiv mit müden Siebtklässlern durchkauen müssen. Ich werde meinen Klumpen Gold getauscht haben. Du wirst deinen Klumpen Gold getauscht haben. Er, sie, es wird seinen Klumpen Gold getauscht haben. Wir werden unseren Klumpen Gold getauscht haben. Márta, Du und ich, werden wir unseren Klumpen Gold je eines Tages gegen eine *Glückshaut* getauscht haben?

Neulich hat Kathrin gefragt, hat das bald ein Ende mit dir und Marbach? Und ich dachte, nein, gerade fängt es erst an. Das muss heute als Antwort reichen.

Es liebt Dich,

liebt Dich,

liebt Dich,

Johanna

18. FEBRUAR 2011 – 11:12

Liebe Jo,

aber ja, ich werde weiterschreiben und die Erzählungen beenden, mein *Zimmer* abschließen und verriegeln, auch wenn ich lieber alles hinwerfen will, also kannst Du Dich beruhigen, obwohl ich in Stuttgart etwas anderes gesagt habe, etwas wie: Das Schreiben kann mir gestohlen bleiben, etwas in der Art, nachdem uns Wittwer ausgespuckt hatte und Du Dir auf der fröstelnassen Königstraße ausgemalt hast, wie dort meine Erzählungen in einem Stapel liegen werden. Offenbar haben wir nicht nur Geschichten, sondern Viren ausgetauscht, seither liege ich mit Fieber im Bett, mit beißenden Kopfschmerzen, von denen ich nicht weiß, kommen sie vom Virus oder vom *Anderen Zimmer*. Heute ist der erste Tag, an dem ich aufstehe und Dir schreiben kann, damit Du siehst, ich lebe, damit Du siehst, es gibt mich noch, mich in meiner sehr dünnen, hochallergischen *Glückshaut*.

Franz ist auch krank, so arg wie in Kleinkindtagen, hier haben sich mein Vater, Lori, Simon und das neue Kindermädchen abgewechselt, weil ich nichts tun konnte, nur leiden und schlafen, der Februar will im Zeichen der Krankheit stehen, also ergebe ich mich und liege neben Franz, schaue ihm zu beim Dösen und denke meine Franzgedanken, meine liebsten, Johanna, über Franz lässt sich wunderbar nachdenken. Manchmal habe ich Angst, dass ich ihn später, wenn er älter ist, nicht mehr erreichen werde, ich frage mich, ob Franz mich noch hören wird, Futur eins im Aktiv, mich hören wird, ob ich noch zu ihm durchdringen, ob ich anklopfen und sagen kann, erzähl doch, Franz, liebster, schönster Franz, erzähl mir doch. Mia ist anders, jede Empfindung, jede Andeutung eines Gefühls trägt sie in ihrem Gesicht, jeder Ausschlag auf ihrer Skala nach oben oder unten glimmt bis in die Spitzen ihrer langen Elfenhaare, für mich ist das gut, ich brauche sie nur anzuschauen und habe eine Ahnung, für sie wird das eines Tages vielleicht zum Nachteil. Aber Franz macht schon jetzt das meiste mit sich selbst aus, er liegt auf dem Sofa und denkt, liegt auf dem Teppich und denkt, liegt im Hof neben einem Stein und denkt, darin ist er wie Simon, bloß nicht zu viel offenlegen, nicht zu viel in diesem Gesicht zeigen, das schon drei Narben hat, drei Narben verteilt auf sechs Jahre, also alle zwei Jahre eine Narbe, das ist Franz' Linie, der Graph auf seiner Jungenhaut, Stirn, Nase, Lippe, die Verbindung von Punkt zu Punkt, in gleichmäßigen Abständen untereinander, drei Narben, die ich mir nicht verzeihen kann und die Simon mir nicht verzeihen kann, nur Franz hat sie mir alle verziehen, die scharfe Kante der Heizung auf Fehmarn, die Treppe zur U-Bahn am Römer, den gemeinen Zaun zwischen Falkenstein und Königstein – Johanna, es gibt zu viele Spitzen und Kanten in unserer Welt, warum entfernt sie niemand?

Márti

25. FEBRUAR 2011 – 18 : 19

Liebste Márta,

Claus hat angerufen, der Fisch im Backofen ist zu groß. Unmöglich können sie ihn allein essen. Also muss ich an händestreckenden, stumm blickenden Narren vorbei. An Springdämonen, mit denen die Gassen in diesen Nächten gefüllt sind. Kathrin hat im Geheimen Garten Masken ins Fenster gehängt. Wir haben sie nach Ladenschluss modelliert. Die grünen Schürzen abgelegt, blaue Mülltüten um unsere Hüften gebunden. Zeitungspapier mit Kleister – grimmig sehen sie aus. Böse wie Höllenwärter. Den Winter sollen sie vertreiben. Aber der ist hartnäckig. Mich und meinen schwarzen Wald will er nicht verlassen. Die Bäche nicht freigeben. Seinen Ehrenpreis nicht blühen lassen. Auf den Wiesen nicht die Knotenblumen. Wieder ist *harscher Schnee über all die verrückten Winkel an Dach und Schornstein gefegt und das Weiß des Flusses.* Kathrins Kinder sehen reizend aus in ihren Kostümen. Kobold. Waldfee. Wichtel. Alle von Kathrins Hand genäht. Aus Stoffresten, Filz und Strick. An dunklen Januarabenden. Die Hoffnung auf Frühling eingestickt. Ich habe zu Kathrin gesagt, du bist mir unheimlich. Sogar Waldkostüme kannst du nähen und Masken bemalen. Ein letztes Hoch, Márti, bevor wir mit dem Fasten beginnen. Mit unserer Buße. Was wird es dieses Jahr? Welches Aschekreuz malen wir auf unsere Stirn?

Dieser Nachtrag muss sein. Weil es um Deine Eltern hin und her ging. Um meine Eltern hin und her ging an unserem Stuttgarter Tag. Der uns beide so krank gemacht hat. Später im Zug fiel mir das ein. Als der Schnee den Regen ablöste. Den Nachmittag über dem Neckar ins Blauweiße kippte. Auf halber Strecke zwischen Böblingen und Herrenberg. Also bald nachdem wir uns verabschiedet hatten. Übrigens so sehr gegen meinen Willen wie lange nicht. Aber das hast Du vielleicht gemerkt. Weil ich auf dem Bahnhof zu oft auf die Anzeige geschaut habe. Als könnte ich so meine Abfahrt verschieben. Als könnte dann auf der Anzeige stehen, Regionalbahn Stuttgart–Rottweil dreißig Minuten Verspätung. Fünfzig Minuten Verspätung. Gott sei Dank kein ICE, Márti. Die ICE-Fenster sind eine grausame Erfindung. Mit ihrem Spiegelglas rauben sie einem den letztmöglichen Augenblick.

Ungefähr bei Gärtringen ist mir eingefallen, wie sich damals alle auf die Strichlein in Deinem Namen stürzten. Als fänden sie nichts anderes für ihre Häme als ein harmloses kleines Strichlein über einem harmlosen kleinen Buchstaben. Deshalb hattest Du sie aus Deinem Namen verbannt. Ins Exil geschickt. Aus Márta wurde Martha und aus Horváth ein Horwath, weil Du die dummen Stimmen nicht länger hören wolltest. Dann ist Deine Mutter über den Schulhof gelaufen. Auf hohen Absätzen, mit ihren schnellen, wütenden Schritten. Klack-Tack-Klack. Zwischen tobenden, kreischenden Pausenkindern. Sie hat vor der Klasse gestanden und gesagt, Du seist eine Márta mit einem Akzent auf dem a. Eine Horváth mit einem Akzent auch auf diesem a. Das Gleiche gelte für Deine Schwestern Anikó und Ildikó. Zweimal o mit zweimal Akzent. Für jedes o einen. Da sei ein Strich

438

vorgesehen, und das solle auch so bleiben. Wer hier und jetzt etwas einzuwenden hätte, solle bitte aufstehen und es vor ihr äußern. Oder für immer schweigen. So hat sie das gesagt, Márti! Für immer schweigen! Alle schauten zu Boden. Keiner wagte, etwas zu sagen. Natürlich nicht. Auch danach hat niemand etwas gesagt. Nicht nach dieser Schulstunde. Nicht in der nächsten Pause. Nicht am nächsten Tag. Nicht in den nächsten Wochen. Nie mehr. Wenn Du Deinen Namen fortan auf die Tafel oder ins Heft geschrieben hast, immer mit diesem Akzent auf den beiden as. Wie es sein sollte. In Horváth und in Márta. So wie Deine Eltern den Namen für Dich ausgesucht hatten.

Wie habe ich Dich um Deine Mutter beneidet. Die mit gezücktem Wortmesser Schnitte verteilte. Wie habe ich sie bewundert in diesem Augenblick. Für immer schweigen! Wie hätte ich mir ein bisschen davon für meine Mutter gewünscht. Sich einmal vor uns stellen und verteidigen. *Mutter – es pocht da draußen!* Uns einmal bestärken. Das hätte sie doch tun können. Reden konnte sie. Nichts anderes hatte sie gelernt, als zu reden, reden, reden. Deutlich. Laut. Artikuliert. In allen denkbaren Tonlagen und Einstellungen. Warum hat sie das für Georg und mich nie getan?

Johanna

28. FEBRUAR 2011 – 21 : 34

Liebe Jo,

in Ordnung, ich gebe zu, Deine Erinnerung ist besser als meine, alles, alles weißt Du, nichts geht verloren im unendlichen Speicher Deines klaren Kopfes, wahrscheinlich hast Du auch die Farbe der Schuhe und Strümpfe dort abgelegt, die meine Mutter an diesem Vormittag trug, sag, wie sahen sie aus? Ja, vielleicht hatte sogar unsere Armut etwas Gutes, kann sein, vielleicht hilft es mir heute noch, so aufgewachsen zu sein, zu fünft auf sechzig Quadratmetern, Klavier und Hund einmal abgezogen, nicht mitgedacht, waren das immerhin zwölf für jeden von uns, vielleicht kann ich deshalb meinen Computer in jeder Ecke anwerfen, Küche, Schlafzimmer, Kinderzimmer, zwischen Bilderbüchern, ungekämmten Filzhaarpuppen und dreckiger Wäsche, vielleicht kann ich deshalb überall arbeiten, nur ruhig muss es sein, wie in der Dachkammer meiner Eltern, zugestellt mit Möbeln und Dingen, die niemand braucht, selbst da ziehe ich die Gardinen über Anikós altem Kaufmannsladen beiseite und arbeite. In den letzten Wochen habe ich mir halbe Nachmittage erkämpft und bin dorthin getürmt, wo unter zwei Schrägen einst Deine zweite Heimat war, die des rothaarigen Mädchens aus der Emmerich-Josef-Straße, das vor seinen Eltern geflohen war und seinen kleinen rotblondgelockten Bruder an der Hand hielt.

Obwohl ich über dem Rechner fast eingeschlafen bin, bin ich vorangekommen, morgen werde ich wieder dort sein, während Molke mit Simon zu Hause bleibt und die Jungen ein Stockwerk tiefer husten, brüllen oder schlafen werden, will ich meinen Sprachsee füllen, meinen See aus Wörtern und mir, mein stilles Gebet sprechen: Vater unser im Himmel, lass es bald ein Ende haben, lass diese Erzählungen bald erzählt sein. An zwei Geschichten muss ich dringend, sehr dringend schleifen, da kannst Du noch so stöhnen, noch so die Augen verdrehen, und hätte ich einmal zwei Tage am Stück, wären sie längst fertig, aber hier und da ein halbes Stündchen, ein Viertelstündchen, Du kannst Dir vorstellen oder überhaupt nicht vorstellen, wie wenig ich eintauchen und wegtauchen kann, wie schleppend, wie widerspenstig mühsam es ausgerechnet jetzt, auf dieser letzten Strecke für mich sein will.

Muss zum Bahnhof, Lori abholen, sie kommt mit dem Zug aus Amorbach, 22 Uhr 04, Gleis sieben. Jemand will das Haus kaufen, aber wir wissen ja, Du, Simon und ich wissen, Lori wird es niemals, nie und nimmer verkaufen, die alten Mauern wird sie nicht los, sie tut nur ein bisschen so, als wollte sie diese Mauern loswerden, sie wirklich abgeben an einen Fremden, sie wird durch die leeren Zimmer spaziert sein, Futur zwei, mit leise hallenden Schritten, durch die Fenster auf die Kastanien geschaut und sich erinnert haben, wie sie einst mit Simons Vater dort gestanden hatte. Wie sie das Haus zwischen zwei Jahreszeiten entdeckt hatten, zwischen abklingendem Winter und schüchternem Frühling, kaum schneebedeckt an einem Märzmorgen, wie er auch jetzt bald anbrechen könnte, und es deshalb nie und nimmer verkaufen.

Der Frühling kommt, Johanna, die helle Jahreszeit, ich spüre sie nahen. Halt Ausschau nach Märzhasen, damit sie Dir nicht entwischen.

Márti

3. MÄRZ 2011 – 02 : 03

Liebste Márti,

dies soll mein Vorfrühling, mein Märzanfang sein. Ich bin in einen Zug gestiegen und nach Freiburg gefahren. Ich wollte einmal *Grobe Fährten* im Abteil auf dem Tisch liegen lassen. Damit mir jemand hinterherläuft und ruft: Hallo! Ihr Buch! Sie haben Ihr Buch vergessen! Es ist nicht geschehen. Ich habe es nicht liegen lassen, und niemand hat gerufen. Stattdessen habe ich Markus getroffen. Und dafür hatte ich keinen Plan, Márta. Für diesen Fall nicht. Obwohl ich sonst für alles und jedes Pläne in meinem Kopf habe. Für den einen Augenblick bereithalte, der kommen könnte. Nur dafür hatte ich keinen Plan. Keinen noch so winzigen, aber hilfreichen, rettenden Gedanken. Ich dachte, ich würde Markus nie wiedersehen. Auf meine unendlich beschränkte, meine heillos bekloppte Art dachte ich, ich würde ihn nie wiedersehen. Wie konnte ich so dumm sein?

In einer dieser gemeinen, hinterhältig schmalen Freiburger Altstadtgassen stand Markus vor mir. *So geräuschlos, wie ein Fuchs die Hühnersteige erklimmt.* Einer Altstadtgasse, auf der man nicht ausweichen kann. Nicht einfach umdrehen. Man biegt ein und wird gesehen. Es muss die Augustinergasse gewesen sein. Wenige Atemzüge vom Wetzstein. Wo ich kurz zuvor Grace Paley in der Hand gehalten hatte. Ausgerechnet *Adieu und viel Glück*. Weißes Programm. Hörst Du? Adieu und viel Glück! Ich habe sehr schlecht Luft gekriegt. Als hätte sich etwas in meiner Luftröhre quergestellt. Als müsste ich losjapsen. Nichts ist mir eingefallen, was ich Markus hätte sagen können. Ich hätte ja zum Beispiel sagen können, es tut mir leid mit deinem Vater. Markus, das tut mir leid. Nicht einmal das ist mir eingefallen. *Das Leben bleibt nicht stehen. Es setzt sich nur einen Augenblick lang hin und träumt einen Traum.* Am liebsten wäre ich weitergegangen. Ohne ein Wort an Markus vorbei weitergegangen. Hätte so getan, als hätte ich Markus nicht gesehen. Als könnte ihn jemand übersehen – und das wäre dann ausgerechnet ich. Als könnte ich seine zwei Meter übersehen. Das Haar. Die Brauen. Diese Markusbrauen! Die dunkle Brille. Den immergleichen Parka. Ja, er trägt ihn noch. Den Parka, auf den ich meinen Kopf gebettet habe. Unter dem nachtklaren *sternbesoffenen* Schwarzwaldhimmel. Dein Wort. Wer noch alles, will ich nicht mehr wissen. Nein, will ich nicht.

Wie es mir geht?, hat er gefragt. Wie es mir geht?, hätte ich zurückblaffen wollen. Aber ich sagte, super. Ja wirklich, super. Ein Wort, das ich nie benutze, Márti. ›Super‹ gibt es nicht in meiner Sprache. Ich habe seit zwanzig, seit dreißig Jahren nicht mehr ›super‹ gesagt. Vielleicht habe ich mit vierzehn zum letzten Mal ›super‹ gesagt. Aber dann nie mehr. Markus schaute mich an, als würde er das Gleiche denken. Als würde er denken, was sagt sie, was redet sie da. Sie hat sich ein Wort geliehen. Sie hat es sich geborgt. Aber es ist das falsche. Sie hat danebengegriffen und sich das falsche Wort geschnappt. Unter meinem ›super‹ ist Freiburg auseinandergefallen. Auf Kokoschka-Art auseinandergefallen und brennend eingestürzt. In glühenden, teerdampfenden Brocken lag die Stadt zu unseren Füßen. Zu Markus' und meinen Füßen. Ich hätte weggehen sollen, war das Einzige, was ich denken konnte. Weit weggehen. In ein Land ohne Markus. Weit genug weg, dass ich Markus nicht mehr begegnen müsste. Nicht in einer hinterhältig schmalen Freiburger Gasse. In der man nicht ausweichen kann.

Ins Münster bin ich geflüchtet. Atemlos mürbe in seine Stille und Dunkelheit. Um die Stadt mit ihren krachenden, stinkenden Teertrümmern draußen zu lassen. Unter Aposteln ging ich auf und ab. Mit wild durch meine Venen schießendem Blut. Petrus. Paulus. Jacobus. Matthäus. Andreas. Alle ruhend in sich gekehrt. Mit ihren Messern. Tauben. Palmzweigen. Schlüsseln und Muscheln. Ob sie mich bedauert haben? So ein bisschen wenigstens?

In mir hat das für größte Kopfdissonanzen gesorgt. Um eine Schöpfung von Dir zu benutzen, die treffender nicht sein könnte. Ein kaltes Herz brauchte ich jetzt. *Weder Angst noch Schrecken, weder törichtes Mitleid noch anderer Jammer pocht an solch ein Herz.* Mit dem Schlafen wird es nichts in diesen bleiblauen Jungmärznächten. Ich muss es auf später verschieben. Du kannst mich also anrufen, wenn Henri Dich aus den Laken jagt. Du nicht mehr zurück in Deinen wegweisenden Traum findest. Allein auf Deinem roten Sofa liegst und Wortkaskaden an Deine weiße Zimmerdecke schreibst. Ich sitze dann sicher auf meiner Bettkante. Versenke mein Gesicht in den Händen. Schütte den mitleidlosen Tannen mein Herz aus. Ich bin ein Trottel, Márta. Ich bin und bleibe ein Trottel. Super!

Jo

4. MÄRZ 2011 – 08 : 02

Meine arme Jo,

das hat Dein Leben wenig nett für Dich eingerichtet, dem alten Dämon ins Gesicht schauen zu müssen, als reichten die vielen Nächte nicht, in denen das gegen Deinen Willen geschieht, als hätte jemand vergessen, sie zusammenzuzählen und Dir gutzuschreiben, als hätten *alle des Lebens Ängste und Sorgen weggeworfen*, nur Du nicht. Hättest Du nicht auf den nächsten Zug Freiburg – Frankfurt springen und drei Stunden später an meine Tür klopfen können? Ich hätte Dich getröstet, auch wenn ich nie Zeit habe, zum Johanna-Trösten hätte ich mir alle Zeit genommen, Du hättest auf meiner Küchenbank weinen können, Mia, Franz und Henri hätten sich mit Fäusten um Deinen Schoß gestritten, und Du hättest Dir unendlich begehrt und geliebt vorkommen können. Umgekehrt geht es auch, ich nehme den nächsten Intercity, und ab Bahnhof Villingen oder Rottweil darfst Du meine Schultern nassjammern, wäre das was?

Sitze seit fünf über den Einsendungen für eine Lyrikwerkstatt, eine weitere verrückte Veranstaltung, eine Entdeckung habe ich nicht gemacht, der Reim ist offenbar nicht auszurotten, einiges lege ich sofort auf den Rücksendestapel, zwei Stimmen habe ich gefunden, die jedenfalls einen Sog entwickeln, daneben liegt ein Blätterhaufen mit ›vielleicht‹. *Eh einer schreiben kann, muß er leben.* Henri hat derweil Nusspackungen ausgeräumt, geöffnet und auf dem Küchenboden verteilt, Simon hat ihn zwischen sechs und sieben aus den Augen verloren, ich schätze, er ist wieder eingeschlafen. Aber ich bleibe gelassen, es gibt verrücktere Kinder als meine, gerade kann ich mich mit Zwillingen in Henris Kita trösten, deren Mutter morgens, bevor sie die Jungen bringt, mindestens schon den Giftnotruf angerufen hat, gestern hatten sie den Wagenschlüssel aus ihrer Jackentasche stiebitzt und bei Regen, Eis und Schnee die Türen geöffnet, Klick-Klack, die

444

Autofenster heruntergelassen, und die ganze Nacht hat es munter in den Minivan geregnet, geschneit und wieder geregnet und geschneit.

Nun zu mir, zur eigentlichen Márta Horváth auf Restzeilen. Simon hat am Morgen im Bad gesagt, alles Gute haben die Kinder von dir, alles, was gut ist, haben die Kinder von dir, und ich erwiderte, bitte sprich mir das aufs Band, ich will es aufnehmen, ich will es dir jederzeit vorspielen können.

Márti

9. MÄRZ 2011 – 18 : 43

Liebste Márta,

wie herrlich war das, Euch hier zu haben. Weltabgewandt markusleugnerisch herrlich. Am Morgen Euer Klappern und Plappern in der Küche. Mein Haus erfüllt von Euren hellen Singsangstimmen. Die hoch unters Dach schwebten. Mias Sopran. Franz' und Henris Mezzosopran. Das Schönste an den Kindern sind ihre Stimmen. Habe ich das je gesagt? Warum zieht Ihr nicht zu mir in den schwarzen Wald? Mein Mia-Mädchen fährt mit mir zur Schule. Du schreibst am Morgen Gedichte. Oder Erzählungen. Wie Du willst. Die Bilder liefert der schwarze Wald. Du brauchst nur aus dem Fenster am Färberginster vorbei Richtung Tannenpfad zu schielen. Am Nachmittag bindest Du Blumen und Kränze im Geheimen Garten. Verdienst ein bisschen Geld damit. Am Abend kehrst Du zurück zu Deinen Wörtern. Simon lässt Du in Frankfurt am Theater tiefer im Kleist versinken. Zwischen dem Prinzen von Homburg und seinem Kurfürsten. Ihren Gefechten und Träumen. Auch so ein Vater, von dem man nicht loskommt. Simon fällt gar nicht auf, dass Ihr weg seid. Er merkt es gar nicht. Erst nach Jahren, und dann sind die Kinder schon erwachsen.

An Selbstmitleid war jedenfalls nicht zu denken an diesem

schnellen Wochenende. Mit Euch immer unvergesslich. Schon Eure Ankunft an Gleis 1. Unter den Wandergesellen mit Regenjacke, Stock und Hut. Die es trotz Kälte in den Wald zieht. Du mit Kinderwagen und großem Rucksack. Spuckflecken auf Deinem Kragen. Den zerknautschten, vorgelutschten Keksen aus Henris Hand. Deine drei Kinder um Dich arrangiert, groß, mittel, klein. Mit diesen unzähligen Taschen in allen Größen. Für was nur? Unsere kleine Spritztour durch die Berge zur Bregquelle. Die schon zu lange unter Eis liegt. Die vom Winter müde, nach der scheuen Sonne sich streckende Landschaft. Das Rothausbier vor der Holzvertäfelung und den karierten Gardinen im Martinshof. An denen Henri ständig ziehen musste. Am Abend das Gemüseschneiden in meiner Küche. Kathrin, die von uns stummgeredet wurde. Von unseren Wörtermassen. Unseren Satzlawinen. Bis sie sich gegen drei die Kapuze aufzog und aufs Rad setzte. In die Nacht hinausglitt. Uns dem tiefdunklen Minutenschlaf überließ. Aber ja, natürlich hat es grausam geklungen. Aber ich will Kathrin nicht länger böse sein. Weil sie sagt, einmal musste das geschehen, jetzt liegt es hinter dir. Auch wenn alles in mir dachte, nein. Es hätte nie geschehen müssen. Nie!

Seitdem Ihr Eure Stimmen eingepackt habt, verschnürt unter Euren Wäschestücken, kommt mir mein kleines Haus sehr still vor. Nur ein Wind heult ums Dach. So laut und zudringlich, ich könnte Angst kriegen. Ja, *Frühling ist weit*. Ein grauer Plastikdelphin ist geblieben. Henri hat ihn gebadet, abgetrocknet und unter meiner Decke liegen lassen. Beim Bettenmachen habe ich ihn gefunden und musste weinen. Trotz der Zeit mit Euch am Bettrand sitzen und bitterlich weinen. Weil ich so etwas wie Henri nicht habe und nie haben werde. Weil Du weg bist. Weil mir nichts Gescheiteres eingefallen ist als ›super‹.

Johanna

14. MÄRZ 2011 – 00:09

Liebste Jo,

immerhin hast Du neben einem Delphin noch eine Unterhose gefunden, die können wir immer gut gebrauchen, hätte ja sein können, dass Du Mias nur einmal hoch zur Martinskapelle benutzten Wanderrock auch gefunden hast, Du musst nicht das ganze Haus durchforsten! Noch so eine Welt für sich, die Welt der verlorenen Dinge, noch so ein *anderes Zimmer*, aufgefüllt mit Handschuhen, Mützen, Windjacken, Regenschirmen und Trinkflaschen, neuerdings auch mit Mias Wanderrock. Henri ist krank aus dem schwarzen Wald zurückgekehrt, seine Tage verbringt er nass und schlaff im Bett, ich habe uns schon mit Blaulicht in die Notaufnahme der Uniklinik rasen sehen, sobald die Temperatur steigt, weiche ich nicht von seinem Bett, um sein Köpfchen zu befühlen, auf seinen Atem zu hören, decke ihn zu oder schlage die Decke zurück, damit es ihm nicht zu kalt, nicht zu heiß wird, wieder bricht die Zeit der Krankheiten an, oder sie endet nicht, je nachdem, wie wir zählen, wann wir damit beginnen.

Die Zugfahrt Villingen – Frankfurt war ein Brüllkonzert mit Prügeleinlagen zwischen Mia und Franz, so dass ich zu Hause mit stechenden Kopfschmerzen aufs Sofa fiel, aber es hat mir nichts ausgemacht, Johanna, weil ich ja davor mit Dir durch Tannentäler gestapft war oder Schwarzwaldspeck fürs Hühnchen feingeschnitten hatte, daran habe ich mich diese ganze Woche festgehalten, davon habe ich morgens, mittags, abends gezehrt. Seit wir aufgebrochen sind, denken wir an Dich, mit jedem Tag mehr anstatt weniger, auch so eine sonderbare Rechnung, so ein Antizyklus. Franz und Molke sagen immerzu, Mama, wir können doch im Frühling, wir können doch im Sommer wieder zu Johanna fahren und dort ins Wasser springen, sie meinen den ungestört dahinrieselnden Bach, der vor Kathrins Garten durch Euren schwarzen Wald fließt, und Henri plappert alles nach:

ins Wasser springen, ins Wasser springen, zum Bach, zu Hanna,
zum Bach, zu Hanna, und Mia berichtigt ihn sehr ungehalten,
sie heißt Jo-hanna, Jo-hanna heißt sie! Die neuen Fotos an den
Kühlschrank zu hängen, ist unmöglich, die Kinder nehmen sie
sofort ab, verteilen sie in unseren Zimmern, schauen sie an, malen mit ihren Fingern Schlieren auf und geben sie nicht heraus –
Mia und Du mit verrückt ausladenden Federhüten in Deiner Küche, Franz neben Dir auf den Stiegen zum Dach, wie Hühner auf
einer Stange, Henri mit Dir unter Kissen begraben, nur Hände
und Füße sieht man. Hellbunte Bilder haben wir mit nach Hause
genommen, Dein roter Teppich, auf dem es sich unvergleichlich
dösen lässt, Dein Ofen, in den die Kinder zur Nacht hin Scheit
um Scheit nachlegen durften, Dein Schlaflager unterm Dach, der
Himmel über unseren Köpfen windzerfegt-schneejagend, der
Geheime Garten, in dem dennoch alles übermütig nach Frühling drängt, Mia und Franz könnten sich ja nicht verabschieden,
ohne Colin geküsst zu haben – Stadtkinder!

Doch, meine liebe Johanna, es wird ein Alter für uns geben,
auch wenn Du zweifelst, nun weiß ich das sicher, ich habe es an
Deinem langen Tisch nachts um zwei gesagt, und jetzt schreibe
ich es Dir: Wir haben ein Alter, ich weiß es. Ich kann es sehen,
ich sehe es, der Krebs wird ruhen, er ist davongezogen und verschwunden, er dringt nicht mehr durch Deine Tür, Du musst sie
nur immer gut verschlossen halten, versprich mir das.

Es liebt Dich, liebt Dich, liebt Dich,

Deine Márti

15. MÄRZ 2011 – 08:13

Liebste Márti,

gleich werde ich aufs Rad steigen und ins Tal rollen. Meinen
Dienst im Geheimen Garten beginnen. Schürze überziehen und
glattstreichen. Colin füttern, Stall ausmisten. Welke Blätter von
den Zweigen zupfen. Böden fegen. Vasen polieren. Kissen aufrüt-

teln. Kaffee in die Kanne füllen. Deshalb nur ein kurzer Gruß an diesem Samstagmorgen. Solange ich meinen Tee trinke.

Wir alle warten schon sehr auf den Frühling. Auch wenn die dunkle Jahreszeit mit der Droste gut zusammenpasst und sie ein schönes Paar abgeben, hätte ich nichts dagegen, wenn der Winter verschwände. Schließlich kann ich auch bei Sonnenschein denken. Kathrin und Claus haben beschlossen, den Winter zu verabschieden, obwohl er von den Bergspitzen nicht weichen will. Claus baut über diesen ungestört dahinrieselnden Bach aus alten Holzbänken eine Brücke für seine Kinder. Im Geheimen Garten hat Kathrin alles Weiß verschwinden lassen. Sie hat den hohlen Kirschbaum aufgestellt, der im Herbst zwischen Haus und Bach gestorben ist. Mit Drahtseilen an der Decke befestigt. Es sieht märchenhaft aus, Márti. Als würde mitten im Laden ein Baum aus dem Steinboden wachsen. Wie in der Walküre. Die Weltesche in Hundings Hütte. Im Großmarkt kauft sie stur Frühblüher ein. Lässt die Ladentür trotz Kälte offen stehen. Dekoriert hinter dem beschlagenen Fenster mit Krokussen, Tulpen und Hyazinthen. Gelb, Lila, Pink. Über die Anlage läuft Brahms' Frühling. *Der Winter ist zerronnen.* Vivaldis Frühling. E-Dur. Allegro. Aus den Boxen rieseln sie auf Narzissen und Märzenbecher. Warum nicht. Denken wir uns Colin einfach als Märzhasen. Im Kalender will der Frühling ja schon fast beginnen. Auch wenn hier alles nach Winter aussieht. Rund ums Tal schläft der Wald ungestört seinen eisigen Schlaf. *Glasleute*, *Flözer* und *Uhrmacher*, alle schlafen mit ihm. Sie und ihre Herzen von Marmelstein.

Gestern Abend hat jemand angerufen und aufgelegt. Einen Augenblick lang dachte ich, es sei Markus. Lächerlich, als sei das seine Art. Anzurufen und aufzulegen. Mich so in die Nacht zu schicken. Also muss es ein Schüler gewesen sein. Es ist ganz und gar Schülerart. Überhaupt nicht Markusart.

Johanna

17. MÄRZ 2011 – 23:37

Liebste Jo,

Du darfst Dich mit uns freuen, öffne Dein kaltes Herz und lass Glück einziehen, unsere nächsten Monate sind mit Simons Essay-Preis gerettet, sagen wir, so gut wie, das ewige Gedankenkauen und Sätzeziselieren hat sich ausgezahlt, wir können den Kühlschrank und das Eisfach bestücken, die Miete zahlen, den Tank füllen, Kleider für Mia und Franz kaufen, nicht für Henri, nein, er kriegt die abgelegten seiner Geschwister, und solange ihm das nicht auffällt, wird es so bleiben. Die Vorstellung, in nächster Zeit versorgt, also fast sorgenlos zu sein, macht uns leicht, wir haben kein Gewicht, wir tanzen schwerelos durch all unsere *anderen Zimmer*, werfen die Kinder in die Luft, fangen sie auf und drehen uns mit ihnen, *Sicherheit und Ansehen sind der Tod des Schreibens* – Blödsinn! Als wir es Lori sagten, hat sie nach einem Taschentuch gekramt und sich weggedreht, als müsste sie vor uns verbergen, dass auch sie plötzlich viele Kilo leichter wird, dass auch für sie das Gesetz der Schwerkraft für den Augenblick nicht gilt, nicht greift, Johanna, vielleicht ist sogar eine Italienreise möglich, auf der Simon und ich Sirenen wegschieben könnten, um auf die Wellen zu hören, nur auf die Wellen, ja, ich habe angefangen zu träumen, sofort habe ich damit angefangen, also lass mich, Johanna, lass mich träumen vom Vespa-Knattern am blauem Wasser, gönn mir diesen Spaß, Du weißt, weißt, weißt es, dreimal hintereinander weißt Du es: Dieses Stück Erde ist nicht bloß ein Stück Erde, der echte Süden, von Rom abwärts, ist nicht gewachsen, nein, er ist aus Versehen vom Himmel gefallen, platsch.

Simon sagte gestern, ich sei die einzige authentische Frau, die er kenne, und ich wusste nichts darauf zu sagen, ich habe nicht verstanden, was er gemeint hat, nehme es aber als Kompliment, es klingt nach einem, oder? Es ist, als würde Simon still für sich die

guten und die schlechten Dinge zählen, auflisten und abwägen, vielleicht zur Hälfte des Lebens ein Kopfrechnen in Haben und Soll, die guten, die schlechten Fasern, die wir sind und die uns ausmachen, aus denen wir genäht sind und die uns zusammenhalten, Simon und mich, ja, noch halten sie uns zusammen.
Márti

19. MÄRZ 2011 – 02 : 02

Liebste Márta,

vergib mir, dass ich Dich letzte Nacht ans Telefon geholt habe. Vergib mir die frischen Tränen. Nachdem der Krebs so heftig an meine Schlaftür gehämmert hatte. *Der Panikvogel zurückgekehrt* war. Obwohl ich Dir versprochen hatte aufzupassen. Ihn nicht mehr hereinzulassen. Dazu mein blöder, tausendfach durchgekauter öder Kram – nein, ich will nicht mehr über meinen Vater reden müssen. Der sich stückchenweise das Leben geraubt hat. Es scheibchenweise abgeschnitten, gekürzt und den kleinen Rest einfach weggeworfen hat. Zack, in die nächste Mülltonne an der Emmerich-Josef-Straße. Obwohl er es mit uns hätte verbringen können. Mit Georg und mir. Ich will auch nicht mehr über meine Mutter nachdenken müssen. Die das zugelassen hat. Nicht mehr über Georg. Schon gar nicht über Georg. Der so klein rotblondhaarig in meinem Schatten gestanden hat. Hinter meinen Mädchenschultern.

Seit Mitternacht habe ich mich zwischen meinen Kissen gewälzt. Mit der aufgeblitzten taghellen Angst, dass es bei mir so sein könnte wie bei Deiner Nora. Kaum Zeit bleibt, Abschied zu nehmen. In Eure Gesichter zu schauen, Lebwohl zu sagen. Georg. Kathrin, Claus. Dir. Dir. Dir. Das hat mich aufgescheucht. Mich umhergeschickt unter dem sternüberladenen Himmel über meinem spitzen Dach. Der sich plötzlich gibt, als wäre Sommer. *Heute kein Totentuch.* Aus Angst vor dem nächsten Traum bin

451

ich an den Schreibtisch geflüchtet. Nein, ich rufe nicht an. Heute schreibe ich. Setze mich mit meinen Nachtgedanken zu Dir. Es ist die Zeit, die ich beschuldige, Márti. Die Zeit hat Schuld. Die Zeit hat mir alles weggefressen. Selbst die Orte meines Lebens hat sie geschluckt. Die Orte, aus denen mein Leben zusammengebaut ist. Wien. Höchst. Hamburg. Freiburg. An die ich in den letzten Wochen zu oft gedacht habe. Als könnte ich sie nie verlassen. Auch die Orte der Droste bin ich in Gedanken abgefahren. Von Havixbeck nach Münster. Von Bonn nach Meersburg. Als könnte ich auf meiner Hülshoff-Landkarte noch Entdeckungen machen. Als hätte ich da noch etwas zu finden.

Meine Krebsangstnächte haben das entfacht. Ja, ich hätte Lust, ein paar ausgesuchte Orte wiederzusehen. Wünschte, ich könnte einmal noch in der Wohnküche meiner Großmutter im zehnten Wiener Bezirk sitzen. Wenn Sommer war und die Luft sich heiß auf die Dächer senkte. Die Fliegen sich am Klebestreifen unter der Küchenlampe verfingen. Wenn die Hitze nicht nur zu spüren, sondern zu hören war. Dieses Knistern und Knacken, was war es? Welches blöde, unsinnige Gesetz lässt Orte und Zeiten verschwinden? Wieso kann ich nicht einmal noch mit Georg an der Hand ins warme Meer springen? Einmal noch mit Dir über die Steine der Nidda jagen und mir die Knie aufschürfen?

Jo

21. MÄRZ 2011 – 23 : 21

Liebste Jo,

auch das hat sich in unser Leben genagt, mit den Jahren frech unter die Stunden gemischt, unser nervöses Gefühl für Zeit und wie sie uns abhandenkommt. Franz fragt mich oft, was ich mir wünschen würde, hätte ich einen Wunsch frei, er würde sich weitere tausend Wünsche wünschen und findet das sehr klug und ausgebufft. Ich antworte, ich würde mir wünschen, dich einmal noch als Zweijährigen, als Baby im Arm zu halten und in deine Locken zu fassen, dann staunt er, als könne er nicht glauben, was ich da sage, als hätte ich seine Frage nicht verstanden und deshalb so unsinnig geantwortet, als sei mein Wunsch völlig verrückt und als sei Franz unsicher, ob das überhaupt ein Wunsch sein könne, als sei ich dumm, meinen einzigen Wunsch derart zu vergeuden. Franz kennt kein Zerrinnen der Zeit, er badet und taucht in einem zeitlosen Warmwasserbecken, er hat keine Vergangenheit, gestern und vorgestern sind seine winzige Vergangenheit, deshalb fragt er sich, was für ein Wunsch soll das sein?

Heute habe ich bei meinen Eltern gearbeitet, Henri blieb im Wohnzimmer, ich bin unters Dach, auch so ein Zeitzimmer zwischen Kaufmannsladen und Gästebett, um alle mäßigen, unfertigen Passagen, Sätze und Bilder wieder durchzugehen. Eine letzte Geschichte habe ich fertiggeschrieben, eine andere dafür verstoßen, an der ich zu lange getüftelt habe und aus der schon darum nichts mehr wird. Es ist der Stoff, es ist die Figur, die erzählt, wie sie das macht, es geht nicht, sosehr ich will, dass es gehen könnte, Johanna, es geht nicht, so viel muss ich mir eingestehen und vor mir selbst zugeben, also werde ich sie mit meinem Satzmesser wegschneiden, kappen, herauslösen und opfern, neben einem Schaf und einer Ziege vor Apoll legen, vielleicht nützt es, danach muss ich den Reigen neu eichen, aber dann, und jetzt hör gut zu, damit Du es nicht versäumst, dann weg mit allem ins Lektorat. Ja, Du hörst richtig, nach Jahren und Monaten hörst Du heute endlich richtig, auch wenn Du es nicht glauben wirst, weil ich es zu oft angekündigt, herausposaunt und dann verworfen hatte, aber auch mein Leben ist zu zeitfresserisch, stundengefräßig, um alle Seiten noch hundertmal abzuklopfen, es hat keinen Sinn, Johanna, ich bin nach all diesen Schreibjahren erblindet, also soll es gehen, darf es gehen, obwohl ich es schwindelerregend finde. Insbesondere die Erwartungen, die ich überall spüre, sind schwindelerregend, bei Simon, Lori, Ildikó, Anikó, meinen Eltern, bei allen, die mein Leben ausfüllen und beranken, am meisten aber in mir, am heftigsten, übertriebensten und irrsten sind meine eigenen Erwartungen, ungestüm und unvorsichtig herangewachsen in all den Arbeitsstunden, herangewachsen zu einem Angstgewebe, zu einem Traum- und Wunschgewebe aus Jahren und Jahrzehnten, ich kann mich nur enttäuschen.

Hier sind sie, meine fünfhundertelf Seiten, die ich nur absatzweise lieben kann, nur wenn unter der Sprache etwas kreisend abhebt, wie ich es mir für jeden Satz gewünscht hatte, aber finden kann ich nichts mehr, so viel habe ich heute erkannt, Montag, 21. März 2011, Frühlingsbeginn, der Montag ist ein guter Tag für solche Wendungen, vielleicht der beste, und der Frühling ist die beste Jahreszeit dafür, nimm es bitte ins Protokoll, denn heute stimmt es, heute ist es wahr, in dieser Sache gibt es kein Morgen mehr, nur sehr viel Gestern, unendlich viel, haarsträubend, unzählbar viel Gestern. Also sollte ich glücklich sein und bin es nicht, nur ein bisschen, nur halb, nur viertelglücklich – wie fällt es mir schwer, diese Erzählungen in die Welt zu schicken, die Anfeindungen und den Trubel loszutreten, sobald ich sie loslasse!

Das hier will ich Dir noch schreiben, bevor ich in mein simonleeres Bett sinke und mich meinem Traum ausliefere, auch wenn ich finde, ich sollte es nicht schreiben müssen: Ich jage mit Dir über Niddasteine, und wir scheuern uns die Beine auf, Georg springt mit Dir in ein warmes Meer, ich bin sicher. Du musst ihn nur fragen.

Es liebt Dich,

Márta

26. MÄRZ 2011 – 22:42

Liebste Márti,

der Marbach-Mann, wie Du ihn nennst, hat mich gestern zum
ersten Mal gefragt, über was ich schreibe. Ja, passend zum Frühlingsbeginn hat er sein Büro verlassen und mich angesprochen.
An den Zettelkästen, Baa – Bag. Über Natur, habe ich gesagt.
Einen Blick auf die nahen Weinberge hinter den Fenstern geworfen. Natur in der Lyrik. Über den Bezug Natur – Ich – Werk. Am
Beispiel der Droste. Ach, die Droste?, hat er erwidert. Eine lange
Pause gemacht. Als müsse er in seinem Kopf kramen. Dann
gesagt, *'s gibt Gräber, die wie Wetternacht an unserm Horizonte
stehn und alles Leben niederhalten.* Ich bin erschrocken, Márti.
Furchtbar erschrocken. Er hätte doch alles andere nehmen
können. Alles andere! Warum ausgerechnet die Gräber? Meine
Mutter? Mein Vater? Schicken sie ihn? Lassen sie mir ausrichten,
es gibt Messnergräber auf dem Höchster Friedhof, um die sich
niemand kümmert? Oder soll ich nicht zulassen, dass sie mein
Leben niederhalten? Ist es das?

Später bin ich zum Poesieautomaten hinuntergestiegen. Um
meine Tagesparole abzuholen. Am Morgen hatte ich es glatt vergessen. Obwohl ich immer gehe, bevor ich anfange zu arbeiten.
Schaue, ob ein Satz für mich dabei ist. Ob der Automat einen
guten, brauchbaren Satz für mich hat. Es ist zu meinem Lotto-
spiel geworden. Zu meiner Wette auf den Tag. Mein Orakel hat
gesagt, *Freitags höchstens einsame Lügen.* Na, bitte schön. Gestern
war Freitag.

Er ist Paläograph. Wenn Du also Bedarf hast, einen Text zu ent-
schlüsseln, der vor Hunderten von Jahren geschrieben wurde –
jetzt kennen wir jemanden, der das für uns tun könnte. Wer weiß,
vielleicht kann es einmal nützlich sein. Hinter seiner schwarzen
Brille sieht er übrigens aus wie Robert Lowell. Nein, nicht der
alte Robert Lowell. Der junge. Zu Hause hatte ich wohl deshalb

plötzlich heftige Lust, in seinen Briefen an Elizabeth Bishop zu lesen. Also habe ich dieses Buch, das seit Jahren unberührt in meinem Regal, Abschnitt Briefe steht, herausgezogen. Den Staub weggepustet. Ein Jahrhundert und einen Kontinent übersprungen und darin gelesen. *All the rawness of learning, what I used to think should be done with by twenty-five.* All die Schroffheit des Lernens, von der ich glaubte, mit fünfundzwanzig sollte sie beendet sein.

Es liebt Dich,

Johanna

30. MÄRZ 2011 – 09:21

Liebe Jo,

Schneeflocken wirbeln wie kleine weiße Papierfetzchen, seit Tagen ist es unter null, der Frühling hat keine Lust auf mich und meine Stadt, es ist, als wollte dieser Winter nicht enden, die Deckel der Mülltonnen hat er zufrieren lassen, es macht ritsch!, wenn ich sie öffne. Soeben ist ein Streifen Sonne in den Himmel gekrochen, um müde zu scheinen, weit oben, über meinem Küchenfenster, ich will es als gutes Zeichen nehmen, das mir jemand schickt – Dein Vater, Deine Mutter? Vielleicht denken sie heute an mich, den Zwilling ihrer wortbegabten, gedankenschlauen feuerrothaarigen Tochter, der tagein, tagaus durch alle Zimmer in der Emmerich-Josef-Straße ging, nur nicht durchs Bad, das war verboten, dieses *andere Zimmer* zu betreten war verboten, und der jetzt, mehr als dreißig Jahre später, ein Manuskript mit Erzählungen abgegeben hat, in denen auch sie vorkommen, Margot und Ulrich Messner. Fünfhundertelf Seiten, die mich in die Knie gezwungen und mir vieles, zu vieles, vielleicht alles, vielleicht mehr als alles abverlangt haben, Kopf, Haut, Hände, Haare in den jüngsten vier Jahren meines Lebens, oder waren es mehr, dauerte es länger?

Ich taumle durch einen Zustand der Schwebe, warte auf das Fall-
beil meiner Lektorin, nun kann alles geschehen, ich stelle mir
vor, wie sie liest und den Kopf schüttelt, werde dieses Bild nicht
los, sosehr ich es verjagen, die Türen aufreißen und es hinaus-
schicken will, damit es hinter den Oberleitungen der Straßenbahnen verschwindet. Ich habe nichts mehr zu tun, alle Notizen
sind abgearbeitet, eingefügt, durchgestrichen, der Papiereimer
ist voll, mein Schreibtisch dagegen leer, da liegen keine Blätter,
keine Zettelhaufen mehr, geschichtet, gefächert nach meiner
aberwitzig unüberschaubaren Art, in der nur ich mich auskenne,
nein, in der selbst ich mich nicht mehr ausgekannt habe.

Ich kann nichts tun als warten, also warte ich und habe ansonsten frei, kopffrei, frei im Kopf. Vielleicht gehe ich zur Belohnung
ins Siesmayer, bestelle Kaiserschmarrn und Marillenschnaps
und freunde mich noch schnell mit der ersten Hälfte des Jahres
an, jetzt wäre Zeit. Drei neue Wörter könnten anklopfen, und
ich könnte sie mit Bleistift aufschreiben, aber eigentlich muss ich
mit meinem Kopf nichts tun, ich bin nicht länger gefangen und
eingesperrt, ich bin frei, Johanna, frei.

Es küsst Dich,

Deine Márta

5. APRIL 2011—14:21

Liebste Márti,

Postkarte aus München, denk Dir Bilder dazu. Hofgarten. Sal-
vatorplatz. Frauenkirche. Claus hatte am Wochenende den
Geheimen Garten übernommen. Er sagte, Kathrin warte so
tiefverzweifelt auf den Frühling. Nach jedem frisch gefallenen
Schwarzwaldschnee sitze sie am Fenster und sehe nach Tränen
aus. In München sei er schon angekommen. Also sollten wir,
Kathrin und ich, ihm entgegenfahren. Freitag früh hat er Kathrin den Schlüsselbund aus der Hand genommen. Für Tor, Ein-

gangstür, Kühlzelle. Am Abend die Kinder auf Freunde verteilt. In einem weit genug gesteckten Radius. Trossingen. Aldingen. Spaichingen. Samstagmorgen die Tür zum Geheimen Garten geöffnet. Das Glöckchen eingehängt. Kaffee aufgesetzt. Das Wasser in den Vasen und Eimern gewechselt. Während Kathrin und ich in unserer Münchener Pension noch schliefen. Kathrin hatte mich zum neuen Schnauzerhund ins Auto gesetzt. Der auf der Fahrt nach München weder geknurrt noch gebellt hat. Sie haben ihn Xaver genannt. Obwohl ich sagte, wie affig es sei, Tieren Menschennamen zu geben. Dass so etwas nur Kinderlose tun. Also Leute wie ich. Aber nicht Leute wie Kathrin und Claus. Die zu Hause drei Kinder zum Anfassen und Großziehen haben. Kathrin ist es übrigens gelungen, Claus kein einziges Mal aus München anzurufen. Ich brauchte es nicht zu verbieten. Wie er die Blumen zu Sträußen gebunden hat, bleibt sein Geheimnis. Aber da Claus alles kann, Suppen kochen, Schränke abschleifen, Klarinette spielen, kann er auch das.

Kathrin hatte in Schwabing ein Zimmer für uns bestellt. Am Nikolaiplatz, drei Schritte von der Seidlvilla. Vom Frühstücksraum schaut man auf barockgezwirbelte Türme und ahnt, wie die Stadt dahinter lichtdurchflutet atmet. Das Wetter war groß. Der Hofgarten groß. München wie immer unnahbar und groß. Der schwarze Wald kam mir plötzlich mickrig vor. Wir haben blaue Pferde unbeachtet gelassen. Tiger, Vögel, Rehe im Schnee. Waren stattdessen mit dem tobenden, tollenden, stöckeholenden Xaver im Englischen Garten. Da hättest Du sehr schön mit uns unter dem Chinesischen Turm sitzen können. Bei Sonnenschein, Bier und Blasmusik. Dich von uns bewundern und feiern lassen. Für Deine fünfhundertelf Seiten Márta-Horváth-Erzählstrom. Die hinter Dir liegen. Ein Tag Urlaub und Leben. Leben, Márti. Leben!

Hier haben mich Regen und Alltag wieder. Ich quäle müde,

sich wegwünschende Kinder mit Kommaregeln. Aber es muss ja sein, es hilft nichts. Auch wenn sie mich noch so unglücklich anschauen. Irgendwann sollen sie schließlich fehlerfreie Sätze schreiben können. Mit Präpositionen. Zum. Für. Von. Und den Fragewörtern. Wovon? Wofür? Wozu? Wovon leben? Wofür sterben? Wozu lieben?

Deine, immer Deine

Johanna

7. APRIL 2011 – 15 : 08

Liebste Johanna,

zwei Tage Wärme, und die *Fensterschlaggeräusche* beginnen als wäre Sommer, Insekten knallen ans Glas, peng!, summen ihren *Sommerfensterklang*, Franz und Henri sind mit Lori losgezogen, auf dem Hof hinter Hornbach dürfen sie durch den Dreck jagen, gerade lässt die Sonne zu, dass sie sich mit den Ökokindern schmutzig machen und Gemüsebeete umgraben, ihre Hände in Erde versenken, damit Lori sagen kann, je öfter, desto besser für Gurken, Erbsen und Tomaten. Ist nur Mia zu Hause, wird es leicht, ein Kind ist kein Kind, sagt man in Ungarn und hat recht damit, deshalb kann ich zwei Zeilen schreiben, nein, nicht für *mein Zimmer*, für Dich.

Ildikó denkt über ein Haus in unserer Nähe nach, damit sie zu viert nicht mehr auf sechzig Quadratmetern wohnen müssten und die Mädchen eigene Zimmer hätten, ich war am Morgen mit ihr dort und habe ihr Entsetzen geteilt, über ein winzigmuffiges Reihenhaus Baujahr 1961, ein Jahr jünger als Anikó, wenig älter als wir, Johanna, mit einem Streifen Garten zur Straße. Ildikó will ihre freundliche Nachbarschaft im Nordend verlassen und hierherziehen, obwohl ich sie gewarnt habe, bei uns leben nur alte Leute mit Hund, die das Fenster aufreißen, wenn man sich an ihre Ausfahrt stellt. Dann hätten wir wenigstens eine Nachbarin, an deren Tür wir morgens um drei klopfen dürften, um ihr unser fieberndes Kind in den Arm zu drücken, nicht auszudenken, wie das wäre. Im Erdgeschoss sind Gitter vor den Fenstern, die Decken liegen unter dunklen Holzpaneelen, natürlich ist es nur Erbpacht, falls das Haus also in sechzig Jahren abbezahlt wäre, sagen wir, zwanzig Jahre nach Ildikós Tod, könnte man anfangen, das Grundstück abzuzahlen. Wie aus einem Traum abgeworfen, steht ein Magnolienbaum im Garten, der in diesen Tagen sehr allein den Frühling einläutet, aber gibt man für den so viel Geld her?

Simon und ich müssen uns diese Fragen nicht stellen, wir wohnen weiter zur Miete, ohne Erbschwiegereltern, also auch ohne Erbpacht, aber wer wird sich grämen, jetzt, da die helle Jahreszeit uns wachküssen will, die Stadt und mich darin, jeden Morgen stürmischer. Anikó war mit ihren frisch gebügelten Hockey-Söhnen übers Wochenende bei uns, ein blitzblauer Himmel streckte sich über ausschlagende Kastanien, über Seen aus Narzissen und Hyazinthen, also waren wir zum Fischefüttern im Palmengarten, Henri als Kleinster rasend glücklich zwischen Vettern und Kusinen, Booten und Entendreck. Das Siesmayer haben sie auseinandergenommen, Anikós, Ildikós und meine springenden, lauten Kinder haben sich mit Kieselsteinen beworfen und im Staub gewälzt, gleich unter einem Schild, auf dem steht ›Likeabikefahren verboten‹, Rennen und so weiter, alles, alles verboten, ach, Deutschland, du kinderliebes. Ich habe meine Schwestern gefragt, haben euch brüllende Kinder im Café früher auch so genervt?, und beide sagten, ja, haben sie!

Es liebt Dich,

Deine Márta

11. APRIL 2011 – 06:01

Liebe Márta,

habe Dein Buch, das ja noch kein Buch ist, in zwei Nächten gelesen. Mit Freude festgestellt, dass kaum jemand gestorben ist.
Sind ja alle schon tot. Nicht wie in Deinen Gedichten. Wo ständig einer geht und ständig ein anderer trauern muss.

Ich habe geweint, obwohl ich nicht so verschwenderisch damit
bin wie Du. Meine Tränen fließen ja nicht so überall. Nicht so in-
flationär. Aber Deine Geschichten haben mich gerührt, verstört
und aufgerichtet. Und so immer weiter in meinem Lesereigen.
Gerührt, verstört und aufgerichtet. Ach, Mártilein, ich wusste
immer schon, dass in Deinem Kopf so verrückte und unverrück-
bare Wahrheiten entstehen können. Sich auflösen oder auf ewig
festkrallen. Deshalb verzeihe ich Dir, dass Du diese Geschichte
von meinem Vater erzählen musstest. Nicht einmal seinen Namen geändert hast. Denn dass er auch dort Uli Messner heißt,
darüber bin ich erschrocken. Obwohl Du mich gewarnt hattest.
Jung, aber dem Leben schon ausgebüchst. Dem täglichen Auf
und Ab in der Emmerich-Josef-Straße entronnen. Für den Alltag nicht mehr brauchbar. Nicht länger einsetzbar. Weder von
seinen Kindern noch von seiner Frau. Aber die große, die größte
Hoffnung am Schauspiel Frankfurt. Der beste Marquis seit Menschengedenken. Gefeiert. Beklatscht. Getragen von Bravorufen.
Der beste Jason. Der beste Orest. *Durch Rauch und Qualm seh'
ich den matten Schein des Totenflusses mir zur Hölle leuchten.* Und
jeder im Publikum wusste, welche Art von mattem Schein auf
diesen Totenfluss fiel. Jeder wusste, wie sie aussehen und riechen,
wie sie sich anfühlen würde, diese Hölle. Jeder. Uli Messner und
Hölle, das ging zusammen, das war eins. Das war ein und dasselbe.

Ich danke Dir für sein mildes Ende. Das in Deiner Erzählung viel
freundlicher ausfällt als im Leben. Nicht an der Nadel. Nicht auf

einem kaltschmutzigen Kachelboden zwischen den Hausschuhen seiner Kinder. Sondern taugenichtsgleich entschlummernd
am Langener Waldsee. Morgens um fünf. Das dürfte so seine
Uhrzeit gewesen sein. Wenn der neue Tag über den See rollt. Die
ersten Sterntaucher und Lachmöwen durchs Laub zwitschern.
Zander und Hecht nach Beutefischen schnappen.

Es dankt Dir für zwei Nächte der Irrungen, Wirrungen und Erlösung. Sorge Dich nicht. Dein Buch ist still und groß. Es wird
seinen Weg gehen.

Das sagt Dir, prophezeit Dir,

Deine alte Freundin

Jo

15. APRIL 2011 – 22:13

Liebste Jo,

schnell diese Zeilen an Dich, bevor wir nach Umbrien fahren,
alles ist gepackt, Taschen, Rucksäcke und zwei Koffer stehen in
der Tür, die Kinder tragen wir nachher schlafend ins Auto und
zurren sie fest in ihren Sitzen, wieder sind wir in dem schiefkrummen Haus, in dem ich vor einem Jahr an Ostern schlimm
gefroren habe, in dem die Türen offenbar nie geölt werden und
wie meckernde Ziegen klingen, obwohl Olivenbäume überall
stehen, da wäre es doch leicht, sich zu bedienen.

Simon wird sich unterhalb von Assisi an einem Essay versuchen,
über Cimabue als Ziehvater Giottos, wir reisen mit einem winzigen Zuschuss und der Aussicht, Geld und Ruhm zu verdienen.
Bevor ich die letzten Dinge in meine Tasche stopfe, Fieberzäpf-
chen, Reiswaffeln, Milchschäumer, wollte ich Dir schreiben,
wie glücklich ich bin, Johanna, weil Du alles verstehst, wie es
gedacht ist. Mich hat dieser letzte Satz im *Anderen Zimmer* alles
gekostet, nicht nur Kopfschmerzen und Tränen gekostet, Tränen
und Kopfschmerzen bei jedem Lesen, obwohl ich ihn achthun-

derttausendmal gewendet, gedreht, auseinandergenommen, zusammengefügt und meine Hirnfasern zermartert, ja, zermartert hatte, ob nicht besser ein Komma, ein Gedankenstrich dorthin sollte oder lieber doch nicht, nein, sicher nicht weniger als achthunderttausendmal, ich mich also leergeweint haben müsste über ihm, deshalb bin ich glücklich, Johanna, dass Du verstehst, wie es gedacht war, und die Größe hast, mir zu verzeihen, dass ich Deinen Vater hineingeschrieben habe, eine Geschichte erfunden habe, in deren Mitte Uli Messner auf seine unnachahmliche Weise steht, schaut, liegt, redet und einschläft, vor allem redet und einschläft.

Ausgerechnet jetzt fahren wir, nachdem ich in Gedanken meinen Koffer für eine andere Reise gepackt, die Körberstraße für immer hinter mir gelassen habe und gegangen bin, ein Kind an einer Hand und zwei Kinder an der anderen. Am Morgen ist mir ein Porzellanschälchen aus den müden Händen gefallen, Simon schaute auf die Scherben und sagte: Alles zerstörst du, alles, was in deine Hände gelangt, zerstörst du. Seit Tagen vergräbt er sich hinter Vorwürfen, singt sein altes Simonlied mit derselben garstigen Melodie, demselben blöden, unverändert todlangweiligen Text: du kümmerst dich nicht um die Kinder, du kümmerst dich nicht ausreichend um die Kinder, die Kinder verwahrlosen, aus diesen Kindern wird nichts, zurück auf Anfang und von neuem: Du kümmerst dich nicht um die Kinder und so weiter, was er aus Wahn und Wahrheit in seine Simonspirale wirft, in die er sich über Wochen hineingedreht hat, während ich zur selben Zeit geräumt, gekocht, Hausaufgaben durchgesehen, geräumt, gekocht, Pipiwäsche gewechselt und ausgewaschen, wieder geräumt, gekocht und Hausaufgaben durchgesehen, Franz beim Lesen zugehört habe, zehn Minuten jeden Abend, Gespenstergeschichten, Zoogeschichten, Baumhausgeschichten, und mich gefragt habe, wer schreibt diesen Erstlesermüll? Simon lügt – ich vermisse die Kinder schon, wenn ich mich für eine Nacht von ihnen verabschiede, von diesen gutriechenden Geschöpfen, es ist gelogen, dass sie mich nicht kümmern!

Palmsonntag war Simon in der Messe sehr tränennah, ob aus Selbstmitleid, Wut oder Trauer habe ich nicht gefragt, wozu auch. Mittags sind wir nach Eltville gefahren, haben uns an den Rhein gesetzt und getan, als sei er das Meer, was leicht geht, der Wind weht so meeresähnlich, das Wasser ist weit und hat einen Grünton wie das Nordmeer. Die Kinder haben sich auf den Steinen die Hosen aufgescheuert, Äste gesammelt und in die Wellen geworfen, am Abend ist Franz in der leeren, vom Morgen nach Weihrauch riechenden St.-Peter-und-Paul-Kirche niedergekniet, hat ein Gotteslob aufgeschlagen und daraus gesungen, seinen Arm bis zur Schulter ins Weihwasser getunkt, seine Kette mit dem Kreuz, und weitergesungen, *lasset zum Herrn uns beten*, auf dem Weg zum Auto, auf der Fahrt nach Hause. Ja, Johanna, lass zum Herrn uns beten. Vielleicht hilft es.

Márti

21. APRIL 2011 – 20 : 33

Liebste Márti,

Gründonnerstag, im Tal läuten die Glocken. Ende der Fußwaschung. Auszug zum Ölberg. Im Geheimen Garten blühen die Kirschzweige. Rauscht Kathrins Tulpenmeer. Gelb-rote Osterbrandung.

Gestern habe ich in Deinem *Zimmer* gelesen und nachts um drei das Licht gelöscht. Schlafen kann ich später. Obwohl ich alles schon kannte. All die kleinen Wendungen und Beobachtungen. Über die ich beim zweiten Mal Lesen nicht weniger gestaunt habe. Natürlich können diese Dinge geschehen. Sie sind so vorstellbar. Auch dass trotz allem das Blau des Himmels ungerührt, unbeeindruckt zusammenwächst, ist genauso vorstellbar. Du bist in Umbrien, aber ich gehe Nacht für Nacht mit Dir spazieren. Durch Deinen Márta-Kosmos. Durch Horváth-Traumgefilde. Über Márti-Schlängelpfade. Komisch ist, auf den ersten Blick haben diese Menschen etwas verstörend Abweisendes. Aber nach nur zwei Seiten mag man sie. Alles um sie will zerbrechen. Und sie setzen alles daran, dass es nicht zerbricht. Geschieht es doch, setzen sie alles daran, es auszuhalten. Zu überstehen. Manchmal kommt der Abschied gewaltig. Groß und unerbittlich in einer Sekunde. Manchmal portionsweise, in Stückchen. Über eine gedehnte Zeit. Niemand darf selbst entscheiden, was er lieber möchte. Vielleicht besser ertragen kann. Für mich habe ich das auch noch nicht geklärt. Letzte Nacht aber lange gegrübelt. Bis sich der Mond übertrieben gelb vor mein Fenster schob und sagte, schlaf jetzt, Johanna. Abschied portionsweise kenne ich. Scheibchenweise. Über Jahre. Ich mag ihn nicht. Aufzuhalten ist er ja trotzdem nicht. Wir können uns noch so verdrehen und verbiegen. Noch so schieflegen. Auch Uli Messner hätte sich da noch so schieflegen können. Bevor er an einem Sommermorgen am Langener Waldsee aus seinem Leben gleitet.

Claus und Kathrin sind ein bisschen beleidigt, weil sie es nicht lesen dürfen. Ich habe gesagt, sie müssen warten. Bis es gedruckt in einem Buch steht. Ich will Dir meine Entdeckungen durchgeben. Ruf mich an, sobald Dich der Süden abgestoßen hat. Umbrien weit hinter Dir liegt. Tief unter Dir. Es sind Kleinigkeiten. Lächerlich beckmesserische Kleinigkeiten. Die nur einer biestigen, vom Leben gebeugten Deutschlehrerin auffallen. Wenn das abgeschlossen sein wird, ist es vollbracht. Wird es vollbracht sein. Präsens sowie Futur eins. Wahrscheinlich hast Du selbst schon eine Ahnung davon. Mitten in Deinem umbrischen Frühling.
Es liebt und bewundert Dich,
Deine Jo

11. MAI 2011–14:01

Liebste Johanna,

dies eine habe ich nicht erzählt, obwohl ich glaubte, alles erzählt, über alles mit Dir gesprochen zu haben, über jeden Sonnenstrahl und Regenbogen, nach denen ich mich zurücksehne, jetzt, da die Eisheiligen uns bedrängen und ich dicke Pullis und Strümpfe aus den hinteren Fächern der Schränke zerren muss. Ich habe Dir nicht erzählt, wie sonderbar es in Umbrien war, weil mir nichts auf den Plätzen von Assisi und Orvieto eingefallen ist, über das ich hätte schreiben wollen, das ich einmal würde verwenden können, so wie es seit Jahren und Jahrzehnten gewesen ist – beim Gehen über ein Wort, eine Wortreihe stolpern, die auf dem Pflaster liegt, sie sogleich aufheben, mein Notizbuch aufschlagen und sie festhalten, während die Kinder fragen, was schreibst du, Mama, was schreibst du da? Seit *Das andere Zimmer* abgeschlossen ist, passt in meinen überzüchteten, schlaflosen Kopf nichts mehr, obwohl viel freier Platz darin sein müsste, stattdessen habe ich faul-gedankenleer meine bleichen Winterfüße zum Sonnen auf einen schiefen Stuhl gelegt und meine großen Kinder bewundert, wenn sie Simons Fragen artig beantwortet haben: Welchen Altersunterschied haben Johannes und Jesus, wie heißen ihre Mütter? – Maria und Elisabeth, kein Altersunterschied, die Mütter waren gleichzeitig schwanger. Während Simon dem Geist Cimabues, den Schritten des Bruders Giotto rund um die Franziskuskirche nachspürte und später unter dem Olivenbaum etwas aufs Papier brachte, bin ich mit den Kindern über zaghaft aprilgrüne Hügel gezogen, zwischen Stock und Stein auf der Suche nach Stachelschweinen, aber wenn man sie sucht, findet man sie nie, sie laufen nur nachts auf einem Feldweg vors Auto, wenn die Kinder auf den Rücksitzen gerade eingeschlafen sind, das scheint auch so ein Lebensgesetz, auch so eine Weltwahrheit, wusstest Du von ihr?

Mit Deinen Vorschlägen bin ich bis nachts um drei den massigen Stapel ein letztes, ich schwöre, letztes Mal durchgegangen, gegen fünf hinausgeschlüpft und zu Loris Hof hinter Ikea gefahren, wo ich mit blauen Fingerkuppen über meinen Blättern saß, und als es hell wurde, das Zittern der Pappeln beobachtet habe, als würden sie wie ich frieren, darüber die stehenden Cirruswolken, von denen ich geglaubt hatte, es gebe sie nur an warmen Tagen, warum Cirrus? Gleich will ich die letzte winzige, allerletzte winzigste Änderung ins Manuskript arbeiten, zwei Kommastellen, vielleicht drei, und dann – in die Welt mit ihm. *Machst Du Dir über Deine Zukunft denn gar keine Gedanken, mein Junge?* Nein! Nicht heute. Heute nicht einen Gedanken.

Sieh nur, Johanna, wie mein Leben an Fahrt gewinnt, halt Dich fest, halt Dich gut fest neben mir, sonst fliegst Du aus der Kurve! Spür den Fahrtwind, hör sein Dröhnen und Surren!

Márta

20. MAI 2011 – 20 : 23

Liebste Márta,

Haarlocke, Pferdehaar, Pferdebusch. Das musst Du als Lateinschülerin doch wissen. So sieht der Himmel dann aus. Mit ungekämmten, sich sträubenden Wolkenhaarlocken. *Nun hab ich Dich warten lassen, ganz ohne Absicht und ohne einen unfreundlichen Gedanken.* Auf Deine Postkarten nichts erwidert. Die alle in dieser Woche zu mir geflattert sind. Franziskuskirche. San Damiano. Signorellifresken. Auferstehung der Toten. Jüngstes Gericht. Die heilige Bilderflut. Ich hatte mich verkrochen, um meine Arbeit voranzutreiben. Mich schneckenhaft lautlos zurückgezogen. Zur Droste geflüchtet. In ihre Arme – wenn doch sonst niemand da ist. Abends hat mich der Schlaf auf dem Sofa überfallen. Mich mitgenommen in seine schwarzen, öde traumlosen Tiefen. Fortgerissen und wenig später abgeworfen. In mein Zettelmeer.

Mein Droste-Meer. Mein Meer aus springenden Droste-Wellen. Die über mir zusammengeschlagen sind. Mein Haar bis in die Spitzen nass gemacht haben. Mein rotes Haar, das vereinzelt sehr ins Graue drängt. Nicht einmal Claus' und Kathrins Bitten habe ich erhört, ich solle mich mit ihnen unter ihre Glyzinie setzen. Die anmutig maienhaft über die Mauern rankt.

Um für meine Freiin Kräfte zu sparen, habe ich meinen Dienst in der Schule nur nach Vorschrift getan. Am meisten war ich damit beschäftigt, gegen meine Müdigkeit zu kämpfen. So richtig schlafen, dass ich wach werde davon, werde ich später einmal. Vor der Klasse *fühl ich mein Blut so matt und stockend schleichen.* Ich laufe gegen Windmühlen, deren Flügel unablässig Sturm in meine Richtung schicken. Die Schüler zerreden mir den Hölder. Den Eichendorff. Die Brentanos. Ersticken und zermalmen sie mit ihren gelangweilten Gesichtern. Ihren hohlen Blicken. Wie muss ich mich zusammennehmen, um sie nicht zu verachten, Márti. Deshalb bin ich Lehrerin geworden? Um in diese Gesichter zu schauen? Allein der Geruch aus ihren Papiertütchen macht mich müde. Wenn sie zur Pause ihre Wurstbrote auspacken. Ihre Käsebrote. Gurkenscheiben. Paprikastifte. Die Trinkventile ihrer Flaschen öffnen. Mit diesem Zischen, pffft. Diesem täglichen, stündlichen Zischen. Das Stunde um Stunde leiser wird. Alles an ihnen ist verwaschen, verschwitzt, zerknittert. Warum fällt mir das jetzt auf? Zwischen meinen Stunden aus Müdigkeit und aufgeschobenem Schlaf habe ich es vergessen, sag mir, sehen Deine Kinder auch so aus?

Vierundvierzig bin ich jetzt, Márti. Über Nacht ein Jahr älter. Kathrin hatte im Geheimen Garten den Geburtstagstisch gedeckt. Rosenblätter. Walnusstorte. Wie jedes Mal. Die Kinder haben einen Bus später genommen. Um für mich zu singen. Der Frühling hat endlich den letzten Nachtfrost verjagt. Das ist die gute Nachricht für heute. Glasklare Nächte, aufgebrochen von

Sternenstaub, spannen sich über meinem spitzen Dach auf. Halten Ausschau nach Sommer. *Drei Hühnerhunde und zwei Dachse lagern auf dem Estrich und schnappen nach Mücken.* Ich lasse die Fenster offen. Den Duft von Tannen und Moos herein. Wenn ich ins Tal hinabfahre, riecht es an den Lichtungen nach Waldmeister und Traubenkirsche. Den Geheimen Garten müsstest Du sehen. Im Mai! Pfingstrosen und Akeleien reißen sich den Spiegel aus der Hand.

Johanna

21. MAI 2011 – 06 : 01

Ja, liebste Johanna,

meine Kinder sehen auch so aus, Du weißt, wie schmutzig sie manchmal sind, ich brauche Dich nicht zu erinnern, alle drei, Mia, Franz, am schlimmsten Henri, sie können nicht anders, wir können nicht anders, bis auf einen Tag im Jahr sind sie schmutzig, bis auf Heiligabend, vielleicht noch Ostersonntag, unmöglich kannst Du es vergessen haben, auch Mia und Franz öffnen stündlich ihre Trinkflaschen mit den zischenden Ventilen, auch sie haben Wurstbrote, die sie aus ihren Tüten fischen, auch sie verbreiten diesen Mief aus Stullen, dreckigen Kleidern und schlecht geführten Schulheften – wer hat Dir gesagt, Du musst Lehrerin werden, wessen Idee war das denn?

Mia wird nun ans langweilige Gymnasium in Laufnähe gehen, gestern kam es mit der Post, ein neuer Wisch musste ausgefüllt werden, auch wenn wir alles schon im ersten geschrieben hatten, braucht es einen zweiten, bei Simon und mir hat der Schulmuff, der aus dem Kuvert kroch, sogleich für Magengrimmen gesorgt, und Lori hat gesagt: preußische Schuldiktatoren, ihrer Bürokratie könnt ihr offenbar nicht zu genug Formularen verhelfen.

Aber auf unserem Konto ist plötzlich Geld, Simons Essaypreis in Zahlen ist eingegangen, das ist so kostbar leicht und unerwartet sorgenaustreibend, einzukaufen, ohne zu schauen, was es kostet, Dinge in den Wagen zu werfen, auf die wir Lust haben! Ich habe keine Angst vor Schuhen, die zu klein geworden sind, vor Stromrechnungen, Wasserrechnungen, Strafzetteln, ich kann sie bezahlen, ich gehe zur Bank und überweise, ich habe keine Angst vor dem Kontoauszug, es ist Geld auf dem Konto, sogar am fünfzehnten ist Geld auf dem Konto, dieses Reichtun mit vielen, vielen Scheinen in der Schublade ist unvergleichlich!

Nun sieh mich an, Johanna, und staune über meine Nacktheit, meine *Splitterfasernacktheit*, meine Erzählungen sind weg und in Obhut gegeben, nach den letzten zwei Kommastellen, die ich abfeilen musste, ist es ohne Hintertürchen weg, ich wiederhole es für Dich, damit auch Du es begreifen kannst, mit Klarheit, bei Verstand, nach dieser letzten Schleife habe ich es soeben abgeschickt, fünf Uhr dreiunddreißig, an diesem kühlen, oberflächlich betrachtet gewöhnlichen Samstagmorgen, und warum ich erst jetzt damit herauskomme, obwohl es die wichtigste Nachricht des Tages ist, weiß ich nicht, vielleicht, weil ich es selbst nicht glauben kann, dass es jetzt auf und davon ist, mein *Anderes Zimmer*, das ich über die gesammelten Jahre unzählige Male geöffnet und zugesperrt, in das ich so vieles hineingedacht und hineingestellt, das ich umgeräumt und ausgeräumt, tapeziert und gestrichen, gelüftet und ausgefegt, in das ich mich zurückgezogen, eingeschlossen, verbarrikadiert hatte, in dem ich verschwunden bin und mich aufgelöst habe, während es hell und dunkel wurde, *Nacht und Tag*. Mit ihm sind nun alle Figuren davon, die es durchwanderten, belagerten, bewohnten, die mein Brot aßen, meinen Wein tranken und ihren Duft, ihren Schweiß verströmten, ihre eigene Mischung aus Angst und Glück, aus Zutrauen und Unglück, die darin atmeten, einschliefen und erwachten, sich grausten und neu erfanden, sich wegträumten und Hand an sich legten.

Ja, ich habe Angst, Johanna, und wie ich Angst habe, ich schlottere vor Angst, bin weiß vor Angst, alle Farbe ist aus meinem Gesicht gewichen wegen dieser Angst, sie ist nicht wegzureden, nicht wegzuschreiben, meine erstickende Angst, es in die Welt zu entlassen und fortzugeben, auf und ab geht es in mir, auf meinem Karussell der Verzagtheit, in meinem Tollhaus aus Verfassung und Gemüt, die Furcht kriecht an diesem Frühlingsmorgen durch meine Knochen und will mir die Luft zum Atmen nehmen, jemand könnte alles missverstehen oder nicht mögen, jemand könnte meine Idee von Holden Caulfield, meinen Entwurf missverstehen und nicht mögen, nicht so mögen und verstehen, wie Du und ich ihn mögen und verstehen, Du und ich, Johanna, ich und Du.

Márti

22. MAI 2011 – 23 : 48

Liebste Márta,

ich kehre zurück aus Bonn im Mai. Ausgerechnet im Mai. Wenn das Rheinland die Liebe feiert. Rheinauf, rheinab ohne mich die Liebe feiert. Natürlich ohne mich. Warum auch mit mir? Bin dem Pfad meiner kalten Droste gefolgt. Mir reichte als Grund, dass ihre erste große Reise an den Rhein führte. Koblenz. Köln. Bonn. Sie ihren Vetter Clemens-August dort besucht hat. Ich nutze den klitzekleinen Vorteil meines Lebens. Aufzubrechen, ohne dass mich jemand festhält. Kathrin nicht. Claus nicht, der sagte, du bist ja schon groß, Johanna. Also kannst du auch allein in jede Himmelsrichtung fahren.

Clemens-August liegt auf dem Alten Friedhof. *Grabsteinpfade*, wie Du sie nennst. Die ich so gern ablaufe. Heute, fast zweihundert Jahre später, umtost vom Stadtverkehr. Wie in einer Rumpelkammer sieht es aus, alle Steine anlehnungsbedürftig. Als gebe es niemanden, der sie aufrichten wollte. Die Konviktstraße bin ich hinabgeschlendert. In der ich mir gut vorstellen konnte, wie es gewesen war, als die Droste in diesem Haus ein und aus ging. Mit rauschenden Röcken und Unterröcken. In spitzen Schuhen. Auch so eine Hausfassade, Márti. Sonst komme ich meist hundertfünfzig Jahre zu spät. Stehe vor einer Ruine ohne Gedenktafel. Vor einem flachen Stück festgetretener Erde oder einem Parkhaus. Aber diese Spur gibt es noch. Ausgerechnet diese Spur in die Bonner Konviktstraße. Ich musste ihr nur folgen.

Du brauchst nicht zu fragen. Nein, ich konnte es nicht lassen. Also schimpf nicht. Ja, ich bin durch die Südstadt gelaufen, ja. Wo die Straßen aufwendig mit Maibäumen geschmückt waren. Sei ehrlich. In die Konviktstraße gehen und dann nicht durch die Südstadt, wäre doch albern. Schließt ja gleich an. Birkenstämme standen vor den Hauseingängen. Mit bunten Kreppbändern. Roten Papierherzen mit dem Namen der Liebsten. An Laternen gebunden. An den Pfosten der Haltestellen festgezurrt. Es sah so hübsch aus, dass ich schreiend hätte davonlaufen können. *Ja, hört, wie es erging, ihr Wände! Und du, jammernder Scheit im Kamin!*

Nein, Markus' Mutter habe ich nicht besucht. Obwohl ich in der Nähe war. In der Nähe ihres Wintergartens. Ihrer tickenden Uhr. Ihrer Trauertränen. Die vermutlich versiegt sind. Ich kann nicht mehr an ihre Tür klopfen, Márta. So tun, als gebe es noch etwas, das uns verbindet. Uns nach Markus noch verbindet. Es wäre gelogen.

Johanna

25. MAI 2011 – 23 : 24

Liebe Jo,

schreibe Dir schnell, weil ich gleich ins Bett fallen werde, um jetzt, genau jetzt, sofort zu schlafen, nicht erst später, nein, heute kann ich nicht einstimmen in Deinen Trauerton, denn dies ist mein Wonnemonat, nur C-Dur, E-Dur, Fis-Dur, mein leuchtender Glücksmonat, für mich ist er gemacht, lauter helle Melodien spielt er für Márta Horváth oder Horváth Márta, wie Du willst, beides ist möglich, alles ist möglich, ja, alles, Johanna, nicht bloß weil Mai ist, der alle Bäume dieser Stadt blendend sattgrün gefärbt hat. Gestern habe ich den fertigen Einband von meinem *Anderen Zimmer* zum ersten Mal gesehen, mittags hat ihn mir der Fahrradbote überreicht, so wie es aussehen wird, und während Henri ohne Schuhe, ohne Hemd auf seinem Dreirad durch den Hof fuhr, durfte ich mir heimlich beim Unterzeichnen umwerfend wichtig vorkommen, ja, wirklich, umwerfend wichtig.

Den Einband auf meinem Schreibtisch stehen zu haben, getaucht in diese mildgrüne Farbe, diesen Traumgrünton, in diesen Schimmer, der alles überzieht, auch den tiefgrünen Schriftzug, gab mir ein Schwindelgefühl, Johanna, abgründig und heiß, ein Fluggefühl, ein Fallgefühl, kloßschwer im Hals, feuchtkalt an den Händen, als würde zum ersten Mal etwas unter meinem Namen gedruckt, Márta Horváth, so wie meine Mutter es vor Jahr und Tag durchgesetzt hat, mit allen kleinen Strichen, die es dafür braucht, viele sind es nicht, zwei, wenn Du genau zählst, und Du zählst ja immer genau. Eine Mauer sieht man, eine auf sehr hübsche Art bröckelnde Mauer, zersetzt von Moos und Farn, durch ein Fenster den Ausschnitt eines Zimmers, man schaut auf das Fußende eines Bettes, auf eine Decke, deren Fransen die dunklen Dielen berühren, und über allem liegt, schwebt und klingt etwas wie Schlaf, wie Traum und Nebel. Ich musste weinen, Johanna, still, leise, nur für mich, am Abend dann mit Simon und Lori rechts und links untergehakt die Straße hinabschlendern und mich in der erstbesten Kneipe schrecklich besaufen.

In der Nacht habe ich von diesem Zimmer geträumt. Ich bin verrückt, ich weiß es, Du musst es mir nicht sagen, ich ging auf

die bröckelnde Mauer zu, strich über den Farn in den Mauer-
fugen, öffnete die Tür, um mir alles anzuschauen, das staubgraue
Glas der Fenster, die Bilder an den Wänden, das matte Grün der
Tapeten, die Ritzen zwischen den Dielen, die flachen Köpfe der
Nägel darin, die Spuren fremder Schritte. Ich schlug den Über-
wurf mit den langen Fransen zurück, legte mich aufs Bett, auf
die bestickten Kissen, und starrte an die Decke, auf ihre langen,
feinen Risse im Putz.

Als ich aufwachte, habe ich den Einband vors Küchenfenster gestellt, in den Ausläufer, die Spitze eines Sonnenstrahls, der Nacht
von Tag trennt, vor die halbleeren Flaschen mit Essig, Wein und
Öl, habe einen Stuhl herangezogen und mich mit meinem Kaffee
davorgesetzt. Später habe ich beim Räumen, Spülen, Kochen,
Schubladen öffnen und Herumstehen immer wieder dorthin
gesehen und jedes Mal gedacht, hier geht es nicht um mich, das
bin nicht ich, nein, ich kann es nicht sein, heute Nacht habe ich
zwar in diesem Zimmer in diesem Bett, auf diesem Kissen gelegen und an diese Decke gestarrt, aber dieser Name auf diesem
Einband gehört einer anderen. Es muss eine andere Márta Horváth geben, eine andere Márta Horváth muss es sein.
Márti

30. MAI 2011−15:02
Liebste Márti,
schade, sehr schade, dass Ihr nicht dabei sein konntet. Zu schade.
Jetzt, da Du nicht mehr zwischen Wörtern und Zeilen fest-
hängst. Sondern frei gewesen wärest. In unseren Chor hättest
einstimmen können. Was war es diesmal? Verrückte Kinder?
Sommerfest? Angina? Virusgrippe? Klaviervorspiel? Durchge-
drehter, tobender Mann? Alles zusammen? Aber wir wollten das
ja seinlassen. Neulich haben wir es einander geschworen. Das
mit den ständigen Vorwürfen. Wer warum wo nicht sein konnte.

Also lasse ich es. Werfe Dir nichts vor, nein. Ich frage bloß. Wo warst Du nur?

Gefeiert haben wir Claus' 48. Geburtstag doch recht groß im Elsass. Meiner war ja eher nebenbei ausgefallen. Wie eigentlich zu vieles nebenbei ausfällt in meinem Leben. Claus sagte, er hat keine Lust und Zeit, auf seinen nächsten runden Geburtstag zu warten. Er will schon jetzt groß feiern. Also hat er uns für zwei Nächte in einem Waldhaus mit sechs winzigen Zimmern eingemietet und in den Transporter gesetzt. Wir haben seine Brüder, Schwägerinnen, Neffen und Nichten in Freiburg aufgelesen und sind hintereinander über die Grenze gefahren. Irgendwo hinter Colmar abgebogen. Richtung Landgasthof und vorbestellter Choucroute. Zwiebeln. Gänsefett. Sauerkraut. Also alles, wovon einem schlecht wird. Aber eine ausgezeichnete Schnapsgrundlage. Am Geburtstagmorgen haben wir Claus' Ständchen sehr vielstimmig und schräg gesungen. *Viel Glück und viel Segen. Auf all deinen Wegen.* Begleitet von den Brüdern. Geige. Flöte. Oboe. Die anderen mit Wunderkerzen in den Händen. Claus hat sich die Tränen von den Wangen gewischt. Ach, Claus.

Unter maiblauem Elsasshimmel, *einem Blau aus azur-silber-enzian*, sind wir über die nahen Berge. Die Kinder haben nicht eine Wanderbeschwerde von sich gegeben. Nicht eine. Es war ja Claus' Tag. Pausenlos haben sie gefragt, gefällt es dir? Bist du glücklich? Claus hat die Arme ausgebreitet, den Kopf in den Nacken geworfen und gerufen, ja, es gefällt mir, ich bin glücklich, aber fragt mich in zwei Minuten noch einmal! Abends waren wir laut weinselig im Gasthof. Haben böse Blicke geerntet. Wegen der unerzogen lärmenden, niemals stillsitzenden Kinder. Die an den Hirschgeweihen und Rehköpfen an der Wand zupften.

Auch so kann es in unserem Leben noch aussehen, Márti. Sogar in meinem Leben kann es noch so aussehen. Wandern. Draußen sein. Singen. Mich fühlen wie vierundzwanzig und nicht wie vierundvierzig.

Es liebt Dich,

Johanna

4. JUNI 2011 – 07 : 03

Liebe Johanna,

heute ist ein herrlich blauer und goldener Tag, ich habe an Claus gedacht, in diesem Jahr mit besonderer Hingabe, in besonderem Licht, Mailicht eben, das späte klargelbe Licht im Mai, achtundvierzig klingt verheißungsvoll, nach einem Strauß Erwartungen, von Kathrins Hand im Geheimen Garten gebunden. Erreichen konnte ich ihn zwischen Euren Zimmern, Schnäpsen und Wanderungen nicht, nur die Mailbox ist angesprungen, da haben wir unser Lied gesungen, bestimmt nicht halb so sicher wie Ihr, ein Vielklang aus Simon, Mia, Henri, Franz und mir.

Wo ich war? Zunächst versunken, abgetaucht, weggeschwommen in meinen Manuskriptseiten, alle frisch ausgedruckt und Zeile für Zeile, Seite für Seite von meiner Lektorin mit Rotstift abgekämmt, mit vielen Korrekturzeichen für mich am Rand, Galgen und Wellen, Schleifen und Strichen. Ich hatte für diese erste Woche Lektorat das Kindermädchen und meine Mutter bestellt, Tag für Tag im Wechsel, damit wir im Verlag arbeiten könnten und nicht aufhören müssten, wenn meine Kinder in der Körberstraße zwölf mit ihrem Wüten und Toben beginnen. Montagmorgen habe ich mich gewaschen, gekämmt und frisch gebügelt im Verlag gemeldet, obwohl sich Franz pünktlich zur wichtigsten Arbeitswoche der letzten, sagen wir, fünf Jahre zwischen Schule und Schülerladen Streptokokken in sein Hälschen geladen hat und seither mit hohem Fieber im Bett liegt. In der Nacht auf Sonntag, während Ihr in aller Leichtigkeit Sauerkraut auf Eure Teller geschöpft und Schnaps in Eure Gläser gegossen habt, haben wir alles durchgespielt, den vollständigen Ritt aus heißgeglühtem Fieberthermometer, aus Uniklinik, Penicillin und Hals-über-Kopf-Mobilisierung aller möglichen Helfer, neben dem Kindermädchen und meiner Mutter auch Lori und Ildikó, damit ich würde gehen und arbeiten können – nein, das soll nicht nach Vorwurf klingen, Johanna, nur sehen sollst Du, dass hier an meiner Arbeits-, an meiner Lebensfront alles ist wie immer.

Zu allem Unglück hat sich für morgen ein Fotograf angekündigt, zwischen verschwitzter Bettwäsche und Kamillentee wird er seine Bilder von mir schießen, das Fieber will nicht weichen, Franz ist schlappblass, gerade noch lebendig, nein, ich übertreibe nicht, gerade noch so geht Franz als lebendig durch, aber ich fahre eisern Tag für Tag in den Verlag, Simon übernimmt den Vormittag, dann kommt meine Mutter, dann der Babysitter, den ich nicht mehr so nennen darf, weil meine großen Kinder keine Babys mehr sind, ich werde zwischen Schluchten aus Wort und Halden aus Satzzeichen umherklettern, meinen Pickel, mein Steigeisen ins Alphabet rammen und hoffen, dass alles gutgeht.

Ja, hoffentlich geht alles gut.

Márti

6. JUNI 2011 – 06:23

Liebste Márti,

Jans Mutter ist verschwunden. Seltsam, aber es löst keine Panik in mir aus. Nichts schwappt über in mir. Dass ich schwanken müsste. Ich bin ruhig geblieben. Sogar schlafen konnte ich. *Unter scheu rauschendem Frühlingsregen.* Der meinen Garten getränkt hat. Meinen treuen Ginster. Einen stillen Schlaf ohne Bilderfluten.

Ich glaube, sie kehrt zurück. Nach Tagen im Wald kommt sie

zurück. Damit jeder neben Jan und seinem Vater weiter vorgeben kann, da sei nichts gewesen. Habe sich nichts verdreht. Schon gar nicht in Jan. Tanten und Onkel kriechen jetzt aus ihren Löchern. Ich muss es also nicht tun. Jan hat es mir erzählt. Gestern Morgen, als er zu spät zur Schule kam und ich das Schlimmste befürchtet hatte. Das war dann nicht eingetroffen. Danach hat er die beste Zeichnung seiner Klasse abgeliefert. Vielleicht seine beste Zeichnung seit Jahren. *Ein Bild, wie still und heiß es alte Meister hegten.* Ruhende, liegende Hände. Frauenhände. Vielleicht Mutterhände.

Trotzdem frage ich mich gerade, ob dieser Satz wirklich stimmt. Den ich in jener Nacht zwischen Flaschenbergen und Kotzseen in Endlosschleife durch meinen angestrengten Kopf schickte: Ein Kind soll bei seinen Eltern bleiben. Stimmt er noch? Die Version des Vaters lautet, sie hat ihren Koffer gepackt und ist zu einer Freundin gefahren. Auch das wäre möglich, Márta. So wie alles immer möglich ist – sagst Du ja. Es wäre möglich, dass eine verloren haltlose, mit einem Alkoholiker verheiratete Frau einfach ihren Koffer packt. Sich einfach in den Zug setzt. Einfach so, für ein *Zuggefühl.* Einfach eine Freundin in einer anderen Stadt besucht. Könnte sein. Aber mein Kopf denkt und denkt etwas anderes. Er kann nicht aufhören.

Johanna

11. JUNI 2011 – 00 : 02

Liebste Jo,

Simon sagt, alles verdorrt neben dir, alles lässt du verdorren, die Küchenkräuter, die Blumen, die Sträucher im Hof und die Menschen. Als wären die letzten beiden Wochen nicht schlimm genug für mich gewesen, alle Seiten wieder zu durchforsten, mit geschlossenen Augen nach Splittern darin zu tasten, um meine Sätze zu kämpfen, sie mir nicht nehmen, nicht streichen, nicht stehlen zu lassen – nein, für mich gehört dahin kein Fragezeichen, ein Punkt muss es sein, doch kein Fragezeichen! Das klagend selbstverliebte Wetter vor den Fenstern, das gedämpfte As-Dur des Stadtregens, der sich auf die junggeschlüpften junigrünen Blätter goss und in mir die aufdringliche Frage aufwarf, wozu das alles?

Die Angst jedenfalls, meine Erzählungen würde man einfach übernehmen und sagen, jaja, schon gut so, ist schnell verflogen, nur die Sprache rückt nicht näher, Johanna, wenn man so an ihr arbeitet, sie entfernt sich, springt davon, man liest und sagt zwanzigmal hintereinander: Er ließ mich, und dann ergibt es keinen Sinn mehr, es steht auf dem Papier, aber man weiß nicht, was es heißen soll – er ließ mich, was soll das heißen? Wörter, die wir jeden Tag tausendmal aussprechen, haben sich plötzlich quergestellt, sind schiefleer geworden und weggeschwommen, je öfter wir sie gesagt haben, desto mehr an Bedeutung haben sie verloren. Wurde es zu wild, sind wir aufs Dach und haben den Stadthimmel um Entspannung gebeten, unter Flugzeugen und schräg fallenden blassroten Ziegeln den tiefhängenden Juniwolken so nah, als könnten wir sie packen und wegschleudern.

Zehn Tage bis zum Fahnen-Lesen habe ich frei, seit Jahren zum ersten Mal echt und tief empfunden frei, ich hätte also nichts gegen Schwarzwaldluft, *ich bin halb erfroren und will mich ein wenig bei euch wärmen.* Hast Du Dein Fronleichnam-Wochenende verplant? Musst Du nach Marbach, nach Münster? Zeit totschlagen auf den Wandelgängen Deiner Freiin? Nachsehen, ob sie hier und da ein Zettelchen für Dich hat liegen lassen, damit Du es hundertfünfzig Jahre später findest? Wir könnten mit der Schwarzwaldbahn kommen, Du und ich könnten uns über unser missglücktes Leben und Lieben nassweinen, während die Kinder den Teich der Nachbarn trockenlegen, wir könnten über

Deine Gipfel wandern, ihre Zacken und Spitzen, durch die Täler in Deinem Kopf und die in Deinen Bergen, Frühlingssträuße aus Fieberklee und Sonnentau pflücken, wie klingt das in Deinen hübschen Ohren?

Márta

16. JUNI 2011 – 21:01

Liebste Márti,

ich bin nach Marbach gefahren. Meinem wortflirrend hellen Lieblingsort. Sommernah, weltfern. Um wenigstens das getan zu haben, bevor Ihr kommt. Und ja, doch. Doch. Lass mich nachdenken. Etwas ist anders. Auch wenn ich Dir immerzu sage, es gibt nichts Neues. Nicht in meinem Leben, nein. Aber doch. Jetzt schon. Hör nur, wie es sich verschiebt. Wie unter mir die Erdplatten in Bewegung geraten. Ich habe an die Tür des Paläographen geklopft. Was in mich gefahren ist, mein Glashaus mit den aufgeschlagenen Büchern zu verlassen, die Treppe hinabzusteigen? Ich kann es nicht sagen. Aber ich habe angeklopft, als sei es das Naheliegendste auf der Welt. Er hat nicht überrascht ausgesehen, Márti. Als sei es auch für ihn das Naheliegendste. Wenn ich an einem Freitagmorgen Mitte Juni an seine Tür klopfe. Sein Büro ist licht und leise. Eine Fensterfront zeigt die grünen Hügel. Die sich bis ins Tal hinab aneinanderklammern. Den Neckar hinter sich verstecken. Als wollten sie ihn beschützen.

Die Handschrift der Droste haben wir angeschaut. Obwohl ich sie schon tausendfach bewundert und versucht habe, etwas aus ihr herauszulesen. Was mir kaum gelungen ist. *Liebster Levin!*, in die Mitte gesetzt. Das Kuvert zusammengefaltet. Mit rotem Lack versiegelt. *Dem Herrn Levin Schücking in Augsburg.* Ohne Straße – Name und Ort reichten aus. Abgestempelt in Meersburg. Ein weiteres Mal in Memmingen. Der Paläograph hat gesagt: pathologisch. Ihre Schrift, ihre Art zu schreiben. Ich habe erwidert: nein, nicht pathologisch, sondern obsessiv. Etwas war in mir hochgeschossen, Márti. Als müsste ich die Droste verteidigen. Sie schützen. Wie lächerlich! Zudem war sie so gut wie blind. Minus vierzehn Dioptrien. Die Lorgnette immer bei sich. Von der Welt sah sie nur einen Ausschnitt. Nie das große Bild. Nur das kleine, nahe. Aber das wie unter einem Mikroskop. Das Winzige dicht vor dem Auge riesig. Im Wassertropfen die Amöbe.

In diesen tageslichtlosen Räumen haben wir unter Neonflutern zwischen 36 000 Kästen gestanden. Zu denen jedes Jahr achthundert neu dazukommen, wie er sagt. Zettel um Zettel, Kasten um Kasten. Du kannst Dir nicht vorstellen, was für einen hübschen Briefumschlag Schücking an die Droste schickte. Mit Blumenranken, Häuschen, Kindchen in Bleu auf Cremeweiß. Ja, Du liest richtig. Er war es, nicht sie. Ich hätte diesen Umschlag stehlen wollen, Márti! Um ihn an meine Küchenwand zu heften. Zwischen all die Bilder von Dir und Mia und der Droste. Um mir selbst diesen Tag und diese eine Minute darin zu beweisen. Mir zu beweisen, ich habe mein Glashaus verlassen. Ich habe an die Tür eines Fremden geklopft. Es ist wahr. Ich bin mit ihm ins Archiv hinabgestiegen. Ich habe neben ihm unter Neonlicht vor einem Briefkuvert gestanden. Verräterisch dicht neben ihm. Verräterisch nah.

Johanna

20. JUNI 2011 – 23 : 58

Liebste Johanna,

heute nur sehr kurz, bevor mir die Augen zufallen, bevor mich die Nacht dem Tag entreißt, ausgerechnet jetzt muss ich diese schlechte Nachricht loswerden, wo überall Glücksvorzeichen gestreut, alle Wetten auf Glück gesetzt sind: Der schwarze Wald rückt in unendliche Ferne, schiebt sich davon, da kann ich meine

Hände noch so nach Dir ausstrecken, Johanna, alle Kinder röcheln und sind verdächtig warm am Köpfchen, soeben habe ich an ihren Betten gestanden und ihre Stirn, ihre Wangen berührt.

Deshalb denke ich mich weg, Sommeranfang, und ich denke mich in den Süden, fülle mein Resttraumvermögen mit Sonne, schließlich sind bald Ferien, die ich nicht in der Körberstraße verbringen will, sondern im dampfenden Süden, nach zwei Tagen Verkehrsstau, gesperrten Tunnels, aufgescheuerten Nerven und klagenden, brüllenden Kindern, die auf den Asphaltstreifen pinkeln, weil es ab der Grenze keine Rastplätze mit Toiletten mehr gibt. Zeit hätte ich doch, und Geld wäre noch ein bisschen von Simons Essay-Preis übrig, also sehe ich uns verschwommen-deutlich in Salò, durchglüht auf einem der schattenfreien Campingplätze, Simon und ich auf den Treppen des Doms, Franz zählt hüpfend Pflastersteine, Henri und Mia jagen Tauben.

Muss schließen, das Bett schreit nach mir, ich kann sein Rufen nicht überhören, seinen Sirenenklang, komm-Márti-komm, also drück mir die Daumen für morgen, übermorgen und die nächste Zeit, ach, warum nicht gleich für den Rest meines Lebens, so wie ich sie Dir drücke, liebste Jo, für unverzagte Glashausabschiede und Archivwanderungen durch unseren großen, in zwei Minuten beginnenden Sommer.

Umarmung,

Márta

27. JUNI 2011—19:19

Liebe Márti,

ohne Euch war mein Wochenende leer und frei. Freitagmittag gab es plötzlich eine umwerfende Brudersehnsucht, eine Georgwucht in mir. Die Du mir so prophezeit hattest. Zwischen zwei

Holunderschnäpsen in Stuttgart hast Du sie vorhergesehen. Also bin ich nach Berlin gefahren. Nicht einmal der Geheime Garten hat mich festgehalten. In dessen Meer aus Pfingstrosen ich jeden Nachmittag gebadet habe. Trotzdem blieb *mein Herz kraus*, weil Ihr nicht kommen konntet. Auch wenn ich mit Georg durch Berlin bin und gesehen habe, es ist einfach. Wir müssen uns nicht anstrengen. Ich kann Georg anschauen, und etwas in meiner Herzgegend, Magengegend beruhigt sich. Wir laufen nebeneinander und setzen unsere Schritte noch immer gleich-gleich. Trinken Kaffee und reden noch immer gleich-gleich.
Ich konnte wieder nicht begreifen, wie jemandem diese Stadt gefallen kann. Allein die Ankunft bei Regen. Mitten im *steil ansteigenden Sommer* grauer Berlinregen. Der Ausblick vom Hauptbahnhof auf den uferlosen Vorplatz, der im Dreck versinkt. Aber mit Georg bin ich glücklich um den Savignyplatz gestreunt. In den Buchhandlungen versunken. Später auf einen ausgedehnt langen Kaffee im Mini-Einstein. Der Platz mit seinen Nichtigkeiten hat mich beruhigt. Sein kleines Wochenendtreiben. Alte Leute mit Hund. Junge Leute mit Kinderwagen. Etwas daran beruhigt mich, *wenn der Himmel sich über der Stadt verschwendet und die Leute schlendern.* Wenn ich sehe, fremde Menschen gehen durch die Abenddämmerung. Als wäre ausgerechnet damit die Welt im Lot. Obwohl ich mit meinem Leben genau dazwischenhänge. Vom Kinderwagen schon weit entfernt. Beim Hund noch nicht angekommen. So neben Georg zu sitzen ging gut. Sehr gut. So Schulter an Schulter, sein Profil in meinem. Fern der Kugelblitze und Funkenschläge in der Emmerich-Josef-Straße. Die am Savignyplatz nicht nachhallten. Über Stunden brachte es meinen Puls herab. Bis er sehr angenehm schlug. Stell Dir vor. Mein galoppierender, schlafloser, japsender Puls. Neben Georg mit einem Mal ruhig.
Georg fiel ein, dass sich unsere Mutter eine große Tischdecke

gewünscht hatte. Weiß, vier Meter auf zwei Meter. Nicht lange nachdem unser Vater gestorben war. Bevor sie dann in sich selbst versank. Aus ihrem Versinkbrunnen nicht herausfand. Gleich, wie oft Georg und ich ihr die Hände reichten und sie hochziehen wollten. Wir mussten lachen. Dreißig, fünfunddreißig Jahre später am Savignyplatz laut über diese Tischdecke lachen. Weil unsere Mutter ja keine Gäste mehr hatte und den großen Tisch nie mehr benutzte. Auch nicht mit uns. Aber an diese Vorstellung muss sie sich gekrallt haben. Einmal wieder zu zwölft am großen Tisch sitzen. Trinken. Essen. In allen Tonlagen die Rolle, den Text aufsagen. *Ich habe Blut, mein Vater, so jugendliches, so warmes Blut.* Bis zum Morgen Trompete spielen. Wenn auf der anderen Straßenseite die Läden hochgingen und der Himmel sich rot färbte. Die ersten auf ihren Farbwerksrädern zum Tor Ost fuhren. Durch diese Höchster Mischung aus Gift und Arbeit.

Georg hat mich gefragt, was er mit den Bildern machen soll. Ob ich sie haben will. Eines hängt in seiner Diele. Blaues Wasser, vielleicht das Meer. Zwei Kinder springen mit gerafften Hosenbeinen hinein. Der Rest steht im Keller. Sie sind alle aus dem einen Jahr, in dem meine Mutter begonnen hatte, Kunst zu kaufen. Damals zierten sie unsere Wände. Erinnerst Du Dich? Petersburger Hängung. Dicht an dicht, hoch bis zur Decke. Nach dem Tod meines Vaters hat meine Mutter alle Bilder abgepflückt und verschwinden lassen. Zu fröhlich für unsere Trauer, die gefräßig in alle Zimmer kroch. All unsere *anderen Zimmer*. Was blieb, waren die schwarzgrauen Ränder an der Wand.

Trotz Georg habe ich Euch vermisst, vermisst, vermisst. Ja, dreifache Wiederholung. Als ich losfuhr. Als ich zurückkam. Wie ich Euch ja immer vermisse, vermisse, vermisse. Also denke ich an Euch, auch jetzt, eine Nacht und einen Tag nach Berlin. Sehe Dich mit den Kindern immerzu die Arme ausbreiten, springen, laufen. Meine Mártabilder. Ewig währende, nicht an Farbe verlierende, nie blasser werdende Mártabilder. Auf meinem Schreibtisch warten seit Eurem letzten Besuch die Halsketten und Armbänder, die ich mit Mia auf Perlseide gezogen habe. Da war noch Winter. Markus war gerade zerstörerisch durch mein unfertiges Leben gelaufen. Reste von Glitzersteinchen und Pailletten singen seither ein Lied davon.

Spüre überschäumende Lust, mich mit Euch dem Tag zu entziehen. Mich an einen Sommerabend zu vergeuden. *Möchte nichts als nach jeder fünften Minute die Wolken studieren.* Im Gras liegen und ihnen adieu sagen. Sie mit Euch wegwinken oder heran. Wann würde das wohl wieder gehen, liebste Márti?

Deine Jo

28. JUNI 2011 – 11 : 04

Liebe Jo,

damit Du Deine Mártasehnsucht stillen kannst, schicke ich Dir zwei Fotos von Mias neuntem Geburtstag, noch schnell bevor sie zehn wird, fast ein Jahr lang habe ich vergessen, sie zu schicken, das kleine große Mädchen zwischen Mutter und Patentante, Du wie immer jungfrisch, Dein Gesicht die reinste Erholung, der klarste Mondlichtspaziergang neben meinen groben Denkkratern.

Simon hat heute Nacht gesagt, ich verlasse dich, ich verlasse dich und die Kinder, mit seinem Hauch Theaterluft, mit dem er unsere Tür geöffnet hatte, seinem Hauch Kleist, Schiller oder Büchner, den er von den Proben mitgebracht hatte, zum wievielten Mal hat er gesagt, ich verlasse dich, wenn ich zwischen Wachen und Schlafen schwebe, ich habe aufgehört zu zählen, zum wievielten Mal sein vége a világnak auf mich gegossen, wenn ich vom Tag in die Nacht falle und mich an keinem von beiden festhalten will?

Die jüngsten Wochen waren verrückt, mit den Kindern und der Welt, meiner, Deiner, unserer verhexten Welt, nachts taghell, tags trübdüster, es gab kein Luftholen, kein Schlafen, das verschieben wir, das ist etwas für später einmal. Dennoch wird dies mein Sommer, Johanna, es geht gar nicht anders, dieser Sommer 2011 gehört mir, auch wenn Simon ihn zerstören will, dieser sich vor mir ausbreitende sagenhafte Sommer ist meiner, jetzt bleibt nur das Warten und die Vorfreude auf das Paket, das mein fertiges Buch ins Haus spülen wird, fünfhundertelf gedruckte, gebundene Márta-Horváth-Seiten, stell sie Dir bitte, bitte, bitte vor, schließ Deine braunen Augen mit den langen Wimpern, und stell sie Dir vor, mit Seitenzahlen, Inhaltsverzeichnis, den Überschriften und dem Bild auf dem Einband. Alles, was mit meinem *Zimmer* zu tun hatte, liegt hinter mir, Johanna, alles, sogar dieser schwachsinnige Fototermin und was dabei herauskam, ein annehmbares Bild unter hundert misslungenen, Augen zu, Augen halb zu, Grimasse, Doppelkinn, der Wind in den Haaren, die Haare aufgestellt wie die Federhaube eines Kakadus, die verrutschte Bluse und ihr Dreckfleck, weil Henri dazwischenkam, aber jetzt sind Last und Anspannung von mir abgefallen, Johanna, weg sind sie, puff! Was für ein Gefühl, Du kannst es Dir nicht vorstellen, vielleicht aber ein wenig, weil Du Dir ja alles vorstellen kannst, was in meinem Leben und Kopf geschieht, also stell Dir vor, wie sich das anfühlt, ich wiege zwanzig Kilo! Heute, ja, heute, 28. Juni, ist der Tag, an dem ich zwanzig Kilo wiege, an dem ich ein Kind bin, ein Mädchen, das nichts weiß *von Schmutz und Wohnungsnot, von Stempelngehen und Armeleuteküchen,* denn heute, zum beginnenden, gerade weit, mit übertriebener Geste ausholenden Mártasommer scheint alles getan. Nächste Woche dürfte mein Buch fertig sein, mit meinem Namen und meinem Titel, mein *Anderes Zimmer,* Johanna, Jahre der Arbeit und des Schindens.

486

Hör auf diesen letzten, polternden, völlig überzogen und irre klingenden Satz, Johanna, und halt Dich fest, damit Du nicht umfällst: Ab Mitte August in den Buchhandlungen!

Márta

29. JUNI 2011 – 23 : 33

Liebe Márti,

jetzt könntest Du an einem klaren See sitzen. Deinen Blick auf spitze Berge und deren schrumpfende Schatten werfen. Im tiefen Grund nach einem neuen Satz fischen. Blättern in einem Buch – das ein anderer geschrieben hat. Dein eigenes ist ja beendet. Abgegeben. Dafür musst Du nun keinen Gedanken, keinen Atemzug mehr aufbewahren. Nur Champagner musst Du kaufen. Und Korken an die Decke schießen. Ja, dies ist Dein Jubeljahr, Márti. Dein Jubelsommer. Vielleicht auch mein Jubelsommer. Etwas weniger laut. Aber nur etwas.

In Marbach war ich. Wo ich erfahren habe, dass im Schnitt alle vierundfünfzig Jahre ein grüner Kasten im Archiv geöffnet und so ein Zettel, so ein Papier oder Brief angeschaut wird. Was für ein Dasein! Ich weiß es vom Paläographen. Er hat schon am Vormittag an mein Glashaus geklopft. Seine Brille über der Stirn ins Haar gesteckt und die Augen zusammengekniffen. Als müsse er sie scharfstellen. Ja, so weit sind wir. Er klopft an mein Glashaus. Die Schücking-Kästen hat er für mich aus dem Regal gezogen. Ich brauchte keine Anmeldung. Ich musste nicht warten, dass sie mir jemand nach oben in den Lesesaal bringt. Schückings Briefe an Cotta. Sein Begleitbrief zu den Gedichten seiner Freundin Annette. Ein Brief an die Droste in seiner unordentlichen Schrift. Ein Teil abgerissen, vielleicht gewollt, um etwas geheim zu halten. Beide Kästen liegen im untersten Fach. Also haben wir auf dem Boden gekniet. Wo unsere Blicke sich auf eine Art begegnet sind, dass ich fast umgefallen wäre. Seine Paläographenhände, Paläographenfinger sind über die Mappen geflogen. Zwischen Signatur A: gehört Marbach, und Signatur D: Depositum, Leihgabe. Keine fremden Augen um uns. Niemand sonst. Weit von uns unsichtbar ein ausgelassener Junihimmel. Über uns das zersetzende, alles flutende Neonlicht. Das jedes falsche Haar und jede falsche Falte zeigt. Er hat übrigens nicht ein falsches Haar. Nicht eine falsche Falte. Aber das ahntest Du schon.

Konrad heißt er. Du musst ihn also nicht länger den Marbach-Mann nennen. Das sei seiner stifterverliebten Mutter zu verdanken. Seine Schwester heißt Sanna. Bergkristallkinder. Dorfschusterkinder. Na, auch das noch, Márti. Da unten, im Literaturmuseum der Moderne, liegt übrigens einer. Ein echter Bergkristall. Ein Geschenk an Friedrich Schiller von seiner Schwägerin Caroline. Weiß auch nicht, warum ich das gerade wichtig finde. Denk mal Du darüber nach. Hast den Kopf ja jetzt frei.

Ja, auch ich fühle mich auf alte, verloren geglaubte Art leicht. Ja, leicht, Márti. Auch so ungefähr zwanzig Kilo. *Beflügelt. Von allen Lasten leer.* Konrad rollt am Abend zwischen Obstbäumen auf seinem Fahrrad vom Hügel hinab ins Tal. Während ich vom Tal den Hügel hinauffahre. Es gefällt mir, dass wir am Morgen und Abend so aufeinander zueilen. Wenn auch mehr als hundert Kilometer entfernt. Für mich scheint das im Augenblick die richtige Spanne. Der rechte Abstand.

Wieder lese ich in Deinem *Zimmer*. Abend für Abend versinke ich darin, fliege über den Frankfurter Stadtwald Richtung Kiesgrube, über den Holzsteg und lasse mich ans Ufer fallen. Wenn der Mond sein *frühes Nachtlicht* auf die Tannenwipfel schickt. Zum wievielten Mal? Manchmal bloß um zu sehen, ob Ulrich Messner wirklich tot ist. Oder doch noch lebt und atmet. Nur schläft am Langener Waldsee. Ob ich an seine Schulter tippen und ihn aufwecken könnte.

Johanna

30. JUNI 2011 – 09:28

Liebste Johanna,

noch sitze ich an keinem blauen See, aber bald, sehr bald, ich freue mich auf die Ferien wie lange nicht, wie vielleicht noch nie, jetzt, da ich ein freier Mensch bin, sagen wir, teilfrei, minifrei, kleinkleinfrei, freue ich mich auf Gardasee, Friaul, Umbrien, was kommen mag in meinem weit angelegten Márta-Sommer, das ganze große Italien muss es sein, das ich abschreiten und abmessen will, Strände, Berge, Türme, Zinnen, Pinien und Zypressen, von denen Du nicht eine im schwarzen Wald findest, nein, nicht eine. Drei Wochen mit meinen lautschmutzigen Kindern, so habe ich es entschieden, ob Simon mitwill, steht in den Sternen, zwischen Bärenhüter und Fuhrmann hat er es für mich aufgehängt, dort muss ich es suchen, Márta und Simon stellt er auf Entzug, Parzen und Launen, Horen und Vorwürfe, kalte Schultern und leere Nächte, von allem ist für mich etwas dabei.

Nun wird es der Süden, der unnachgiebig zugeknöpfte Himmel hat mich dazu getrieben, wir fahren nach Bozen, jetzt können die Kinder umherspringen, ohne gleich in eine Schlucht zu fallen, immerhin zwei von dreien. Freitag nächste Woche werde ich durch deutschen und österreichischen Dauerregen über Baustellenautobahnen rasen, Futur eins, nach jeder Etappe die Fenster heruntergelassen und Ballast, unnötigen Ballast abgeworfen haben, Futur zwei: abgeworfen haben, so ist mein Plan, so habe ich es mir vorgenommen, das ist mein Bild, Johanna, und dem reise ich hinterher. Am Morgen kaufen wir frisches Obst auf dem Markt, Du weißt, am besten sind die Aprikosen, die man am Brunnen gleich waschen kann, mein Herz dreht und überschlägt sich, zumal sich eine Handvoll Freunde übers Land verteilen wird, aus Frankfurt, Hamburg, Berlin, und vielleicht kommst auch Du in den Süden, nach Deinen Ausflügen rund ums Glashaus, Deinen Abstiegen in den Poesiekeller? Ich jedenfalls möchte nichts lieber, als auf Dich unter einem vollendeten Ölbaum warten, der alle fünfzig Jahre die eine vollendete Olive abwirft, sie aufpicken für Dich und auf Deinen Teller legen.

Jetzt hätte ich Zeit für vieles, sogar über Dich und Konrad oder Friedrich und Caroline nachzudenken, ob es Bezüge und Vergleiche gibt, auf einer zweiten, dritten oder womöglich späteren Ebene, aber ich stelle achtlos dumme Dinge an, die mein *Nacht und Tag* wegfressen, dumme Dinge wie Wäsche waschen, Pflaster auf Knie und Ellbogen kleben, Kartoffeln schälen und Wasser aufsetzen in meinem Endlosreigen, ja, sieh nur, wie trostlos ich meine Tage verbringe, gebe ich nicht acht, könnte ich die Zeit verpassen, meine Augenblicke für Friedrich und Caroline – mein ganzes Leben lang habe ich solche Augenblicke immer verpasst, sie verschwinden zu schnell. Aber Du, Johanna, bleib achtsam und halt Ausschau, damit Du Deinen Augenblick nicht versäumst, damit Du ohne Furcht und Scham hineinspringen kannst – es ist Blödsinn, ich weiß, wenn das so einfach wäre, stünde es längst besser um uns, aber lass es mich trotzdem denken und sagen.

Es liebt Dich,

Deine Márti

3. JULI 2011 – 17 : 46

Liebste Márta,

im Schneider habe ich gefrühstückt, weil ich in meinem Haus jeden Morgen tote Fliegen aufpicke. Tote Bienen einsammle. Die in der Nacht nicht hinausgefunden haben. Nachtleichen, Sommerspuren. Mir gegenüber, drei Schritte entfernt, saß eine zusammengesunkene weißhaarige Frau. Ein Häuflein Alter. Damit ich *in einem Zauberspiegel das Bild meiner Zukunft betrachte.* Wer hat es mir geschickt?

Nein, für die Ferien habe ich nichts geplant. Als wüsste ich

490

nicht Jahre vorher, wann ich verreisen kann. Als würden sich die Ferienzeiten ändern. Ausgerechnet im schwarzen Wald. Als würde das Ministerium sagen, ach, dieses Jahr machen wir alles anders. Außer Ruhe zu bewahren, habe ich nichts vor. Wie das gehen soll, bleibt völlig unklar. Ein bisschen Garten wird dabei sein. In dem es *außer ein paar holzichten Rosenstöcken aus besserer Zeit mehr Unkraut als Kraut* gibt. Claus und Kathrin wollen helfen. Als hätten sie nicht genug zu tun. Markus läuft mit seinen unachtsam lauten Schritten durch meine Träume. Tapp-Tapp. Vielleicht weil ich mein Glashaus aufgegeben und an fremde Türen geklopft habe. Vielleicht will ich ihn nachts um Erlaubnis bitten. Als müsste ich das! Als müsste ich Markus um Erlaubnis bitten! Ich will ihm verbieten, meine Nächte länger umzugraben. Dieses eine habe ich mir für die Ferien vorgenommen. Sechs Wochen Zeit hätte ich dafür. Ein ziemliches Unterfangen.

Zwischen zerwühlten Laken hatte ich heute die Vorstellung, ich müsse nach Neapel fahren. Weil dort alles angefangen hat. Unser glutheißer Münchner Sommer war damals nur der Vorlauf gewesen. Zwischen Isar-Bädern und Biergärten. Als Markus in der Schön- und ich in der Klugstraße wohnte. Sagte, es müsse doch umgekehrt sein. Hätte ich da stutzig werden müssen? Ob das in Paris nicht ausgereicht hat, wirst Du fragen. Nein, hat es nicht. Diesen Hydrakopf muss ich noch abschlagen. Auf die Gefahr hin, dass er gleich nachwachsen will. Ich werde meinen schwarzen Wald verlassen, um auch dort in Neapel mein Schild aufzustellen: Divieto di passaggio. Bis hier und nicht weiter. Süd und West waren unsere Himmelsrichtungen, Markus' und meine Himmelspole. Das ist fast komisch. Wo die Sonne am längsten steht. Wohin sie wandert. Ich muss diese Bilder aus meinen verstopften Synapsen schütteln. An einen Stein binden und abwerfen. Vielleicht ist das Meer gnädig und nimmt sie auf.

Spült sie nicht zurück ans nächstbeste Ufer. Vielleicht nehmen Neptun, Thetis, die Tritonen, die Parzen oder sonstwer sie auf. Frag Simon. Er wird wissen, wer zuständig ist.

Sollte ich den Mut aufbringen, ziehe ich los. Sollte in einer stillen Ecke meines Hauses überflüssiger Mut herumliegen und ich finde ihn, mache ich mich auf. Mit dem Nachtzug. Um noch einmal von der Villa Floridiana über die Küste zu schauen. Auf das übertrieben blau gemalte Neapelmeer. Dem Markus nicht glauben konnte. Auch so eine Juristenkrankheit. Überall Fälschung wittern. Überall Betrug. Mache mich auf nach Ischia und Capri, die sich aus dem Wasser recken wie aus Versehen vom Göttertisch gefallen. Zwei große Zuckerwürfel in einer halben Tasse Kaffee. Dort hat er zum ersten Mal seinen dunklen Markusblick auf mich geworfen. *Auf deiner Stirne steht's geschrieben, in deinem Auge ist's zu lesen; du entgehst mir nicht.* Die Metro könnte mich dorthin bringen. An der Via Cimarosa würde ich aussteigen. Meine festen Schuhe auf die blätternden Stufen setzen. Achtgeben, meine Knöchel nicht zu verdrehen.

Johanna

5. JULI 2011 – 21:18

Liebste Jo,

der Sommer besucht uns wieder, ich war mit den Kindern im Kronberger Freibad, drei Ecken vom Woogtal entfernt, ein letztes Mal, bevor wir uns aufmachen in den Süden, ich wollte Mia trösten und aufmuntern, sie ist trübverzagt, der Abschied von der Grundschule schmerzt sie, sie klammert sich an diese vier Jahre, klebt an dieser Zeit, an den Kindern, also habe ich sie weg von der staubüberlaufenen Stadt gebracht, hinaus an den Waldrand, wo es sich besser atmen lässt. Die Kinder haben am sonnengeheizten Beckenrand gelegen, während sich Lichtstrahlen auf den Wellen brachen, Molke und Franz aneinandergeschmiegt, ihre

Hände in den warmen Pfützen, Nase an Nase, kichernd, flüsternd, Henri auf Franz' Rücken, sein Köpfchen zwischen Franz' Schultern. Wann haben wir aufgehört, Du und ich, mit diesem Liegen am Beckenrand, wann genau war das? Und wann haben Simon und ich angefangen, in andere Richtungen aufzubrechen, zwischen Brüllen, Schlafen, Wachen und Schreien – wann ist es geschehen?

Bevor ich unsere Schwimmbadtaschen ins Auto lud, hatte Simon gefragt, ob ich ihm einen Grund nennen könne, warum wir zusammenbleiben? Das war von seiner Nacht übriggeblieben, das hatte er für mich aufgehoben und in meinen anbrechenden Tag geschmuggelt, damit es ihn mit schwarzer Simonfarbe einfärbt. Ich habe gesagt, nein, ich weiß keinen, gerade will mir keiner einfallen, bin eingestiegen und losgefahren und habe Dich Stunde um Stunde um Deine wiedergefundene Ruhe beneidet, Johanna, die ja auch schon wieder dahin scheint, auf den heißen Steintreppen im Schwimmbad, wo die Kinder ihre Rufe aufs Wasser streuten, an der Rutsche, der Pommesbude, auf dem Weg zurück durch den Taunuswald, Deinem Vaterwald, Ulrichwald, unter Tannen, Kiefern, Buchen, überall habe ich Dich beneidet. Weil Du am Morgen Deine Gartenschere nimmst, Blumen schneidest und Sträucher stutzt, auf einem in die Sonne gestellten Stuhl Zeitung liest und Kusmi-Tee trinkst und, bist Du so weit, abtauchen wirst nach Neapel, Futur eins, mit Deinem anmutigsten Kopfsprung in die schweißnassen Nächte unter Ventilatoren, den süßklebrigen Mischgeruch aus Verwesung und heimatlosen Katzen eintauchen wirst – Futur zwei noch offen.

Wünsche Dir, dass die Ruhe Dein Gast bleibt, Johanna, bis Du aufbrichst, um störrische Bilder zu schreddern, und dann schwindelfreie, frisch durchwehte, sonnenverglühte Tage am Meer. Ein bisschen musst Du noch durchhalten und am Morgen mit frischem Mut vor leere Gesichter treten, bis es wieder durch die Täler des schwarzen Walds schallt: Immer haben die Lehrer Ferien!

Deine Márta

12. JULI 2011 – 09:17

Liebe Márta,

Du bist längst weg, mit Simon und den Kindern über alle Berge. Oder nur mit den Kindern. Den letzten Stand habe ich nicht. Also schreibe ich Dir, was soll ich sonst tun? Eine Woche ist vergangen. Eine Woche Feriensommer. Mit Wanderungen, auf denen ich nur zwei wesentliche Sätze gefunden habe. Einen für die Droste, einen für mich. Zwei Sätze, die mir eingefallen sind und die ich schnell aufgeschrieben habe. Damit sie nicht verlorengehen.

Dafür habe ich umso heftiger geträumt. Jede Nacht, sobald die Sterne ihre Köpfe zum Tuscheln zusammensteckten. Alle sind gekommen und haben meine *anderen Zimmer* bevölkert. Konrad. Markus. Meine nicht geborenen Kinder. Mein Schüler Jan. Meine Eltern. Georg. Als Mann. Als Junge. Als kleiner Bruder, dem man immerzu in die rotblonden Locken fassen will. Er saß im Wirtshaus Messner und aß seine Suppe. Trank seine warme Milch. Schrieb mit seiner linken Schreibhand zwei Kleist-Gedanken über *die Wahrheit, die wir hier sammeln*, auf die Tischplatte und weinte. Sie alle haben mir nicht einen wesentlichen Satz gesagt.

Vielleicht habe ich deshalb die Droste betrogen und zwei verregnete Tage mit der Honigmann und ihrem Bilder von A. im Bett verbracht. Wie viel Markus dabei hochgesprudelt ist, muss ich Dir nicht sagen. Wie viel Markus zwischen meine Laken und Wände drang. Auf meinen Dielen Riesenpfützen hinterließ. Die nicht versickern wollen. Durch die ich seither laufe, Plitsch-platsch. Beruhigt hat mich dieser wiederkehrende Satz: *A. ist jetzt tot.* Was klingt wie ein später, gerechter, verdienter Sieg über den früheren Geliebten. Man muss so schreiben, dass es weh tut. Liest man ihre ersten Sätze, tut es sofort weh. Ja, Márti, meine Ruhe ist dahin. Wie habe ich mir das nur gedacht und vorgestellt? Ich Dummkopf, hier im schwarzen Sommerwald? Unkraut jäten, Rosen umstellen und gelassen glücklich vor meinem Springkraut sitzen? Meinem Rührmichnichtan?

Ich war am Bahnhof und habe mir die Zugverbindungen aufschreiben lassen. Stück für Stück nähere ich mich. Erst der Gedanke. Dann die Zugverbindung. Nein, eine Fahrkarte habe ich nicht gekauft. Das wäre zu schnell, zu übereilt. Dafür brauche ich noch zwei, vielleicht auch drei Tage. Als ich auf meinem Fahrrad ins Tal fuhr, kam mir der feuchtgrüne Wald unvergleichlich vor. Mir fiel ein, wie schwer es Markus immer gefallen war, sich von Italien zu verabschieden. Den Abschied hatte er ins Unerträgliche gesteigert. Können wir nicht noch eine Nacht im Grödnertal bleiben? Nach Lajen, St. Peter, nach Seis? Es dauerte, bis wir die Strecke Süd–Nord hinter uns gebracht hatten. Bei Chiasso über die Grenze fuhren. Ich richtete mich darauf ein, dass wir noch einmal übernachten würden. Noch einmal. Dann noch ein weiteres, ein letztes Mal. Ob ich das vermisse? Nach der Antwort suche ich, Márti. Vielleicht finde ich sie auf meinem Tauchgang vor Neapel.

Es liebt Dich,

Johanna

28. JULI 2011 – 14:15

Liebste Jo,

wir haben den Klang aus Umbrien mitgebracht, in der Körberstraße klingen Bäume und Wind jetzt genauso, Mia malt, Franz liest, Henri schläft, Simon liegt mit geschlossenen Augen auf dem Sofa und fährt noch einmal durch alle Tunnel von Italien nach Österreich, ich sehe unsere Post aus drei Wochen durch, Rechnungen, Strafzettel, Mahnungen, Rechnungen, Strafzettel, Mahnungen und Deine Postkarte aus dem schwarzen Wald, Kloster St. Märgen, wohin Bio-Kurt Dich gelotst hat, kurz bevor Du losgefahren bist. Noch ist stille Ferienzeit, kaum ein Auto auf der Straße, kein Geschrei zwischen unseren Wänden und nur die mittlere Körberstraßenangst, weil der Alltag bald beginnen will, früh aufstehen, den Herd einschalten, Salamibrote schmieren, Äpfel schneiden, Kinder antreiben zum Anziehen, Haare kämmen und Ranzen nehmen, meine Nerven sich bald ihrem alten Zitterzustand angenähert haben werden, Futur zwei mit ›werden‹ und ›haben‹ – drei Wochen ohne Brüllen, Johanna, in diesen selten langen, heißen und kopflosen Ferien ohne Satzgefälle, die sonst immer unablässig durch meinen Kopf gestürzt sind, auch das war ein Rekord.

Wieder habe ich gestaunt über dieses Stiefelland, seine lose verteilten Punkte, die Simon doch für uns abgesteckt hatte, zur *Glückshaut* hat beigetragen, dass wir noch Geld von seinem Essay-Preis hatten, ja, ›hatten‹ muss es heißen, unbedingt Imperfekt, also konnten wir sehr unbekümmert Espresso kochen und ihn unter dem perfekten Ölbaum in unsere Gläser gießen. Simon will nur noch in den Süden, ob mit oder ohne uns, bleibt unklar. Wie er jemals in den Norden hat reisen können, hat er sich gefragt, über Jahre sei es Selbstbetrug gewesen, und ich musste denken, meint er uns in seinem Leben, mich, Mia, Franz und Henri in seinem Simon-Leben, oder meint er wirklich bloß den Quatsch, man könne mit Kindern nur an die Ostsee?

Simon hatte ein Haus bei Udine gefunden, das anscheinend niemand außer uns haben wollte, so morschbröselig und windschief, der schwache friaulische Wind hat ausgereicht, es zu kippen, nicht weit von Aquileia mit seinen frühchristlichen Bildern, über die wir auf Brücken aus Glas spaziert sind und die Kinder nach Medusen und Seeungeheuern haben suchen lassen – ja, da wäre so eine gewesen, der Du den Kopf hättest abschlagen können, Johanna. Mitten im Stechmückenland klammerte sich dieses schmucklose Häuschen an seinen Grund, zwischen Maisfeldern und Bahnübergängen, deren Schranken niemals herabgelassen wurden, nicht einen Zug habe ich gehört oder gesehen, aber in diesem Nichts ist mir wieder eingefallen, was Glück ist, Johanna, ausgerechnet da, ausgerechnet an Simons Seite, diese einfache Art von Glück ohne Aufwand, *im Sommer, wenn alles schwül und heiß ist*, hinausgehen und die Stimmen der Kinder hören, ihre sich überschlagend jagenden Stimmen.

Wir sind nach Grado, kopfschwebend über seine stillblaue Lagune geglitten, die an einer Stelle unbemerkt in den Himmel fließt, auf der Höhe des Sommers brütend zwischen Dunst und Wasser wie in Trance, als hätten wir Reste einer milden Drogennacht in uns. Ich habe zwei Liegen unter einem zitronengelben Sonnenschirm gemietet und ein Vermögen für Nummer 386 in der ersten Reihe ausgegeben, wir haben uns im Schirmschatten ausgestreckt, unsere sandigen Füße betrachtet, dahinter das Meer, das nicht aussah wie ein Meer, nur wie ein blaugrünes Band, das jemand aufgespannt hatte, damit meine Kinder tobend, springend, jauchzend, tauchend, schwimmend, handstandmachend, gurgelnd, lachend den Tag darin verbringen. Simon war sicher der Einzige, der dort im Liegestuhl Kants Kritik der reinen Vernunft gelesen hat und nur in den Pausen seinen Blick aufs Wasser streute, er schreibt einen Essay darüber, dass man abends ab einer bestimmten Uhrzeit ohne weiteres in die Sonne schauen kann, ja, denk Dir nur, das Auge stört sich nicht an der Sonne.

Dazwischen zwei Tage Venedig, auf dem Vaporetto hin und her zwischen Lido und den Giardini der Biennale, der Boden unter mir bewegte sich danach, jede Straße auf dem Lido schwankte, mein Bett im windschiefen Haus, mein Blick auf die sonnenverwöhnten friaulischen Pinien. Ein Glücksstern stand über diesen Wochen, selten leuchtend auch über unserem lauten Abend bei Todi, mit Dir und Bio-Kurt und dem besten Pastasugo der Welt, das wir nie hinkriegen, wir können uns noch so abmühen. Übrigens bleibe ich dabei, er ist nicht zufällig dort gewesen, auch wenn viele andere zufällig dort waren, Bio-Kurt nicht, nein. Nachdem Du mit ihm auf bloßen Füßen mit vielen neuen Sommersprossen auf Deiner milchfarbenen Haut davongeflattert bist, ist bei Gubbio eine Familie zu uns gestoßen, von der ich nicht wusste, nerven sie, quälen sie mich oder sind sie gar nicht so übel, mit ihrem Sinn für Kunst, offensichtlich Sammler, die ihre Yacht verlassen hatten, um zwischen Rom und Perugia Kunst zu kaufen, der Preis spielte keine Rolle, jedenfalls sprachen sie über monatliche Ausgaben von dreißigtausend Euro, bitte sag es laut für Dich, für uns, geh zum Spiegel und sag es laut zu Dir selbst, dreißigtausend, zieh das Wort auseinander und schichte die entsprechende Menge an Geldscheinen in Gedanken vor Dir auf. Ich habe lange gerätselt, wofür man so viel ausgeben kann, den ganzen Weg zurück nach Norden habe ich gerätselt und gerechnet, aber ich kam und kam nicht auf dreißigtausend Euro. Wie viele Jahre würden Simon und ich brauchen, so viel Geld anzuhäufen? Wie viele Jahre könnten wir davon leben?

Dein Telefon klingelt ins Leere. Was ist mit Dir, meiner liebsten Badenixe? Ob Du Neapel schon verlassen hast? Wie immer über Florenz zurückgefahren bist?

Márti

5. AUGUST 2011 – 23:05

Liebe Márta,

ja, auf dem Rückweg habe ich in Florenz ein lautes heißes Zimmer für geschmacklos viel Geld genommen. Mich vor den Uffizien unter Baugerüsten mit unzähligen Touristen in kurzen Hosen und Sandalen in die Schlange eingereiht. Um einmal die Botticellis zu sehen, einmal den Frühling. Jetzt, mitten im Sommer. Einen Blick auf seine langen blonden Haare zu werfen. Auf die Blütenblätter vor seinen nackten Füßen. Nein, ich kann nicht an diesem Frühling vorbei. Unmöglich. Um den Gotthard mit vierzig Kilometern Stau zu meiden, nahm ich den haarsträubenden Umweg über den San Bernardino. Mir war, als würde ich nie mehr zu Hause ankommen. Nein, es war nicht sehr schlau gewesen, ins Auto zu steigen und den Nachtzug ohne mich fahren zu lassen.

Ich weiß gerade auch nicht, wie wir immerzu in den Norden reisen konnten. Im höchsten Sommer bei vierzehn Grad in Strickjacken am Strand sitzen. Ach, Italien. *Land, wo die Citronen blühn.* Dein Meeressäuseln. Deine Zypressen vor meiner stillen umbrischen Loggia. Dein Limoneneis auf der Piazza Grande von Gubbio. Auf der Mia und Franz Leuchtbänder in deinen tintenblauen Nachthimmel schossen. Wie zu groß geratene Glühwürmchen. Unser weltentrückter Glückssternabend bei Todi. Mit Euch und allen anderen. Mia mit den frisch geschlüpften Katzen auf Armen und Schultern. Der in allem Trubel schlafende Henri. Das überfüllte, fast auseinanderbrechende Restaurant. Dieses Fleisch, wie machen sie das nur? Der endlos fließende Wein, immerzu von irgendwem nachbestellt und nachgeschenkt. Hoch über dem Tibertal – wie das schon klingt, Márti! Nie werden wir diesen Platz wiederfinden. Die Abzweigung hinter dem Pinienhain. Fast zugewachsen. Die drei Feldwege, in die man nach und nach einbiegen musste. Nein, nie wieder.

Neapel habe ich wenige Tage später mit seinem verlogen blauen Meer zurückgelassen. Ich habe mich umgedreht und es hinter mir liegenlassen, als es aussah, als laufe der Mond übers Wasser. Sieh mal, was ich schon kann mit vierundvierzig. Am Abend meiner Rückkehr in den schwarzen Wald war mir, als würde das Wasser aus dem Hahn nach Salz schmecken. Ich will es deuten als Gruß von Neptun oder Thetis: Ja, Johanna, wir haben deine Albträume in unseren Fluten versenkt, deine Dämonen in Schaum verwandelt, und so schicken wir unsere Nachricht an dich. Damit du wieder von ruhigen einfachen Dingen träumen kannst. So muss ich an der Küste vor Neapel ihr Mitleid doch erregt haben. Als ich so allein dastand. Mit meinem zerrupften Ich.

Und wirklich, nach einer milden, nahezu bilderlosen Nacht hat am Morgen der Marbach-Mann angerufen. Wie Du ihn noch immer nennst. Obwohl Du seinen Namen kennst und sagen könntest. Er klang anders, als ich mich erinnert hatte. Ob ich noch Interesse hätte an diesem und jenem? An einer Wachsbossierung, die ihm zufällig in die Hände gefallen sei? Ja, klar. Zufällig. Wir kennen diese Art von Zufällen. Zu gut kennen wir sie. Man findet etwas. Man wählt eine Nummer. Dann verschieben sich zwei Leben achtlos, unbekümmert wild. Dass man Jahre daran zu kauen haben wird. Jahrzehnte. Ich weiß nicht, Márta. Eigentlich habe ich mich fast daran gewöhnt, allein zu sein. Jetzt, da mein Wasser aus dem Hahn nach Salz schmeckt, noch einmal mehr. Ich finde es gar nicht so ungemütlich. Dass niemand in meiner Küche sitzt, wenn ich am Abend nach Hause komme. Dass niemand am Morgen neben mir aufwacht.

Neapel liegt jetzt fern. *Sternbildfern*. Getaucht in ein Blau, nach dem ich nicht mehr suche. Nach was dann?

Es liebt Dich,

Deine Johanna

6. AUGUST 2011 – 09:58

Liebste Jo,

Franz hat unterm Olivenbaum Der 35. Mai gelesen und sagt nun bei jedem Abschied *Tschüss, ihr Trauerklöße!*, nichts könnte passender sein. Gestern bin ich neben Simon hinter Altenhain durch den tropfnassen Wald gelaufen, ein bisschen wie Hänsel und Gretel, nur dass wir uns kaum etwas zu sagen hatten, so still war es zwischen uns, ich hörte die Regentropfen, wenn sie auf dem Moos, auf den hochsommersattgrünen Blättern landeten, pling-plang, gute Mutter, pling-plang, schlechte Mutter, das lässt Simon für mich abfallen, eines davon darf ich aussuchen, eines ist immer für mich dabei. Aber die Kinderchen wachsen und gedeihen trotz allem recht fröhlich, oder bilde ich mir das nur noch ein? Beim Frühstück ist mir aufgefallen, ich sitze mit dem Rücken zum Fenster, so dass ich nur meine Kinder sehen kann, Simon sitzt so, dass er aus dem Fenster in den Hof, auf die Straße und die blutblubbernd lärmende Welt dahinter sehen kann, schau mal, achte mal darauf, wie es bei Claus und Kathrin ist, wer auf seine Kinder und wer aus dem Fenster in die Welt schaut.

Soeben ist Simon zum Theater, ausgerechnet die Orestie, *es ist als ob ein Fluch auf dieser Familie läge*, davor hat er gesagt, ich solle mich fernhalten von ihm, es sei das Beste, wenn ich mich von ihm fernhalte, aber wie kann ich das, Johanna, mich im selben Haus, in denselben Zimmern von Simon fernhalten? Mir ist nach Kofferpacken, es tränkt unsere dichtbesiedelten, unaufgeräumten, vollgestellten *anderen Zimmer*, also müsste mich Simon gar nicht ermuntern. Lori hat sich gestern erbarmt und die Kinder mitgenommen, als sie spüren konnte, wie vergiftet unsere Luft war, wie sehr die Kinder sich an ihr verschlucken und wie schlecht sie atmen können, wie zum Trost sind sie am Abend mit unzähligen Geschenken zurückgekehrt, mit Kettchen aus der Abtei Sankt Hildegard und Plüschaffen aus dem Opel-Zoo. Ja, Plüschaffen.

Was mir an solchen wunden Tagen hilft, ist, an die Kinder und unsere heimlichen Augenblicke zu denken, die mit dem Rest der Welt ungeteilten. An Henris und meinen Augenblick nach seiner Geburt, der nur uns gehört, von dem keiner weiß, vielleicht nicht einmal mehr Henri, oder dieser Augenblick schwebt und schwimmt zwischen den Hügeln, in den mattgrünen Seen seines Unbewussten, Psyche und Amor haben ihn nicht aufgepickt und lassen ihn segeln. Als die Hebamme Henri zu mir legte und wir zum ersten Mal Schulter an Schulter nebeneinanderlagen, sein Köpfchen zu mir gedreht, mein Kopf zu ihm, schauten wir uns an, nicht länger als drei, vier Sekunden, besiegelten unseren ersten Augenblick, den Anfang unserer Erzählung, dann schloss Henri die Augen, und jeder war wieder für sich, ich auf dem Rücken, mein Gesicht zur Decke. Henri hat nicht geweint, bloß zerbrechlich fein geatmet, so zitternd bebend geseufzt, wie es nur Neugeborene können.

Márta

7. AUGUST 2011 – 01:09

Liebste Márti,

Claus sitzt so, dass er nur die Kinder sieht. Alle drei. Klein. Groß. Mittel. Weltabgewandt. Natürlich, wie sonst. Kathrin schaut aus dem Fenster. Weltzugewandt. Auf die Schwarzwaldtannen und den Bach vor ihrem Garten. Den sie jetzt kaum sehen kann. Wegen der wildwachsenden Heidelbeeren. Wegen des hochstehenden Fingerhuts.

Die Nacht hat mich aufgescheucht, an den Schreibtisch geschickt. Ich kann nicht schlafen, der Mond ist zu hell. Ich bin zurück aus Marbach, meiner Weltverankerung. Habe den langsamen Weg genommen. Nicht die Autobahn, nur Landstraßen.

Wegen der zurückgenommenen Geschwindigkeit. Hochmütig übers Land gestreute Sommertage. *noch ist die sonne mild, der himmel blau über den wipfeln und auch der schatten fällt noch weich und schön.*

Ich habe mich von Konrad in die Neonkatakomben führen lassen. Als sei es nur der nächste logische Schritt in unserer Schrittfolge. Als sei es genauso naheliegend, wie an seinem Büro anzuklopfen. Damit etwas loszutreten, das in meinem Klopfen schon mitgedacht war. In der Bewegung meiner Hand angelegt. Hinter einer schweren Tür hat er mich zu breiten Schubladenschränken geführt. Gefüllt mit Miniaturen, Medaillen, Druckplatten. Weiße Stoffhandschuhe liegen über den Fächern. Damit man nichts mit fettigen, schmutzigen Fingern berührt. Die oberste Schublade hat er für mich aufgezogen. Darin die Droste im Profil nach rechts. Eine rosafarbene Wachsbossierung auf schwarzem Samt. Eine Arbeit von Carl Hettler um 1820. Höhe der Bossierung zwölf Zentimeter. Gerahmt. So ruht sie zwischen den Herren Dalberg und Diederichs. Das Alphabet hat sie zu Nachbarn gemacht. Die Nüchternheit und Sachlichkeit des Alphabets. Ich habe Konrad gesagt, er soll sie wenigstens so drehen, dass sie sich anschauen. Viel mehr können sie mit ihren Wachsköpfen nicht tun, als zu reden. Also sollten sie sich dabei wenigstens anschauen. Er hat die Droste gedreht. Ohne Handschuhe, die hat er nicht angezogen. Er hat sie einfach so angefasst. An ihrem vergoldeten Rahmen, mit den kleinen Sprüngen an allen vier Ecken. Jetzt kann sie den Diederichs ansehen.

Gerade weiß ich nicht, fahre ich wegen der Droste oder wegen Konrad nach Marbach. Sicher weißt Du es. Bald wird meine Arbeit getan sein. Futur zwei. Bald werde ich meine *Heidebilder* löschen – *Die Linde. Im Moose. Die Steppe.* Etwas in mir flüstert, es ist wegen ihm. Nicht mehr wegen ihr. *Meine Finger beschlagen.* Deine Idee. Wenn ich die Stufen zum Eingang hinabsteige.

Durch die Marbacher Passage gehe. Glastür auf. Glastür zu. Glastür auf. Glastür zu. Aber soll *das Liebhabertheater* wirklich beginnen? Ich zweifle. Frage mich, ob er vielleicht einer Markusfrau hinterhernagt. Sich mit mir nur trösten will. Damit er sie nachts aus seinem Bett kriegt. Von seinem Kopfkissen. Aus seinem Traum. Ja, verheiratet war er schon. Das hat er ungefragt ausgespuckt. Als er am Abend sein Rennrad neben mir mit einer Hand übers Pflaster geschoben hat. Die andere im Haar, in der Robert-Lowell-Strähne. Unten in Marbach, vor dem Schillerhaus. Obwohl ich es gar nicht wissen wollte. Ach was, vielleicht doch wissen wollte. Vielleicht hat etwas an mir, etwas in meinem nahen, fernen Blick danach gefragt. Sag doch mal, Konrad, warst du schon? Das sei zerplatzt. Zersprungen. Weggedriftet. Seine Worte. So hat er es gesagt. Während vor dem Schillerhaus Mädchen in Sommerkleidern Seifenblasen in den Himmel schickten. Ob Du das jetzt glaubst oder nicht. Rund um eine dunkelgrüne, knorrig alte Buche. Ja, eine Buche!

Johanna

9. AUGUST 2011 – 21:56

Liebste Jo,

ich glaube es, weil ich Dir alles glaube, natürlich war sie dunkelgrün, Deine, Eure Buche, Buche des Marbacher Sommers, Buche des großen Marbacher Sommers 2011, große Marbacher Buche des großen Sommers 2011 und so weiter, endlos so weiter, natürlich sind Mädchen in Sommerkleidern unter ihren Zweigen übers Pflaster gesprungen und haben Seifenblasen in die Luft geschickt, was denn sonst, und natürlich haben Deine neuen Sommersprossen gefragt: Sag mal, Konrad, warst du schon? Natürlich! Was ich aber auch glaube, Johanna, zu viele Fäden laufen in Deine Richtung, Bio-Kurt, Konrad, der alte Dämon Markus, den Du im Neapelmeer hättest ertränkt haben sollen, kapp doch

504

einen davon, besser gleich zwei, bevor sie sich verwirren und nicht auflösen lassen, jetzt wäre die Zeit, Deinen *Würgeengel von der Tür* zu weisen, jetzt!

Wie schön könntest Du unter dem Dach in meinem Hof sitzen, um diese wichtigen Dinge des Lebens zu besprechen, mit einer Decke über den Knien, als Gesellschaft zwei nervöse Stadtteichhörnchen und ich. Den ganzen Tag hat es geregnet, der weißgraue Himmel schlägt mir aufs Gemüt, ich habe im Fenster gesessen und den Autos hinterhergeschaut, so zerschlage ich meine Zeit, zähle Regentropfen im Licht der Schweinwerfer, während mein Herz klopft und meine Sinne summen – ob das zusammengeht, wirst Du fragen, ja, geht. *Die Spannung der letzten Zeit hatte mich aufrechterhalten, und nun fiel ich zusammen wie ein Taschenmesser* – schämen sollte ich mich, aber schämen muss ich mich ja nicht, jedenfalls nicht vor Dir, für diese angeschwemmten Tage, an denen etwas in mir sagt, beweg dich nicht, warte, tu nichts sonst, an denen ich mich auf so ungekannte, unerprobt fremde Weise matt fühle, als hätte ich mich nicht auf tausend andere Arten schon matt gefühlt, nachdem ich Abschied genommen habe von meinem Holden Caulfield, seiner Schwester und all den anderen, die meinen Kopf bevölkert, von meinem Blut gelebt und in mir nichts zugelassen hatten als sich selbst, sich selbst, sich selbst, dreimal hintereinander nur sich selbst. Ich kann mich nicht an den Schreibtisch setzen und an etwas Neuem arbeiten, obwohl Du genau das vorgeschlagen hattest, *Arbeit und Struktur*, Arbeit – nein, Struktur – keine, wie Betrug käme es mir vor, als würde ich meine Figuren hintergehen und belügen, nein, ich kann ihnen das nicht antun, unmöglich kann ich ihnen das antun, also warte ich, was bleibt mir anderes, als zu warten. Ich habe plötzlich nichts, um meine Tage zu füllen, will dies schreiben, das schreiben, am liebsten nie mehr eine Zeile, nie mehr ein einziges Wort, am liebsten aufhören und nur noch im Küchenfenster sitzen, mit angezogenen Knien und verschränkten Armen, so wie jetzt, während die Kinder in ihren Betten liegen, dem nächsten Morgen entgegenschlafen und ich mich im Licht der Straßenlaterne frage, was stelle ich an mit mir und meinem losgetretenen, zur Hälfte, vielleicht über die Hälfte hinaus verbrauchten Leben?

Über allem staune ich, weil meine Tage auch so vergehen, selbst ohne mein Zutun vergehen sie, die Zeit verrinnt auf ihre unerschütterliche, unbeeindruckte Art, ohne dass ich etwas Greifbares, Sichtbares zustande brächte, ich wische Staub, davon gibt es bei uns immer genug, ich springe von einer bekloppt unnützen Handlung zur nächsten, koche Tee und neue Gerichte für die Kinder, die sie niemals essen – sind das Rosinen?!, iih! –, laufe in den Niddaauen und telefoniere ein bisschen mit Lori, meinen Eltern, mit Anikó, Ildikó, deren Leben durch gewohnte Bahnen weiterströmt, liege auf unserem schmutzigen Sofa und zähle die Risse an der Decke, zum wievielten Mal seit wir hier wohnen?

Johanna, ich warte darauf, dass mein *Zimmer* erscheint, bis dahin schwebe ich im Dazwischen, nein, es gibt keinen neuen Satz in mir, keine neuen Figuren, wie sollte das gehen, solange die alten noch auf meinem Kopf tanzen, solange sie weiter tanzen und sich mit ihren Füßen in meinem Haar verfangen, solange sie durch mein Hirn fliegen. In mir gärt eine Mischung aus Übermut, Demut und Unmut, alles zu gleichen Teilen, schwer auszuhalten, schwer für alle, die in meinen Márta-Strudel hineingezogen werden, die Welt vor meinem Fenster dreht sich, immerzu vorwärtstreibend, nicht nachlassend laut, nur ich muss stillhalten und abwarten.

Mein Leben hat an Kraft verloren, Deines beginnt gerade neu. Konrad führt Dich aus dem Neontal, aus den Neonkatakomben hinauf ans Tageslicht, Sommerlicht, hinein ins *endlose nachmittagslicht* – ich bin sicher. Du müsstest ihm nur die Hand reichen. Márti

13. AUGUST 2011 – 15:23

Liebste Márti,

auf dem Nachhauseweg habe ich mein Fahrrad an der Mauer meiner schlecht sortierten Provinzbuchhandlung angelehnt und nach Deinem Buch gefragt. Horváth Márta, bitte. *Das andere Zimmer*. Hier, unter den Tannen des schwarzen Walds. Wo sie nebenan Schulhefte, Lillifee und Fernsehzeitschriften verkaufen. Aber stell Dir vor, die Frau im Laden wusste Bescheid! Sie gab mir die präzise Auskunft, dass Deine Erzählungen am fünfzehnten auf ihrem Tisch liegen werden. Fein säuberlich gestapelt. So wie wir es uns jahrelang vorgestellt haben. Zwischen anderen Neuerscheinungen. Die uns nicht kümmern. Uns nicht interessieren. Nicht im Geringsten. Nicht in dieser Saison, Márti. Nicht in diesem großen Sommer 2011. Ob sie denn eines für mich reservieren dürfe? Ich hätte schreien können vor Glück! In jeder Buchhandlung, an der ich vorbeikomme, werde ich dieses Spiel spielen und nach Deinen Erzählungen fragen. So wie ich das seit jeher mit Deinen Gedichten getan habe. Wie bitte, Sie haben nicht *Das andere Zimmer*?

In Lauffen werde ich das tun. Wo ich gestern war. Meine *Glückshaut* gesonnt habe. Nein, ich fahre nicht mehr wegen der Droste. Ja, Du hast recht behalten. *Die großen Entschlüsse muß man immer allein fassen.* Also lasse ich zu, dass sich die Schleifen des Neckars in den Mittelpunkt meiner Landkarten schieben. Seine Strände und Ufer. Sein grünes Band, mit dem er auch Marbach streift. Konrad war in Lauffen. Nicht weit vom Hölderlin-Klosterhof räumt er das verwaiste Fachwerkhaus seiner Großmutter leer. An einem heißen Maisonntag ist sie in ihrem Doppelbett nicht mehr aufgewacht. Vielleicht will er dort einziehen. Oder an den Wochenenden unterschlüpfen. In zwei schiefen Zimmern mit ausgetretenen Dielenböden und winzigen Fenstern. Mit einer Decke, an der man sich fast den Kopf stößt. Nach hinten gibt es einen Hof mit Stockrosen. Wein klettert über Balken und

Streben. Konrad sagt, er ist gern, wo Hölderlin geboren wurde. Das kann kein schlechter Ort sein.

Das Großmutterhaus steht unterhalb der Regiswindiskirche. Die auf den träge dahinfließenden Neckar blickt. Auf diese eine Biegung, wo man am westlichen Ufer ins Wasser gehen kann. Nicht weiß, nicht sieht, in welche Richtung der Fluss wohl fließt. Und dort, liebste Márti, vor dem Kirchenportal auf dem Bänkchen unter der Kastanie haben wir uns angeschaut. Unter einem neidischen Himmel. Nein, geküsst haben wir uns nicht. Nur geschaut, als wollten wir. Aber geküsst haben wir uns nicht. Ich bitte Dich. Doch nicht in Lauffen am Neckar. Unter einer Kastanie. Wenn Sommer ist.

Johanna

14. AUGUST 2011 − 05 : 23

Liebe Jo,

der Morgen hat mich aus dem Bett gestoßen, irres Wetter tobt, zwei Blumentöpfe hat der Wind von der Fensterbank gefegt und zerschlagen, ich bin aufgewacht vom Scheppern und Klirren, Simon und die Kinder schlafen, selbst Henri schläft noch, er hat aufgehört, mich zwischen fünf und sechs zu wecken, allein dafür muss ich ihn lieben. Ich habe die ersten Meldungen aus dem Verlag, sie haben sich hingerissen zu meinen Erzählungen geäußert, dass mich das Glück nur so durchströmt hat, aber das währt nie lang, drei Sekunden später nagen die blöden, nie verstummenden Zweifel, und ich sage mir, Márta, sie müssen das so machen, was sollen sie sonst sagen? Ich habe Angst, Johanna, weil mein *Zimmer* nicht mehr mir gehört, weil ich die Tür zu ihm ohne Not geöffnet habe, dabei hätte ich es doch gar nicht müssen, und jetzt keine Idee habe, wie ein Tag in meiner Márta-Zukunft aussehen könnte. Meine Gedichte haben kaum jemanden gekümmert, also brauchte ich mich nie zu fürchten, aber jetzt legt sich eine Angst auf meine Wege, als liefe ich über Luftlöcher gegen Luftströme. *Wovor habe ich Angst? Alt zu werden und zu sterben, ohne daß aus mir jemand geworden ist?* In jedem Fall davor, wie ich in den nächsten Monaten Geld auf mein Konto schaffen könnte, ich habe keine überschüssige Energie, die ich ins Geldverdienen stecken könnte, da ist nichts übrig, Johanna, die Arbeit hat mich zu viel Kraft gekostet, den Rest haben Simon und die Kinder abgeschöpft, Löffelchen für Löffelchen.

Nun geht es los, die Erzählungen mit Einband, Umschlag und Lesebändchen, mit allem, was zu einem echten, richtigen Buch gehört, müssten bald im Schlitz Deines roten Briefkastens an Deinem Lattenzaun stecken. Der Regen schlägt mit voller Wucht ans Fenster, gleich werden Blitze durch den Morgenhimmel über der Körberstraße zucken, obwohl sie sich sonst nur abends zeigen. Hör auf das, was ich Dir sage, Johanna, meine Liebste, was ich Dir verkünde, ich erfinde es nicht, es ist wahr, obwohl ich es ja selbst für eine Lüge halte, als wollte ich heute besonders dreist sein, aber es ist die Wahrheit, die reine, die volle Wahrheit und nichts als die Wahrheit: *Das andere Zimmer* erscheint morgen!

Márti

15. AUGUST 2011 – 20:08

Liebste Márti,

wahrscheinlich haben wir, Georg und ich, die letzten Kräfte meines Vaters genauso abgeschöpft. Löffelchen für Löffelchen. Was übrig gewesen war von Ulrich Messner, Marquis von Posa abgezogen, Orest abgezogen, König Ödipus abgezogen. Was übrig blieb, war für Georg und mich. Wir haben es unter uns aufgeteilt. Ein Löffelchen für Georg. Ein Löffelchen für Johanna. Wenn meine Mutter sagte, Ulrich ist auf dem Sofa eingeschlafen, überfiel uns die verrückte Angst, es könnte für immer sein. Sie sagte ja nie, euer Vater, dein Vater. Das war zu altmodisch, zu

509

gestrig. Zu vorgestrig. Meine Wiener Großmutter hat sie auch eisern Dora genannt. Als seien sie nicht mehr Mutter und Tochter. Sondern plötzlich Freundinnen. Obwohl sie sich taub stellte. Georg und ich dachten, jetzt ist es für immer. Weil es nie nach Schlafen aussah. Immer nach Sterben. *Das ist der tod, den du im nebenzimmer weißt.* Wir ahnten, jeden Tag könnte es so weit sein. Mit Georgs achtjährigem, meinem zwölfjährigen Kopf ahnten wir es. Hofften aber, wir hätten noch zehn, zwanzig, fünfzig Jahre zusammen. Geschenkte Jahre. Die wir füllen könnten. Und dann ja doch nicht gefüllt hätten. Mit was denn auch?

Du hast gefragt, wen ich am liebsten mag in Deinen Erzählungen. Ich habe eine Schwäche für Frauen, denen das Schicksal gemeine Brocken vor die Füße wirft. Schau Dich um. Lori und ich, wir sind doch auch solche. Die große Schwester im *Anderen Zimmer* mag ich. Sie hat diese Gabe, sich die Welt zurechtzudrehen. Bis sie halbwegs auszuhalten ist. Ein Kind, das auf unerklärliche Weise größer und plötzlich erwachsen geworden ist. Ein bisschen Márta Horváth also. *Wozu soll man erwachsen werden, wenn man nur traurig davon wird?* Aber am liebsten ist mir die Mutter in Deiner Budapest-Geschichte. Das ahntest Du ja. Deine Hekabe vom Rózsadomb. Der Rosenhügel, ich weiß. Wo das Bartók-Haus hinter zwei Buchen und einer Menge Efeu steht. Bartóks Klavierspiel über die Brennnesseln der Csalán út fließt. So heißt sie doch – Brennnesselstraße. So viel habe ich in all den Jahren neben Dir gelernt. Alle Kinder hat sie verloren. Alle Kinder sind weggegangen. Oder tot. Bis auf dieses eine. Das später auch umkommt oder wegkommt. Vielleicht flieht über eine Grenze. Niemand weiß das so genau. Nicht einmal Du, Márta Horváth, wirst das vielleicht wissen. Obwohl Du alle Fährten selbst angelegt hast. Wieder und wieder glaubt sie, nicht weitermachen zu können. Aber natürlich macht sie weiter. Ihr Mann lebt seine Wirrnis nicht in der Nervenheilanstalt, sondern zu Hause im Wohnzimmer. Bis er sich eines schönen Abends in die blaue Donau stürzt. Obwohl der Mond so steht, wie er das mag. Silberblass knapp über der Kettenbrücke.

Jetzt sag es bitte noch einmal für mich. Nur zwischen Dir und mir. Klar und deutlich. Bloß so unter uns. Hört ja keiner. Du hast also nur wenig mit diesem Ungarnland zu tun?

Johanna

16. AUGUST 2011 – 10:13

Liebste Jo,

Du weißt, wie viele solcher Frauen ich kenne, wie viele solche Tanten und Kusinen ich habe, nicht weit von Deiner alten halben Familienheimat, in Spuckweite von Deinen abgeworfenen, abgestreiften Wurzeln, einmal links hinter Wien durchs Burgenland, vorbei an Esterházy-Schloss und Haydn-Haus, am mückenverseuchten, bräsig-schlapp wellenschlagenden, immer traurig wirkenden Neusiedler See, und schon bist Du da, wo sie lebten und leben. Dort waren sie immer sehr damit beschäftigt, ihr Schicksal zu tragen, und an verregneten Nachmittagen, wenn sie kein Unkraut zupften und keine Schweine fütterten, nicht den Dreck hinaus in den Hof fegten, spielten sie Karten mit uns, ihren Nichten und Kusinen Anikó, Ildikó und Márta, als sei es das Großartigste, was die Welt zu bieten hätte, als gebe es nichts darüber hinaus. Ich habe dieses Land und dieses Leben mit ausgestreckten Armen von mir weggeschoben, allein wegen der durchschikanierten Nächte an den Grenzübergängen aus Stacheldraht und Wachposten, die Schuld daran tragen, dass es mit mir und diesem Land nichts werden konnte, weil sie uns drei Mädchen auf dem Rücksitz unseres maisgelben Opel Rekord immerzu Angst, nichts als in den schwarzen Himmel hineinwachsende Angst eingeimpft hatten, wenn die Grenzsoldaten meinen Vater dazu brachten auszusteigen, die Taschen seiner Jacken und Hosen von innen nach außen zu drehen, um ihn stundenlang unter aufscheuchend grellem Flutlicht warten zu lassen, weil sie in seinem deutschen Pass seinen ungarischen Geburtsort gesehen hatten, Reisepass der Bundesrepublik Deutschland, ausgestellt in Frankfurt am Main, Geburtsort Nyíregyháza – was dachten sie eigentlich, was wir wollten und anstellen würden, drei Mädchen, vielleicht sieben, elf und dreizehn, und deren Eltern?

Ein solches Land kann man nicht lieben, Johanna, ich kriege heute noch Magenschmerzen, wenn ich meinen Pass verlängern lasse oder jemand bei einem Antragsformular zu lange auf das Feldchen mit der Staatsangehörigkeit schaut, das kommt allein davon! Aber dieses Land ist auf eine Art mit meinem verknotet und verbunden, die ich nicht abstreiten und leugnen kann, weil es zu meinem Anfang gehört, weil es das Leben meiner Eltern ist und wir so fest und unauflöslich verknotet und verbunden sind, mit ihrer Geschichte, die 1956 abreißt und ihren Faden später wieder aufnimmt, Anikó und Ildikó sind mit ihr groß geworden, an irgendeinem Familienschuh klebt noch Matsch von diesen Äckern. Ich kann ja nicht einmal einen Reiseführer über Budapest lesen, ohne loszuweinen, ich muss schluchzen, wenn ich den Hilferuf an die Vereinten Nationen, wenn ich diese Radioaufnahme zu hören kriege, in irgendeiner blöden alten Doku über den Kalten Krieg, die nachts um halb zwei läuft, und Anikó und Ildikó müssen es auch, sie können gar nicht anders, wir können nicht anders, als loszuschluchzen, es liegt am Ringen der Stimme und am Knistern, das sie untermalt, immer sehen wir unsere Eltern, milchjung mit Todesangst im Blut über Novemberfelder durch die Lichter der Scheinwerfer rennen, nie werden wir das los, nein, nie, wir wollen noch immer unsere Fenster aufreißen und schreien: Welt, warum hast du nicht gehört, warum hast du dich taub gestellt?

Johanna, ich dachte, mein *Zimmer* würde untergehen in einem

Ozean gedruckter Wörter, zwischen allem, was die Welt an Geschichten hervorbringt, doch etwas tut sich, ich kann es spüren, etwas bewegt sich, eine Welle aus diesem Wortozean schwappt nur für mich, meine sich sammelnde, hochsteigende, sich überschlagende Welle, aber was mache ich mit ihr? Dann und wann lese ich vielleicht zwischen Freiburg und Stuttgart und werde Dich fragen, ob Du zwischen zwei Zügen und zwei Lügen einen Schnaps mit mir trinkst, wir könnten hinter den Gleisen, unter den Oberleitungen am windbedrängten Stuttgarter Bahnhof oder am zugigen Freiburger, unter all den Durchsagen, die über Lautsprecher kommen und durch die Luft flirren, unsere *Glückshaut* streicheln und unsere zertretenen, zerhackten Träume mit einem guten Schnaps wegspülen, was meinst Du?
Márti

17. AUGUST 2011 – 23 : 03
Liebes Mártilein,
nichts möchte ich lieber, bitte, mit Dir Schnaps trinken an jedem *windzersägten Bahnsteig*. Deine *groben Fährten*. An den Stationen meines Lebens hast schließlich immer Du mich zum Gleis begleitet. Auf den Zug springen sehen. Nicht Georg. Nicht meine Mutter. Nicht mein Vater, nein. Du warst es. Márta Horváth, mit dem ungekämmt krausen Haar. Den blaugefleckten, wundgescheuerten Mädchenknien. Vielleicht ist das der Kern, warum wir so aneinander kleben. Warum ich so an Dir klebe. Ich finde, ich sage Dir das zu selten. Wie es mich seit jeher an Dich bindet. Also hier, bitte. Hör es. Nun könnten wir das fortsetzen. Fortan umgekehrt: Fortan wirst Du auf Deinen Zug springen.
Habe Dein Buch heute aus dem Briefkasten gefischt und, während ein roter Augusthimmel die Wiesen berührte, darin gelesen. Es als Buch in den Händen zu halten, hat mir große Freude gemacht, Márti. Wie das klingt – große Freude, Blödsinn! Es hat

513

mich zu Boden geboxt, am Kragen gepackt und in hohem Bogen in die Luft geschleudert. Ich fliege noch. Eher so. Ungefähr so. Kein Packen loser Blätter diesmal, sondern gebunden. Du kannst glücklich sein, überglücklich. Hörst Du? Glücklich! Sei glücklich. Sei bitte, bitte glücklich. Ich bin sofort auf dem Rad zum Geheimen Garten und habe mit Deinem *Zimmer* durchs Fenster gewinkt. Der Hund ist bellend aufgesprungen, Kathrin hat alles fallen lassen. Hat es mir aus den Händen genommen und Claus angerufen. Wenn er etwas wirklich Großartiges sehen wolle, müsse er schnell vorbeikommen. Natürlich kam er. Mit den Kindern, die es alle bewundert haben. Den Márta-Horváth-Schriftzug mit ihren schmutzigen Erdfingern abgefahren sind. Das Bett auf dem Umschlag, die Dielen. Einen Stapel will Kathrin auf die Ladentheke legen. Zwischen Freesien, Dahlien und Gewitterblumen. Ja, Gewitterblumen heißen sie. Dann passt es doch, oder?

Jetzt ist es zum Anfassen, hat Claus gesagt. Zum Mitnehmen und Zeigen. Zum Herumliegenlassen im Lehrerzimmer, habe ich gesagt. Im Café. Dafür müsste ich allerdings nach Freiburg fahren. Aber könnte ich ja. Ich könnte es auf einem Tisch liegenlassen und zurückeilen, um es zu holen. Wenn ein anderer seinen Blick darauf geworfen, danach geschielt hat. Ihr Buch? Ich würde zurückfragen, ach das? Das sind die Erzählungen meiner Freundin. Gerade erschienen. Ich würde platzen, Márti. Ja, platzen würde ich. Bumm.

Deine Jo

22. AUGUST 2011 – 06:24

Liebe Jo,

bevor die Kinder aufstehen, zwei Zeilen an Dich: Die Ohrfeigen muss ich hinnehmen, nicht nur diese, also halte ich meine Wange hin, die eine und dann die andere, ärgere Dich nicht, Johanna, oder ärgere Dich doch, in jedem Fall nimm eine Schere, zerschneide das Feuilleton, diese eine Seite in möglichst schmale Streifen, wirf sie bei starkem Westwind aus Deinem Fenster oder streu sie auf Deinen Waldweg, wenn Du nach wilden Erdbeeren und Heidelbeeren suchst, die der Fuchs Dir gelassen hat. Ein schlechtes Buch ist gut, das gute ist schlecht, jedenfalls nie gut genug, es wird gedreht und gewendet, wie es Spaß macht, ich werde aus diesem Betrieb und den Leuten, die sich auf und ab darin bewegen, nicht schlau, jedenfalls nicht in diesem einen Leben, es ist zu kurz dafür, *ich gehe wie ein Tier durch die Gänge und möchte vor jede Tür spucken.* Alles Würmer, alles Gewürm, sagt Lori, aber ich falle nicht aus allen Wolken, nein, ich habe mich gewöhnt an diesen Parcours aus Heuchelei und Selbstliebe, bin ja nicht mehr einundzwanzig, sondern mehr als doppelt so alt.

Viel schlimmer ist, dass ich geträumt habe, Simon hätte mich mit einer Stange geschlagen, mit einer Eisenstange auf den Rücken, in die Kniekehlen, auf Arme und Hände, bis ich umgefallen bin, zusammengefallen, und dass ich aufwachte wie, na ja, Du kannst Dir denken, wie, denk Dir etwas zwischen Tränenteich und Weltende, vége a világnak. Gestern Abend sagte er, ich sei schuld, dass Mia in der Schule so strauchelt, nachdem ich den ganzen Tag nichts anderes getan hatte, als Weserbergland, Rothaargebirge, Westerwald, Harz, Taunus, Spessart und Rhön in ihrem hübschen kleinen, unbeteiligten, völlig gelangweilten Köpfchen so zu befestigen, dass es nicht mehr verrutschen würde. An allem soll ich Schuld tragen, ich soll an allem schuld sein, ausnahmslos an allen großen, mittleren und kleinen Unglücken, dass sich Mia vor zwei Sommern den Kiefer aufschlug und danach Tag für Tag ein Milchzahn herausfiel, auch daran soll ich noch immer schuld sein.

Manchmal kann ich nüchtern denken, Johanna, geradezu mathematisch, naturwissenschaftlich, buchhalterisch nüchtern, manchmal gelingt mir das, wenn mein Kopf etwas Platz hat, einmal im Jahr, zweimal im Jahr oder auch nur alle zwei Jahre, heute ist so ein Tag, an dem ich nüchtern klar denken kann, in meinem Kopf ist gerade Platz dafür, jetzt, sechs Uhr neunzehn an diesem Augustmorgen, der noch einmal weit übertrieben Sommer sein will und sich warm auf die Dächer der Stadt legt, jetzt also weiß ich es und schreibe es Dir: Simon und ich sollten getrennte Wege gehen, es wäre besser für uns alle fünf, das sage ich Dir nüchtern und bei Verstand, mit einem wachen Kopf, der soeben seinem dunklen Traum entschlüpft ist, seinem *Schlafpfad*, die gegenseitigen Vorwürfe nicht mehr auszusprechen, sie auch nicht mehr zu denken, auch das nicht, sie einfach nicht mehr zu denken und auszusprechen, sondern damit aufzuhören – vielleicht soll ich das in meinem großen, gerade kleinschrumpfenden Sommer 2011 noch unterbringen.

Márta

29. AUGUST 2011 – 18 : 34

Liebe Márta,

still und starr liegen die Felder. Wie kornfarbene Seen. *Seltsames schlummerndes Land.* Strohballen wie übergroße Schneckenhäuser. Jetzt, da sie die Felder so spät abgemäht und das Stroh zusammengerollt haben. Elstern und Krähen kreisen. Geistervögel. Todesflügel.

Ich muss es aufschreiben. Auch für mich aufschreiben. Obwohl wir jetzt schon jeden Abend darüber gesprochen haben. Jeden Abend versucht haben, nicht zu weinen. Obwohl ich mit Kathrin über nichts anderes gesprochen habe. Für uns diesen Tag, diesen Abend in Gedanken unzählige Male wiederholt habe. Wir die letzten Sekunden darin immer wieder abgelaufen sind. Als könnten wir ihn ungeschehen machen. Löschen. Als könnten wir neu ansetzen und den Abend anders ausgehen lassen. Vor

Kathrin zu weinen habe ich mir auch verboten, Márti. Schon nach einer Nacht und einem Tag habe ich es mir verboten. Vielleicht hilft es, wenn ich Dir schreibe. Wenn ich es aufschreibe. Wort für Wort aufschreibe und abschicke, wegschicke von mir. Nein, es ist Unsinn. Es hilft nicht. Es rückt nicht weg von mir. Es ist, wie ich es Dir am Telefon gesagt habe, zersetzt und unterbrochen von unserem Schluchzen. Das Reh haben sie dreißig Meter weiter auf der anderen Straßenseite gefunden. Offenbar konnte es dieses Stück noch laufen. Oder kriechen. Oder der nächste Wagen hat es mitgeschleift. Der Polizist hat zu Kathrin gesagt, im Auto sei laut Klaviermusik gelaufen. Deshalb sei man am nächsten Hof aufgewacht und habe die Polizei gerufen. Durch die zerbrochenen Scheiben drangen die Goldberg-Variationen. Glenn Goulds A state of wonder muss es gewesen sein. Seit Wochen hörte Claus nichts anderes. Immer wieder die Aria. Den Auftakt der Variationen. Claus ist im Rettungswagen gestorben. Nicht erst im Krankenhaus.

Alles tut mir weh, Márti. Vom Scheitel bis zu den Fußspitzen tut mir alles weh. Jeder Fingernagel, jede Wimper tut mir weh. Es ist ein Schmerz, den ich nicht kannte. Anders als jeder Schmerz zuvor. Und einiges an Schmerz habe ich doch schon ausgehalten. Ich ziehe mich am Morgen an, und alles tut mir weh. Ich öffne das Klassenzimmer, und alles tut mir weh. Ich gehe durch die Straßen, und alles tut mir weh. Ich stehe im Geheimen Garten, und alles tut mir weh. Ich steige aufs Rad, und alles tut mir weh. Ich gleite durch den schwarzen Wald, und alles tut mir weh.

Johanna

3. SEPTEMBER 2011 – 21:48

Liebste, geliebte Johanna,

bin wund und leer aus dem schwarzen Wald zurückgekehrt, Lori, Simon und ich haben den langen Weg über nichts gesagt, nicht ein Wort ist uns eingefallen, das die Stille hätte zertrennen können, was hätten wir auch sagen sollen? Lori hat ihre Zitterhände geknetet, ich habe meine Haarsträhnen gedreht, und Simon ist gefahren, vorbei an allen Wildwechselschildern, an allen springenden Hirschen und Rehen. Nur der Scheibenwischer hat zwischen Rottweil und Frankfurt unser Schweigen zerschnitten, der prasselnd rauschende Regen, der träge Motor, die dröhnenden Laster und vorbeijagenden Autos. Beim Aussteigen hat Lori gesagt, sie müsste tot sein, nicht Claus, als könnte man das gegenrechnen, als hätte sie letztes Jahr im Frühling sterben müssen, damit Claus weiterleben könnte.

Dass Kathrin ausgerechnet das Moosbach gemietet hat, habe ich schwer ausgehalten, Johanna. Dort hat Claus noch gelebt, dort hat er geatmet, geredet, getrunken, gegessen, gelacht, dort hat er sich von den anderen verabschiedet, ist aufgestanden und hinaus in die Regennacht gefahren. Aber Kathrin ließ es sich nicht ausreden, es musste das Moosbach sein, so wie es in der Trauerhalle die Goldberg-Variationen sein mussten, die g-Moll-Variationen, mit Seufzer und Klage, und wer sind wir, ihr das auszureden? Als wir zum Moosbach gingen, dachte ich, Goethe hat den Trauerzug seiner Frau umleiten lassen, damit er ihn nicht sehen musste. Zu sterben hat er ihr nicht erlaubt. Natürlich weißt Du das, aber ich schreibe es dennoch. Der Gedanke kam mir gar nicht mehr verrückt vor.

Auf dem Rückweg habe ich diesen einen Gedanken gedacht, unter vielen anderen schwerfällig kreisenden Gedanken auch diesen, dass wir Trauerfeiern nie fotografieren, dass alles und jedes auf dieser Welt von uns fotografiert wird, aber keine Trauerfeier, die lassen wir aus, weil sich die Bilder auch so einbrennen.

Márti

7. SEPTEMBER 2011 – 06:17

Liebste Márta,

der Regen hat seit Claus' Beerdigung keine Pause eingelegt. *Regen, Regen, immer Regen! Will nicht das Geplätscher enden, daß ich aus dem Sarge brechen kann, aus diesen Bretterwänden?* Er will den schwarzen Wald wegschwemmen. Berg und Tal. Das Moosbach. Die Wege zum Geheimen Garten. Nur zu, nur Mut, bitte schön! Weg mit allem. Weg damit.

Die ganze Zeit möchte ich schreien, Márti. Aber ich schreie nicht. Stattdessen gehe ich jeden Tag und schaue nach Colin. Lege Möhren und Salat in seinen Stall, streiche über sein weißes Fell. Beneide ihn ein bisschen. Schiebe den Perlenvorhang zur Küche beiseite, öffne den Schrank und stelle zwei Tassen auf den Tisch. Weil ich denke, Kathrin könnte kommen und einen Tee trinken wollen. Aber sie kommt nicht. Seit Tagen bleibt der Geheime Garten zu. In dem weiter Sommer ist. Ungeachtet, unberührt höchster Sommer aus Levkojen und Gladiolen. An der Tür hängt ein Schild, wegen Trauer geschlossen. Kathrin hätte es nicht anbringen müssen. Jeder weiß, was geschehen ist. Jeder hat davon gehört. Mittlerweile scheint auch jeder zu wissen, dass es nicht nur Starkregen und ein plötzlich in den Lichtkegel springendes Reh waren. Claus ist nach vier Bieren oder mehr losgefahren. Alle drei Männer haben es zugelassen. Markus ist einer davon. Den Claus ja nicht verbannt hat. Sondern noch zum Biertrinken im Moosbach trifft. Ich möchte schreien, Márti. Wenn ich Kathrin mit den Kindern sehe, möchte ich die drei Männer packen, an ihnen rütteln und zerren, sie ohrfeigen und anbrüllen. Ihr habt Claus auf dem Gewissen! Ihr habt ihn getötet! Ihr seid seine Mörder! Mörder seid ihr!

Aber ich schreie nicht. Ich nehme mich zusammen und bleibe still. Ich vergesse das schwarze Meer nicht. Aus schwarzen Schirmen, Mänteln und Schuhen. Unter dem nicht nachlassenden, unerbittlichen Schwarzwaldregen. Der an diesem Tag wenigstens hätte ruhen können. Hätte er doch. Uns zuliebe. Die dunklen Schirme über den nassgeregneten Schultern und mittendrin Kathrins Gesicht. Als sei es gar nicht Kathrin, sondern eine andere. Jemand, der nur aussieht wie Kathrin. Ähnlichkeit hat mit ihr. Damit wache ich am Morgen auf. Damit schlafe ich am Abend ein. Nein, ich schlafe gar nicht ein. Ich liege wach und sehe Kathrins Gesicht.

Jo

9. SEPTEMBER 2011 – 23:51

Liebe Jo,

wir werden Kathrins Gesicht nicht aus unseren Träumen verbannen, Du nicht, ich nicht, wir werden es nicht vergessen, auch die Gesichter der Eltern nicht, der Brüder, Geige, Flöte, Oboe, nicht ihr Spiel in der Trauerhalle, später zum Abschluss im Moosbach, bevor alle aufgebrochen sind, obwohl keiner aufbrechen wollte, *My funny Valentine, stay, little Valentine, stay.* Auch die Gesichter der Kinder an diesem Tag werden wir nicht vergessen, Johanna, auch nicht, dass Hochzeit und Beerdigung so schnell hintereinander kamen, dass so wenig Zeit dazwischen war, Anfang und Ende in nur zwei Jahren.

Ich komme zurück aus Madrid, mein Leben geht weiter, und ich schäme mich dafür, aber leben und atmen muss ich doch, Johanna, also vergib mir, verzeih mir das. Ich bin in ein Flugzeug gestiegen, nach Madrid geflogen und heute Abend zurückgekehrt, nach zwei Tagen peinlicher Veranstaltungen fast ohne Publikum, lauter Gehsteige der Entmutigung, neue Übungen in Demut, wie ich sie von jeher gut kenne, aber es war mir gleich, musste es mir sein, dem Regen immerhin bin ich entkommen, seiner unfreundlichen grauen Farbe, seinem unaufhörlichen, nicht verstummenden Todesflüstern. Nach der ersten Nacht

520

habe ich bis Mittag geschlafen, als müsste ich Jahre des Schlafens nachholen und könnte jetzt anfangen, den Rest des Tages bin ich mit rasenden Kopfschmerzen an den achtspurigen Straßen im Zentrum entlanggelaufen, *schrie mein Herz an die östlich fahrenden Autos und schrie mein Herz an die westlich fahrenden Autos*, mitten durch den Lärm, den Trubel, den Verkehr, mitten durch die Septemberglut der Stadt, bis zum Abend, bis zu meiner letzten Lesung, zu dritt auf einem Podium, ein Videokünstler, ein Lyriker und ich mit meinen *groben Fährten*.

Als ich zurückkam, das Tor aufstieß und meine Kinder sah, bis zum Scheitel, bis in die Fingerspitzen gefüllt mit Leben, Blut und Pulsschlag, meine Söhne mit ihren Lockenköpfen, zweimal so kräftig wie ihre elfenhafte Pusteblumeschwester, als sie mit großen Augen hinter Simon durchs Gebüsch pirschten und sich brüllend auf mich warfen, musste ich weinen und mich schütteln, nicht wegen der Kinder, nein, wegen Claus, immer nur wegen Claus, als hätte ich in Madrid nicht genug um ihn geweint, auf meinem schäbigen Zimmer, umtost vom Stadtverkehr, an den Straßen, auf den Plätzen, den wenigen schattigen Wegen im Retiropark. Mia hat mich angesehen, als sei ich durchgedreht, verrückt geworden, sie ist nicht von meiner Seite gewichen, den ganzen Abend nicht, hat ihren Arm um mich gelegt, den Blick nicht von mir abgewendet, als müsse sie auf mich aufpassen, als müsse sie mich beschützen – ich aber dachte, ja, ich habe sie, sie gehören zu mir, es sind meine, diese schönsten, herrlichsten Kinder der Welt sind meine, und sie leben.

Márta

12. SEPTEMBER 2011 – 06:29

Liebe Márti,

Kathrin ringt und versucht, das Atmen nicht zu vergessen. Die Brust zu heben und zu senken. Am Morgen aufzustehen und bis zum Abend nicht aufzugeben. So lange durchzuhalten, bis die Kinder im Bett sind. Bis sie sich in ihre unruhig wüsten Träume drehen. Deren Bilder ich mir gar nicht ausmalen will. Ich kann Kathrin ansehen, wie sie ringt und sucht. Jeden Abend kann ich es sehen. Wenn ich mit ihr die Kinder ins Bett bringe. Wenn ich lese. Erzähle. Singe. Ja, ich singe. *Halte mich geborgen fest in deiner starken Hand und segne mich.* Warum ausgerechnet das? Ich kann es nicht sagen. Aber ich singe und reiße mich zusammen, Márti, wie ich mich noch nie zusammengerissen habe. Nein, nie. Wie ich es schaffe, bleibt eines der ungelösten Rätsel unserer Zeit. Unseres Lebens. Aber es gelingt mir. Noch gelingt es mir.

Nach Tagen der Stille hat Kathrin den Geheimen Garten wieder geöffnet. Hund Xaver hat seinen Korb wieder bezogen. Ich gehe an den Nachmittagen, sooft ich kann. Fege die Böden, setze Teewasser auf und möchte bei allem nur schreien, Márti. Wenn das Glöckchen an der Tür klingelt, möchte ich mich abwenden und schreien. Wenn jemand den Laden betritt, sein Beileid ausspricht, möchte ich mich wegdrehen und schreien. Wenn jemand Geld aus seiner Börse holt und auf die Theke legt, möchte ich schreien. Aber ich schreie nicht. Kathrin zuliebe schreie ich nicht, weine ich nicht. Auf den Geheimen Garten hat sich ein schwarzes Tuch gelegt. Mich darf es nicht berühren. Darunter läuft Kathrin, wie Kathrin immer gelaufen ist. Sie zupft die welken Blätter ab, wie Kathrin welke Blätter abgezupft hat. Sie bindet Sträuße, wie Kathrin Sträuße gebunden hat. Zuletzt haben wir dort den Kranz fürs Grab gebunden. Die Gestecke fürs Moosbach. Der Draht, die weißen Bänder und Scheren lagen noch da. *Todte Lieb, todte Lust, todte Zeit, all die Schätze, im Schutt verwühlt.* Unter der Schürze trägt Kathrin Schwarz. Von Kopf bis Fuß trägt sie Schwarz. Turnschuhe. Strümpfe. Kleid. Bluse. Sie sagt, es nütze nichts, den Laden nicht zu öffnen. Sie muss es tun, auch wenn sie kein freundliches Gesicht aufsetzen kann. Mit etwas muss sie ihre Stunden, ihren Tag schließlich füllen. Solange die Kinder nicht da sind und durchs Haus lärmen. Ja, sie lärmen. Auch jetzt lärmen sie. Gießen Leben in alle *anderen Zimmer*. Über die Treppen. Den Hof. Den Pfad zum Bach. Also hat Kathrin den Laden wieder geöffnet und bindet Sträuße. Schöner denn je. Aus Herbstzeitlosen, Sonnenblumen und Anemonen. Auch so ein Rätsel, Márti. Warum schöner denn je? Dein Buch liegt übrigens neben der Kasse, ein ganzer Stapel. Mit bröckelnder Mauer, Bett und Spitzendecke. Also bist Du immer bei uns.

Ein Bild von der Beerdigung geht mir nicht aus dem Sinn. Setzt sich zur Nacht an mein Spätsommerfenster. Wenn ich die Augen am Morgen aufschlage, ist es noch da. Dir will ich es schreiben. Kathrin habe ich nichts davon gesagt. Seit diesem Tag ist zwischen uns das Wort Beerdigung nicht mehr gefallen. Claus ja. Der Name fällt oft. Der Name fällt ständig. Darüber liegt kein Tabu, nein. Aber über der Beerdigung. Über dem Unfall. Dem Regen. Dem Reh, diesem dummen, blöden, todbringenden Reh. Vor der Trauerhalle wollte Markus mich umarmen, und ich habe mich weggedreht. In meinem schwarzen Mantel, unter meinem schwarzen Schirm habe ich mich einfach weggedreht, Márti. Meine lächerliche Rache für unsere Begegnung in Freiburg. Bei der mir nichts Gescheites eingefallen war. Bei der ich zu doof war, etwas Gescheites zu sagen. Etwas wie *Adieu und viel Glück*. Meine Art zu sagen, du bist schuld. Du hast Claus so gehenlassen. Du hast ihn umgebracht.

Johanna

15. SEPTEMBER 2011 – 10 : 53

Liebste Jo,

bin gestern müde und kalt zurückgekehrt, nachdem ich jeden Tag im Zug gesessen hatte, von Nord nach Süd, zurück von Süd nach Nord, zwei Lesungen aus dem *Anderen Zimmer*, Du hörst richtig, es stimmt, eine davon mit Anikó in Stuttgart, die in ihrer Klinik zur Chefärztin gekürt wurde, ja, auch so kann ein Leben aussehen, Johanna, nicht nur zerpflügt und zerfurcht wie meines, sondern, zackpeng!, geradlinig ohne Umwege zum Ziel. Lori hat mich begleitet und das Hotelzimmer mit mir geteilt, neben Anikó hat sie in der ersten Reihe gesessen und sehr treu und aufmunternd geschaut, unsere Grüße und Küsse haben wir vom einfahrenden, abfahrenden Zug Richtung schwarzer Wald geschickt, in Deiner Herzgegend musst Du es gespürt haben, während Du Geradenochsommersträuße gebunden oder Kathrins Kinder mit Deinem lyrischen Sopran in den Schlaf gesungen hast. Lori stieg in Frankfurt aus, und ich fuhr weiter zu meiner Poesiewerkstatt in der Nähe von Göttingen, ein vergessener Winkel Niedersachsens, zwischen Pferdekoppel und Friedhof, ausgerechnet Friedhof, der sich frech ungebeten in mein Blickfeld drängte, als hätte ich nicht genug Friedhof gehabt, als sei das nicht genug Friedhof gewesen für mich, als wäre ich nach den letzten Wochen nicht vollständig friedhofssatt und friedhofsmüde. Immerzu war mein Kopf bei Claus und versank in Claussehnsucht, auch wenn ich an einem Tisch gesessen und darüber gesprochen habe, wie ein Gedicht zu klingen hat und wie besser nicht, wie ein Sprachbild entworfen wird und wie eigentlich überhaupt nicht, und es kam mir mehr als verrückt vor, als könnte ich weiter über so etwas reden, als hätten wir nicht gerade auf einem Friedhof gestanden und Claus begraben.

Ich trage ein Zuggefühl in mir, einen Zuggeruch in meiner Kleidung, in meinem Haar, eine innere Unruhe aus fahrigen Gesprächen, fremden Zimmern und zu vielen unterdrückten Claustränen, die hätten weggeweint werden sollen. In Köln hatte ich meine erste Lesung aus meinem *Zimmer*, zwölf Leute saßen da, ständig fuhr oder bremste ein Bus vor dem großen Fenster hinter meinem Rücken, und nach zwanzig Minuten ging das Füßescharren und Stühlerücken los, aber ich war dankbar, Johanna, ein winziger, kaum greifbarer Glücksmoment in diesen Schmerzwochen. Am Hauptbahnhof habe ich ein Stück Pizza gekauft und fand, es schmeckte großartig. Trotzdem kroch über dem Dom Angst aus meinem Nachthimmel, nicht nur wegen Kathrin, unter Tauben und zaghaften Regentropfen unübersehbare, unüberhörbare Angst, die seither in mir wuchert, die Angst vor dem nächsten Buch, die Angst, in mir könnte nichts mehr sein, nichts mehr wachsen, was erzählt werden will, mein altbekanntes Auf und Ab ist zurück, auch jetzt will es mich nicht lassen, trotz allem, was geschehen ist, will es mich nicht lassen. Mein Kopf denkt weiter, Johanna, er hat sich wieder in Bewegung gesetzt, er hört nicht auf, an die nächstliegenden Dinge zu denken, auch Mias Schule gräbt neue Furchen in meinen alten Kopf, warum dort autogenes Training angeboten wird, uns hat es damals gereicht, über die Emmerich-Josef-Straße zu springen und unterhalb der Altstadt unsere nackten Füße in die Nidda zu tauchen, hinter uns Barock und Fachwerk als Grüße aus dem Gestern, vor uns Strommasten, Schlote und ihr ätzender Qualm, der Müll des zwanzigsten Jahrhunderts.

Lass mich Dir diese unbedeutenden Dinge schreiben, bitte, damit nicht alles Tod und Trauer atmet, damit unser schwarzes Tuch sich nicht auf alles senkt, sondern etwas Leben, etwas dummes, kleines, alltägliches Leben übrig bleibt. Wie heute Morgen, als ich nach zu wenig Schlaf zum Markt bin, um von meinem ersten *Zimmer*-Geld Maishühnchenschenkel zu kaufen, dazu Rosmarin, Weißwein, Knoblauch, Zitrone. Zu Hause habe ich die Taschen ausgeräumt und gemerkt, ich habe sie liegen lassen, fünf Schenkel teures Maishühnchen an der Konstablerwache verwaist liegen lassen. Nein, ich werde nicht in die Stadt fahren, um alle Stände abzuklappern und nach einer Tüte mit Hühnchenschenkeln zu fragen, man muss mit Größe und Eleganz verlieren, muss man doch, oder?

Márta

16. SEPTEMBER 2011 – 17:09

Liebe Márta,

Bio-Kurt hat zwei Fotos in mein Fach gelegt. Du weißt, er kann die Pflanzen nicht pflücken. Nur fotografieren. Nickendes Leimkraut, das jetzt an den Waldrändern blüht. Den wissenschaftlichen Namen hat er dazugeschrieben. Silene nutans. Auf dem anderen Foto Polypodium vulgare. Engelsüß – Kurt wird glauben, der Name könne mich trösten. Die Wolken bewegen sich so schnell, dass mir bange wird. Ich traue ihnen nicht. Ein scharfer Wind drängt sie über Tannenwipfel an die Berghänge. Spatzen jagen durch meinen Garten. Zugvögel ziehen ohne Rast über mein spitzes Dach in den Süden. Es ist *vogellaut*. Dein Wort.

Gestern rief ich bei Kathrin an, weil ich sie nicht im Laden gesehen hatte. Die Kinder sagten, sie habe noch einmal weggewollt. Es regnete in Strömen. Ich sah Kathrin ziellos durch den Regen laufen. In ihrem Lieferwagen durch die Kurven rasen. Durch die Tannwaldkurve. Mit einem Leben ohne Claus und allem, was sich daraus ergeben wird. Oder eben nicht mehr, nie mehr ergeben wird. Kurz vor Mitternacht rief sie an. Sie hatte den Abend auf dem Friedhof verbracht. Auf einer Bank am frischen Grab. Unter ihrem Regenschirm.

Wieder verschiebe ich das Schlafen auf später. Es gelingt mir nicht, ins Bett zu gehen. Die Augen zu schließen und einzuschlafen. Claus hält mich ab davon. Obwohl alles in mir matt und müde ist. Es sich ständig anfühlt, als müsste ich sofort einschlafen. Aber ich schlafe nicht ein. Alles in mir bleibt stumm,

Márti. Vom Scheitel bis zu den Fußspitzen bleibt alles in mir matt und stumm. *Mond und Licht ist vor Schmerzen untergegangen.* Ich rede, ich lebe, ich arbeite. Aber alles in mir ist matt und stumm. Ich ziehe mich am Morgen an, und alles in mir ist matt und stumm. Ich fahre mit dem Rad den Hügel hinab, ich öffne das Klassenzimmer, und alles in mir bleibt matt und stumm. Ich wechsle im Geheimen Garten das Wasser in den Vasen, ich schneide Blumenstiele mit dem scharfen Messer, und alles, alles in mir ist matt und stumm. Ich gehe durch den schwarzen Wald, und alles in mir ist matt und stumm.

Jo

17. SEPTEMBER 2011 – 16:38

Liebste Jo,

während Mia und Franz am großen Tisch sitzen und Hausaufgaben machen, still in ihre Hefte schreiben und an den Fingernägeln knabbern, schäle ich Äpfel für sie, putze die Küche, öffne die Schränke und wische sie aus, mir fällt nicht ein, was ich sonst mit mir machen könnte, also haben wir eine blitzsaubere Küche gerade – ohne Mäuse oder Ameisen. Ich schreibe Dir diese lächerlichen Dinge, ich schreibe sie für Dich auf, damit Du siehst, das Leben geht weiter, wir putzen, kauen Fingernägel und schreiben, wenn auch in winzigen, kaum merklichen, kaum sichtbaren Schritten, geht unser Leben weiter, es macht keine Pause, nein, es bleibt nicht stehen, setzt sich nicht hin und träumt auch keinen Traum. *Schönes und Trübes verteilt sich auf die dahinfliegenden Tage.* Die leise lärmenden, unaufgeregten Dinge geschehen weiter, nur deshalb schreibe ich Dir, damit Du siehst, wir hören nicht auf zu leben, nein, trotz allem leben wir weiter, auch wenn es sich anders anfühlt, auch wenn es sich anfühlt, als sei das Leben dem Leben entwichen und habe uns nur seine Hülle gelassen.

Das ist also der große Sommer 2011, Johanna, ich schäme mich, dass ich so habe denken können, dabei müsste ich es doch gar nicht, vielleicht hat Claus mich deshalb heute Nacht aus dem Schlaf geholt, um das für mich zurechtzurücken. Er hat an meine Stirn geklopft, mein Haar zurückgestrichen, meine Decke beiseitegeschlagen, mit seinen Klarinette spielenden, Brücken bauenden, Holz schleifenden Händen, ich habe die Augen geöffnet, bin ihm auf nackten Füßen über die knarrenden Dielen durch die Gänge unserer Wohnung gefolgt, über die Teppiche, vorbei an der großen Tür, den Mänteln an der Garderobe, habe mich an meinen dunklen Schreibtisch gesetzt, das Leselicht angeknipst und geschrieben. Claus hat es mir diktiert.

Márta

22. SEPTEMBER 2011 – 06:38

Liebe Márta,

vor Tagen ist ein kleiner Vogel ins Haus geflogen, als ich am Morgen die Tür geöffnet habe. Er hat den Weg hinaus nicht gefunden. Ist gegen mein Küchenfenster geknallt und hinter Wasserkästen verschwunden. Heftig zitternd. Wie blind mit seinen dunklen Augen. Er sah aus, als versuchte er sich tot zu stellen. Als könnte er dann ungesehen bleiben. Unentdeckt. Ich habe ihn vorsichtig mit einem Kissen hinausgeschleust. Ihm hinterhergeschaut, als er in den Baumkronen verschwunden ist. Habe mein Rad geschnappt und bin zum Geheimen Garten hinabgejagt. Ohne Frühstück, ohne Dusche. Habe mit den Fäusten gegen die Tür geschlagen, bis Kathrin mit Hund Xaver aus der Küche kam und mir geöffnet hat. Ich war so froh, sie zu sehen, Márta. Ich war noch nie so froh, sie zu sehen!

Es liegt nicht an Kathrin, dass ich solche Ängste habe. Kathrin schürt sie nicht, nein. Es liegt an diesem Leben, dem ich Vorwürfe mache, es liegt an Gott. Ich bin wütend, Márta. Gott und

528

diese Wut – es geht nicht zusammen. Ich glaube, Kathrin hat aufgehört, Gott für zuständig zu halten. Als die Polizei vor ihrer Tür stand, wird sie aufgehört haben. Ich habe nicht gefragt. Überhaupt frage ich wenig. Weil jetzt alles an Kathrins Garten geheim ist. Ich keinen Zugang finde. Alle Fährten hat Kathrin verwischt. *Alles ist weiß geworden mitten im August nein schwarz.* Der Südkurier liegt noch auf einem Stuhl. Hinter Blütenresten und Stielenden. Auf der ersten Seite die Meldung, tödlicher Autounfall auf der B462: In der Nacht zum 23. August ereignete sich zwischen Rottweil und Schramberg ein Wildunfall, bei dem der Fahrer eines Volvo 240 Kombi tödlich verletzt wurde.

Jetzt träume ich, mein Haus sei voller Vögel. Nach dem Aufstehen steige ich über die Treppe nach unten, überall flattert, zwitschert, singt und fiept es. Vielleicht zeigt sich mir Gott in diesen Vögeln? Oder Claus? Ist es Claus?

Johanna

23. SEPTEMBER 2011 – 22:57

Liebste, beste Jo,

nach kaum zwei Monaten neuer Schule liegt mein Kind weinend auf dem Bett, ich habe auch geweint, aber nicht vor Mia, das zeitverzögerte Weinen beherrsche ich ja, also habe ich es später getan, allein, hinter verschlossenen Türen, darüber, dass dieser Mist wieder losgeht, ich noch einmal in der Schulbank sitze und noch einmal von meinem Idiotenlehrer vorgeführt werde. Vor der Klasse sagte er zu Mia, das wird wohl nichts mit dir und dieser Schule, weil sie keinen Maßstab berechnen und das Weserbergland nicht einzeichnen konnte, ja, als brauchten wir genau das als Rüstzeug fürs Leben, schwachsinnige Maßstäbe ausrechnen und ein blödes Bergland einzeichnen! Mittags kam sie mit finsterblasser Elfenmiene nach Hause, und als ich sie antippte, brach es aus ihr heraus, da lagen wir auf dem großen Bett, ihre Tränen

529

flossen, meine hielt ich zurück, ich strich über ihr langes Hexen-
haar, in das der umbrische Sommer Leuchtstreifen gestreut hat,
Leuchtsegel ins Haar, und bedauerte mein Miamädchen, das unter die Räder dieser Irren gerät, ja, sogar das ist tränentreibend,
liebste Jo, auch wenn es uns jetzt lächerlich vorkommen müsste,
aber selbst dieser Alltag treibt meine Tränen, als hätte ich nicht
genug geweint in letzter Zeit, als würde das nicht für Jahre und
Jahrzehnte reichen, also zünde eine Handgranate und wirf sie
für uns in die Lehrerkonferenz an Mias Schule, tu es für Deine
alte, treue Márta und Dein Patenkind Mia-Molke.
Gute Nacht, du schlechte Welt.
Márta

24. SEPTEMBER 2011 – 11 : 34
Liebe Márti,
dass der Sommer so heftig drängend zurückkehrt – wozu dieser
Überfall aus Gewittern, Sonne und Hitze? Schreibe Dir aus dem
Marbacher Glashaus. Obwohl ich nicht einen klaren Droste-
Gedanken denken kann. Nichts mit den Büchern, die vor mir
liegen, anzufangen weiß. Mit all den Sätzen darin. Wozu wurden sie aufgeschrieben? Aber ich musste Kathrin und dem Geheimen Garten entkommen. Es klingt hinterhältig treulos, ich
weiß. Nur Dir offenbare ich das. Jetzt geht es mir besser. Ich
kann atmen. Etwas besser atmen. Heute Morgen habe ich auf
dem Hügel gesessen und einem zaghaften Wind beim Säuseln
zugehört. Nach der plötzlichen Hitze ist es über Nacht etwas ab-
gekühlt. *Die Luft hat schlafen sich gelegt.* Männer haben Boule
gespielt. Kinder sind ins Wasserbecken gestiegen und haben ihre
Puppen schwimmen lassen. Auf den Bänken haben zwei Frauen
geschrieben, gelesen, ins Tal geblickt. Im Rücken Schillers, der
über seine Stadt wacht. Auf sein Geburtshaus schaut, das sich
an eine steile Gasse schmiegt. An dem man glatt vorbeigehen

würde, wäre da nicht ein großes Schild. Geburtshaus Friedrich Schiller.

Gestern Abend bin ich durch Marbach gelaufen. Wie aufgescheucht. Ziellos, ruhelos. Vorbei an *runzligen Häusern*. Ihren üppig überlaufenden Gärten. Wie Süden. Eine Mischung aus Mottenkugeln, streunenden Katzen und Obstbäumen, die ihre letzten Früchte abwerfen. Morsches Holz in jedem Winkel, welkende Rosenstöcke. Die sich nach Herbst ausstrecken. Über mir das Gurren der Tauben. *Taubenschatten*. Dein Wort. Flatternde Taubenschatten. Anders, ganz anders als im schwarzen Wald. Aber auch hier riecht alles nach Tod, Márta. Nach schwarzer Trauerfarbe. Wie riecht die?, wirst Du fragen. Ich weiß, wie sie riecht, erkenne sie sofort. Später auf meiner kleinen Terrasse hat mich eine riesige Kastanie frech angeschaut. Mit ihrer holzstarren Pupille vorwurfsvoll ins Bett geschickt. Zu viel Claus in diesem Blick. Zu viel Kathrin. Irgendwann kamen Gewitter über Marbach und haben mich geweckt. Taghell war es in meinem Zimmer. Blitze liefen *wie Schlangen um die Gipfel der Bäume*. Der Regen stürzte *wie ein Bach vom Dache*. Ich war bei weit geöffnetem Fenster über der Droste eingeschlafen.

Konrad hat gefragt, was mit mir sei. Gestern auf dem Hügel. Als ich mich verabschieden wollte. Kurz bevor der Himmel nachgab und es zu regnen begann. Wir hätten uns doch so schön durchs Archiv geschlichen. Uns über Wachsbossierungen und Handschriften gebeugt. So hübsch unter einem Baum an der Regiswindiskirche gesessen. Ob mir das vielleicht zu hübsch gewesen sei? Da habe ich angefangen zu weinen. Die Arme um seinen Hals geschlungen und geweint. Sein weißes Hemd nassgeweint, Márti. Das Hemd eines Mannes, den ich kaum kenne. Dem ich nach Marbach und Lauffen gefolgt bin. Den ich aber gar nicht kenne. Mein dreitägiges Wunder Konrad. Mein Sekundentraum. Vielleicht habe ich darüber geweint, wie verrückt, wie

531

unerbittlich rücksichtslos das Leben mit uns umgeht. Weil mir gerade jetzt Konrad dazwischenkommen will und ich mich dafür schäme. Ich habe gesagt, ein Freund ist gestorben. Ich kann mich nicht verlieben.

Johanna

25. SEPTEMBER 2011 – 19 : 42

Liebste Jo,

heiß und feucht ist es, ein Film aus Dunst und Stadtstaub klebt auf unserer Haut, als hätten sie in allen Gärten die Rasensprenger zur selben Zeit angeworfen. Simon ist mit Lori zur Uniklinik gefahren, es geht ihr nicht gut, wegen der zurückgekehrten Hitze, die gerade die Stadt verschluckt und die Lori nicht bekommt, sie atmet schwer, ihre Zitterhand zittert stärker, also hat Simon keine Widerrede zugelassen und sie in den Wagen gepackt. Seit ihrem Krankenhauswinter haben wir Angst um Lori, wenn sie die Augen schließt, wenn sie nicht sofort auf eine Frage antwortet, wenn ihr Telefon ins Leere klingelt, wenn sie zwei Minuten später kommt als vereinbart, Angst, Angst, Angst, Johanna, immer nur Angst.

Gestern fragte mich jemand in einer Theaterkantinenrunde, zu der mich Simon nach der abgebrochenen Probe zur Orestie bestellt hatte, wie meine Kinder seien, wie Franz denn sei, aber mir ist nichts eingefallen, nicht ein Satz ist mir eingefallen, den ich über Franz hätte sagen können, und ich wusste nicht, ist es, weil ich ihn unmöglich in zwei Sätze fassen kann oder weil ich gar nichts weiß über ihn? Vielleicht habe ich vergessen, wie meine Kinder sind, wer sie sind und warum sie sind, in meinem Márta-Horváth-Taumel der letzten Jahre alle drei Kinder vergessen, erst Mia, dann Franz, dann Henri, puff, puff, puff, darüber bin ich so erschrocken, Johanna, dass es mich nachts in einen bösen, von garstigen Dämonen besiedelten Traum getrieben hat, den

ich Dir nicht aufschreiben will. Nur deshalb habe ich diesen ver-
rücktheißen Septembertag mit allen Kindern dämmernd-dö-
send hinter dem Haus im Hofschatten verbracht, Klappstühle
aufgestellt und tausend Bilderbücher durchgesehen, nein, es ist
nicht übertrieben, auch wenn Du das vielleicht denken willst,
mindestens tausend Bücher waren es, allein Der Tigerprinz, Alle
Kinder und Das schönste Tal der Welt habe ich hundertmal
vorgelesen, nein, auch das ist nicht übertrieben, sicher waren es
hundertmal. Hundertmal haben sie sich krumm gelacht über
den regenscheuen Didi, sogar Mia, die schon zu groß dafür ist,
Henri hat ihn im Bild gesucht und sehr ernst mit seinen schmutzigen Fingern auf ihn gezeigt. Gleich werde ich sie ausgedehnt
lange ins Bett bringen, so wie Du Abend für Abend Kathrins
Kinder ausgedehnt lange ins Bett bringst, werde Fragen zu Blitz
und Donner beantworten, sie auf ihre verrutschten Scheitel
küssen und beten, dass die Nacht gut zu mir ist und mich von
lesenden, nicht von verschwundenen Kindern träumen lässt.
Franz sieht so großzügig aus, wenn er schläft, die Arme weit ausgebreitet, als wolle er jemanden einladen und umarmen, geht
das, kann man im Schlaf großzügig aussehen?
Deine Márti

28. SEPTEMBER 2011 – 06 : 11
Liebe Márta,
man kann im Schlaf unendlich großzügig aussehen, ja. Besonders Franz kann es. Ich dachte das auch schon, wenn er unter
meinem Dach auf seinem Matratzenlager schlief. Ich dachte,
dieses Kind mit den weit ausgebreiteten Armen, es sieht so
großzügig aus beim Schlafen. Und wenn er wach wurde und ich
Franz so von der Seite anschaute, dachte ich, das bist doch Du.
Du bist das, Márta Horváth. Als kleiner Junge.
Dies hier habe ich Dir schon gestern geschrieben. Aber nicht

abgeschickt. Weil es mindestens über Nacht ruhen sollte. Ich mindestens eine Nacht brauche, um mit Dir darüber sprechen zu können. Um meine inneren Bilder zu ordnen. Meine Unruhe zu stutzen. Ihre Ränder wegzuhauchen. Deshalb konnte ich es nicht schon gestern schicken. Es sollte nicht schon zwei Sekunden später bei Dir sein. Ich kann es auch nicht am Telefon sagen. Ich kann es überhaupt nicht sagen. Nur schreiben.

Kathrin ist schwanger. Samstag kurz nach Ladenschluss hat sie es mir gesagt. In der grünen Küche, die Claus vor mehr als zwei Jahren an einem Sonntagmorgen gestrichen hatte. Bevor Kathrin den Laden eröffnete. Den ganzen Tag war sie komisch gewesen. Anders komisch als sonst in den letzten Wochen. Als ich die Tür abgeschlossen habe, hat sie sich in den Korbstuhl mit der hohen Lehne gesetzt. Die Füße auf den Hocker gelegt und es gesagt. Mit diesen drei Wörtern: Ich bin schwanger. Nichts davor und nichts danach. Sie ist seltsam ungerührt gewesen, als dürfe sie keine Regung zulassen. Als sei jede Regung verboten. Ich habe gesagt, es ist deine Entscheidung, Kathrin. Du hast es zu entscheiden. Wenn du es haben wirst, helfe ich dir. Wenn nicht, helfe ich dir auch. Das sagte ich, obwohl mein Blick und der Klang meiner Sätze etwas völlig anderes gesagt haben. Kathrin ist es vielleicht nicht aufgefallen. Aber sie haben gesagt, behalte es, behalte es, behalte es. Dreimal hintereinander. Behalte es, behalte es, behalte es.

Márti, es fiel mir so schwer, mit Kathrin zu sprechen. Weil mein erster Impuls war, sie zu umarmen. Zu lachen. Freudentränen auszugießen. Die Trauertränen abzulösen. Sie zurückzudrängen. Die wenigen Schritte zu den Vasen zu gehen und ein Sträußchen zu binden. In Weiß, damit alles offen und möglich ist. Mich für sie zu freuen, zu freuen, zu freuen. Aber Kathrin kann sich nicht freuen. Sie kann sich unmöglich freuen, Márti. Und wie könnte ich das verlangen von ihr? Sich zu freuen?

Johanna

28. SEPTEMBER 2011 – 13:27

Liebe Jo,

ich bin glücklich und muss es nicht verstecken, ich darf Dir sagen und zeigen, wie glücklich ich bin. Ich will Dich beruhigen, bitte beruhige Dich, Du musst Dich nicht ängstigen, nein, musst Du nicht, nicht darum, nicht deshalb, Kathrin wird auch dieses Kind haben und lieben, wie sie ihre anderen Kinder hat und liebt, die auf die Welt kamen, als Claus noch lebte, ihre Nabelschnur zerschnitt und sie in den Armen hielt, gut, die Hamburger Sturzgeburt zwischen Markt- und Mathildenstraße jetzt nicht mitgedacht. Ich verspreche Dir, Du kannst Dich in dieser Sache auf mich verlassen, Kathrin wird an seinem Bett sitzen und seine Decke zurechtziehen, wenn sie verrutscht ist, vielleicht wird sie es öfter trösten, öfter nach ihm sehen und auf es achtgeben wollen, zwei Sekunden früher nach ihm rufen, wenn es Richtung Bach läuft, vielleicht trägt es im Winter eine dickere Jacke als die anderen, und wenn es krank ist, bleibt es lieber noch einen Tag zu Hause, um Gewissheit zu haben, es ist wirklich wieder bei Kräften.

Das wäre meine Vermutung, Johanna, so mache ich die Rechnung in meinem Kopf, so stelle ich meine Gleichung auf mit vielen Bekannten und nur einer Unbekannten, so zähle ich und komme zu meinem Ergebnis, Du wirst sehen, eines Tages in einer blauen Zukunft, die gerade kaum vorstellbar ist, wirst Du sehen, ich werde fehlerfrei gerechnet haben, Futur zwei, Deine alte treue Márta wird fehlerfrei gerechnet haben.

Es liebt Dich,

Márta

29. SEPTEMBER 2011 – 06:23

Liebe Márti,

der Sommer stirbt, Regen fährt übers Dach. *Es wird früher Nacht als gewöhnlich, weil so schwarze Wolken herumziehen.* Ein Kauz hat bis zum Morgen mit mir geredet. Ein Totenvogel. Ein Todesbote. Auf seinen Ruf, komm-mit, komm-mit wusste ich nichts zu sagen. Nichts zu antworten. Ich hatte eine verrückte Angst, er könne Nachricht von Claus bringen. Claus schickt mir diesen Kauz, aber ich bin zu dumm, ihn zu verstehen. Ich habe *gehorcht die ganze Nacht auf das irre Gespenst im Tanne,* war aber zu dumm, diesen Kauz zu verstehen. Seine Laute in meine Sprache zu übersetzen. Zwischen meinen Kissen musste ich denken, die Droste hat mit den Toten weitergelebt. Die Menschen starben ihr weg. Aber im Gras, im *Gräserhauch* fühlte sie sich ihnen nah. Obwohl es vielleicht erst die Hälfte unseres Lebens ist, Márti, haben wir schon eine Reihe Toter in unseren *anderen Zimmern* versammelt. Unseren Trauerzimmern. Unseren mit schwarzer Farbe ausgemalten Trauerzimmern. Wir reden mit ihnen. Essen mit ihnen. Gehen mit ihnen schlafen. Verbringen die Nacht mit ihnen. Wachen mit ihnen auf. Mit meinen Eltern, Margot und Ulrich Messner. Mit Deiner Nora. Mit Simons Mutter, Simons Vater. Mit Markus' Vater. Mit Claus. Als seien sie noch da, als könnten wir sie gerade nur nicht treffen.

Kathrin macht mir Angst. Wie sehr sie die Zukunft in Gedanken vorwegnimmt, macht mir Angst. Immer nur Futur zwei. Alles ist immer schon geschehen. In der Zukunft schon vergangen. Ich weiß wenig Rat, Márta. Die Angst ist in jeden Winkel geschlüpft. In jeden Streifen geatmeter, verbrauchter Luft. Ich kann nicht mehr tun, als mit Kathrin im Geheimen Garten hinter dem Perlenvorhang in der Küche zu sitzen. Tassen abspülen, Gläser in die Schränke stellen. Preisschilder abnehmen, den Staub von den Vasen wischen. Den Hund anleinen und zum Wald hochgehen. Am Abend die Kinder zu Bett bringen. Am Morgen vorbeischauen, wenn ich den Weg ins Tal nehme. Ob alles in Ordnung ist. So wie es für den Augenblick in Ordnung sein kann. Ob alle leben. Sich niemand an einem Müslikorn verschluckt hat.

An einem Schnitz Birne. Mehr kann ich nicht für Kathrin tun, vielleicht reicht es.

Hier im schwarzen Wald gab es immer Frauen, die ohne Männer lebten. Ja, es ist dumm, trotzdem fällt es mir ein. Über dem Geheimen Garten wohnen zwei, die früher ihr Geschäft dort hatten. Lange bevor Kathrin mit ihren Blumen einzog, hatten sie dort einen Lebensmittelladen. Jahre bevor Kathrin anfing, aus Rosen und Rittersporn farbanbetende Sträuße zu binden, haben sie Mehl, Zucker und Brot verkauft. Ohne Männer. Die waren an einem Sommertag in den Berg gestiegen und nicht zurückgekehrt. Einer stürzte in eine Schlucht. Der andere wurde von einer Biene gestochen. Vor sechzig Jahren an einem Berghang. Ohne Hilfe, ohne Arzt und ohne Cortison. Den Lebensmittelladen führten die Frauen zusammen. Von etwas mussten sie und ihre Kinder schließlich leben.

Kathrin sagt, beim letzten Mal sei sie während der Schwangerschaft wie in Nebel gehüllt gewesen. Wie durch Nebel gelaufen. Nach der Geburt sei dieser Nebel erst von ihr gewichen. Habe sich aufgelöst. Jetzt sei es anders. Ich habe nicht gefragt, was das heißen mag. Für den Augenblick reicht mir, dass Kathrin dieses Kind haben wird. Über die andere Möglichkeit haben wir nicht mehr gesprochen. Wäre nicht alles unendlich traurig, *lichtverschlingend* traurig, könnte ich über dieses neue, frisch wachsende Kind vor Glück schreien. Ja, schreien.

Trotz des Regens, trotz der krachend untergehenden Welt vor meinen Fenstern setze ich mich gleich aufs Rad. Ich will durch den Wald. Selten wollte ich so durch den Wald wie heute.

Es liebt Dich,

Johanna

30. SEPTEMBER 2011 – 06:03

Liebe Jo,

neben Kathrin komme ich mir unendlich klein und dumm vor, winzig und idiotisch mit allem, was ich in meinem Kopf wälze und über die Jahre in ihm gewälzt habe. Ja, Du hast schon recht, da hast Du gestern etwas angesprochen, und nein, Geld haben wir keines mehr, nicht einmal in Aussicht, soweit ich das überblicke und überblicken will, meist will ich es lieber nicht überblicken. Aber ich klage nicht, es ist nicht mehr erlaubt, hüten werde ich mich, neben Kathrin muss ich über allem verstummen.

Lass mich Dir weiter von den kleinen dummen Dingen schreiben, aus denen sich mein Leben zusammensetzt, über weite, sehr weite Strecken ist es aus nichts anderem geschustert, auch wenn es gerade jetzt gar nicht so klein und dumm scheint, weil sich etwas dreht und verschiebt, seit mein Holden Caulfield in die Welt gegangen ist, neben meiner Hekabe vom Rózsadomb, wie Du sie nennst, ich sitze in Interviews und wundere mich, Johanna, dass man mir Fragen stellt, vielleicht weiß ich deshalb oft nicht, was antworten, die einfachsten Dinge fallen mir nicht ein. Ob ich schon Gedichte veröffentlicht hätte, wurde ich neulich nach einer Lesung gefragt, ich würde meine Prosa so lyrisch schreiben, und ich sagte, nein. Nein, Johanna! Demnächst werde ich sagen, ich habe dieses Buch nicht geschrieben, fragen Sie bitte eine andere Márta Horváth. Bei allem, über allem ist für mich die wirkliche Überraschung, dass Menschen über meine Figuren reden, als seien sie echt, als lebten sie, und wäre nicht alles so beklemmend hundsgemein, könnte auch ich schreien vor Glück.

Für Dich wird dies hier eine Überraschung sein, vielleicht aber auch keine, jeder trauert um den Vater mit der John-Lennon-Brille, also genau wie wir, Johanna, genau wie Du und ich,

538

da sage noch einer, die Kunst habe nichts mit dem Leben zu tun.

Es liebt Dich, liebt Dich, liebt Dich,

Márta

1. OKTOBER 2011 − 23 : 19

Liebste Márta,

ich gehöre ins Bett, will Dir aber noch kurz schreiben. Dir Gute Nacht wünschen. Seit Tagen geht mir dieser Satz nicht aus dem Sinn, den Claus im Mai gesagt hat. Dass er keine Lust habe, auf den nächsten runden Geburtstag zu warten. Keine Zeit. Jetzt im Oktober klingt mir dieser Satz in den Ohren. Der im Mai ohne Bedeutung war. Jetzt höre ich ihn und zerbreche mir den Kopf darüber.

Kathrins Kinder sind tapfer. Sie weinen, ja. Natürlich weinen sie. Sie weinen jeden Abend. Wenn ich sie mit Kathrin ins Bett bringe. Meine Geschichte lese. Mein Schlaflied singe. *Wie ist die Welt so stille.* Aber über allem sind sie tapfer. Am Morgen sind sie tapfer. Am Mittag. Sie leben und lärmen. Sie toben. Erst am Abend verlässt sie der Mut. Dann sind sie müde vom vielen Tapfersein. Bis dahin tragen sie Kathrin durch den Tag, sogar mich. Sie tragen uns mit ihrem Lärm, ihren Stimmen, mit ihrem Toben treppauf, treppab tragen sie uns durchs Haus. Ihr Lärmen hat nicht aufgehört. Obwohl ich geglaubt hatte, es würde aufhören. An Claus' Grab hatte ich das geglaubt. In der Stille des Geheimen Gartens, als er geschlossen blieb. Auf meinen Radwegen zur Schule, meinen Spaziergängen durch Marbach. Überall hatte ich geglaubt, ihr Lärmen würde aufhören.

Wie lernt man es auszuhalten, wenn die Eltern früh sterben? Mit vierundvierzig bin ich noch immer wütend auf sie. Obwohl es dumm und kläglich ist, wütend auf jemanden zu sein, der gestorben ist und doch gar nichts dafür kann. Als könnten wir uns das aussuchen! Meine Mutter hatte geglaubt, sie würde vor meinem Vater sterben. Es schien ausgemacht. Zwischen meinen Eltern und einer fernen, zuständigen Macht im All. Wie konnte sie das Georg und mir so einflüstern? Ulrich Messner und Leben – das ging doch nicht zusammen. Als er starb, hatten wir keine Vorstellung davon, wie der nächste Tag aussehen könnte. Jemand hatte die Abschnitte, die Folgen in unseren Leben vertauscht. Falsch zusammengefügt. In unseren Köpfen hatte es nur die andere Spielart gegeben. Nur die Spielart, nach der mein Vater bleiben würde. Nicht meine Mutter. Die mit sich allein nichts anzufangen wusste. Als hätte sie das Leben meines Vaters gebraucht, um ihr eigenes Leben voranzutreiben. Damit ein Tag überhaupt vergehen konnte. Als hätte sie keine Idee, was sie tun könnte. Als sei keine Idee für sie übriggeblieben.

Hat sie sich deshalb nicht an ihr Leben gekrallt? Uns zuliebe hätte sie sich doch daran krallen müssen, Georg und mir zuliebe. Deshalb bin ich wütend auf sie, Márta. Ich bin wütend, weil ich noch eine Reihe Fragen an sie gehabt hätte. Jeden Tag eine ganze Reihe. Wem soll ich sie stellen?

Johanna

3. OKTOBER 2011 – 19:14
Liebste Jo,
stell sie mir, stell sie alle mir, auch wenn ich wenig Zeit habe morgen, übermorgen und am Tag danach, die Buchmesse ist eröffnet, und meine Herzschmerzen sind zurück, das Dröhnen eines Menschenschwarms hat sich auf die Stadt gelegt. Die Kinder bleiben bei Ildikó und ihren Töchtern, Simon ist auch in diesen Wandelgängen unterwegs, schwimmend durch einen Schwarm bunter Fische, geschickter, als ich es jemals sein könnte, ich zum ersten Mal mit Prosa, zum ersten Mal mit einem Verlag, der nicht nur drei Bücher im Jahr verlegt, Lesungen warten auf

540

mich, Gespräche, Empfänge, ja, hör nur, wie es nach wichtiger, weiter, lauter Welt klingt, zu der nun auch ich gehöre.

Danke für Deine Glückwünsche, Johanna, gleich nachdem wir aufgelegt hatten, habe ich meine Schuhe in die Ecke gepfeffert, das Radio aufgedreht und getanzt, getanzt, getanzt, gesungen und getanzt, immer so weiter getanzt und gesungen, habe Henri an den Händen gefasst und mich mit ihm gedreht, war ja sonst keiner da. Fünftausend Euro!, habe ich gerufen, und Henri hat in die Hände geklatscht und wiederholt, Mama, fünftausend Euro, was klang wie ›fünntascheujo!‹. Die werden mich retten, uns retten, Simon, Mia, Franz, Henri und mich retten, nein, werden sie nicht, aber es aufflammend zu denken, einen Tag oder eine Nacht denken zu dürfen, hat etwas Wunderbares, Himmlisches, etwas Göttliches und macht mich schwerelos, Johanna, auch wenn wir davon nur Miete und Auto zahlen und den Kühlschrank füllen, haben die Geldsorgen eine winzige Pause, mein Leben als Geldsorge, ich und mein Kummerkopf als einzige Geldsorge, das hat Pause. Heute hätte ich an einem Messestand etwas sagen sollen, zu meinem *Zimmer*, aber es reichte nur für misslungene Sätze, so viel habe ich in diesen Sekunden begriffen, ich bin für ein Leben am Schreibtisch geschaffen, nicht für eine solche Bühne. Wir hatten das schon, jeden Monat wird eine neue Sau durchs Dorf gejagt, und jetzt soll auch ich durch dieses Dorf gejagt werden, also musste ich dringend zum Friseur, der mein Haar für einhundert Euro ruiniert hat, mein Blond kippt ins Bläuliche, ich habe zwei verlogen teure Röcke gekauft und gesehen, was drei Kinder mit meinem Körper angerichtet haben. Glücklich sollte ich sein, weil alles schlechter surren könnte, und glücklich bin ich auch, so zwischendrin, zwischen *Nacht und Tag* so ein kleines, klitzekleines bisschen, vor Messebeginn habe ich im Verlag aus meinen Erzählungen gelesen, unter den Werkausgaben der Großen und Größten saß ich und staunte, dass ich es bin, die dort ihre Hekabe vom Rózsadomb liest, Márta Horváth in ihrer *Glückshaut*, da bin ich zum Beispiel glücklich gewesen, überglücklich, geradezu zum Überschlagen glücklich.

Wenn Du magst, findest Du mein Gedicht über Claus als Podcast und kannst es hören, solltest Du zu sehr in Moll schwingen, lieber nicht, dann heb es für einen späteren Zeitpunkt auf, an dem Du es aushalten kannst, denn ich habe nicht einmal den Namen geändert, durch jede Zeile strömt Claus, Claus, Claus, der lebensgroße, alles umschlingende, unverändert lebende, lebendige Claus. Claus' Lachen, Reden, Schiffetaufen am nahen Bach, der jetzt ohne Claus' Nussschalenboote, ohne seine Weidenflöße unaufhaltsam Richtung Neckar fließt. Ja, Neckar. Was dieses Gedicht beim Schreiben mit mir gemacht hat, habe ich Dir im Sommer nicht gesagt, weil dieser Sommer ein einziges Klagen war, ein einziger unüberhörbar schmerzender Wehlaut zwischen Dir, mir und Kathrin, Kathrin vielleicht ausgenommen, ihr Klagen war anders, zehnmal so stark, hundertmal so laut, oder war es stiller als unser Klagen, also eher minus eine Million, könnten wir das so zählen?

Wie er umkommt, bleibt zwischen den Zeilen unausgesprochen, jedenfalls landet er nicht halbbesoffen mit einem viertel Reh an einem ganzen Baum, das hat schon das Leben angerichtet, die Literatur muss es nicht wiederholen. Ich selbst habe es im Rundfunk eingelesen, an einem späten Septembermorgen, der mir alles abverlangt hat, auch wenn er von den Kastanien der Bertramswiese sehr harmlos erste rote Blätter zu mir hinabsegeln ließ, sogar das habe ich getan und vollbracht, trotz aller Widerstände in mir, trotz meiner großen Klaviatur des Dagegens, die Du Dir vorstellen, vielleicht auch gar nicht vorstellen kannst, gegen den Wunsch, jede Sekunde abzubrechen, davonzulaufen und weltzersetzend, ohrenbetäubend laut zu schluchzen.

Márta

4. OKTOBER 2011 – 17:33

Liebe Márti,

schreibe Dir aus Meersburg. Stadt der Brunnen und des Ge-
plätschers. *Der See hat noch ein paarmal sein Bestes getan.* Ich
dachte, ich könnte hier gut arbeiten. Mich zusammennehmen
und meine Droste beenden. Ich habe mich selbst ausgetrickst
und überlistet. Vorgegeben, ich hätte hier noch zu tun. Aber was
soll mir jetzt das Fürstenhäusle? Die Burg? Vielleicht war es nur,
um wegzukommen. Mir zu entfliehen. Dass es nicht geht, hätte
ich in vierundvierzig Jahren eigentlich begreifen können. Begreift mein dummer Kopf aber nicht.

Zum Abschied ist der Sommer noch einmal über Meersburg
geschwappt. Fünfundzwanzig Grad im Oktober. Die Saison ist
vorbei. Wenige Boote sind unterwegs. Nur die großen Fähren
zerschneiden den See. Die Menschen sitzen an der Uferpromenade. Recken ihre Hälse zur Sonne. Unter der Säule, an der die
Droste als dickbackige Möwe schweben muss. Ja, abschlagen
müsste man die. Es ist Weinlesezeit. In allen Gassen burgab,
burgauf riecht es nach Trauben und Wein. Traktoren fahren mit
vollbeladenen Anhängern durch die Straßen. Vor dem Winzer-
verein stehen die Winzer auf ihren Tresterbergen. Lassen die Ma-
schinen die Reste vor ihre Füße spucken. Soeben hat sich eine
Funkenspur aufs Wasser gesetzt. Die letzte Sonne des Tages als
Glitzerpfad.

Ich habe ein Zimmer in der Oberstadt genommen. Fast auf
Höhe der Burg. Unten die armen Leute, oben die Droste. Es
riecht nach Backstube und Metzgerei. Im Hinterhof jagt eine
Katze zwei Krähen. *Unten schleppen sie Stimmen nach Haus.* Ich
sehe Äpfel, so weit mein Auge reicht. Äpfel, Apfelbäume. Äpfel,
Apfelbäume. Vor meinem Fenster hinter Weinstöcken den See.
Jetzt blassblau. Über dem Wasser *atemdünne*, kaum sichtbare
Streifen von Nebel. Dein Wort. Gerade fängt er an, die Ufer zu

verdrängen. Dann wächst er in die Dunkelheit und nimmt die Berge mit. Eine schneeweiße Taube gurrt vor meinem Fenster. Ja, schneeweiß.

Gestern las ich Dein *Zimmer* noch einmal. Stell Dir vor, hier in Meersburg. Dich und Dein einundzwanzigstes Jahrhundert habe ich hereingelassen. Zum wievielten Mal? Ich habe aufgehört zu zählen. Wahrscheinlich will ich wieder alles auswendig können. Einsprengsel in meine E-Mails setzen. Mein Ratequiz, Fachgebiet Márta Horváth. Unter all den schweren Sätzen, die einen zum Weinen bringen können, ist der letzte in Deinem Buch der schwerste. Da breitet sie sich aus vor mir, und ich stürze mich hinein, Deine *ganze offene See der Empfindungen*. Seit Claus tot ist, kann ich den Satz kaum aushalten. Er ist zu groß geworden. *Himmelschluckend* groß. Dein Wort. Ich habe begonnen, alle in Deinem Buch zu lieben, Márti. Ja, alle. Nein, es ist nicht übertrieben. Sogar den Vater liebe ich. Den Vater, der Hand an sich legt. Der meinem so unverzeihlich ähnlich ist. Selbst den angelaufenen Draht seiner John-Lennon-Brille hast Du geklaut.

Ich weiß, warum die einen gehen und warten. Warum die anderen bleiben und warten. Ich weiß es, Mártilein! Ich weiß es! Ich weiß es!

Johanna

6. OKTOBER 2011 – 00 : 03

Liebste Jo,

ich habe überlebt, drei Tage Dauerlauf habe ich überlebt, um sieben hat mein Wecker geklingelt, ich habe meinen Kaffee getrunken und einen Menschen aus mir gebaut, nach meinen Atemübungen am geöffneten Fenster, Finger auf den Nasenflügel, links einatmen, rechts ausatmen, habe meine Kleider angezogen, was schnell ging, ich hatte nur zwei Möglichkeiten, brauner Rock mit schwarzem Pulli, schwarzer Rock mit grünem Pulli, bin mit meinen neuen dunkelroten Handschuhen in die Bahn gesprungen, die mich zwanzig Minuten später ausgeworfen hat, an vielen Plakaten vorbei über die Messe geeilt, darunter eines von mir, jeden Morgen konnte ich mir selbst zuzwinkern, mich selbst anschauen und an mir selbst vorbeigehen, an meinem Gesicht in Schwarzweiß, den unruhigen Haaren und üppigen Großmutterohrringen, seht nur, habe ich gedacht, aus Ság habt ihr es bis hierher geschafft.

Mitten im Trubel, im Stimmenbrei und Gedränge dieser heißen Luft unter Neonröhren, wie Agenten immer wenige Schritte von mir entfernt, Lori und meine Eltern, als Gruß aus einer anderen Welt, in der alles fest verankert ist und seinen Platz hat – drei echte Menschen in diesem künstlich überzüchteten Geschehen, das nach dem letzten Tag der Messe sofort abbricht, sich von selbst beendet und versiegt. Immerzu habe ich denken müssen, ihr seid verrückt, verrückt, verrückt, dreimal hintereinander verrückt seid ihr, hat euch niemand gesagt, wisst ihr denn nicht, dass wir alle sterben?

Freunde aus verschüttet geglaubten Tagen hat die Messe hochgespült, Stimmen meiner Vergangenheit, die zu wispern begonnen und mich auf Höhe eines hellen Fis berührt haben, als gebe es plötzlich Beweise, dass ich schon früher jemand war. Am Verlagsstand lag eine Nachricht von Anne, mit der wir durchs Abitur sind, sie habe mich auf einem Plakat entdeckt und sei schier umgefallen, ob das wirklich ich sei, Márta Horváth, oder nur jemand, der genauso aussehe und heiße wie ich? Für den Moment wusste ich das selbst nicht, war ich es, oder war es nur eine Kopie von mir? Deshalb bin ich zwischendurch verschwunden, auf einem dieser schallschluckenden Messeklos, um nachzusehen, ob mein Gesicht noch da ist, mein Haar, mein Lippenstift, aber nein, ich werde nicht klagen, Johanna, ich will dankbar sein, sogar größenwahnsinnig bin ich wohl über allem geworden,

545

denn offenbar habe ich geglaubt, heute gehört alles mir, ab sofort gehört alles mir, also habe ich ein Buch gestohlen, habe es an einem der Stände genommen, aber nicht zurückgelegt, es klebte an meinen Händen, als ich weiterging, das ist doch stehlen, oder nicht?

Ja und ja, meine Buchstabenlese, mein Erntedankfest ist gut gelaufen, ich bin gut gelaufen durch diese Hallen, Du merkst ja, wie ich bebe, aber wenn ich beim nächsten Mal die Augen aufschlage, ist vielleicht alles vorbei, liegt alles schon hinter mir, ich muss aufpassen, dass es nicht ohne mich geschieht, ich darf nicht versäumen, wenn sie mich in ihre Spatzenschleuder stecken und zu den Rändern schießen, wenn ich wegfliege mit meinem Buch in der Hand, an dem ich jahrelang gearbeitet habe, jahrelang! Obwohl ich schlecht darin bin, das Glück in die Länge zu ziehen, ist es noch da, mein weltflutendes Glück, meine Erzählungen beendet, dies tatsächlich und ungelogen geschafft zu haben. Den Beweis habe ich auf dieser Messe jeden Tag sehen können, mein *Anderes Zimmer* stand im Regal, und jeder konnte es herausziehen, um darin zu blättern, und dieses reine, ungetrübte Glück hält an, Johanna mein, jetzt, in diesem Augenblick, da ich Dir schreibe, hält es weiter an, Du bist meine Zeugin, und es schmeckt, ja, es schmeckt nach großem, reichem Herbst, nach Quitte, Apfel, nach Zimt und Zucker, in jedem Fall süß, sehr süß, herbstkleberisch, herbstzerfließend süß.

Márti

7. OKTOBER 2011 – 17 : 18

Liebste Márti,

der Himmel über meinen Gipfeln sieht aus, als müsse sich die Erde unter ihm verschieben. Als hätte dieser Sommer nicht ausgereicht. In dem sie *krachend tertiär* auseinandergesprungen ist.

Deine Erfindung. Wie kann ich diesem Himmel sagen, er soll aufhören?

Wie gerne hätte ich Dich einmal wenigstens aus der Ferne gesehen und Dir zugewinkt – aber schon in Meersburg fing ich an zu husten wie eine Schwindsüchtige. Nur ohne Blut. Also verzeih mir. Dass Menschen noch Bücher klauen, gibt mir Hoffnung. Besonders dass Du noch Bücher klaust. Jetzt, da so wenig Hoffnung durch meine Adern sprudelt. Alles beim Alten, könnten wir also sagen. Aber nichts ist beim Alten, Márti. Alles ist mir zu schwer, ich selbst bin mir zu schwer geworden. Wenn das Telefon läutet, denke ich, es ist Claus. Wenn jemand an die Tür klopft. Mit dem Rad um die Ecke biegt. Wenn im Geheimen Garten das Glöckchen klingelt. Hund Xaver den Kopf hebt. Wenn der Transporter in den Hof fährt. Noch immer denke ich, es ist Claus. Nach sechsundvierzig Tagen und fünfzehn Stunden denke ich das. Es ist Claus. Es muss Claus sein.

Gestern hat Kathrin den Grabstein ausgesucht. Ja, jetzt schon. Obwohl es Zeit hätte. Damit es getan ist, sagt sie. Ein schlichter Granit. Rau, ohne Schliff. Wie frisch aus diesem Berg geschlagen. Mit einem schmalen, hauchzarten Kreuz. Etwas mit Gras und Blumen sollte darauf stehen. Also hat Kathrin Psalm 103 ausgewählt. *Des Menschen Tage sind wie Gras, er blüht wie die Blume des Feldes. Fährt der Wind darüber, ist sie dahin, der Ort weiß von ihr nichts mehr.* Ich habe nicht gefragt, warum so bitter. Bei Claus ist das doch eine Lüge. Alle wissen von ihm. Besonders dieser Ort weiß von ihm. Über allem schwebt er. In allem lebt er weiter, in jedem Windstoß und Regentropfen. Sogar in unseren Teetassen und Frühstückskrümeln.

Grabsteine und ihre Inschriften – auch so eine Geschichte, Márti. Vielleicht wirst Du sie irgendwann, in einem *anderen Zimmer* aufschreiben und erzählen.

Deine Johanna

10. OKTOBER 2011–11:28

Liebste Jo,

ich verzeihe Dir, weil ich frohen Mutes bin und die Größe habe
zu verzeihen, gebe mich von der Messe allerdings geschlagen.
Heute Morgen war ich beim Arzt, sechs Tage Penicillin sind der
Preis für meinen Dauerlauf durch Lärm und Licht, an jedem
Messetag habe ich diese Bakterien mit mir herumgetragen und
in der letzten Messenacht, nach dem Essen bei Hasses, bin ich
vor Schmerzen aufgewacht, mein linkes Auge geht zu, das Lid
senkt sich, die Nase ist geschwollen, wie eine Boxerin sehe ich
aus, Johanna, eine Boxerin nach einem verlorenen Kampf, der
von Anfang an aussichtlos war. Habe mich gestern mit Schüttel-
frost ins Bett gelegt, Franz ist wenig später neben mir eingeschlafen, verschnupft, rotgefleckt, mit fiebernassen Locken, gleich
nach Mias Brüllattacke wegen durchgehend falsch verstandener
Matheaufgaben, bei der sich ihr Elfenstimmchen tausendfach
überschlug, nein, tausendfach ist nicht übertrieben – siehst Du,
wie sehr ich zurück bin im Alltag? Wie schnell er mich zurückgeholt hat und schimpft, hierher, Márta Horváth, zu mir gehörst
du, alles andere sind Ausflüge, Ausflüge!
Vielleicht bin ich so krank geworden, weil ich zu diesem gesetzten Essen bei Hasses ging, mit den handgeschriebenen Tischkärtchen, obwohl ich schon halbtot war, in meiner lächerlichen
Glücksstimmung, in der sie mich auf der Messe erwischt hatten,
hatte ich leichtfertig zugesagt, Simon hat mich hängen- und allein gehenlassen, angeblich musste er mit den Parzen und Horen
bis Sonntag weiterkommen, ja, klar, ausgerechnet bis Sonntag.
In der kleinen Hasse-Villa war es, nicht im Haupthaus, nein, im
Nebenhaus, wie sage ich es, Du musst Dir vorstellen, Oleander
in Terrakottatöpfen, nicht die vom Baumarkt, nein, die handge-
schöpften aus Umbrien, dahinter ein in Oktobernebel versin-
kender Park, der von den Türmen des Bösen am Frankfurter

Berg nur die Lichter zugelassen hat, amberfarbene Mauern, die nach Rom und Pompeji aussahen, ein Anwesen aus alten Steinen und Geldkonten, daraus sind die Wände gebaut, danach riechen sie, aber Du musst Dir mehr vorstellen, etwas darüber hinaus, dann erst bist Du ungefähr da, mitten im Champagnerempfang, ja, Champagner, wo mich jemand am Ärmel fasste und sagte, jeden Morgen gehe ich an Ihnen vorbei – mein Plakat, Johanna!

Je später der Abend, desto schrecklicher wurde es, obwohl es hübsch angefangen hatte, mit Hölderlin-Gedichten und Wagner-Gesprächen, bis sich einer zu mir setzte und verkündete, Wagner sei doch zu gefühlig, und mir auf die Nerven ging, ja, was denn, wie denn sonst, Gefühl und Oper ist doch ein und dasselbe! Hat ihm das niemand gesagt?! Keine Ahnung hatte der, nicht die leiseste, von Brünnhilde, ihren Schutzbefohlenen und dem einen Lenz, in dem alles, alles, ja, alles geschieht, was Mensch und Gott zu bieten haben, was für ein Idiot. Gefühlig! Das springende Sartre-Auge meines Tischnachbarn entglitt heftiger, während er sich in seinen Spiralen gegen Wagner verstrickte, das rasende Walküren-Tiraden-Karussell blieb erst stehen, als eine nachtblasse Dame aufsteigen wollte und mich fragte, was meinen Sie mit: nicht inszeniert? Da habe ich mich verabschiedet, habe erwidert, das habe ich nie gesagt, obwohl mir auf dem Weg nach Hause einfiel, doch, genau das hatte ich sehr wohl gesagt, vor fünf Minuten ungefähr hatte ich genau das gesagt, nämlich zum Ende der Götterdämmerung in Stuttgart, über die auch Du heißbittere Tränen vergossen hast, denn das war tatsächlich nicht inszeniert. Aber da sich alles in mir weigerte, in dieser Runde weiterzureden, war ich abgesprungen, mit einer Volte meines sich abschottenden Hirns, und glücklich, Johanna, entkommen zu sein, ja, ich war glücklich, das musst Du Dir vorstellen, Samstagnacht an einer zugepissten U-Bahn-

549

Haltestelle unter spuckenden, grölenden Vorstadtschlägern glücklich zu sein – die kamen mir plötzlich so ungleich lebensecht, so unverfälscht vor.

Márta

13. OKTOBER 2011 – 23:09

Liebste Márti,

bin zurück aus Freiburg. Am Alten Wiehrebahnhof habe ich in Omas Küche gesessen und über unendlich vieles nachgedacht. Ja, unendlich vieles. Auch über Dich. Wie Du mir davontreibst mit Deinem *Anderen Zimmer*. Holzdielen aus seinem Boden reißt, Boote baust und wegruderst. *Wegschwimmst auf Deinem Schifferklavier.* Dein Satz. Der schwarze Wald, der in die Stadt lunzt, lag im Nebel versunken. Sah aus, als sei er in nur zwei Grüntönen auf Papier gemalt. In der letzten Sonne des Jahres hatten sie draußen geöffnet. Unter *viertelkahlen Zweigen* haben mich wie immer nur Spatzen besucht. Meine Brotkrumen weggepickt. Ich habe im Wechsel Kaffee und Tee, später Wein getrunken. Habe bedauert, dass Konrad nicht bei mir war. Wie gut hätte er dort mit mir sitzen können. Auf den nahfernen Nebel schauen. Sich manchen wohlklingenden Satz vom Brillenrand rupfen.

Ich hatte dem Geheimen Garten den Rücken gekehrt. Wo Kathrin düstere Sträuße bindet. Aus Viola, Dahlien und Astern. Ich wusste nicht, dass man aus Lila und Gelb so düstere Sträuße binden kann. Blumenköpfe so düster zueinanderstecken. Als hätten sie schreckliche Nachrichten füreinander. Ich bin zaghaft zuversichtlich in diesen Tagen, Márti. Sehr zaghaft. Obwohl es kaum möglich ist, zuversichtlich zu sein, will ich es versuchen. Hatte es Dir ja versprochen. Durchs große Fenster betrachtet, sieht das Treiben im Geheimen Garten aus wie immer. Wenn ich von der anderen Straßenseite schaue. Kathrins Kinder verbringen viel Zeit dort. Seit Claus nicht mehr da ist, spielen sie im Hof. Machen ihre Hausaufgaben am Tisch hinter dem Perlenvorhang. Krabbeln mit dem Hasen über den Boden. Kreuz und quer durch Laden und Küche. Springen mit Hund Xaver um den toten Kirschbaum. Wüsste man nicht, was geschehen ist, sähe alles hübsch und leicht aus. Kathrin hübsch und leicht. Die Kinder hübsch und leicht. Mit Augen *so blau wie die Blätter der schönsten Kornblume und so klar wie das reinste Glas.* Claus' Augen. Mit ihren Latzhosen und *mutterhandgestrickten* bunten Mützen hübsch und leicht. Der Laden mit seinen leuchtenden Gladiolen, gelben Vasen, Holzkränzen, Wickenzweigen und Kerzen, seinen grasgrünen Sitzkissen, mit seinen hüpfend tanzenden Buchstaben hübsch und leicht.

Die Sonne steht schon tief um diese Jahreszeit. Unten in den schmalen Freiburger Gassen blieb es grau und kalt. Nach oben müsste man. Dächer und Gipfel besteigen. Vielleicht lasse ich Konrad einfach in mein Leben, Márti. So ein bisschen *Glückshaut* würde nicht schaden. Öffne meine Tür und sage, bitte schön, hereinspaziert, willkommen. Das habe ich in den dunklen, verwinkelten Schneisen bei jedem Schritt gedacht. Zeit und Raum hätte ich ja.

Johanna

14. OKTOBER 2011 – 08:23
Liebe Jo,
wenigstens ein paar Zeilen, wie geht es mir, Deiner Liebsten, wie geht es Dir, meiner Liebsten, zwischen Lavendelrosenbädern und den letzten sich aufbäumenden Drostepartikeln, die durch Deinen Kopf flirren und noch dringend mitgewollt hätten? Oder sind es schon Konradpartikel, die alle Schalter umlegen?
Meine Eltern kommen zur Preisverleihung aus Ungarn, wohin sie nach der Messe verschwunden sind, um in die flutende

Oktobersonne zu fahren, die dort besonders weichwarm ist, vielleicht weil die Winter so hart sind, vielleicht wird man deshalb zuvor belohnt. Wenn du ihnen schon nie eine Hochzeit bieten konntest, dann jetzt wenigstens einen Preis für Prosa, hat Ildikó gesagt, der erste in meinem Leben, vielleicht schon der letzte, Johanna, meine Mutter hat mir bestellt, sie zahle Friseur und Kostüm, sie denkt noch immer, Friseur kostet zwanzig, Kostüm vierzig Mark, ja, Mark, natürlich Mark, meine Mutter ist nicht bereit, erst von Pengö auf Forint, von Forint auf Mark und jetzt von Mark auf Euro umzudenken, vier Währungen in einem Menschenleben sind zu viele. Mein Herz wird es zerreißen, Johanna, ritsch-ratsch wird man es reißen hören, sollte es einen Augenblick lang still sein, wenn meine Eltern in der ersten Reihe sitzen und zuschauen, wie ihre dritte, nicht mehr geplante, nur noch nachgetropfte Tochter einen Preis entgegennimmt, für Prosa!

Mein Vater, der ja vieles falsch einschätzt, was seine Töchter angeht, hat zu Ildikó gesagt, mir wäre es doch gleich, ob er dabei sei, und sie hat erwidert, in Wahrheit willst du nur weiter auf deiner schönen Terrasse unter deinem schönen Walnussbaum unter schön fallenden, reifen Nüssen sitzen und nicht zweimal zehn Stunden in deinem alten Mercedes. Sie hat ihm erklärt, wie ich darüber denke, zähle nicht, ihm dürfe es nicht gleich sein, ihn müsse es kümmern, hat ihn also geohrfeigt mit dem unumstößlich geltenden Grundgesetz ungarischer Familien, in dem die bedingungslose unendliche Liebe zu den Kindern festgeschrieben steht, denn darüber wissen wir Bescheid, Anikó, Ildikó und ich, das ist unsere Kindheitsbulle, unser Familienrecht im BGB, unsere Horváth'sche Gesetzessammlung, darin sind wir seit dem Tag unserer Geburt Expertinnen, der Grundsatz lautet, deine Kinder sind die herrlichsten unvergleichlichen Geschöpfe auf Gottes weiter Welt, auch wenn sie dich demütigen, bespucken, sich abwenden, hast du sie großzügig, uneingeschränkt zu lieben und zu bewundern. Sag es nie meinen Kindern, Johanna, behalte es für Dich!

Márti

20. OKTOBER 2011 – 15 : 40

Liebe Márti,

ich mag den Euro auch nicht. Er hat mir die Droste geraubt. Die ich auf dem Zwanzig-Mark-Schein immer bei mir hatte. Ihr spitzes Knochengesicht, hervorblinzelnd unter Stoff und Leder. Einen habe ich aufgehoben, er hängt über meinem Schreibtisch. Aber das weißt Du ja. Du siehst ihn, wenn Du bei mir bist und durch meine Landschaft aus Zetteln wanderst. Nicht einen Dichter haben sie auf den Euro gesetzt. Nur das bekloppte Brandenburger Tor und den bekloppten Reichsadler. Keine Dichter. Keine Maler. Keine Komponisten. Als hätten wir keine.

Der Schwarzwaldregen tupft blassgraue Tropfen auf mein Fenster. Seit zwei Tagen liege ich mit Fieber im Bett. Etwas drückt gegen meine Stirn, dass es eine Art hat. Ein Schüler wird mich mitten im Irrealis angesteckt haben. Mitten in einem kleinen Satzanfang, in dem der große Vorwurf eingewebt ist. Wärest du nicht! Hättest du nicht! Mein Husten hält sich hartnäckig. Ja, Du ahnst es schon: Nein, ich werde nicht kommen können. Wieder ja, ich bin untröstlich. Kathrin wird allein fahren. Während ich mich zur Seite drehen, die Decke über meinen Kopf ziehen und ein bisschen vor mich hin weinen werde. Die Kinder bleiben bei Kathrins Mutter, die jedes Wochenende aus Esslingen kommt. Über Kathrins zersplittertes, durchtrenntes Leben keine Träne mehr vergießt. Jedenfalls nicht vor Kathrin. Nicht vor mir. Nicht vor den Kindern. Vielleicht im Auto, auf der Fahrt zwischen Esslingen und Geheimer Garten. Vielleicht weint sie da. Schluchzt und schreit. Droht dem Himmel mit Fäusten.

553

Holt ein Jagdgewehr aus dem Kofferraum. Schießt auf alle Rehe.

Also wird Kathrin im schwarzen Kleid mit Perlenkette neben Deinen Eltern in der ersten Reihe sitzen. Ihnen Taschentücher reichen. Du und ich, wir zwei feiern nach. In unserem winzig kleinen, sehr überschaubaren, bodenlos exklusiven Márta-Johanna-Kreis. Nur für Mitglieder. Bei mir im Süden. Vielleicht wenn der *Holländermichel in einer Sturmnacht eine Tanne fällt*. Stoßen wir im Blumenladen an? Neben Colin, mit Blick aus dem großen Fenster zur Straße? Auf der nichts, gar nichts, nein, wirklich überhaupt nichts los ist? Wo immer Du möchtest! Wann immer Du kommst und kannst. Aber jetzt, vergib mir.

Johanna

24. OKTOBER 2011 – 14 : 43

Liebste kranke Jo,

trotz meiner Aufregung konnte ich mich und meinen Preis feiern, bis fünf Uhr morgens, nachdem man uns aus dem alten Hauptzollhaus geworfen hatte, in der Kneipe gegenüber, in die ich sonst, unter gewohnten Umständen nie gehen würde, haben in sehr lauter Runde weit nach Mitternacht Hamburger und Schnapsflaschen bestellt, ein guter Teil meines Preisgelds ist somit dahin, wir alle waren schlimm betrunken, Kathrin, Lori, meine Eltern, Schwestern, meine Kusinen und Vettern, die noch zu meinen Eltern in den Mercedes gepasst hatten, Bekannte und Fremde, Leute, die ich in meinem Leben sicher nie mehr sehen werde, die aber in dieser Stunde zwischen *Nacht und Tag* unbedingt dazugehörten. Ildikó hatte mir die Haare auf heiße Wickler gedreht, damit ich einmal ordentlich aussehe, hatte sie gesagt, Mia, Henri und Franz haben ihr sehr ernst und wortlos Haarklammern gereicht, und meine Mutter hat später während der Laudatio vom ersten bis zum letzten Wort geweint, ja wirklich, vom ersten bis zum letzten, also war alles, wie wir es vorhergesehen und erwartet hatten, Kathrin hat ihr Taschentücher gereicht, und während ich dort oben stand, mit meiner Urkunde und meinem Händedruck, musste ich denken, wie sieht das aus für Kathrin, mit ihrem wachsenden Bauch, in Schwarz gekleidet, meine Mutter, die Tränen vergießt, obwohl hier gerade ein Glück unter glücklichen Menschen geschieht.

Als ich aus dem *Anderen Zimmer* gelesen habe, ein kurzes Stück über meine Hekabe vom Rózsadomb, hat die Hasse hinter Anikó gezischt: viel zu lang!, jetzt schickt sie mir ein Kärtchen mit Monets Mittagessen aus dem Städel, heute lag es in der Post, wie toll die Preisverleihung war und ob ich nicht wieder zum Essen kommen möchte. Ja, sicher. Bevor ich mich gestern von meinen Eltern verabschiedet habe und wir alles in unseren Abschied gelegt haben, was wir parat hielten, was gerade greifbar war, um es dann loszulassen und herzugeben, habe ich alle bekocht, wir haben in geschrumpfter, eingelaufener Runde die Feier nachebben, verzögert in Horváth-Adagio ausklingen lassen. Ich habe alle verfügbaren Stühle an unseren Tisch gestellt, Weingläser gefüllt, und mein Vater hat den Artikel aus der Zeitung für die Verwandtschaft übersetzt, Wort für Wort, Zeile für Zeile, alle haben genickt und ihre Taschentücher herausgeholt, nein, Simon war nicht dabei, nur Lori und Kathrin haben zwischen all den ungarischen Wörtern und Seufzern mit feierlichen Gesichtern gesessen, haben genickt, gelächelt und geschaut, als würden sie alles verstehen. Alles.

Es liebt Dich,

Márta

26. OKTOBER 2011 – 07:33

Liebe Márti,

Samstagmorgen. Noch eine Stunde, bis ich mich aufs Rad setze und zum Geheimen Garten fahre. Draußen sieht es schon nach November aus. Nach tiefem, spätem November. *Blätter? Nirgends. Nebel? Überall.* Husten und Fieber haben nachgelassen. Gestern bin ich unter meiner Decke geblieben. Habe die Zeitungen gelesen. Mich geärgert über die Besprechung in der Rundschau. Habe den Verdacht, da hat jemand nicht genau gelesen und will sich trotzdem wichtigtun. In einer Deutscharbeit würde ich mit rotem Stift an den Rand schreiben: Bitte aufmerksamer! Genauer! Was ihn alles nervt! Der Regen. Der Schnee. Die Länge der Geschichten. Die Geschwisterliebe. Angeblich geschieht nichts. Ja, muss denn etwas geschehen? Muss denn immerzu etwas geschehen? Immer schreibst Du ihm zu viel ›ein bisschen‹. Auch zu viel ›vielleicht‹. Na ja, und dann noch mildere Gemeinheiten wie: Nur für Langstreckenleser geeignet. Aber Du bist doch eine Langstreckendichterin!

Lass mich diese Ungerechtigkeiten eines Tages rächen, Márti. Ich werde Dich fragen, *welchen sollen wir töten?* Du wirst sagen: *Alle!* Und wenn die Köpfe fallen, sagen wir einfach, *Hoppla!* Zum Trost staune ich noch über Dein Porträt in der Messe-Buchbeilage. Es hängt neben der Droste an der Küchenwand. Durchatmen muss ich. Bevor ich denken kann, das ist meine Márta. Meine! So sieht sie aus. Windzerzaust. Im dicken Pulli. Sehr blond im Moment. Mit einem Blick, der sagt, ich möchte bitte los, darf ich? Aber unverzagt. Ja, umwerfend unverzagt auf diesem Foto.

Bist Du jetzt reich und berühmt? Wann ist Deine nächste Preisverleihung, Mártilein? Wann lese ich wieder über Dich in der Zeitung? Ist es nicht gekommen, wie wir es uns erträumten? Du und ich auf dem Höhepunkt unseres Schaffens? Ich nun mit zwei Buchstaben und einem Punkt vor dem Namen. Die Droste

556

für immer in mir verkeilt. Zwischen Herz, Lunge, Nieren. Ein Teil meiner Luft, eine Strecke meines Atems geht an sie. Du mit einem echten, handfesten Buch. Nicht so einem Bändchen. Wie fühlt sich das jetzt an? Diese zwei Buchstaben haben mich fünf Jahre gekostet. Die drei davor mit Gedanken, Lektüre und Spaziergängen mit der Droste durch Moor und Heide nicht mitgerechnet. Dieser Sommer auch nicht mitgezählt. Dass ich in diesem Sommer überhaupt etwas zustande gekriegt habe. Mich für entscheidende zwei Stunden zusammennehmen, klar denken und Fragen beantworten konnte. Ich ziehe den Hut vor mir. Meinen größten. Ausladendsten. Aber das Leben verlangt es. Es verlangt, dass wir den Tod übersehen. Ihn überspielen. Konrad nennt mich jetzt Frau Doktor Droste. Obwohl Veröffentlichung und Urkunde noch ausstehen. Aber sag, wie klingt das in Deinen Ohren?

Jetzt habe ich Zeit und Ruhe. Ich sitze am Fenster und trinke meinen Tee. Anders als in den Jahren zuvor. Staubfäden fliegen durch meine Küche. Die warm aufsteigende Heizungsluft trägt sie. Hält sie auf einer Höhe. Wie Minifische schweben sie in ihrem Luftmeer. Ich habe Zeit und Ruhe, ihnen zuzusehen.

Johanna

27. OKTOBER 2011 – 00 : 48

Liebe Jo,

ja, berühmt und reich bin ich, was ich alles kaufen, wie ich fortan leben werde! Alles, alles kann ich bezahlen, Frau Doktor Droste, um nichts muss ich mich sorgen, um nichts kümmern, ich werde nie mehr selbst einen ausgespuckten Müslibrocken, eine Socke aufheben, nie mehr selbst Kaffee machen oder den Müll hinausbringen, andere werden das für mich tun, die ich gut, sehr gut dafür bezahle, wir werden ein Wochenendhaus im Odenwald haben, darin einen Kühlschrank randvoll mit Köstlichkeiten, Ski fahren werden wir nur noch in der Schweiz, nie mehr bei Dir im schwarzen Wald, denn Geld werde ich jetzt haben, ich kann schon hören, wie es, ratter-ratter, auf meinen Konten eingeht und meine *Versicherungen gegen höhere Gewalt und gegen Verrückte, Einbrecher, Mörder und Krebs* bezahlt!

Nur schlafen werde ich später, an der Uhrzeit siehst Du, ich verschiebe es, am Tag ist zu vieles liegengeblieben und konnte nicht zu Ende gedacht werden, aber ich will es Dir schreiben, nicht nur am Telefon sagen, weil es untergehen könnte, und das darf es nicht, dafür hast Du Dich nicht jahrelang krummgelegt, damit es einfach untergeht – ja, Frau Doktor Droste klingt wundervoll, und Frau Doktor Messner wird fabelhaft klingen! Wir haben versäumt, Dich groß zu feiern, es ist zu klein, zu winzig, zu nebenbei ausgefallen, nachdem der Sommer unser Leben verschluckt hat, unser allumfangendes Leben, und uns darin mit Haut und Haaren, aber Kathrin und ich werden es nachholen und Dich auf Händen durch Deine unbedeutende Stadt im schwarzen Wald tragen, wo Du sicher die einzige Droste-Kennerin bist. Du wirst auf unsere Schultern klettern, Dich bestaunen und beklatschen lassen, wenn die Urkunde vom Dekan feierlich überreicht wird, werden wir schon Deinen Doktorhut gebastelt haben, Futur zwei, passend für Deinen rotgelockten klugen Kopf, der sich für die Wissenschaft über Jahre gebeugt hat, als *die Kategorien Dich zu verschlingen drohten, zu fesseln, zu beschränken*, wir werden diesen Hut in die Luft werfen, hoch in den Himmel des schwarzen Waldes, auf dass er sich in treibenden Wolken verfängt und nicht mehr zurückfindet, hoch, hoch, hoch!

Gräm Dich nicht über die Rundschau, das ist zweitrangig, drittrangig, meine Ängste gehen in andere Richtungen, in wenigen Stunden springe ich auf einen Zug nach Osten, irgendwo hinter Potsdam leite ich eine Schreibwerkstatt, wenn es da überhaupt noch etwas gibt: hinter Potsdam, denk Dir nur, Prosa, nicht Lyrik, und weil sich die Kinder ihre Krankheiten aufheben für diese Tage, ob mit Absicht oder ohne, ist Henri heute krank geworden. Wird alles glattlaufen? Bleiben Mia und Franz gesund? Kommt das Kindermädchen pünktlich? Ist genug Brot da, Wurst, Käse? Kehrt Simon überhaupt noch einmal zurück zu uns? Oder vergisst er uns vollends zwischen seinen Parzen und Horen? Das sind meine Ängste, Johanna, nicht die Rundschau, ob alles hält oder zusammenbricht ist meine Sorge und welchen Plan ich dann aus meinem mürben, immer ein Stück hinter mir herlaufenden Kopf ziehen könnte, welchen weiteren, nächsten, folgenden Plan. Simon will erst am Abend zurück sein aus Hamburg, wo er mit seinem Co-Autor an seinem Lebenswerk sitzt, ich kann ihn nicht erreichen, habe ihm auf die Mailbox gesprochen, falls er sie abhört, wird er hoffentlich in den Morgen hinein über die Autobahn fahren, die in dieser Oktobernacht zwischen Hamburg, Hannover, Göttingen und Kassel so gut wie leer sein dürfte. Lori hat den quengelnden heißen Henri abgeholt, damit ich wegkann, sobald Mia und Franz mit ihren Schultaschen im Futur zwei losgezogen sein werden, vorerst wird also Lori ihm das Hühnersüppchen und den Kamillentee kochen, sie wird ihm das Kissen aufschütteln, die Bettwäsche wechseln, das Buch vorlesen, und was das mit meinem Mutterherzen macht, unter welchen *Blutachterbahnen, Rennmeilen des Bluts* es schlägt und pocht, sich windet und keinen Schlaf findet, muss ich Dir nicht sagen.

Nur das noch, bevor ich in mein leeres Bett sinke und warte, bis meine Venen stillhalten: Wenn Du kommst, bring Schwarzwaldluft, Köhlergesang, Holländermichelgetöse, Tannenduft – Du kommst doch zu meinem Geburtstag? Sag ja, sag ja, sag einfach laut und deutlich ja, damit ich es in der nachtblauen Körberstraße hören kann. Wir werden an meinem schäbigen Küchentisch sitzen, Käse essen, Wein trinken und uns den einen oder andern alten Witz erzählen, damit wir etwas zu lachen haben. Du glaubst gar nicht, Du ahnst nicht einmal, wie sehr ich mich auf Dich freue, Du bist mein Ankerplatz in diesem durchgeknallten, sich wild überschlagenden Ozean des Lebens, mein Treibholz, das ich fest umklammere.

Deine, immer Deine

Márta

27. OKTOBER 2011 – 06:03

Liebe Márti,

wühle mich aus den Federn, muss Dir schnell antworten. Ich werde in den Ferien nach New York fliegen. Nicht zu Dir nach Frankfurt fahren. Ich will mich belohnen, Márti. Entschädigen für fünf Jahre Arbeit. Trösten nach diesem Sommer, der sich aus verrückt gewordenen Tagen zusammengesetzt hat. Aus durchgeknallt mitleidlosen Stunden. Habe meinen Flug gebucht, Zürich – John F. Kennedy für siebenhundertundzwei Euro. Ich bin jetzt frei, Márti. Frei, frei, frei. Dreimal hintereinander drostefrei. Ich muss nichts mehr finden, das einen Bezug zu ihr haben könnte. Aus dem ich eine Verbindung basteln könnte. Ich muss auch nicht mehr jeden Winkel abtasten, in dem ein Wort, ein Bild von ihr kauern könnte. Fortan kann ich frei über drosteleere Pfade gehen. Wie das allerdings sein soll – davon habe ich keine Vorstellung.

Es fällt mir schwer, Kathrin allein zu lassen. Ich gehe mit dieser Schuld schlafen. Sie dringt in meinen Traum. *Als ob mein Herz sich ängstlich hin und her wendete.* Ich wache mit ihr auf. Da liegt sie auf meinem Kissen. Starrt mich an und fragt, was willst du in New York, du treuloses Ding? Aber Kathrin hat schon vor einer Weile gesagt, ich soll fliegen. Es gehe ihr nicht besser, wenn ich nicht fliege. Also fliege ich. Verwandte von Bio-Kurt haben in Manhattan eine Wohnung. Ja, ausgerechnet. Unweit von Canal

Street. Die sie halbwegs günstig vermieten. Ja, günstig, was in New York als günstig durchgeht. Ohne Ratten, ohne Abfälle, sagt Kurt. Das ist schon viel. Den alten Coffeeshop will ich suchen, Márti, in dem ich zwei glückliche Semester lang meinen Bagel in meinen dünnen amerikanischen Kaffee getunkt habe. Wenn ich daran denke, fängt es in mir an zu flattern. Herzklappenflattern. Sollte es den Laden noch geben, werde ich an Deinem Geburtstag dort sitzen. Und auf Dein Wohl trinken. Ein bisschen in meiner Vergangenheit spazieren. Mich ein wenig in meinem Gestern verlaufen. Warum nicht. Nicht übermäßig herumwühlen, nein. Nur so ein bisschen.

Dein Geschenk liegt schon hier. Öffne also die Tür, wenn der Postbote klingelt. Ein Treffen holen wir nach. Am besten kommst Du in den schwarzen Wald und packst Dein Mitbringsel aus. Die Freiheitsstatue in einer Schneekugel vielleicht. Atmest den Tannenduft hier ein. Nicht in Frankfurt. Also verzeih mir. Gerade bist Du schließlich groß und geübt darin. Da geht das einfach.

Es drückt Dich,

Johanna

8. NOVEMBER 2011 – 23 : 09

Liebe Johanna,

dass Du nach New York fliegen musstest, ausgerechnet an meinem Geburtstag, verzeihe ich Dir nicht so schnell, nein, ich bin nicht groß im Verzeihen, Du irrst Dich, ich will es gar nicht sein, Du hast etwas verwechselt, ich bin klitzeklein, winzig klein, verschwindend klein, darin habe ich keinerlei Größe, nicht die geringste, wie kommst Du darauf?

Nicht Simon, sondern mein Vater, der seine Walnussterrasse im Süden verlassen und sein Winterhalbjahr in Frankfurt eröffnet hat, hat mich treu von Laden zu Laden gefahren, meine Tüten und Taschen getragen, damit ich meinen Kühlschrank fülle, auch wenn er ständig fand, Winzersekt sei zu teuer, Biotomaten und Käse aus dem Käseladen seien es auch, gerade für Leute wie Simon und mich, die nie und nimmer ihre Rechnungen bezahlen können, und ob er recht hat, kannst Du für Dich in Deinem stillen schwarzen Wald vor Deinem warmen Ofen entscheiden, wenn Du im Futur zwei zurückgekehrt sein wirst – wahrscheinlich hat er recht. Lori kam am Abend davor, bis Mitternacht haben wir gebacken und gekocht, obwohl Simon es Lori verboten hatte, Zwiebelkuchen, Kürbissuppe, Linsensuppe, Marmorkuchen, Apfelstreusel, und ich habe mich viele Male gefragt, warum ich mir das antue, obwohl ich nicht müsste, aber ich wurde belohnt, Johanna, dieser Oktobertag hat eine Kehrtwendung in den Sommer genommen und sein mildestes Gesicht gezeigt, ich will glauben, dass ich der Grund war, dass er das für mich, ausschließlich für mich getan hat. Freunde kamen durch meine weit geöffnete Tür, es wurde viel geraucht, getrunken und Klavier gespielt, Lori hat gespielt, Mia und Ildikó haben gesungen, *mit sechzehn sagte ich still, ich will, will groß sein, will siegen, will froh sein, nie lügen*, und obwohl es mit Dir zehnmal ausgelassener und lustiger gewesen wäre, war es auch so ausgelassen und lustig, so ausgelassen und lustig, wie ich es nach diesem Sommer nicht mehr für möglich gehalten hätte, als wir dachten, *Sterne hören auf zu kreisen und aus den Sonnen tritt kein Tag hervor.* Viele schmutziglaute Kinder waren in meinem Hof versammelt, darunter Kathrins Kinder, die jetzt anders aussehen, wie ich finde, so vaterlos anders, aber mehr denn je wie Claus. Simon nach Hamburg virenverseucht und wandblass mittendrin, brav hat er mir zuliebe durchgehalten, bis sich der letzte Gast verabschiedet hatte, auch das habe ich nicht mehr für möglich gehalten, Johanna, ich hätte Simon nicht mehr zugetraut, dass er mir zuliebe so etwas noch hinkriegt.

Deine Márta

10. NOVEMBER 2011 – 20:32

Liebe Márti,

Novemberabend bedrängt mein Haus. Mein Dach, meinen Schornstein. Meine roten Ziegel. Am Morgen bin ich auf dem Rad sehr restmüde *durch verzagten Nebel* gefahren. Dein Bild. Habe versucht, ihn zu verscheuchen. Warum so verzagt?, würdest Du fragen, wärest Du hier. Klingt es wie eine Klage? Ja, soll es. Den Himmel klage ich an. Alle Zuständigkeiten. Seit ich aus New York zurück bin, ist es schlimmer als zuvor. Als hätte ich geglaubt, Claus sei wieder da, wenn ich lande. Claus fährt mit dem Transporter zum Zürcher Flughafen. Claus schnappt meinen Koffer und sagt etwas wie: Willkommen in Europa, Hanna, willkommen im November. In meinem dummen Kopf hatte ich geglaubt, es würde helfen: einmal zu Saks Fifth Avenue, einmal ins MOMA, einmal in die Pierpont Morgan Library an der Madison. Zu den Alice-Zeichnungen. Teetafel mit Hase und Hutmacher. Einmal Cheesecake unter Novembersonne im East Village – ich bin geheilt, und alles ist gut. Etwas in mir weigert sich stur einzusehen, Claus ist nicht mehr da. Alles in mir schreit, es ist nicht wahr. Jemand hat etwas Niederträchtiges erfunden. Sich etwas unverschämt Gemeines ausgedacht. Einer hat dreist gelogen. Einer muss gelogen haben.

Nach der Schule habe ich wie jeden Tag im Geheimen Garten haltgemacht. Heute zwischen Bartblumen, Alpenveilchen und Fetthennen. Die Kathrin zu Kränzen bindet. Ich habe Kathrin wie jeden Tag umarmt. Colin wie jeden Tag hochgehoben und durch den Laden getragen. Wie jeden Tag Wasser aufgesetzt. Zwei Tassen auf den Tisch gestellt. Ja, Kathrins Bauch ist schon rund unter der Schürze. Hinter der Theke stützt sie die Hände in den Rücken, beugt sich leicht nach hinten und stöhnt. Eine typische Kathrin-Bewegung. Jetzt sehe ich sie zum vierten Mal. Heute hat Kathrin gesagt, ein ganzes Jahr werde sie Schwarz tragen. Die Trauerkleidung am ersten Jahrestag ablegen. Also nächsten Sommer. Am 23. August. Damit jeder sehen kann, was mit ihr ist. Als wüssten das nicht alle, die in ihrem Laden ein und aus gehen. Die in ihrem Leben ein und aus gehen. Kathrins Trauer steigt am Morgen aus den Blüten. Legt sich am Abend zu Colin ins Gehege. Nicht einmal die Kinder können sie auflösen. Aber sie helfen Kathrin durch den Tag. Sie lärmen und leben, Kathrins clausgesichtige Kinder. Zwischen Baumhaus, Bach und Brücke zum Waldpfad surren sie durch ihr kleines, übersichtliches, völlig aus den Fugen geratenes Leben. Wie Pfeiler und Wegweiser stehen sie, die ihre Mutter über alle *groben Fährten* schicken. Hier ist dein Weg. Das ist deine Richtung. Hier ist die Milch, die du am Morgen auf den Tisch stellen musst. Hier sind die Frühstücksdosen, die du füllen musst. Hier geht es zur Haltestelle, zu der du uns begleitest. Das ist die Uhr, auf die du schauen musst, damit du weißt, es ist Zeit, uns abzuholen. Das sind die Kleider, die du abends für uns bereitlegen musst, damit es morgens schnell geht. Hier ist der Lichtschalter, nach dem du in der schwarzen Nacht tasten musst. Wenn einer von uns aufwacht und weint.

Kathrin ist tapfer in allem. Tapfer unter ihrer Schmerzhülle. Kein einziges Mal hat sie geschimpft, getobt, gewütet. Auch wenn mir immerzu danach ist – Kathrin hat nichts dergleichen getan. Nichts von dem gesagt, was ich immerzu gedacht habe. Aus meinem Kopf nicht verbannen kann. Sie ist nicht im Groll. Mit niemandem. Macht niemandem einen Vorwurf. Keinem Gott. Keinem Reh. Nur eine Idee, wie ihr Leben ohne Claus weitergehen könnte, hat sie nicht. Ich habe auch keine.

Du, hast Du eine?

Deine Johanna

11. NOVEMBER 2011 – 23:56

Liebste Jo,

nein, auch ich bin ohne Idee in diesen Novembernächten, in denen sich der Herbst als großer Winter zeigt, schon von Schnee singt, von *Frostmänteln*, ohne Idee für Kathrin, für Dich, für die Welt in Groß und Klein, auch was Simon und mich angeht, diese Kombination aus uns zweien, diese festgezurrte, löchrig-faserige Simon-Márta-Verbindung, als hätte ich nie eine Idee gehabt, als sei ich immer ohne Ideen gewesen, als wüsste ich gar nicht, was eine Idee ist, wie es sein könnte, eine zu haben. Simon hat am Morgen ein Glas zerschlagen und auf den Küchenfliesen liegen lassen, als er Richtung Schauspiel, Richtung Hedda Gabler verschwand, wo er gleich an zwei Todesschüssen arbeiten wird, peng und noch einmal peng! Das Glas für mich zum Wegmachen, als sei das meine Aufgabe, als müsste ich Simons Scherben wegfegen, als sei ich mit meinen eigenen Scherben nicht genug beschäftigt, als sei es nicht schon *eine Mordsverantwortung, man selbst zu sein*. Über Stunden habe ich es geschafft, sie nicht zusammenzukehren, erst als die Kinder am Nachmittag durch die Küche sprangen, habe ich aufgegeben und sie aufgepickt, Glasscherbe für Glasscherbe. Lieber hätte ich alles gelassen, wie es war, mit rotem Stift einen Kreis darum gezeichnet und geschrieben, Simon, spinnst Du?

Seit die Schule begonnen hat, sitzt auch die Angst wieder mit am Tisch, über die ich nicht schreiben wollte, jetzt aber doch schreiben werde, weil Mia bereits glaubt, sie ist für diese Schule nicht geschaffen, trotzdem ihren viel zu schweren Ranzen auf den schmalen Rücken schnallt und morgens loszieht. Jeden Tag quälen wir uns durch Potenzen, Quotienten, Minuenden, Subtrahenden, schneiden aus meinen alten Manuskriptseiten Quadernetze und Würfelnetze und falten sie, Mia versteht schwer, ist lustlos, und das Brüllen liegt nie weit, immer

565

in Sichtnähe, Tastnähe, in Greifnähe, Simon hält sich aus allem raus, das würde zu viel Unruhe stiften, ach so? Zwei Ferienwochen ohne Mathe – gesegnete Zeit. Mia und ihre Freundinnen, die mit uns durch den Taunusherbst gewandert sind und nun über die Stadt verteilt auf ihre Gymnasien gehen, wirken alle gedämpft, nicht nur meine elfengleiche, in diese Welt geworfene Tochter, aber vielleicht behältst Du recht, und es wird besser, wir gewöhnen uns an die weggesaugte, zerschlagene, aufgefutterte Zeit der Kindheit, vielleicht lernen wir das noch, Mia und ich, nicht länger so viel zu weinen, schließlich fließen zu viele Tränen durch dieses Jahr, mehr muss es nicht geben.

Dies noch, bevor ich auf meine Kissen falle und den Nachtgott anflehe um ruhigen Schlaf, jetzt, nicht erst später: Franz hat mich gefragt, was ein Himmelsgucker sei, falls Du es nicht weißt und Bio-Kurt gerade nicht zur Hand hast, ein Fisch ist es, der sich zum Schutz im Sand eingräbt und seinen Kopf so weit versenkt, dass nur die Augen hinausschauen. Wie kommt Franz darauf, warum fragt er mich jetzt nach einem Tier, das seinen Körper zum Schutz in den Sand eingräbt?

Márti

12. NOVEMBER 2011 – 23:43

Liebe Márti,

das hier muss ich Dir schreiben, bevor ich in den Schlaf sinke. Nein, nicht Schlaf, nur Schlafsuche. Den ganzen Abend kann ich Dich nicht erreichen, um es loszuwerden. Wo bist Du nur? Sammelst Du Glasscherben auf? Träumst Dich in einem klammen Hotelzimmer in eine schönere Welt?

Heute sagte mir Kathrin im Geheimen Garten, dass sie an jenem Abend Claus habe im Moosbach anrufen wollen. Es ging gerade um alles, nur nicht um Claus. Um die verfrühte Kerzenlieferung, karminrot, mohnrot, zinnoberrot. Die erst im Dezember hätte kommen sollen und für die Kathrin jetzt gar keinen Platz hat. Um das Birkenholz, das Kathrin auf Draht ziehen will. Das getrocknet und dann von mir zersägt werden muss. Aber da Claus jetzt in allem ist, in jedem Atemzug, in allen Dingen und Schritten, geht es immer auch um ihn. Leute standen im Laden, aber Kathrin war es gleich, dass jeder mithörte. Sie konnte nicht warten, bis es sechs wäre. Bis ich Blätter und Stielenden zusammenfegen würde. Kathrin die Tür schließen, das Geld aus der Kasse nehmen und die Lichter löschen würde. Sie sagte, an jenem Abend habe es einen Augenblick gegeben, in dem sie Claus hatte im Moosbach anrufen wollen. Ihr Sohn hatte hohes Fieber bekommen, sie musste mit ihm zur Klinik. Fast hätte sie also an der Theke im Moosbach angerufen. Fast hätte der Wirt Claus ans Telefon geholt. Fast hätte er zwei Minuten später im Auto gesessen und wäre nach Hause gefahren. Als noch ein Rest Licht im Himmel war. Vielleicht gar keine Rehe aus dem Wald huschten. Jedenfalls nicht dieses eine aus dem Wald gehuscht wäre. All das ist nicht geschehen. Kathrin hat die Nachbarin gebeten, sich aufs Sofa zu setzen. Falls eines der schlafenden Kinder aufwachen sollte.

Seit August hat Kathrin mir nichts davon erzählt. Mit sich herumgetragen hat sie diesen Gedanken. Wie einen Stein, den sie selbst mit einem Strick um ihren Knöchel gebunden hat. Kathrin sagte, diese zwei Minuten gehen ihr nicht aus dem Kopf. Zweimal sechzig Sekunden, Márti. In denen sie überlegte, ob sie Claus anrufen soll. Es sei ihre Schuld. Sie hätte ihn anrufen müssen. Ich habe gesagt, du hast keine Schuld. Zwischen Birkenholz und Kerzen habe ich gesagt, du trägst keine Schuld. Dich trifft keine Schuld, Kathrin. Ich weiß ja, es ist wahr. Mein Kopf weiß doch, das ist wahr. Das ist wahr. Das ist wahr. Dreimal hintereinander ist es wahr. Es ist doch nichts, was ich nur Kathrin zuliebe so dahergesagt hätte. Es hätte genauso geschehen können. Auch wenn Claus früher losgefahren wäre, hätte es genauso geschehen können. Ja, hätte es.

Johanna

13. NOVEMBER 2011 – 14 : 09

Liebste Jo,

habe ein langes, sinnloses Interview gegeben und mich zwischen allen Brücken mainabwärts, mainaufwärts fürs Stadtmagazin fotografieren lassen, von einem Fotografen, der mich viel zu sehr an Claus erinnert hat, Haare, Hände, Gang, sogar die Stimme hatte er von Claus gestohlen, und das hat mir auf dem kurzen Stück zwischen Hals und Brust, auf dem Weg vom Eisernen Steg zum Holbeinsteg so weh getan, dass ich ihn kaum anschauen konnte oder aber immerzu anschauen musste, ich weiß nicht mehr, such es Dir aus. Einmal nicht aufgepasst, ist er mit Taschen, Stativ und Kamera in die kahlspitzen Rosenbüsche am Liebieghaus gefallen, ich habe ihm die Hände gereicht und ihn hochgezogen, siehst Du, andere kann ich aus Büschen ziehen, nur für mich selbst kann ich nichts tun, bin in ein Loch gestürzt, wie Alice gefallen, gefallen, gefallen, *hinab, hinab, hinab, ja, sechstausend Kilometer wären das, ungefähr wenigstens,* an allen Büchern vorbei in meinen Tränenteich, platsch!, in ein Wasser, das nirgends hinzufließen scheint, in dem alles ohne Ziel treibt, neben *Enten, Marabus, Brachvögeln* und allerlei Unrat jetzt auch ich.

In mir ist eine Leere, Johanna, eine Unzeit angebrochen, in der ich Schränke ausmiste und mich nebenbei davon verabschiede, jemals wieder Kleidergröße sechsunddreißig zu tragen. Was meine Mutter mit ihren Mutterhänden genäht hat, hebe ich auf für Molke, das Blümchenkleid, das ich trug, als ich zum ersten Mal wegen *Nacht und Tag* fotografiert wurde, vielleicht findet

Mia Gefallen daran – wenn nicht, kommt es ins Museum. Gleich muss ich zum Zug, heute lese ich in Düsseldorf, morgen in Essen, so ist mein Leben, so läuft es, so verdiene ich mein Geld, obwohl ich nur dafür gemacht bin, allein am Schreibtisch zu sitzen, aber wem sag ich, wem beichte ich das. Das bleibt mein verrückter Zwist, aus dem ich nicht hinausfinde, eine Lesung kostet mich Tage, zerwühlt meine Träume und simonlosen Nächte, während Simon die Hedda auf seiner Hirnwaage weiter austariert, liege ich allein. Schlafen werde ich später einmal, bis dahin meine Angst füttern, in meinen Erzählungen könnte etwas fehlen, der eine entscheidende Satz könnte nicht dort stehen, ich könnte ihn vergessen, übersehen haben, ihn aufzuschreiben, den Satz, auf den alle warten, den alle einfordern, an den alle denken, an den nur ich nicht gedacht hatte, all die Jahre war mir nicht aufgefallen, dass er fehlt, und jetzt ist er nicht dabei, dieser eine entscheidende Satz ist nicht dabei. Vor diesen Lücken fürchte ich mich, Johanna, die gerade ins Unermessliche wachsen, diese Lücken fressen in mir, züngeln nachts an meinen Kissenecken, springen mich tags an, sobald ich den Kühlschrank öffne, nach der Milch greife, halten sich in allen Ecken und Ritzen dieser Wohnung versteckt, im Eisfach, in den Schubladen und hinten im Brotkasten.

Allein deshalb habe ich meinen Kleiderschrank ausgemistet. Um diese Angst zu packen, hinauszutragen und von fremden Händen fortschaffen zu lassen, deshalb habe ich den Keller umgeräumt, den Sperrmüll abtransportieren lassen, die Teppiche verschoben und mich gewundert, was alles darunter verborgen lag, welche abgestreiften, herrenlosen Babysocken und eingetrockneten Spuckspuren, aber lassen wir das – immerhin habe ich keine Wände eingeschlagen.

Es liebt Dich,

Márti

15. NOVEMBER 2011 – 11:03

Liebste Márta,

nur kurz und schnell heute. Neben mir liegt ein Stapel Kunst-klausuren, zwölfte Klasse: Mondaufgang über dem Meer. Der Krähenbaum. Bildbeschreibung und Deutung. Ja, ich mal wie-der, die reine Romantik. Zwischen Mondgrau, Nachtschwarz und Todesblau. Unzumutbar düster, wie ich finde. Seit Wochen schon finde. Nein, seit Monaten. Wie ich seit dem 23. August fin-den muss. Klar hätte ich etwas anderes nehmen können. Hätte, hätte. Habe ich aber nicht.

Gestern haben wir Dich im Wortsalon bewundert. Nach La-denschluss im Geheimen Garten. Kathrins alter Fernseher steht hinter dem Perlenvorhang in der Küche. Seit Claus am Abend keinen Clausklang mehr verbreitet. Damit Kathrin beim Aufräu-men Stimmen hören kann. Wir hatten abwechselnd Colin auf dem Schoß, Teetassen in den Händen, Chai mit Nanah-Minze. Füße neben Hund Xaver auf dem herangezogenen Hocker. Ha-ben Dich bewundert. Dich, Márta Horváth. Dichterin. Schrift-stellerin. Erzählerin. Du warst sehr klug, sehr blond und gar nicht wütend. Eine Lichtgestalt neben diesem verklemmten Moderator. Der Euch drei unbedingt unter das Schlagwort War-ten als Großmetapher für unsere Zeit zwängen wollte. Oh weh. Aber das Erstickungsmotiv hat er nicht erkannt. Kathrin hat die Augen verdreht und gestöhnt. Sie sei froh, Blumen zu verkaufen. Nicht mit Literatur ihr Geld verdienen zu müssen. Wie wir, wie Du und ich. Was sagt man dazu?

Auch wenn Du es nicht hören willst, ein bisschen nett muss es doch sein, mit Deinem *Zimmer* im Gepäck durch diese mürbe Welt zu reisen. Zu sagen, hallo, das hier hat mich die letzten fünf Jahre umgetrieben. Oder waren es alles zusammen sieben? Es hat mich in Atem gehalten. Mir alles abverlangt. Mich gedemütigt. Schrumpfen lassen. Auf eine Winzigkeit Ich. Aber jetzt ist es fer-tig, hier, bitte schön.

So stelle ich es mir jedenfalls vor. Ich mit meinem schlichten Rothaarkopf. Ich, Oberstudienrätin Dr. Johanna Messner. Ja, jetzt offiziell. Seit letztem Freitag offiziell. Hier liegt die Urkunde. Ich darf mich so nennen. Ich darf mein Türschild ändern. Meinen Eintrag im Telefonbuch. Großartig!
Deine Doktor Jo

16. NOVEMBER 2011 – 00:56
Liebe Jo, liebste Doktor Droste,
das Erstickungsmotiv, mein Dank an die Literaturpromovierte! Du legst mir diese Dinge in den Mund, damit ich etwas habe, das ich werde einstreuen, mit dem ich mich werde schützen können, das kann ich nun hübsch anbringen und wie zufällig einfügen, als sei es nicht geklaut, sondern mir selbst plötzlich eingefallen. Ihr treuen lieben Seelen habt mich angeschaut, und wäre nicht alles furchtbar traurig, könnte ich darüber sehr glücklich sein, Ihr gehört zu den zweiundsiebzig Leuten, die mich gesehen haben, neben Euch also siebzig weitere, und ja, ich war selbst erstaunt, wie gelassen ich an diesem Abend sein konnte, als hätte ich zwei Valium aus einer Notpackung genommen und Rescue-Tropfen auf meine Handgelenke getupft, aber solche Tage gibt es selbst in meinem Leben, ich hebe sie auf und mache sie mir zunutze, zweimal im Jahr, vielleicht nur zweimal im Leben, und auf einen solchen Tag ist zufällig diese Sendung gefallen.
Das Geldverdienen im Haus Horváth-Leibnitz bleibt schwierig, längere Texte kann Simon kaum loswerden, gerade sitzt er über einem, Kleist und der sinnvolle Tod oder so ähnlich, ja, was denn sonst bei Kleist? Zudem fürchtet er, sie könnten ihm sein lächerliches Zeilenhonorar weiter kleinstreichen, während munter die Preise für alles und jedes steigen, moderne Zeiten, Johanna, am Theater tummeln sich auch zu viele, womöglich mit weniger phantastischen Denkbahnen, dafür mit spitzeren

Ellbogen als Simon, aber ich habe schon ein neues Leben für uns entworfen, sekundenweise zwischen meinen Kissen gelingt mir das noch, wenn Simon in der Theaterkantine sitzt, schreibt und streitet, schmiede ich noch manchen Plan für uns, wir kaufen ein Häuschen auf einer Insel im Meer, von was, muss ich noch herausfinden, am Hafen biete ich in meinem Bauchladen Simons Waltouren an, auf den Spuren Starbucks, Ahabs, Ismaels und der restlichen abgründig düsteren Besatzung, da kennt sich Simon schließlich aus wie kein Zweiter. Ich weiß, ich bin verrückt, verloren, übergeschnappt, nicht zu retten, noch Pläne für uns zu schmieden und ein nächstes Leben für uns zu entwerfen – mein dummer alter, nicht kleingeschrumpfter, auflodernder Simonreflex, in einer winzigen Zeitschleuse zwischen zwei Nachtminuten meldet er sich zurück und will seine Bilder.

Soeben ist Deine Patentochter aufgestanden, ohne dass Simon und ich sie mit Türschlagen und unseren Vorwurfskanonen geweckt haben können, jeder sitzt nur friedlich still an seinem Schreibtisch, vor dem milden Tack-Tack der Tasten, aber Mia hat wirre Sätze gebrabbelt, ohne Sinn und Verstand, als hinge sie fest in ihrem Traum, dem sie auf nackten Füßen hatte entkommen wollen, vorwurfsvoll hat sie uns mit weit aufgerissenen blauen Augen angeschaut, als sei es unsere Schuld, dass wir sie nicht verstehen.

Márti

17. NOVEMBER 2011 – 15 : 13

Liebste Márti,

Konrad hat am Morgen vor der Tür gestanden. Er könne diesen Riss nicht verstehen. Aber wenn er gehen solle, brauchte ich es nur zu sagen. Ich habe das nicht gewollt, Márti. Im Gegenteil. Ich habe gewollt, dass er sich an meinen Tisch setzt. Meinen Kaffee trinkt und durch mein Fenster in meinen novembermatten Garten schaut. Auf meine sterbenden Orakelblumen. Ja, so heißen sie.

Jetzt schreibe ich Dir wieder aus Meersburg. Aus einem Zimmer mit Blick zum Ufer. Keine Stimmen in der Unterstadt. Der Winter hat die Landschaft schon umarmt. Vor mir liegt das blaue Wasser. Umringt von Weiß. Die Wege sind bedeckt von Schnee, ruhig ist der See. *Winterstill.* Dein Wort. Noch sträubt er sich gegen den Nebel, der ihn bald verhüllen wird. Die Berge schauen ihm zu und bewundern ihn. Konrad hebt Steine auf und schießt sie übers glatte Blau. Ja, wir sind zusammen nach Meersburg gefahren. Dreimal, viermal springen die Steine. Nein, ich weiß nicht, was geschehen würde, käme Markus jetzt vorbei. Aber er kommt ja nicht. Nicht nach Meersburg.

Ich habe Konrad erzählt, an einem Novembertag war die Droste auf dem Weg nach Haltenau in ein Unwetter geraten. Sie hatte *den See einmal in seiner tollsten Laune gesehn.* Ihrer Freundin Elise Rüdiger schrieb sie, *bei jedem Schritt höher konnte mich der Wind packen, ich musste mehr kriechen als gehen und bei jedem Ruck niederhocken, um nicht weggerissen zu werden.* In der Burg gab es böse Worte von der Mutter, der Schwester, von Laßberg. Dann Tee, ein heißes Bad und Bettruhe. Ihr dicker Rock brauchte acht Tage, um zu trocknen. Nein, nicht übertrieben. Acht Tage. An Elise schrieb sie von ertrunkenen Fischern. Von versunkenen Booten. Aber in der Chronik der Stadt steht nichts davon. Kein Mensch vom Wasser hinabgerissen. Kein Boot. So ist es mit der Literatur, hat Konrad gesagt. Es braucht bloß einen Regentropfen, um ein Gewitter zu erleben. Einen Sturm zu weben.

Ob es etwas geben könnte, was ihn an mir stören müsste, hat er gefragt. Bevor er ans Ufer hinab ist. Ob ich das vielleicht denke? Ich habe gesagt, ich glaube an Gott. Es ist verrückt, aber ich kann das nicht ablegen. Auch wenn das Leben bislang gar nicht so nett zu mir war. Überhaupt nicht so nett zu mir. Dann mag ich

Hunde. Ich hätte gern einen. Da hat er gelacht und gefragt, und das solle ihn jetzt stören? Seit langem bin ich glücklich, Márti. Ja, hör dieses große Wort aus meinem Mund. Seit Konrad an die Tür geklopft hat und ich wenig später in seinen Wagen gestiegen bin, spüre ich meine *Glückshaut*. Das wollte ich Dir unbedingt heute schreiben. Nicht morgen. Nicht erst übermorgen. Unbedingt heute. Unbedingt jetzt. Glücklich ist vielleicht zu viel. Sagen wir lieber: nicht unglücklich. Kein bisschen unglücklich. Nicht ein winziges bisschen unglücklich.

Johanna

21. NOVEMBER 2011−04:33

Liebste Jo,

ich bin nach zwei Stunden Schlaf mit dem *Frostgefühl eines feuchten und kalten Novembers auf der Seele* aufgewacht und aus meinem halbleeren Bett geklettert, um Dir zu schreiben, obwohl Du alles weißt, obwohl ich Dir alles erzählt, jede Sekunde für Dich nacherzählt habe, ja, ich bin verrückt gewesen, für Simon und mich noch Pläne zu zeichnen, jetzt weiß ich es, jetzt ist es klar, jetzt, in dieser Unzeit zwischen *Nacht und Tag*, während die Kinder nebenan leise seufzend durch ihre reichbebilderten Träume fliegen. Nein, es wird keine Entwürfe mehr für Simon und mich geben, nicht für ein gemeinsames Leben, nicht zu zweit und nicht zu fünft, daran hat auch dieser jüngste Tag nichts geändert, das ist es also, Johanna, was mir dieses Jahr noch nehmen will, als hätte ich nicht genug hergegeben.

Unter Tränen, Vorwürfen und Ausbrüchen verteilt über drei Nächte und Tage ist es entschieden, eine Art dunkler Geisterbahn, Abstieg in die Unterwelt, ins Hadesvorzimmer, auf unserem Strom des Erinnerns und Vergessens, alles gleichzeitig und alles durcheinander, gegen Ende ohne Kraft und Sinn, Simon und ich unter hochschwappenden Schmutzfluten auf unserem

Zweierfloß, bis ich im Morgengrauen, zwischen fünf und sechs sagte, er solle abspringen – ob ich das auch gemeint habe, weiß ich nicht, ich habe es vergessen, vielleicht habe ich gemeint, lass uns nicht durchdrehen und bleib, lass uns nicht durchdrehen und bleib bei uns.

Eine Stunde später haben die Kinder wie immer gefrühstückt, ihre Schultaschen, ihre Rucksäcke aufgezogen, und wie immer sind sie los, weg aus der Kristallstille zwischen Simon und mir, die sie mit ihrem Wüten und Toben kurz durchbrochen hatten. Simon hat ein paar Dinge zusammengeklaubt, ist die Treppe hinabgestiegen und durch das Tor hinaus, als der Himmel unverschämt blau wurde, über den Baumkronen ist ein Flugzeug durch diesen blauen Novemberhimmel gedonnert und hat ihn in zwei Hälften geteilt, ich habe die Leiter heruntergelassen, bin aufs Dach geklettert und habe geschrien, über die Dächer der Körberstraße, die Gleise der U-Bahn, über die kahlen Bäume unseres Viertels.

Jetzt ist der Mann mit dem heiligen Namen weg. Ich tanze eine neue Schrittfolge in unserem Jammerreigen – allein. Ob sein Name mich schon hätte warnen müssen? Als Simon ihn vor einer halben Ewigkeit, zu einer anderen Zeitrechnung jedenfalls, in einem aus dem Alltag gefallenen, wie vor meinen Füßen gelandeten Musikgeschäft, zum ersten Mal für mich aussprach? Einer, der Kreuze abnimmt und trägt – aber nur bis zur nächsten Ecke. Einer, der den Freund verleugnet, bis der Hahn am Morgen kräht. Nie gesehen, nein, kenne ich nicht, kenne ich nicht, kenne ich nicht, dreimal hintereinander. Warum hat mich dieser Name nicht gewarnt? Wie Simon ihn aussprach, hätte mich schon warnen müssen, mit dieser Stimme, die mir sofort gefiel, die mir zu schnell, überrumpelnd schnell, achterbahnschnell, pistolenschussschnell gefiel, aber es hat mich nicht gewarnt, nie hat irgendetwas mich vor Simon gewarnt, nicht sein glasblauer

Blick, nicht seine unerträgliche Art, ein Geheimnis um alles weben zu müssen, auch nicht Mia vor wenigen Nächten, mit ihren wirren Worten und aufgerissenen Augen, meine schlafwandelnd unheilwitternde Kassandra.

Wenn du fortgehst, Liebster, wird es regnen. Nein, geregnet hat es nicht, Johanna, gestern ist ein hundsgemeiner Tag gewesen, aber geregnet hat es nicht, keinen Tropfen. Mild und hellblau hat er sich gezeigt, sein eingebrochener, zersplitterter, herabgesauster Himmel von seiner unschuldigsten Seite.

Deine Márti

27. NOVEMBER 2011 − 20 : 03

Liebe Márti,

mittags ist der erste Schnee gefallen. Krallt sich an die höchsten Tannen. *Der Winter kommt mit dem Windhundgespann.* Bedeckt meine Disteln und Bachnelken. Meinen Blutweiderich. *Eisblumen streut er ans Fenster.* Wir alle werden lange auf den Frühling warten müssen.

Heute bist Du nicht da, heute liest Du in Braunschweig. Der erste stille Abend ohne Dich, ohne mit Dir zu telefonieren. Du kannst Dir nicht vorstellen, welches Vogeltreiben in meinem Novembergarten herrscht. Sie sind spät dran. Als hätten sie den Tag der Abreise versäumt und müssten sich beeilen. Waldwasserläufer, Seidenschwanz, Trauerseeschwalbe. Diesen Namen wollte ich Dir verschweigen. Jetzt habe ich ihn doch aufgeschrieben. Trauerseeschwalbe. Bio-Kurt hat sie für mich aufgezählt. Sie alle legen Rast bei mir ein, bevor sie weiterziehen. Vielleicht träume ich deshalb aufzubrechen und mit Dir durch den Odenwald zu wandern. Mit halbnassen Füßen auf einen Honigtee in der träumerei zu versinken. Das Leben und was es mit uns anstellt abzustreifen. Vor der Tür stehenzulassen. Beim Weitergehen einfach nicht mitzunehmen. Wird aus unserem Spaziergang durch Mi-

576

chelstadt wieder nichts? Durch meinen alttreuen Sehnsuchtsort aus Schindeln? Heben wir uns den auf fürs nächste Jahr? Fürs übernächste? Und bewegen uns bis dahin weiter zwischen Wüten und Hassen? Du aufsteigend. Ich schon absteigend. Ja, absteigend, Márti.

Bei allem versuche ich ruhig zu bleiben. Sobald ich morgens meine Decke zurückschlage, versuche ich schon ruhig zu bleiben. Die Enden meiner Nervenbahnen nicht zu beachten. Auch wenn der Abend mit Dir nachbebt. So wie heute Morgen noch unser Abendgespräch nachgebebt hat. Zuvor hatte ich im Geheimen Garten Birkenäste zersägt. Neben Kathrin mit ihrem dicken Bauch. Hatte Birkenscheiben auf Draht gefädelt und geweint. Nicht gewusst, *ob wir gestorben oder nur unendlich traurig sind.* Das habe ich Dir am Telefon verschwiegen. Dass ich mutlos, tonlos Kränze gebunden und geweint habe. Es am Morgen aber wegschiebe und versuche, über allem ruhig zu bleiben. Auch Du wirst jetzt alles daransetzen, über allem ruhig zu bleiben, Márti. Jeden Morgen wirst Du Deine Kräfte einsammeln und neu ordnen. Sehen, was Dir die Nacht an Kraft vielleicht zurückgegeben hat. Wirst schauen, ob alles da ist, was die Kinder brauchen. Ihre Schuhe und Jacken aus einem Haufen fischen. Ihre Schulhefte und Stifte. Wirst überlegen, was Dich heute erwartet. Was Du zu tun hast. Du wirst nichts überstürzen. So wie Kathrin. So wie ich.

Du wirst sehen, es geht. Ja, es geht. Ich öffne morgens auch meine Tür und schlüpfe hinaus. Ich prüfe den Tag, den Himmel. Das Licht. Das Wetter. Wird es kälter? Schneien? Regnen? Aus diesem gnadenlosen Himmel, der sich um uns nicht kümmert? Längst nicht mehr kümmert um uns und was hier unten mit uns geschieht?

Jo

29. NOVEMBER 2011 – 22:54

Liebste Johanna,

zwei Zeilen, bevor meine Augen zufallen und ich in den mir zugedachten ruhelos-aufgeregten, traumzerwühlten Schlaf sinke,
hast du so vieles, so vieles erlebt, daß dir im Traume es kehren muß?
Ich sitze an der Bettkante und heule mit dem Stadtwind, der ums
Haus und seine Fenster jagt, als wolle er mich und meine Kinder
in die Luft heben und wegblasen, als hätten wir hier nichts verloren und daher auch nichts mehr zu suchen – ich zwei Oktaven
höher, ja, sicher zwei, wie das wohl klingt, wirst Du Dich fragen.
Dass ich überhaupt schreibe, grenzt an ein Wunder, es ist die
Zeit des Tages, in der ich vor Erschöpfung schreien würde, hätte
ich noch Kraft und Stimme, fühle mich halbiert, glattsauber mit
dem Messer aufgespalten, obwohl ich mir nach Deiner Rechnung nur vorkommen müsste wie ein Fünftel weniger.

Du kannst Dir vielleicht vorstellen oder aber gar nicht vorstellen, wie mein Leben aussieht, also musst Du es doppeltdreifach
rechnen, wenn ich schreibe. Simon ist gegangen, und ich frage
mich jede Stunde, ob das meine Strafe ist, weil ich immerzu ein
anderes Leben führen wollte als das, in dem ich festsitze? *Meine
angeborene Unart, immer an dem Orte zu leben, an welchem
ich nicht bin* – über sie hat Simon während seiner letzten Tage
im Erdgeschoss der Körberstraße zwölf geschrieben, rund um
diesen Satz hat er den sterbenden Kleist und seinen sinnvollen
Tod an den novemberblauen Wannseewellen gebaut. Auch so
ein Seeufer, Johanna. Ich werde den Gedanken nicht los, Simon
hat gewartet, bis mein Buch stehen würde, seit langem hat dies
in ihm geschwelt und wurde jedes Mal ausgetreten, wenn ich
mich an den Schreibtisch gesetzt und mein *Zimmer* weiter aus-
geschmückt hatte. Simon hat gewartet, bis ich den Boden verlegt
und Wände gestrichen hatte, bis dieser alles auffressende Wurf
getan war und ich der Welt seine Tür geöffnet habe.

Lori und ich umkreisen einander wie zwei traurige Tiger, denen der dritte abhandengekommen ist, Simon klammern wir aus, seinen Namen sagen wir nicht, Simon hat ihn mitgenommen, als er die Tür hinter sich geschlossen hat. Er wird nicht genannt, nicht von Lori, nicht von mir, auch wenn die Kinder ständig von ihrem Vater reden, obwohl, wenn ich darauf achte, wenn ich richtig zuhöre, vielleicht doch mit jedem Tag weniger. Lori hält es für ein Dazwischen, sie denkt, es geht vorbei wie Windpocken, Masern, wie mein Ausschlag, auch wenn sie es nicht sagt, kann ich es ihrem Gesicht ablesen, zwischen den feinen grünen Adern, die auf ihre Augen deuten, kann ich sehen, sie denkt so. Wenn sie ihre Hände auf Mias sich wild windendes Haar legt, wenn Franz auf ihren Schoß klettert, Henri den Schal von ihren Schultern zieht und um seinen Hals wickelt, um ihr zu zeigen, sie soll die Straße bis zur nächsten Schaukel mit ihm hinabspazieren, denkt sie genau das. Es wird vorbeigehen, denkt sie, Simon wird zurückkehren, um sein Bett, seinen Schreibtisch wieder zu beziehen, und ich sage dazu nichts, was soll ich auch sagen?

Márta

30. NOVEMBER 2011 – 14:34

Liebe Márta,

der November singt zum Abschied vor meinen Fenstern. Sein still rauschendes Regenlied. Nimmt den Schnee mit. Tränkt meine Christrosen. Gestern war ich zum Gansessen bei Kurt. Er ruft mich an, lädt mich ein. Und ich rätsele, ob seine Frau so glücklich damit ist. Kurt scheint nicht zu wollen, dass ich in der dunklen Jahreszeit zu oft allein bin. Er denkt, ich bin allein. Dabei bin ich so gut wie jeden Abend bei Kathrin und den Kindern. Nein, von Konrad weiß er nichts. Und ja, ein bisschen schäme ich mich. Jedes Mal, wenn er Bilder von Stieleichen und Schwarzerlen in mein Fach legt. Die er auf seinen Wanderungen rund um die Augen des schwarzen Walds entdeckt und fotografiert. Drostegleich verzauberte, weiß bemalte Bäume.

Ich hatte vor dem Essen noch etwas Zeit. Also bin ich unter Laternen durch unsere drei, vier Straßen gegangen. Vorbei am Geheimen Garten, der friedlich still und unverändert hinter Glas lag. Keine blinkenden Lichterketten dieses Jahr. Nur Kerzen, die Kathrin am Morgen anzündet und die bis zum Abend brennen. Es war, *als ob alles sich bewegte und die Bäume in den einzelnen Mondstrahlen bald zusammen, bald voneinander schwankten.* Ich lief am Moosbach vorbei. Beleuchtet, mit Sternen geschmückt. Wie immer zu dieser Zeit des Jahres. Wenn es bald enden will. Ich habe durchs Fenster geschaut und Claus dort sitzen sehen. Zwischen Markus und den anderen. Ich habe ihn sehr genau sehen können. Mit buntem Wollschal und Lederjacke. Selbst die Ringe an seiner linken Hand habe ich sehr genau sehen können. An seiner holzschleifenden, Klarinette spielenden Hand. Ich habe an die Scheibe geklopft. Erst dann ist er verschwunden.

Immer wieder gibt es solche Augenblicke zwischen Claus und mir. In denen er sich vor mir aufstellt und sagt, ich habe gelebt. In deiner Nähe, Johanna, habe ich gelebt. Denk an mich, wenn du diese Straße hinabschlenderst. Wenn du das hier siehst.

Am Moosbach geschieht es. An manchen Stellen im Wald. Am Bach, wo er zwischen Minze und Ehrenpreis breiter wird. Wo Claus eine Brücke für seine Kinder gebaut hatte, die am nächsten Morgen verschwunden war. *Die Bilder meiner Lieben sah ich klar.* All diese Toten, Márta, mit denen wir schon leben. Das Leben fegt mit seinen Zumutungen über uns hinweg. Noch finden wir Verstecke, Du und ich, noch gelingt es uns zu fliehen. Wir müssen glücklich sein, Mártilein. Auch wenn Du es nicht fassen willst, dass ich Dir ausgerechnet jetzt das schreibe und vorschlage. Aber doch, wir müssen glücklich sein. Vom Ärgsten bislang verschont geblieben zu sein. Besonders ich muss darüber glücklich sein.

Deine Johanna

2. DEZEMBER 2011—12:05

Liebste Jo,

Henri hat in der Nacht so schlimm gehustet, dass ich ihn nicht in seine Kita geschickt habe, die Ärztin hat ihn trotz des nicht aufhörenden, japsend keuchenden, kläffend beißenden, nacht-raubenden, tagraubenden Hustens für gesund erklärt, wenn das keine gute Nachricht ist! Seine Lunge ist frei, was ich sofort ge-glaubt habe, weil ich nichts lieber glauben will als das. Morgen kann er mit Lori losziehen, an etwas muss ich mich festhalten, jetzt also daran, dass ich morgen ein bisschen mir gehören kann, auch wenn ich nichts Sinnvolles anfange, bloß lästige Márta-Gedanken ordne, die ich überhaupt nicht denken will, die ich nie gebeten habe, sich in meinem Geäder einzunisten. Gerade musste ich denken, dass ich mit Simon später einmal, in einem nächsten, einem zweiten, dritten Leben, das es später einmal hätte für uns geben können, hätte, hätte, ja, hätte!, die italieni-sche Küste abfahren wollte, so wie wir das früher, vor unzäh-ligen, ungezählten, vielleicht gar nicht existierenden, vielleicht nur ausgedachten, erträumten Jahren getan hatten, in denen wir zu zweit waren. Wir hätten einen Strand nach unserer Vorstel-lung gesucht, Simon und ich im Wagen mit heruntergelassenen Fenstern, neben uns das schmale Rivierameer und wir mit flat-ternden Haaren auf der Suche nach dem einen Ausschnitt Küste, wo wir die Schuhe abwerfen und ins Wasser laufen. Dieses Bild ist zurück in mein *Nacht und Tag*, jagt durch meine Springwellen aus Traum und Wirklichkeit, da ich ja leider nicht bestimmen kann, über was ich nachdenken will und über was bitte lieber nicht, von was ich träumen möchte und von was eigentlich gar nicht mehr.

Mit Dir und Kathrin zu reden ist mein täglicher Tropfen Trost, wenn ich Euch nicht hätte! Gestern ist Euch ausgerechnet die Bishop eingefallen, sie ist ja nur einen Gedanken von Lowell entfernt, und der ist wiederum nur einen Gedanken von Konrad entfernt, und Konrad ist jetzt kaum mehr einen Gedanken von Dir entfernt, und da musste ich am anderen Ende der Leitung in Frankfurt anfangen zu weinen, das muss aufhören! *Die Kunst des Verlierens studiert man täglich. Lerne zu verlieren, Tag für Tag.* Eure Stimmen sind meine Rettung am Abend, wenn es plötzlich still wird, nach sechzehn Stunden Taglärm plötzlich ungemein still wird und Ihr wenig später das Telefon auf Lautsprecher schaltet, Abend für Abend, damit ich Neues aus dem Geheimen Garten, dem schwarzen Wald höre, während Hund Xaver ein bisschen bellt, und damit ich Neues aus der Körberstraße berichten kann, in der es ja nichts Neues gibt, nichts, gar nichts, überhaupt nichts Neues, obwohl alles neu und anders ist, seit Simon gegangen ist, seit er die Tür am Abend, am Morgen nicht mehr öffnet, seine Jacke nicht mehr abwirft, seit er seine Zettelwelt nicht mehr auf dem Küchentisch ausbreitet, um in ihr baden und tauchen zu gehen.

Vielleicht hat Kathrin recht, die Kinder und ich werden anders und neu zusammenrücken, zueinander aufrücken, vielleicht die eine Lücke schließen, die es gab zwischen uns, das eine Schrittchen gehen, das wir aufeinander zugehen könnten, wenn noch Platz ist zum Schritte tun und Lücken schließen, vielleicht ist noch etwas Platz zwischen den Kindern und mir. Wenn ich morgens mit ihnen am Tisch sitze, zwischen den liegengebliebenen Brocken des Abends, wenn der Verkehr über die Eschersheimer rollt, die Vögel aufscheucht und die Stadtgärten verpestet, Mia ihr erstes Bild malt, Franz laut aus dem Leierkasten liest, *laß die*

582

Wolken ruhig ziehen, laß den Regen Regen sein, Henri mit den Fingern durch sein Müsli fährt und die Rosinen auf seinem Tellerrand verteilt, denke ich, es ist kein Fehler, seine Frau zu verlassen. Es ist ein Fehler, seine Kinder zu verlassen.
Márta

3. DEZEMBER 2011 – 17:14
Liebste Márti,
Schichten von Eis haben sich vor meine Tür gelegt. Der schwarze Wald bettet sich zum Winterschlaf. Setzt an zu seinem lichtlosen Traum. Wieder muss ich darauf achten, meinen Kopf nicht zu schnell zu drehen. Mein Schwindel ist zurück. *Ich bin so schwindlig wie eine Eule, es klingelt mir fortwährend in den Ohren.* Es wäre auch ein Wunder, würde mir nicht schwindlig. Nach allem, was sich in diesem Jahr in meinem Kopf versammelt hat. Sich dort tummelt. Kathrin hat einen Adventskranz für mich gebunden. Kiefer, Tanne und Birkenholz. Das ich selbst in schmale Stücke gesägt habe. Schöner als vor einem Jahr ist er geworden. Obwohl das kaum möglich war. Claus hatte mir damals den Kranz gebracht. An einem dunklen Wintermorgen auf meinen Tisch gestellt und die erste Kerze angezündet. Also habe ich diesmal davorgesessen und geweint. Was hätte ich sonst tun können?
An einem schneeverwehten, unbegehbaren Wochenende hatte Claus für seine Kinder Der Wind in den Weiden eingelesen. In seinem kleinen Studio wie ein Hörbuch aufgenommen. In den Lesepausen Benjamin Britten gespielt. Klarinette und Klavier. Warum ausgerechnet Britten? Zeitlich haben sie sich ja verpasst, Grahame und Britten. Es ist hübsch geworden. Zauberhaft hübsch. Claushübsch eben. Claus liest in allen Tonlagen und Facetten – kann ich das so im Präsens sagen? Liest? Maulwurf. Wasserratte. Dachs und Kröte. Am lustigsten den Dachs. Er spielt den Britten – na, wie Claus ihn eben spielte, die Freitagnach-

mittage schräg und leicht, den Peter Grimes fast ohne Düsternis. Stell Dir vor, das war ihm gelungen! Den Peter Grimes ohne Düsternis zu spielen! Seit Claus' Tod hat niemand gewagt, die Aufnahme zu hören. Ein Verbot liegt darüber. Irgendwer flüstert, ihr dürft nicht.

Weihnachten werden wir bei mir sein. So ist es mit Kathrin besprochen. Wegen der Kinder kann sie es nicht ausfallen lassen. Aber sie kann nicht in ihrem Haus feiern. Sie hat keine Kraft, einen Baum zu schmücken. Eine Gans zu braten. Geschenke zu verpacken. Ihre ganze Kraft braucht sie, um morgens aufzustehen. Den Hund rauszulassen. Den Kindern ein Frühstück aufzutischen. Die Tür zum Geheimen Garten zu öffnen. Mehr Kraft hat sie nicht. Mehr Kraft ist nicht verfügbar. Also werde ich alles übernehmen. Auch wenn ich nicht halb so gut kochen und backen kann. Nicht halb so gut einen Baum schmücken, eine Tafel decken. Jetzt werde ich also Gäste haben an Weihnachten, Márti. Zum ersten Mal. Sie werden sich zwischen Engel aus Ton an meinen Tisch setzen. Anders, als ich es mir gewünscht hatte. Als ich es mir vorgestellt und ausgemalt hatte. Ich will Georg fragen, ob er kommen kann. Mit uns *lernen, wie der Mond im Nachtfrost vor Weihnachten untergeht.* Das würde uns neu zusammenwürfeln.

Kathrin habe ich gesagt, nichts musst du machen. Nur einen Strauß Blumen mitbringen und ihn auf meinen Tisch stellen. Sonst brauchst du an nichts zu denken. Üppig muss er sein. In allen Tönen von Rot. Nach viel muss er aussehen. Nach Leben. Nicht nach Sterben.

Deine, immer Deine

Johanna

5. DEZEMBER 2011 – 23:33

Liebste Jo,

gleich muss ich Stiefel füllen mit Apfel, Nuss und Mandelkern und Dein Bücherpäckchen im Hausflur verteilen, Deutsche Heldensagen, die Taschenfee und Gute Nacht, Gorilla, davor noch diese zwei Zeilen. Ein unerwartetes Nikolausgeschenk kam heute, die Nachricht, dass mein spanischer Verlag mein *Zimmer* gekauft hat, Johanna, stell Dir vor, meine erste Lizenz für Prosa! *La cámara otra*, wie klingt das in Deinen Ohren? Ein winziges, kaum zu sehendes Steinchen in meinem Bauplan, eines Tages reich und frei zu sein, frei, frei, frei, Johanna, dreimal hintereinander, oder frei und reich, reich, reich, gleich wie, das hat mir mein Leben, mein Schicksal heute vor die Haustür gelegt, damit ich es gleich sehe, wenn ich öffne und die Kinder losstürmen, damit ich weitermache und durchhalte, damit ich nicht aufgebe und nicht tiefer in mir selbst verschwinde. Vor zwei Tagen war mir genau danach, als die Afghanin, für die ich mich aus lauter Verzweiflung entschieden hatte, weil unser Kindermädchen sich schon nach einem neuen Leben umschaut, zehn Minuten vor der verabredeten Zeit absagte. Während mein Zug in Richtung Herford ohne mich abfuhr, begann mein altes Mühlrad knarrend anzuspringen und in meinem Kopf alles zu drehen, den Tag, den Abend, mein Spiegelbild, die Körberstraße und dahinter die Stadt unter ihrem leergeräumten Dezemberhimmel – so viel zur Komfortzone Mutter und Kind aus dem Weltbild der taz, wegen dem ich Briefbomben schicken möchte, wo ist diese Komfortzone bitte schön, kann mich jemand dorthin führen? Ildikó hatte schnell übernommen, die Afghanin hat sich später entschuldigt und versprochen, es werde nicht mehr vorkommen, ich will es glauben, meine Ansprüche an Babysitter habe ich weit heruntergeschraubt, Johanna, sie sollen nur pünktlich sein und meine Kinder nicht stehlen oder umbringen, mehr erwarte ich nicht.

An allen Fronten kämpfe ich allein, Schule, Arbeit, Geld, also bleibt mir nichts, als unterwegs zu sein, auf jedem Podium meinen Senf dazuzugeben, ohne Ildikó, Lori und meine Eltern, die sich sofort ins Auto setzen, sobald die Afghanin nicht auftaucht, wäre das nicht zu machen, wäre gar nichts, überhaupt nichts zu machen. Mein armes Kind, hat mein Vater gesagt, als er mich gestern am Bahnhof abholte, zehn nach neun an Gleis dreizehn, noch immer gilt das und hört nicht auf, nie hört das auf, gleich wie alt ich bin, gleich wie lange ich sein Haus schon verlassen habe und mit eigenen Kindern in einem anderen Haus wohne, ich bleibe sein armes Kind. Lori spannt Simon ein, ich tue es nicht, ich werde ihn nicht anrufen, ich will nicht mit ihm reden, nicht mit ihm vereinbaren müssen, wie und wann er einspringen könnte, weil es mich mehr Kraft kosten würde, als mit allem allein zu bleiben. Aber Lori spannt ihn ein, ich weiß es, auch wenn wir nicht darüber sprechen, weil es Teil unseres Nichtangriffspakts ist, unser Doppelbeschluss, aber Mia, Franz und Henri plappern es weiter, sie spucken sofort aus, Papa war da, Papa war hier.

Ich versuche viel mit den Kindern zu sein, sie kommen früher von Schülerladen und Kita nach Hause und sind nicht mehr die Letzten, die abgeholt werden, ich koche Suppen mit ihnen, Linsen, Kartoffeln, Möhren, viele Suppen derzeit, gegen die Kälte, den Frost, den Schmerz in meinem Kopf und weit unten in meiner Brust, wir spielen und reden, und das ist ein Luxus, Johanna, auch wenn alles schwierig bis wüst bleibt, ist das ein Luxus. Ich schreie nicht mehr mit ihnen wie in den Zeiten, in denen ich geschrieben habe, in denen ich nichts als Ruhe gebraucht hätte und diese Ruhe sich nirgends, am wenigsten in der Körberstraße zwölf finden ließ, ich brülle nicht mehr wie in all den Jahren zuvor, weil alle ständig an meinen Nerven gerupft hatten, die quer durch unsere Zimmer, quer durch alle *anderen Zimmer* gespannt waren, von einer Ecke zur anderen, damit jeder auf ihnen seiltanzen konnte, am ausgiebigsten Simon.

Gute Nacht, mein liebster *Gorilla*.

Márta

6. DEZEMBER 2011 – 06:54

Liebe Márti,

ich muss los, mein Rad nehmen und ins Tal. Zweiunddreißig müde Schüler warten auf mich. Auf meine Fragen zu Hymne, Ode, Ballade. *O schaurig ist's übers Moor zu gehn, wenn es wimmelt vom Heiderauche.* Ja, schaurig, Márti. Nein, ich kann es nicht lassen. Kann es einfach nicht lassen. Auch wenn ich mich lieber ins Kissen drehen und die Läden vor den Fenstern nicht öffnen würde. Meine treuen Schwarzwaldhausläden. Die das Draußen so verlässlich abriegeln und aussperren. Die Welt mir zuliebe wegschieben.

In diesem Draußen läuft der Geheime Garten auf Hochtouren. Wenn es so weitergeht, wachsen Blasen an meinen Fingern. Wir verkaufen im Akkord. Amaryllis. Alpenveilchen. Weihnachtssterne. Wir binden Kränze und Sträuße, legen Geld in die Kasse. Deshalb will ich aufhören, die Leute zu hassen. Die ihre Blumen nehmen, ins Auto steigen, zu ihrer Familie nach Hause fahren. In der niemand fehlt. Den halben Sommer und ganzen Herbst über habe ich sie gehasst. Jetzt könnte ich anfangen, damit aufzuhören.

Ob ich den Stifter dieses Jahr lesen werde? Die Rettung der Kinder, die Demut, die in die Täler schwappt, wenn alle auf die Knie fallen – in diesem Winter vielleicht nicht auszuhalten. Aber Jan will ich an Weihnachten Zeichenkohle schenken. Damit er Hände zeichnen kann. Weitere Hände. Klatschende, ringende, gefaltete Hände. Ich werde die Kohle in Papier gewickelt vor seine Haustür legen. Zum Tuschekasten hat Jan übrigens nie etwas gesagt.

Unausgesprochen flirrt es zwischen uns. Er weiß, dass er von mir ist. Das liegt in Jans Blick. In seiner Art, mir etwas zu zeigen, das er damit gemalt hat. Nur sagen kann er es nicht.

Das Wichtigste zum Schluss. Welche Größe trägt Franz?

Jo

10. DEZEMBER 2011 – 23:44

Liebe Jo,

Franz' Größe ist 134, aber Du kannst ihm kein Hemd mehr schenken, nur Kapuzenpullis mit Monstern, sonst weint er, wo er jetzt sowieso über alles und jedes weint – am Morgen ist der Engel aus Gips, der jedes Jahr im Advent von unserer Decke hing, herabgefallen und zerbrochen, die Scherben habe ich zusammengekehrt und in den Müll geworfen, darüber hat Franz so bittere Tränen vergossen, als wäre es das Ende der Welt, sein vége a világnak.

Aus welcher Stadt ich Dir gerade schreibe, weiß ich nicht, es ist mir gleich, und Dir ist es vielleicht auch nicht wichtig, ich blicke zurück auf dieses Jahr, an diesem ausklingenden Dezembertag blicke ich auf alles, was es mir gegeben, auf alles, was es mir genommen hat. Das *Andere Zimmer* hat Schläge hinnehmen müssen, aber auch Lob eingefangen, das mir berichtet wird von Lori und Dir, meinen treuen Weltwanderern, Ihr spießt es mit Euren Stöcken auf und haltet es mir vor die Augen. Ich gehe durch ein Zwischental, in dem es keine Sehnsucht nach Schreiben gibt, in dem das Schreiben nicht die geringste Rolle spielt, in dem ich gar nicht mehr weiß, hat es je eine Rolle für mich gespielt. Ich surre und lese, morgen fahre ich nach Nürnberg, nächste Woche in die Schweiz, Basel und Zürich, immer mit der Angst im Rücken, das Kindermädchen könnte absagen, ein Kind könnte krank werden, Sonntag bin ich um elf im Schweizer Radio zu hören, vielleicht hast Du Lust und Zeit auf Deine alte Márti und ihre alten Sätze, die sie schon tausendmal gesagt hat und Du schon tausendmal gehört hast.

Unterwegs ist alles glatt und ohne Widerhaken, Márta Horváth ist glatt und ohne Widerhaken, ich rolle, ich gleite, ich gebe, was von mir verlangt wird, arbeiten, Geld besorgen, Rechnungen zahlen, arbeiten, Geld besorgen, Rechnungen zahlen, *Haus, Geld, Kinder: All die alten Anker*, aber was und wer ich wirklich bin, was mich noch ausmacht und zusammenhält, verebbt zwischen Bahngleisen und Hotelzimmern, auch wenn die Reisen meine einzigen Fluchten aus dem Hier und Jetzt bleiben, weil ich nichts tun muss, außer am Tag im Zug zu sitzen und am Abend vor meinen vier Zuhörern zu lesen. Wenn das für Dich schön klingen sollte, vergiss es sofort, denn davor herrscht zu Hause die verrückteste, aberwitzigste Anspannung, weil ich jeden der folgenden Tage in Gedanken durchgehen und vorbereiten muss, Rodelhosen und Schneestiefel aus dem Keller holen, Fußballsachen einpacken, Schwimmsachen bereitlegen, Schulhefte kaufen, Kühlschrank füllen, mit Joghurt, Wurst, Käse, Tomaten, Paprika, Gurke, mit allem, was die Kinder brauchen werden, Wasserkisten schleppen, Listen erstellen, in drei Farben Namen und Zeiten aufschreiben, wer wann kommt und was übernimmt, gelb für Lori, grün für meine Eltern, rot für das Kindermädchen, ja, denk einmal nach, warum sich die Farben so verteilen, Wäsche, wieder Wäsche, am besten gleich noch einmal Wäsche waschen, damit es für die nächsten Tage reicht, zum Schluss Zettel schreiben, viele kleine Zettel schreiben für Lori, das Kindermädchen, meine Eltern. Lori fragt übrigens nicht nach Simon, sie fragt niemals: Könnte Simon nicht? Kann denn Simon nicht? Meine Antwort kennt sie schließlich, nein, Simon könnte nicht, nein, Simon kann nicht, nein!

Als ich heute zum Zug gerannt bin und die ICE-Türen sich mit diesem unerbittlichen Fiepen geschlossen hatten, raste mein

Kopf weiter, spuckte weiter Dinge für mich aus, an die ich vorher nicht gedacht hatte, an die ich vergessen hatte zu denken, also habe ich von unterwegs immerzu Nachrichten geschickt, an Lori und meine Eltern, bitte schreibt dem Kindermädchen einen Zettel, es darf dieses und jenes nicht vergessen, es soll dieses und jenes tun oder eben auf gar keinen Fall tun, auf gar keinen Fall! Drei Kinder sind nicht drei Kinder, sie sind ein Plan aus unzähligen Möglichkeiten, Wegen und Hürden, an dem ständig gefeilt, gedreht und geschraubt werden muss, deshalb durchströmt mich nachts in meinen schmalen, lieblos bezogenen Hotelbetten immerzu etwas wie: Was soll ich, was will ich hier? Ich muss nach Hause, wo alles im Argen liegt, das Klavierspiel, die Rechtschreibung, das Kopfrechnen, ach, und tausend andere Dinge, abertausend andere Dinge, die mir jetzt, kurz vor Mitternacht, nicht einfallen wollen, aber glaub mir, es gibt sie, das Bauchweh, das Zahnweh, die Mamasehnsucht, die Papasehnsucht, die besonders schlimm, bedrohlich wie ein Fieberkrake, wie ein Skorpion, der ständig im Bett liegt, obwohl ich ihn samt Laken gepackt und hinausgetragen hatte.

Márta

15. DEZEMBER 2011 – 19 : 01

Liebe Márti,

Konrad war hier. Mitten im Dezember. Wenn alles schon nach Weihnachten schmeckt. Der Schnee sich hochmütig unbefangen an die Bergspitzen klammert, die er bis März nicht mehr freigeben wird. Zum ersten Mal hat Konrad auf meiner blauen Bank vor meinen blauen Fensterläden gesessen. Auf den schwarzen Wald geschaut. Den Kopf in den Nacken gelegt und seinen Atem in die Luft geblasen. Als würde er rauchen. Es sah aus, als habe er das immer schon getan. Als käme er seit Jahren von Marbach den Neckar herunter in mein tiefes Tal. Als würde er den Fluss an einer schmalen Stelle überqueren, nur um auf meiner Bank vor meinem Fenster zu sitzen. Um meinen Tannen beim Rauschen zuzuhören.

Den Stifter hatte er vorher wie zufällig aus meinem Regal genommen und daraus vorgelesen. Vielleicht kennt er die Stelle auch auswendig. *Eines der schönsten Feste feiert die Kirche fast mitten im Winter, wo beinahe die längsten Nächte und kürzesten Tage sind, wo die Sonne am schiefsten gegen unsere Gefilde steht und Schnee alle Fluren deckt, das Fest der Weihnacht.* Es hat mich nicht getröstet wie sonst. Nur schwarzgrau gestimmt. Unendlich schwarzgrau. Ich dachte, es würde besser werden, Márti. Aber es wird nicht besser. Claus liegt über allem, in allem. Über diesen rauschenden Schwarzwaldtannen. In diesem Atemhauch, den Konrad in die Eisluft geschickt hat. Das Schlimmste dieses Jahr muss ich nicht sagen. Das Beste, Konrad getroffen zu haben. Ja, hier schreibe ich es Dir. Ohne Geheimnis, ohne Schritt zurück, ohne Angst. Na ja, ein bisschen Angst wird dabei sein. Und dass wir noch leben, Du und ich. Siehst Du, wie ich an diesem Leben hänge?

Im neuen Jahr werde ich Konrad sagen, dass ich eine große Narbe habe. 2012 werde ich ihm das sagen. Dass ich vor nicht allzu langer Zeit eine nussbraune Perücke aus Echthaar getragen habe und ein dickes Cortisongesicht hatte. Das wiederkehren könnte. Er soll nicht erschrecken, wenn er mich auszieht. Wenn er mich auszieht – wie ich rede! Ich bin verrückt geworden, Márti! Gerade muss ich verrückt geworden sein! Jetzt, in diesem Augenblick, in dem ich Dir schreibe. Zwischen 18 Uhr 58 und 18 Uhr 59 bin ich verrückt geworden. Irgendwann werde ich erzählen, es hat an einer Wachsbossierung gelegen. Nimm Du das jetzt zu Deinen Akten, meine Liebste. Bewahr es auf für mich. An einer nur zwölf Zentimeter hohen rosafarbenen Wachsbossierung der Annette von Droste-Hülshoff hat es gelegen. Mit ihr

fing es an. Es war das Jahr, in dem mein Freund Claus gestorben
ist. Ich hätte mich nicht verlieben dürfen. Und habe es trotzdem
getan.

Deine Johanna

18. DEZEMBER 2011 – 06:10

Liebste Johanna,

ich bin müde, aber ich schreibe Dir, damit Du weißt, was ist
mit mir, damit Du siehst, es gibt mich, mein Haus ist zwar das
Letzte in einer Sackgasse, aber ich bin darin aufgestanden und
mache darin weiter, ich verspreche, ich werde weitermachen, so
wie ich es Dir am Telefon versprechen musste, wiederhole ich
es schriftlich, Du sollst keine Angst haben, Kathrin muss auch
keine haben, ich gehe weiter bis zum Ende, werde am Morgen
aufstehen und weitermachen, werde mich am Abend schlafen
legen und am Morgen wieder aufstehen, um weiterzumachen,
werde meine Decke zurückschlagen, die Rollläden hochziehen,
das Licht hereinlassen, ja, ausgerechnet im Dezember werde ich
eine Winzigkeit an Licht hereinlassen, Ihr braucht Euch nicht
sorgen, ich werde so weitermachen, wie andere schließlich auch
immerzu weitermachen, ich verspreche, ich will es versuchen.

Wiewohl mein Herz in Tränen schwimmt, nehme ich alle Einladungen an, Geld muss ins Haus, Rechnungen müssen bezahlt
werden, gestern bin ich zurückgekehrt aus Hamburg und Berlin, zwei müde Abende mit fremden Gesichtern, und bevor Du
fragst, nein, besucht habe ich niemanden. Das Öffnen meines
Zimmers schreitet voran, ich nehme es in die Hand und lese daraus, unterwegs übermannt mich das Gefühl, ich sollte zu Hause
sein, weil die Kinder ihr dreistimmiges Klagelied anstimmen,
dreimal heller Sopran, gefärbt in a-Moll, sobald ich meinen Koffer packe, weil besonders Mia so unglücklich ausschaut, dass ich
es schwer aushalten kann, dass ich sie eigentlich gar nicht mehr

592

aushalten kann, unsere bittersüßen Abschiede, unsere ständigen Kleinkleinabschiede, bei denen ich versuche leicht zu sein, so leicht wie möglich, und hoffe, niemandem fällt auf, wie wenig leicht, wie unendlich schwer, wie bleitonnenschwer, wie niedersackend-steinklotzschwer ich bin. Früher haben wir ›Ich packe meinen Koffer‹ gespielt, Mia hat auf dem Bett gesessen und sich Dinge ausgedacht, die sie in meinen Koffer packen könnte, eine Dose Tee und eine Teekanne, ein Islandpony und sein Halfter, aber ihre Lust darauf ist vergangen, sie hat zu oft in der Haustür gestanden und gefragt, wann ich wiederkomme, tapfer geschaut und genickt, um mir zu zeigen, alles hat sie verstanden, sie versteht, heute nicht, nein, morgen auch nicht, nein, übermorgen auch noch nicht, aber dann.

Andere Zimmer sehe ich jetzt, Johanna, viele, unzählige *andere Zimmer*, aber nichts fällt mir zu ihnen ein, sie bleiben nur Zimmer, mit Tisch, Bett, Stuhl und Fenster, sie wachsen zu nichts darüber hinaus, ich bleibe stumpfleer in ihnen, bette meinen Kopf, schließe meine Augen, aber in mir ist keine Idee, fließt kein neuer Satz, sprießen keine zwei Wörter, nichts gedeiht in mir, was ich züchten und gießen könnte, keine noch so mickrigkrumme Buchstabenpflanze. Ein Zustand hält mich gefangen, aus dem ich nicht herausfinde, *ich versuche, nicht an mich zu denken und mit geschlossenen Augen hinüberzukommen*, aber keiner hält eine Fackel für mich, niemand leuchtet mir den Weg *zu dem, was eigentlich gemeint ist*, Johanna, nicht einmal Du. In diesen fremden Zimmern schlafe ich wie eine Tote, nicht wie eine Lebende, tief und dunkelkalt, ohne Ton und Bild, springe zehn Minuten vor Check-out unter die Dusche und rolle meinen roten Koffer aus dem Hotel, und wäre nicht alles unendlich traurig, könnte das fast komisch sein, dass ich jetzt so tief und dunkel schlafe. Sobald ich zu Hause bin, zurück auf unserem Schlachtfeld, sobald ich den Kindern in der Haustür zurufe, erzählt mir

593

alles, alles, ich will alles wissen!, falle ich zusammen und löse mich auf, wie einer dieser bröseligen Niddasteine, an denen wir uns als Mädchen die Fußzehen gestoßen haben.

Du fragst, an was ich arbeiten will, Johanna, es werden keine fünfhundertelf Seiten, nein, sicher nicht, vielleicht werden es nie wieder so viele, am Telefon habe ich nichts dazu gesagt, aber in mir schreit es nein, nein und nein, dreimal hintereinander nein, bei dieser Frage möchte ich jaulen wie ein Hund, den man ins Wetter hinausjagt, das derzeit bei uns umgeht, Wind, Regen, Wintersturm und wieder Regen. Mir liegt kein erster Satz, kein erstes Wort auf der Zunge, auch wenn Du es nicht glauben wolltest, schwirrt kein erstes Bild durch meinen Kopf, das ich fassen und festhalten könnte, um es anzusehen und aufzuschreiben. Ich höre und lausche, doch alles bleibt still. Da ist nur meine Angst vor dem langen Lauf, meine Furcht vor diesem Raum, in dem es kein Fenster zum Hinausschauen gibt, nicht einmal die kurzen Texte gelingen mir, die sehr kurzen, die Dreizeiler, Fünfzeiler, der Sprint über die eine Strecke, die ich zu Beginn schon übersehen kann, nicht einmal dafür gibt es einen Startschuss, kein Peng!

Ob das je wieder gehen wird, liebste Johanna? Ob ich noch einmal etwas in dieser Länge werde schreiben können, noch einmal den Atem und die Luft haben werde? Vielleicht geht das nicht mehr, vielleicht reicht es nicht, vielleicht ist es vorbei und liegt hinter mir, Perfekt, Präteritum, Plusquamperfekt: hat geschrieben, schrieb, hatte geschrieben, auch das ist ein Gedanke, den wir denken müssen – denk ihn doch bitte einmal, nur mir zuliebe, damit ich nicht so allein mit ihm bin.

Márta

20. DEZEMBER 2011 — 22:09

Liebste Márti,

nein, diesen Gedanken werde ich nicht mit Dir denken. Diesen
einen nicht. Kein Ende der Welt, kein vége a világnak hier.

Schlafen ohne Raum und Geräusch – einmal morgens nicht in
die Welt müssen, sie unangetastet draußen lassen. Einmal keine
Rolle in ihr zu spielen, muss ich auf später vertagen. Meine fünfte
Klasse treibe ich durch Deine angedachten Zeiten, Perfekt und
Plusquamperfekt: hat gedichtet. Hatte gedichtet. Hat sich ausgedacht. Hatte sich ausgedacht. Hat erfunden. Hatte erfunden.
Morgen will ich wegen Dir ein Futur hinzufügen. Futur eins,
nicht zwei. Für Dich. Wird schreiben. Wird dichten. Wird sich
ausdenken. Wird erfinden. Ja, wird schreiben.

Vielleicht lähmt uns der Abschied, Márti. Dein Abschied von
Deinen Zimmergesellen. Mit denen Du Tisch und Bett geteilt
hast – länger als mit Franz oder Henri. Die Deinen Kühlschrank
leergefuttert haben. Dein Fahrrad, Deinen Schal geliehen haben. Ohne zu fragen, ob sie dürfen. Mein Abschied von meiner Droste. Meiner großen Freiin. Die über Jahre durch meinen
Kopf wanderte – und es jetzt plötzlich lassen soll. Sie fehlt mir.
Ach, und wie sie mir fehlt! Einmal noch mit der Droste durch die
Dämmerstunden! Einmal noch mit ihr über einen *Wolkenflaum*!
Jetzt bin ich nur noch Lehrerin. Ich sitze in keinem staubver-
liebten Archiv mehr. Wühle mich nicht durch Handschriften.
Um ein Wort darin zu finden, an dem ich mich mit weit geöffneten Augen festkralle. Ich fahre nicht mehr über das endlos
graue Band der Autobahn im Nieselregen nach Münster. Nicht
nach Meersburg. Nicht nach Marbach, jedenfalls nicht wegen
der Droste. Drei M, die mein Leben diktiert haben. Jetzt aus meinem Arbeitsalphabet gestrichen. Aus meiner Morsemelodie herausgenommen. Dreimal M. Dreimal lang-lang. Still geworden,
verstummt.

Das Verrückte ist, es lebt sich auch so. Die Zeit verrinnt trotzdem. Sie verrinnt ja sogar ohne Claus. Selbst ohne Claus vergehen unsere blassen Tage. Die Bäume wachsen, die Kinder. *Nacht und Tag* wechseln sich ab. Es schneit. Die Sonne lugt hervor. Wieder schneit es. Auch im Geheimen Garten verstreicht die Zeit. Zwischen Christrosen, weißer und roter Amaryllis. Dieser erste Herbst ohne Claus ist schon vergangen. Morgen, in zwei Stunden, beginnt der erste Winter ohne Claus.

Johanna

22. DEZEMBER 2011 – 05:12

Liebste Johanna,

Weihnachten steht vor der Tür, abgerissen, geschrumpft, eingegangen, ohne Claus, ohne Simon. Gestern hat Franz zum letzten Mal vor den Ferien in der Musikschule seine Stücke gespielt, mit seiner kleinjungenklaren Franzstimme gesungen, *es kommt ein Schiff geladen bis an sein höchsten Bord*, die zu mir und Henri in den Flur drang, so ungetrübt franzhell, so ungebrochen franzweich – ich hätte losschluchzen wollen.

Wir gingen die Schirnstufen hinab zur Alten Nikolaikirche, die mit ihrer Stille jeden Lärm aussperrt, jedes Weihnachtstreiben, Henri schaute um sich und flüsterte, wohnt hier Gott? Ich sagte, er wohnt hier nicht, aber du kannst ihn hier treffen. Ob er ihn auch sehen könne? Nein, nur manchmal, wenn sich der Himmel verfärbt, zeigt er sich, achte darauf. Was heißt eigentlich vergraben?, wollte Franz dann wissen, Jesus war doch vergraben? Claus ist auch vergraben, oder? Jesus lag in seinem Grab, habe ich geantwortet, aber dann ist er auferstanden. Zu Claus habe ich nichts gesagt. Müssen alle sterben?, hat Franz weiter gefragt, und mir fiel nicht ein, wie ich das entkräften könnte, also habe ich gesagt, ja, alle Menschen sterben. Dann ist man für immer tot?, hat Franz gefragt. Ja, dann ist man tot. Und jetzt frage ich Dich, liebste Johanna, mein katholisches Mädchen mit dem Asche-kreuz auf der hübschen Stirn, müssen wirklich alle Menschen sterben? Warum auch Franz und Henri?

Gestern Morgen hatte eine Weihnachtskarte von Simon in der Post gelegen, als ich in Hausschuhen, mit ungekämmtem Haar im Hof den Briefkasten öffnete, roter Tannenbaum auf golde-nem Grund, leer, ohne Text. Keine Briefmarke, kein Poststem-pel, nur sein S. stand auf dem Kuvert, Simon muss hier gewesen sein und sie eingeworfen haben, ohne dass ihn jemand bemerkt hätte, vielleicht nachts zwischen zwei und drei, die Zeit, in der ich in mein Schlafloch falle, die muss er abgepasst haben, um das Tor zu öffnen, die Klappe zu heben und die Karte einzuwerfen. Ich habe sie gedreht und gewendet, erst dachte ich, es sei ein Versehen, Simon hat die falsche Karte eingeworfen, die für mich bestimmte hat er noch, bis ich begriff, es war keines. Simon hat nicht gewusst, was er schreiben sollte, aber schreiben wollte er, oder er zeigt mir so, er hat kein einziges Wort mehr für mich – nicht eines.

Die halbe Nacht hat mich diese leere Karte gekostet, Johanna, vielleicht auch die ganze, ich bin vor ihr geflohen und sitze mit Dir an meinem Schreibtisch. Sicher hat sie mich auch schon den Abend und den Tag davor gekostet, vielleicht schon mein ganzes oder halbes Leben, vielleicht trifft es das mehr, sie lässt mich zweifeln, ob es dieser Simon war, dieser Simon Leibnitz, mit dem ich mein Leben und alles, was sich über Jahre darin angesammelt und angestaut hat, mit dem ich *Nacht und Tag* und all meine *anderen Zimmer* geteilt habe, ob es wirklich er sein kann.

Márti

25. DEZEMBER 2011 – 11:54

Liebes Mártilein,

frohe Weihnachten wünsche ich Dir, auch wenn es nicht froh sein kann in diesem Jahr. ›Froh‹ und ›Weihnachten‹ – das geht 2011 nicht zusammen. Mit Blut und Tränen habe ich geschrieben. Tischkärtchen für Kathrin und die Kinder. Als könnte das an Heiligabend ohne Claus etwas nützen. Als könnte das etwas vertuschen oder ausbessern. Als könnten ausgerechnet Tischkärtchen mit dickem goldenen Rand ihr Leben ohne Claus schönfärben. Ich habe den Tisch gedeckt, mit weißem Tuch aus der Wiener Buchengasse. Dora-Füllhaber-Leinen mit Lochstickerei. An langen Winterabenden an einem hellen böhmischen Knisterfeuer von Mädchenhand, von Frauenhand, von Mutterhand, von Großmutterhand gestickt. Angefressen an den Enden. Aber wie durch einen alten Füllhaberzauber über die zähen Jahre und weiten Strecken gerettet. Ledjenice. Wien. Höchst. Hamburg. Schwarzer Wald. Beim Silberpolieren habe ich Georg ein bisschen verflucht. Aber nur ein bisschen. Am frühen Nachmittag hatte er aus Neuseeland angerufen und mir frohe Weihnachten gewünscht. Der Vierundzwanzigste lag da schon hinter ihm.

Wir haben nicht gesungen an Heiligabend, Kathrin und ich. Nur die Kinder haben gesungen. Mit ihren herzzerreißend *hochsommerleichten* Stimmen mitten im Winter. Die Musikalität haben sie von Claus, so viel ist sicher. Kathrin und ich haben uns sehr zusammengenommen und alles nach Weihnachtsvorschrift getan. So hatten wir es tausendfach im Geheimen Garten besprochen. Wir haben die Kinder mit Hund Xaver unters Dach geschickt. Haben die Geschenke unter den Baum gelegt. Haben Gans, Rotkohl und Klöße bis nach der Bescherung im Backofen gelassen. Wir haben die Kerzen am Baum angezündet. Das Licht gelöscht. Die Tür zum Garten einen Spaltbreit geöffnet. Wir haben das Glöckchen klingeln lassen. Nur als die Kinder Oh du fröhliche gesungen haben, hat Kathrin sie angeschaut, als hätten sie soeben den Verstand verloren. *O du fröhliche! Gnadenbringende Weihnachtszeit!* Als seien ihre drei Kinder gerade irre geworden. In diesem Augenblick durchgedreht.

Gegen elf sind die Kinder auf ihrem Matratzenlager eingeschlafen. Zuckersüß mit roten Wangen und verschwitzten Schläfen. In ihren neuen dunkelblauen Schlafanzügen mit weiß abgesetzten Kragen, die sie sofort angezogen haben. Friedlich ineinander verhakt, Bein um Bein. Ohne einen Hauch von Schmerz oder Angst in ihren Gesichtern. Als wir ihre ruhigen Atemzüge hören konnten, sind wir die Treppe hinuntergestiegen. Kathrin hat sich an den Tisch gesetzt und angefangen zu weinen. Ihr leises schulterzuckendes, wirbelbebendes Kathrinweinen. Hat ihre Tränen auf den dicken Babybauch tropfen lassen. Ich habe mit ihr geweint. Fast lautlos. Als hätte ich Angst, Kathrin zu stören. Siehst Du, auch wir können es jetzt. Auch wir beherrschen es, das zeitverzögerte Weinen.

Deine Johanna

25. DEZEMBER 2011 – 16 : 01

Liebste Johanna,

tausend Dank für Deine wunderbaren Geschenke, die der Postbote pünktlich am Nachmittag des Dreiundzwanzigsten gebracht hat, damit Heiligabend unter dem Baum ihre weißen Schleifen gelöst werden konnten. Ja, alles passt und ist wie immer unvergleichlich johannaschön, wo findest Du diese Dinge nur? Doch nicht im schwarzen Wald? Franz hat die Sportjacke sofort angezogen, Mia sieht in dem Kleid aus nach Frida Kahlo, und Henri trägt das feine Leinenhemd, oder ist es Batist?, seit er es aus dem Päckchen gefischt hat, er lässt nicht zu, dass ich es wasche, obwohl es nach den wenigen Mahlzeiten seit gestern schlimm aussieht, mit Flecken in Rot und Grün, von roter Grütze und Kerbelsuppe, die Lori für uns gekocht hat.

Ja, die Barbarazweige haben geblüht. Aber Simon war nicht da, nein. Er ist nicht plötzlich aufgetaucht und mit Geschenken unter dem Arm von der Straße mit dem Weihnachtswind hereingeweht, wie ich es mir vielleicht in einem kurzen giftigen Nachttraum vorgestellt hatte und wie es sich Mia und Franz bestimmt gewünscht hätten, bei Henri bin ich mir nicht sicher, ich weiß nicht, was er überhaupt begreift davon. Stattdessen saß Lori Heiligabend an meinem Tisch, Lori mit ihrem silberweißen, hochgesteckten Haar, Perlenohrringen und rotem Seidenbolero, zum Niederknien hat sie ausgesehen, als hätte sie ihr Leben auf den Opernbühnen dieser Welt verbracht, als Brünnhilde, Sieglinde, Fricka, Senta, Isolde, such Dir eine aus. Sie hat mein Chaos weggeschoben, mein Küchenchaos, Herzchaos, Schreibtischchaos, Kopfchaos, mit beiden Zitterhänden hat sie das für mich getan, während sie auftischte, räumte, sang, Klavier spielte, und kurz vor Mitternacht, als die Kinder schmutzig und müde mit ausgestreckten Armen und Beinen wie Pfefferkuchenmänner unter dem Baum lagen, hat Lori wie zur Belohnung eine Flasche Marillenschnaps aus Amorbach und zwei Gläser neben die Reste vom Karpfen gestellt, den die Kinder natürlich igitt fanden, den Lori aber braucht an Heiligabend, aus alter ungebrochener Liebe zu verschollenen Orten und Menschen zwischen Lodz und Breslau.

Wir haben übrigens nicht geweint, obwohl mir beim zweiten Schnaps sehr nach Weinen zumute war, Johanna, ja, sehr. Wir hätten Weihnachten ausfallen lassen sollen dieses Jahr, das uns Claus genommen hat, das mir Simon genommen hat, so viele abgerissene Lebensfäden. Du, Kathrin und ich, wir hätten es einfach übergehen sollen, als sei der vierundzwanzigste Dezember im Kalender 2011 nicht eingetragen.

Márta

26. DEZEMBER 2011 – 06:42

Liebes Mártilein,

habe von Konrad geträumt. Er sagte, wir sollten uns unten am Neckarufer treffen. Die Sonne schien, der Fluss war umwerfend blau.

Kathrin will mit uns nach Fehmarn. Das hat sie gestern Abend gesagt. Gleich nachdem wir beide aufgelegt hatten. Wo jetzt schon alles verloren ist, sagt sie, will sie wenigstens mit Dir und mir und dem sehr dicken Bauch nach Fehmarn. Sie sagt, wir fahren los und schauen, was geschieht. Ob überhaupt etwas. Das klingt fast nach alter Kathrin. Nach Kathrin, wie wir sie kennen. Sie hat bereits gebucht. Wie sie das am ersten Weihnachtsfeiertag geschafft hat, bleibt ihr Geheimnis. Für Bissing, Messner, Horváth. Eine kleine Wohnung in Orth. Küche, Bad, zwei Zimmer. Mit Hafenblick, Meerblick, Segelbooteblick. Auf die wenigen, die geblieben sind und den Stürmen trotzen. Du weißt, wie es dort zugeht gerade. *Winde rauschen, Flocken tanzen, jede Schwalbe sucht das Haus.* Nein, das mit den Schwalben ist falsch. Die sind längst alle weg. Kommen sie überhaupt je nach Fehmarn?

Du müsstest nur ja sagen. Es geht leicht. Versuch es doch einmal. Am besten gleich. Nur so für Dich. Unbeobachtet. Im Stillen. Sieht Dich ja niemand, hört Dich ja keiner. Ich habe gestern schon ja gesagt. Ich habe gar nicht nachgedacht, ob ich überhaupt will. Sofort habe ich ja gesagt. Weil ich Kathrin nichts mehr ausschlagen kann. Weil ich ihr nie mehr werde etwas ausschlagen können. Nie mehr.

Johanna

26. DEZEMBER 2011 – 10:03

Liebste Jo,

ich freue mich, freue mich, freue mich, dreimal hintereinander freue ich mich, viel mehr als nur dreimal, sogleich packe ich meine Sachen, verteile die Kinder auf Lori und andere, die zwischen diesen beiden Jahren in der Stadt klebengeblieben sind, und dann müsst Ihr mir nur die Zeit sagen, zu der ich mit meinem roten Koffer und meiner dicksten Windjacke, meinem längsten Schal vor dem Tor stehen soll.

An der Straße werde ich warten, bis Ihr mich aufpickt, ein bisschen auf und ab gehen, bis Kathrin mit ihrem alten VW um die Ecke biegt, hupt und hupt und nicht mehr aufhört, durch die Körberstraße zu hupen, bis die Nachbarn ans Tor kommen, ihre Hände heben und Köpfe schütteln. Ich werde einsteigen und meinen Koffer hinter mich werfen, zu den Resten von Amaryllis und Lilien, wir werden die Fenster trotz Regen und Schnee herunterlassen, den Fahrtwind herein, und beim ersten Autobahnschild, auf dem Hamburg auftaucht, werden wir schreien, nur noch 463 Kilometer!

Es liebt Dich,

Márti

4. JANUAR 2012 – 23 : 09

Liebste, allerliebste Márti,

hier liegt *tiefer Schnee in den Hohlwegen, wohl an zwölf Fuß hoch, und eine durchdringende Frostluft* fasst mich an. Komme aus dem Geheimen Garten. Kathrin hat noch nicht geöffnet. Gerade hat sie mit der Inventur zu tun. Mit dem Abstauben und Aufräumen. Die Kinder helfen. Sie zählen die Kerzen, die Kränze, die Vasen. Sie zählen bis fünfundzwanzig, vertun sich, fangen wieder neu an. Sie umarmen Kathrin und legen die Ohren auf ihren großen Bauch. Um zu hören, gluckst da, gurgelt da jemand? Ich habe den Weihnachtsschmuck in Kisten geräumt. Laternen, Engel aus Draht, Glaskugeln. Alles, was zwischen den Jahren liegengeblieben ist.

Schnell noch dieses, bevor mir die Augen zufallen: Es war wunderbar mit Euch. Alles war wunderbar. Neben den dreistöckigen

Torten im Café Kontor sogar der gemeine Wind in Orth. Der uns die Mützen vom Kopf reißen wollte, die Tränen in die Augen trieb. Immerhin konnten wir so tun, als sei es der Wind, der uns zum Weinen brachte. Und nicht Claus. Nicht Simon. Ich kann nicht glauben, dass ich elf Stunden Fahrt in Kauf nehme, um einmal mit Euch in Altenteil am *wintergrünen Wasser* zu stehen. Einmal die Schafe von Westermarkelsdorf anzublöken. Im Ostseebrausen um ihr Fell zu beneiden. Aber was waren das für Tage! Nur Licht. Kein Schatten an diesen Fehmarnstränden. Warum ziehen wir mit achtzig nicht nach Altenteil? Sogar der Ortsname würde passen.

Meine Clausbilder sind trotzdem nicht blasser geworden, Márti. Vor einem Jahr hatte Claus ein langes Gesicht gemacht. Als ich sagte, ich werde Weihnachten und Neujahr nicht da sein. Nicht an seinem Tisch sitzen, nicht unter seinem Baum. Ich fliege lieber in die Sonne. Der Schmerz lässt nicht nach. Selbst nach den Stunden mit Kathrin und Dir nicht. Nach all den Spaziergängen unter windschiefen Weiden. Die Kathrin trotz dickem Bauch tapfer mitgemacht hat. Nicht nach all den vergossenen Tränen beim Griechen in Orth. Der uns diese schreiend gelbe Taschentuchkiste mit Helios und Selene auf den Tisch stellte. Dazu zwei Gläser Ouzo. Ein Glas Wasser. Márti, wann wird es nachlassen?

Fürs neue Jahr, jetzt, da es noch frisch und wenig ist, was soll ich Dir wünschen, was ich Dir nicht auf Fehmarn schon gewünscht hätte? Wie immer, dass es gut zu Dir ist. Nichts Schlimmes mit Dir anstellt. Nicht noch mehr Schlimmes. So müsste ich es sagen. Keine neuen Tränenteiche für Dich anlegt. Mit hässlichen Kummerkarpfen. Sondern sich öffnet vor Dir wie ein sprudelnder Wunschbrunnen. In den Du nur Deine schimmernde Münze werfen musst.

Es liebt Dich,

Johanna

6. JANUAR 2012 – 23 : 43

Liebe Jo,

Epiphanias, Tag der Heiligen Drei Könige, Franz hat sie nach dem
Aufstehen zur Krippe gestellt, Caspar, Melchior, Balthasar knien
mit ihren Gaben, Henri hat eine Lakritzschnecke und zwei Scho-
kobonbons dazugelegt, eingewickelt in rotes Papier. Seit Ihr mich
am Gartentor abgesetzt habt, seit Ihr abgereist seid Richtung Süden und das tägliche Leben wieder zugeschlagen hat, stehe ich
bang vor meinem Ödtal, seiner Klamm aus feuchtem Stein und
zermartere mir den Kopf, wie meine Kinder und ich überleben
in diesem neuen Jahr, das sich furchteinflößend groß und unbenutzt vor mir ausgießt. Nach der Sehnsucht, am Schreibtisch
alles Umliegende auszublenden, halte ich keine Ausschau, aber
das sagte ich schon unter dem Leuchtturm von Orth, am Hafen
von Burgtiefe und im moosgrünen Ohrensessel im Café Kontor,
zu klagend, zu dumm und eitel selbstverliebt angesichts einer
brennenden Welt und einer Freundin unter Tränenschleier, die
in zwei Monaten ohne Claus ein Kind in diese blindwütende
Welt setzen wird.

Ich möchte nur vom Fenster aus die Leute auf der Straße vorbeiziehen sehen, das scheint mein Lebenszweck im Augenblick,
Johanna, mehr nicht, *im Lauf des vergangenen Jahres bin ich das
Schreiben richtig leid geworden* – kein brauchbarer Satz, kein
leuchtendes Wort will zu mir, nur solche Sätze fallen mir ein,
die ich gar nicht denken will, die ich verscheuche und die sich
trotzdem durchschlagen, Simonsätze in Rauschkaskaden, wie
durch eine Flüstertüte gesprochen, erst leise, dann immer lauter. Seit Simon weg ist, sind seine Sätze zurück, die hat er nicht
mitgenommen, die hat er nicht in Kisten gepackt und in den
Kofferraum geladen. Als ich Simon kennenlernte, sagte er, er
treffe nicht oft Leute, an die er sich später erinnere, aber an mich
habe er sich sofort erinnert, mich hätte er nicht vergessen, dieser

Simonsatz ist mir in den Sinn gekommen und windet sich durch meinen Kopf, die anderen lauern gefährlich wie Feuerquallen, bei Berührung mit ihren Fangarmen und Nesselzellen sondern sie Gift ab.

Lori ist mein größter Balsam, neben Ildikó und meinen Eltern hilft sie, so gut sie kann, kommt bei Wind und Wetter, auf die Sekunde pünktlich, strahlt Ruhe aus, schimpft nicht, meckert nicht, mahnt nicht, übernimmt einfach, was zu tun ist, also Turnsachen suchen, Ranzen packen, Brote schmieren, Karotten schälen, Nasen putzen, Tränen wischen, Wasserflaschen auffüllen, Haare bürsten, Jacken abklopfen, Schuhe aus einem kaum auflösbaren Haufen fischen. Sie kommt vor sieben, mit Brötchen unter dem kranken Arm, und wenn ich sie im Schein der Laterne vor der Tür sehe, mit Schal, Mütze und hochgeschlagenem Pelzkragen, geht es mir sofort besser, sie schiebt Henri im Wagen zur Kita, und allein diese zweimal fünfzehn Minuten Bringen und Abholen sind Gold wert, an den Nachmittagen spielt sie mit Franz, macht Hausaufgaben mit Molke, und wie sie das macht, Johanna, sie erklärt, dann erklärt sie noch einmal, ohne dass ihre Stimme drängender, ungeduldiger wird, Lori stöhnt nicht, verdreht nicht die Augen, macht also nicht wie ich all diese blöden Dinge, wenn ich Molkes wüsten Kram, die zerfransten Blätter mit den abgeknickten Ecken aus der Schultasche fische, die abgekauten Stifte und ausgelaufenen Kleber, wenn ich sehe, in ihrem Heft schreibt sich ›ihm‹ ohne h, also ›im‹, ›barfuß‹ aber mit, also ›bahrfuß‹. Allein Loris Gesicht beruhigt mich, das Spiel ihrer Falten um Mund und Augen, der bleiche Ton von Blau darin, die nicht mehr zählbaren Flecken auf ihrer Haut in allen Schattierungen aus Braun, wie Punkte auf einer Landkarte des Lebens, auf der unnötig viel eingezeichnet wurde, allein das beruhigt mich und hilft mir, den Atem zu lenken, nicht schon beim Aufstehen nach Luft zu ringen, sondern das Gefühl zu haben, alles ist geordnet und läuft, wenn auch widerspenstig, mühselig holpernd und wenig geschmeidig, bewegt es sich, mit mir und meinen Kindern bewegt es sich und läuft, ich kann atmen, ich kriege Luft, es ist genug Luft für mich da zum Atmen, für alle vier ist genug davon da.

Und die kurze Zeit mit Euch trägt mich, Johanna, der lichtverliebte Strand, die Glockenschläge an Silvester, ich will Euch danken, Dir und Kathrin, dass wir hoch in den windwilden Norden gefahren sind, dass Ihr diese schneelosen kurzen Tage unvergesslich gemacht, die vielen Flaschen geöffnet und mit mir gesungen habt, *zu böser Schlacht schleich ich heut so bang, weh, mein Wälsung!*

Es liebt Dich,

Márti

9. JANUAR 2012 – 06:13

Liebe Márti,

die Zeit verrinnt unbeeindruckt. Ich kriege Angst, wenn ich auf den Sekundenzeiger meiner Wanduhr schaue. Der läuft so unermüdlich weiter. Rennt tick-tick-tick besinnungslos in dieses Jahr. Wie in alle anderen Jahre zuvor. Als hätte er aus allem nichts gelernt.

Muss gleich aufbrechen, über altes Eis, neuen Schnee. *Meine Freunde, die Poeten* warten. Erste und zweite Stunde Deutsch. Elfte Klasse. Schreiben und Leben im Exil. Leben, pah! Als wäre das noch Leben gewesen. Klaus Mann. Walter Benjamin. Ernst Toller. Der Mann mit dem Strick im Koffer. Den er schließlich auch benutzt hat. Die Stationen. Die Ängste. Das Ende. Die *Berauschten*, die *Schatzgräber*, die *kosmischen Asozialen*. Kesten. Kisch. Keun. Für jeden meiner Schüler sollte etwas dabei sein. Aber die Schwarzwaldkinder sind zu weit weg davon. Es ist zu fern. Keiner hat eine Vorstellung davon, wie es war, sein Leben aufgeben zu müssen. Keiner kann sich vorstellen, wie es war, das Ende zu sehen und in Portbou zu sterben. Ich ja auch nicht. Wie sollen wir uns das vorstellen, Márti?

Die Heizung ist ausgefallen – vielleicht wäre das ein Anfang. Ich bin in einem Eisschrank erwacht. Ans Kellerfenster haben sich Eisblumen gesetzt. In einer Nacht. Um fünf habe ich Holz in den Ofen gelegt. Es dauert, bis es wärmer wird. Ich trage die fingerlosen Handschuhe. Warte unter zwei Wolldecken auf den Installateur. Vor mir liegt Dein roter langer Schal mit Mártaduft. Frisch und mártamäßig süß. Neben den Streichholzschachteln vom Café Kontor. Sei ehrlich, Du hast ihn als Beweisstück in Kathrins Auto zurückgelassen. Um zu zeigen, ja, ich war mit euch auf Fehmarn. Ja, ich habe dem Wind getrotzt. Seht her. In der Silvesternacht habe ich in einem verlassenen Boot gelegen, einem wild schwankenden, nassen Boot. Sektkorken in den Hafen geschossen. Den schwarzen Himmel über Orth angefleht. Gebeten um ein gutes Jahr.

Ich schicke Dir die *Zimmer*-Kritik vom Wochenende. Kathrin hat sie für Dich ausgeschnitten. Eine Begeisterung, wie ich überflogen habe. Du kannst sie also ruhig lesen. Dabei hat mich eine irre Sehnsucht nach Dir und Deiner kleinen Küche erfasst. Nach all den Dingen, die dort herumstehen. An die Wände gepinnt sind. Auf dem Boden liegen. Als hättest Du mir nicht alles erzählt, habe ich also bis Mitternacht Deinen Namen gegoogelt. Das Schlafen wieder auf später verschoben. Um herauszufinden, was es Neues über Dich gibt. Über Dich, meine alte, liebste Márta.

Wann fliehst Du zu mir in den schwarzen Wald, um Deinen Schal zu holen? Wann findest Du zwei Stunden? Um den Lauf der Dinge aufzuhalten? Die Zeit auszubremsen? Mit mir aus dem Alltag zu fallen? Unser Ausflug hat mir die Sehnsucht nicht genommen. Dass wir uns soeben verabschiedet haben, macht alles nur schlimmer. Denn das ist ja auch so ein Márta-Talent. Auch so eine Himmelsgabe. Wenn es schlimm kommt, leicht zu sein. Wie ausgelassen könnte ich jetzt mit Dir die Treppe hinauftanzen! Vom Fenster aus den Schnee anschreien. Mit dem Installateur Kaffee trinken. Die Welt besprechen. Seine, meine, Deine. Ja, vor allem Deine. Womöglich ist die Heizung ausgefallen, weil meine Márta-Sehnsucht in der Nacht heftig durch meine Zimmer geschwappt ist. Jetzt sitzt sie fett an meinem Küchentisch. Vor meinem Tee und meiner Schale Müsliflocken. Was mache ich nur mit ihr?

Johanna

15. JANUAR 2012 – 16:24

Liebe Johanna,

der Regen hat jede eisweiße Schönheit von den Zweigen genommen, Schnee ist keiner in Sicht, ringsum nur Stadtwinter in Steingrau, Dächer, Ziegel und Antennen werden reingewaschen, während ich mich daran festhalte, dass die Tage länger werden, jeden Tag wenige Augenblicke länger. Unverzeihlich, dass ich nichts habe von mir hören lassen und nicht gefragt habe, was aus Deiner Untersuchung geworden ist, was Du wohl in der Röhre Schlimmes und Schlimmstes gedacht hast, welche Deiner Eisdämonen angeklopft haben und ob Du noch frierst in Deinem kalten Haus, Deinem Eispalast.

Es ist keine Entschuldigung, aber gestern habe ich mit Hausmann in einem Wohnzimmer gelesen, na ja, eher einer Art Salon im Westend, ich eine Geschichte, er eine Geschichte, ich war die traurige *Das andere Zimmer*-Frau mit heiserer Stimme, er war der wahnsinnig komische Unterhalter, die Zuhörer grölten zu Recht, und ich war froh, dass ich zuerst gelesen hatte und der Gröltext nach mir kam, eigentlich kann ich solche Abende nur nach drei Schnäpsen ertragen. Ich hatte mir den Kiefer steifgebissen, der sich später löste, als ich mit Lori und Ildikó zur Tafelrunde am weißen Tischtuch saß, wo Lori sagte, ich hätte auf keine Frage der Moderatorin geantwortet, sondern immer schön knapp daran vorbei, auch das sei schließlich eine Kunst. Etwas hatte in meinem Kopf dichtgemacht, etwas blieb unbenutzbar, sobald die erste Frage auf dem Tisch lag und ich mich zu ihr verhalten sollte – nein, die Schule habe ich hinter mir, und nein, ich möchte in keiner Prüfung mehr sitzen und von Trotteln bewertet werden, ich brauche keine Noten und Zeugnisse, ich bin zu groß, zu alt dafür, also mein Schulmädchenreflex, Johanna, den Du ja Gott sei Dank abgelegt hast, wie könntest Du sonst jeden Morgen zu Deinem Sankt Anna aufbrechen? Als ich nach Erzählern amerikanischer Shortstorys gefragt wurde, zu denen ich Verwandtschaft spüre, ist mir niemand eingefallen, dabei hätte es ein Heimspiel werden können, aber Dorothy Parker ist mir nicht eingefallen, nicht Grace Paley, nicht Willa Cather, nicht Flannery O'Connor, nicht Sylvia Plath und schon gar nicht Carson McCullers, die besonders nicht, die am allerwenigsten, obwohl sie mit ihren klavierspielenden Kindern meine *Zimmernächte* jahrelang bewohnt hatte, deren Geschichten Du und ich auswendig konnten und noch immer können, man braucht uns nur anzutippen, nur ein Stichwort für uns hinzuwerfen, und wir sagen sie auf.

Simon lebt und schläft in Hamburg, isst und arbeitet mit seinen Horen und Parzen im Schauspielhaus, zwei Schritte vom Hauptbahnhof, ich weiß es von Mia, die er Sonntag abgeholt hat, so ist es jetzt, Johanna, ich erfahre Dinge über Simon nur über meine Kinder. *Akzeptiere den Aufruhr um Schlüssel, die du verlierst. Ich verlor zwei Städte, verlor zwei Flüsse, einen Kontinent.* Ich versuche an etwas zu denken, das mich beruhigen und meinen springenden Puls herabfahren könnte, lächerlich, ich weiß, ich denke an unseren Adria-Sommer, an Duino und seine Elegien, wo Henri unterhalb des Rilke-Pfads ins Meer gesprungen ist und geschrien hat, sie haben Salz ins Wasser getan! Die Kinder sind mein unendlicher, mein winziger Trost, auch wenn sie mir alle Reserven an Kraft absaugen und dieser Gedanke eigentlich nicht überzeugt, denn hätte ich sie nicht, wäre mein Leben schließlich anders verlaufen, auch mein Leben und Lieben mit Simon wäre anders gewesen. Obwohl ihr Vater nicht mehr da ist, obwohl er sich selten zeigt und kaum anruft, ist ihr Spieleifer ungebrochen, und ihre Einfälle sprühen, Simon hat ihr Spiel nicht beendet, nicht einmal verändert, das ist für mich die größte Überraschung der letzten Wochen, vielleicht der letzten Jahre. Gerade versuchen sie, das Licht im Schlafzimmer mit dem Po zu löschen, den Lichtschalter mit dem Po zu erreichen, sie springen hoch, um das Licht auszuschalten, sie strecken und recken sich, springen und lachen, Mia schafft es als Einzige, aber alle drei lachen sich krumm und schief, werfen sich nebeneinander auf den Boden und lachen sich krumm und schief.

Nur in mir keimt kein neues Spiel, Johanna, das dunkle Steingrau draußen passt zu dem in mir, ich selbst habe mich wegerzählt, ich finde, das trifft es, ja, ich selbst werde mich wegerzählt haben. Auch wenn wir drei, Kathrin, Du und ich, die Neujahrsnacht auf Fehmarn darum gebeten hatten, um Wörter hatten wir gebeten, nicht um Simons Rückkehr, finde ich nichts, was ich erzählen könnte, auch wenn ich an jeder Straßenecke danach gefragt werde, sogar von Dir, ausgerechnet von Dir. Warum bin ich nicht Biologin oder Ärztin geworden und tue etwas Sinnvolles in dieser Welt, das überschaubar nützlich wäre und mit den Untiefen meines Hirns nichts zu tun hätte? Etwas wie Affen beobachten, Knie verbinden oder Felder bestellen? Zwischen zwei Nächten und einem Tag habe ich ein Gedicht geschrieben, vielleicht bin ich deshalb kurz aus der Welt gefallen, wenig und klein, klein, klein, dreimal hintereinander klein, verschwindend klein, babyklein, mausklein, ameisenklein, aber auch im Kleinsten liegt jetzt die größte Anstrengung, selbst dafür musste ich mich zusammennehmen – es bedeutet rein gar nichts, Johanna, außer dass ich vom Schreiben Lichtjahre entfernt bin.

Márta

17. JANUAR 2012 – 00 : 02

Liebste Márti,

so war das nie gemeint! Natürlich schließt Du Dein *Anderes Zimmer* nicht ab und nebenan das nächste sofort auf. Mich quält, dass ich nichts für Dich tun kann. Außer Abend für Abend mit Dir telefonieren. Weil ich im schwarzen Wald festsitze. Der nassgrün ins Bitterkalte spielt. Trotz reparierter, wärmender Heizung. Nur das beschämt mich. Weil ich immerzu denken muss, wie Du mich damals getragen hast. Als es hieß, *Einzug in der Frauenklinik. Eine Stunde im Keller warten.* Ich aber keine Sätze für Dich angeln kann. Nicht einen dummen Satz. Der an einem dummen Anfang stehen könnte. Nicht einmal Tee oder Suppe kochen.

Als wir schon wussten, für mich würde es ein Sommer ohne Haar, hast Du in dem kleinen Laden am Oeder Weg den dunkelblauen Hut für mich gefunden. Trotz allem hatten wir vor dem hohen Spiegel genug zu lachen. Unter Federn und Netzen, Perlen und bunten Bändern. Was für ein schwereloser Nachmittag hätte es sein können, Márti. Mit meinem neuen Hut und zwei Eiskaffees an der Ecke Oberweg. Wäre nicht der Krebs gewesen. Hätte ich mir nur den dunkelblauen Hut ausgesucht, weil ich an diesem Nachmittag einfach Lust gehabt hätte, mir einen Hut zu kaufen, und nicht, weil ich meinen Kopf ohne Haar würde verstecken wollen.

Ich habe es Dir oft gesagt, aber sicher nicht oft genug. Hätte ich nur diesen einen Nachmittag mit Dir, hätten wir nur diesen einen Nachmittag zusammen, er würde ausreichen. Um zu sagen, Du bist mir die Liebste. Du, Du, Du, Márta Horváth, bist mir die Liebste. Vergib mir meine dummen Fragen.

Johanna

21. JANUAR 2012 − 05:39

Liebste, geliebte Jo, mein Milchmädchen,

das Telefonieren gelingt uns wieder nicht, was kann es sein, die Zeitverschiebung zwischen schwarzem Wald und Frankfurt oder die zwischen uns beiden, zwischen Deinem und meinem Leben? Du hast ja recht, also darf ich nicht zu beleidigt sein, irgendwann muss ich an ein nächstes Schreiben denken. Eine lange Erzählung wird es nicht, es werden auch nicht zehn kürzere, Gedichte könnten es sein, vielleicht wird mein Kopf das zulassen und mir zwei Zeilen in meinen Unmut diktieren, im Zug, am Bahnsteig, an der Kasse, in meinem Lebensachteck aus Supermarkt, Fußballplatz, Kinderarzt, Franz' Schülerladen, Henris Kita, Mias Schule, Gemüsehändler und meiner Nische Schreibtisch, ja, die zuletzt. Noch bleibt es still, noch ist das weit, ich bin in einem Zustand, Johanna, in dem ich die Waschmaschine einschalte, ohne die Wäsche hineingetan zu haben.

Anikó war am Wochenende hier, ist mit ihrer Oberärztinattitüde freitags in die Körberstraße geschneit, um bei meinen Kindern zu bleiben, ihr Schwesterherz schlägt für mein Unglück und meinen schmutzigen Nachwuchs, sie hat uns ihr freies Wochenende geopfert, schon dafür muss ich sie lieben, auch wenn sie es nicht lassen kann, mich neben ihren sauberen Fingernägeln, Haaren und Blusen immer mies aussehen zu lassen, sie kann ja nichts dafür. Die Kinder klebten an Anikó und dem Duft, den sie verströmt, im Nacken, an den Schläfen und Handgelenken, ich weiß nicht, wonach sie riecht, aber immer riecht sie gut, gut,

gut, dreimal hintereinander gut, nach den schönen Dingen des Lebens, nach Geld, nach Ordnung, nach Sommeranfang und dem milden Wind über Hockeyplätzen. Die Kinder wichen keinen Millimeter von ihrer Seite, etwas hat sich zu ihrem Instinkt gemischt, etwas wie: Unser Vater ist weg, unser Vater hat uns verlassen, ob er zurückkehrt, weiß niemand, also krallen wir uns fest an unserer Tante, die lassen wir nicht gehen, nie mehr zurück nach Stuttgart-Degerloch. Trotz meiner sagenhaft krächzenden Stimme bin ich mit Hustenattacken und Schweißausbrüchen in die Schweiz gefahren, Anikó hätte es fast verboten, aber ich muss mir das Absagen aufheben für die echten Missgeschicke, für Tage, an denen die Kindermädchen vom Rad fallen oder die Kinder vom Krankenwagen abgeholt werden.

Baden ist bezaubernd übersichtlich, wie gemacht für meinen rastlosen Kopf, in einem Altstadtgässchen hatte ich ein Zimmer über einem Café, in dem ich mit meinen Rösti zwischen bunten Etageren voller Zuckergusskuchen saß, auf einem selbstgenähten Kissen, unter Porzellanvögelchen und Stickbildern an den Wänden, alles erinnerte an den Geheimen Garten. Unter der Buchhandlung rauschte sauberkühl die Limmat, und am Morgen lief ich geschützt unter mächtigen blättertragenden Platanen, es stimmt, frag Bio-Kurt, sie tragen im Januar noch Blätter, zog am schnellen Wasser meinen roten Koffer zum Bahnhof, schaute auf den Fluss, der einschüchternd breit fließt, und dachte, so will ich leben, warum lebe ich nicht so, jetzt könnte ich doch weggehen und anderswo beginnen, in guten Schuhen, mit einem Hund an der Leine, morgens, sobald die Frühnebel aufsteigen, unter Platanen in meinen Tag spazieren – könnte ich doch.

Meine Nacht in Baden war still und ruhig gewesen, es mag am rauschenden Säuseln des Wassers gelegen haben, sonst überfallen mich Ängste in fremden Betten, den Kindern könnte etwas zustoßen, wenn ich nicht aufstehen und nachsehen kann, ob sie auch atmen und seufzend durch ihre Träume gleiten. In meiner Angst liegt etwas von dem Abschied, der zwischen uns dämmert, weil es ja so gedacht ist, dass es eines Tages vorbei ist mit dem gemeinsamen Leben, Mia wird bald nicht mehr auf meinen Schoß steigen, und ich werde meine Nase nicht mehr in ihr wildes Elfenhexenhaar tauchen. Wenn sie jetzt aufwacht, legt sie sich zu mir und schlingt die Arme um mich, vielleicht weil mein leeres Bett so riesig geworden ist, aber wie lange wird sie das noch tun? Mia ist über Nacht groß geworden, Johanna, Dir ist es sicher auch schon aufgefallen, na ja, sie ist klein, immer die Kleinste von allen, aber groß, zu groß, was uns so unbefangen und unverstellt zusammenhält, könnte bald vorbei sein – eines Tages wird sie die Tür ins Schloss fallen lassen und nicht mehr zurückkehren, auch sie wird mich verlassen, verlassen, verlassen.

Márta

24. JANUAR 2012 – 00 : 06

Liebe Márti,

seit man mich aus der Röhre gezogen hat, ohne Knoten, ohne Klümpchen, schlafe ich nachts wieder in meinem Krankenhauszimmer. Auch so ein *anderes Zimmer*. Das ohne Auftrag und Wunsch in mein Lebenshaus gebaut wurde. In das ich gegen meinen Willen einziehen musste. Ich hänge an einem Schlauch. Ich taste nach dem Port unter meiner Haut. Ich verliere mein Haar, pflücke es vom Kissen. Ich stehe auf. Fliehe durch die Gänge. Steige in meinen Wagen. Fahre durch eine fade Winterlandschaft aus schmutzigem Schnee. Ich halte an einem zugefrorenen See. Lasse den Motor laufen. Steige am Ufer hinab, falle und rutsche. Unter dicken Schichten von Eis sehe ich sie, eingesperrte Enten, die ihre Schnäbel hochstrecken. Als wollten sie nach Luft schnappen.

Nein, eigentlich schlafe ich nicht, Márti. Das werde ich später einmal. Ich liege bloß zwischen Wachen und Schlafen. In meine nächtliche Zimmerwirklichkeit mischen sich *hartnäckige Träume von meinem Vater. Heute kamen mich beide Eltern besuchen, zwei alte merkwürdige Leutchen, sehr still, viel stiller als im Leben.* Ich ärgere mich, dass es mir meinen Jahresbeginn verdirbt. Seinen blöden Krebsschatten auf meine Januarwege wirft. Meine neuen, frischen Januarwege. Obwohl es ausgestanden ist, bleibt es weiter da. Einmal Krebs, immer Krebs. Wieder ist mein wackliges Gleichgewicht gestört. Mein Kopf weiß nicht, wohin mit diesem Krebsgedanken. Findet keinen Platz, an dem er still liegen und sich beruhigen könnte. Also kreist und summt er weiter. Auch wenn ich seit fast vier Jahren *Nacht und Tag* versuche, in meinem Kopf einen Platz für diesen Gedanken zu finden. Kathrin sage ich nichts davon, wenn ich mich nach einer solchen Nacht verspäte. Ich sage, ich habe verschlafen. Öffne den Transporter und trage die Blumen zur Kühlzelle.

Claus bleibt in unseren Zimmern. Vielleicht macht das den Unterschied zwischen den Lebenden und den Toten, Márti. Auch so ein Gedanke, der mir in diesen Krebsnächten zugefallen ist. Nach Markus blieb mein Haus einfach nur mein Haus, der Raum einfach nur ein Raum. Ich hatte geglaubt, es würde Markus' Klang speichern. Seine Stimme. Etwas von Markus abgeben, wenn er nicht mehr da wäre. Nachdem wir Jahre in diesen Zimmern gelebt hatten, dachte ich, sie würden etwas von uns aufheben. Das uns gehörte, das wir waren. Aber der Raum ist nur ein Raum, ohne Klang und Speicher. Er gibt keinen Ton von uns wieder. Warum ich diese Wände dann einschlagen musste? Diese nicht sprechenden, stummen Wände? Ich frage mich das heute auch. Von unseren gemeinsamen Dingen ist nur die Vogeluhr geblieben. Ich kann sie nicht abnehmen. Das alberne Ding ist mir ans Herz gewachsen. Zu jeder vollen Stunde singen Lerche, Drossel, Nachtigall. Wie draußen im schwarzen Wald.

Kathrin und ich, wir haben uns fast eingerichtet in diesem Leben ohne Claus. Seit August haben wir versucht, uns so gut es geht darin einzurichten. Uns zurechtzufinden. Nicht mehr nur blind darin zu tasten. Das sind immerhin schon sechs Monate. Bald sieben. Kathrin steht jeden Morgen auf und fährt zum Geheimen Garten. Sie telefoniert. Sie öffnet Kisten, räumt Regale ein. Sie nimmt Bestellungen an, schreibt sie in ihr rotes Heft. Bindet Sträuße und Kränze. Sie isst und trinkt. Geht und atmet. Das allerdings immer schwerer. Gestern haben wir alles geregelt für die Zeit, in der das Baby kommt. Die Aushilfe und Kathrins Mutter werden im Laden übernehmen. Ich werde zu den Kindern ziehen, solange Kathrin im Krankenhaus bleibt. Die Ärztin sagt, es kann gut früher kommen. Nein, Kathrin weiß noch immer nicht, was es wird. Sie hat der Ärztin verboten, es ihr zu sagen. Vielleicht weißt Du, wozu das gut ist. Der siebzehnte März soll es sein. Klingt das nicht nach einem *hübschherrlichen Tag*? Nach fast Frühling? So gut wie Frühling?

Jo

31. JANUAR 2012 − 08:15
Liebste Jo,
vor dem Kellerfenster hatte sich eine Maus verfangen, jetzt liegt sie dort tot, keiner will sie entfernen − kannst Du nicht kommen? Im schwarzen Wald fischst Du doch ständig Mäuse, Vögel und Schlangen aus Deinen Kellereingängen und Türvorsprüngen. Die tote Maus ist das Schlussbild einer Woche, in der die gesamte Familie Horváth-Leibnitz, also was von ihr übrig ist, krank in ihren Betten gelegen hat, mit abgesagten Arbeitsterminen wegen Fieber, Gliederschmerzen und Nachtwachen vor hustenden, kochend heißen, winselnden Kindern − dieser Januar! Ich quäle mich mit Codeintropfen, Hustenspray und Schmerztabletten, immerhin sind die Kinder soeben durch den Dauer-

regen zurück in ihre Kitas und Schulen, also will ich versuchen, trotz verstopfter Nase zunächst durchzuatmen, das wär schon was.

Lori wird am Mittag hier sein, das Kindermädchen am Abend, Ildikó in der Nacht, ich springe auf den Zug nach Neuss, morgen nach Aachen, wo ich aus meinen Erzählungen lesen werde. Schnell diese Zeilen an Dich, bevor ich Berge von Kinderwäsche baue oder abbaue und Dinge in meinen Koffer werfe, die immer gleichen, immer selben Dinge, mein *Anderes Zimmer*, Leseexemplar, Nachtwäsche, hohe Schuhe für den Abend, flache Schuhe für den Tag, den rosa Lippenstift, die lila Handschuhe, den grauen Schal – der rote liegt ja bei Dir. Lori kommt früh genug, damit wir uns nicht bloß zwischen Tür und Angel treffen, sondern damit es reicht für eine Tasse Tee und drei Worte, es tut mir weh zu sehen, wie sie sich zwischen Simon und mir windet und zerreibt, wie sie herumdruckst oder schweigt, was doch gar nicht Loris Art ist, weil sie nichts Böses über Simon sagen will, auch wenn sie wütend auf ihn ist. Aber etwas Böses über Simon zu sagen, verbietet sie sich, weil sie ja Simons Vater liebte und darum auch Simon ohne Abstriche, ohne Minus, ohne Wenn und Aber lieben muss, sosehr sie Simon nicht verzeihen will, mich und die Kinder alleingelassen zu haben, so sehr liebt sie ihn, was wissen wir denn schon, wir haben doch keinen Schimmer, Johanna, wie das mit der Liebe ist, wohin sie sich in ihrem Endlosreigen verteilt und wohin nicht, wer sich unter ihr beugen muss und wer dann wieder leer ausgeht. Vater und Sohn leben weiter mit uns, der eine tot, der andere lebendig, Lori hat diese guten, großartigen Erinnerungen an Simons Vater, nur gute bis großartige Erinnerungen, die letzten drei Monate ausgenommen, als er ein Bündel Haut und Augen und Tumor war, und weil Loris Liebe nicht abklingt, weder zu Simons Vater noch zu Simon, tut es mir fast leid, dass ich nichts, überhaupt nichts Gutes zu sagen weiß über Simon, mir fällt nichts ein, Johanna, denk Du einmal nach, gab es etwas?

Lori hält es für einen im Augenblick zwar unverzeihlichen Fehler, aber eben nur für einen Fehler, eine *grobe Fährte*, die Simon nach der letzten Abzweigung, der letzten Biegung des Flusses zurückführen wird, mitten in unser vollgestelltes, zugemülltes, verdrecktes Wohnzimmer, wo immer noch sein Stuhl steht und seine verwaisten Notizblätter verstreut liegen, nein, ich habe sie nicht weggeräumt. Für Lori hat Simons Abschied nichts Endgültiges, das wabert in jedem ihrer Sätze mit, zwischen den Zeilen hängt es, auch wenn Lori es nicht ausspricht, und ich will es ihr verzeihen, Johanna, einfach, weil ich Lori alles verzeihen muss, also auch, dass sie vorgibt, Simon und ich hätten nur Pause, ich von ihm in der Körberstraße, er von mir in einer dunklen Theaterecke, in einer hellen Theaterkantine, in einem *anderen Zimmer* mit Tisch, Matratze und neuen Bücherbergen, in Frankfurt oder Hamburg, wo er mit seinen Parzen und Horen, mit wem auch immer, jedenfalls ohne mich und seine Kinder sein will.

Ich brauche niemanden, mit dem ich mein Bett teile, meine dunklen und hellen Tage, das hat mein Kopf in all den durchglühten, heißgeweinten, einstürzenden Novembernächten, Dezembernächten, Januarnächten beschlossen, in denen ich mich fragte, *wie ich mit all dem Schrecklichen, das auf mich zukommt, fertig werden soll, ohne zu verzweifeln* – ob mein Aderwerk in Zukunft, Futur eins und zwei, mitmachen wird, bleibt offen. Immerhin muss ich mich mit niemandem abstimmen, ich muss nicht fragen, geht dieses, passt jenes, ich kann einfach losziehen und tun, wonach mir der Sinn steht, also Dreck aufwischen, Kinder anbrüllen, Hausaufgaben durchsehen, Kinder ins Bett bringen, Wäsche zusammenlegen und wieder von Anfang, Dreck wegmachen, Kinder anbrüllen, Hausaufgaben durchsehen, Kinder ins Bett bringen, Wäsche zusammenlegen – welche Freiheiten!

Mein geöffneter Koffer wartet, werde an Dich denken, heute, morgen und übermorgen, in meinen schmalen Hotelbetten und kalten Zugabteilen werde ich Bilder aus meiner reich bestückten, bis weit oben zugehängten Johannagalerie abrufen, zum Beispiel, wie Du mit ausgestreckten Armen in Orth über die Absperrungen zum Hafen gesprungen bist – trotz dicker Winterkleider anmutig geschickt wie eine Hürdenläuferin kurz vor dem Ziel.

Ich habe Dich nicht gefragt, aber jetzt möchte ich es wissen, sag mir, schreib mir – bist Du kurz vor Deinem Ziel?

Márti

3. FEBRUAR 2012 – 07:03

Liebe Márti,

so sind wir zu Euren Gehilfen geworden. Lori an Deiner Seite. Ich an Kathrins. Am Morgen bringe ich die Kinder zum Bus. Obwohl sie natürlich allein gehen könnten, bestehe ich darauf, sie zu bringen. In ihre Ranzen zu sehen. Ob sie alles haben: Mäppchen, gespitzte Buntstifte, Turnbeutel, Pausenbrot. Damit Kathrin es nicht tun muss. Ich warte, bis die Bustüren sich öffnen und sie einsteigen. Mit den Händen in Fäustlingen über die beschlagenen Scheiben wischen. Mir durchs Fenster winken. Erst danach fahre ich mit dem Rad ins Tal. Seit Ende der Ferien fällt es mir wieder leichter. Zu reden, die Gesichter meiner Schüler anzusehen. Ihnen zuzuhören. Denk Dir nur, es geht wieder. Meine unaufhörlich fressende Wut auf alles und jeden hat sich gelegt. Ja, ich stehe am Morgen in meinem Klassenzimmer. Vor einem Meer aus Kinderhänden, die sich in die Luft strecken. Das Rascheln und Trappeln hält mich sogar. Das Läuten zur Pause. Die schnellen Schritte auf den breiten Treppen, in den Gängen.

Zwischen allen Stockwerken der laut lachende, nicht nachlassende Lebenslärm.

Noch ein Monat, dann wird sich Kathrins Leben wieder umwälzen, werden sich ihre Lebenskarten neu mischen. Wird ein Teil auf Anfang gesetzt. Ich habe Angst, Márti. Obwohl ich zuversichtlich sein will, fürchte ich mich. Trotz unbändiger Freude in mir über dieses neue Kindchen habe ich eine wirr flatternde Angst davor, was mit Kathrin geschehen könnte. Unser Leben ist so heimtückisch durcheinandergeraten. Wir *mißtrauen deinen müden Flanken und den scharfen halbentblößten Zähnen, alter Bär*. Ich wage nicht mehr, fest mit etwas zu rechnen. Also rechne ich auch nicht fest damit, dass alles gut sein wird. Dass alles gutgehen und Kathrin glücklich sein wird. Claus' Tod hat auch mein Leben verändert, Márti. Es klingt nach zu viel, ich weiß. Das soll es nicht. Aber selbst meine Wege sind seither anders. Ich kann nicht mehr am Geheimen Garten vorbeifahren ohne stehen zu bleiben. Nicht an Kathrins Haus. Ohne zu schauen, lebt sie, atmet sie. Leben die Kinder. Atmen die Kinder. Mein Unmut über mein eigenes Leben ist geschrumpft. Über meine vierundvierzig aneinandergereihten, auseinandergesprengten Jahre in Hell und Dunkel. Jeden Morgen, an dem ich Kathrins Kinder zum Bus gebracht habe, ist er weniger geworden. Jeden Abend, wenn ich ihre Schlafanzüge an die Bettkanten gelegt, das Nachtlicht angeknipst habe. Meine lauten Johannaklagen über mein verpatztes Johannaleben sind still geworden. Oder hörst Du sie noch?

Gerade erleben wir ruhige, einfache Zeiten, Kathrin und ich. Ich könnte das nach einem scheuen Blick fast sagen. Wenn abends *überall matte Lichtchen aus den Schneehügeln* flimmern, reiche ich Kathrin Nadel, Schere und Faden für die neuen Faschingskostüme. Nein, sie hat es sich nicht nehmen lassen, auch in diesem Jahr alle Kleider selbst zu nähen. Obwohl ich ihr tausendmal gesagt habe, nimm die alten. Die passen noch. Weitere tausend

Male, lass mich welche kaufen, bitte. Lass das Nähen dieses Jahr ausfallen. Aber Kathrin sagt, man kann nicht in unserer Ecke des schwarzen Walds leben und die Kinder nicht Fasching feiern lassen. So, wie sie es sich in all den anderen Monaten davor ausmalen. Und weil es geklungen hat wie ein Gesetz, von dem nur ich noch nicht gehört hatte, sitze ich am Abend neben Kathrin und ihrem großen runden Bauch und schneide Stoffe. Filz. Tüll. Kunstleder. Nehme Maß an Brust und Hals. An Armen und Beinen. Zeichne mit weißer Kreide den Schnitt auf. Gaukler. Hexe. Räuberin. Werfe die singende Nähmaschine an und säume die Ränder.

Deine Johanna

10. FEBRUAR 2012 – 06 : 03

Liebste Jo,

schnell ein paar Zeilen, bevor die Kinder aufwachen. Soeben war ich in ihrem Zimmer, Mia mahlt mit den Zähnen, Nacht für Nacht höre ich sie mahlen, wenn ich mich über sie beuge und ihre Decke zurechtzupfe, mich zu ihr lege und eine simonblonde Strähne aus ihrer Stirn streiche. In Mias *Träumen läutet es Sturm*. Die Schneidezähne hat sie bereits abgeschliffen, ihre scharfen Spitzen sind weg, der Zahnarzt kann nichts tun, erst wenn alle Zahnwechsel hinter Mia liegen, wenn alle bleibenden Zähne da sind, kann sie einen Keil dazwischenschieben, um sich vor ihren Nachtbefehlen zu schützen.

Ich bin zurück aus Edinburgh, wo ich als Lyrikerin unter Lyrikern in einem Übersetzerprojekt fahndete nach dem rechten Wort aus der englischen Sprache, das zu meiner deutschen passen könnte, auch so ein haarsträubend verrücktes Unterfangen, überhaupt waren alle Tage dort haarsträubend verrückt, eine kompasslose Erfahrung, um ein Wort von Dir zu stehlen, Johanna. Im Nieselregen galoppierte ich durch eine schwarzgraue

Stadt, galoppiert ist nicht übertrieben, nein, bis ich ein Café fand, in dem ich mich aufwärmen konnte und zu mir selbst sagen musste: Setz dich, atme, geh nicht weiter, hör auf, durch den Regen zu laufen, durch diese Stadt zu jagen, in der du nach nichts suchst und deshalb auch nichts findest. Ich trank meinen Tee am Fenster, schaute auf die grau-in-graue Nieselregenstadt, mein Magen kam zur Ruhe, meine Lider hörten auf zu zittern, mein Herz schlug langsamer, meine Gedanken fügten und ordneten sich, all meine Was-wenn-Fälle habe ich vor dieser Teetasse durchgespielt, Läuse, Krankheiten, Flugverspätungen, ich hangelte mich durch Zugunglücke, plötzliche Absagen und tote Handys, während die Sonne herauskam, der Regen, die Sonne und wieder Regen. Ich habe meine nächsten Termine geplant und mir ausgedacht, wer auf meine Kinder aufpassen könnte, wenn unser Kindermädchen uns verlassen haben wird, ja, im Futur zwei: haben wird, wieder werde ich suchen müssen, von neuem geht es los mit dem Bangen, aber sie will dieses Jahr lieber in Sydney als in Frankfurt verbringen, und wer könnte das besser verstehen als ich?

Selbst die alten, steinalten, uralten Bilder sind in diesem Café zurückgekehrt, jetzt springen sie also hoch, dachte ich, wie Regentropfen auf glattem Wasser ziehen sie ihre Kreise durch meinen Kopf, längst abgelegte, weggesperrte, vergessen geglaubte Bilder. Als Simon im Musikgeschäft am Oeder Weg gearbeitet hat, habe ich dort Klaviernoten gekauft, Bach, einfach gesetzt, die Arien und das Notenbüchlein für Anna Magdalena Bach, Schlummert ein, ihr matten Augen müsse dabei sein, weil ich es dringend spielen wollte, weil etwas mir an diesem Tag vorschrieb, es spielen zu müssen. Ihr matten Augen?, fragte Simon und sah mich an, und als ich wiederholte: ja, schlummert ein, ihr matten Augen, erwiderte er nichts, und wie er so nichts erwiderte, ja, wie er das tat, Johanna, da *hat meine Haut sofort ja gesagt*, weil der ganze Bach in seinem Blick lag, weil er den ganzen Bach in seinen Blick gelegt hatte und ich ihn dort ablesen konnte, nicht nur *Schlummert ein, ihr matten Augen*, alles lag in Simons Blick, die Kantaten, die Arien, die Fugen, die Sinfonien, die Messen, der ganze große, uns in die Knie zwingende, betäubende Bach, das weißt Du ja, trotzdem schreibe ich es auf für Dich, heute, ungezählte Jahre oder Jahrzehnte, Jahrhunderte, Jahrtausende später, am zehnten Februar schreibe ich es für Dich auf. Tausend Wege hatte ich gefunden, um vor diesem Musikgeschäft durchs Fenster zu schauen und im Laden zu stöbern, obwohl ich nichts brauchte. Ich hätte nur große Scheine, ob ich meine Noten mit einem Hunderter bezahlen könne?, fragte ich, Simon wühlte in der Schublade und antwortete sehr trocken, natürlich, wenn er nicht herausgeben müsse, gerne. Für mich sei das kein Problem, erwiderte ich in gleicher Tonlage, Simon schaute auf und lachte, sein seltenes, viel zu seltenes, ungebändigtes, alles verschlingendes Simonlachen. Sehr gut, sagte er, sehr gut.

Márta

11. FEBRUAR 2012 – 06:33

Liebste Márta,

Dein Mail habe ich beim ersten Kaffee gelesen und getan, als seist Du hier. Einen schmerzschönen Ton gibst Du für diesen Tag vor. In Ordnung. Ich trage auch die alten Bilder in mir. Wir haben sie geschluckt, nun sitzen sie hinter der Luftröhre. Nisten und brüten. Bilder, Sätze. Selbst die bedeutungslosen. Die für das Vorher und Nachher zunächst nichts bedeutet haben. Gestern musste ich ins Tal laufen, in Schneestiefeln durch den stillen Glitzerwald. *So hoch und prachtvoll dort die Tannen standen.* Du glaubst nicht, wer und was alles hinter ihnen lauerte. Wie viele weggesperrte Bilder und vergessen geglaubte Sätze.

Schnell diese wenigen Zeilen, bevor ich aufbreche. Ich habe

es mir zur Lebenspflicht gemacht, Kathrins Kinder zum Bus zu bringen und einsteigen zu sehen. Damit wenigstens das sicher gelingt. Die Straßen sind inzwischen geräumt. Also fahre ich mit dem Rad. Zwei Stunden Kunst warten auf mich. Bruce Naumann. Bill Viola. Gary Hill. Film. Video. Installation. Damit können die Schüler mehr anfangen als mit Klosterfriedhöfen im Schnee. Mit Abteien in Eichwäldern. So sehr ich das bedaure. Nein, es steht nicht im Lehrplan. Bis mir jemand auf die Schliche kommt, mache ich einfach, was ich will. So frei bin ich, Márti. So zügellos aufmüpfig und ungebändigt. Wie meine siebzehnjährigen Schüler sein könnten.

Jetzt hast Du sie einmal in Deinen Satz fallen lassen, und prompt haben Kathrins Kinder Läuse. Alle drei. Kathrin ist das nicht mehr zuzumuten. Also habe ich einen Abend damit verbracht, ihre Haare einzusprühen und auszukämmen. Trotz vieler Tränenklagen. Dreimal langes blondes Claushaar. Wäscheberge stapeln sich in Kathrins Küche. Die ich langsam abbaue. Kopfkissen. Jacken. Bettlaken. Mützen. Kuscheltiere. Decken. Ich gehe am Abend, werfe die Waschmaschine an. Räume den Trockner aus. Lege die Wäsche zusammen. Zwei Mädchenstapel. Ein Jungenstapel. Während Kathrin die letzten Perlen an die Kostüme näht, Pailletten, Federn. Sie sind wunderbar geworden. Aber das hast Du Dir vielleicht schon gedacht.

Es liebt Dich,

Johanna

16. FEBRUAR 2012 – 22:23

Liebste Jo,

heute Mittag fuhr ich mit Henri auf dem Rücksitz zu Lori, über der Kreuzung Miquelallee / Eschersheimer kreiste plötzlich ein Greifvogel, ja, mitten in der Stadt, groß wie ein Adler, in einem wie mit Tusche gemalten Winterhimmel, der von Deinem Moorknaben Jan hätte sein können, sprühwässrig, in allen Schatten von Grau, wie mit dem Pinsel dick aufgetragen und mit nassen Fingern verschmiert. Ich hatte Angst, der Vogel würde hinabsausen und zwischen die Autos geraten, so wild schoss er durch den Himmel, als sei er lange eingesperrt gewesen und mit einem Mal frei. Ich musste denken, es ist Claus, da ist Claus, Claus fliegt als Greifvogel, als Adler, als Bussard unter diesen verwaschenen Stadtwolken über diesem Blechfluss, Claus will sich herabstürzen und mir etwas sagen, und da musste ich weinen, Johanna, an dieser bremslichterzersetzten Stop-and-go-Kreuzung lautheftig losschluchzen und meinen Kopf aufs Lenkrad fallen lassen, dass Henri sich vorbeugte, gegen die Kopfstütze boxte und mich groß anschaute, als ich mich zu ihm drehte.

Lori hat später gefragt, willst du jetzt aufhören zu schreiben, oder was willst du, Márti? Ich sagte, ja, am liebsten würde ich aufhören, genau danach ist mir, und es klang bitter und müde, so wie ich es nicht hatte klingen lassen wollen, nicht vor Lori. Die letzten Jahre haben mir zugesetzt, Johanna, noch immer muss ich mich ausruhen und gesundschlafen, mich erholen davon, geschrieben und kleine, schreiende, immerzu kranke Kinder gehabt zu haben, meine Erzählungen haben viel von mir weggefressen, vom Kopf, vom Haar, von der Haut, von dem, woraus ich gemacht bin, meiner Márta-Faser, meinem Márta-Grundstoff, meiner Horváth-Substanz, ich sehe nicht, wie ich an meinem Schreibtisch wieder einen ersten Satz finden könnte, der einen Kosmos öffnet, auf den eine Welt folgen will, wie fern und weit ist das von mir!

In Aachen hat mir jemand gesagt, er sei nachts aufgestanden, um weiter im *Anderen Zimmer* zu lesen, doch selbst das ist jetzt nichts wert, Johanna, seit ich nicht weiß, ob ich das Schreiben noch will und brauche, ob mir seine seltenen Früchte ausreichen oder ob ich es nicht besser fände, hinter einer Theke zu stehen und etwas zu verkaufen, was mit weniger Aufwand schließlich ähnlich viel Geld bringen würde, Wurst und Käse auf eine Waage zu legen, zu verpacken und zu sagen, Danke schön für Ihren Einkauf. Meine große, nur für mich anrauschende Woge hat sich überschlagen und versickert vor meinen Augen im grobkörnigen Sand, alles steht in einem lächerlich schiefkrummen Verhältnis, ich ständig am wundbrüchigen Rand meines Lebenskraters, was Geld, Kraft, Zeit und tausend andere winzige, aber zugleich einschüchternd große Dinge angeht, und dafür dann eines schönen hellblauen Tages zwei Stunden Ruhm, oder waren es zwei Sekunden?

Was mein Morgen betrifft, bleibt die alles überragende Frage unbeantwortet, ob ich weiterschreiben soll, ich gebe zu, kein hoffnungsvoller Jahresbeginn, etwas mau und wenig, was ich als Ausblick zusammentreiben kann. Dieses Jahr soll mein Entscheidungsjahr werden, Johanna, nach meinem sagenhaften 2011 also mein entscheidendes 2012, vielleicht wird es zum Wendepunkt, zur Zeit ist alles offen – gerade geht es nur ums Überleben, irgendwie muss ich durch den Tag und nicht mittendrin umfallen und sterben.

Márta

24. FEBRUAR 2012 – 07:02

Liebste Márti,

frischer Schnee liegt vor meinem Fenster. Heute Nacht ist er gefallen. *Ich sage das ist der Schlitten der nicht mehr hält.* Konrad war hier. Gleich nachdem die Faschingszüge versiegt sind. Die Rufe verklungen. Als die Spur aus zersprungenen Flaschen und verlorenen Masken noch nicht weggewischt war. Noch nicht weggespült. Aus Taschentüchern, Bonbonpapier und dem, was die Leute sonst hinterlassen. Vielleicht hat Konrad diesen Zeitpunkt abwarten wollen. Diesen Augenblick der wiedereroberten, zurückgesetzten Stille. Siehst Du, danach habe ich gar nicht gefragt.

Zwischen überquellenden Mülleimern ist er durch die Hauptstraße gelaufen. Hat unter den winterkahlen Bäumen leere Bierdosen scheppernd übers Pflaster gekickt. Bis er vor dem Geheimen Garten gestanden und eine seiner Robert-Lowell-Strähnen hinters Ohr geschoben hat. Ich war gerade ins Fenster geklettert, um die Girlanden und grellbunten Kreppstreifen abzuhängen. Um Asche ins Fenster zu streuen. Ja, Asche. Kathrins Wunsch. Ich glaube, nicht nur wegen Aschermittwoch. Sie findet das gerade angemessen. Asche und Birkenstämme. Ich frage nicht mehr, nein, ich frage nicht mehr. Wenn sie Asche im Fenster haben will – bitte, ich streue sie.

Konrad hat den Perlenvorhang zur Küche beiseitegeschoben und Kuchen für uns auf den Tisch gestellt. Trotz soeben eingeläuteter Fastenzeit. Er konnte nicht wissen, dass Claus genau das immer samstags getan hat. Kuchen für uns auf den Tisch gestellt. Früher einmal. Vor einem Jahr noch. Vor sieben Monaten noch. Damit Kathrin und ich hinter dem Vorhang verschwinden konnten, um zu naschen. Mir war sofort nach Weinen, Márti. Mit Blick durchs große Fenster auf die zugemüllte Straße war mir sofort nach Weinen. Kathrin hat mich angezischt, ich solle meine Schürze abnehmen und mit Konrad verschwinden. Wenn du jetzt nicht gehst, darfst du nie mehr einen Strauß für mich binden, hat sie gesagt. Also habe ich mein Rad geschnappt und bin los. Neben Konrad durch die umgedrehten, umgestülpten, verdächtig stummen, biergetränkten, kotzschlierigen Gassen. Den langen Weg über die eisverkratzten, gut und sicher unter Schnee versteckten Pfade. Hoch zu meinem Haus.

Ja, Márti, ich bin an meinem Ziel. Wenn Du schon danach gefragt hast und ich erst jetzt darauf antworte. Ja, ich habe Konrad meine Narbe gezeigt. Als er mich am helllichten Tag in meiner

Küche unter einer Droste-Postkarte vom Fürstenhäusle ausgezogen hat, habe ich ihm meine Narbe gezeigt. Sie hat ihn nicht
gestört. Kein bisschen.

Deine Johanna

26. FEBRUAR 2012 – 23 : 24

Liebe Jo,

ich bin so glücklich, dass es mich wach hält und ich Dir schreiben
muss, nachdem ich es am Telefon unzählige Male gesagt habe,
muss ich Dir auch schreiben, wie glücklich ich über Konrad bin,
vielleicht glücklicher, als Du es bist, vielleicht ist das möglich. Ich
bin zurück aus Münster, was ich Dir eigentlich hatte verschweigen wollen, damit Dein Herz nicht unnötig drosteschwer wird,
stell es Dir vor, ein Münster ohne Dich, ein Münster ohne Doktor Johanna Messner, wo Du doch über der ganzen Stadt liegst,
über allen Türmen und Dächern, aus jedem Fenster lugst und
um die Ecke biegst, sobald *der Mond mit seinem blassen Finger
leise durch den Mauerspalt langt.* Ja, Grüße von Deiner liebsten
Freiin soll ich ausrichten, das hat sie mir zugeflüstert auf einem
der katholischen Sträßlein unter einem düsterwestfälischen
Freitaghimmel. Morgen fahre ich nach Weimar, ein Abend zu
Goethe heute, lese meine alte Werther-Plenzdorf-Holden Caul-
field-Geschichte, irgendwer ist auf mich gekommen, irgendwer
hat die ausgekramt, Münster-Weimar, ein Fußabdruck zu groß
für mich, übertrieben groß für mich, aber mein aufgeklappter
Koffer liegt hier schon und wartet nur noch auf meine Zahn-
bürste. Warum gibt es nie einen Ruf in den schwarzen Wald?
Lesen die Menschen dort keine Bücher, Kathrin und Du, seid
Ihr die Einzigen?

Ich selbst reiche mich von Lesung zu Symposium zu Werkstatt,
durch zeitzerbröselnde Tage, damit ich Stromrechnungen, Wasserrechnungen, Musikschulrechnungen, Schülerladenrechnun-

gen und so weiter bezahlen kann, eben alles, was neben Strafzetteln ins Haus geschwemmt wird, der Preis ist, meine Kinder zu verlassen, meine Wohnung, meine Straße, meine Stadt, an der ich dann plötzlich hänge, wo ich doch nie an ihr hänge, unterwegs ständig beten zu müssen, dass alles gutgeht, und jeden Abend anzurufen, ob auch alles gutgegangen ist – ist auch wirklich alles gutgegangen? Noch sind keine Katastrophen geschehen, Johanna, *wachsam halten wir die Herden*, noch stützt uns der Alltag mit seinen kleinen, übersichtlichen Dingen, noch meint er es gut mit uns, noch hält jemand seine schützende Hand über uns, noch ist unser Weltende, unser *vége a világnak* nicht in Sicht. Ich suche weiter Antworten auf die vielen Fragen, die mein Kopf mir stellt, in den sprudelnden Flüssen meiner Márta-Unterwelt suche ich sie, aber keine fällt mir ein, keine Antwort zu Simon, zu mir und unserem Leben, ich meide den Schreibtisch, mache einen großen, weiten Bogen um ihn, so groß und weit ein Bogen nur sein kann, ich halte Abstand, so gut das bei unseren beschränkten Quadratmetern geht. Das ist, womit ich meinen Tag fülle, Abstand halten zum Schreibtisch und noch mehr Abstand halten zum Antwortreigen Márta–Simon.

Alte Freunde tauchen nach Jahrzehnten unerwartet auf, als hätte sie jemand geschickt, als hätte die Himmelschaltzentrale sie abkommandiert, um diesen Anker in mein Leben zu werfen, Freunde, mit denen ich studiert, gearbeitet, sonst was getan habe, schlimme Dinge und nicht so schlimme Dinge, bevor Simon in mein Leben stieß und es leuchtend hell anstrich, ordnete, glättete und auffing, ja, das hat er damals für mich getan, ich habe es nicht vergessen. Sie zeigen mir, ich hatte vor Simon ein Leben, und es war gar nicht schlecht, ich war auch ohne Simon schon wer, ich stehe gar nicht da mit nichts, ich muss mich auch nicht neu erfinden.

Deine Márta

27. FEBRUAR 2012–06:26

Liebe Márti,

an den Hängen hat soeben der Tag begonnen. Auch wenn es wie Nacht aussieht. Der Himmel ist frei von Greifvögeln. Sie *scheinen diese dichte Tannennacht zu vermeiden.* Mein Fahrrad steht vor der Tür und wartet. Nur eine Minute, um Dir zu schreiben. Seit einiger Zeit frage ich mich, wie Du weißt, ob Du nicht Dein Leben hierher verlegen könntest. Wo Du nun nicht mehr schreiben willst, könntest Du neben Kathrin und mir Sträuße und Kränze binden. Im Geheimen Garten gibt es eine Theke, hinter der Du freundlich danke schön sagen könntest. Jedes Mal, wenn Geld für uns in die Kasse fällt. Züge fahren schließlich auch vom schwarzen Wald in die Welt. Ja, wirklich.

Aber selbst Dein Leben ist zu festgezurrt und festgeklopft. Als dass Du Koffer packen und es verschieben, Dich über drei Kinderköpfe hinweg entscheiden könntest. Also bleibst Du in Deiner Stadt. In Deiner Heide, an Deinem Moor. Und ich in meinem schwarzen Wald. Von dem ich mich nicht lösen kann. Noch nicht. Hätten wir, hättest Du, hätte ich die Kraft dafür, nicht auszudenken, welche Wege wir gehen könnten!

Ich muss los, sie rufen schon nach mir. Ich komme, *ihr Buchenwälder, ihr Kiefern!*

Jo

28. FEBRUAR 2012–11:14

Geliebte Johanna,

ja, welche Wege! Fortgegangen und losgezogen bist doch Du, Johanna Messner, Du hast diese Welt abgesucht, bei der ersten Gelegenheit bist Du auf und davon nach Florenz, und ich war über Nacht sehr allein zwischen Höchster Altstadtpflaster und einer widerwillig dahinfließenden Nidda, wie albern, dass ich mich ausgerechnet daran noch verschlucke, dass ich Dir ausgerechnet das noch vorwerfe! Es gibt Orte, die besser scheinen als andere, das habe ich längst verstanden, Florenz gehört dazu, Höchst dagegen nicht, nicht seine Emmerich-Josef-Straße mit ihren fliegenden Büchern und sich lösenden Wortlawinen.

Wie alles war, könntest Du mir zum tausendsten Mal erklären, wenn ich nächste Woche in München bin, wo ich zwei Gedichte beim BR einlese und zwei Fragen beantworte, vielleicht sogar drei, dahin fährt auch ein Zug vom schwarzen Wald, ja, denk Dir nur. Ich werde in Schwabing untergebracht, im Gästehaus am Englischen Garten, Du könntest mir den roten Schal umbinden, wir könnten in dicken Wintermänteln zum chinesischen Turm schlendern, am Eisbach entlang, den zugefrorenen See mit unseren müden, hellwachen Blicken abtasten und nachschauen, ob sich Enten darin verbergen und wir sie freilassen wollen.

Sehen wir uns? Begießen und vergeuden den Nachmittag im Café am Wiener Platz? In der Reitschule? Essen Fisch aus einem bayerischen Fluss? Sag einfach ja, ja, ja, dreimal hintereinander ja.

Es liebt und vermisst Dich,

Márti

29. FEBRUAR 2012—15:05

Liebste Márti,

mein Vater hatte mir eingeflüstert, dass man an keinen Ort so dringend müsse wie an diesen. Florenz lag am besten seiner Horizonte. Den er an mich weiterreichte, bevor er für immer in seinen *Traumschluchten* verschwand. Dein Wort. Oder lag es an unseren ziellosen Fahrten im dunkelblauen Opel Kapitän? Mein Vater mit seinen wundgekratzten Armen vor mir, ich auf dem Rücksitz. Immer ohne Georg. Manchmal mit Dir. Idstein, Schwalbach, Bad Camberg. Über den sommergrünen Taunusrücken. Zwischen seinen verstreuten Straßendörfern. Über den winterweißen Taunusrücken. Durch seine lose verteilten Häuserzeilen. Die immer verlassen aussahen. Ohne Lichter, ohne Menschen. Wie unbewohnt. Vielleicht haben mir diese unruhigen Fahrten gesagt, sobald du kannst, verlass diesen Taunusradius. Sobald du kannst, brich auf. Sobald du kannst, pack Deine wenigen Sachen und spring auf einen Zug. Sobald du kannst, lauf davon.

Die großen Ferien hatten mir früh Italien eingeimpft. Wenn das Geld reichte, sind wir weiter nach Süden, haben Österreich hinter uns gelassen, Dora in der Buchengasse im zehnten Bezirk. Das Burgenland mit dem Rest der Füllhabers. Die sich dort auf den Hügeln und Feldern verteilten. Haben die schnapsvergifteten Brüder meiner Mutter in den Rückspiegel des Kapitäns gesteckt. Die später nie aufgehört haben, auf meinen toten Vater zu schimpfen. Weil er sich totgespritzt und nicht totgesoffen hatte. Georg und ich haben fassungslos auf das glitzernde Genua-Meer gestarrt. Georg *zerlumpt, sonneverbrannt, mit dem Ausdruck der Vernächlässigung in den Zügen.* Auf die Zitronenbäume von Viareggio. Höchstkinder, die Zitronenbäume sehen. Emmerich-Josef-Straßenkinder, die Meereswellen atmen. Höchster Schlossplatzkinder, die ihre Füße in den heißen Sand stecken. Florenz und Venedig, wo meine Mutter unter ihrem weißen Sonnenhut ausgelassen durch die Straßen lief. Der Markusplatz als Bühne, Löwen und Vögel ihre Kulisse. Das wirre Feuerhaar artig im Sommersprossennacken zusammengesteckt. Mit großer dunkler Sonnenbrille. Blutrot geschminkten Lippen. Weil sie sich absetzen wollte von den peinlichen Dummköpfen, die für einen halben Tag nach Venedig kamen. Sich wunderten über die Preise im Florian. Darüber, dass sie nicht einfach die Toiletten benutzen durften.

Ja, ich fahre nach München, natürlich fahre ich. Sag mir nur, wann und wo wir uns treffen. Bis dahin schicke ich Dir meine

Umarmung aus einem nebelbedeckten schwarzen Wald. Der sein eisigstes Gesicht zeigt. Jetzt, da der März anklopfen will.

Es liebt Dich, heute besonders,

Deine Jo

3. MÄRZ 2012 – 21:47

Liebste Jo,

Du glaubst nicht, wie der Wind ums Haus heult, an den Fenstern zerrt und um Einlass bittet, als wolle er uns mitnehmen in einen fernen unbekannten Himmel, ich habe verrückt anstrengende Tage vor mir, die ich ohne Lori nicht überleben würde, nein, sterben würde ich, wenn ich zwischen zwei Zügen zu Hause wäre und drei Kinder über mich herfielen, würde ich sofort sterben, mein Kopf dreht sich, dreht sich, dreht sich, dieses Mühlrad, aber an Ausfallen ist nicht zu denken. Heute ging es mir so schlecht, dass Lori die Kinder schnappte und mit ihnen durch den Sinai-Park streunte, bis ich wieder Luft bekam und das Ohrsausen schwieg, möglicherweise die Nebenwirkung meines Lebens, das Kleingedruckte auf meinem Márta-Beipackzettel, die Folge eines weiteren Kapitels bei der Suche nach einem Kindermädchen, das bezahlbar, angenehm und pünktlich ist, dabei ausreichend Deutsch spricht, mehr verlange ich nicht.

In meinem Lebenstumult war es wunderbar, Dich gestern zu treffen, meine wärmende Sonne im verschneiten, eisklirrenden Schwabing, Danke, dass Du in den Zug gestiegen bist, nur um mir bei einem bayerischen Bier mit fester Schaumkrone zu sagen, dass ich eines Tages wieder schreiben werde, dass eines Tages wieder ein Wort, ein Satz an meinem Ufer vorbeitreiben wird und ich nur meine Angel auszuwerfen brauche. Bei jedem Treffen bin ich welker und fahler neben Dir, ich schätze, es liegt an meinen Kindern und dem Leben, das sie seit Jahren aus mir herauspumpen, Du siehst mindestens zehn Jahre jünger aus als ich, ich sehe immer ein wenig tot aus neben Dir, ein wenig gestorben, als müsste ich dringend schlafen, jetzt, sofort, nicht später einmal.

Mein Gespräch im Radio am Morgen war schmerzlos kurz, ein bisschen *Nacht und Tag*, ein bisschen *Das andere Zimmer*, ein bisschen ich, also das, von dem Fremde glauben, das sei Márta Horváth, das sei etwas von mir, dann sprang ich auf den Zug, um zu Hause ein neues Kindermädchen zu treffen, was ungefähr acht unnötig in die Länge gezogene Minuten dauerte, in denen ich sie artig befragte, sie ebenso artig antwortete und mit ihren Blicken alle Winkel unserer vollgestopften, überlaufenden, überquellenden Küche abtastete, ich aber bereits wusste, das geht nicht, das wird nichts mit uns beiden, nie und nimmer kann das etwas werden mit uns. Henri und Franz waren bemüht, sich zu benehmen, hörten mir zuliebe auf, sich zu jagen und zu balgen, nur Molke schaute die Frau mit großen Augen an, als die sagte, zunächst wolle sie von den Kindern gesiezt werden, später könne man sehen, ob ein Du möglich sei. Ein Du möglich! Siezen! Meine Kinder! In ihrem eigenen Zuhause! Also kommt in den nächsten Tagen wieder unsere lahme Afghanin, die immer einspringen muss, wenn die anderen absagen, die nicht pünktlich sein kann, aber natürlich geduzt werden darf und mir im Vergleich plötzlich unglaublich toll erscheint, ein Jammer.

Mich tröstet das Foto von Dir und Molke, Ihr steht auf meinem Sekretär, den ich ja nicht zum Schreiben brauche, vielleicht auch nie mehr zum Schreiben brauchen werde, also kann ich ruhig Bilder aufstellen, vor den weiß-rot karierten Gardinen im Martinshof schaut Ihr fröhlich gewitzt und ruft mir zu, so schlimm ist das Leben gar nicht, es ist lustig, sieh uns an!

Márta

5. MÄRZ 2012—22:09

Liebe Mártika,

im Zug München–Stuttgart–Stuttgart–Rottweil hat Dein Zweifel an Dir und Deinem Schreiben groß und laut nachgeklungen. Unverschämt, unerzogen groß und laut. Ist durch mein Abteil gewabert. Zwischen Koffern, Taschen, aufgeschlagenen Zeitungen. Hat sich vor den Fenstern auf die winterdunklen Krähenfelder gelegt. Aber nicht auf mich.

Etwas wird durch Deine Nervenbahnen drängen. Du wirst Dich an Deinen Schreibtisch setzen und warten, bis es hörbar aufflattert. Vielleicht schon im Mai. Klingt das nicht nach einem Monat, in dem Du wieder schreiben könntest? Mai 2012, Mai 2013. Vielleicht auch erst Mai 2020. Es ist gleich, ob Du eine Seite schreiben wirst. Oder nur einen Satz. Oder gar keinen. In Deinem Hinterkopf, Unterkopf, Oberkopf wird es anfangen zu fließen. Aus Deinem Wortsee werden Sätze nach oben schwimmen. Alles im Futur eins. Du brauchst nur Deine Hände auszustrecken und die Wörter zu schnappen. Nachts im Traum schreibst Du sie schon auf. Setzt Dich an Deinen Traumschreibtisch und schreibst Deinen Traumsatz. Etwas regt sich in Deinem hübschen Köpfchen, das mir in München weder welk noch fahl vorkam. Lass mich Dein Orakel sein. Deine Wahrsagerin. Deine Sibylle. Vielleicht wirst Du nicht morgen schreiben. Vielleicht auch nicht übermorgen. Aber Du wirst schreiben, so einfach im Futur eins. Du wirst schreiben. Schreiben wirst Du. Nimm es mir ruhig als Versprechen ab. Hier hast Du es auch schriftlich. Nicht nur mündlich zwischen zwei Zügen. Auf der *eisgetünchten*, *abendmondzerflossenen* Mandlstraße.

Etwas strömt und wird zu einer neuen Welle. Die nur für Dich herangleitet, Márti. Sei getrost, *Das andere Zimmer* ist noch nicht das Ende.

Deine Johanna

7. MÄRZ 2012 – 08 : 43

Liebe Jo,

trotz zusammengebastelter, neu verschränkter und umgeleiteter
Venen ist es für Lori an einer Stelle zu knapp geworden, sehr
knapp diesmal, und wie knapp, wusste ich nicht, als ich Dich
angerufen hatte, aber jetzt weiß ich es und schäme mich schrecklich, dass ich Lori so eingebunden habe, schäme mich für jeden
Schritt, den sie für mich, mit meinen Kindern gegangen ist, für
jeden Einkauf, den sie in die Körberstraße getragen hat, für jedes
Bringen und Abholen, für jede Handbewegung in meiner Küche,
Geschirr einräumen, Brote schmieren, Kühlschrank auswischen,
ich schäme mich, Johanna, ich schäme mich so, wie ich mich
noch nie in meinem Leben geschämt habe, ich wusste gar nicht,
dass ich mich je so würde schämen können, dass ein Mensch sich
überhaupt so schämen kann.

Vielleicht können Simon und ich uns deshalb kaum anschauen.
Nachdem der Krankenwagen Lori mitgenommen hatte, war
Simon hier, um das Nötigste zu besprechen, und es kam mir
unendlich verrückt vor, dass so etwas geschehen musste, damit
wir miteinander reden, während die Kinder an Simon zerrten,
auf seinen Schoß stiegen, seinen Rücken kletterten, sich an seine
Beine, seine Arme hängten und nicht mehr von ihm lassen wollten. In meinem Gesicht stand ein einziger großer Vorwurf, weil
er mich alleingelassen hat mit allem, in Simons Gesicht stand ein
einziger großer Vorwurf, weil ich Lori so für mich eingespannt
habe. Nein, ich werde Loris Kinder nicht herbitten, das habe ich
Simon sehr klargemacht, wenn er will, dass sie kommen, bitte
schön, soll er es tun, aber in meinem Kopf findet nicht statt, Lori
könnte nicht gesund werden, wir hätten unsere Chance verspielt,
vergeben, vergeigt, weil wir nicht vorsichtig waren, nein, ich habe
in meinem überfüllten Kopf keinen Platz für diesen Gedanken,
er kann sich nicht einnisten und breitmachen, deshalb brauche

ich auch keinen Alarm zu schlagen, deshalb muss ich auch nicht in New York und Anaheim anrufen und die Angelegenheit so dringend machen wie Simon vor zwei Jahren.

Gestern war Simon bei Lori, sie hatte ihm wohl mit dem Fingeralphabet erklärt, dass ich gegen fünf komme, und entsprechend ist er gegangen, ich habe ihn am Blutspendedienst in die Straßenbahn steigen sehen, simonhaft groß und schmal, in Turnschuhen und kurzem Wintermantel, noch immer leicht und wendig, noch immer mit einem Schwung, der mir längst abhandengekommen ist. Es war komisch, Johanna, ihn zu sehen, so kurz vor Frühling, wenn sich in den Kastanien am Ufer schon etwas regt und die neue Jahreszeit vorbereitet wird, Simon nur wenige Schritte weiter, aber im sicheren Abstand, als hätten wir nichts miteinander zu tun, als hätten wir nie etwas miteinander zu tun gehabt, als hätten wir nicht drei Kinder zusammen und ein halbes Leben.

Als Lori eingeschlafen war und ich nach einem Stift in ihrer Schublade suchte, habe ich einen Zettel entdeckt, auf dem stand: Verboten! Dieses eine Wort mit Ausrufezeichen, vielleicht hat Lori es Simon entgegengestreckt, mit dem Häuflein Kraft, das sie aufbringen kann, um einen Zettel in die Hand zu nehmen, ein Wort aufzuschreiben und zu zeigen, jedenfalls war das mein erster Gedanke, als ich ihn sah – es ist verboten, Frau und Kinder im Stich zu lassen, es ist verboten! Verboten!

Márta

10. MÄRZ 2012 – 13:39

Liebe Márti,

ich zwinge mich, zuversichtlich zu sein. Ich nehme mich zusammen. Weine nur, wenn Kathrin es nicht sieht. Damit sie denken kann, ich hätte mit dem Weinen aufgehört. Ich hätte es aufgegeben. Also wirst auch Du es mit Lori so halten, Márta. Keine

Tränen vor ihr. Nur wenn sie uns nicht sehen, ist es erlaubt. Dann ist alles erlaubt. Den Himmel beschimpfen. Durch den stillen Wald schreien. Mit Gott hadern. Mit seinem eingeborenen Sohn. Mit der Jungfrau Maria. Allen anderen dort oben. Von denen ich denke, sie sind zuständig. Sie hätten sich besser kümmern müssen. Warum haben sie nicht? Wer hat nicht aufgepasst? Wer war kurz eingeschlafen? Weggenickt und zu spät aufgewacht?

Nein, Kathrins viertes Kindchen ist noch nicht da. Obwohl die Ärztin viele Male gesagt hat, Anfang März könne es schon so weit sein. Anfang März könnte es kommen. Jetzt wissen wir, es wird ein Bübchen, Márti. Kathrin hat sicher ständig zu ihm gesagt, ich kann jetzt nicht. Ich habe noch keine Zeit für dich. Ich muss den Geheimen Garten umräumen. Ich muss Colins Stall streichen. Neue Schränke aufstellen. Ich muss diesen Osterschmuck aufhängen. Vor allem muss ich schlafen. Kein Wunder also, dass es nicht kommt. Kathrin geht es elend. Der Rücken schmerzt. Der Magen, die Blase. Gegen alles drückt dieses Kindchen. Wenn ich die Tür zum Geheimen Garten öffne, sitzt Kathrin meist hinter dem Perlenvorhang. Hat die Füße hochgelegt. Die Augen geschlossen. Versucht, etwas Kraft zu schöpfen. Aber das kennst Du ja selbst. Die Tage davor sind schlimm.

Kathrin hat die jüngste Geburt in Hamburg noch nicht vergessen. Die Sturzgeburt zwischen Markt- und Mathildenstraße. Als sie ihr Kind mit zwei Fremden zur Welt brachte. Der Arzt erst kam, als es schon da war. Blutverschmiert in eine fremde Jacke gehüllt. Nichts fügt sich, Márti. Es ist hart, unter diesen Umständen ein Kind zu kriegen. Oder wie soll ich es sagen? Ohne Claus, der das mit ihr geteilt hätte. Den es noch mehr mit Kathrin verbunden hätte. Dafür hat Kathrin keinen Plan, keinen Entwurf. Auch wenn sie sonst für alles Pläne und Entwürfe hat. Dafür nicht. Ich habe auch keinen. Nichts fällt mir ein. Außer das blöde, öde: Es wird schon werden, es wird schon. Das ich ja selbst nicht hören will. Trotzdem sage ich es. Auch Dir, liebste Márti. Es wird schon. Es wird schon werden.

Jo

14. MÄRZ 2012 – 23:37

Liebste Johanna,

die Stadt legt sich schlafen, hinter den Fenstern werden die Lichter gelöscht, gleich wird mich die Nacht holen, ein paar Sätze an Dich, bevor ich umfalle. Heute Morgen habe ich Henri an seiner Kita abgesetzt, er ist über den Hof gelaufen und hat sich nicht mehr nach mir umgedreht, ist mit seinen kleinen Füßen in dicken, wasserdichten Winterstiefeln über alle verfügbaren Steine, Pfützen und Stöcke gesprungen, die auf seinem kurzen Weg lagen, so wunderbar leicht und sorglos mit seinen drei Jahren. Nichts weiß er, nichts ahnt er von dem, was mich am Tag umtreibt und in der Nacht aufschreckt, dieses Bild von Henri hat mich getröstet, als ich in die Bahn nach Niederrad gestiegen bin, auch wenn ich weiter hinausschwimme in meinen *Teich aus Tränen*, den ich geweint habe, als ich *noch drei Meter groß gewesen war*. Ich habe Angst, Johanna, ich bin zu einer einzigen großen Angst verschmolzen, wenn das Telefon klingelt, habe ich Angst, es könnte das Krankenhaus, jemand von der Intensiv sein, wenn es abends nach elf, morgens vor sieben klingelt, habe ich Angst, es könnte Simon sein, der schon mehr weiß als ich. Ja, ich nehme mich zusammen, um nicht vor Lori zu weinen, auch ich weine nur heimlich, wenn sie mich nicht sehen kann, manchmal auf dem Gang, bevor ich ihr Zimmer betrete, immer aber danach, wenn ich die Station verlasse, ich suche mir eine stille Ecke und weine, schließlich ist das Krankenhaus ein Ort fürs Weinen, dafür ist es doch gemacht, es ist voller solcher Weinecken, zum Krankenhaus gehört das Weinen, und niemand schaut, niemand stört sich daran, wenn ich in meiner Tränenecke sitze und weine.

Lori hat versucht, mir zu sagen, ich solle ihr etwas aus *Grobe Fährten* oder *Nacht und Tag* vorlesen, es klang nur wie o-ä und na-ta, aber ich verstand sie, schon weil sie ihre Zitterhände so aneinanderlegte wie ein aufgeschlagenes Buch. Als ich las, *den Tod nicht ansehen, besser vorgeben, er säße nicht hier, wir hätten ihn nicht gehört, nicht sein Füßescharren, nicht sein leises, unüberhörbar lautes Komm-komm*, griff sie so fest nach meiner Hand, dass es schmerzte. Irgendein verrückter alter Dämon muss über mich gekommen sein, Johanna, dass ich ausgerechnet das gelesen habe, von all den verrückten alten Dämonen der verrückteste und älteste.

Márta

15. MÄRZ 2012 — 15 : 04

Liebe Márti,

jetzt bist Du also endgültig verrückt geworden. Du bist verrückt geworden, Márta Horváth! Den Tod an Loris Bett herbeizulesen! Bist Du verrückt geworden? Todesgedichte zu lesen, die Du wegen mir verfasst hast! Wegen mir und meiner Narben hast Du dieses Gedicht geschrieben, nicht für Lori!

Hier bei uns kündigt sich sehr das neue Leben an. *Alle Bäume flüstern leiser.* Laut Termin wäre es übermorgen so weit. Unser Alltag ist wie ausgesetzt. Obwohl alles surren muss wie immer, läuft noch etwas anderes neben uns her. Wir haben eine Verabredung. Auf die wir uns seit Monaten vorbereiten. Von der wir aber doch kein genaues Bild haben. Kathrin ist jeden Morgen pünktlich im Geheimen Garten. Sie lässt keinen Tag aus. Obwohl die Leute sagen, Frau Bissing, Sie können doch so nicht mehr arbeiten. Bleiben Sie zu Hause, und legen Sie die Füße hoch. Ihr viertes Kind macht Kathrin Kummer. Stellt sich quer, dreht sich in die falsche Richtung. Macht lauter komische Sachen wie kurz ohne Herzschlag sein. Nein, ich kann unmöglich weg, Márti. Das Bübchen kann jeden Tag kommen. Jeden Augenblick.

Sobald es da ist, nehme ich den Wagen und fahre los. Von Krankenhaus zu Krankenhaus. Vom Schwarzwald-Baar Klinikum zur Uniklinik Frankfurt. Ich verspreche es. Ich kann auch nicht viel schreiben heute. Gleich muss ich Kathrins Kinder vom Bus abholen und nach Hause begleiten. Leberwurstbrote schmieren. Gurken in Scheiben schneiden. Tee kochen. Wäscheberge zusammenlegen. Lateinvokabeln abfragen. Amo, amas, amat, amamus, amatis, amant. Die Kinder sind mir über allem noch lieber geworden. Wenn das überhaupt möglich war. Sie fehlen mir, ich vermisse sie, wenn ich sie einen Tag nicht sehe. Etwas hat sich seit Claus' Tod auf sie gelegt, das sie nicht mehr loswerden. Auf ihre Stimmen und Bewegungen. Also gehe ich jeden Tag und versuche, es von ihnen zu lösen. Eine Winzigkeit, eine kaum merkliche Spur davon abzuziehen.

Frühling ist übrigens keiner in Sicht. Noch lange nicht. Nicht einmal ein Märzhase.

Es liebt Dich, liebt Dich, liebt Dich,

Johanna

20. MÄRZ 2012 – 22 : 43

Liebe Jo,

ja, ich bin verrückt geworden, das Leben, die Welt haben mich verrückt gemacht, ich leugne es nicht, was soll auch sonst mit mir werden, wie könnte ich nicht verrückt werden?

Aber es geht voran, Johanna, stell Dir vor, heute hat mir Lori ihren ersten Satz gesagt, der aus mehr als drei Wörtern, aus mehr als ›Márti, liebes Mártilein‹ bestand, und ich könnte auf die Knie fallen, den ganzen Tag schon möchte ich auf die Knie fallen und mich bekreuzigen. Lori hat an meinem Ärmel gezogen, damit ich mich zu ihr beuge und ihr mein Ohr hinhalte: Ich kann doch jetzt nicht sterben, hat sie geflüstert, wo du mit den Kindern allein bist, kann ich doch jetzt nicht sterben, jetzt auf keinen Fall, und ich habe mich aufgerichtet, sie sehr ernst angeschaut und gesagt, nein, du kannst jetzt nicht sterben, Lori, das ist nicht drin, du kannst nicht sterben, es durchkreuzt unseren Plan, besonders meinen Plan durchkreuzt es, richtig krank sein kannst du auch nicht, das geht nicht mehr, also such dir einen anderen Zeitpunkt, verschieb es, bis Mia, Franz und Henri groß, bis sie erwachsen sind und in die Welt gehen, auf ihre Art diese abgedrehte, abgeschubberte Welt in Besitz nehmen werden, und obwohl alles in mir bebte und anschlug, wie noch nie etwas in mir gebebt und angeschlagen hat, obwohl mir bei allem schrecklich schlimm zum Weinen zumute war, schaffte ich es zu lachen, und Lori lachte mit mir, mit ihrer schiefhängenden Braue, dem Lid über dem Auge, das sich nicht öffnet, lachte sie mit mir. Sieh nur, Johanna, was ich kann und hinkriege zur Hälfte meines Lebens – so groß bin ich jetzt.

Ich entsteige meinem *Bad im Tränenteich*, verlasse den *weiten Saal mit dem Glastischchen und der kleinen Tür* und bin hoffnungsvoll, Johanna, sehr, sehr hoffnungsvoll, geradezu übertrieben, haarsträubend überzogen hoffnungsvoll. Hier hört das Leben nicht auf, und dort unten im schwarzen Wald fängt es an, Leben!

Es liebt Dich, Dich und Lori,

Deine Márti

21. MÄRZ 2012 – 06:14

Liebste Márti,

Frühlingsbeginn – Kathrins Sohn ist seit siebzehn Stunden in der Welt. Ich musste meinen alten störrischen Gedanken aufgeben, dass Kinder nur in der Nacht geboren werden. Diese großen Dinge nur in der Nacht geschehen. So große Dinge wie Lebensanfänge. Menschen nur in der Nacht geboren werden, nur in der Nacht sterben. Vielleicht weil mein erstes Bild einer Geburt aus der stillen Nacht kommt. Alles schläft. Einsam wacht das hochheilige Paar. Dieses Bild hat meinen Kopf nie verlassen. Obwohl Deine Kinder alle am helllichten Tag geboren wurden. Keines in der Nacht. Nicht einmal Mia. Unsere mildgezuckerte, honigsüße Mondfee. Alle mittags gegen drei. Frankfurt am Main, Marienhospital. Da könnte ich es doch wissen.

Jetzt erst beginne ich die Geburt wegzuschieben. Die blut- und schweißgetränkten Laken. Die angstzersetzte Luft. Die Schreie. Das Leben fließt, Márti. Trotz allem geht es weiter. Auch wenn wir denken, es geht nicht weiter, es steht still, es hat aufgehört. Letzten Sommer hat es mitten im August aufgehört. So viel habe ich gestern verstanden. Mit meinen vierundvierzig Jahren hat es noch diese eine Geburt gebraucht, um es zu verstehen. Kathrins Söhnchen liegt und atmet. Ich wiederhole es dreimal für Dich. Es lebt, lebt, lebt.

Einen Namen hat es nicht. Claus sollte es heißen, aber Kathrin hielt es plötzlich für ein schlechtes Omen. In letzter Minute ist sie zurückgeschreckt. Vielleicht kann ich sie überzeugen, dass es sein zweiter Name wird. Bis Mitte April muss sie entschieden haben. Das sind vier Wochen. Es ist, als hätte sie keine Lust dazu. Als hätte sie für dieses Kind, das sie ohne Claus großziehen muss, nicht viel übrig. Deshalb auch keinen Namen. Mir will es das Herz zerreißen, Márti. Es ist, *daß die Heidschnucken davon melancholisch werden sollten.* Wenn es die Mutter kaum kann, wann kommst Du, um das Bübchen zu bewundern?

Johanna

26. MÄRZ 2012 – 20 : 43

Liebe Jo,

ich kann nicht weg, um das Kind ohne Namen anzubeten, also musst Du mir alles erzählen und schreiben, es auf die Stirn küssen von mir, auf die Wangen, die Händchen. Ja, Lori hat die Intensiv verlassen, nein, sie wird nicht operiert, weil es ihr bessergeht von Tag zu Tag, weil sie mein Verbot verinnerlicht, weil sie sich daran gehalten hat, dass sie nicht sterben darf und gesund werden muss. Sie redet ein bisschen, liest sogar ein bisschen, dann schläft sie lang, und ich schmiede Pläne, wenn ich an ihrem Bett sitze und ihre Zitterhand halte, für sie, für mich, jetzt, da der Frühling wirklich beginnen will, da er sich seit Tagen bereithält, ist mir danach, Pläne für uns zu schmieden.

Vor dem Krankenhaus habe ich am Morgen bei Karstadt einen Regenschirm gekauft, weil ich zu oft nass geworden bin in letzter Zeit, ich habe lange überlegt, ob ich den pinkfarbenen oder den schwarzen nehmen soll, ich dachte, mit Pink kann ich unmöglich zu einer Beerdigung, nehme ich aber den schwarzen, ist es wie eine Weissagung. Also wurde es der pinkfarbene, der jetzt aufgespannt vor mir steht, und deshalb, ja, allein deshalb wird es eine Beerdigung in diesem Jahr nicht geben. Lori sollte ihre Kinder und Enkelkinder auf der anderen Seite des Ozeans besuchen, im Sommer, im Herbst könnte sie Kraft haben, ich habe gesagt, Lori, du wirst es dir nicht verzeihen, nicht wenigstens einmal dort gewesen zu sein, und Lori hat erwidert, Amerika, dieses Amerika gerade könne ihr gestohlen bleiben, das klingt fast nach gesunder Lori, oder?

In den Sommerferien will ich mit den Kindern nach Ungarn, sieh nur, wie groß meine Pläne sind, wie unendlich, wie einschüchternd riesenhaft, allein mit drei Kindern ist die Strecke zwar mörderisch, aber ich träume davon, Lori mitzunehmen, sie müsste nichts tun außer im Szalonna-Garten unter dem vollendeten

Walnussbaum in einem passenden, wie ausgemessenen Schatten liegen und manchmal Schnaps trinken, ja das müsste sie, in Ungarn geht es nicht anders. Sie könnte dösen, die Beine hochlegen, sich bekochen, bedienen lassen und belohnt werden, unendlich reich belohnt für alles, was sie trotz Zitterhänden, trotz widerspenstig-dummer, arbeitsscheuer Venen für uns, für Mia, Franz, Henri und mich in diesem Herbst und Winter getan hat. Sie soll die kleinen unwichtigen und die großen gewaltigen Dinge entdecken, aus denen sich der Sommer dort zusammensetzt, aus denen er gebaut, mit denen er gemalt ist, rosaroter Himmel, paradiesblauer See, brennend gelbe Felder, tanggrüne Flüsse, sie soll den Eisverkäufer sehen, seinen Wagen auf zwei Rädern unter dem ausladenden Schirm, der nur drei Sorten verkauft, Vanille, Schokolade und Erdbeere, sie soll sehen, Eis essen ist im Dorf eine feste Gewohnheit, das Ritual, das den Tag einteilt, in ein Morgens und ein Abends, in ein Davor und ein Danach, die sortierende Zeiteinheit, wenn alle in ihren Gärten dämmern, mit ihren Katzen auf den Veranden dösen, aber wie auf ein Zeichen aufspringen, die Tore aufstoßen und mit Kindern und Hunden dem Eismann folgen, dem scheppernden Klang seiner Glocke.

Bleibt die Einschränkung, meine Bilder von einst nicht weitergeben zu können, nicht so, wie ich es mir wünsche. Allein die Gartenpforte mit ihren Tupfern und Ranken aus Rost – Du glaubst nicht, wie ausgiebig ich die als Kind in jedem Ungarnsommer betrachtet habe, Welten habe ich auf diesen Rostpfaden, in der unersättlichen Rostgefräßigkeit dieser Zäune entdeckt, dahinter den Walnussbaum mit seinen ausgefransten braunen Spitzen, das Taubenhaus in blätterndem Blau, in dem längst keine Tauben mehr wohnen, all diese Dinge, die in mir Sehnsuchtsfluten, Bilderfluten, Traumfluten entfachen, die meine Kinder und Lori aber nur hübsch oder eben nicht so hübsch finden können.

Im *Anderen Zimmer* habe ich den Balaton zum Wundersee,

Märchensee, zum Fabelsee, zum Weltgewässer umgeschrieben, vielleicht weil er das einmal für mich war, ein See, in den ich alles hineinwerfen und hineinträumen konnte, um später an einem hellen Tag danach zu tauchen. In diesem Sommer will ich ihn noch einmal finden und Lori mit den Kindern an sein Ufer setzen, während sich Himmel und Wasser wichtigtuerisch ums bessere Blau streiten – unterhalb von Badacsony mit seinen schläfrigen Weinbergen könnte er hinter Schilf und Schlick auf uns warten.

Es liebt Dich, immer und immerzu,

Márta

31. MÄRZ 2012 – 06:08

Liebe, liebste Márti,

in meinen Horizont mischt sich noch kein erstes Blau. Schnell diese Zeilen an Dich, bevor ich die Kinder wecke. Ja, ich schlafe noch bei Kathrin. Stelle morgens Tee und Müsli auf den Tisch. Bringe die Kinder zum Bus. Nein, für eine PDA war keine Zeit. Merke, beim nächsten Kind rechtzeitig bestellen. Kathrin hatte wimmernd vor Schmerz nach dem Anästhesisten verlangt. Als er kam, winkte die Hebamme ab und flötete: zu spät. So hat Kathrin ihr Kindchen auf uneingeschränkt natürlichem Weg zur Welt gebracht. Seit ich das gesehen habe, finde ich, Ihr solltet für ein Verdienstkreuz erster Klasse vorgemerkt werden, Schulterband und Medaille. Zwei Stunden Hölle. Dann war das Bübchen da. Das Krankenhaus lässt lieber reißen, anstatt zu schneiden. Also kann Kathrin nur auf einem aufgeblasenen Schwimmring sitzen. Der Riss macht ihr zu schaffen. Durch die Schwere des Babys und die Presswehen auch eine Venenauslagerung, deren Einzelheiten ich Dir erspare.

Das Baby ohne Namen riecht gut. Es ist warm und weich und sieht aus wie Kathrin in klein. Winzige Kathrinstirn. Winziger

Kathrinmund. Da sollte der Schrecken der Geburt schnell vergessen sein, dachte ich. Ja, dachte ich. Auch Kathrin hatte geglaubt, nach einer Woche auf den Beinen zu sein. Wie bei allen Geburten zuvor. Sie wollte in den Geheimen Garten gehen, wo wir den Stubenwagen aufgestellt haben. Ein wunderbar leichtes Geflecht aus Weide mit einem Himmel aus weißer Spitze. Unter dem drei Generationen Bissing ihr Leben begonnen haben. Die ersten schlummernd-seufzenden Monate. Weltvergessen, selbstversunken. Aber dann hat Kathrin nur im Bett gelegen und geweint. Ich habe nicht gewusst, weint sie über die Schmerzen an ihrem Körper oder über die Schmerzen in ihrem Kopf. Weil sie weiß, es ist ein Kind ohne Mann. Ohne Vater. Ein Kind ohne Claus.
Johanna

1. APRIL 2012 – 18 : 45

Liebe Jo,

Papa steht vor der Tür!, haben alle drei Kinder nach dem Aufstehen geschrien und sind zum Fenster gejagt. Ich hatte das Datum vergessen, zog meinen Bademantel über und folgte ihnen, bis sie sich umdrehten und kreischten: April, April!, Mama, April, April! Jetzt liegen sie auf dem Teppich, Franz und Mia lesen im Wohltemperierten Leierkasten, unserem Kinder-Conrady, *Abend, Abend will es werden, alle Tiere schlafen ein, und ein ferner, ferner Kaiser steigt ins goldene Bett hinein.* Henri klettert auf Mias, auf Franz' Rücken, zupft an ihren Haaren, zieht an ihren Ohren, mit Henri sind sie geduldig, mit Henri spannen sie den längsten aller Geduldsfäden auf, seit ihnen der Vater abhandengekommen ist, ist ihre Geduld mit Henri gewachsen, als gebe es einen Zusammenhang.

Mit meinen Reisen wird es weniger, also weniger mit meinem Geld, es klingt aus, es ebbt ab mein kurzes Reichtun, das war es schon, Johanna. Molke habe ich letzte Woche mit nach Koblenz genommen und mir selbst diesen drängenden Wunsch erfüllt, weil sie sehen sollte, mit was ihre Mutter die Abende füllt, wenn sie nicht zu Hause sein kann, was sie treibt und umtreibt, wenn sie nicht da ist, mir hat es viel bedeutet, meine Mia-Elfe in der ersten Reihe zu sehen, klein, schmalschultrig, ernst, mit großen, an diesem Abend plötzlich größer gewordenen eismeerblauen Simon-Augen. Was Molke verstanden und zum Mitnehmen in ihr Köpfchen gepackt hat, weiß ich nicht, ich muss es auch nicht wissen, aber etwas wird es sein, selbst wenn die Nacht im schleiflackweißen Hotelzimmer mit tiefroten Plüschsesseln sie mehr beeindruckt hat als der ganze gähnend langweilige Márta-Horváth-Abend davor.

Als Mia neben mir eingeschlafen und in ihren Traum gesaust war, tropfte der Rheinmoselregen mildschüchtern ans Fenster, ich musste an meine Hamburger Nacht vor Jahren denken, die der laute Alsterhimmelregen beinahe weggewaschen hätte, als ich keinen Schlaf finden konnte, weil ich mitten in einem Gespräch, mitten in einem Satz, den ich nicht hatte ertragen können, aufgestanden und ins Taxi gesprungen war – diese Winzigkeiten fallen mir ein. Was war es, das mich damals aufgescheucht und in die Nacht getrieben hatte, welches Wort ließ mich aufspringen und davonlaufen? Das mir sagte, alles geht in eine falsche Richtung mit dir, Márta Horváth, und deinem Leben, du willst es nicht sehen, du hältst die Hände vor die Augen und drehst dich weg, aber so sehr scheucht dich dieser Satz auf, dass du den Tisch verlassen und in ein Taxi springen musst, so wenig willst du ihn hören und verstehen.

Márta

3. APRIL 2012 – 15:03

Liebe Márti,

eine erste blasse Sonne besucht mich. *Deswegen vielleicht hat ein junges Mädchen seine Winterkleider abgelegt und sich unbe-*

kümmert auf einen Ast gesetzt. Frühling will ich es nicht nennen. So mutig bin ich nicht. Rosen und Oleander habe ich im Gartenhaus gelassen. Die Luft ist trügerisch. Mittags tut sie mild. Nachts schnappt sie mit Frostfingern nach den ersten Blüten.

Gestern war ich mit Kathrin und den Kindern im Gottesdienst. Wir sollten uns im Stillen mit jemandem versöhnen. Ich habe an Markus gedacht. Mich zur Versöhnung angeboten. Im echten Leben würde das nicht geschehen, Márti. Nur dort, stillheimlich in meinem Kopf. Merkt ja keiner. Weiß ja niemand davon. Oder wird es mir vor dem letzten, größten Gericht, vor dem wir uns alle zu verantworten haben, selbst Markus, wird es mir da unter Verlogenheiten eingetragen und geahndet?

Kathrin wird ihr Bübchen Johannes nennen. Nun ist es beschlossen. Weil ich bei der Geburt dabei gewesen bin. Weil ich ihr die Hand gehalten, den Schweiß von der Stirn gewischt habe. Das Haar zurückgestrichen. Weil ich so gut wie jeden Tag der Schwangerschaft bei ihr war. Im Geheimen Garten. Im alten, klapprigen Forsthaus. Weil ich Kränze gebunden und ausgefahren habe. Wäscheberge zusammengelegt, Läuse aus den Haaren gekämmt habe. Die Kinder jeden Morgen zum Bus gebracht habe. Als sei es das Wichtigste in ihrem Leben. Also auch das Wichtigste in meinem Leben. So hat es Kathrin gesagt. So hat sie es begründet. Als brauchte es dafür Gründe. Ich wollte nichts sagen. Ihr die winzige Freude nicht nehmen, endlich entschieden zu haben. Aber Dir sage ich, mir ist nicht wohl dabei. Du weißt ja, wie verrückt meine Mutter mit unseren Namen war. Dass sie um jeden Preis groß sein mussten. Dass sie größer waren, als wir sie je hätten ausfüllen können. Dass es nicht darunter ging. Nicht unter Johanna und Georg.

Deine Jo

4. APRIL 2012 — 01:23

Liebe Johanna,

es ist ein guter Name, ein wunderbarer Name: Johanna, Johanna, Johanna, sag ihn doch nur, sprich ihn einmal laut, stell Dich in der Diele vor Deinen Spiegel mit den abgesplitterten Ecken und sag ihn laut und deutlich, laut und freundlich, und darum ist auch Johannes ein wunderbarer Name, sag ihn gleich mit, sag einfach Johannes, Johannes, Johannes, dreimal hintereinander Johannes. Ja, Deine Mutter hat Deinen Namen aus ihrer Verrücktheit heraus, aus dem ihr eigenen Größenwahn ausgesucht, aber was soll es? Lass sie verrückt und größenwahnsinnig auf ihrer Wolke Trompete spielen!

Gestern bin ich mit Henri über die Schweizer Straße gelaufen, wo er natürlich dringend musste, ich habe seine Hosen heruntergezogen und ließ ihn in den Rinnstein pinkeln, was haben wir für Blicke geerntet! Wenn ein dämlicher Hund auf die Straße macht, ist es für alle in Ordnung, aber wenn ich meinem Kind die Hosen herunterziehe, schauen mich alle mit großen Augen an, verkehrte Welt! Wir sind über den Markt am Südbahnhof, ich voll bepackt und gehetzt, trotz flacher Schuhe bin ich an einem Bordstein umgeknickt und habe aufgeschrien, ich habe einen solchen Schrecken bekommen, dass ich noch immer keinen Schlaf finde und durch die nachtstille Wohnung streune, von der Küche übers Kinderzimmer zum Sofa, in meinem Hirn macht es ratt-ratt-ratt, ständig muss ich denken, ich habe niemanden, der bei mir ist und helfen kann. Ich rede nicht von Ildikó oder meinen Eltern, ich rede von jemandem, der *Nacht und Tag* hier ist, nachts um drei, morgens um sieben, Lori muss ich ausnehmen, auch wenn sie seit Montag zu Hause ist und sich langsam, nach eiserner Lori-Art zurück ins Leben bewegt, ins Gehen und Reden, das wohl nie mehr sein wird wie früher, aber vielleicht ein bisschen ähnlich werden könnte,

das ist meine Hoffnung, Johanna, so lauten, so klingen meine
Gebete. Lori kann ich nicht einbinden, es ist aus, vorbei, es ist
verboten, ich schäme mich, dass ich nicht darauf geachtet und
so getan hatte, als könnte ich Lori für meine Zwecke jederzeit
einspannen, für alles, was ich bin und brauche. Verstaucht ist
der Knöchel nicht, ich kann laufen, wenn auch unter Schmerzen, aber der Gedanke an einen Millimeter weiter hat mir so
sehr Angst gemacht, dass ich nicht schlafen kann. Vor Jahren
habe ich alle Notfallnummern auf einen Zettel geschrieben
und in den Küchenschrank gehängt, auch die von Nachbarn
und Freunden, die in wenigen Minuten hier sein könnten, groß
und deutlich neben Tellern und Tassen an die Innenseite der
Schranktür geklebt, damit Molke und Franz sie lesen können.
Falls ich tot umfallen sollte, falls eine Fischgräte in meinem Hals
hängt, falls ich nicht mehr nach Hause komme, weil mein Wagen
mit mir in einem Graben liegt, falls der Blitz im Hof einschlägt
und ich verbrenne. Mittlerweile sind die Nummern verblasst,
wir haben sie nicht gebraucht, irgendwer im kosmischen Ge-
sprengsel hat immerhin in dieser Sache nach uns gesehen und
aufgepasst.
Die Kinder heitern mich auf, da ich so viel von meiner *Glückshaut* eingebüßt habe, muntern sie mich auf, darin sind sie unnachahmlich, das ist ihr großes, ihr größtes Talent, am Abend
haben sie mein Wimpernbürstchen genommen und sich die
Brauen vor dem Spiegel glattgestrichen, mit welcher Hingabe,
mit welcher Aufmerksamkeit sie das tun! Henri sagt schon
so lustige Dinge wie, ich bin ein Müslikorn, ein sehr kleines,
und ich muss lachen, obwohl mir zwei Sekunden zuvor nach
Schluchzen und Losheulen war, gestern hat er mit mir die Wäsche auf bunte und weiße Stapel gelegt, wir haben gekocht, er
Fischkuchen mit seinem Plastikgeschirr, ich Hackfleischtoma-
tensoße am echten Herd, er beugte sich zu mir, küsste mich

mit verschmiertem Spuckemund, und ich nahm es als Entschädigung, als Tropfen auf meinen glühend heißen Stein des Lebens.

Márti

5. APRIL 2012 — 23 : 10

Liebe Márta,

die Nacht schlägt an. Streut erste Sterne vor mein Fenster. Schickt Frost auf mein Dach. Ich habe Markus in der Matthäuspassion in Freiburg gesehen. Im hoch in den Himmel geschossenen, an den Türmen viel zu spitzen Münster. Hätte man die nicht weniger spitz bauen können? *Und wenn ich mit dir sterben müsste, so will ich dich nicht verleugnen.* Ausgerechnet an dieser Stelle ist mir aufgefallen, dass Markus dort saß. Drei Reihen weiter. Oder war es mir vorher aufgefallen? Aber ich ließ den Gedanken, das Bild erst später zu? Es hat mir nichts ausgemacht, ihn dort sitzen zu sehen, Márti. Ich bin nicht erschrocken. Nicht zusammengefahren. *Mit dir ist's aus, Peter Munk, all deine Herrlichkeit ist zu Ende.* Ich habe nicht einmal geschielt, mit wem Markus wohl dort saß. Es war mir gleich, Márti. Gleich, verstehst Du? Verstehst Du ›gleich‹? Als ich hinausging, blieb der Himmel still. Er ist nicht zu mir herabgesaust. Hat weder getost noch gewütet. Der windzerfurchte, in Sonne und Regen geteilte Freiburger Aprilhimmel über mir blieb still.

Ich könnte morgen in den späten Zug steigen oder Samstag in den frühen. Kathrins Mutter kommt und hilft im Geheimen Garten. Verkauft für Ostern Magnolienzweige, Kirsche, Korkenzieherweide. Also habe ich frei. Wir könnten reden, reden, reden. Dreimal nacheinander. Und müssten nicht immer nur schreiben, schreiben, schreiben.

Deine Jo

12. APRIL 2012 – 11:09

Liebste Jo,

habe Deine zurückgelassenen Gaben ausgepackt, das Zibärtle
steht unangetastet neben den Schokohasen auf der Fensterbank,
ich hebe es für einen besonderen Tag auf, für Deine nächsten Be-
suche, Sommer, Herbst und Winter. Dich hier gehabt zu haben,
mit Dir Osternester mit Moos auszukleiden, das Lamm zu salzen
und mit Rosmarin in den Bräter zu legen, bei allem eine Menge
Rotwein zu trinken, im fliegenden Sekundenwechsel zu lachen
und zu weinen, hat in meine triste Grundfarbe einen neuen Ton
gemischt, leuchtend gelb, gut, ich will nicht übertreiben, sagen
wir gelb, sagen wir für heute einfach nur gelb, helles unverwech-
selbares, unverkennbares Johannagelb.

Danke, dass Du den Zug genommen hast, Frankfurt Hauptbahnhof, Stadttaubendreck, Junkie-Kotze, U-Bahn-Gestank, Danke
fürs lange unbekümmerte Erzählen und Augenoffenhalten bis
weit nach Mitternacht. Du hast recht, Lori sieht besser aus, viel
besser, nein, sie geht nicht länger in Richtung Tod, Richtung Leben geht sie, wenn auch langsam, wenn auch mit einem Bein,
das nicht wie Lori will, geht sie doch Richtung lichtdurchflutetes
Lorileben. Wie gerne hätte ich Dich hier behalten, aber Du musstest zeitig zurück, ich verstehe schon, Kathrin braucht Dich mehr
als ich, oder bin ich mir da gar nicht sicher? Als Dein Taxi kam,
blieb ich verlassen, aber johannabeschwingt zurück, mit zwei
Schnäpsen im Kopf wollte ich unbedingt das Geschirr wegspülen
und habe mich an einem zersprungenen Glas geschnitten. Also
saß ich auf meiner weißen Bettdecke mit meinem bluttropfen-
den Finger, einem abgekochten Waschlappen und einer Pinzette,
um nachzusehen, ob in der Wunde noch ein Splitter ist – macht
ja niemand für mich. Heute habe ich verrückterweise einen beim
Ausschütten in den Cornflakes gefunden, nein, man kann mich
nicht allein lassen, Johanna, kann man nicht.

Ich weiß, ich habe geklagt, morgens, mittags, abends habe ich geklagt, bevor ich einschlief und nachdem ich aufgewacht bin, ich habe Dich mit meinen Klagen zugedeckt. Dennoch hat mich jede Sekunde mit Dir beglückt, mit Dir auf meinem dreckverschmierten Sofa zu singen, falsch-daneben und rotweinig laut, *Heil Dir, Sonne, Heil Dir, Licht, Heil Dir, leuchtender Tag, lang war mein Schlaf,* Simon hatte ich in diesem Moment glatt vergessen. Heute bin ich aufgewacht und dachte in meinem halbleeren Bett zum ersten Mal, vielleicht brauche ich ihn gar nicht zum Leben.

Márti

16. APRIL 2012 – 21:29
Liebste Márti,
es war schön, in Deinem Bett zu liegen. In dem es jetzt viel Platz gibt. In der Osternacht mit Dir und den Kindern vor dem Knisterfeuer zu stehen. Mit Henri, der den gesegneten Buchs vom Vorjahr hineingeworfen hat. Auf dreimal ›Lumen Christi‹ beim Einzug in den Dom ›Deo gratias‹ mit Euch zu singen. Zu warten, bis die Kerzen angezündet werden. Zu hören, wie unsere Welt entstanden ist. *Gott nannte das Licht Tag, und die Finsternis nannte er Nacht.*
Nicht so schön war zu sehen, wie es Dir sonst geht. Dass es wenig nützt, Dir zu sagen, Simon hat nie Zeitungspapier in die nassen Kinderschuhe gestopft und sie unter die Heizung gestellt. Dich nie an die Meldung Deines Honorars bei der Künstlersozialkasse erinnert. Es nützt wenig, Dich damit trösten zu wollen, dass Du auch früher alles allein gemacht hast. Mathe gepaukt. Dreck weggeräumt. Den Giftnotruf gewählt. Nachts gewacht bei einem fieberheißen Kind. Alle vier Wochen bei einem Schülerladen, Kindergarten, einer Krabbelstube angeklopft und nach einem Platz gefragt. Taschen gepackt vor den großen und kleinen Rei-

sen. Schwarzer Wald. Umbrien. Fehmarn. Brote geschmiert. Äpfel geschält. In der Pause den vergessenen Turnbeutel zur Schule gebracht. Alles, alles, hast immer Du gemacht.

Dass es Dich kaum tröstet zu wiederholen, mit Simon war es, wie im Windschatten eines Rauchers zu gehen. Geschützt vom Wind, angeekelt vom Rauch. Deine Worte.

Jo

22. APRIL 2012 – 12:45

Liebste Johanna,

doch, es tröstet mich, ein bisschen, ein klitzekleines bisschen tröstet es, aber doch, ja, sicher, es tröstet, Johanna, ich muss es sagen, doch, es tröstet mich. Die Sommergeräusche haben begonnen, mitten im April hat sich eine dicke Fliege ins Haus verirrt und knallt gegen die Scheiben, dong-dong-dong, sie ist zu dumm, den Weg hinaus zu finden, genauso blind, wie ich es war, auch ich bin an alle Fenster gestoßen, Küche, Wohnzimmer, Bad, Kinderzimmer, und in diesem Haus geblieben, wie diese dumme Fliege konnte ich den Weg hinaus nicht finden.

Lori will später kommen und in meiner Küche auf der Bank mit dem höllenroten Polster sitzen, so haben wir es vereinbart, so ist es ausgemacht. Sie läuft nicht, nicht mit diesem störrischen Bein, sie nimmt nicht die Bahn, sie kommt mit dem Taxi, es wird von ihr nichts weggeräumt, nein, es wird von ihr auch nichts mitgebracht, kein Kind wird mehr zur Schule, zur Kita begleitet, es wird nur gesessen und Tee getrunken, Jogi, Ingwer, Wildkirsche, kein Schnaps, und sobald Lori einen Finger ihrer Zitterhand für mich, für uns rührt, muss sie gehen, so ist unsere strenge neue Regel, ausgetüftelt an langen Märzabenden, an schnell dahinfliegenden Aprilvormittagen. Mir tut es weh, ihr tut es weh, mir tut es so weh, Johanna, dass ich kaum schlucken kann, wenn ich Lori so sehe, aber unser Kopf und sein Verstand, unsere Vernunft, dieses eine Tröpfchen Vernunft, gebieten es so, Lori und ich müssen uns fügen, also sitzt Lori in meiner Küche, mit zwei dicken Kissen im Rücken, redet nicht viel, auch das strengt sie an, meine Kinder umringen sie, sitzen wie Liebermanns Gänserupferinnen um sie herum, in ihrem Geflecht aus Licht und Schatten, unruhig, in Bewegung, schmutzig, mit Flicken auf den Kleidern.

Als ich Henri heute weggebracht habe, waren Abdrücke von Katzentatzen auf meiner Windschutzscheibe. Katzenspuren. Ich sah zwei Frauen an der Eschersheimer in einem Auto, die schauten, als erwarte sie nichts Gutes, als könnten sie jemanden im Krankenhaus besuchen und hätten eine kopfauffressende Angst davor. Ich dachte, mir wird dieses Bild geschickt, damit ich besser auf Lori aufpasse, damit ich weiß, ich darf sie nicht einbinden wie früher, wenn ich nicht so in die Welt schauen will, darf ich Lori nie mehr wie früher für mich und unser Leben zu viert einbinden. Man sah den beiden Frauen im Auto an, was sie vorhatten, man sieht den Menschen an, was sie vorhaben, wenn sie sich aufmachen, durch die Stadt gehen, man sieht ihnen an, was sie erwartet, Schlimmes, sehr Schlimmes, unerträglich Schlimmes, halsbrecherisch Schlimmes – obwohl sonst alles hinter den Gesichtern versteckt liegt, das sieht man ihnen an. Wie sehe ich wohl aus, wenn ich an einer Kreuzung stehe und los in meinen Tag ziehe, hast Du eine Vorstellung, hast Du noch einen Blick dafür?

Márta

26. APRIL 2012 – 06:17

Liebe Márti,

ja, ich habe noch einen Blick dafür. Zum Beispiel dafür, dass Kathrin gestern drei Meter lange Birnenäste mit einem schreienden Pink lackiert hat. Unten im moosgrünen Tal. Zwischen

Morgentau und Abendnebel hat sie sich einen Stuhl herangezogen, Farbe angerührt und aufs spröde Holz aufgetragen. Jetzt
trocknen die Zweige im Fenster. *Ich glaube, daß sie blühen werden – innen ist grün.* Ich habe nichts gesagt. Deute es aber als
gutes Zeichen. Eigentlich würden die Wände neue Farbe brauchen. Aber Kathrin kann sie unmöglich streichen. Claus hat das
vor drei Jahren getan. Als Kathrin den Laden bezogen und ihr
buntes Schild mit den springenden Buchstaben aufgehängt hat.
Also malt sie Birnenzweige an.

Die Kinder haben neben Colin auf dem Boden gelegen und den
Wind in den Weiden gehört – Claus' Aufnahme. Claus' Stimme.
Sein Klarinettenspiel. Laut, klar. Schräg, aber clausweich über
Akelei, Wicke und Viola. Ihren Frühlingsgesichtern. Kathrin
ist nicht aufgestanden, um es auszuschalten. Sie hat zugelassen, dass Claus' Stimme in jeden Winkel des Geheimen Gartens
floss. Dass die Kinder Claus' Stimme so hörten. Als Kröte, Wasserratte, Dachs, Maulwurf. Über drei Stunden, vielleicht vier.
Konserviert. Archiviert. Verrückterweise lebendig. Zum Greifen
nah. Zum Schreien nah. Dass sie aufsprangen, sich auf den Boden warfen, sich krümmten unter ihrem Lachen. Ihrem unge-
bändigten, ungezähmten, wieder und wieder frisch entfachten
Lachen.

Johanna

30. APRIL 2012 – 23 : 01

Liebste Jo,

draußen blüht der April, die Magnolien streiten sich an den Zäu-
nen um die vorderen Plätze, *ich geh nachts in den Garten, barfuß
im taufrischen Gras.* Bin zurückgekommen aus einem regnerisch
launischen, störrischen Hamburg, das sich diesmal mit mir nicht
weiter anfreunden wollte, unser Kindermädchen ist auf und davon in ein besseres Leben, ein neues ist nicht in Aussicht, also

hatten Ildikó und meine Eltern in der Körberstraße übernommen, für Lori ist es ja verboten. Ildikó hat in meinem ungeteilten, einsamen Bett geschlafen, die Kinder am Morgen geweckt, am Abend in den Schlaf gesungen und das Nachtlicht für sie angeknipst, die Gute. Eine Matinee zu Ehren Heines, Lyrik und Konzert im Schauspiel, stell Dir vor, an mich hatte man gedacht, ausgerechnet Heinrich Heine und Márta Horváth, wo man bei deutschen Schriftstellern nie an mich denkt, da sind zu viele Akzente in meinem Namen.

Nein, Simon bin ich nicht begegnet, denk Dir nur, das war möglich, in Hamburg zu sein, am Schauspiel, und ihm nicht zu begegnen, keine Spur, keinen Hinweis, kein Zeichen von ihm zu finden, keine Nachricht von einer Hore, einer Parze, aber scheußlich viel denken musste ich an ihn, qualvoll, unanständig, ungewollt, einfach blöd unangemessen viel an ihn denken, so wie ich es nicht vorhatte. *Aprilwege, Aprilhimmel, Aprilregen*, auf allen nassen Hamburger Straßen kam mir Simon dazwischen, an der Langen Reihe, wo ich untergebracht war, musste ich durch jedes Fenster in jedes Café schauen und nachsehen, ob nicht Simon dort saß, um für zwei gestohlene, gerettete Augenblicke in einem glasklaren Simongedanken zu versinken.

Meine Blumen, die mir nach der Lesung überreicht worden waren, trostlos wie ein Grabgebinde, habe ich in Kassel gelassen, beim Umsteigen bin ich sie losgeworden, ich wollte sie nicht zu Hause haben, von Tod und Todesnähe haben wir genug, die muss ich mir nicht als Blumengruß ins Haus holen. Ich habe sie an einen dieser grässlichen dickgrauen Betonpfeiler gesteckt, was ihn sofort aufwertete, und musste lachen, weil beides plötzlich an Schönheit gewann, Blumen und Beton, auch wenn es aussah, als erinnere es an ein Zugunglück, an einen Unfall, an jemanden, der an Gleis zwei zu Tode gekommen war. Zu Hause habe ich angefangen Staub zu wischen, um meine Zimmer wieder in Besitz zu nehmen, meine Art der Rückkehr, mein Márta-Horváth-Ankommen, ich wische mit einem feuchten Lappen über Regale und Bilder, über den Staub, der auf allem liegt, und nehme so alles wieder in Besitz, von dem ich in fremden Betten geglaubt hatte, es gehöre mir nicht mehr, es sei mir abhandengekommen.

Gegen acht fahre ich los, um Johannes zu bewundern und einen Kaffee mit Euch zu trinken, schlimm, dass es so lange warten musste, trotzdem muss ich am Nachmittag zurück, mehr geht gerade nicht.

Es liebt Dich,

Márti

3. MAI 2012 – 16:09

Liebe Márta,

Du hast recht, die Frage nach dem Besten dieses Jahr können wir schon beantworten. Johannes. So schnell bist Du hereingeschneit. Hast die hellblauen Schühchen auspacken lassen. Bist verschwunden. Auf Deine windstoßartige, windflatternde Márta-Art. Die mich immer schwebend, manchmal auch fallend zurücklässt. Ich schaue aus meinem Küchenfenster und sehe die ersten Knospen an den Zweigen. Sehr zaghaft, fast ängstlich. Haselnuss und Buche. *Der erste Zweig, der euch auf eurem Heimweg an den Hut stößt.* Darüber kann ich noch immer staunen. Dass die Bäume jedes Jahr Blätter tragen. Dass sie grün werden.

Kathrin geht es von Tag zu Tag ein wenig besser. Die Schmerzen lassen nach, sie kann schon ohne Ring sitzen. Gestern kam sie nach ihrem ersten längeren Spaziergang mit Johannes zu mir. Klopfte an meine Tür und setzte sich auf meine blaue Bank. Die Haare mit schwarzem Samtband hochgesteckt. Schwarzer Trench. Kleine schwarze Ohrringe. Große dunkle Sonnenbrille.

Johannes im Tragetuch. Hund Xaver zu ihren Füßen. Sie sah gut aus. Ich sage nicht, sie sah glücklich aus. Ich spreche nicht von einer *Glückshaut*. Obwohl ich das im ersten Augenblick gedacht habe. Sieh, Kathrins Glückshaut, habe ich gedacht. Aber sagen wir für heute einfach, sie sah gut aus. Das reicht. Das ist schon viel. Im August wird es ein Jahr, Márti. Zähl einmal nach. Dreihundertfünfundsechzig Tage. Dreihundertfünfundsechzig *eisdünne, bleischwere Tage*. Deine Erfindung. Ein ganzes Jahr, in dem die Kinder gewachsen sind. Ohne Claus größer geworden sind. Älter. Schlauer. In dem sich ihre Gesichter verändert haben. Ihre Hände und Füße.

Kathrin hat aufgehört, für ihr Bübchen nicht viel übrigzuhaben. Über Nacht hat sie damit aufgehört. Vielleicht seit Johannes seinen Namen hat. Ich könnte deshalb auf die Knie fallen. Gerade rede ich mir sogar ein, Kathrin liebt dieses Kind mehr als die anderen. Als sie es aus dem Tragetuch nahm, weil es anfing zu wimmern, und sein Köpfchen mit Mütze küsste, habe ich genau das gedacht. Sie liebt es mehr als die anderen.

Jo

5. MAI 2012 – 00 : 06

Liebste Jo,

heute Morgen sind Mia und Franz glücklich über den Hof und durchs Tor gelaufen, ich habe sie übers Wochenende zu meinen Eltern landverschickt, obwohl ich nicht so richtig wollte, mir war nicht danach, sie gehen zu lassen, mir war flau, als beide so aufgeräumt, mit Rucksack und großen Erwartungen los sind, als Franz zu meinem Vater ins Auto gestiegen ist und viele Male aus dem Fenster gewinkt hat. Nur Henri ist bei mir geblieben, der sich umschaut und wundert, die Türen aufstößt und laut durch die leeren Zimmer ruft: Mia! Franz! Mia! Franz!

Nein, man liebt die Kinder nicht unterschiedlich, auch Kathrin tut das nicht, auch wenn es gerade so aussehen will, nur die Aufmerksamkeit ändert sich, die Hingabe verschiebt sich, wandert von einem zum anderen, jetzt liebe ich zum Beispiel Franz so sehr, dass ich immerzu denke, ich muss ihn halten und drücken, ihm über die Locken streichen, ihn wieder halten und drücken und über seine Locken streichen, den ganzen Tag nichts anderes, ihn auf keinen Fall in ein Auto steigen und wegfahren lassen! Franz hat eine Geschichte geschrieben, ich habe sie in seinem Aufsatzheft entdeckt, beim Durchblättern bin ich auf sie gestoßen, darüber steht als Datum der 30. November 2011, das war kurz nachdem Simon uns verlassen, kurz nachdem er seinen Koffer gepackt und uns in der Körberstraße zurückgelassen hat. *Es war einmal eine Familie die hatte drei Kinder vor fünftausend Jahren. Die Kinder lagen den Eltern ganz tief im Herzen.* Da habe ich angefangen zu weinen.

Márti

12. MAI 2012 – 20 : 28

Liebste Márti,

zu dumm, dass Ihr nicht dabei sein konntet. Jetzt, da am Kaiserstuhl schon Sommer war, du aber neben dem würgend hustenden Henri wachen musstest. Deine Geburtstagswünsche kamen rechtzeitig an. Punktgenau, ohne Zeitverschiebung. Wie immer.

Wir haben unseren tiefschwarzen Wald verlassen. Seinen seltenen Steinbrech, der in den Felsspalten blüht und nach dem ich Ausschau halte. Ich hatte uns auf einem Winzerhof eingemietet. Georg, Konrad, Kathrin, die Kinder und mich. Umgeben von Weinhängen und Obstbäumen. Ein Tipp von Bio-Kurt. Ja, natürlich hatte ich ein schlechtes Gewissen. Du brauchst nicht zu fragen. Gewandert sind wir wenig. Haben dafür viel Wein getrunken. Frühlingsluft geatmet. Echte, laue Frühlingsluft. Haben Knospen und Blätter bewundert. An meinem Geburtstag haben Kathrins Kinder den Frühstückstisch gedeckt. Mit einer Walnusstorte. Umringt von unzähligen Magnolienblättern. Die sie über Tage gesammelt und nach Farbtönen geordnet hatten. Nach hell und dunkel. Singend erschien der Rest über die Terrassentür. *Viel Glück und viel Segen auf all deinen Wegen*. Konrad. Georg. Kathrin. Alle große Sänger. Bei Georg hatte ich das fast vergessen. Kathrin hat sich die Tränen weggewischt. Ich habe sie mir diesmal verkniffen. Ja, das ist mir gelungen, Márti. So groß bin ich jetzt.

Georg und Konrad haben uns bekocht. Haben Johannes im Kinderwagen über die Feldwege geschoben. Kathrin und ich brauchten nichts zu tun. Nur unterm ausschlagenden Apfelbaum sitzen und Blüten zählen. Kathrin war leicht wie seit langem nicht. Ihre Kinderchen waren selig in ihren Wanderschuhen. Auch wenn sie sich ständig beschwerten, dass sie auf keinen Fall, gar keinen Fall wandern wollten. Aber dann sind sie doch mit aufgelesenen Stöcken von Hügel zu Hügel. Haben nicht einen Klagelaut von sich gegeben. An meinem Geburtstag hatte es über zwanzig Grad. Vielleicht haben das meine Eltern eingerichtet. Vielleicht haben sie gesehen, Georg und Johanna sind zusammen. Sie trinken badischen Wein in einem Garten. Drei Kinder füttern Ziegen auf einer angrenzenden Weide. Also sorgen wir dafür, dass der Himmel am Nachmittag vollends aufreißt. Dass er sich blau, blau, blau zeigt. Dreimal hintereinander blau.

Was ich mir fürs Leben noch vornehme, hat Kathrin gefragt. Oder nur fürs nächste Lebensjahr, damit es einfacher klingt. Nach nicht so viel. Ja, du, Johanna, für dein neues Lebensjahr, hat sie nachgehakt. Weil ich nicht sofort geantwortet habe. Endlich lernen, Fischsuppe zu kochen, habe ich gesagt. Aber gedacht habe ich, ich will mich nicht mehr so oft an mein Cortisongesicht erinnern. Weiter nach dieser einen Buche suchen: *In vollem*

662

Laube, ihre Zweige hoch über sich streckend und im Nachtwinde
mit den noch frischen Blättern zitternd. Ja, nach genau dieser.
Auch wenn meine Droste-Arbeit getan und abgegeben ist – die
Suche nach dem Baum soll bleiben.
Jo

16. MAI 2012 – 17 : 02
Liebste Jo,
gestern habe ich auf einer Party in den Mai getanzt, etwas verspätet, ich weiß, die halbe Nacht auf hohen Absätzen weggetanzt,
mit einem lose zusammengeworfenen Grüppchen, in dem ich
nicht ein Gesicht kannte. Ildikó hatte darauf bestanden, dass ich
mein leeres Bett verlasse und aufhöre, meine Wunden zu lecken,
mich unter Fremde in diese kleine Wohnung hinter dem His-
torischen Museum dränge und aus dem dritten Stock auf den
Main schaue, der ungebrochen, ohne Zögern und Zeit zu verlieren weiter Richtung Rhein fließt. Als weit nach Mitternacht
Your Ex-Lover is Dead von den Stars gespielt wurde, habe ich
mit zehn anderen Frauen, mindestens zehn anderen Frauen
überlaut mitgesungen, fast geschrien bei den Zeilen: *You were*
what I wanted, I gave what I gave, I'm not sorry I met you, I'm
not sorry it's over, obwohl es ja ein ruhiges Lied ist, eines, zu dem
man nicht laut wird, sicher nicht brüllt und schreit, eigentlich
auch nicht tanzt, aber wir haben es getan, ich habe getanzt, *als*
ob meine Großeltern noch im Urwald Menschen gefressen hätten,
wie Gefangene haben wir uns aufgeführt, die soeben in Freiheit
entlassen wurden, wilde Tiere, deren Käfig geöffnet wird und die
mit einem Satz hinausspringen. Ich dachte, ach, sieh an, sie alle
haben einen Simon, einen Markus in ihren Köpfen, der ihnen
Hirn und Leben zerfetzt, ihnen die Jahre raubt, wir sind nicht die
Einzigen, Johanna, sie alle, wir alle, jede Einzelne von uns hat in
ihrem *labyrinthischen Geäder* einen dort verkeilten Simon oder

Markus, den sie hinausbrüllen und vertreiben will – wenn das mit Tanzen ginge!

Morgens um fünf bin ich auf dem Rad zurück, als die Stadt den Mäusen, den Taxis und mir gehörte, in der Hochstraße hat ein Besoffener gegen die Wand gepinkelt, ich habe es zu spät gesehen und bin durch seinen Pissfluss gefahren. Am Eschenheimer Tor blieb ich stehen und fing an zu weinen. Ich habe geweint über unser Leben, geweint über Deine Narbe auf Deiner halbierten Brust, geweint über Claus, über dumme Rehe, die auf die Straße laufen und in einem Lichtkegel stehen bleiben, über Johannes, der im schwarzen Wald ohne Vater aufwachsen wird, über Simon, über unsere Kinder, traumversunken in ihren Betten, geweint über meinen ausgeleerten Kopf, der nicht zurück an den Schreibtisch kann, über meine Müdigkeit und Erschöpfung, mein ständiges Schlafen später, mit dem ich mich seit Jahren am Laufen halte, und auch vor Ekel und Angst, eine Maus könnte mir über die nackten, frisch lackierten Sandalenfüße springen.

Márta

20. MAI 2012 – 17 : 09

Liebste Márti,

Kathrin reißt das Jammern fort. Jetzt jammert sie, weil ihre Kinder sie eines Tages verlassen werden. Dabei gehört das in eine andere Ewigkeit. In ein Futur drei. Johannes hat doch soeben erst begonnen, mit Kathrin zu leben. Er liegt im Geheimen Garten unter dem toten Kirschbaum in seinem Stubenwagen. Gurrt und schmatzt. Stört sich nicht, wenn das Glöckchen klingelt. Wird von jedem bewundert, der eintritt und sich über den Wagen beugt. Er summt und gurgelt. Ballt seine Hände zu Fäustchen. Nächstes Jahr wird er dort im Hochstuhl sitzen. Im Jahr darauf Colin an den Ohren ziehen. Ein Jahr später mit dem Besen den Dreck zusammenkehren, um ihn gleich wieder auf dem Boden zu verteilen. Als könnte man daraus keine Hoffnung schöpfen!

Seit der Frühling begonnen hat, träume ich nicht länger davon, allein durch die Kontinente umspannende Welt zu gehen. Etwas in mir hat aufgehört, das zu träumen. Konrad wird dieses Bild mit seinen schriftdeutenden Händen weggewischt, zum Zerplatzen gebracht haben. Peng. Lieber suche ich nach einem Ort fürs Altern. Ja, altern klingt komisch mit Mitte vierzig. Ich weiß.

Sonntag war ich in Freiburg. Als mein Zug einfuhr, dachte ich an mein früheres Leben. In dem Markus die größte Rolle spielte. Die Hauptrolle. Die Erstbesetzung. Die Diva. *Das hat Mühe gekostet, bis ich an diesen Kamin gelangt bin, schlechte, schlechte Wege habe ich durchackert.* Ich fand es nur noch seltsam, dass es diese Zeit nicht mehr gibt. Markus nicht mehr in meinem Leben. Obwohl der Zug unverändert nach Freiburg fährt. Obwohl dieses Freiburg unverändert aus diesem schwarzen Wald herauswächst.

Im Münster habe ich sehr katholisch Kerzen angezündet. Fünfzig Cent für jede von uns ins Blechkästchen. Klirr-Klirr. Für Dich, Kathrin und mich. Nach meinem Wiehre-Spaziergang habe ich eine Weile vor dem Museum Neue Kunst gestanden. Vor dem angrenzenden Hof. Gedacht, so könnte ich wohnen, wenn ich alt wäre. Magnolienbaum. Pflastersteine. Blutrote Hauswand. Eine schiefe Gasse. Darunter fließendes, plätscherndes Dreisam-Wasser. Ahnst Du, wie sehr ich Pläne schmiede? Sollte mir der schwarze Wald zu einsam werden, könnte das etwas sein für mich. Ich unter einem Magnolienbaum. *Über mir zwei halbe Dächer, ein Fünftel Himmel. Vor mir eine ganze grobe Fährte.* Dein Bild.

Ich habe im Museum einen langen Blick auf Kokoschkas Freiburg geworfen. Einen sehr langen Blick. Länger als sonst. Als ich ging, ist es in mir still geblieben. Nichts hat geschrien. Nichts hat getobt und Wutspiralen durch meine Blutbahnen gedreht. *Das prachtvolle Haus des reichen Peters stand nicht mehr; der Blitz hatte es angezündet und mit all seinen Schätzen niedergebrannt.* Die Stadt ist nicht über mir eingestürzt. Die Dächer sind nicht herabgesaust. Die Straßen nicht aufeinander zugerast. Sie lagen einfach da. Stille Freiburger Straßen. Sonntäglich. Maienhaft. Ruhig. Kokoschka ist mir nicht hinterhergelaufen. Er hat nicht die Hand auf meine Schulter gelegt. Ich brauchte sie nicht abzuschütteln. Ich hatte keine Angst, Márti. Keine Angst mehr, in die Augustinergasse einzubiegen.

Johanna

22. MAI 2012 – 05:06

Liebste Johanna,

nach dem Regen haben die abgeschlagenen Kastanienblüten die Straßen bedeckt, ihr rosafarbener Teppich hat sich in meinen Schlaf gerollt – was ich brauche, setze ich in meinen Traum. Die Nacht hat mich vertrieben, meine Dunkelheit zerrissen und mich aus dem Bett entlassen, jetzt ist die einzige stille Zeit, die ich mit Dir verbringen kann, sonst hält mich alles auf Trab. Nein, Kathrin macht mir keine Angst, nicht deshalb, schaue ich meine eigenen Kinder an, denke ich schließlich auch, warum habe ich nicht mehr davon?

Molke trägt schon Hippiebändchen an den Hand- und Fußgelenken und Nagellack, was ich eigentlich verbieten wollte, aber dann nicht verboten habe, sie wird minütlich, stündlich größer, mit zehn ist sie viel größer, als wir es damals waren, wir haben mit zehn noch an der Nidda unsere Angeln ausgeworfen und auf Fische gewartet, die sich an unseren Würmern verschlucken sollten. In Molkes Gesicht sehe ich immer Simon, jeden Morgen, wenn sie aufsteht und ihr Hexenelfenhaar aus dem Gesicht streicht, sehe ich Simon darin, Mädchen sehen nun einmal aus wie ihre Väter und Jungen wie ihre Mütter – ist es, um die Welt nicht zu männlich, zu weiblich werden zu lassen, ist es deshalb? Dann fällt mir ein, wie Simon und ich damals, als Mia sich angekündigt hatte, in der herbstschwarzen Nacht bis zum Morgen wachten, ich aus Freude, Simon vor Sorge, er lag auf dem Rücken, warf seinen unruhig wandernden Simonblick an die Zimmerdecke und schoss Fragen kreuzquer durch seine Nervenstränge – dass die Menschen solche Angst vor Kindern haben!

Jemand will Loris Haus in Amorbach kaufen, jetzt, da der Frühling den Odenwald lückenlos grün gefärbt hat, auch so ein Sehnsuchtsort, Johanna, auch so ein Hoffnungsort, kein zugeteilter, nein, ein selbstgewählter Ort. Aber Lori sagt, das Haus ist voller Bilder und Geräusche, voller *Nacht und Tag*, sie kann es nicht weggeben, sie kann sich ja auch nicht den Kopf abschneiden, und das wäre ungefähr dasselbe. Also wird sie warten, bis ihre Kräfte zurückkehren, noch hat sie keine, noch kostet sie jeder winzige Spaziergang Kraft, aber bald will sie Tür, Fenster und Läden aufstoßen, Spinnweben und verlassene Vogelnester abnehmen und schauen, was sie mit dem Haus anfangen, was ihr das Haus Neues erzählen, was es noch für sie erfinden kann. Ich habe gesagt, ich komme mit, Lori, ich werde dein altes Haus in Amorbach durchlüften und bei Burkarth drei spitze Ecken weiter zwei Flaschen vom besten Schnaps besorgen, Quitte und Marille, den wir nicht trinken, nur anschauen, und vielleicht magst Du auch kommen, Johanna, so zum Schnapsanschauen, an diesem wegweisenden Tag mitten im höchsten Sommer verwaiste Nester mit uns einsammeln, Spinnfäden wegpusten und im weit geöffneten Fenster zur Straße die dann augustgrünen Linden bestaunen?

Bevor ich ins Bett gefallen bin, habe ich über Deinen Magnolienbaum nachgedacht. Im Alter würde ich die Orte lieber wechseln, alle zwei, drei Jahre weiterziehen, dorthin, wo geschrieben und gemalt wurde, frei und allein von Ort zu Ort durch meine Landschaften, ich, Márta Horváth, durch Frühling, Sommer, Herbst und Winter. Amorbach könnte so eine Station werden, der Kirchnerstrand auf Fehmarn, in Weimar möchte ich leben, in Murnau, wo Du und ich vor Jahren, in Deiner kurzen Münchner Zeit, in der Markus Dich mit Haut und Haar mit nur einem Bissen verschlungen hatte, im Staffelsee geschwommen sind und glaubten, die ganze Welt breitet sich unter diesem *tannenspitzenbedrängten Julihimmel* für uns aus, und wir, Johanna, wir brauchen nur zugreifen.

Márti

23. MAI 2012 – 16 : 24

Liebe Márti,

bei Nidda muss ich sofort denken, wie selig wir als Kinder waren, wenn wir am Ufer hinter der Altstadt einen Glückspfennig fanden. Fest glaubten, er würde uns Glück bringen. Georg, Dir und mir. Einen Fisch haben wir nie gefangen, oder?

Ich war in Marbach bei Konrad. In Horb am Neckar hatte ich den Wagen abgestellt. Ich musste noch einmal durchatmen. An der letzten Station bevor der Berg aufreißt und das weite Land beginnt. Sagen wir, das halbwegs weite Land. Ich bin zum Fluss hinab. Habe aufs braune Wasser geschaut. Tief Luft geholt. Erst dann bin ich weiter. Nein, kein bisschen Droste mehr in Marbach. Nur noch Konrad. Dreimal hintereinander Konrad. Auf dem Marbacher Hügel stand auf einer Plakatwerbung für Schlösser und Gärten: Was ist Deine Vorstellung vom Paradies? Also habe ich Konrad nach seiner Vorstellung vom Paradies gefragt. Er sagte, das hier. Bücher, Bäume, Himmel, du. So einfach, Márti. Warum habe ich das nicht schon früher begriffen? Bücher. Bäume. Himmel. Ich. So einfach.

Wir sind mit den Rädern am Neckar entlang. Es war leicht. Zum Hochflattern leicht. Zum Wolkenschnappen leicht. Auf und ab zwischen Wein über maigrüne Anhöhen. Von Marbach bis Lauffen. Wo Konrad doch das Haus seiner Großmutter bezogen hat. Zwergenwinzig. Auch mit vielen, vielen Spinnweben und Vogelnestern unter dem Dachvorsprung. Konrad muss den Kopf einziehen, wenn er es betritt. Aber man sitzt im Hof unter zwei knorrigen Obstbäumen. Kann *Kirschen kosten* und *Blumen betrachten, schöner als irgendein Bilderbuch.* Hört zur vollen Stunde die Glocken der Regiswindiskirche. Geht hundert Schritte und schaut über eine Mauer auf den Neckar. Der genau in dieser Biegung beruhigend träge fließt. Ich wundere mich jedes Mal, warum in keinem der Boote ein Mädchen sitzt, das seine roten Schuhe soeben dem Fluss schenken wollte. Konrad hat eine Tätowierung auf der Brust. Unter der rechten Schulter. Eine Dogge, ja, ausgerechnet. Er sagt, aus einer Zeit, die er lieber vergessen würde. Ich frage nicht weiter. Ich solle es als Dogge-Droste-Wellenbild weiterdenken. Dann ergebe es wenigstens einen Sinn. In Ordnung, werde ich.

Übrigens steige ich im Museum noch immer zum Poesieautomaten hinab. Auch wenn in meinem Leben jetzt einiges geklärt scheint. Sogar Bio-Kurt von Konrad weiß. Ich auf Orakel also verzichten könnte. Diesen Satz hier hat der Automat gemischt und auf seiner Anzeige ausgespuckt: *In Zukunft dichten wir nur noch.* Das ist eindeutig ein Satz für Dich, Márta Horváth. Ich habe ihn gelesen, aber er muss für Dich sein. Mir hat man ihn nur geschickt. Man hat den Umweg über mich genommen. Damit er sicher bei Dir ankommt. Ich habe ihn für Dich aufgeschrieben. Hier ist er nun. Festgehalten. Für Dich. *In Zukunft dichten wir nur noch.*

Johanna

25. MAI 2012 – 10:57

Liebste Johanna,

auf dem sonnenheißen Fußballplatz spielte Franz gestern auf dem neuen Rasen, auf seine unermüdlich ballverliebte, tollkühne Franz-Art, eine Mutter gab im Schatten eine Runde Sekt aus, in Gläsern aus der Kühltasche. Henri kletterte auf Kastanien und jagte Spatzen, Molke war mit ihrer Klasse im Schwimmbad, auf dem Weg nach Hause trafen wir Freunde, das Mädchen schaute Franz mit großen Augen an, die Mutter strich Franz übers Haar und sagte, ach, mein zukünftiger Schwiegersohn mit den braunen Locken – und genau in diesem Augenblick, Johanna, als die Sonne sich hinter zwei winzige Wolken zurückziehen wollte, dachte ich, es ist eigentlich ganz schön, dieses Leben, schau es dir genauer an, mach dir die Mühe zu sehen, eigentlich ist es doch ganz schön.

Am Abend kam das neue Kindermädchen, es spricht deutsch, es macht den Eindruck, pünktlich sein zu können, es wirkt nett, aufgeräumt und versprüht etwas von einfachem, gutem Leben, von Spaziergängen an Feldrainen und mühelosem Trösten, die Kinder teilten selbstverständlich und gelassen mit ihm das Abendbrot, früher hätten sie die Straße zusammengebrüllt, und die Fenster hätten sich unter dem Lärm nach außen gebogen. Ich stieg aufs Rad, fuhr zum Main und saß bis zur einbrechenden Dunkelheit mit Lori unterhalb des Filmmuseums in Liegestühlen am Wasser, das noch immer eher nach Winter als nach Sommer riecht, bei Nusskuchen und Apfelwein redeten wir über Stunden, ja, Lori kann reden, reden, reden, dreimal hintereinander kann sie das, gehen kann sie nicht, aber reden. Sie hat ähnliche Dinge gesagt wie Du im Winter in der Münchner Mandlstraße, unter einem Schwabinger Eishimmel, als hättet Ihr Euch abgesprochen, und als sie sagte, du wirst weiterschreiben, Márta, mit ihrem ernsten Loriblick und ihrem Jetzt-hör-mirgut-zu-Ton, du wirst weitermachen, nicht heute, nicht morgen, vielleicht auch nicht nächstes Jahr, aber du wirst weiterschreiben, weiterschreiben wirst du, Márta Horváth, da klang es sogar halbwegs vertraut, und nichts in mir wehrte, nichts in mir wand sich, nichts in mir dachte, sie spinnt, diese dumme, schlaganfällige Lori, nichts hat sie verstanden, nichts.

Sie könnte recht haben, dachte ich, nur so viel, sie mag recht haben, stell Dir vor, Johanna, ich war bereit, das zu denken, während die Sonne ins Wasser glitt und den Himmel seinem dunkelsten Blau überließ, dachte ich, Lori könnte recht haben.

Es liebt Dich,

Márta

29. MAI 2012 – 14 : 49

Liebe Márta,

Kathrin hat gesagt, sie will zurück nach Hamburg. Einen Laden im Marktviertel eröffnen. An einer Ecke, an der es zufällig keinen gibt. Ja, dann such mal, habe ich gesagt, viel Glück dabei. Es hat nicht lustig geklungen. Nur bitter. Obwohl ich das nicht gewollt hatte, bitter klingen. Der schwarze Wald ohne Claus sei für sie nicht länger auszuhalten. Keine Tanne länger auszuhalten. Kein Hügel, kein Tal länger auszuhalten. Aber dann hätte ich sie so verschreckt-traurig angeschaut, dass sie nun doch nicht geht – es verschiebt. Etwas gerät in Bewegung, Márti. Auch in Kathrins Kopf. Nicht nur in Deinem. Obwohl der Flügelginster gelb blüht, schmeckt alles nach Abschied. Ich zwinge mich zu denken, ist doch gut so. Während ich am Schreibtisch sitze und Deutschklausuren durchsehe. Meinen roten Stift halte, meine Zeichen setze. Sechste Klasse. Satzglieder erkennen. Objekt, Prädikat, Subjekt. Adverbiale Bestimmungen. Primäre Satzglieder. Sekundäre. Nach all den Jahren kann ich noch immer nicht glauben, dass Kinder das nicht verstehen. Die Mutter spielt auf einem

Wiener Balkon Trompete. Wie fragen wir? Wer spielt auf einem Wiener Balkon Trompete? Der Vater liegt auf dem Badezimmerboden und stirbt. Wie fragen wir? Wo liegt der Vater und stirbt? Der Junge sucht an der Nidda seine große Schwester. Wie fragen wir? Wen sucht der Junge an der Nidda?

Als ich die Hefte aufschlug, ist ein Vogel mit voller Wucht an mein Fenster geknallt. Schnell weitergeflogen. Taumelnd, wie besoffen. Zu schnell, als dass ich hätte sehen können, welche Art von Vogel es war. Ein Grauschnäpper vielleicht. Nach dem ich seit meiner Vogelwanderung mit Bio-Kurt suche. Auf all meinen nassen, feuchten Waldwegen. Er hat seinen Abdruck auf dem Glas hinterlassen. Zwei Flügel. Dazwischen ein Streifen. Noch immer denke ich, es könnte eine Nachricht von Claus sein. Nach zweihundertsiebzig Tagen, nach sechsunddreißig Wochen, nach neun Monaten denke ich, es ist eine Nachricht von Claus. Claus schickt mir diesen Vogel. Dieser Vogel hat Nachricht von Claus. Du hast gefragt, was haben wir getan am 23. August in all den Jahren zuvor? Was haben wir an diesem Tag gemacht? Über was geschrieben? Wir sind aus Fehmarn zurückgekehrt. Wir haben Blumen verkauft. Wörter gefunden. Wir drehten uns unter einem weiß-blauen Sommerhimmel. Tauchten in einem salzigen Meer. Gingen *glucksend übers Moor*. In diesem Jahr wird Kathrin am 23. August ihre Trauerkleidung ablegen. Ausziehen, zusammenfalten. Ein Fach in ihren Schubladen dafür finden. Wie eine der alten Frauen aus den umliegenden Dörfern hat sie es gehalten. Nicht wie eine Kathrin aus Hamburg.

Gestern bin ich unter zaghaft blauem Maihimmel nach Stuttgart gefahren. Habe eine Auswahl von Jans Zeichnungen in der Freien Kunstschule abgegeben. Hände. Unzählige Hände. Berg, Wald, Baumreihen, Vogelnester. Vielleicht von Grauschnäppern. Kurse für Kinder gibt es keine. Aber ich habe mich nicht abschütteln, nicht wegschicken lassen. Als ich Jans Mappe zeigte, hat man gefragt, vierzehn Jahre alt? Also darf er dabei sein. Dann will man sehen. Mehr konnte ich nicht erreichen. Das wäre ein Anfang. Es könnte ein Anfang sein. Ein Zimmer habe ich schon für Jan, ein *anderes Zimmer*. Bei einer Tante von Bio-Kurt. Auf einem der vielen Hügel, die sich an die schwäbischen Wolken schmiegen. Von dem aus Jan die grauroten Dächer der Stadt zeichnen könnte. Über die Kursgebühren denke ich später nach. Vielleicht sage ich Jan, es ist eine Schule, und Schulen in Deutschland kosten nichts. Von Jans Eltern wird es keinen Cent geben. Vielleicht nicht einmal die Erlaubnis zu gehen. Also werde ich wieder in einem verrauchten, zugemüllten Wohnzimmer stehen. Das seit Wochen nicht gelüftet wurde. Zwischen leeren Flaschen und Pizzakartons. Ich werde versuchen, Fremde, deren Kotze ich schon weggewischt habe, von einer Sache zu überzeugen, zu der sie keinen Zugang haben. Nicht den geringsten Zugang.

Gerade sieht Jan aus wie ein Porzellanbübchen. Ein Junge aus Porzellan. Einer aus Dora Füllhabers Vitrine. Als könnte er zerbrechen, wenn man ihn antippt. Vielleicht hat das dieses neue Jahr mit ihm gemacht, in dem er vierzehn geworden ist. In dem sein Hals, seine Arme und Beine länger geworden sind. Márti, wenn es mir gelingt, Jan diese Tür zu diesem *anderen Zimmer* zu öffnen, hätten sich die Jahre gelohnt. All die leeren, dummen, fehlgeschlagenen Jahre. In denen ich mich nur leer, dumm und falsch an der Schule gefühlt habe.

Es liebt Dich,

Johanna

30. MAI 2012−23:08

Liebste Jo,

in Ordnung, ich will es noch einmal für Dich denken und sagen, so wie ich es heute früh gedacht und gesagt habe, als ich an der Trave entlanglief. Ich bin reich, ich schreibe Bücher, ich habe

Kinder, ich laufe am Wasser der Trave entlang, ich bin reich. Ja, ich bin bereit, über mein Alter nachzudenken, Johanna, jetzt, da Du schon Orte dafür aussuchst und glaubst, mit Dir und einem Ort könnte es etwas werden, für Dich will ich es tun, für Dich will ich dazu bereit sein, sieh her, so stelle ich es mir vor, mild, hell und ausgeruht unter einer Magnolie, von mir aus vor einer blutroten Mauer. Ich schaue sonntags bei Dir zum Schnapstrinken vorbei, und Du wirst Deinen Eltern längst vergeben haben, das Bücherwerfen, das Sterben, das Zurücklassen, Alleinlassen, das Schreien, Wüten, Toben, die vielen Fragen, die ungehört und unbeantwortet geblieben sind, so wie meine Kinder mir verziehen haben werden, das Wüten und Toben und all das andere, wirst Du über diesen Schatten gesprungen sein und Deinen Eltern vergeben haben, ja, Futur zwei, vollendete Zukunft, Johanna, Zukunft als Vergangenheit, wirst gesprungen sein und wirst vergeben haben.

Gestern habe ich in Lübeck in der St. Petrikirche gelesen, fünf Stunden Zug für etwas Lyrik und Prosa neben vier anderen auf einem knarzenden Podium, mit kalten Füßen, warum bloß sind die Kirchen Ende Mai so kalt? Eine Frau sprach mich an, *Das andere Zimmer* habe sie über einen sehr düsteren Winter gerettet, genauso hat sie es gesagt, über einen sehr düsteren Winter, ich musste mich wegdrehen und in meiner Tasche wühlen, weil mir nicht einfiel, was ich hätte erwidern können, aber später, als ich unter dem Buddenbrookhaus meine klackernden Schritte aufs mairegennasse Pflaster setzte, dachte ich, das sind die großen Augenblicke in deinem mickrigen Leben, Márta Horváth, sieh nur, selbst du hast sie.

In der Nacht muss unter diesem gut versteckten, wolkendurchjagten Lübecker Himmel etwas geschehen sein, in meinem Kopf, hinter meinen Augen, denn ich habe nicht wie sonst bis zur letzten Sekunde geschlafen, um dann erst meinem Traum zu entsteigen und meinen roten Koffer zum Bahnhof zu ziehen. Ich bin die Treppen hinab in den Frühstücksraum, und als ich still beim Tee in meiner Ecke saß, hat sich mir ein Satz angeboten, er hat geraunt, nimm mich, greif zu, dir gehöre ich, ich bin dein, Márta, halt mich fest, halt dich fest an mir. Dass wieder ein Satz in meinem Kopf wachsen könnte, daran habe ich am wenigsten geglaubt, eigentlich hatte ich nicht mehr geglaubt, dass ich wieder einen Satz in meinem Kopf haben könnte, nach Jahren einen echten ersten Satz, aus Figur und Klang, aus Zeit und Stimmung, der gekommen war, ohne dass ich ihn eingefordert, nach ihm gefragt, ohne dass ich nach ihm verlangt hätte, ein Satz aus Subjekt, Prädikat, Objekt und adverbialer Bestimmung, aus allem, was ich für einen Satz brauche.

Ohne anzuklopfen, ohne sich anzukündigen, zog er seine Bahn durch meinen Kopf, wie ein Spielzeugzug, eine Holzeisenbahn von Henri, die langsam im Kreis fährt, ohne aus dem Gleis zu kippen, als wolle er mir Zeit lassen, damit ich ihn mir gut würde merken können. Und da musste ich weinen, Johanna, in diesem trostlosen, bekloppten Frühstückssaal dieses trostlosen, bekloppten Zwei-Sterne-Hinterhofhotels mit diesem trostlosen, bekloppten Buffet aus Dosen-Ananas und Graubrot, zwischen den trostlosen bekloppten Touristenspießern mit Regenjacken und Reiseführern musste ich plötzlich weinen, liebste Jo, weil ich nach all dieser Zeit wieder einen Satz in meinem Kopf hatte, auf den eine Welt folgen könnte. Hörst Du? Eine Welt.

Márta

4. JUNI 2012 – 22 : 03

Liebste Márti,

Mauersegler kündigen laut den Sommer an. Vor meinen Fenstern. Auf meinem Dach. Die ersten Pfingstrosen stehen eingebildet auf meinem Tisch. Als wüssten sie, wie sie mir gefallen. Kathrin hat sie gestern gebracht. Ja, ich staune mit Dir, Márti. Eine Welt in einem Satz. Nur nicht ablenken jetzt, nicht nachlassen. Schließ Fenster und Türen. Hör, wie Dein Satz weiterschwingt. Wie etwas in Dir Wörter webt. *Steig aufs Dach, sag deinen Sternen Gute Nacht.*

Was sollen wir uns sonst noch wünschen? Noch haben wir Zeit, uns Dinge zu wünschen. Vielleicht sogar eine Menge Zeit. Das wäre so etwas für mein später: Im rechten Augenblick sterben. Am ersten Tag meiner Krankheit. Nicht am letzten. Sagen wir, am dritten, vierten Tag der Krankheit. Ist es so weit, schicke ich Dir einen Brief, irgendwie wird er Dich erreichen: Liebe Márti, jetzt bin ich doch gestorben. Habe *mein weiches, rührbares Herz wieder.* Es ist gar nicht schlimm. Also nicht so schlimm, wie wir immer gedacht hatten. Einen Wunsch hatte ich frei, als ich hinüberging. Ich habe mir Outdoorschuhe für meine Wiener Großmutter gewünscht. Fürs lange Laufen. Obwohl sie die nicht mehr braucht. Wasserdichte Schuhe mit dicken griffigen Sohlen. Die besten von Sport Kiefer in Freiburg. Damit Dora Füllhaber, geborene Lesljacek, trockene warme Füße hat. Keine Nacht mehr fürchten muss. Keine Vertreibung. Keinen Regen. Keine Kälte. Keinen langen Weg von Ledjenice nach Wien. Den ich nie abgelaufen bin. Auf dem ich nie einen Schritt getan, nie einen Fuß gesetzt habe. Meine Eltern wohnen ganz nah. Unter *des Sternes wunderlich Geleucht aus zarten Wolkenfloren* steht ihr Opel Kapitän. Dunkelblauer Lack, hellblaue Sitzbänke. Meine Mutter spielt am Abend Trompete. Telemann. Haydn. Gardner. Gerade übt sie Tomorrow shall be my dancing day. Ausgerechnet! Und ja, mein Vater hat seinen eigenen Stapel Handtücher. Er sieht aus wie in jungen Jahren. Die Einstiche sind verheilt. Ob ich schlafen kann, ist allerdings noch die Frage. Ob ich hier ungestört und ruhig werde schlafen können.

Sorg Dich nicht, lieber will ich noch ein bisschen leben. Deine nächsten Bücher lesen. Deine neuen Sätze hören und auswendig lernen. Diese Orte abwandern: Feldberggipfel im Schnee. Südliches Seeufer Titisee. Wutachschlucht im Herbst. Vorgenommen hatte ich mir damals, diese über den schwarzen Wald gestreuten Punkte abzulaufen, wenn ich gesund werde. Gesund bin ich geworden. Aber das habe ich nie getan. Also schwebt es als Mahnung durch meine Zimmer. Wie eine stille Drohung durch meinen schwarzen Wald. Als hätte ich meinen Teil der Abmachung nicht eingehalten. Nehmen wir es uns für den Herbst vor? Ich möchte Johannes in der Kraxe auf meinen Rücken binden und mit Euch losgehen. Mit Dir und Kathrin. So wie ich es mir im Wartezimmer, auf den Gängen der Klinik ausgemalt hatte. In meinen Stoßgebeten wiederholt hatte. Heilige Aldegundis, heiliger Peregrin. Macht ihr mich gesund, werde ich diese Strecke gehen.

Johannes wird mein Patenkind. Kathrin hat mich gefragt, als sie die Pfingstrosen auf den Tisch gestellt hat. Es macht mich auf eine zügellose Art übermütig und glücklich. Die Du Dir nicht vorstellen kannst. Die Kathrin sich nicht vorstellen kann. Aber eine kinderlose Freundin habe ich nicht zur Hand, die sich das vorstellen könnte. Neben Mia-Molke wird mir auch dieses Kind fester ans Herz gezurrt. Im September soll Johannes getauft werden. Im Moosbach soll die Feier sein. Nachdem seine Mutter die schwarzen Kleider abgelegt haben wird. Auch Futur zwei.

Es liebt Dich,

Johanna

14. JUNI 2012 – 07:49

Liebe Jo,

die linien deiner hand, die kennst du gut, den himmel kennst du nicht. Simon hat angeklopft. Sonntagmorgen, als wir zerrupft, nachtnah und noch tagfern am Frühstückstisch bei Kakao und

Kaffee saßen, hat er ans schmutzige Küchenfenster geklopft und sein Gesicht hinter dem Glas gezeigt, dass die Kinder alles haben fallen lassen, aufgesprungen sind und vor Verzückung geschrien haben. Molke im Nachthemd, auf nackten Füßen, hat ihm die Tür geöffnet, und als sie Simon umschlang und ihr kleines Bein um sein großes schlug, hätte ich fast die Frage aus meinem Kopf vertreiben können, wo er die Nacht, die Nächte, alle Nächte davor war und mit wem, warum nicht hier, bei uns, neben mir, zwei dünne Zimmerwände entfernt von seinen traumjagenden Kindern?

Er sagte, er habe die Horen beendet, und ich habe nicht gedacht, warum erzählt er mir das, was soll das? Ich habe gedacht, endlich, endlich, endlich hat er sie beendet. Er sieht gut aus, Johanna, unverschämt gut sieht er aus, erholt, jung geradezu, als hätte ihn die Zeit ohne uns verjüngt, als hätte er Schlaf und Ruhe gefunden, als brauchte er das nicht mehr auf später zu verschieben. Oder hat er immer schon so ausgesehen und fällt es mir jetzt erst auf, weil er gegangen und zurückgekommen ist und genügend Zeit dazwischenlag, genügend *Nacht und Tag*, sein altvertrautes Gesicht nicht mehr altvertraut, sondern neu zu sehen?

Márta

19. JUNI 2012 – 21 : 03

Liebe Márta,

schreibe Dir aus Meersburg, zwei Tage vor Sommeranfang. Hügel und Gipfel sehen aus wie große Fächer. Samtig dahingegossen. Das Licht ist anders als im schwarzen Wald. Wo es selbst im Juni schroffhart zwischen die Tannen fällt. Hier strömt es weich über Weinstöcke. Über die Flut tuschelnder Akazien vor dem Schloss. *Drunten seh' ich am Strand, so frisch wie spielende Doggen, die Wellen sich tummeln.* Konrad hat Arbeit mitgebracht, lauter ungelöste Worträtsel. Schriftgeheimnisse. Er sitzt auf dem kleinen Balkon unter einem schwachen Licht. Versinkt in seinem

Blätterhaufen. Soeben hat sich der See schlafen gelegt. Die Berge decken ihn zu. Singen sein Schlaflied. Oder ist es umgekehrt, Márti? Singt der See und schlafen die Berge? Dich frage ich, Du weißt solche Dinge. Irgendwer wirft sein Gelächter von einem der Segelboote übers Wasser. Irgendwann kommt immer der Augenblick, in dem der See sich rot färbt, die Berge zu brennen anfangen. Auf den warte ich. Den passe ich ab.

Was mich noch nach Meersburg zieht, hat Konrad gefragt, als er unsere Taschen zum Auto getragen hat. Was ich ausgerechnet in Meersburg will? Ich habe gesagt, noch einmal so auf den See schauen, wie die Droste es getan hat. *Dort bin ich immer viel gesünder und kann auch viel mehr und leichter arbeiten.* Der See kann ja nichts für das Treiben ringsum. Und ich kann den Trubel wegdenken. Das Geraune auf der Seepromenade. Das Geklapper in der Unterstadt. Das habe ich in all meinen Drostejahren gelernt. Ich brauche mich nur in den Gassen hinter dem Schloss zu verlieren. Weiter oben hinter den Weinhängen ebben die Stimmen ab. Es wird still. Der See setzt sich mit aller Kraft durch. Dort liegt er weit und groß. *Kurz vor unendlich.* Deine Worte. Nach all den Stunden des Staubdurchforstens und Buchstabenaufpickens kann ich noch schwärmerisch sein, Márti. Wenn ich bei den Stiegen das Schild zum Droste-Museum sehe, flattert mein Herz. Ja, flattert. Mit Konrad habe ich einen Verbündeten. Auch er ist auf Spurensuche. Sucht Hinweise in allen Ritzen des Kopfsteinpflasters.

Konrad sagt, wenn ich will, schlägt er den Droste-Möwenkopf von der Säule. Damit ich es nicht länger ertragen muss – ihr Gesicht erstarrt zu einer Möwe. Er klettert in einer *nebelverschluckten Nacht* hoch, schlägt ihn ab und wirft ihn in den See. Oder steckt ihn in den Kofferraum und lässt ihn in einer Waldschlucht zwischen Rottweil und Lauffen für immer verschwinden.

Johanna

20. JUNI 2012 – 09:13

Liebste Jo,

heute Morgen wurde ich vom ersten Vogelzwitschern geweckt, vom lauten Tschilpen und Pfeifen, mit dem die Sommervögel den neuen Tag in die Welt schicken, als erzählten sie sich, was sie in der Nacht geträumt, am Abend gesehen haben, Haussperlinge, Blaumeisen, Grünfinken, alle sind vom Land in die Stadt gekommen, alle sitzen vor meinen Fenstern in den Bäumen und singen für mich. Ich bin in meine Schuhe geschlüpft, mit einer Decke um die Schultern in den Hof und habe gewartet, bis der letzte Schimmer Nacht verschwunden war und es junitaghell wurde. *Die Kunst des Verlierens studiert man täglich. So vieles scheint bloß geschaffen, um verloren zu gehen.* Ich war ruhig, so ruhig wie lange nicht. Ich habe die Kinder etwas später als sonst geweckt, habe meinen Kaffee getrunken und sie angeschaut, wie sie schlafzerzaust am Tisch saßen, als hätte ich sie viel zu lange nicht mehr so angeschaut und müsste es nachholen. Ich bin die Linien ihrer Gesichter abgefahren, Brauen, Nase, Wangen, Lippen, Kinn, habe sie mit meinem Blick nachgezeichnet, und als Lori kam, um Henri wegzubringen, ja, nur dieses Mal, Lori hat es eingefordert, weil es ihr bessergeht, weil es ihrem störrischen Bein bessergeht, als Lori also kam, habe ich sie umarmt, vielleicht weil das lange überfällig war und immer wieder von mir vergessen oder verschoben worden ist – zwischen Bergen von Dreckwäsche und Wurstbrotbrocken auf dem schmutzigen Küchenboden habe ich sie lange, lange tonlos, wortlos umarmt, und Lori hat gesagt, Kindchen, Márti, es ist doch gut, alles wird gut jetzt.

Später habe ich ihnen vom Fenster aus nachgewinkt, als sie in ihren Tag gezogen sind, springend, redend, mit ihren Schulranzen, Rucksäcken, Turnbeuteln, Mia neben Franz, Lori Hand in Hand mit Henri, ich habe alles stehenlassen, wie es war, Kaffeetassen,

Müslischalen, Milchtüten, Saftflaschen, und mich an meinen Schreibtisch gesetzt. Ich habe an ein Alter gedacht, stell Dir vor, Johanna, mit dem ich mich anfreunden könnte, an einen Tag irgendwann in der Zukunft, an dem das Alter beginnen oder begonnen haben wird, an ein Später einmal, Futur eins oder zwei, such es Dir aus. Du, ich, Kathrin und Lori, die ewig leben wird, stellen vier Gartenstühle unter Deine Magnolie und hören Deinem Fluss zu, Dreisam oder Neckar, das wirst Du noch aussuchen – kurz bevor wir anfangen, uns auszuruhen und zu schlafen. Ich habe meinen Schreibtisch ans Fenster getragen, ich muss ja nicht mehr fragen, ob ich darf, ob ich etwas verschieben und umstellen kann, ob es stört, ich kann es einfach tun, ich kann doch jetzt einfach tun, wonach mir ist, Johanna, also kann ich auch meinen Schreibtisch ans Fenster tragen.

Das Licht aus dem Hof schafft es so zur Tischplatte, zu meinen Notizblättern und Stiften, zu Dir und Mia im Bilderrahmen. Ich schaue in die Linde, die vom Nachbarn herüberragt, ich sehe den Himmel, den flugzeugzersägten, auf Dächer gespießten Frankfurter Himmel, sein Blau und Weiß von Antennen zusammengehalten. Ich verspreche, ich werde schreiben, ich verspreche Dir, ich fange damit an, ich lasse mich nicht ablenken, werde nicht fahrig sein, nein, ich schließe Türen und Fenster und höre, wie mein Satz weiterschwingt, wie etwas in mir Wörter webt. Ja, ich arbeite, Johanna, und ja, ich versuche es, und ja, ich verspreche Dir noch einmal, erst hoch und dann auch heilig, wenn Du magst, schwöre ich sogar, ich arbeite, ich werde arbeiten.

Márta

21. JUNI 2012 – 23 : 58

Liebste Márti,

Sommeranfang – draußen klammert sich ein dicker Mond an den Nachthimmel. Die Tannenspitzen hatten ihn versteckt, soeben haben sie ihn freigelassen. Geh nur, haben sie gesagt, geh. Konrad ist eingeschlafen. *Nun ruhen alle Wälder. Es schläft die ganze Welt.* Ich bin die Stufen hinabgestiegen, um Dir zu schreiben. Um die ersten Minuten der Nacht bei Dir zu sein.

Arbeiten, arbeiten, ja, das klingt gut, Márti. Arbeiten. Sommer haben. Eis essen. Daraus setzt sich das Leben schließlich zusammen, sagt Kathrin. Die in dreiundsechzig Tagen ihre schwarzen Kleider ablegen wird. Rock. Strümpfe. Bluse. Strickjacke. Dann Winter. Besonders hier im schwarzen Wald. Viel Winter. Eine Menge Winter. Eine Menge Schneetage unter eisblauem Licht. So viel habe ich erkannt und verstanden. Dass unser Leben kaum mehr ist. Auch kaum mehr sein muss. Dem Grün beim Wachsen zusehen. Dem Löwenzahn. Den Kronsbeeren. Den Geheimen Garten betrachten. Seine Jahreszeiten. Eingefasst hinter Glas. Konrad beim Schlafen, beim Aufwachen. Kathrins Kindern zusehen, wenn sie mit dem Hund hinausjagen. Ihre Stöcke über den nahen Bach werfen. Der über die Ufer getreten ist. Es hat viel geregnet im Mai und Juni. Die Lichtnelken sind hochgeschossen.

Schließlich kümmern wir uns doch darum, unser Leben nicht auseinanderfallen zu lassen. All die Jahre haben wir uns um nichts anderes gekümmert, Márti. Sieh nur, wir halten seine Fäden zusammen. Es geht, es läuft. Wir surren und atmen. Mit dem Sterben haben wir nicht einmal begonnen. Sogar ich lebe weiter. Sogar ich spiele weiter mit. Wir stehen auf, wenn es noch dunkel ist. Am Abend schlafen wir bei Tisch nicht ein. Obwohl uns genau danach ist. Aber das Schlafen haben wir auf später verschoben. Auf die Zeit nach dem Leben. Ja, Márti, später sollten wir schlafen. Nicht jetzt. Erst wenn genug Zeit dafür ist. Wenn sie uns nicht mehr so knapp sein wird. Wenn so viel Zeit sein wird, dass wir sie getrost fürs Schlafen vergeuden können. Jetzt aber sollten wir wach bleiben. Leben. Arbeiten. Wach sein.

Du merkst schon, heute ist so ein Tag. An dem ich mich anfreunde mit meinem Leben. An dem ich mich nicht der verpatzten, nicht der verpassten Seite darin hingebe. Sondern so etwas wie Freundschaft schließe. Mit verlorenen Zeiten. Vergifteten Zeiten. Mit denen, die noch ausstehen. Die noch kommen werden. Bleibt mir auch sonst nichts übrig, als mit meinem Leben Freundschaft zu schließen. Selbst mit der dunklen Seite darin. Mit meiner dunklen Seite. Die gerade gar nicht so dunkel ist. Sondern zuversichtlich. Unerträglich, geradezu übertrieben hell zuversichtlich. Bekloppt zuversichtlich, wie Du sagen würdest. Aber doch, liebste Márti, *die Nacht wird sehr sternenhell werden, ich sehe zahllose milchichte Punkte allmählich hervordämmern.* Ich werde weiter zur Schule gehen und am Morgen meinen Klassenraum öffnen. Auch wenn ich vielleicht lieber aufgeben, lieber alles einreißen möchte. Du schälst weiter Äpfel, schmierst weiter Pausenbrote für Deine Kinder. Schaust durch Dein beschlagenes Küchenfenster in eine bessere Welt. Irgendwo da draußen wird sie doch liegen.

Schlaf gut, meine Schönste. Aber erst später, nicht jetzt.

Johanna

DANKE

Mein großer, mein größter Dank geht an Birgit Müller-Wieland, für ihre Freundschaft und Brieffreundschaft, für das Ausschütten und Hinterfragen, mit und ohne Ergebnis. Ohne sie wäre dieser Roman so nicht geschrieben worden. Ich danke Birgit für einige Passagen und konkrete Sätze dieses Romans, für die Zitate aus ihrem Lyrikband *Reisen Vergehen*, auch für ihre wunderbare Wortschöpfung ›kompasslos‹, die ich mit ihrem Einverständnis benutzen durfte.

Meinen Freunden danke ich für die stetige Unterstützung aus Wort und Tat und Blick, Marc für die Zuversicht, dass irgendwann wieder ein Satz vorbeikommt, Andrea fürs Segeln, Kirsten für das Schreien im Wald, für die Aussicht, dass Stimmungen und Zeiten wirklich vorbeigehen, auch wenn sie vielleicht wiederkommen, und den unschlagbaren Rat, die Wirklichkeit davorzuschieben. Allen voran aber Tani, die tatsächlich im schwarzen Wald lebt, also viel zu weit weg von mir.

Ich danke der Robert Bosch Stiftung, dass sie meine Arbeit an diesem Roman unterstützt hat. Der Hermann-Hesse-Stiftung, dass ich einen Sommer im schwarzen Wald leben und arbeiten durfte.

Zsuzsa Bánk
Die hellen Tage
Roman
Band 18437

Schicksal oder Zufall – was bestimmt unseren Lebensweg?
Was macht uns zu dem, was wir später als Erwachsene sind?
Nach ihrem hochgelobten Debütroman ›Der Schwimmer‹
schreibt Zsuzsa Bánk die bewegende Geschichte dreier Kinder, die den Weg ins Leben finden. ›Die hellen Tage‹ ist ein
großes Buch über Freundschaft und Verrat, Liebe und Lüge –
über eine Vergangenheit, die sich erst allmählich enthüllt, und
die Sekunden, die unser Leben für immer verändern.

»Ein Buch, dessen einziger Makel darin besteht,
dass es irgendwann aufhört.«
Andreas Kilb, Frankfurter Allgemeine Sonntagszeitung

»Ein Fest des Widerstands gegen
die Zumutungen des Lebens.«
Britta Heidemann, Westdeutsche Allgemeine Zeitung

Fischer Taschenbuch Verlag

fi 18437 / 1